W0207174

BASTEI
LÜBBE

Von P. T. Deutermann sind als Bastei Lübbe Taschenbuch lieferbar:

13597 Jagd auf die »Scorpion«
13836 Der Krieg der Offiziere
13936 Die Geheimnisse des Admirals Sherman
14182 Sechzig Meilen Südost
14314 Atlanta-Kommando
14475 Am Abgrund

P. T. DEUTERMANN

DER SCHATTEN DES JÄGERS

Thriller

Aus dem Amerikanischen übertragen von
Barbara Först

BASTEI LÜBBE

BASTEI LÜBBE TASCHENBUCH
Band 14 830

Erste Auflage: Dezember 2002

Bastei Lübbe Taschenbücher ist ein Imprint der Verlagsgruppe Lübbe

Deutsche Erstveröffentlichung
Titel der amerikanischen Originalausgabe: HUNTING SEASON
© Copyright 2001 by P. T. Deutermann
© Copyright für die deutschsprachige Ausgabe 2002 by
Verlagsgruppe Lübbe GmbH & Co. KG, Bergisch Gladbach
Redaktion: Wolfgang Neuhaus
Umschlaggestaltung: Tanja Østlyngen
Titelbild: Photonica/Naoyuki Mori
Satz: hanseatenSatz-bremen, Bremen
Druck und Verarbeitung: Nørhaven Paperback A/S, Viborg
Printed in Denmark
ISBN 3-404-14830-4

Sie finden uns im Internet unter
http://www.luebbe.de

Der Preis dieses Bandes versteht sich einschließlich
der gesetzlichen Mehrwertsteuer.

Anmerkung des Verfassers

Dieser Roman soll Ausdruck der Hoffnung sein, dass das US-Justizministerium eines Tages wieder zum Inbegriff der Anständigkeit innerhalb der Regierung der Vereinigten Staaten wird.

Anmerkung der Redaktion

Die Handlung dieses Romans ist frei erfunden. Jede Ähnlichkeit der handelnden Romanfiguren mit lebenden oder verstorbenen Personen ist rein zufällig und vom Autor nicht beabsichtigt. Dieser Roman wurde geschrieben, bevor die Ereignisse des 11. September 2001 schreckliche Realität wurden. Wir hoffen, dass die hier geschilderten Formen des Terrorismus niemals Wirklichkeit werden.

Danksagungen

Mein Dank geht an das Federal Bureau of Investigation und das Bureau of Alcohol, Tobacco and Firearms, deren Webseiten und Pressestellen sich sehr hilfreich zeigten, während ich diesen Roman schrieb. Dank auch an meinen Herausgeber George Witte und meinen Agenten Nick Ellison, die mich wie stets tatkräftig unterstützt haben.

1

RIP UND TOMMY traten gleichzeitig in die Fangeisen. Rip stieß einen gellenden Schrei aus und stürzte kopfüber in den Bach. Tommy stöhnte und warf sich zur Seite; dann rutschte er ebenfalls über die Böschung. Lynn, die ein paar Schritte hinter ihnen war, blieb wie angewurzelt stehen und ruderte wild mit den Armen, um das Gleichgewicht zu halten. Das Gras am Ufer stand so hoch, dass sie nicht sehen konnte, was geschehen war, als die beiden jungen Männer ins seichte Wasser fielen. Doch sie mussten schlimme Schmerzen haben. Rip lag rücklings im Wasser; stöhnend und schluchzend versuchte er sich aufzurichten. Tommy war kreidebleich geworden; er presste die Lippen zusammen, während er mit seinem Rucksack kämpfte. Sein rechtes Bein stand fast im rechten Winkel ab.

»Mein Gott!«, stieß Lynn hervor. »Was ist passiert?«

»Irgendwas hat mich am Bein erwischt«, antwortete Tommy mit zusammengebissenen Zähnen. »Ich glaub, es ist 'ne Art Falle. Hilf mir.«

Lynn streifte ihren Rucksack ab, kniete neben Tommy und schob das hohe Gras beiseite. Als sie sah, worin sein Bein gefangen war, musste sie schlucken. »Beweg dich nicht«, sagte sie. »Lass mal sehen, wie schlimm es ist.«

Rips Weinen war verstummt. Lynn schaute zu ihm hinüber. Er verdrehte die Augen, während er langsam im Wasser versank. Lynn fluchte und sprang über Tommys eingeklemmtes Bein hinweg, platschte durch den Bach und hielt Rips Kopf über die Oberfläche. Rip begann zu würgen und spie Wasser aus; dann schrie er vor Schmerz. Lynn zog ihn zum gegenüberliegenden Ufer und hievte ihn hoch, bis sein Rücken von der

Böschung gestützt wurde. Dann streifte sie ihm die Rucksackträger ab, zerrte das durchnässte Bündel von seinem Rücken und warf es auf die Böschung. Sofort hörte sie das brutale Zuschnappen der Fangzähne. Sie erstarrte. Mein Gott! Langsam und vorsichtig richtete sie sich wieder auf und watete durchs eisige Wasser zu Tommy zurück, wobei sie genau darauf achtete, wohin sie ihre Schritte setzte.

»Ich fühle meinen Fuß nicht mehr«, flüsterte Tommy.

Lynn kniete sich hin. »Das ist wahrscheinlich auch besser so, Tommy«, tröstete sie, um ihm Mut zu machen. Sie musste jetzt stark sein, doch ihr Mund war trocken, ihre Hände zitterten. Sie nahm einen Zweig und schob das Gras beiseite, um das Fangeisen sehen zu können. Es war ungefähr sechzig Zentimeter breit und grau wie Gewehrstahl. Es war an einem schweren, massiven Sockel befestigt, der an eine Art Schraube gekettet war, die man in den Boden eingelassen hatte. Die beiden Fanghebel waren aus solidem Stahl und hatten Tommys Bein genau oberhalb des Knöchels erwischt. Das Bein blutete, der Stoff seiner Jeans war mindestens zwei Zentimeter tief eingedrückt. Die Haut unterhalb der Eisenzähne lief bereits blau an. Als Lynn sein Stöhnen hörte, musste sie erneut schlucken. Doch sie wandte den Blick nicht ab.

»Kannst du es nicht abkriegen?«, fragte Tommy. Seine Stimme klang brüchig. Schweiß stand ihm auf der Stirn. Vorsichtig ergriff Lynn die beiden Hebel und versuchte sie auseinander zu biegen, doch ebenso gut hätte sie versuchen können, ein Haus von der Stelle zu drücken: Das Einzige, was sich bewegte, war Tommys Bein, und er schrie vor Schmerz. Hinter ihnen jammerte Rip. Lynn hätte ihn am liebsten angeschrien, um ihn zum Schweigen zu bringen. Schließlich war es seine Idee gewesen, in die verlassene Militärbasis einzudringen, und Lynn hatte verdammte Angst.

»Ich kann das Ding nicht bewegen«, gestand sie. In diesem Augenblick ertönte Donnergrollen im Westen – die Gewitterwolken, die sich am Nachmittag zusammengeballt und Lynn,

Tommy und Rip von den hohen Bäumen weg in Richtung Bach vertrieben hatten, kamen rasch näher. Tommy schloss die Augen, seufzte und ließ sich auf seinen Rucksack fallen.

»Ich schau mal, ob ich irgendwas finde, mit dem wir's aufkriegen«, sagte Lynn. Sie stand auf und sah sich um. Sie befanden sich auf einer kleinen Lichtung. Das Bachbett verlief in einer schmalen Schlucht von Osten nach Westen und schlängelte sich zwischen zwei breiten, dicht bewaldeten Hügeln hindurch. In entgegengesetzter Richtung, auf der anderen Seite des Flüsschens, standen die Bäume ebenfalls dicht, und Lynn vermeinte, dahinter einen Schornstein und das Dach eines Gebäudes zu erkennen. Der Himmel über den Hügeln wurde rasch dunkler, und zwischen den dräuenden schwarzen Wolken war ab und an der Widerschein von Blitzen zu sehen.

Erneut versuchte Tommy, aus dem Bach zu kommen, schaffte es aber nicht. Lynn half ihm, den Rucksack abzustreifen. Dann zerrte sie ihn an die Böschung, bis er aufrecht saß und den Rucksack unter den Nacken geschoben hatte. Ein Stück bachabwärts lag ein dicker Ast; Lynn nahm ihn, schlug und stocherte damit in der Grasfläche zwischen ihren beiden Gefährten. Fallen fand sie keine mehr, doch sie kam auch nicht weiter als bis zu Tommys Rucksack. Dann brach der Ast entzwei.

Sie befahl den beiden, sich nicht zu rühren, und ging dann auf ihrer eigenen Spur zurück an der Bachrinne entlang bis zum Waldsaum, ungefähr zehn Meter vom Bach entfernt. Wieder war ein Donnerschlag über den Hügeln im Westen zu vernehmen, und der Himmel schien noch dunkler zu werden. Die Bäume vor ihr bogen sich unruhig im Wind, als wüssten sie, was sie erwartete. Lynn machte sich daran, einen fünf Zentimeter dicken Ast von einer Kiefer abzureißen, als sie grauen Regen wie einen Vorhang über der Schlucht niedergehen sah, gefolgt von einem weiteren Donnerschlag. Ihre Regenjacke war auf ihren Rucksack geschnallt, doch das kümmerte sie im Augenblick nicht. Sie fuhr fort, an dem Ast zu reißen, bog ihn vor und zurück, fluchte, als er vom Regen glitschig wurde und ihre Hände am Kiefernharz festklebten. Endlich bekam sie den Ast los und rannte zu Tommy, der immer noch in unbequemer Haltung dasaß, eine Hand unter sich geklemmt. Der Schmerz, der in seinen Augen stand, brach Lynn fast das Herz. Rip schien wieder das Bewusstsein verloren zu haben. Das Kinn war ihm auf die Brust gesunken, aber immerhin war er aus dem Wasser heraus und damit außer Lebensgefahr.

Lynn nahm ihr Campingmesser und schnitt hastig am stumpfen Ende des Astes, um ihn zu einem Keil zu formen. Es regnete nun stärker, ein eisiger Regen, aber immerhin zuckten keine Blitze mehr. Dann aber fuhr ein einzelner, blauweißer Blitzstrahl nieder, gefolgt von einem ohrenbetäubenden Donnerschlag. Mit einem Schrei ließ Lynn Messer und Ast zu Boden fallen. Ihre Schirmmütze fiel in den Bach. Der Blitz fuhr in die Krone eines nahen Baumes, ließ einen Hagel brennender Holzscheite niedergehen und hüllte die gesamte Umgebung in beißenden Rauch. An der Baumkrone flackerte es hell auf; dann löschte ein neuerlicher Schauer den beginnenden Brand. Lynn kroch umher und suchte ihr Messer. Endlich erspähte sie es im Bach, fischte es heraus und fuhr fort, am Ast zu schnitzen. Sie warf einen Blick auf Tommy, doch der hielt die Augen geschlossen; der Regen strömte ihm in den halb geöffneten Mund. Es goss inzwischen so heftig, dass sie Rip fast nicht mehr sehen konnte.

Als Lynn sämtliche Zweige entfernt und das Ende des Asts zu einem Keil geschnitzt hatte, kniete sie sich neben Tommys Bein. Sie schnitt den Jeansstoff am Knöchel ab. Entsetzt betrachtete sie die lila verfärbte Schwellung, die zuvor sein Unterschenkel gewesen war. Sie wusste nicht, wie sie den Ast zwischen die Metallhebel und Tommys Bein bekommen sollte, ohne ihn noch schlimmer zu verletzen. Sie schaute ihn an. Seine Augen waren offen.

»Tu es«, sagte er mit schwacher Stimme, die im Rauschen des Regens kaum zu vernehmen war. »Mach das Ding ab ...«

Lynn nickte und schob das Keilende des fast zwei Meter langen Astes zwischen den beiden Hebelarmen so nahe ans Gelenk, wie es ging. Dann stand sie auf und stemmte den rechten Fuß in den Bachlauf, der tiefer geworden war und ihr bereits bis zum Stiefelschaft reichte. Den linken Fuß stellte sie auf den Sockel der Falle und stemmte sich dann langsam gegen den Ast. Tommy stöhnte, als die Falle sich bewegte, doch die Klammern gaben keinen Zentimeter nach. Lynn ruhte sich einen Moment aus und versuchte es dann wieder, suchte nach einer besseren Stelle für die Hände, um eine größere Hebelwirkung zu erzielen. Dieses Mal glaubte sie zu sehen, dass die Klammern sich um eine Winzigkeit bewegten, aber da sie ihre Kappe verloren hatte, trübte der Regen ihren Blick. Im nächsten Augenblick brach der Ast dicht über der Falle entzwei, und Lynn stürzte ins Gras, gleich unterhalb der Stelle, an der Tommy gefangen war. Sie fluchte – und wurde plötzlich gewahr, dass kaltes Metall ihre Wange berührte.

Sie schnappte nach Luft, verhielt sich absolut still. Während sie so flach wie möglich atmete, versuchte sie, im Gewirr der nassen Grashalme etwas zu erkennen.

»Was ist?«, rief Tommy.

»Da ist noch so ein Ding. Warte ’ne Sekunde.«

Sie nahm all ihren Mut zusammen und schob ein paar der hohen Grashalme beiseite. Ihr Kopf lag auf dem Sockel der Falle, und ihre Wange berührte bereits einen der Metallarme. Doch zum Glück nicht den Auslöser – ein flaches, löffelförmiges Metallding, das zwischen den beiden Armen angebracht war. Lynn konnte es gerade noch erkennen. Behutsam hob sie den Kopf von der Falle und setzte sich auf. Sie griff den zerbrochenen Ast und erhob sich; dann rammte sie den Ast mit voller Wucht in das Fangeisen, das so fest zuschnappte, dass der Ast in zwei weitere Teile zerbrochen wurde. Einer davon flog ihr ins Gesicht. Sie fluchte und eilte zurück zu Tommy, der versuchte, sich auf der Böschung ein Stück höher zu schieben. Der Bach schwoll nun gewaltig an; das gesamte Regenwasser strömte in seine Rinne. Tommys freies Bein war jetzt nicht mehr zu sehen, das Wasser überspülte bereits seine Hüften. Rip war immer noch ohnmächtig; der untere Teil seines Körpers verschwand rasch in den Fluten. Lynn schaute zu Tommy und sah, dass er sie anstarrte. Der Regen klebte Lynns kurz geschnittenes Haar flach an den Kopf.

Tommy wusste, wie es um ihn stand.

»Tommy, was soll ich tun? Ich krieg das verdammte Ding nicht auf.«

»Versuch mal, ob du die Kette bewegen kannst.«

Lynn untersuchte die Kette, deren Glieder mindestens einen halben Zentimeter dick waren. Die Kette selbst war vielleicht dreißig Zentimeter lang. Sowohl am Sockel als auch an der Schraube im Boden waren die Glieder fest verschweißt. Sie rammte das abgesplitterte Ende des Astes in die Ringschraube und versuchte sie zu drehen, erreichte damit jedoch nur, dass die Kette stärker an Tommys Bein zog. Er stöhnte vor Schmerz. Ein greller Blitz riss die Bäume auf der anderen Seite der Schlucht aus dem Dunkel. Wieder sah Lynn das Gebäude.

»Da ist ein Haus hinter den Bäumen«, sagte sie. »Ich geh mal nachschauen, ob ich dort Hilfe finde.«

»Rip meint, hier ist seit zwanzig Jahren kein Mensch mehr gewesen«, sagte Tommy. »Da ist bestimmt niemand.«

»Vielleicht finde ich ja ’ne Eisenstange oder so was«, entgegnete Lynn und schaute zum westlichen Ende der Schlucht, von wo ein seltsamer Lärm zu ihnen drang, als wäre irgendetwas Großes, Schweres im Anmarsch. »Tommy, wir haben nicht mehr viel Zeit!«

»Okay, dann geh! Verdammte Scheiße, tut das weh.«

Lynn schaute noch einmal nach Rip, der immer noch zwischen Bewusstlosigkeit und Wachzustand dämmerte. Das Wasser strudelte mittlerweile um seine Taille. Lynn wollte schon aus dem Bachbett steigen, als ihr einfiel, dass auch am anderen Ufer Fallen verborgen sein könnten. Mit einem Stock schlug sie aufs Gras, doch nichts geschah. Schließlich erreichte sie das andere Ende der Schlucht und schaute durch den strömenden Regen zurück. Der Bach, ursprünglich nur an die sechzig Zentimeter breit, besaß nun fast drei Meter Breite und war zu einer gefährlichen, schäumenden Flut schmutzig braunen Wassers geworden. Tommy hielt sich an einem Grasbüschel fest, um aufrecht zu bleiben. Rip lehnte an der Böschung wie ein Betrunkener; sein linker Arm schlenkerte hilflos im Wasser. Das Rumpeln hinter den Bäumen im Westen war nun deutlicher zu hören. Lynn richtete den Blick auf die Bäume vor ihr und versuchte zu erkennen, was dahinter war, doch nun sah sie das Haus nicht mehr.

Sie wollte ihre Freunde nicht allein lassen, deshalb begann sie um Hilfe zu rufen, auch wenn sie wusste, dass es vermutlich nutzlos war. Hier war bestimmt keine Menschenseele. Ihre Freunde würden ertrinken. Sie rief immer wieder; dann gab sie es auf und kletterte zu Tommy hinunter, wobei sie sorgfältig darauf achtete, in der eigenen Spur zurückzugehen.

Das Wasser reichte ihm nun bis an die Brust, doch es war ihm gelungen, das freie Bein so unter sich zu ziehen, dass er knien und das Gesicht höher heben konnte. Lynn watete gegen die starke Strömung auf ihn zu. Der Bach war jetzt auf über vier Meter Breite angeschwollen, alle Fallen waren überspült.

»Da kommt was«, mahnte Tommy und blickte bachaufwärts. Der Regen ließ ein wenig nach, und Lynn spürte, wie neue Hoffnung sie durchströmte. Doch das seltsame, laute Rumpeln im Westen war immer noch zu hören. Dann entdeckte sie Lichter hinter den Bäumen auf der anderen Seite der Schlucht.

»Da, sieh mal!«, sagte sie zu Tommy und stand rasch auf. »Hierher! Hilfe! Beeilung!«

Zwei dunkle Gestalten kamen von dem Haus her zwischen den Bäumen hindurch auf sie zu; der Strahl ihrer Taschenlampen tanzte in der Dämmerung auf und ab. Der Regen ließ nun nach, doch das Wasser stieg immer noch. Wieder rief Lynn, schwenkte die Arme. Sie überlegte, ob sie ihre eigene Taschenlampe hervorholen sollte. Dann wurde einer der beiden Fremden auf sie aufmerksam, ein großer Mann mit schwarzem Bart. Er streckte den Arm aus und bedeutete dem anderen, stehen zu bleiben.

»Hierher!«, rief Lynn wieder. Warum hielten die Männer an?

Das Rumpeln im Westen wurde lauter; Lynn kam es so vor, als zittere der Boden unter ihren Füßen. Es klang wie rollende Steine und Felsbrocken, die das Rauschen des Baches übertönten. Lynn schrie und schwenkte wieder die Arme. Der große, bärtige Mann schritt bis zum Rand des angeschwollenen Baches. Er trug einen langen Regenmantel, der bis zu seinen Stiefeln reichte. Ein breitrandiger schwarzer Hut war tief in seine Stirn gezogen. Er schaute Lynn an, blickte dann bachaufwärts. Es regnete wieder stärker.

»Tommy ist in der Falle gefangen!«, rief sie. »Rip auch. Bitte, können Sie mir helfen, die beiden rauszuholen?«

Der Große war jetzt vielleicht noch drei Meter entfernt, und das Wasser berührte schon den Saum seines Mantels. Tommy hustete. Dann schrie er vor Schmerz auf, als die Strömung ihn ein Stück mitriss. Das Wasser reichte ihm nun bis zu den Brusttaschen, und er zitterte heftig am ganzen Körper. Hinter ihm starrte Rip mit weit aufgerissenen Augen; er stotterte irgendetwas Unverständliches, während das Wasser ihm bis zum Hals stieg. Lynn konnte immer noch nicht das Gesicht des großen Mannes unter dem breiten Hut erkennen, der wie eine Kopfbedeckung der Mountain Rangers aussah.

Wieder kam er ein Stück näher, kämpfte gegen die Strömung an. Als er Lynn erreicht hatte, streckte er eine Hand aus und bedeutete ihr, sie zu ergreifen. Lynn überlegte noch, was sie tun sollte, als plötzlich tosender Lärm im Westen aufbrandete. Als sie sich umdrehte, sah sie die ein Meter fünfzig hohe Flutwelle, die Trümmer und Unrat mit sich führte, um die Biegung des Baches stürzen.

Entsetzt schrie sie auf, denn sie wusste, was nun kam. Im nächsten Augenblick hatte der Große sie am Unterarm gepackt und zog sie zum Waldrand. Wieder schrie Lynn, rief nach Tommy, doch der Griff um ihren Arm war wie ein Schraubstock. Sie wurde buchstäblich über den Boden geschleift und den Abhang hinaufgezerrt. Als der Mann sie den letzten Meter heraufzog, schoss die Flutwelle vorbei und erfüllte die Luft mit Schlammgeruch und dem tosenden Lärm berstender Steine. Lynn hielt eine Hand hoch, um durch die Regenschleier etwas sehen zu können, doch Tommy und Rip waren verschwunden. Der ersten Welle folgte eine zweite, die genauso viel Schlamm wie Wasser mit sich führte. Rasch war die kleine Schlucht zu beiden Seiten bis zum Waldsaum gefüllt. Auf dem dahinschießenden Wasser waren Sträucher und kleinere Bäume zu sehen, doch die beiden jungen Männer waren verschwunden. Verloren. Lynn wurde schlecht.

Ohne seinen Griff zu lockern, sagte der Große mit kalter, befehlsgewohnter Stimme: »Bring sie ins Nitrogebäude. Absolute Sicherheitsverwahrung. Dann kommen wir zurück und holen die Leichen.«

»Die werden irgendwo ein Auto haben«, meinte der zweite Mann.

Lynn konnte den Blick nicht von der braunen Flut abwenden, die nur wenige Sekunden zuvor ein harmloser Bach gewesen war.

»Ja, den Wagen müssen wir auch noch finden. Und ihre Rucksäcke. Nimm sie jetzt mit.«

Mich mitnehmen?, dachte Lynn. Wohin mitnehmen? Wer sind diese Männer? Sie wollte danach fragen, als der Große ihre Arme auf den Rücken drehte und sie festhielt.

»He!«, rief Lynn empört; dann streiften Hände ihr ein feuchtes Tuch über die Augen und banden ihr eine Art Knebel über den Mund. Sie versuchte sich zu wehren, doch der Mann hinter ihr hob ihre verdrehten Ellenbogen an, und ein stechender Schmerz schoss Lynn durch den Rücken. Sie stieß einen unterdrückten Schrei aus und wehrte sich nicht mehr.

»Sei jetzt still!«, mahnte der Große. Lynn spürte, wie er sich nahe zu ihr beugte. Er roch nach feuchtem Segeltuch und Leder – und nach irgendeiner Chemikalie. »Ihr hättet nicht herkommen dürfen«, sagte er, und seine Stimme übertönte auf geheimnisvolle Weise das Rauschen des Baches. »Ihr hättet niemals herkommen dürfen.«

Special Agent Janet Carter prüfte ihr Aussehen im Spiegel der Damentoilette, bevor sie zurück an den Schreibtisch ging. Noch immer machte ihr eine Bemerkung zu schaffen, die sie am Morgen in dem Schnellrestaurant gehört hatte, das sich neben dem FBI-Gebäude in Roanoke befand. Ein neuer Agent, frisch von der FBI-Akademie, hatte sich bei einem Kollegen nach ihr erkundigt, ohne zu bemerken, dass Janet jedes Wort hören konnte. Sie war die einzige Frau im FBI-Büro Roanoke, und als der Bursche über die »niedliche kleine Rothaarige« zu reden begann, hatte sie aufmerksam gelauscht und mitbekommen, wie der andere geantwortet hatte: »Lass dich bloß nicht von ihrem Jungmädchengesicht narren. Sie ist fast vierzig und seit acht Jahren in unserem Verein. Außerdem geht sie nicht mit Kollegen aus. Wirst es schon noch merken.«

Wirst was schon noch merken?, fragte sich Janet. Will er damit andeuten, ich sei lesbisch, weil ich nie mit einem Kollegen ausgehe? Oder meint er, dass ich zu alt bin für so einen jungen Typ? Sie betrachtete ihr »Jungmädchengesicht«. Rote Haare, leuchtend grüne Augen ... ja, sicher, es gab ein paar Falten hier und da, aber die fielen nicht weiter auf. Festes Kinn, reine Haut. Sie wirkte jünger als ihre siebenunddreißig Jahre. Dreimal die Woche ging sie zum Fitnesstraining und war in besserer Verfassung als viele ihrer männlichen Kollegen, falls man dem jährlichen Fitness-Test Glauben schenken konnte. An ihrem Körper war jedenfalls nicht auszusetzen. Also entspann dich, sagte sie sich. Sind bloß Kerle, die ihre Muskeln spielen lassen. Im Allgemeinen mochte Janet die Mannschaft in Roanoke – und die anderen mochten sie.

Sie seufzte und trat den Rückweg zu ihrem Schreibtisch an, In seinem Büro schlummerte Billy Smith, der allgemein als

»Frührentner« bezeichnet wurde – ein unfairer Vorwurf, denn Billy hatte erhebliche Probleme mit seinem Blutdruck und musste jeden Morgen bei Arbeitsbeginn eine Pille schlucken, die ihn für eine Stunde ins Reich der Träume schickte. Nach dem Aufwachen erledigte er den fälligen Papierkram bis zur Mittagspause, nach der er seine zweite Pille schluckte und erneut sanft einschlummerte. Billy war vor drei Jahren zu ihnen gestoßen; vorher hatte er irgendwelche undurchschaubaren Aufträge in der FBI-Zentrale erledigt. Aller Voraussicht nach hatte er nur noch zwei Jahre abzureißen, dann durfte er tatsächlich in den Ruhestand.

Chef des FBI-Büros Roanoke war Resident Agent Ted Farnsworth. Billy Smith erledigte den Löwenanteil des Papierkrams, während Janet und ihr Kollege Larry Talbot, Special Agent, die Laufarbeit machten.

Janet setzte sich an ihren Schreibtisch, sah ihre E-Mails durch und seufzte. Larry Talbot hatte ihr eine Nachricht hinterlassen: Um neun sollte sie ihn zu Kreiss begleiten, um ihm auszurichten, dass der Fall, bei dem es um die verschwundenen Collegestudenten ging, an die Vermisstenabteilung in Washington geleitet wurde.

Janet warf einen Blick auf die Uhr. Kaum noch Zeit, einen Kaffee zu trinken.

2

EDWIN KREISS STAND wartend an der Tür, als der FBI-Wagen aus Roanoke langsam die gewundene Zufahrt von der Landstraße heraufkroch. Er wusste, warum sie kamen: Sie würden die Suche abblasen. Seit fast drei Wochen waren die Kids jetzt verschwunden, und weder das FBI noch die Ortspolizei hatten bis jetzt eine Spur gefunden. Keine Leichen, keinerlei Anzeichen einer Entführung, keine stehen gelassenen Fahrzeuge, keine Kreditkartenbenutzung, keine Telefonrechnungen, keine Zeugen. Sie waren nirgendwo gesehen worden, ja, man wusste nicht mal, wo man überhaupt nach ihnen suchen sollte. Kreiss' Tochter Lynn und ihre beiden Freunde Tommy und Rip waren wie vom Erdboden verschluckt.

Tommy und Rip waren Kreiss ziemlich gleichgültig, aber Lynn war sein einziges Kind. Und nun fuhr das FBI bei ihm vor und würde ihm vermutlich mitteilen, dass man Lynn und die beiden jungen Burschen aufgab.

Als Special Agent Talbot heute Morgen angerufen hatte, war Kreiss nicht bereit gewesen, die Sache am Telefon zu besprechen. Doch Kreiss war ehemaliger FBI-Agent und nun im Ruhestand; er wusste, wie es ablief: Sie waren bei den Ermittlungen an einem Punkt angelangt, an dem man höheren Ortes die Frage aufwarf, ob sich die Kosten für eine Fortführung der Suche noch lohnten, zumal keine Anzeichen für ein Verbrechen vorlagen.

Kreiss beobachtete, wie die dunkle Ford-Limousine auf die kleine Lichtung vor seinem Blockhaus einschwenkte und hielt. Er erkannte die beiden FBI-Agenten beim Aussteigen. Es waren die gleichen, die den Fall bearbeitet hatten. Special Agents. Larry Talbot trug einen dezenten Anzug. Er war ein schwergewichtiger, fetter, fast kahlköpfiger Mann. Janet Carter war um einiges jünger als Talbot. Sie mochte fünfunddreißig sein und hatte eine gute Figur und ein hübsches, beinahe mädchenhaftes Gesicht. Ihr rotes Haar glänzte in der Sonne.

Kreiss stand in der Tür und wartete. Janet schätzte ihn auf Mitte fünfzig, auch wenn sein grauweißes Haar und die Falten im Gesicht ihn älter erscheinen ließen. Seine Miene ließ keinerlei Regung erkennen. Er und die anderen Eltern der Verschwundenen hatten sich im Laufe der letzten Wochen immer wieder mit den beiden Agenten getroffen. Talbot hatte in den Gesprächen professionelle Geduld und Takt gezeigt; bei der Frau hingegen hegte Kreiss den Verdacht, dass sie an diesem Fall verzweifelte und ihn am liebsten zu den Akten gelegt hätte. Außerdem spürte er, dass sie ihn nicht mochte, ihn vielleicht sogar verdächtigte, irgendwie mit dem Verschwinden seiner Tochter zu tun zu haben.

Kreiss' Fertigblockhaus lag unterhalb des 1100 Meter hohen Pearl's Mountain im Vorgebirge der Appalachen in Virginia. Die zerklüftete Ostseite des Berges erhob sich etwa dreihundert Meter hinter dem Blockhaus mitten aus offenem Weideland. Der nackte Fels war hier und da mit verkrüppelten Bäumchen bewachsen, und ein paar glitzernde Bäche hatten grüne, moosige Spuren auf dem Gestein hinterlassen. Die Wiese hinter dem Blockhaus war das einzige freie Geländestück inmitten dichten Waldes. Sechzig Meter unterhalb des Hauses bahnte sich ein strudelnder Bach seinen Weg, der Hangman's Run; er hatte eine tiefe Schlucht in das uralte Gestein geschnitten. Am Bach entlang verlief eine schmale Landstraße, und eine primitive Holzbohlenbrücke, die den Bach überspannte, führte zu Kreiss' Zufahrtsweg.

Die beiden Agenten schritten über den unkrautüberwucherten Vorplatz. Sie schwiegen, bis sie zu den Holzstufen gelangten, die auf die Veranda führten. »Mr Kreiss?«, fragte Talbot. »Ich bin Special Agent Larry Talbot, und das ist Special Agent Janet Carter.«

»Ja, ich erinnere mich«, sagte Kreiss. »Kommen Sie bitte herein.«

Er öffnete ihnen die Fliegentür. Talbot stellte sich und Janet jedes Mal aufs Neue vor, war stets ausgesucht höflich und sagte bei jeder Gelegenheit *Sir.* Falls er wusste, dass Kreiss ehemaliger FBI-Mitarbeiter war, verriet er es mit keiner Miene. Kreiss bemühte sich um einen neutralen Tonfall.

»Vielen Dank, Sir«, sagte Talbot. Kreiss führte sie zu den Sesseln im Hauptraum des Blockhauses, ein geräumiges Zimmer, das gleichzeitig als Wohnzimmer, Esszimmer und Küche diente. Talbot setzte sich auf die Sesselkante, die Aktentasche auf den Knien, während Carter entspannter zu sein schien; sie legte beide Arme auf die Lehnen des Sessels und schlug die hübschen Beine anmutig übereinander. Kreiss ließ sich ihnen gegenüber in einem Schaukelstuhl nieder und bemühte sich um eine gelassene Miene.

»Nun«, begann Talbot und schaute zu seiner Kollegin, als wolle er sich ihres moralischen Beistands versichern. »Wie Sie wissen, haben die Ermittlungen bisher zu keinem Ergebnis geführt. Ehrlich gesagt, habe ich so was noch nicht erlebt: Normalerweise haben wir wenigstens *irgendetwas,* irgendein Beweisstück, einen Zeugen oder wenigstens eine brauchbare Theorie. Aber in diesem Fall ...«

Kreiss schaute von Carter zu Talbot. »Was hat das FBI jetzt vor?«

Talbot holte tief Luft. »Wir haben auch schon die beiden anderen Familien aufgesucht. Unser Hauptproblem ist und bleibt, dass es keinerlei Anzeichen für ein Verbrechen gibt. Und keine Beweise für ...«

»Die jungen Leute sind jetzt seit drei Wochen verschwunden«, fiel Kreiss ihm ins Wort. »Und Sie haben noch nicht mal eine *Spur* gefunden, Mr Talbot.«

Er blickte dem Mann fest in die Augen. Janet Carter schaute mit ausdrucksloser Miene auf ihre Schuhe.

»Ich akzeptiere ja, dass es keine Beweise für ein Verbrechen gibt, wie Sie sagen«, fuhr Kreiss fort. »Aber es gibt auch keine Beweise dafür, dass die jungen Leute *freiwillig* verschwunden sind.«

»Ja, Sir«, sagte Talbot. »Aber sie sind nun mal Studenten und ... nun ja, sie standen einander sehr nahe.«

Nahe ist nicht ganz das richtige Wort, dachte Kreiss. Die drei hatten seit Ende des ersten Semesters in einer seltsamen, verrückten Dreiecksbeziehung gestanden: Tommy und Lynn waren ein Pärchen; Rip, der Dritte im Bunde, hatte sie wie ein exzentrisches Elektron umkreist.

»An der Uni haben wir alle befragt, die sie gekannt haben«, erklärte Talbot. »Professoren, Assistenten, Studenten. Keiner konnte uns etwas Genaueres sagen, außer zwei Kommilitonen, die ziemlich sicher waren, dass die drei irgendwo zelten wollten. Aber keiner wusste, wo oder wie lange sie bleiben wollten, zumal noch eine Woche vorlesungsfreie Zeit war, sodass niemand mit ihnen gerechnet hat.«

»Was war mit der Ortspolizei aus Blacksburg?«

»Wir hatten ihre volle Unterstützung. Ebenso von der Uni, der Stadt und der Bezirksverwaltung. Wir haben das Übliche überprüft: Telefonrechnungen, E-Mails, Bankkonten, Kreditkarten, Stundenpläne, sogar ihre Bibliotheksausweise. Nichts.« Er holte tief Luft. »Was wir damit sagen wollen ... Wir müssen den Fall an die Vermisstenabteilung abgeben.«

»Die Vermisstenabteilung?.«

»Ja, Sir. Bis wir einen Hinweis bekommen – und der kleinste Hinweis wird reichen –, dass die drei nicht bloß auf einen verlängerten Ausflug gegangen sind.«

»Sie glauben, die drei würden ihr Studium vernachlässigen? Drei erfolgreiche Ingenieurstudenten im letzten Semester?«

»Sir, es wäre nicht das erste Mal, dass so etwas passiert. Studenten schlagen manchmal über die Stränge oder machen sich für längere Zeit aus dem Staub, um die Wale zu retten oder den Regenwald oder sonst was Verrücktes.«

Kreiss runzelte die Stirn; dann schüttelte er den Kopf und

stand auf, ging zu einem der vorderen Fenster und versuchte, seine Beherrschung wiederzuerlangen. Er kehrte seinen Besuchern den Rücken zu, damit sie ihm ansehen konnten, wie wütend er war.

»So sehe ich das nicht, Mr Talbot. Meine Tochter und ich stehen uns sehr nahe, besonders seit ihre Mutter ums Leben kam.«

»Ja, Sir. Bei dem Flugzeugabsturz, ich weiß. Unser Beileid, Sir.«

Kreiss blinzelte. Talbot hatte ihm gerade verraten, dass auch er, Kreiss, überprüft worden war. Das war natürlich Routine und zu erwarten gewesen: Wenn junge Leute verschwanden, überprüfte man natürlich auch die Eltern.

Nun wussten sie also, dass er einmal dem FBI angehört hatte. Kreiss fragte sich, ob sie auch etwas über die Umstände seiner überstürzten Pensionierung erfahren hatten. Talbot vielleicht; die Frau hingegen war zu jung. Es sei denn, sie hätte in der Zentrale nachgefragt.

»Danke für Ihr Mitgefühl«, sagte Kreiss. »Aber was meine Tochter angeht ... Lynn hätte es mir gesagt, wenn sie die Uni verlassen wollte. Sie hätte mich sogar um Geld angebettelt.«

»Wirklich, Sir?«, meinte Talbot. »So viel wir wissen, hat sie eine beträchtliche Entschädigungssumme von der Fluggesellschaft erhalten.«

Überrascht drehte Kreiss sich zu den beiden um. Die Entschädigung hatte er vollkommen vergessen. Er erinnerte sich noch, wie der Anwalt seiner verstorbenen Frau sich in dieser Sache mit Lynn in Verbindung gesetzt hatte, doch letztlich hatte er sich dann selbst darum gekümmert. Von dem Geld wurden Lynns Studiengebühren und die sonstigen Ausgaben bezahlt; darüber hinaus zahlte Kreiss ihr eine monatliche Unterstützung.

Die Frau hatte jetzt ihren Notizblock aufgeschlagen und schrieb irgendetwas hinein. »Meine Tochter ist eine verantwortungsbewusste junge Frau«, sagte Kreiss. »Und ihr Freund

Tommy Vining ebenfalls. Rip ist ein bisschen leichtlebig, das gebe ich zu. Aber die drei hätten niemals die Uni verlassen, da bin ich mir ganz sicher! Ich glaube, sie sind zelten gegangen, wie die beiden Kommilitonen gesagt haben, und dann ist irgendetwas passiert ... irgendwas Schlimmes.«

»Ja, das wäre eine Möglichkeit. Wir haben nur keine ...«

»Schon gut, schon gut. Aber was geschieht jetzt? Wollen Sie den Fall zu den Akten legen?«

»Kein Gedanke, Sir«, sagte Talbot. »Das wissen Sie doch. Der Fall wird Bundessache und an die Vermisstenabteilung weitergeleitet. Er wird erst abgeschlossen, wenn die jungen Leute gefunden sind, auf die eine oder andere Weise.« Talbot hielt inne, als bereue er seine Ausdrucksweise. »Wie Sie sicher wissen, Sir, gibt es Tausende vermisster Personen, die das FBI auf Trab halten. Und das allein auf Bundesebene. Von den Fällen auf lokaler Ebene hören wir gar nicht erst.«

»Wie beruhigend.«

»Ich weiß, es klingt nicht gerade ermutigend, Mr Kreiss. Aber die Vermisstenabteilung arbeitet mit einem großen Vorteil: Sie kann jeden aktuellen Fall auf mögliche Verbindungen durchleuchten – Namen, Kreditkartennummern, Telefonnummern und anderes. Sie haben sogar eine spezielle Software entwickelt, mit der sie die Datenbanken des FBI durchsuchen können und die sofort meldet, wenn irgendeine Verbindung zu einer vermissten Person besteht.«

»Was haben denn die anderen Eltern gesagt, als Sie ihnen das erzählt haben?«

Talbot stieß einen Seufzer aus. »Sie waren genauso erschüttert wie Sie, Sir. Es ist eben so, dass uns keinerlei Hinweise ...«

»Ja, das haben Sie schon ein paar Mal gesagt. Will einer der betroffenen Eltern selbst auf die Suche gehen?«

»Wollen *Sie* das etwa, Mr Kreiss?«, schaltete Janet Carter sich ein. Es war das erste Mal, dass sie sich zu Wort meldete. Kreiss schaute sie an. Er war erstaunt, als ihre Blicke sich trafen: In Janet Carters Augen lag so etwas wie Herausforderung.

»Auf keinen Fall«, antwortete er ruhig, ohne ihrem Blick auszuweichen. »Wenn Privatleute sich in Polizeiarbeit einmischen, bringen sie meist alles durcheinander.«

»Aber Sie sind kein Privatmann im üblichen Sinne, nicht wahr, Mr Kreiss?«

Kreiss zögerte. Er fragte sich, wie sie das gemeint hatte. »Inzwischen doch, Agentin Carter«, erwiderte er leise.

Talbot räusperte sich. »Ich ...«, begann er, doch Janet schnitt ihm das Wort ab.

»Special Agent Talbot wollte wahrscheinlich sagen, dass wir Sie überprüft haben, Sir. Wenn Kinder vermisst werden, überprüfen wir stets auch die Eltern. Und natürlich wussten wir schon vorher, dass Sie FBI-Agent gewesen sind. Aber Ihre Dienst- und Personalakte wurden versiegelt. Die wenigen Leute, die wir befragen konnten, sagten uns, dass Sie ein ungewöhnlich erfolgreicher«, sie warf einen Blick auf ihre Notizen, »*Jäger* waren. Dieses Wort hörten wir immer wieder, Sir.«

Kreiss fand, dass es allmählich an der Zeit war, dieses Thema zu beenden. Bewusst legte er eine Maske der Kälte und Undurchdringlichkeit auf sein Gesicht, die er seit Jahren nicht benutzt hatte. Janet Carter wurde mit einem Mal sichtlich nervös. Kreiss ging auf sie zu und blieb dicht vor ihr stehen, sodass sie gezwungen war, zu ihm aufzublicken.

»Was hatten diese *wenigen* Leute noch zu sagen, Agentin Carter?«, fragte er mit lauerndem Unterton.

»Ehrlich gesagt, gar nichts«, antwortete Janet mit stockender Stimme. Talbot, der beunruhigt aussah, trommelte nervös mit den Fingern auf seine Aktenmappe.

Kreiss verschränkte die Arme vor der Brust, beugte sich vor und brachte sein Gesicht ganze nahe an das der FBI-Agentin. »Haben Sie Fragen an mich, die direkt mit diesem Fall zu tun haben, Agentin Carter?«

»Im Augenblick nicht, Sir«, erwiderte sie und hob trotzig das Kinn. »Aber wenn es soweit ist, werden wir diese Fragen ganz sicher stellen.«

Sie legt es auf einen Schlagabtausch an, dachte Kreiss, obwohl sie weiß, dass sie nicht siegen kann. Er holte tief Luft, starrte Janet unverwandt in die Augen und sah, wie sie im Sessel zusammensank. Dann richtete er sich auf, atmete aus und ging zurück zu seinem Schaukelstuhl. »Meine Spezialität beim FBI waren nicht Vermisste«, erklärte er. »Ich war Mitarbeiter bei der Spionageabwehr, Sektion Fernost.«

Janet Carter hatte sich inzwischen wieder gefangen und räusperte sich vernehmlich. »Ja, Sir«, sagte sie. »Deshalb unternehmen Sie bitte nichts im Alleingang. Wenn Sie irgendetwas herausfinden oder hören, oder wenn Ihnen irgendetwas einfällt, rufen Sie uns an. Wir können aus einem kleinen Hinweis sehr viel mehr herausfiltern als Sie.«

»Selbst wenn Sie den Fall aufgeben?«

»Wir geben diesen Fall nicht auf«, sagte Talbot. »Er bleibt im Zuständigkeitsbereich des FBI-Büros Roanoke, auch wenn er an die Vermisstenabteilung in der Zentrale geht. Wir können alles wieder rückgängig machen und die Akte jederzeit wieder öffnen. Aber Janet hat Recht: Es würde alles viel komplizierter machen, wenn in der Zwischenzeit jemand in der Sache herumpfuscht.«

Kreiss starrte wieder auf Janet. »Sicher«, sagte er und bemühte sich, seinen Zügen einen freundlichen Ausdruck zu verleihen. Einen Augenblick lang hatte er das heftige Verlangen verspürt, den hübschen kleinen Kopf der FBI-Agentin durchs Fenster zu schmettern. Kreiss war ziemlich sicher, dass sie es in seinen Augen gesehen hatte; ihre Wangen waren hochrot.

»Also gut«, meinte Talbot und nestelte am Kragen, während er sich erhob. »Ich möchte Ihnen noch einmal versichern, Sir, dass das FBI nicht aufgeben wird, besonders, da es sich um die Tochter eines Ex-Agenten handelt. Die Angelegenheit wird lediglich auf eine andere Ebene gehoben, wenn Sie so wollen. Wenn Sie irgendetwas hören sollten, verständigen Sie uns, und wir werden die Information an die richtige Stelle leiten. Sie haben doch unsere Karten?«

»Habe ich«, sagte Kreiss und stand ebenfalls auf. »Aber ich glaube, Sie liegen völlig falsch«, sagte er an Talbot gewandt und übersah Janet Carter dabei geflissentlich.

Talbot sah ihn mitfühlend an. »Bevor wir nicht einen Hinweis bekommen, dass Ihrer Tochter und deren Freunden etwas Schlimmes passiert ist, sind uns leider die Hände gebunden. Es ist hauptsächlich ein Problem der fehlenden Mittel. Sie waren ja auch beim FBI, Mr Kreiss. Sie wissen, wie es ist.«

»Ich weiß, wie es *war*«, betonte Kreiss und machte damit deutlich, dass man zu seiner Zeit nicht aufgegeben hätte. Er brachte seine Besucher zur Tür. Die beiden FBI-Agenten verabschiedeten sich und gingen zum Wagen.

Kreiss stand auf der Schwelle und blickte ihnen nach. Er hatte seine Gefühle unterdrückt, seit Lynn und die Jungs vermisst wurden, hatte mit der Ortspolizei und den FBI-Leuten zusammengearbeitet, hatte jede gewünschte Information geliefert, geduldig Fragen beantwortet, Lynns Zimmer im Blockhaus durchsuchen lassen und zugesagt, alles zu begutachten, was sie aufspürten. Er hatte schmerzliche Stunden mit den anderen Eltern durchgestanden, hatte sich mit Lynns Kommilitonen und mit anderen ihrer Bekannten getroffen. Er hatte zwei Sitzungen mit einem FBI-Psychologen über sich ergehen lassen, die darauf zielten, ob irgendjemand sich an irgendetwas erinnerte, das einen Hinweis geben könnte, wohin Lynn, Tommy und Rip gefahren waren. Doch all diese Bemühungen hatten zu keinem Ergebnis geführt.

Einige von Lynns Kommilitonen waren ein wenig herablassend zu den Cops gewesen, aber das war bei Collegestudenten nichts Ungewöhnliches. Und Studenten der Ingenieurwissenschaften an der Virginia Tech hielten sich ohnehin für etwas Besseres. Vielleicht waren sie es sogar. Lynn war auf jeden Fall etwas Besonderes gewesen, dachte Kreiss und ertappte sich wieder einmal dabei, dass er in der Vergangenheitsform an Lynn dachte.

Aber im Grunde gab es keine Entschuldigung für das rüde

Benehmen der Studenten den Polizisten gegenüber, wenn man die traurigen Umstände in Betracht zog. Ein rothaariger Junge hatte sich dabei besonders hervorgetan. Kreiss hatte daraus geschlossen, dass er sich entweder in den Vordergrund spielen wollte oder irgendetwas wissen musste.

Den FBI-Agenten jedenfalls musste man eines lassen: Sie hatten alles versucht. Doch wenn die Spur noch kälter wurde, würden sie den Fall der Vermisstenabteilung überlassen und sich wieder der Jagd auf »richtige« Verbrecher widmen, da war Kreiss sicher. Das FBI hatte sein festgesetztes Budget, Prioritäten und pro Jahr mehr Fälle zu bearbeiten, als es schaffen konnte. Und Fälle, bei denen es um Vermisste ging, zogen sich oft über Jahre hin, doch die Bewertung der Arbeit eines FBI-Agenten wurde stets auf der Grundlage eines Kalenderjahres vorgenommen. Und das FBI war auf gute Statistiken angewiesen, also musste jeder Agent möglichst viele Fälle abschließen, Verhaftungen vornehmen und Verurteilungen erwirken. Insofern konnte Kreiss den beiden dankbar sein, dass sie den weiten Weg auf sich genommen hatten, nur um mit ihm persönlich zu sprechen, auch wenn die junge Frau reichlich schnippisch gewesen war.

Nun, vielen Dank, Mr Talbot und Miss Carter.

Als Kreiss die Tür zumachte, atmete er tief aus. Beinahe war er erleichtert über die Entscheidung des FBI. Nun konnte er die Dinge auf seine Weise erledigen.

Talbot steuerte den Wagen den gewundenen Weg hinunter auf die Holzbrücke zu, welche die untere Grenze von Kreiss' Anwesen markierte. Janet versuchte ihr Handy abzuhören, doch in dem Hohlweg steckten sie in einem Funkloch.

»Ich tue das gar nicht gern«, meinte Talbot, während er auf die schmale Landstraße einschwenkte. »Den Leuten sagen, dass wir aufgeben. Eltern bekommen immer leicht das Gefühl, dass es bloß eine Ausrede ist, einen Fall an die Vermisstenabteilung zu übergeben.«

»Wir tun, was wir tun müssen«, gab Janet zur Antwort. »Ich persönlich glaube, dass die drei jungen Leute einfach abgehauen sind. Passiert doch immer wieder bei Studenten, dass sie sich mal 'ne lange Auszeit nehmen.«

»Einen Moment dachte ich, Kreiss würde ausrasten. Hast du sein Gesicht gesehen, als du über seine Vergangenheit geredet hast? Konnte einem richtig Angst machen.«

Janet gab keine Antwort. Sie fingerte an ihrem Gurt, während Talbot den Wagen über mehrere kurz hintereinander liegende Bodenwellen holpern ließ. Die Straße stieg langsam an und wurde zu beiden Seiten von dichtem Wald begrenzt, sodass die Umgebung in grünliches Licht getaucht war.

Natürlich war Janet die Reaktion von Kreiss nicht entgangen. Sie hatte all ihre Kraft gebraucht, um ihm Widerstand zu leisten, und selbst dann noch hatte sie sich durch ihre Stimme verraten. Nie hatte sie ein Gesicht gesehen, das so drohend wirken konnte. Hinzu kam, dass Kreiss ein sehr großer Mann war, mit Schultern wie ein Footballspieler und kantigem Gesicht. Einen Augenblick lang hatte sie wirklich Angst vor ihm gehabt, als er seinen starren Blick auf sie gerichtet hatte – der Blick eines Hundes, der im nächsten Moment zubeißen will.

»Weißt du«, sagte Talbot. »Wenn ich ein paar richtig schwere Jungs in einem Zimmer hätte, wäre Kreiss derjenige, auf den ich am meisten aufpassen würde.«

»Hab ich mir fast schon gedacht«, erwiderte Janet so gleichmütig sie konnte.

»Ich hätte den Mann wirklich nicht gern am Hals. Besonders, wenn es stimmt, was Farnsworth über ihn sagt.«

Farnsworth, ihr Boss, kannte diesen Mann? Janet konnte sich nicht vorstellen, was ein Bürohengst wie RA Farnsworth mit den Leuten von der Spionageabwehr zu schaffen hatte.

»Was sagt der Chef denn?«, wollte Janet wissen.

»Kreiss war offenbar eine ganz besondere Nummer. Ein Bursche, den man nicht bändigen konnte. Ein einsamer Wolf. Ich hab mal gehört, dass die Jungs von der Spionageabwehr manchmal so werden. Du weißt schon, all diese Spezialkommandos und Geheimhaltungsgeschichten ...«

»Inwiefern war Kreiss etwas Besonderes?«

»Na ja, Farnsworth ist nicht ins Detail gegangen, aber angeblich hat Kreiss einen großen Teil seiner Zeit nicht mit normaler FBI-Arbeit verbracht. Dann ist irgendetwas passiert, und man hat ihn gefeuert.« Talbot konzentrierte sich auf die nächste Haarnadelkurve. »Farnsworth sagte, Kreiss habe sich mit den so genannten ›Sweepers‹ von der CIA eingelassen.«

»›Sweepers‹?«

»Eine Gruppe von Spezialisten in der Spionageabwehr der CIA – Kopfgeldjäger. Angeblich werden sie gerufen, wenn einer ihrer eigenen Geheimagenten abtrünnig wird. Farnsworth meinte, sie seien besonders darauf spezialisiert, Abtrünnige ›heimzuholen‹. Das alles ist natürlich supergeheim.«

Janet zuckte zusammen, als Talbot in einer unübersichtlichen Kurve zu weit an den Straßenrand geriet. »Davon hab ich noch nie gehört. Klingt wie eine von diesen typischen Geheimdienstlegenden – du weißt schon, wenn man die hehren Taten verblichener Agenten aufpoliert, damit wir kleinen Lichter uns ein Beispiel daran nehmen.«

Talbot warf ihr einen forschenden Blick zu, bevor er seine Aufmerksamkeit wieder der Straße zuwandte. »Da bin ich mir nicht so sicher. Jedenfalls ist die Geschichte schon vier oder fünf Jahre her. Farnsworth sagte, er sei zu der Zeit, als Kreiss gefeuert wurde, in der Zentrale in Washington gewesen, also stammt die Geschichte ungefähr aus fünfter Hand. Aber ehrlich gesagt war ich erleichtert, als Kreiss sagte, er würde sich aus dem Fall raushalten.«

Janet schnaubte verächtlich.

»Was ist?«

»Kreiss wird den Teufel tun, sich rauszuhalten. Hast du das denn nicht gemerkt?«

Talbot wirkte überrascht. »Nein, hab ich nicht. Ich dachte, er wäre einfach nur stinksauer. Und außerdem – welche Tätigkeit

Kreiss in unserem Verein auch ausübte, jetzt ist er im Ruhestand. Ich glaube, er ist bloß ein Kerl, der seine Laufbahn vermasselt hat, gefeuert wurde und dann hierher zog, um in der Nähe seiner Tochter zu sein. Und jetzt wird das Mädchen vermisst, und zu allem Überfluss wirft das FBI das Handtuch. Du liebe Güte, Kreiss ist doch schon ein älterer Mann!«

»Ich glaube, du irrst dich«, sagte Janet kopfschüttelnd. »Und was Kreiss angeht – so alt ist er nicht.«

Talbot lachte. »Hey, hast du dich in den Burschen verknallt oder was?«

»Sehr witzig, Larry«, sagte sie und wandte den Kopf ab, weil sie befürchtete, ihre Miene könne sie verraten: Kreiss hatte ihr Angst gemacht, und dafür schämte sie sich. Acht Jahre war sie nun beim FBI, und da kam so ein Veteran und jagte ihr Furcht und Schrecken ein.

»Also, um dich noch einmal daran zu erinnern, Janet, uns liegen keinerlei Beweise für ein Verbrechen vor. Du kennst doch Farnsworths Regeln: Wo kein Verbrechen vorliegt, soll auch keine Zeit verschwendet werden. Und er hat Recht. Wir leiten den Fall weiter an die Vermisstenabteilung. – Wo möchtest du gern essen?«

Janet zuckte die Achseln und starrte aus dem Beifahrerfenster auf knorrige, moosüberwucherte Kiefern, von denen manche mit Schlingpflanzen bewachsen waren. Sie fuhren bergab, doch vor ihnen erhob sich bereits die nächste steile Anhöhe. Janet ging Kreiss immer noch nicht aus dem Kopf. Als er sich über sie gebeugt und sie angestarrt hatte, wäre ihr beinahe das Herz stehen geblieben. Nie zuvor hatte sie sich so vor einem Mann gefürchtet.

»Iss, wo du willst«, sagte sie. »Ich hab keinen großen Hunger.«

3

BARRY CLARK STIEG aus dem Pendelbus und eilte durch den Regen auf das Apartmentgebäude im Wohnviertel der Studenten zu, das hinter dem Kroger-Einkaufszentrum lag. Er hielt sich den Rucksack über den Kopf und versuchte vergeblich, seine flammend roten Haare nicht nass werden zu lassen. Es war schon fast dunkel, und Barry Clark war wie üblich stinksauer.

Vor seiner Wohnung im Erdgeschoss sah er nach der Post im voll gestopften Briefkasten, die – wie jedes Mal bei Regen –, völlig durchweicht war. Was für ein dämlicher Platz, um Briefkästen anzubringen! Dann betrat Barry den Flur, auf dem es nach Bratenfett, Katzenpisse und Waschmittel roch. Eine einzelne Glühbirne warf ihr trübes Licht auf den Müll, der sich in den Ecken häufte. Barry Clark schloss die wacklige Tür seiner Wohnung auf, schob ein bisschen Müll beiseite, der sein so genanntes Wohnzimmer füllte, und schloss die Tür hinter sich wieder. Die Vorhänge waren zugezogen, um Diebe, die den Campus unsicher machten, nicht auf dumme Gedanken zu bringen. Das Zimmer war dunkel und spiegelte Barrys Laune wider.

Er ließ den feuchten Rucksack zu Boden fallen und schlug auf den Lichtschalter, doch es tat sich nichts. Barry fluchte laut. Wahrscheinlich waren die Sicherungen in der Küche wieder mal durchgebrannt. Musste an diesem Scheißtag denn alles schief gehen?

Barry fuhr sich mit der Hand durchs Haar und wollte eben das Zimmer durchqueren, als eine große, kopflose Gestalt aus dem Sessel hochschnellte und ihm einen wilden Hieb auf die rechte Schulter versetzte. Der Schlag war so wuchtig, dass

Barry zur Seite taumelte. Der Schmerz raubte ihm beinahe den Atem. Dann schlug die kopflose Gestalt ein zweites Mal zu, genau auf die gleiche Stelle. Ohne sich dessen bewusst zu sein, sank Barry auf die Knie; dann kippte er kraftlos zur Seite. Seine Augen tränten, und er versuchte zu schreien, brachte aber nur ein Wimmern zu Stande. Seine Arme waren taub bis zu den Fingerspitzen, und der Schmerz war so schlimm, dass ihm übel wurde. Als die sekundenlange Benommenheit von ihm abfiel; ließ er in panischer Angst den Blick durchs Zimmer schweifen, sah den Angreifer jedoch nicht. Dann aber spürte er, dass irgendetwas *hinter* ihm war. Er versuchte sich umzudrehen, doch seine tauben Arme waren zu schwach.

Plötzlich fühlte er sich an den Haaren hochgezerrt und auf die Beine gestellt. Es tat höllisch weh. Doch was ihn am meisten entsetzte, war die Kraft des Mannes, der ihn lässig mit einer Hand hochgehoben hatte, obwohl Barry achtzig Kilo wog. Der Fremde schleifte ihn zur Trennwand des Wohnzimmers, zwang ihn dort auf die Knie und schlug Barry mit dem Kopf gegen die Wand, dass die Nase zu bluten anfing. Barry begriff, was gemeint war: Rühr dich nicht. Er rührte sich nicht.

Der stechende Schmerz in seinen Armen drohte ihn zu überwältigen. Verzweifelt versuchte er sich vor Augen zu rufen, was er gesehen hatte: eine große, dunkle Gestalt in einem langen Mantel, mit schwarzen Handschuhen – und ohne Kopf. Doch Barrys Entsetzen wurde noch größer, als er plötzlich die lange, glänzende Klinge sah, die neben seinem Gesicht aufblitzte. Die Schneide war nur Millimeter von seinem rechten Augapfel entfernt. Instinktiv zuckte er zurück und zog den Kopf zwischen die Schultern, doch die Hand des Fremden folgte der Bewegung und rammte Barrys Kopf erneut gegen die Wand, auf der sich jetzt ein großer dunkler Blutfleck ausbreitete.

Der Mann drückte die Messerklinge gegen Barrys rechten Wangenknochen. Barry spürte einen schmerzhaften Stich. Er konnte nicht erkennen, was genau mit ihm geschah, und begann unkontrolliert zu zittern. Er wollte etwas sagen, brachte aber nur ein Krächzen hervor, denn seine Kehle war trocken wie ein Blatt Papier.

»Wir können es lang oder kurz machen. Es liegt ganz bei dir.« Der Mann sprach flüsternd; seine Stimme war rau und ohne Betonung.

Barry versuchte noch einmal, etwas zu sagen, brachte aber wieder nur ein Krächzen zu Stande. Er spürte, wie der Mann hinter ihm sich setzte. Er war wie eine riesige, gespenstische Bedrohung. Er drückte Barry ein Knie in den Rücken. Der Schmerz in Barrys Schultern wurde schlimmer, immer schlimmer.

»Ich sag dir jetzt, was ich will, Sonny«, flüsterte der Mann. »Ich will wissen, wo Lynn Kreiss und ihre Freunde zelten gegangen sind.«

Verwirrt blinzelte Barry ins Dämmerlicht. Lynn Kreiss? Wer, zum Teufel, *war* dieses Arschloch? Das hatte er doch alles schon mit den Cops durchgekaut. Und natürlich hatte er sie abblitzen lassen. Barry hatte den Unwissenden gemimt, weil Rip ihn hatte schwören lassen, dass er es keiner Menschenseele verraten würde ... doch jetzt hielt ihm jemand dieses verdammte Messer an die Wange.

Plötzlich spürte Barry einen kalten Luftzug auf der Haut, als der Mann sein Hemd vom Saum bis zum Kragen aufschlitzte. Dann packte er Barry wieder bei den Haaren und zog ihn hoch, bis er auf den Zehenspitzen stand. Dieses Mal brüllte Barry vor Schmerz. Dann wurde das Messer für einen Augenblick gegen seinen Hintern gedrückt. Der kalte Stahl zerrte am Taillenbund, und im nächsten Moment glitten Berrys Jeans und seine Unterhose an den Schenkeln herunter.

Barry blickte zitternd nach unten und sah die Spitze des schimmernden Messers genau zwischen seinen Beinen. Er versuchte sich zu wehren, hielt jedoch inne, als er einen stechenden Schmerz an den Hoden spürte. Er schrie, richtete sich noch höher auf den Zehen auf und hätte beinahe das Gleichgewicht verloren, hätte die Hand des Mannes in seinem Haar ihn nicht vor dem Sturz bewahrt.

»Jetzt sag schon, Bürschchen«, flüsterte der Mann. »Wo sind sie hin?«

Barry zitterte nun am ganzen Körper. Dieser Scheißkerl würde ihn in zwei Teile schneiden!

»Okay! *Okay!* Verdammt, Mann! Mach das nicht! Rip sagte, sie wollten in irgend so 'n Gelände einbrechen – *Site R.* Ich weiß nicht, was das ist. *Bitte,* Mann!«

Barry spürte, wie das Messer zwischen seinen Beinen gedreht wurde. Die Schneide streifte über die Innenseite seines Oberschenkels, und das stumpfe Ende drückte heftig gegen seine Genitalien. Der Griff in seinem Haarschopf wurde gelockert. Als Barry wieder auf den Füßen stand, traf ihn irgendetwas hinter dem rechten Ohr, und er stürzte zu Boden. Er war fast dankbar, dass er ohnmächtig wurde.

Seine letzte Empfindung war, wie er sich in die Hose pinkelte.

Der wachhabende Beamte der Campus-Polizei an der Technischen Hochschule Virginia ging mit Janet Carter den Bericht durch. Es war halb zwölf abends, und aus dem Funklautsprecher erklang die Stimme eines Streifenpolizisten, der einen Riesenwirbel um einen eingedellten Kotflügel machte.

»Okay«, begann der Sergeant. »Der Beschwerdeführer ist ein gewisser Barry Clark, der im dritten Semester Hoch- und Tiefbau studiert. Er rief um 18.55 Uhr den Notruf an, völlig hysterisch. Da er in einem der Studentenwohnheime zu Hause ist, fiel der Fall in unsere Zuständigkeit. Unsere Kollegen fanden ihn nackt auf dem Boden seines Apartments. Seine Kleidung war zerschnitten. Er hatte eine Beule hinter dem Ohr, seine Nase war blutig, und auf dem Teppich war eine Urinpfütze. Clark sagte aus, ein sehr großer Mann ohne Kopf hätte ihn angegriffen, seine Sachen zerschlitzt, hätte gedroht, ihn zu töten, und ihn dann bewusstlos geschlagen. Das wäre so ungefähr alles.«

»Ohne Kopf?«, fragte Janet Carter und schaute von ihrem Notizbuch auf.

Achselzuckend blickte der Sergeant wieder auf seinen Bericht. »Das hat er gesagt. Das Opfer wies Anzeichen auf, dass es zweimal geschlagen wurde. Dann noch die Beule hinter dem Ohr – wahrscheinlich ein weiterer Schlag, der ihn ins Land der Träume geschickt hat. Er kann die Arme nicht bewegen. Punktuelle Quetschungen. Ich hab mir vom Montgomery County Hospital den Unfallbericht faxen lassen. Darin steht, dass die ... Moment, bitte ... dass die beidseitigen ... Brachialnerven oder so ähnlich ... ein Trauma durch einen Schlag mit einem stumpfen Gegenstand erlitten haben, wodurch eine völlige, zum Glück aber nur vorübergehende Lähmung beider Arme hervorgerufen wurde. Im Blut wurden keinerlei Spuren von Alkohol oder Drogen gefunden. Hämatom hinter dem rechten Ohr, aber keine Fraktur des Schädels. Nach vier Stunden Beobachtung wurde er entlassen.«

Der Sergeant legte den Bericht wieder vor sich. »Wir haben Sie gerufen, weil bei der Meldung im Computer ein Hinweis auftauchte, dass der Name des Opfers auf einer Vernehmungsliste im Zusammenhang mit den drei verschwundenen Studenten der Virginia Tech erscheint.«

»Stimmt. Das ist unsere Liste. Hat der junge Mann rotes Haar?«

Der Cop überflog den Bericht. »Genau.«

»Ich glaube, ich kann mich an ihn erinnern. Ein ziemlich arroganter Bursche. Hatte er irgendwas genommen?«

»Offenbar nicht. Im Augenblick steht er unter Beruhigungsmitteln und kann nicht aussagen – zum Beispiel, warum das alles passiert ist oder was dieser seltsame Kopflose bei ihm gesucht haben könnte.«

Janet schüttelte ungläubig den Kopf. Sie war gerade ins Bett gegangen, als der wachhabende Beamte der FBI-Dienststelle angerufen und ihr mitgeteilt hatte, sie müsse sofort zur Campuspolizei. Natürlich habe er zuerst Special Agent Talbot angerufen; der aber schien der Ansicht gewesen zu sein, Janet würde den Fall mit Kusshand übernehmen.

Danke sehr, Larry.

»Kopflos«, murmelte sie. »Na, das ist mal was Neues.«

Wieder zuckte der Sergeant die Achseln. »So sind sie eben, die College-Kids. Was soll man machen? Die haben wirklich eine blühende Fantasie. Ist noch lange nicht das Verrückteste, was ich hier erlebt habe, das kann ich Ihnen flüstern. Wollen Sie eine Kopie von diesem Bericht?«

»Ja, bitte«, sagte Janet. »Konnten die Beamten Anzeichen für einen Einbruch feststellen?«

»Sie müssen bedenken, dass die Sache im Studenten-Wohnviertel passiert ist. Da ein Türschloss aufzubrechen ist ein Klacks. Es steht zwar nicht in dem Bericht, aber die Kollegen sagten, das Apartment von dem Jungen sei ein Saustall gewesen. Falls es in dieser Bude irgendwelche Beweisstücke gab, wollte keiner sie anrühren oder gar mitnehmen.«

Janet nickte. »Hab schon verstanden. Ich glaube, ich werde jetzt mal Mr Barry Clark aufsuchen. Wie komme ich dahin?«

Fünfzehn Minuten später klopfte sie an die Tür von Clarks Apartment. Nichts rührte sich. Sie schaute sich das Türschloss an. Die Cops hatten Recht gehabt: Sie hätte es mit einem Q-Tip aufbrechen können. Janet klopfte noch einmal; dann nahm sie einen Schuh, hämmerte damit gegen die Tür und veranstaltete genug Lärm, dass Barry Clark endlich an der Tür erschien. Er trug ein übergroßes Sweatshirt mit dem Logo seiner Uni und Gummilatschen. Aus trüben Augen starrte er Janet an. Ihr fiel auf, dass seine Arme nicht in den Ärmeln des Pullovers steckten.

Janet zeigte ihren Ausweis. Auf der anderen Seite des Korridors ging eine Tür auf, wurde aber ganz schnell wieder geschlossen, als der Name FBI fiel. Barry Clark schaute sie lange an und blinzelte verwirrt; dann stieß er die Tür mit dem Fuß auf und ließ Janet herein. Sie ließ die Tür einen Spalt weit offen und rümpfte die Nase, als sie das Chaos in der Wohnung sah.

Barry Clark ließ sich vorsichtig auf dem einzigen Stuhl nieder und blinzelte sie mit wässrigen, trüben Augen an. Seine Arme hingen schlaff im Sweatshirt herab. Janet konnte sich gut an ihn erinnern: Seine Haltung war trotzig gewesen, fast schon feindselig, als sie ihn als einen der ersten Zeugen im Fall Kreiss vernommen hatten – so bezeichnete Janet diesen Fall jetzt, da sie Kreiss kennen gelernt hatte. Deutlich erinnerte sie sich an das rote Haar und das sommersprossige Gesicht mit dem unverschämten Grinsen.

Sie zog ihr Notizbuch hervor.

»Also«, begann sie. »Ich habe den Bericht der Campuspolizei über den Vorfall gelesen. Was haben Sie weggelassen?«

»Weggelassen?«, fragte er verständnislos. »Nichts. Ich hab genau erzählt, wie es war. Dieser Riesenkerl ...«

»Hören Sie, Mr Clark«, fiel sie ihm ins Wort. »Lassen wir dieses unnötige Geplänkel. Warum war der Mann hier? Was wollte er? Haben Sie irgendeine Ehefrau angebaggert oder worum geht's?«

Er starrte sie an, bemühte sich um einen unbeugsamen Blick, senkte dann aber den Kopf.

Mist, dachte Janet und klappte ihr Notizbuch zu. So oder so – sie würde nichts Brauchbares aus dem Burschen herausbekommen. Sie schaute sich in der Wohnung um. Vor der Wand gegenüber lag ein Haufen zerschnittener Kleider. Auf der Tapete war ein dunkelbrauner verschmierter Blutfleck, und unter den Teppich waren Papierhandtücher gestopft, um den Urin aufzusaugen. Das ganze Zimmer war ein derartiges Durcheinander aus Kleidung, Papieren, Sportsachen, Essenresten und zerfledderten Büchern, dass nicht einmal Sherlock Holmes hätte sagen können, ob hier etwas fehlte. Im Schlafzimmer konnte Janet einen Computer sehen, aber dort sah es noch schlimmer aus als im Wohnraum. Und sie ekelte sich davor, in die Küche zu gehen, die sie von hier aus schon riechen konnte.

Wieder warf sie einen Blick auf Clark, der stumpfsinnig zu Boden starrte.

»Er hat mir solche Angst eingejagt, dass ich mir fast in die Hose geschissen hätte«, sagte Clark plötzlich leise und schüttelte den Kopf.

In die Hose *gepinkelt* hast du dir ja schon, dachte Janet und rümpfte die Nase, wobei sie versuchte, möglichst flach zu atmen.

»Der Typ hatte keinen Kopf – irre, nicht?«, sagte Clark und zuckte bei der Erinnerung zusammen. »Und er hatte dieses verdammte Messer. Hat mich mit *einer* Hand vom Boden hochgehoben! Und jetzt kann ich zwar meine Finger bewegen, aber nicht die Arme. Die Jungs von der Ambulanz mussten mir sogar das Sweatshirt anziehen. Jetzt kann ich nicht duschen, kann nicht aufs Klo. Ich kann nicht mal zur Uni. Vielleicht verliere ich ein ganzes Semester.«

»Warum ist das passiert, Mr Clark?«, fragte Janet. »Was wollte der Mann von Ihnen?«

»Ich *weiß* es nicht«, erwiderte Clark und schüttelte wieder den Kopf, mied jetzt aber Janets Blick.

Janet gab auf. Der Junge hatte Schmerzen, aber er sagte nicht die Wahrheit. Sie steckte das Notizbuch ein und wandte sich zum Gehen. Stopfte ihre Karte zwischen Türrahmen und Wand, wobei sie eine fette Kakerlake aufstörte.

»Rufen Sie mich an, wenn Sie mit mir reden wollen, Mr Clark. Und tun Sie es am besten, *bevor* er wiederkommt.«

Der Junge hob ruckartig den Kopf, als er die letzte Bemerkung hörte. Janet lächelte ihn aufmunternd an und ging hinaus zum Wagen. Dort blieb sie noch einen Moment sitzen, bevor sie den Motor anließ.

Kreiss muss der Täter sein, dachte sie. Dieser Junge weiß etwas darüber, wohin seine Freunde verschwunden sind; Kreiss hat es bei den ersten Vernehmungen kurz nach dem Verschwinden der drei mitbekommen. Und heute hat er dem Jungen einen kleinen Besuch abgestattet. Aber warum erst heute? Weil das FBI heute erklärt hat, dass es sich von dem Fall zurückzieht?

Clarks Beschreibung passte zwar nicht genau auf Kreiss, aber der Mann hatte sich vermutlich bloß den Regenmantel über den Kopf gezogen, den Jungen in seinem Zimmer überrumpelt und ihn mit ein paar gezielten Karateschlägen außer Gefecht gesetzt. Und mit dem Kopf im Mantel musste er in der Dunkelheit wie ein Riese gewirkt haben. Die Frage lautete jetzt: Hatte es Kreiss etwas gebracht? Hatte er etwas herausgefunden? Janet hatte das starke Verlangen, Kreiss sofort anzurufen, ihn vielleicht sogar in seiner Blockhütte in den Bergen zu überrumpeln. Aber wenn es wirklich Kreiss gewesen war, hätte er seine Spuren inzwischen längst verwischt.

Janet ließ den Wagen an. Morgen würde sie mit Kreiss reden. Nein – zuerst würde sie ein paar Dinge über den Mann herausfinden, die nicht von Gerüchten und Legenden beeinflusst waren. Aus irgendeinem Grund hatte der Name Kreiss eine Erinnerung in ihr zum Klingen gebracht. Sie musste wieder an den gestrigen Morgen denken, wie Kreiss vor ihr gestanden hatte, wie sie die Kraft gespürt hatte, die von diesem Mann ausstrahlte – als stünde man neben einem Hochspannungs-Generator oder einem Heizkörper.

Doch dann gewann Janets professionelle Sachlichkeit die Oberhand. Kreiss wäre völlig verrückt, würde er einen kleinen Studenten so fertig machen.

Aber wer hatte Barry Clark dann einen Besuch abgestattet?, fragte sie sich, als sie den Motor anließ.

Edwin Kreiss entspannte sich mit einem Whiskey vor dem Kamin. Er fühlte sich gut wie schon lange nicht mehr, jetzt, da er endlich einen Ansatzpunkt hatte. Es hatte ihm nicht gefallen, diese Rotznase zu verprügeln, aber er hatte vor langer Zeit schon gelernt, dass ein resoluter körperlicher Angriff zuweilen die besten Ergebnisse zeitigte. Er fragte sich, ob der Junge zur Polizei rennen würde. Wahrscheinlich. Egal. Kreiss wusste immer noch, wie man verschwand, ohne eine Spur zu hinterlassen. Er atmete tief ein, ließ die Luft dann ganz langsam entweichen. Ein kalter Windstoß von dem Bergrücken hinter seinem Haus ließ die Kiefern erzittern und das Kaminfeuer für einen Moment hell aufflackern. Es war fast schon Frühling, nicht aber hier in den Bergen, und schon gar nicht mitten in der Nacht.

Kreiss dachte darüber nach, was der Junge gesagt hatte: *Site R.* Das einzige Gelände mit dieser Bezeichnung, das Kreiss kannte, war das Alternate National Military Command Center in den Catoctin Mountains nördlich von Washington, eine Art unabhängiges Mini-Pentagon. Man hatte es als fünfstöckige Stahlbox, gehalten von gigantischen Federn, in eine von Menschenhand geschaffene Quartzithöhle hineingebaut. Sie sollte bei einem feindlichen atomaren Angriff der letzte Zufluchtsort für den Präsidenten und diejenigen seiner Generäle sein, die es von Washington noch bis dorthin schafften.

Nein, das »Site R«, von dem der Junge gesprochen hatte, musste näher sein. Außerdem hatte der Junge gesagt, Lynn und die anderen wollten dort *einbrechen.*

Kreiss machte die Augen zu und rief sich die Karte von Südwest-Virginia ins Gedächtnis. Ging man davon aus, dass die jungen Leute die Gegend nicht verlassen hatten, wie die Cops behaupteten – was konnte es dann hier geben, das ›Site R‹ genannt wurde? Hörte sich militärisch an. Kreiss überlegte, ob es irgendetwas mit dem Ramsey Army Arsenal zu tun haben könnte – eine Munitionsfabrik, die fünfzehn Meilen südlich von Blacksburg lag. Er hatte jedoch nie gehört, dass man dieses Arsenal »Site R« nannte. Stand das *R* für Ramsey? Allerdings wohnte Kreiss erst in der Gegend, seit Lynn hier auf die Uni ging. Er wusste nicht einmal, ob die Munitionsfabrik noch benutzt wurde. Auf jeden Fall war es bestimmt ein Sperrgebiet, sodass man dann tatsächlich von einem *Einbruch* reden könnte Lynn, Lynn, dachte er. Worauf hast du dich eingelassen? Kreiss hatte das Gefühl, eine schwere Eisenkugel läge ihm im Magen.

Erst in den letzten sechs Jahren war er wirklich zu Lynns Vater geworden. Davor klaffte diese Lücke von elf Jahren – eine Zeit, in der Helen, Kreiss' Exfrau, ihn entschlossen aus ihrem und ihrer Tochter Leben herausgehalten hatte.

Diese Zeit war sehr schmerzlich gewesen. Helen hatte sich und Lynn hinter einem eisernen Vorhang verborgen – keine Besuchserlaubnis, keine Kontakte sonstiger Art, gar nichts. Der Richter hatte dieser Regelung zugestimmt, weil Helen auf jeglichen Unterhalt verzichtete. Frau und Kind hätten Kreiss nicht ferner sein können, hätten sie in einer anderen Galaxis gelebt, auch wenn sie die ganze Zeit in Washington waren. Natürlich hatte er sie nie völlig aus den Augen verloren, hatte sie immer aus der Ferne beobachtet ... bis Helen einen Kollegen aus dem FBI-Labor heiratete. Da erst hatte er aufgegeben und sich in seine Arbeit vergraben, die inzwischen seinen ganzen Einsatz erforderte.

Bis es zu dem Zwischenfall in Millwood kam, der das Ende seiner Laufbahn bedeutete.

Und dann, als Lynn gerade sechzehn geworden war, hatte sie aus heiterem Himmel angerufen und eine Nachricht bei der Zentrale der Spionageabwehr hinterlassen, dass sie Edwin Kreiss' Tochter sei und ihren Vater sprechen wolle. Einfach so. Das erste Treffen in einem Metro-Café in Rosslyn war peinlich gewesen; beim zweiten ging es schon besser. Ein Jahr lang hatten sie sich heimlich getroffen wie zwei Verschwörer; für Lynn war es sowohl die Erfüllung der ganz normalen Teenagerrebellion gegen ihre Mutter als auch die Heilung der Wunde in ihrem Herzen – ein Herz, das sich nach dem Vater sehnte. Für Kreiss war es die schönste Zeit seines Lebens, wie eine Insel der Wärme und Stille inmitten eines zunehmend erbitterten politischen Kampfes, in den er im Zuge der Ermittlungen im Atomlabor des Energieministeriums geraten war. Dann geschah das Flugzeugunglück. Helen, ihr zweiter Ehemann sowie 88 weitere Personen rasten mit elfhundert Stundenkilometern in die Chesapeake Bay.

Danach gab es keine geheime Verschwörung mehr zwischen Vater und Tochter. Lynn stand auf seiner Türschwelle – eine hübsche, leicht verwegen aussehende junge Dame mit zwei Koffern, einem Tennisschläger und bebenden Lippen, die sich tapfer bemühte, Trauer und Schock zu verbergen. Als sie an der Virginia Tech ihr Studium aufnahm, zog Kreiss, der kurz darauf vom FBI gefeuert worden war, in die Gegend, um in Lynns Nähe zu sein.

Site R.

Morgen würde er sich ein wenig in diesem Ramsey Army Arsenal umschauen. Plötzlich fiel ihm wieder die Warnung des FBI-Rotschopfs ein, auf keinen Fall einen Alleingang zu machen. Kreiss schnaubte verächtlich. Ich bin immer noch Edwin Kreiss, dachte er. Ich finde Lynn. Und wenn einer ihr was angetan hat, finde ich ihn und seine Frau und seine Kinder und all seine lebenden Verwandten und schicke deren Körper in Einzelteilen per FedEx an die FBI-Zentrale. Und dann soll sich die Vermisstenabteilung darum kümmern.

4

AM FREITAGMORGEN RIEF Janet Carter ihre Freundin Eve Holloway in der FBI-Zentrale an. Eve arbeitete im Fingerabdruck-Archiv. Sie hatte mit Janet Squash gespielt, bevor sie nach Roanoke versetzt wurde. Janet erklärte, dass sie etwas über einen Agenten im Ruhestand namens Edwin Kreiss herausfinden wollte.

»Ist das eine offizielle Anfrage?«, wollte Eve wissen.

»Im Grunde ja, obwohl wir den Fall jetzt der Vermisstenabteilung übergeben. Es geht um drei junge Leute. Leider liegen keine Beweise für ein Verbrechen vor. Kreiss ist vor ungefähr vier, fünf Jahren aus dem FBI ausgeschieden. Er ist der Vater einer der Vermissten. Ich hab das Gefühl, er weiß etwas, verschweigt es uns aber.«

»Oder er versucht, auf eigene Faust etwas rauszukriegen. Was meinst du?«, fragte Eve, deren Mann in der Personalabteilung arbeitete, sodass sie über einige Dinge Bescheid wusste.

»Gut möglich. Angeblich war er bei der Spionageabwehr, aber er hat sich in die Nesseln gesetzt und wurde nach Hause geschickt.«

Eve schwieg einen Moment. »Kreiss«, sagte sie nachdenklich. »Der Name kommt mir bekannt vor. Genau – es gab eine Helen Kreiss, die im Labor arbeitete. An den Elektronenmikroskopen, glaub ich. Sie und ihr Mann sind bei dem Flugzeugabsturz in der Bay ums Leben gekommen, erinnerst du dich?«

»Ja«, sagte Janet, die sich erinnerte, dass Talbot so etwas erwähnt hatte. »Und diese Helen hat bei uns gearbeitet? Beim FBI?«

»Ja. Ich hab mit ihr in einem Fall von Kindesmord zusammengearbeitet, als sie noch mit Kreiss verheiratet war. Kann mich erinnern, dass sie zu der Zeit gerade ihre Scheidung durchgekriegt hat. Sie hat dann einen Agenten geheiratet, der in der Bekämpfung des Organisierten Verbrechens tätig war. Nette Frau. Ich kann mich noch deshalb so gut an dieses Flugzeugunglück erinnern, weil wir dabei gleich zwei Mitarbeiter verloren haben, Helen und ihren Mann. War Ende '94, glaub ich. Aber natürlich hieß sie da schon nicht mehr Kreiss. War es nicht Morgan?«

»Stimmt! Ja, ich kannte sie auch. Helen Morgan. Damals war ich erst ein oder zwei Jahre dabei, glaube ich. Sie war also Kreiss' Ex?«

»Genau. Ich glaube, sie hatte einen Abschluss in Medizin.«

»Was gäbe ich darum, wenn ich noch mal mit ihr reden könnte«, meinte Janet. »Du hast gesagt, dass sie gerade zu der Zeit, als ihr zusammengearbeitet habt, ihre Scheidung durchkriegte. Hat sie jemals darüber geredet?«

»Kaum. Sie schien eher traurig als wütend zu sein. Ein Kind hatten sie auch noch, eine Tochter. Das muss deine Vermisste sein. Warte mal, ich glaube, sie hat mit einem unserer Seelenklempner gesprochen. Vielleicht gibt es eine Akte darüber.«

Janet bedankte sich bei Eve und rief beim Verwaltungs- und Personalbüro an. Ein Mitarbeiter versprach, dass jemand von der Psychologischen Abteilung sich bei ihr melden werde. Dann ging Janet zur morgendlichen Besprechung.

Um halb drei am Nachmittag rief Ted Farnsworth Janet in sein Büro. Die nächste FBI-Außenstelle befand sich in Richmond. Sie war größer und personell stärker; deshalb unterstand ihr die Dienststelle Roanoke. Das war auch der Grund dafür, dass Farnsworth kein Leitender Special Agent war, wie es ihm eigentlich zugestanden hätte, sondern lediglich RA, Resident Agent. Farnsworth näherte sich allmählich dem Rentenalter. Normalerweise war er freundlich und ausgeglichen, doch heute war sein Neuengland-Akzent zu hören, und das bedeutete, dass er ziemlich nervös war.

»Ich habe heute einen Anruf von Dr. Karsten Goldberg erhalten, einem Seelenklempner von der Psychologischen Abteilung in der Zentrale. Er sagte, heute Morgen sei ein Anruf unserer Dienststelle eingegangen, und zwar eine Anfrage zu einer ehemaligen, inzwischen verstorbenen Mitarbeiterin, einer gewissen Helen Kreiss Morgan. Ich dachte, der Fall mit den vermissten Kids sei mittlerweile an die Vermisstenabteilung übergeben worden?«

»Das ist er auch«, erwiderte Janet. »Oder wird es sein, spätestens Montag. Ich glaube, Larry Talbot muss noch den Papierkram fertig machen.« Dann berichtete sie von dem Vorfall mit Barry Clark und von ihrem Verdacht, dass Edwin Kreiss sich allein auf die Suche nach seiner Tochter begeben könnte.

Farnsworth stützte das Kinn in die linke Hand und runzelte die Stirn. »Und nun suchen Sie nach Informationen über diesen ehemaligen Agenten Edwin Kreiss?«

»Ja, Sir. Seine Exfrau hat im Labor in der Zentrale Washington gearbeitet. Im Herbst 1994 kam sie bei dem Flugzeugunglück in der Chesapeake Bay ums Leben. Eine Mitarbeiterin in der Zentrale hat mir gesagt, dass sie einen Psychologen aufgesucht hat, als ihre Scheidung lief. Ich habe gehofft, dass ...«

»Schließen Sie die Tür«, befahl Farnsworth. Janet schaute ihn überrascht an, tat aber wie geheißen. Heutzutage, da schnell der Verdacht sexueller Belästigung aufkam, war es geradezu wagemutig von einem Chef, mit seiner Angestellten hinter verschlossenen Türen ein Gespräch zu führen. Nun aber hatte er Janets Aufmerksamkeit. Sie setzte sich wieder.

»Passen Sie auf«, begann Farnsworth. »Was ich Ihnen jetzt sage, ist nicht für die Allgemeinheit bestimmt. Ich habe sogar gewisse Vorbehalte, es Ihnen anzuvertrauen, weil Sie vorgeblich nichts mehr mit dem Fall zu tun haben.«

»Ja, Sir«, sagte Janet. »Aber wenn ich es richtig verstehe, sollen wir doch auf dem Laufenden bleiben, auch wenn der Fall jetzt an die Vermisstenabteilung geht, nicht wahr? Und bis jetzt ist mir kein anderer Fall zugeteilt worden.«

Farnsworth lächelte geduldig. »Sie sind wirklich eine kluge

junge Dame, Janet. Sie haben an der John Hopkins ihren Doktor in Forensik gemacht, stimmt's? Sind jetzt fast neun Jahre beim FBI. Sie haben in Washington und Chicago gearbeitet. Und jetzt müssen Sie sich mit uns Hinterwäldlern herumschlagen. Da liegt Ihr Spezialwissen natürlich brach.«

Janet lief rot an. Nachdem sie von der Dienstelle Chicago nach Washington zurückgekehrt war, hatte sie den dortigen Laborchef zweimal in arge Verlegenheit gebracht, indem sie zu einigen Berichten eine widersprechende Meinung äußerte. Zwar hatte man ihr im Nachhinein Recht gegeben, doch auf Grund drohender Spannungen im FBI-Labor hatte Janets Mentorin in der Zentrale es für besser gehalten, sie schleunigst zu versetzen, bevor sie sich weitere karrierehindernde Probleme einhandelte. Mit Farnsworths Einverständnis war sie nach Roanoke gekommen – mit der Begründung, dass sie sich hier bestimmte Spezialkenntnisse sowie Erfahrungen in »normaler Ermittlungsarbeit« erwerben sollte.

»Okay«, fuhr Farnsworth fort. »Es gibt zwei Gründe, warum dieser Fall an die Vermisstenabteilung geht. Erstens, weil ich es angeordnet habe und der Leitende Special Agent in Richmond darin einer Meinung mit mir ist. Es liegen keine Beweise, ja nicht einmal Anzeichen für ein Verbrechen vor, und schließlich müssen wir uns noch um andere Dinge kümmern. Zweitens, weil eine der Vermissten Edwin Kreiss' Tochter ist.« Er machte eine Pause, um zu sehen, ob Janet verstanden hatte.

Sie hatte nicht. »Ja, Sir. Und?«

Farnsworth stieß einen Seufzer aus. »Edwin Kreiss war nicht einfach ein älterer Agent, der beschlossen hat, sich auf einem Alterssitz im ländlichen Südwest-Virginia niederzulassen. Er war – nun ja, Edwin Kreiss.«

»Und ist es immer noch, wie ich annehme, Chef. Und?«

Farnsworth legte seine Pfeife in den Aschenbecher und lehnte sich hinter seinem Schreibtisch zurück.

»Ich weiß es auch nicht aus erster Hand, sondern nur deshalb, weil ich Resident Agent bin und gewisse Informationen bekomme. Okay? Also, wie ich bereits gesagt habe, berufen Sie sich später nicht auf mich. Jedenfalls war Edwin Kreiss Spezialist bei der FBI-Spionageabwehr. Mitte der Achtziger arbeitete er im Austausch beim Geheimdienst. War verwickelt in diesen Spionagefall mit den Chinesen – Sie wissen schon, als die ins Nuklearlabor eingebrochen sind und angeblich die Geheimunterlagen unserer Atomsprengköpfe gestohlen haben.«

»Ja, Sir. Eine Geschichte, die sich über zehn Jahre hinzog.«

»Oder noch länger. Wie dem auch sei – die CIA muss sich auf Operationen *außerhalb* der Vereinigten Staaten beschränken, wie Sie wissen, während wir vom FBI strikt *innerhalb* unserer Staatsgrenzen operieren.«

»Es sei denn, wir werden nach Übersee geschickt.«

»Aber nur, wenn wir von anderen Regierungen darum gebeten werden oder selber um Hilfe bitten. Der Geheimdienst jedoch darf nicht hier in den Staaten operieren, es sei denn, es besteht der Verdacht, dass ein Maulwurf am Werk ist. Dann schließen die sich manchmal mit unserer Abwehr zusammen, um ihn zu finden.«

»Und bei dem Fall mit dem Energieministerium war ein Maulwurf involviert?«

»Nein. Wie sich herausstellte, hatten die Chinesen einen Helfershelfer.«

»In der Regierung?«

»Schlimmer noch – bei der Spionageabwehr der CIA. Einen Mann namens Ephraim Glower.«

»Von dem habe ich noch nie gehört.«

»Die Geschichte wurde nicht gerade in den Medien breit getreten, und ich selbst habe auch nie einen Beweis für das alles zu Gesicht bekommen. Aber kommen wir nun zu Kreiss' Hintergrund: Während er als Austauschagent beim Geheimdienst tätig war, soll er angeblich Glower enttarnt haben, der zu jener Zeit stellvertretender Direktor bei der Spionageabwehr der CIA gewesen ist.«

»Mann! Das war ja die bestmögliche Tarnung.«

Farnsworth grinste. »Genau. Die CIA war blamiert bis auf die Knochen. Als Kreiss sich an der Sache festbiss, wurde er zum FBI zurückbeordert. J. Willard Marchand wurde zum stellvertretenden Direktor ernannt und verpasste Kreiss einen Maulkorb. Eine Zeit lang konnte man die ganze Sache geheim halten, aber dann kam heraus, dass die chinesische Regierung Wahlkampfspenden geleistet hatte, und Kreiss brachte seine Anklagen erneut aufs Tapet. Als Marchand dem einen Riegel vorschieben wollte, beschloss Kreiss, diesen Glower direkt anzugreifen.«

»Wollen Sie damit sagen, dass Glower immer noch seinen Job hatte?«

»Ja. Kreiss hatte keine Beweise – oder sie reichten nicht aus –, um die CIA zu überzeugen. Also schob man Kreiss aufs Abstellgleis und ließ Glower auf seinem Posten.«

»Das ist unglaublich!«

»So was passiert doch ständig, Janet. Und wenn es auffliegt, retten die hohen Herren ihren Hintern, indem sie behaupten, sie hätten den Bösewicht auf seinem Posten gelassen, damit sie besser kontrollieren können, welche Informationen er der anderen Seite zukommen lässt. Das Besondere an diesem Fall jedoch ist, dass diese Glower-Geschichte sehr blutig geendet hat, und zwar in einem kleinen Nest – Millwood in Virginia, oben im Shenandoah Valley. Glower ist dabei getötet worden.«

»Und das war Kreiss?«

»Nun, nachdem er zum zweiten Mal eins auf den Deckel gekriegt hatte, fuhr Kreiss nach Millwood und konfrontierte Glower mit seinen Anschuldigungen. Glower rief den Sicherheitsdienst der CIA zu Hilfe, und die warfen Kreiss aus dem Haus. Aber in der folgenden Nacht hat Glower offenbar seine Frau und seine beiden Kinder getötet und sich danach selbst erschossen. Die Ortspolizei sagte, der Tatort habe ausgesehen wie in diesen Kettensägen-Filmen. Der CIA-Direktor rief Marchand an. Eine Weile dachten sie tatsächlich, *Kreiss* hätte das getan.«

»War er denn da?«

»Nicht, als es passierte. Aber natürlich wusste man, dass er vorher da gewesen war. Zum Glück für Kreiss konnte einer seiner Untergebenen bezeugen, dass er zur Tatzeit wieder in der Zentrale war und seinen Bericht schrieb. Es gab ein paar unbequeme Fragen bezüglich Kreiss' Alibi, weil ja einer seiner eigenen Leute ihm eins gegeben hatte. Es war ein Riesendurcheinander. Und was die Sache noch komplizierter machte: Kreiss war noch lange nicht fertig. Er brachte neue Behauptungen ans Licht, nach denen es nicht nur ein Wissenschaftler in einem Labor gewesen sei, der gleichzeitig Spion war, sondern dass es ein ganzes *Nest* an Helfershelfern gebe. Und nach dem, was ich mittlerweile darüber gelesen habe, könnte er Recht gehabt haben.«

»Warum hat Glower Selbstmord begangen?«

»Das ist nicht klar. Kreiss zufolge hatte Glower sein Spionagenetz hervorragend abgeschirmt. Da er ein hohes Tier in der CIA-Spionageabwehr war, konnte er jede Menge Schraubenschlüssel zwischen die Zahnräder der Ermittlungen werfen – deshalb haben sie ja auch so lange gedauert.«

»Und warum hat er das getan?«

»Es ging um Geld.«

»Geld von wem?«

»Geld aus China. Geld, das in diese gewisse berüchtigte Wiederwahlkampagne floss, von der Sie sicherlich auch gelesen haben. Kreiss' Theorie ging dahin, dass Glower nur tat, was ihm *aufgetragen* worden war: die Ermittlungen des Ministeriums und der CIA zu behindern und damit die Chinesen glücklich zu machen, die natürlich der Meinung waren, dass sie für dieses Glück teuer genug bezahlt hatten.«

»Und konnte Kreiss für seine Theorie Beweise liefern?«

Farnsworth stopfte seine Pfeife. »Wenn er es gekonnt hätte, dann hätte er's bestimmt getan. Aber man geht immer auch ein großes Risiko ein, wenn man auf dieser hohen Ebene ein Feuer entzündet. Solche Brände werden oft mit viel Geld erstickt.

Doch Kreiss, so wie ich gehört habe, war kein Mann, der mit sich handeln ließ – und das haben die Bosse bei der CIA viel zu spät rausgefunden. Angeblich kam dieser Glower aus einer sehr reichen Familie, Geld war demnach kein besonders wahrscheinliches Motiv. Aber wer weiß. Zusammenfassend kann ich nur noch sagen, dass Marchand die Hölle heiß gemacht wurde und dass er Kreiss dann auf offiziellem Wege rausschmiss, wobei er das Blutbad in Millwood zum Vorwand nahm, um Kreiss mit Rückendeckung seiner Vorgesetzten zu kündigen.«

»Ein bitteres Ende einer interessanten Laufbahn.«

»Ja, eine sehr interessante Laufbahn. Es sind alle möglichen Geschichten über Kreiss im Umlauf. Sie haben ihn ja kennen gelernt. Offenbar hat er sich mit ein paar Abwehrspezialisten der CIA sehr weit hinausgewagt – und das sind Leute, die sich verdammt viel zutrauen. Wie ich hörte, hat er sogar mit einigen der Leute trainiert, die man ›Sweepers‹ nennt.«

»Ja, Larry Talbot hat den Begriff auch erwähnt. Er sagte, das seien hoch spezialisierte Agenten, die ihre eigenen Leute jagen, wenn diese auf die falsche Seite gewechselt sind.«

Farnsworth grinste. »Aber Sie glauben, das alles ist nur Blödsinn, den der Geheimdienst ausstreut. Die Verherrlichung der verblichenen Helden, stimmt's?«

Janet lag schon eine Antwort auf der Zunge, doch sie hielt sich zurück. Das waren ihre eigenen Worte gewesen. Dieser verdammte Larry Talbot! Farnsworth grinste immer noch.

»Ich will Ihnen erzählen, was ich gehört habe, mit besonderer Betonung auf ›gehört‹«, sagte er. »Ein Sweeper ist ein Agent, den unsere Freunde in Langley losschicken, wenn einer ihrer Geheimagenten irgendwie aus der Spur gerät. Wir reden jetzt nicht von den *regulären* Kräften bei der CIA-Abwehr, die uns helfen, feindliche Agenten in den Straßen von Washington zu jagen. Nein, es geht um einen besonderen Typ von Agent, der ›jagt und heimholt‹ – das wird wirklich so genannt –, und zwar Geheimagenten, die durchgedreht haben, auf die andere

Seite übergewechselt sind oder sich ihren eigenen Dienstplan zurechtgelegt haben: zum Beispiel, indem sie die Bösen gleich selber umlegen, anstatt sich an die Regeln zu halten. Mit anderen Worten, jemanden, der so völlig aus der Reihe tanzt, dass er oder sie ›heimgeholt‹ werden und in ein sicheres Häuschen im ländlichen Virginia gebracht werden muss. Irgendwohin, wo man sich um das Problem kümmern kann. Das Interessante daran ist: Wenn sie in ihrem Operationsfeld irgendwo ein Problemkind entdecken, sagen sie ihm sogar noch, dass sie einen Sweeper zu ihm schicken. Angeblich reicht das in den meisten Fällen, um besagtes Problemkind bei Fuß zu bringen. Freiwillig zu kommen ist besser, als ›heimgeholt‹ zu werden.«

Janet wusste nicht, was sie darauf sagen sollte. »Und Kreiss?«

»Kreiss war als Austauschagent bei der CIA. Es hieß, er arbeitete mit den Sweepers und trainierte mit ihnen. War ein paar Jahre weg vom FBI. Hab mit einem gesprochen, der jetzt Leitender Special Agent in Louisville ist und Kreiss damals gekannt hat. Er sagte, Kreiss sei immer mehr zu einem Wilden geworden. Habe sich mit Hingabe an den Raubaktionen der CIA beteiligt. Als seine Vorgesetzten vom FBI ihn auf einen abtrünnigen FBI-Agenten ansetzten, stellte der Mann sich selbst und bat um Schutz. Er hatte offensichtlich solche Angst vor Kreiss, dass er Dinge gestand, von denen das FBI gar nichts wusste. Dann passierte die Geschichte in Millwood. Und Leute, die Kreiss kannten, hielten sich fortan von ihm fern.«

»Das kann ich verstehen«, sagte Janet. »Ich hatte den Eindruck, als hielte der Mann seine Gewalttätigkeit nur mit Mühe unter Kontrolle.«

Farnsworth nickte. »Natürlich weiß keiner, was wirklich in Millwood passiert ist oder wer an diesem Punkt noch in die Geschichte verwickelt war. Nachdem Glower tot war ...«

»Was wollen Sie damit andeuten ...?«

»Ja. Die CIA hat heftig protestiert, aber die Leute von unserer Spionageabwehr nahmen an, dass es beim Millwood-Blutbad die CIA selbst war, die diese Sache bereinigt hat – mit Hilfe eines ›Sweepers‹. Als Kreiss jedoch anfing, die Regierung von China anzuklagen und von Hunderttausenden Dollar zu sprechen und den höchsten Stellen unserer eigenen Regierung Übles nachzusagen, wollten weder CIA noch FBI, dass diese Geschichte weitere Kreise zog.«

»Und das ist der Mann, dessen Tochter verschwunden ist.«

»Stimmt. Mit noch zweien ihrer Freunde, nicht zu vergessen.«

»Könnte es da eine Verbindung geben?«

»Das bezweifle ich. Aber ich habe dringende Anweisung aus Richmond bekommen, diese Sache sofort zu begraben und an die Vermisstenabteilung zu übergeben.«

»Nur, weil es Kreiss' Tochter ist, die entführt wurde?«

Farnsworth schaute Janet mit jener Engelsgeduld an, die ihr immer das Gefühl gab, ein Schulmädchen zu sein.

»Oder wollen Sie damit sagen, dass sich die CIA darum kümmern wird?«, fragte sie.

Farnsworth legte seine Pfeife auf den Tisch. »Weiß nich', wie wir in Vermont zu sagen pflegen. Weiß es nich' und will's auch nicht wissen. Und Sie auch nicht. Ich sage nur, dass *wir*, die Dienststelle Roanoke, den Fall als einen *Vermisstenfall* behandeln werden. Und Sie werden eine andere Aufgabe zugeteilt bekommen.«

Janet dachte einen Augenblick darüber nach. »Aber was ist, wenn Kreiss sich mit dem Fall befasst?«

»Wenn jemand dumm genug ist, Edwin Kreiss' Tochter zu entführen, kriegt er meiner bescheidenen Schätzung nach nur das, was ihm zusteht.«

Janet lehnte sich im Stuhl zurück. Ihr Instinkt, was Kreiss betraf, war besser gewesen, als sie gedacht hatte. Farnsworth schaute auf seine Uhr, ein Zeichen, dass das Gespräch beendet war. »Sie dürfen keine weiteren Anrufe nach Washington machen, okay? Es wäre wirklich besser für Sie – und für mich und jeden anderen hier. Ist das jetzt deutlich, Janet?«

Sie nickte. Deutlich wie eine Feuerwehrsirene, dachte sie. Die Erinnerung an Edwin Kreiss tauchte vor ihrem inneren Auge auf ... wie er stumm in seinem Schaukelstuhl gesessen hatte ... die tief liegenden graugrünen Augen wie zwei Messer, als er sie angeschaut hatte. Ein Verrückter oder ein Fanatiker? Tief atmete sie aus. Die paar Spione, die Janet aus jener anderen Welt jenseits des Potomac River kannte, waren teiggesichtige Bürokraten. Kreiss hingegen war wie ein scharfe Speerspitze.

»Ja, Sir«, sagte sie. »Ich habe verstanden.«

»Das wusste ich«, sagte Farnsworth mit väterlichem Lächeln. »Wünsche Ihnen noch einen schönen Tag.«

Janet begab sich wieder in ihre Bürozelle und nahm auf dem Weg einen Kaffee mit. Der Kaffee schmeckte abgestanden und leicht ölig, wie immer am Nachmittag, aber sie brauchte jetzt einen Schuss Koffein.

Billy schnarchte friedlich in seiner Nachbarzelle, als Janet sich an ihren Schreibtisch setzte. Überrascht erblickte sie einen gelben Notizzettel mit der Nachricht, eine gewisse Dr. Kellermann von der Psychologischen Abteilung in der Zentrale wolle mit ihr sprechen. Hoppla, dachte Janet. Von ihrem Anruf in Washington hatte man Farnsworth in Kenntnis gesetzt, aber ihre Anfrage war nicht gecancelt worden. Sie schaute auf die Uhr. Viertel nach drei. An einem Freitagnachmittag.

Sie überlegte. Farnsworth hatte sich deutlich genug ausgedrückt: *Halten Sie sich raus.* Und doch konnte sie Edwin Kreiss nicht vergessen. Sie war jetzt seit anderthalb Jahren in Südwest-Virginia und hatte in dieser Zeit keinen einzigen interessanten Mann kennen gelernt. Um die leeren Stunden zu füllen, hatte sie sogar ein paar Graduiertenseminare an der Virginia Tech in Blacksburg belegt: Ungeachtet der Tatsache, dass sie vor ihrer Tätigkeit beim FBI im Jahre 1991 einen Akademiker geheiratet und wieder verlassen hatte, wusste Janet, dass sie unbewusst darauf hoffte, an der Uni ein paar interessante Männer kennen zu lernen. Doch wie sich bis jetzt herausgestellt hatte, war jeder, der in Frage kam, entweder verheiratet oder dermaßen mit seiner Arbeit oder mit sich selber beschäftigt, dass es keinen Sinn hatte. Nachdem Janet ein paar Mal ins hiesige Fitnesscenter gegangen war, hatten einige verheiratete Männer in der Dienststelle signalisiert, dass sie einem kleinen Abenteuer nicht abgeneigt wären, doch Janet hatte strenge Grundsätze, was Verheiratete und Kollegen anbetraf.

Sie beschloss, diese Dr. Kellermann anzurufen. Technisch gesehen lag der Fall immer noch in ihren Händen. Vielleicht konnte Kellermann mit etwas aufwarten, das den Fall wieder in ihre Zuständigkeit rückte. Sie schaute sich im Büro um. Talbot war nicht da. Es war Freitagnachmittag; niemand würde Farnsworth flüstern können, dass sie so spät noch telefoniert hatte.

Sie wählte die Nummer. Eine Sekretärin stellte sie durch. »Dr. Kellermann«, meldete sich eine Frauenstimme. Janet stellte sich vor.

»Ach ja, Dr. Carter. Brianne Kellermann. Ich habe Helen Kreiss damals psychologisch beraten. Was kann ich für Sie tun?«

Die Stimme klang kultiviert und freundlich, und Janet fühlte sich einen Moment lang geschmeichelt, wieder »Doktor« genannt zu werden. Im Büro hieß sie einfach nur Carter. Sie beschrieb kurz den Fall und fragte dann, ob Dr. Kellermann ihr mit dem Wissen über Helen Kreiss helfen könne.

»Bitte, sagen Sie Brianne zu mir«, bat Dr. Kellermann. »Nun, ich brauche ein wenig Bedenkzeit. Ich muss Mrs Kreiss' Privatsphäre schützen.«

»Das verstehe ich, Brianne«, sagte Janet. »Obwohl Mrs Kreiss verstorben ist.« Sie wartete auf eine Antwort, doch Kellermann schwieg. »Und ich sollte Ihnen auch gleich sagen, dass dieser Fall an die Vermisstenabteilung geschickt wird, weil wir keine Beweise gefunden haben, dass ein Verbrechen vorliegt – die jungen Leute könnten sich durchaus auf die Socken gemacht haben, um Waldohreulen zu suchen oder so was, verstehen Sie?«

»Wollen wir hoffen, dass es so ist. Aber sie *werden* vermisst? Es gibt keine Beweise, dass es irgendeine harmlose Sache ist?«

»Genau. Die Angelegenheit betrifft ja auch drei Elternpaare, und keiner der Betroffenen hatte eine Nachricht erhalten, dass diese Kids sich einfach absetzen wollten. Außerdem waren sie ja schon ziemlich weit im Studium. Ich halte es für sehr unwahrscheinlich, dass sie einfach abgehauen sind.«

»Aber Ihr Chef denkt ans Budget und will, dass Sie sich jetzt wichtigeren Aufgaben zuwenden.«

Janet grinste. Kellermann kannte die Chose. »Natürlich. Hier in der blühenden Metropole Roanoke haben wir jede Menge zu tun.« Sie hielt kurz inne. »Nun, der Grund meines Anrufs ist, dass es sich bei einem der betroffenen Väter um Edwin Kreiss handelt. Ich bin eigentlich mehr an ihm interessiert als an Helen Kreiss.«

»Die ja inzwischen verstorben ist«, sagte Dr. Kellermann, als müsse sie sich selbst daran erinnern.

»Ja. Wenn ich richtig verstanden habe, hat sie vor ihrem tödlichen Unfall wieder geheiratet.«

»Ja, hat sie. Sie sind also daran interessiert, was Mrs Kreiss vor der Scheidung über ihren Mann zu sagen hatte. Glauben Sie, dass er etwas mit dem Verschwinden der drei Studenten zu tun haben könnte?«

Janet zögerte mit der Antwort. Wenn sie ja sagte, würde sie vielleicht einen Hebel ansetzen können, der ihr jetzt noch nicht zur Verfügung stand. »Ehrlich gesagt, nein. Aber wenn ich hier draußen eines gelernt habe, dann das, dass man jeder Spur nachgehen muss, so unwahrscheinlich sie einem auch vorkommt.«

»Ich verstehe, Janet. Nun, da dieser Fall einige Zeit zurückliegt – ich glaube, es war 1988 oder ’89 –, möchte ich erst in meinen Akten nachsehen, die Sache überdenken und mich dann wieder bei Ihnen melden, in Ordnung?«

»Das wäre großartig, Brianne. Schicken Sie mir doch eine E-Mail, wenn Sie soweit sind, dann rufe ich Sie an.«

»Mach ich, Janet. Obwohl ich Ihnen vielleicht nicht viel sagen kann. Sie wissen schon – vertrauliche Informationen. Außerdem richte ich mein Augenmerk eher auf den Ehepartner, dem ich helfen will, nicht auf die Gegenpartei. So können wir von den Vorwürfen wegkommen und uns konstruktiveren Dingen zuwenden.«

Janet verdrehte die Augen, gab ihre E-Mail-Adresse an, legte auf und lehnte sich im Stuhl zurück. Sie hatte Kellermann ihre direkte E-Mail-Adresse gegeben, damit auf ihrem Schreibtisch keine verdächtigen Benachrichtigungen mehr auftauchten. Okay, dachte sie, aber was ist, wenn Kellermann zu ihrem Chef geht, und der sagt ihr, dass das FBI-Büro Roanoke die Order bekommen hatte, den Fall Kreiss zu den Akten zu legen? Wie sollte sie diesen Anruf rechtfertigen, falls Farnsworth danach fragte? Sollte sie sagen, Kellermann habe sie angerufen, *bevor* Farnsworth ihr jede weitere Einmischung untersagt hatte? Dass sie nur höflich sein und einen freundlichen Anruf nicht unbeantwortet lassen wollte? Dass Billy, dieser stadtbekannte Kommunist, dafür verantwortlich war?

Der Kommunist wachte soeben mit einem Schnarcher auf und räusperte sich laut. Dann stierte er Janet verschlafen an.

Janet musste lachen. »Warum holst du dir nicht einen Kaffee und lässt mich den Fall mit den vermissten College-Kids an deinem Computer erledigen, Billy?«

Browne McGarand näherte sich dem Pulverturm von der Ostseite des Gebäudekomplexes; vorsichtig hielt er sich in den Schatten, um im Zwielicht nicht gesehen zu werden. Er hatte seinen Wagen ein gutes Stück entfernt auf dem Zufahrtsweg für die Feuerwehr geparkt, die links von der Hauptzufahrt abzweigte. Dann war er eine Meile in südwestlicher Richtung gegangen, bis er an die Bahngleise gelangte. Von dort hatte er sich nach Nordwesten gewandt und war das einzige Gleis entlanggewandert, bis er ans Sicherheitstor gelangte, das sich über dem Gleis erhob. Als die Fabrik geschlossen wurde, hatte man

Vorhängeschlösser an die Tore gehängt und darüber hinaus noch Eisenstangen oben und unten durch die Griffe geschoben, falls jemand es schaffte, die Schlösser zu knacken. Browne hatte die Stangen, Ketten und Schlösser am äußeren Tor unversehrt gelassen und stattdessen die Schrauben, die den Maschendrahtzaun mit dem massiven Rahmen des Tors verbanden, mit einem tragbaren Schweißbrenner durchtrennt. Als er einen Bolzen lose hatte, konnte er eine Ecke des Drahtgeflechts anheben und durchs Loch steigen.

Fünfzehn Meter weiter war das zweite Doppeltor, passend zu dem doppelten Sicherheitszaun, der die Gesamtfläche des Ramsey Army Arsenal von 2400 Morgen umgab. Die Tore des äußeren Zauns waren verschlossen, aber nicht durch Bolzen und Schweißnähte gesichert gewesen, und McGarand hatte sich damit begnügt, das rostige Schloss zu knacken und durch ein eigenes zu ersetzen. Das Ramsey Arsenal – in Wirklichkeit eine Fabrik für hochexplosive Sprengstoffe – war seit fast zwanzig Jahren »vorübergehend« stillgelegt. Von Zeit zu Zeit wurde der Komplex von einer privaten Wachfirma inspiziert. McGarand hatte sie oft beobachtet, aber sie machten ihre Security- und Zugangschecks stets von der Innenseite des Zaunes. Und nur zur Inspektion der Haupttore stiegen sie aus dem Wagen; ansonsten fuhren sie lediglich herum, blieben in den bequemen Sitzen hocken und genossen die Kühle der Klimaanlage.

McGarand hob den Rucksack mit den Sachen des Mädchens vom Rücken und stellte ihn auf den Boden. Die Wasserflaschen waren sehr schwer. Er schloss das innere Tor auf, schob den rechten Flügel mit dem Absatz zur Seite und schleppte den Rucksack hindurch. Dann schob er das Tor zu, schloss es jedoch nicht ab. Genau vor ihm lag die Produktionsstätte, die fast hundert Morgen Fläche umfasste. Hier waren jede Menge Beton und Stahl verbaut worden; es gab sehr große und kleinere Gebäude, und viele von ihnen waren durch Rohrleitungen verbunden, durch die früher Dampf geströmt und Kühlwasser geflossen war. Baracken, in denen die Sprengstoffe gemischt und patroniert worden waren, lagen in schützenden Gruben, die mögliche Explosionen abschirmen sollten; es gab Vorratstanks für alle möglichen Flüssigkeiten, hohe Türme für die Säureeinstellung, Lagerschuppen zum Beladen von Lastwagen und Eisenbahnwaggons und ein Kraftwerksungetüm mit einem einzelnen, hoch aufragenden Schornstein. Der gesamte Komplex hatte die Ausmaße einer Kleinstadt. Dahinter befanden sich weitere 2000 Morgen Wald, hinter denen sich die Bunker verbargen, in denen fertige Munition gelagert wurde. Die Bahnlinie, eine Abzweigung der Norfolk & Western Line, die durch Christiansburg fuhr, teilte sich hier in sechs Gleise, die sechs verschiedene Bereiche in dem Komplex ansteuerten.

McGarand schaute auf die Uhr. Bald würde die Sonne untergehen. Gerade noch hell genug, dass er seinen Weg finden konnte. Er wollte seine Taschenlampe erst einschalten, wenn er mitten zwischen den Gebäuden und Gassen der Fabrik war. Als er die Hauptzugangsstraße entlangschritt, war das Knarren seiner Stiefel das einzige Geräusch. Eine leichte Brise bewegte das tote Laub im Straßengraben. Die größten Gebäude lagen an der Hauptstraße, die sich vom Verwaltungsgebäude bis zum Kraftwerk vier Blocks weiter erstreckte. Eine Batterie von Rohrleitungen, die sich bogenförmig über die Straße spannten, verliehen ihr ein tunnelartiges Aussehen. In Abständen von fünfzehn Metern waren zwölf Meter breite, mit Scharnieren versehene Metallplatten eingelassen, die Zugang zum so genannten »Graben« gewährten: In Wahrheit handelte es sich dabei um einen Tunnel aus Beton, in den man große Mengen giftiger Flüssigkeiten kippen konnte, falls bei einer chemischen Reaktion etwas schief gegangen war. Alle Gebäude waren verrammelt, versiegelt und weit gehend leer. Jedes hatte ein weißes Schild mit Namen und Beschreibung, damit die Leute von der Wachgesellschaft wussten, wozu es gedient hatte. Und mit Ausnahme des Kraftwerks waren alle Maschinen inzwischen entfernt worden.

McGarand kam zum Nitroglyzeringebäude. Er dachte an das Mädchen und versuchte sich vorzustellen, welche Rolle sie in seinem großen Plan spielen könnte. Für die beiden Jungen, die von der Flutwelle getötet worden waren, empfand er nur leichtes Bedauern. Auf jeden Fall würden noch mehr Menschen dran glauben müssen. Das Mädchen und ihre beiden Freunde waren nur zufällig und als unbeteiligte Zuschauer auf der Bildfläche erschienen. In dem halben Jahr, seit McGarand hier Wasserstoff fabrizierte, war kein Mensch in das Gelände der Munitionsfabrik eingedrungen. Seit langem kursierte in den Ortschaften in der Gegend das Gerücht, in Ramsey seien während des Zweiten Weltkriegs chemische Waffen hergestellt worden. Allein der bloße Verdacht, irgendwo in den Bunkern könnten sich noch Reste von Nervengas befinden, hielt die Leute vom Gelände fern – und das Militär hatte diese Gerüchte nie offiziell dementiert. Natürlich war das alles Blödsinn: Diese Fabrik war nie etwas anderes gewesen als eine typische, von verschiedenen Firmen betriebene Anlage in Regierungsbesitz, die Treibstoff für Artilleriegeschütze und Füllstoff für Sprengköpfe hergestellt hatte.

McGarand konnte sich nicht vorstellen, was diese drei Kids hier gewollt hatten, doch Jareds Fallen hatten hervorragend funktioniert. Es hätte die Dinge natürlich wesentlich vereinfacht, hätte die Flut alle drei mitgerissen. Aber er konnte es nicht über sich bringen, das Mädchen zu töten, obwohl sie ihre Gesichter gesehen hatte. Insgeheim dachte McGarand, dass sie ihm sogar nützlich werden konnte, wenn der Tag des Jüngsten Gerichts näher rückte. Er mochte es, diesen Tag so zu nennen: ein Tag der Abrechnung, an dem er und sein Enkel diese Agenten des Teufels in die strafenden Hände Gottes gaben.

Es war dämmrig geworden. McGarand verlangsamte seinen Schritt, bog seitlich in den schützenden Schatten eines Ladedocks ab und setzte sich, um die Dunkelheit abzuwarten. Der Beton in seinem Rücken fühlte sich warm an. Das tat er jedes Mal, wenn er herkam: Er setzte sich, horchte und beobachtete die Umgebung. Überzeugte sich, dass ihm niemand gefolgt war. Er schloss die Augen und betete um die Kraft, weiterzumachen zu können und seine Mission der Vergeltung zu Ende zu führen. Sie hatten fast drei Viertel des Wasserstoffs hergestellt, und der Druck im Truck stieg nun langsam in den zweistelligen Bereich. Viel Zeit blieb nicht mehr. Alles, was sie jetzt noch brauchten, war Kupfer, und Jared hatte gesagt, dass er eine neue Quelle aufgetan hatte. Säure hatten sie zum Glück genug.

McGarand machte die Augen wieder auf und lauschte. Nichts zu hören als der Nachtwind und das Knacken der Metalldächer und Rohre, die allmählich abkühlten.

McGarand machte sich wieder auf den Weg.

Das Nitrogebäude hatte zwei Eingänge. Der eine war eine Hängetür aus großen unterteilten Stahlelementen, hoch genug, um einen Truck oder Waggon durchzulassen; der andere Eingang war eine mannshohe Stahltür. Selbst in der Dämmerung war das weiße Schild des Gebäudes noch zu erkennen: NITRIERUNG. Er klopfte einmal mit der Faust gegen die kleinere Tür.

»Leg die Augenbinde an!«, befahl er.

Er wartete ein paar Sekunden; dann öffnete er das Vorhängeschloss, warf es beiseite und schob die Tür auf. Er betrat eine große Halle, die nun fast im Dunkeln lag. Obwohl seine Augen sich inzwischen an die Dunkelheit gewöhnt hatten, konnte er nur die Umrisse der Oberlichter hoch über ihm erkennen. Er sah auch das Gesicht des Mädchens mitten im Raum, ein blasser weißer Fleck, der über dem dunklen Stapel Decken zu schweben schien. McGarand trat gegen den unteren Teil der Tür, die bis zur Betonwand zurückschwang; dann knipste er die Taschenlampe an und beleuchtete das Gesicht des Mädchens mit dem blendenden Lichtstrahl. Sie zuckte zusammen, sagte aber kein Wort. Die Augenbinde saß an ihrem Platz, wie er es befohlen hatte. Die Reste ihrer letzten Mahlzeit lagen an der Tür. Er ließ den Strahl der Lampe wandern, leuchtete jeden Winkel aus. Bodenplatten aus Metall reflektierten den hellen

Schein. Es roch nach Beton, Salpetersäure und ein bisschen nach Kanalisation.

McGarand legte die Taschenlampe so auf den Boden, dass ihr Strahl auf das Mädchen gerichtet war. Dann schleifte er den Rucksack herein und leerte ihn auf dem Boden aus. Eine Rolle Toilettenpapier, sechs Plastikflaschen Wasser, zwei Sandwiches, zwei Äpfel und eine Bibel: das Buch Gideon. Er nahm die Taschenlampe wieder auf und leuchtete damit die ganze Halle ab, sorgfältig darauf bedacht, den Strahl niedrig zu halten. Dann legte er die Lampe wieder auf den Boden, den Strahl auf das Mädchen gerichtet. Als Nächstes hob er die Mülltüte auf und stopfte sie in seinen Rucksack. Das Mädchen rührte sich nicht; sie saß im Schneidersitz auf den Decken, als wäre sie in Meditation versunken. McGarand hatte nie etwas zu ihr gesagt – abgesehen von dem Befehl, die Augenbinde anzulegen –, und sie hatte auch nie mit ihm gesprochen.

Er schaute sie einen Moment nachdenklich an. Sie war hübsch und hatte eine gute Figur; deshalb ließ er das Essen auch nicht mehr von Jared bringen. Jared war nicht besonders vertrauenswürdig, wenn es um Frauen ging, was zweifellos durch seine Jugend begründet war. Sie hatten schon viel gebetet, weil Jared so ein Frauenjäger war; dennoch musste er ihn im Auge behalten. McGarand bewunderte die Ruhe des Mädchens. Sie musste sehr stark sein, dass sie nicht zu betteln und zu weinen anfing, wenn er kam.

Sie besitzt große innere Stärke, dachte McGarand. Die Bibel würde ihr dabei helfen, diese Stärke zu nähren. Er hätte ihr schon längst eine mitbringen sollen.

Er hob die Taschenlampe auf, leuchtete den Raum ein letztes Mal aus, ging dann rückwärts hinaus und schloss die Stahltür. Wenngleich nachtblind, hängte er das Schloss vor und ließ es zuschnappen. Er setzte sich auf die Stufen vor der Tür und machte die Augen zu, dass sie sich wieder an die Dunkelheit gewöhnten. Selbst nach all den Jahren roch die Luft im gesamten Komplex säuerlich nach Chemikalien, als hätte jahrzehntelanger Gebrauch von Salpetersäure, Schwefelsäure, Ammoniak, Quecksilber und einer Unmenge Ester und Alkohol seine Spuren in der Luft hinterlassen. Auf dem Boden waren besagte Spuren gewiss noch zu finden – deshalb war das Army Arsenal ja zum Sperrgebiet erklärt worden.

McGarand fragte sich, ob die Leute, die fröhlich im Bach unterhalb des Arsenals angelten, überhaupt wussten, was alles im Sand des Bachbetts lauern mochte, denn so manches Mal war irgendetwas in höchster Eile in den »Graben« gekippt worden.

Er öffnete die Augen, die sich jetzt wieder an die Dunkelheit gewöhnt hatten: Die Schatten waren wieder zu Gebäuden geworden. Der Wagen der Wachfirma würde morgen wieder kommen, auch wenn es ein Samstag war. Im Vertrag war vereinbart, dass mindestens an zwei Wochenenden im Monat ein Check durchgeführt werden sollte, und das letzte Mal war jetzt zwei Wochen her. Deshalb hatte er auch ein Schlafmittel in die Äpfel gespritzt. Das Mädchen würde fast den ganzen Tag verpennen. Und die Wachschutzleute waren faul und unfähig. Sie machten sich nicht mal die Mühe, aus ihrem Wagen auszusteigen. Fuhren lediglich eine Stunde im ganzen Komplex herum und dann wieder zum Haupttor hinaus. Vielleicht würde er auch sie strafen, noch vor dem Tag des Jüngsten Gerichts.

McGarand stand auf, nahm den Rucksack und machte sich auf den Rückweg. Das Mädchen wusste gar nichts. Nur, dass sie hier waren und vermutlich etwas Illegales taten – sonst hätten sie die Kleine ja nicht gefangen genommen. McGarand musste noch entscheiden, was mit ihr geschehen sollte. Wenn sie nicht auf irgendeine Weise zu seiner Mission beitragen konnte, würde er sie wohl hier lassen. Die Mauern des Nitrogebäudes waren einen Meter dick und aus Stahlbeton. Man würde das Mädchen nie finden.

5

AM SAMSTAGMORGEN, KURZ vor Einbruch der Dämmerung, parkte Edwin Kreiss seinen Pick-up am Ende der Brandstraße am westlichen Rand des Ramsey Army Arsenal. Er stellte den Motor ab, ließ die Scheiben herunter und wartete. Fast den ganzen Freitag hatte er mit der Suche nach dem Arsenal verbracht; wenngleich das Gelände ein paar tausend Morgen einnahm, war es nicht leicht zu finden gewesen. Die Angaben auf der Straßenkarte des Bundesstaates, nach der das Arsenal angeblich an der Interstate 81 östlich von Christiansburg lag, stimmten nicht. Da Kreiss keine Lust hatte, in Christiansburg als unbequemer Fragensteller aufzufallen, war er in die öffentliche Bibliothek in Ramsey gegangen und hatte dort ein einziges Buch über die Geschichte des Arsenals gefunden. Der Bibliothekar hatte ihm gesagt, die Anlage sei schon seit fast zwanzig Jahren nicht mehr in Betrieb.

Schließlich hatte er die Hauptzufahrt südlich der Stadt gefunden. Aber die Kreuzung, hinter der es zum Haupttor gehen musste, war mit betongefüllten Fässern versperrt, die offenbar schon lange Zeit hier lagen. Daraufhin war Kreiss jeder asphaltierten Straße und jeder Brandstraße gefolgt, die zur Anlage zu führen schien, und hatte versucht, sich im Kopf eine Karte zurechtzulegen. Doch jeder Weg, der scheinbar zum Arsenal führte, endete an einer Feuerschneise und einem hohen, doppelten Maschendrahtzaun, der mit Stacheldraht bekränzt war. An dem Zaun hingen Warnschilder der US-Regierung, dass dieses Gelände nicht betreten werden durfte und dass es überdies eine Giftmülldeponie war.

Als Kreiss schließlich ein Bahngleis entdeckte, stellte er den Pick-up ein Stück abseits ab und wanderte fast zwei Meilen an den rostenden Gleisen entlang, bis er an ein Doppeltor gelangte. Da er annahm, dass das Gelände bewacht wurde, hatte er sich dem Tor nicht genähert, sondern war zu seinem Pick-up zurückgegangen und hatte weitere Daten für seine imaginäre Karte gesammelt.

Nun stand Kreiss' Wagen zweihundert Meter von dem Punkt entfernt, an dem ein Eindringen auf das Gelände sicher zu sein schien: an einem breiten, ruhig fließenden Bach, der unter dem Sicherheitszaun hindurch vom Gelände strömte. Der Bach wurde durch ein anderthalb Meter dickes Betonrohr geleitet, das sich in leichtem Schwung aus dem höher gelegenen Geländeteil herabsenkte. An der Außenseite dieses Tunnels war ein starkes Gitter angebracht, das intakt aussah, doch als Kreiss sich hinunterbeugte, um es zu begutachten, sah er, dass der untere Teil des Gitters längst im Wasser weggerostet war. Hinter dem Zaun wurde der Bach deutlich breiter, und der tiefe Teich unterhalb der Betonröhre zeigte Spuren, dass trotz der Warnschilder eifrig darin geangelt wurde.

Aus dem Buch, das Kreiss sich in der Bibliothek ausgeliehen hatte, ging hervor, dass das Arsenal sich über 2400 Morgen erstreckte, doch der eigentliche Kern der Anlage musste viel kleiner sein, falls die Bilder in dem Buch stimmten. Den größten Teil des Geländes nahm eine ausgedehnte Bunkeranlage ein, in der die frisch gefertigte Munition aufbewahrt wurde – jedenfalls stand es so in dem Buch; man konnte natürlich nicht wissen, welche anderen Geheimnisse die Regierung auf diesem verbotenen Gelände am südwestlichen Fuß der Appalachen hüten mochte. Der Ort war so sicher und abgelegen, dass hier alles Mögliche gelagert werden konnte. Doch Kreiss waren Waffen und Munition egal; er wollte wissen, ob die Kids wirklich hergekommen waren, denn in dem Buch war eine »Site R« nicht erwähnt.

Kreiss hatte überlegt, das gesamte Gelände zu umrunden – vielleicht gab es ja noch einen besseren Zugang –, doch wenn er dies heimlich tun wollte, würde er Tage dafür brauchen.

Deshalb hatte er beschlossen, auf das Gelände vorzudringen und sich dort umzusehen. Falls den Kids etwas zugestoßen war, würde er hier Anzeichen dafür finden – sofern sie wirklich hier waren. Er wusste, wie schlecht die Chancen standen, und seufzte. Dann stieg er aus. Alles war besser, als grübelnd im Blockhaus zu sitzen. Und es war mehr, als das FBI jemals versucht hatte.

In den Bäumen sangen die ersten Vögel, doch die Sonne ging erst in anderthalb Stunden auf. Der Himmel war klar, und es war ziemlich kühl, ungefähr zehn Grad. Falls Angler kamen, blieb Kreiss immerhin noch eine Stunde, um durch den einzigen sichtbaren Zugang zu kommen: den Tunnel. Er streifte seine Schuhe ab, zog Jeans und T-Shirt aus und schlüpfte in den Neoprenanzug: Hose, Oberteil, Kapuze, Tauchermaske und Stiefel. Er warf seine Kleider in den Pick-up und holte einen wasserdichten Seesack heraus, an dem eine kurze Kordel mit einem Druckknopf befestigt war. Dann schloss er den Wagen ab, steckte die Schlüssel ins Auspuffrohr und ging zum Teich.

Das Wasser war noch ein bisschen kälter als die Luft, doch bis auf sein Gesicht war er vor der Kälte geschützt. Langsam paddelte er auf die Tunnelöffnung zu, zog dabei den Sack hinter sich her. Im dunklen Tunnel schob er zuerst den Sack unter den rostigen Gitterstäben durch; dann tauchte er selber darunter hinweg und stemmte sich in der Strömung hoch. Der Beton war moosbewachsen und glitschig, und er rutschte sofort wieder zurück, hielt sich im letzten Moment jedoch an der oberen Hälfte des Gitters fest. Das Ding schwankte gefährlich und übersäte ihn mit kleinen rostigen Metallsplittern. Kreiss legte einen Arm auf den trockenen Beton an der Außenseite des Tunnels und schob sich mühsam wieder hinein, wobei er sich diesmal vom Gitter fern hielt. Dann kroch er auf allen vieren durchs Wasser und zog den Seesack hinter sich her. Das andere Ende des Tunnels war ungefähr 50 Meter vor ihm, ein schwacher Lichtkreis in der Dunkelheit. Auf halber Strecke musste er sich an einem Baumstumpf vorbeizwängen. Irgendetwas fiel von dem Stumpf herunter und glitt hinter ihm ins schwarze Wasser, doch er strebte unbeirrt weiter. Er wusste, der erste Instinkt einer Wasserschlange war der, ihm aus dem Weg zu schwimmen. Ob das Gitter auf der anderen Seite des Tunnels noch intakt war, wusste Kreiss allerdings nicht.

Doch es gab gar kein Gitter. Der Tunnel lief in eine von hohen Betonwänden eingefasste Schleuse aus, die wie ein umgekehrter Trichter wirkte und in die der Bach als Wasserfall hineinstürzte. Kreiss sah ein paar rostende Stahlkrampen, die in den Beton eingelassen waren, und watete durchs seichte Wasser auf die Leiter zu. Als er wieder trockenen Boden unter den Füßen hatte, setzte er sich zehn Minuten hin und erkundete mit Blicken seine Umgebung. Er befand sich in dichtem Wald innerhalb der Sicherheitszone. Nur die Zäune und die Schleuse waren hier von Menschenhand erbaut. Kreiss versuchte in dem trüben Licht zu erkennen, ob an den Zäunen Kameras angebracht waren, sah jedoch keine. Gestern hatte er den äußeren Zaun auf Strom überprüft, aber nichts gefunden, nicht mal eine Alarmanlage.

Er zog den Seesack näher zu sich heran und nahm eine kleinere Tasche in Tarnfarben heraus. Dann zog er den Taucheranzug aus, trocknete sich ab und stopfte den Anzug in die kleinere Tasche. Er hatte eine zweite Montur mitgebracht, die er nun rasch anzog, um sich keine Unterkühlung zu holen. Es war ein Overall in Tarnfarben mit gepolsterten Knien, Schultern und Ellenbogen, einer elastischen Taille und dehnbaren Arm- und Beinnähten. Der Stoff an den Kniekehlen und unter den Armbeugen war atmungsaktives Nylonmischgewebe. Auf Brust und Rücken verliefen schwarze, senkrechte Plastikbänder vom Schlüsselbein bis zu den untersten Rippen. Die Riemen waren aus verstärktem Kevlar und schützten den Oberkörper; dazwischen waren Klettverschlussstreifen angebracht. In die Ärmelaufschläge waren winzige Taschenlampen eingenäht.

Als Nächstes packte er ein Paar dunkelgrüne hohe Stiefel aus, die außen mit verstärktem Kevlargeflecht zum Schutz gegen Schlangenbisse überzogen waren. Außerdem waren sie mit dünnen Stahlstreben versehen, die senkrecht auf einer Gummiunterlage bis zu den Oberschenkeln reichten. Die Stiefelsohlen waren ebenfalls aus Gummi, mit eingearbeiteten Stahlkappen und -hacken. Die Schuhe wurden mit vier Klettverschlüssen zugemacht. Am linken Schuh war ein eingearbeiteter, verborgener Schaft für ein Messer, am rechten ein verborgener Halter für eine Drahtschere. Auf der Innenseite jedes Stiefels waren in dicken Lederpolstern Kletterstollen eingelassen.

In der Tasche befanden sich außerdem zwei grün gesprenkelte Beutel, einer für die Brust, der andere für den Rücken. Beide waren aus einem Nylonnetzgewebe mit aufgenähten Klettverschlüssen. In dem einen Beutel befand sich die Tagesration Nahrung, im anderen die Trekkingausrüstung. Zuerst streifte Kreiss den hinteren Beutel über, dann den vor der Brust. Beide Beutel waren mit Klettbändern unter seinen Armbeugen verbunden, damit sie ihn nicht behinderten.

Dann zog er sich eine leichte Tarnmaske über Kopf und Hals. Die Maske war schwarz-grün gesprenkelt und gut gepolstert, um Schädel und Schläfen zu schützen. Nur Kreiss' Augen waren noch zu sehen. Die dunkelgrauen Handschuhe hatte lange Stulpen aus Baumwolle und waren außen mit einem feinmaschigen Netz aus Kevlar bezogen. Mit einem eingebauten Blasebalg blies Kreiss eine fünf Zentimeter dicke Manschette an den Unterarmen auf. Eine Pistole hatte er nicht mitgebracht – er trug selten eine Waffe, hatte auch kaum je eine benutzt. Der letzte Gegenstand aus der Tasche war ein mattschwarzer Teleskopstab aus Titan, den er zu einer Länge von ein Meter zwanzig auszog, bevor er ihn festschraubte. Der Stab hatte einen breiten Haken, an dessen einem Ende eine schwarze Glühbirne befestigt war, am anderen Ende eine scharfe Speerspitze.

Kreiss schleppte die Beutel hundert Meter flussaufwärts und kletterte dann die Uferböschung zu einer Hügelkuppe hinauf. Der größere Beutel enthielt ein niedriges Einmannzelt in Tarnfarbe, einen federleichten Schlafsack, vier Armeerationen haltbarer Lebensmittel, ein Röhrchen, mit dem man die Wasserqualität prüfen konnte, sowie Kochgeschirr, falls er sich hier länger aufhalten musste. Kreiss verschnürte beide Beutel und versteckte sie in den mittleren Zweigen der größten Kiefer. Dann drückte er sich in den Schutz der Bäume, setzte sich und horchte ein paar Minuten lang. Im aufkommenden Tageslicht konnte er durch den Zaun das ferne Ufer des Fischteichs erkennen, an dem sich aber niemand aufzuhalten schien, der ihn hätte sehen könnte, auch dann nicht, wenn die Sonne aufging. In der Schleuse hatte er keinerlei Anzeichen dafür entdecken können, dass jemand kürzlich hierher gekommen war. Außerdem hasste Lynn enge Räume ... Wenn die Kids tatsächlich ins Arsenal eingedrungen waren, hatten sie bestimmt nicht den Weg durch den Tunnel genommen. Andererseits musste ein so breiter Bach nicht unbedingt im Sperrgebiet entspringen, und das bedeutete, dass es noch andere Durchbrüche durch den Zaun geben konnte – vielleicht drüben auf der Westseite, denn der Bach schien von Ost nach West zu fließen.

Kreiss' Plan war, am südlichen Ufer des Baches bis zur Fabrikanlage vorzustoßen und unterwegs auf Anzeichen zu achten, ob kürzlich jemand auf das Gelände vorgedrungen war. Falls dieser Versuch nichts brachte, wollte er auf dem Nordufer zurückgehen und dann zu den Produktionsstätten hinüber, die nördlich vom Bach lagen. Selbst nach der anstrengenden Tunneldurchquerung und dem Anlegen seiner Spezialkleidung war Kreiss nicht außer Atem gekommen – ein gutes Zeichen. Er war zwar nicht mehr in so hervorragender Verfassung wie zu seiner aktiven Zeit, aber er war noch lange nicht zum Sesselhocker geworden. Außer im Kopf vielleicht, dachte er. Die beiden FBI-Agenten hatten ihm geraten, sich ja nicht einzumischen, und er wusste, dass sie Recht hatten. Aber da sie ja nichts unternahmen, Lynn und die Jungen zu finden, hatte Kreiss keine Gewissensbisse. Er hatte allenfalls ein wenig Angst davor, was er hier vielleicht finden mochte. Nach einem letzten Blick auf den Teich wandte er sich nach Westen.

Browne McGarand saß im ehemaligen Kontrollraum des Kraftwerks und beobachtete, wie der Schein der Morgensonne allmählich durch die Oberlichter über die Wand kroch. Immer wieder schaute er auf den Manometer seines Wasserstoffgenerators, eine anderthalb Meter hohe, mit Glas ausgekleidete Retorte aus rostfreiem Stahl, in die er einen Kupferschwamm gegeben hatte. Über der Retorte hing ein Glasballon voller Salpetersäure, aus dem in bestimmten Abständen Tropfen durch ein Glasröhrchen fielen. Die Salpetersäure verband sich mit dem Kupfer zu einer Schlacke aus Kupfernitrit und reinem Wasserstoff. Es war eine exothermische Reaktion, deshalb musste der Boden der Retorte in einer Wanne Kaltwasser eingebettet sein, um die Hitze abzuleiten. Wenn der Druck in der Retorte auf fünf Pfund pro Quadratzoll gestiegen war, öffnete sich in der Auslassleitung ein Druckventil. Dessen Bewegung aktivierte einen Druckschalter, der seinerseits den Kontakt zwischen einer kleinen Gaspumpe und deren Energiezufuhr schloss. Die Pumpe trieb den Wasserstoff aus der Retorte durch die Mauer und in den Gastank eines Lastwagens, der in der Wartungszone neben dem Kontrollraum stand. Wenn der Druck in der Retorte auf drei Pfund abgefallen war, schloss sich das Ventil; die Pumpe hörte zu arbeiten auf, und der ganze Prozess begann von neuem.

Fünf Pfund Kupfer brachten in zwei Stunden nur wenig Wasserstoff hervor. Wenn die Reaktion langsamer wurde, was am stetigen Abfallen der Temperatur zu erkennen war, öffnete Browne mehrere Absperrhähne und setzte eine andere Retorte in Betrieb, während er die erste wieder auffüllte.

Er setzte eine Atemschutzmaske auf, leitete das überschüssige Gas in der Pumpe in den Raum und kontrollierte die Pumpe mit einem Handschalter, bis sich in der Retorte ein schwaches Vakuum gebildet hatte. Dann schloss er sämtliche Absperrhähne von Hand. Anschließend musste er warten und das Manometer beobachten: Der Druck durfte nicht zu schnell steigen. Sobald die chemische Reaktion beendet war, ließ er vorsichtig das Vakuum ab, öffnete den Deckel der Retorte, streifte Gummihandschuhe über und nahm mit Hilfe von Zangen die Schlacke heraus. Dann kamen wieder fünf Pfund Kupfer hinein, und die Retorte wurde geschlossen. Browne benutzte die Gaspumpe, um ein wenig Frischluft einzuleiten, bis in der Retorte wieder ein leichtes Vakuum entstanden war. Dann ließ er wieder Salpetersäure aus dem Glasballon herabtropfen.

Der Prozess war mühsam, schrecklich mühsam. Aber es war eine sichere Methode, Wasserstoff zu gewinnen – und damit eine Bombe, deren Herkunft man nicht würde bestimmen können. Brown McGarand hatte mit großem Interesse sämtliche Zeitungsartikel über die Ermittlungen nach dem Bombenattentat in Oklahoma gelesen und wusste daher, wie brennend die Behörden sich inzwischen für alle Materialien interessierten, die als Sprengstoff verwendet werden konnten. Deshalb hatte er sich dafür entschieden, eine Wasserstoffbombe herzustellen, anstatt herkömmliche Sprengstoffe zu benutzen. Und der Glasballon war dabei sein Meisterstück gewesen: Nach vierzigjähriger Tätigkeit als Chemiker war es ihm nicht sonderlich schwer gefallen, sich ein kleines Laboratorium zusammenzustellen. Die Retorten hatte er in einem Labor erstanden, das Pleite gemacht hatte; die kleine Gaspumpe – und ihre größere Schwester, die er später benutzen wollte, um das Gas im Tanklastwagen zu komprimieren – hatte er aus einem Versandhauskatalog für Tiefkühl- und Klimaanlagen. Der kleine Dieselgenerator, der draußen im Kesselhaus vor sich hin ratterte, war ein Sonderangebot von Wal-Mart gewesen. Der Rest seiner Wasserstoffgewinnungsanlage waren schlichte Rohre, die er in das bereits bestehende Rohrsystem der Boileranlage des Kraftwerks sowie ins Versuchslabor eingebaut hatte.

Jared hatte – mit Brownes Hilfe – den Propangas-Tanklaster gestohlen. In einer Regennacht waren sie bei einer Propangasfirma in West Virginia eingebrochen. Während Browne Wache schob, schloss Jared den Wagen kurz und fuhr los. Sie hatten den Laster zum Arsenal gebracht und ihn gut versteckt an einer

Brandstraße in der Nähe des Haupttors geparkt. Als die Wachgesellschaft zur nächsten Inspektionsrunde kam, hatte Jared schon auf der Lauer gelegen. Die Männer ließen das Tor für gewöhnlich offen, und so konnte Jared unbehelligt hineinfahren, während der Wachdienst sich in der Produktionsanlage umschaute. Er hatte den Laster in einem leeren Lagerhaus versteckt, bis die Männer mit ihrer Runde fertig waren; dann hatten er und Browne den Laster in die Wartungszone des Kraftwerks manövriert. Eine Woche lang ließen sie das Propangas in die reine Waldluft ab; dann verriegelten sie die Tür des Wartungsraums, beseitigten den Gastank und setzten neue Plomben auf.

Die Pumpe nahm ihre Arbeit auf, nicht eben leise. Browne lauschte unruhig. Die große Pumpe würde noch lauter sein. Er ging zur inneren Tür des Kontrollraums, die ein Fenster in der oberen Hälfte besaß, und spähte hinaus in die höhlenartige Dampferzeugungshalle. Die Anlage war nur ungefähr ein Drittel so groß wie ein normales Kraftwerk, dennoch waren die beiden Kessel zwölf Meter hoch. Browne war ziemlich sicher, dass der Lärm der Pumpe durch die dicken Mauern nicht nach außen dringen konnte, doch er drehte immer wieder mal eine Runde und prüfte es nach. Seine größte Sorge war, dass sich Jäger oder neugierige College-Kids hierher verirren konnten und nach der Ursache des Lärms suchten.

So wie die Jungs, die im Bach ertrunken waren.

Browne kümmerte sich allein um den Wasserstoffgenerator, den er nachts und an Wochenenden laufen ließ. Jared, der ältere seiner beiden Enkel, war für die Sicherheit zuständig, und er machte seine Sache gut. Von seinen Enkeln war Jared derjenige, der seinem Vater William am meisten ähnelte. Er war mittelgroß, aber kräftig gebaut. Er arbeitete als Techniker für die örtliche Telefongesellschaft und hatte Browne von Anfang an bei dem Bombenprojekt geholfen. Browne wusste, dass er seinem Vater nicht sonderlich nachtrauerte, doch wie sein Großvater hielt Jared große Stücke auf die Christian-

Identity-Sekte. Und er hasste die Regierung und ihre Machenschaften.

Dass William bei der Katastrophe im Mount-Carmel-Lager getötet worden war, hatte Browne fast zu Grunde gerichtet. Er hatte seinen Sohn geliebt – trotz der katastrophalen Ehe, die er als Teenager mit dieser Schlampe eingegangen war, die davonlief und ihn mit zwei Kindern sitzen ließ, Jared und Kenny. Mit Jared fertig zu werden, war ein hartes Stück Arbeit gewesen, doch Kenny, der Jüngere, der bereits geistig zurückgeblieben zur Welt kam, stellte William vor fast unlösbare Probleme.

Obwohl Browne damals sehr wütend auf seinen Sohn war, hatte er später doch verstehen können, dass er schließlich aus Blacksburg abhauen musste. High-School-Bildung, zwei schreiende Gören, der Krebs, der zu jener Zeit Brownes Frau Holly befiel und schließlich dahinraffte – nein, William hatte nie eine Chance gehabt. Und Browne hatte solche Hoffnungen in den Jungen gesetzt! William war intelligent genug fürs College gewesen, vielleicht sogar für die Virginia Tech in Blacksburg. Und mit Brownes Verbindungen zum Ramsey Arsenal hätte William leicht einen hoch bezahlten Job bekommen. Aber dann musste die verdammte Regierung das Ding ja dicht machen. Hätte fast die ganze Stadt arbeitslos gemacht.

Jared hatte überlebt, aber nur knapp – und das war bezeichnend. Er war ein gehorsames, insgeheim jedoch schwieriges Kind gewesen, nachdem sowohl Mutter wie Vater Haus und Heim verlassen hatten. Im Dunstkreis seines zunehmend verbitterten Großvaters aufgewachsen, war Jared zu einem zähen Arbeiter geworden. Er hatte Browne nie erzählt, wie er sich fühlte, nachdem er von seinen Eltern verlassen worden war, und Browne, der seine eigenen Sorgen hatte, war nie auf die Idee gekommen zu fragen. Die Frage, wie alles gekommen wäre, hätte William mehr Glück im Leben gehabt, stellte er sich dafür um so öfter. William war so ein toller Junge gewesen, lebensfroh, freundlich zu jedermann, immer von einem Schwarm kichernder Mädchen umgeben und intelligent genug, um sich in der Schule nicht anstrengen zu müssen. Er war Browne so kostbar gewesen wie sein Augapfel.

Jared ähnelte seinem Vater nicht sehr, nur in einer Hinsicht: Wie William schien er von Frauen besessen zu sein – verheirateten Frauen. Browne vermutete, dass Jared unbewusst vermeiden wollte, die traurige Geschichte seines Vaters am eigenen Leib zu erleben.

Beim Gedanken an William und was aus dem Jungen hätte werden können, stieß Browne einen tiefen Seufzer aus. Alle Hoffnungen, die er für die Zukunft gehegt hatte, schienen mit der Stilllegung des Arsenals verpufft zu sein. Nun half Jared ihm bei seiner Rache – nicht, weil er seinen Vater liebte oder vermisste, sondern weil er dem Vorhaben aus vollem Herzen zustimmte: die Bombe, das Ziel und das Timing, denn Jareds Interessen galten den »irren Randalierern«, wie Browne sie nannte: obskure Bürgerwehren und ein paar jener Sekten, die den baldigen Weltuntergang prophezeiten. Brownes ständige Sorge war, dass Jared sich eines Tages vor einem dieser Idioten von der Bürgerwehr verplappern würde, doch bis jetzt schien das Sicherheitsnetz intakt. Im Augenblick war Jared irgendwo da draußen und beobachtete den Wachdienst, der mit seiner nachlässigen Runde begann.

Die Pumpe hörte zu arbeiten auf, wartete auf den nächsten Überdruck. Browne schloss die Tür des Kontrollraums und ging durch die Verbindungstür in den Wartungsbereich. Das Kraftwerk war der einzige Teil der Anlage, aus dem die Regierung nicht sämtliche Geräte entfernt hatte. Zwei vier Stockwerke hohe Dampfkessel mit sämtlichen Zu- und Ableitungen standen in dem Hallenteil auf der anderen Seite des Kontrollraums; dahinter, in der Dampferzeugungshalle, erhoben sich zwei turboelektrische Generatoren, so groß wie Lokomotiven. Zwei sechzig Zentimeter dicke, jetzt leere Kühlwasserleitungen hatten früher aus einem Reservoir zwischen den Bunkern Wasser herangeführt, mit dem die großen Kondensatoren gekühlt wurden. Doch jetzt war es still hier, still und sicher, der beste Ort für Browne, seine Pläne in die Tat umzusetzen. Außerdem kannte er das Gelände wie seine Westentasche: Browne war Leitender Chemotechniker für die gesamte Anlage gewesen, bis sie vor zwanzig Jahren geschlossen worden war.

Er öffnete die Mess-Skala des Hauptdruckventils und sah, dass der Druck im Tank nicht höher war als bei der gestrigen Ablesung. Er betete, dass nicht irgendwo ein Leck entstanden war, beruhigte sich dann aber mit dem Gedanken, dass ein Leck den Tank längst schon geleert hätte. Es brauchte einfach seine Zeit, dieses riesige Reservoir zu füllen. Browne nickte zur Bekräftigung. Gottes Mühlen mahlen langsam, doch sie würden hier umso gründlicher mahlen, wenn die Zeit gekommen war. Er ging in den Kontrollraum zurück. Jetzt musste bald der Wachdienst kommen. Wenn der nächste Kreislauf abgeschlossen war, musste er den Generator abschalten und warten, bis Jared kam und ihm sagte, dass die Kerle wieder weg waren.

Edwin Kreiss bewegte sich wie ein Schatten zwischen den Bäumen und nutzte jede Deckung. Sobald ein Vogel einen Warnruf ausstieß, blieb er stehen und lauschte. In seinem Tarnanzug war er kaum zu sehen; seine Gummisohlen glitten lautlos über den dicken Teppich aus Tannennadeln. Er hielt konstant eine Entfernung von fünfzehn Metern zum Waldrand und folgte dem Bachlauf, der hier nach Westen strömte und allmählich schmaler wurde. Kreiss hatte bisher zwei Brandstraßen und zwei kiesbestreute Fahrwege gekreuzt, jedoch keine Anzeichen entdecken können, dass hier vor kurzem jemand entlanggefahren war. Er schwitzte ein wenig in dem Overall, jedoch nicht übermäßig, und bezwang die leichte Steigung in Richtung Westen mit Leichtigkeit. Es war nun fast elf Uhr; eine strahlende Sonne stand am Himmel und warf grell abgezirkelte Flecken auf den Waldboden.

Bis jetzt hatte er ein paar Rehe, einen Waschbären, Dutzende von Eichhörnchen und eine Klapperschlange gesehen, die sich auf einem Felsstück sonnte. Der Bach war zu beiden Ufern mit hohem Gras bewachsen, das mit Zweigen und Laub bedeckt war – ein Zeichen dafür, dass es zumindest einmal im letzten Monat eine Überschwemmung gegeben hatte. Das nördliche Ufer, das ein wenig höher und ungefähr einen Meter unterhöhlt war, zeigte wüst verschlungene Wurzeln und große Löcher in der roten, lehmigen Erde. Wo es das Gelände zuließ, kroch er aus dem Wald zum Ufer hinunter, um alles auf Spuren menschlicher Anwesenheit zu untersuchen, die an fast jedem Bach oder Fluss in Amerika zu finden waren: Plastikflaschen, Hamburgerverpackungen aus Styropor und Aludosen. Aber dieser Bach war im Vergleich zu anderen in einem geradezu jungfräulichen Zustand. Sein Wasser war kalt und klar, und auf den Steinen in seinem Bett wuchs Moos.

Ein einziges Mal musste Kreiss seine Deckung verlassen, als er eine Bodenspalte überwinden musste, die sich, aus Süden kommend, mit dem Bach vereinigte. Es war ein winziger Zustrom, ein Rinnsal, das man leicht überspringen konnte. Er kroch durch das hohe Gras darauf zu, stand kurz auf und ließ sich auf der anderen Seite sofort wieder fallen. Als er erneut auf den Waldrand zukroch, glaubte er zur Rechten ein Fahrzeug zu hören. Er drückte sich flach ins Gras und kroch wie eine Eidechse auf allen vieren bis zum Waldrand über der kleinen Schlucht. Dort zog er sich unter die Bäume zurück und lauschte. Er musste an sein Training im CIA-Camp in Warrenton denken: Kopf runter, Gesicht gegen den Boden drücken, bis man nur noch die Erde roch.

Zuerst hörte er nichts außer der leichten Brise, die in den Kiefern raschelte; dann aber vernahm er es wieder: Ein Fahrzeug mit stark gedrosseltem Motor, irgendwo rechts, weit hinter den Bäumen am anderen Ufer. Kreiss stemmte sich hoch genug, um über seine Deckung hinwegschauen zu können, und erhaschte gerade noch einen Blick auf einen Schornstein, der ungefähr eine Viertelmeile entfernt war in nordwestlicher Richtung. Er sah aus wie der Schornstein eines Kraftwerks, obwohl nur die oberste Spitze über den Bäumen zu sehen war.

Ich nähere mich der Fabrik, dachte Kreiss, schloss die Augen und horchte angespannt. Wieder hörte er den fernen Laut, der an- und abschwoll, so, als würde das Fahrzeug ständig die Richtung ändern. Falls es keine Sinnestäuschung war – ein Laut, der durch die leere Landschaft hallte und deshalb verzerrt war –, musste es jemand sein, der wie er selbst hier auf dem Gelände herumstreunte.

Gut, dass dieser Jemand nicht näher kam.

Schlecht, dass er, Kreiss, nicht allein war.

Er zog sich tiefer zwischen die Bäume zurück, und das Motorengeräusch wurde schwächer. Er schaute auf den Kompass, den er am Handgelenk trug, stand auf und marschierte eine Viertelstunde in westlicher Richtung weiter. Dann wandte er sich nach Norden, dem Bach zu, und sah, dass dieser seine Richtung änderte: Nun floss er auf eine scharfe Biegung im Norden zu. Kreiss ging wieder nach rechts an den Waldrand, kauerte sich hinter einem Ilexbusch nieder und dachte nach. Zwischen ihm und dem Bach lagen fünfzig Meter Waldwiese mit hellgrünem, hüfthohem Gras. Vorsichtig bohrte er den Stab in den weichen Boden. Das grelle Grün war ein Zeichen, dass die Erde mit Feuchtigkeit gesättigt war – er musste sich vor Moorflächen und Treibsand in Acht nehmen.

In diesem Augenblick spürte er, wie seine Nackenhaare sich aufrichteten. Er warf sich so rasch auf den Boden, dass seine Kapuze an den Dornen des Ilex hängen blieb.

Er wurde beobachtet. Da war er ganz sicher.

Kreiss lag ganz still und überlegte, welchen Weg er in der letzten Viertelstunde gegangen war. Das einzige offene Gelände war die Schlucht mit dem Rinnsal gewesen. Hatte man ihn dort gesehen? Im Wald war alles ruhig; kein plötzlicher Schrei eines Eichelhähers oder aufgeregtes Eichhörnchengekecker als Zeichen, dass jemand oder etwas hinter ihm war. Was wohl hieß, dass der Beobachter auf der anderen Seite des Baches hockte. Kreiss wartete wieder eine Viertelstunde und lauschte angespannt. Dann begann er rückwärts zu kriechen, dicht an den Boden gepresst, und bewegte sich tiefer in den Wald hinein. Falls ihn jemand von der anderen Seite her beobachtete, musste sein Rückzug unsichtbar sein.

Als er den Streifen Sumpfland mit dem Stab überprüft hatte, war ihm noch etwas aufgefallen: Genau an der Stelle, wo der Bach eine Biegung machte, lag ein mächtiger, fünf Meter hoher Haufen von allem möglichen Zeug: Baumstümpfe, zersplitterte Zweige, schlammverkrustete Wurzeln, Felsbrocken und ausgerissene Büsche, alles von den Überresten eines riesigen Baumstamms aufgefangen, der schon vor langer Zeit in den Bach gestürzt sein musste. Der mächtige Stamm ragte an seiner Seite vielleicht dreißig Meter in den Wald hinein. Auf der nördlichen Seite staute er das Wasser, das in mehreren kleinen Kaskaden aus dem Gewirr hervorbrach.

Kreiss dachte über diesen Damm nach und fragte sich, ob er den Weg zum nördlichen Ufer wagen sollte ... Es musste dort jede Menge Schlangen geben, und er durfte den Bachlauf nicht aus den Augen verlieren. Außerdem gab es keine Deckung; er musste durchs hohe Gras kriechen, und es bestand die Gefahr, dass jemand bemerkte, wie die Halme sich bewegten. Kreiss lag still da, hörte aber nichts Außergewöhnliches mehr. Dann glitt er wieder vorwärts, wählte dabei aber einen etwas anderen Weg als den, auf dem er in Deckung gekrochen war. Er hielt auf den verschlungenen Wurzelballen einer umgekippten Kiefer zu, die fünfzehn Meter westlich von seiner ursprünglichen Position lag. Langsam, wie eine Eidechse, schlängelte er sich vorwärts, tastete immer erst mit einer Hand und einem Fuß über den weichen Boden, bevor er die anderen nachzog. Zentimeter für Zentimeter näherte er sich dem gegenüberliegenden Waldrand. Er hörte und sah nichts, das auf Beobachtung schließen ließ, aber er hatte vor Jahren gelernt, dass er sich in solchen Situationen am besten auf seinen Instinkt verließ.

Als er zu dem Wurzelballen kam, drückte er sich in die Grube darunter und stocherte mit dem Teleskopstab in dem Ballen herum. Natürlich stieß er fast sofort auf einen Kupferkopf, eine Giftschlange, die ihren kleinen dreieckigen Kopf einen Meter vor ihm in die Höhe reckte und züngelte. Er hielt der Schlange den Haken des Stabs vor die Nase, und sie erstarrte. Dann tippte er sie mit dem Stab an – sofort ringelte sie sich zusammen, und die dünne schwarze Zunge zuckte, während sie ihr Opfer anvisierte. Kreiss hielt den Stab hoch, sodass er mit dem Angriffswinkel der Schlange übereinstimmte, und wartete. Die Schlange wartete auch – ihr Kopf machte kleine kreisförmige Bewegungen, als sie versuchte, sich anhand der Wärmestrahlung ein Bild ihres Widersachers zu machen. Kreiss senkte nun den Stab und tippte damit auf den Boden. Die Schlange ringelte sich wieder, zielte nun auf den Stab. Kreiss hob den Stab und versetzte der Schlange einen Schlag. Sofort fuhr sie auf den Stab los. Er rammte den Haken mit Wucht in den Leib der Schlange und nagelte sie an einer dicken Wurzel fest. Sie zuckte noch einmal und gab dann den Kampf auf. Ihre Kiefer standen weit offen. Mit der freien Hand zog Kreiss das Messer aus dem rechten Stiefel und schnitt dem Tier den Kopf ab. Dann verlängerte er den Stab und schüttelte die Schlange ab.

Er wandte sich wieder der Untersuchung des Wurzelballens zu, ob der noch weitere unliebsame Überraschungen bereit hielt, doch es rührte sich nichts mehr. Er überzeugte sich, dass die Schlange wirklich tot war, und schob sich dann tiefer in die Grube, in der der Baum zuvor gewurzelt hatte. Zwischen ihm und dem Bachbett hatte sich nun ein kleiner Schlammhügel angehäuft. Wenn Kreiss den Kopf hob, konnte er dahinter eben noch das grellgrüne Gras erkennen. Wieder hatte er das deutliche Gefühl, dass jemand ihn beobachtete. Er wusste, dass er von der anderen Seite nicht gesehen werden konnte; dennoch sollte er lieber nicht aufstehen. Mit dem Haken am Ende des Stabs begann er eine schmale Rinne in den Schlammhügel zu graben. Er arbeitete gemächlich und achtete darauf, dass er den Stab nur horizontal bewegte. Als er eine fünfzehn Zentimeter tiefe Rille gegraben hatte, erweiterte er sie vorn zu einem bogenförmigen Schlitz. Dann zog er aus seinem Brustbeutel ein langes, dünnes Teleskop und schob es durch die Rille bis zwischen die ersten Grashalme.

Er hob den Kopf und das Teleskop hoch genug, um das Gelände bis hinunter zum Bachbett zu überblicken. Dann suchte er die Bäume am gegenüberliegenden Ufer Zentimeter für Zentimeter ab, die Sonne im Rücken, sodass die Linse kein Licht reflektierte. Im Wald gegenüber war keine Bewegung zu sehen, und doch spürte er ganz deutlich Gefahr. Er drehte das Teleskop nach Westen, richtete es auf den riesigen Baumstamm, der als Damm quer zum Bach lag. Und dann sah er es: ein stumpfer Farbfleck, mitten im Gewirr des Treibguts, das die Flut angehäuft hatte. Er zog das Teleskop zurück und drückte sich in die Grube. Dann kroch er rückwärts hinaus und weiter unter die schützenden Bäume, wobei er aufmerksam lauschte und sich behutsam bewegte, um keine Vögel aufzuscheuchen. Der Waldrand war ungefähr drei Meter vom Wurzelballen entfernt. Von dort visierte er die Stelle aufs Neue an. Er hielt den Atem an und hoffte, dass er nicht zufällig in den Sichtbereich eines Fernglases geriet. Er stellte das Teleskop schärfer. Der Gegenstand war eine Baseballkappe, die an einem Zweig hing. Kreiss spürte, wie ihm das Blut in den Kopf stieg und ihm die Luft in der Kehle stockte. Die Kappe war dunkellila und hatte verblichene weiße Lettern, die kaum noch zu erkennen waren. Er glaubte, einen davon noch lesen zu können – es war ein *L.*

Lynn besaß eine solche Kappe.

Sie trug sie ständig, weit nach hinten geschoben, wie die Kids solche Kappen heutzutage trugen. Genau die gleiche Farbe. Und vorn waren die Initialen LHS aufgenäht: Langley High School.

Kreiss widerstand dem Impuls, seine Deckung zu verlassen, über fünfzehn Meter freies Gelände zu rennen und die Kappe aus dem Gewirr von Zweigen und Schlamm zu holen. Er zwang sich, ganz still dazusitzen und ruhig zu atmen. Es *muss-*

te Lynns Kappe sein. Kreiss richtete sein Teleskop wieder auf die Stelle, doch nun war eine Wolke vorgezogen; er konnte sie nicht mehr sehen. Er schloss die Augen und lauschte angespannt. Vögel. Wind. Grillen und andere Insekten. Wellen plätscherten ans Bachufer. Kein Auto war mehr zu hören. Er musste eine Entscheidung treffen.

Er konnte hinuntergehen und die Kappe holen – und das wollte er unbedingt. Aber wenn ihn jemand beobachtete, war er ihm auf Gedeih und Verderb ausgeliefert. Andererseits konnte er auf die Dämmerung warten. Doch falls seine Beobachter ein Nachtsichtgerät hatten und ebenfalls warteten, sah es genauso übel für ihn aus. Wieder rief er im Kopf die imaginäre Karte ab. Das Gebiet um das Bachbett herum lag tiefer als der umgebende Wald. Er konnte warten, bis es vollkommen dunkel war; das Bachbett würde dann in tiefster Schwärze daliegen. Ein Nachtsichtgerät verstärkte nur das vorhandene Licht: Wo kein Licht war, konnte man auch keins verstärken. Es war ja keins von diesen Infrarotgeräten, die er in seiner aktiven Zeit benutzt hatte und die auf den Unterschied zwischen warmen Objekten und kälterer Umgebung reagierten. Die Kappe lag nur ein kleines Stück weiter inmitten der Äste und Wurzeln, links von einem kleinen Wasserfall. Kreiss merkte sich ihre genaue Lage, holte einmal tief Luft und schaute sich nach einem Platz um, an dem er sich verbergen konnte.

Er kroch unter die dichten unteren Äste einer großen Kiefer; hier wollte er den Rest des Nachmittags verbringen und auf den Sonnenuntergang warten. Er wusste immer noch nicht, ob er beobachtet wurde, aber wenn es so war, sollten die anderen zuerst die Geduld verlieren und aus ihrem Versteck hervorkriechen. Kreiss konnte sich allerdings keinen Grund vorstellen, warum jemand in dieser gottverlassenen Gegend herumschleichen sollte – es sei denn, es ging irgendetwas Illegales vor, und das konnte das Verschwinden Lynns erklären. *Falls* es Lynns Kappe war. Ein anderer Teil seines Hirns versuchte, diesen Gedanken zu verscheuchen.

Jede Jagd war eine Abfolge von Entscheidungen: Wann sollst du weitergehen? Wann warten? Wann musst du beobachten? Wann schlafen? Wobei das Schlafen die beste Methode war, sich so reglos wie möglich zu verhalten. Deshalb entschied Kreiss sich jetzt dafür.

FBI-Agentin Janet Carter beendete ihren Lunch, als ihr der Einfall kam. Nach ihrem Samstagmorgenseminar an der Virginia Tech war sie in ein Straßencafé gegangen, in dem nur vegetarische Kost angeboten wurde. Janet, eine Fleischesserin mit Leib und Seele, suchte die Samen- und Körnerfresserszene immer mal wieder auf, um ihr Gewissen zu beruhigen. Die Seminare waren nicht besonders aufregend, aber immerhin füllten sie den Anfang des leeren Wochenendes aus. Beim Lunch hatte sie über Barry Clark nachgedacht. Der Junge war ein frecher, verlotterter Bengel, und Kreiss hatte zweifellos die richtige Methode angewendet, um den kleinen Schleimer zum Reden zu bringen. Aber wenn sie, Janet, dem Jungen, der sich immer noch kaum rühren konnte, unerwartet etwas Gutes tat, konnte sie das auch schaffen. Indem sie eine Pizza spendierte, zum Beispiel. Vielleicht vertraute er ihr dann genauso viel an wie dem »Kopflosen«, der ihn zusammengeschlagen hatte.

Sie packte Pappteller und Colabecher zusammen. Der »Kopflose« musste Kreiss gewesen sein, wer sonst? Ein großes, böses Schreckgespenst in der Nacht, das hinein- und wieder hinausgelangt war, ohne eine Spur zu hinterlassen. Das den Jungen verängstigt hatte, eingeschüchtert, mental und physisch paralysiert – und das alles in kaum neunzig Sekunden. Ein sehr professionelles Schreckgespenst. Bei der CIA musste Kreiss ein paar interessante Dinge gelernt haben.

Janet warf die Abfälle in die Tonne und ging auf die andere Straßenseite zum Pizzaimbiss. Zwanzig Minuten später klopfte sie an Clarks Tür. Es dauerte ein paar Minuten, bis er aufmachte. Sein Erscheinungsbild hatte sich seit der letzten Nacht kaum verbessert: Er trug ein schmutziges T-Shirt, ausgebeulte

Hosen und Gummilatschen. Sein Gesicht war sehr blass, und unter den Augen hatte er Tränensäcke. Er hatte sich nicht rasiert – rote Bartstoppeln verunzierten Kinn und Wangen. Seine Arme hingen immer noch kraftlos herab, obwohl er die Finger nun wieder bewegen konnte. Er blieb in der Tür stehen und schaute Janet blinzelnd an – lange genug, dass sie den Mief riechen konnte, der aus dem Apartment drang.

»Was 'n los?«, fragte er und verzog das Gesicht, als schmerzte das Sonnenlicht in seinen Augen.

»Ich bin Janet Carter«, sagte sie. »Immer noch beim FBI. Hab Ihnen eine Pizza mitgebracht.«

Wieder blinzelte er. Hat wahrscheinlich gerade noch geschlafen, sagte sich Janet. »Sie haben mir Leid getan«, fuhr sie fort. »Soll ich die Pizza für Sie aufschneiden?«

»Ja. Danke. Aber ... ich meine ... äh, warum ...?«

Sie atmete noch einmal die reine Luft draußen ein, stieß dann die Tür mit dem Fuß auf und betrat die Wohnung. Die sah immer noch nicht besser aus. »Lassen Sie die Tür bitte offen«, rief sie über die Schulter. »Sie brauchen frische Luft. Haben Sie irgendwo ein Messer?«

Er folgte Janet durchs Zimmer. Sie hielt auf der Schwelle zur Küche an und ließ ihn ein Messer aus dem Spülbecken holen. Er konnte es mit den Fingern greifen, schaffte es jedoch nicht, den Arm zu heben.

»Spülen wir's erst mal«, sagte Janet, nahm ihm das Messer ab und ließ heißes Wasser darüber laufen, während Clark stumm danebenstand. Dann teilte sie die Pizza in dünne Stücke, spülte einen Teller und sagte Barry, er solle sich in den einzigen Sessel im Wohnzimmer setzen. Den Teller stellte sie auf einen Hocker vor ihn und schaute dann zu, wie er gierig das Essen in sich hineinschlang, tief über den Hocker gebeugt. Das Licht, das durch die offene Wohnungstür schien, offenbarte ihr mehr vom Durcheinander in dem Apartment, als sie sehen wollte.

»Ehrlich gesagt ist es Bestechung«, sagte sie.

»Cops können auch Leute bestechen?«, fragte Barry mit vollem Mund. Nun war wieder ein Funken der gewohnten Frechheit in seinen Augen zu sehen. Muss an der unerwarteten Kohlenhydratzufuhr liegen, dachte Janet. Sie selbst hatte jetzt keinen Hunger mehr.

»Das funktioniert nur in einer Richtung«, erklärte sie. »Wir dürfen keine Bestechungen *annehmen,* wohl aber *austeilen,* besonders, wenn wir ein paar Informationen haben wollen, verstehen Sie?«

Kauend beobachtete er sie.

»Mich interessiert immer noch, was Sie diesem kopflosen Kerl gesagt haben«, sagte Janet.

»Hab doch schon gesagt, dass ...«

»Nein, warten Sie. Beim letzten Mal habe ich Sie gefragt, was er wollte. Das war die falsche Frage. Deshalb stelle ich jetzt eine andere: Was haben Sie zu ihm *gesagt?* Und zwar den genauen Wortlaut.«

Clark schlürfte ein Stück triefender Pizza. Seine Augen drückten nun Argwohn aus; er suchte nach einem Ausweg. Janet drängte ihn: »Wenn Sie ihm erzählt haben, was er wissen wollte, wird er nicht wiederkommen. Es macht also nichts, wenn Sie es mir ebenfalls erzählen. Haben Sie ihm allerdings *keine* Auskunft gegeben, wird er wiederkommen, und dann brauchen Sie mich – *uns* –, um Sie zu beschützen.« Sie gab ihm einen Augenblick Zeit, um das »Uns« zu verdauen. »Also, was haben Sie ihm gesagt? Die genauen Worte, bitte.«

Er starrte sie an. »Für ’ne verdammte Pizza?«

»Der Bursche ist Ihnen über, Barry. Turmhoch überlegen. Denken Sie doch nur mal daran, wie groß er war. Wie viel stärker als Sie – und da hatten Sie noch Arme, um sich zu wehren. Sie haben noch andere Körperteile, Barry, denken Sie mal daran. *Empfindliche* Teile.«

Barry blinzelte bei dieser Bemerkung. Dann leckte er sich die Lippen und seufzte tief.

»›Site R‹«, sagte er. »Er wollte wissen, wohin Lynn und die

Jungs zum Zelten gefahren sind. Alles, was ich wusste, war diese ›Site R‹. Hab gehört, wie Rip das gesagt hat. Sie wollten in diese Site R einbrechen. Ich weiß nicht, was das bedeuten soll. Hab ich dem Mann auch gesagt. Und ich weiß es verdammt noch mal immer noch nicht, klar?«

Janet schaute ihn aufmerksam an. »Okay. Hätten Sie das ein bisschen früher erzählt, hätten wir sie vielleicht schon gefunden. Ist Ihnen der Gedanke schon gekommen?«

Er wich ihrem Blick aus. Janet stand auf und ging.

Kurz vor Sonnenuntergang schaute Browne McGarand zu, wie der letzte Kupferschwamm verpuffte. Das Licht, das durch die vier Oberlichter fiel, färbte sich allmählich rot. Er drehte den Hahn für den Säuretropf zu und wollte eben mit dem Reinigungsdurchlauf beginnen, als er ein deutliches zweimaliges Klopfen hörte. Dann eine Pause, gefolgt von zwei weiteren Klopfzeichen. Jared war zurück. Browne schaltete die Arbeitsleuchte aus und ging zur Kontrollraumtür. Er klopfte nur einmal.

»Ich bin's, Jared«, sagte sein Enkel auf der anderen Seite. Sie hatten einen Code vereinbart, als sie das Projekt starteten. Wenn Jared sagte: »Ich bin's«, wusste Browne, dass Jared nicht allein war und dass er schleunigst durch die Garage verschwinden musste. Browne machte die Tür auf, und Jared trat ein.

Sein Enkel war ein breitschultriger Mann mit einem Schmerbauch und dichtem schwarzen Bart. Sein Job bei der örtlichen Telefongesellschaft brachte es mit sich, dass er oft tagelang allein war, weil er die abseits gelegenen Anschlüsse überprüfen musste. Er kümmerte sich um Telefonmasten, die von Bäumen umgerissen worden waren, um Leitungen, die man versehentlich beim Graben durchtrennt hatte, und um Zuleitungskästen, an die isoliert liegende Blockhäuser und Wohnwagensiedlungen angeschlossen waren. Seine Kleidung roch stets leicht nach Tannennadeln und Tabak. Jared war ein von Grund auf argwöhnischer Mensch, der stets den Eindruck machte, als würde er mit einem feindlichen Angriff rechnen. Browne machte die Tür zu, drehte den Schlüssel um und knipste die Arbeitslampe wieder an.

»Haben diese Wachschutzheinis irgendwo angehalten?«

»Nee. Sind rumgefahren wie immer. Hast das verdammte Radio noch 'nen ganzen Block weiter gehört. Scheiß Rock 'n' Roll. Die Fenster hoch und die Mucke laut gedreht.« Er schnaubte verächtlich. »Das soll ein Wachdienst sein?«

»Sei froh, dass es keine Profis sind«, meinte Browne. »Ich überleg schon die ganze Zeit, wann sie wohl mal anfangen, die Gebäude zu überprüfen.«

»Die beiden bestimmt nicht«, gab Jared zurück und ließ seinen schweren Körper auf einen der Stühle fallen. »Aber wir könnten ein neues Problem haben.«

Browne hatte die reinigende Luft durch seine Anlage geblasen und machte nun die Retorte zur Säuberung bereit. »Was für ein Problem?«

»Du kennst das doch, wenn du manchmal was nur aus dem Augenwinkel siehst? So, dass du dann überlegst, ob du's dir nur eingebildet hast?«

Browne blickte seinen Enkel scharf an. »Was?«

»Hab diesen Wachdienstwagen von dem Turm neben der Bahnlinie beobachtet. Hätte schwören können, dass ich da 'nen Mann gesehen hab, wie er durch die kleine Schlucht läuft, da, wo's in den Bach fließt, wo der dicke Baum liegt. Weißt du, wo ich meine? Kannst die Stelle vom Turm aus gerade noch erkennen. Aber irgendwas war da komisch dran – ich mein, an dem, was ich gesehen hab.« Er schüttelte den Kopf. »Als hätte der 'ne Kapuze oder irgendwas auf. Als hätte der gar kein Gesicht. Ich weiß auch nicht. Ich *glaub* jedenfalls, dass ich das gesehen hab. Aber es muss nicht stimmen.«

Browne rieb sich das Kinn. »War das wirklich ein Mann? Kein Reh oder sonst ein Tier?«

Jared nickte nachdenklich. »Weißt du, wo so 'n hohes Gras

am Bach wächst? Sah aus, als hätt er drin gelegen, musste dann aber aufstehen, um über den Bach zu springen, und da konnte ich ihn sehen. Dann war er auch schon weg.«

»Was hast du dann gemacht?«

»Als der Wagen vom Wachdienst raus zu den Bunkern gefahren ist, bin ich mal da runter, auf die Nordseite vom Bach. Hab mich da hinter den ersten Bäumen versteckt und 'n paar Stunden gewartet, ob sich was tut, ob er sich irgendwann mal zeigt oder so. Aber nix passiert. Und es kam mir auch gar nicht so *vor,* als ob da jemand wäre – ich meine, die Tiere haben nix gemacht, verstehste? Haben sich nich' gerührt – keine Vögel schreien, keine Büsche rascheln, und auch sonst nix.« Er rieb sich die Wade. »Bin in irgendso 'n Juckzeugs getreten, glaub ich. Scheiße, ich weiß nicht. Is' vielleicht auch nix.«

»Ein einzelner Mann«, sagte Browne, während er die Retorte wieder verschloss. »Sind die Fallen noch aufgestellt?«

»Klar.«

»Tja, vielleicht sollten wir heute lieber nicht zu dem Mädchen gehen und ihr das Essen bringen. Vielleicht gehen wir besser dahin, wo du gesagt hast, und schauen nach. Wenn sie die Äpfel isst, die ich für sie präpariert habe, wird sie sowieso noch schlafen.«

»Soll ich mal nach ihr sehen?«, fragte Jared ein bisschen zu beiläufig.

Doch Browne ließ sich nicht täuschen. »Nein, ich glaube nicht, Jared. Außerdem sollten wir dem Nitrogebäude nicht zu nahe kommen, besonders dann nicht, wenn sich einer hier rumtreibt. Er könnte hergekommen sein, weil diese Kids vermisst werden. Und wir wollen ihn doch nicht geradewegs zu der Kleinen führen, oder?«

Jared nickte, sagte aber nichts. Er rieb immer noch seine Wade, während Browne sämtliche Ventile zum Tank nebenan zudrehte.

»Allmählich bildet sich Druck im Tank«, sagte Browne, um Jared vom Gedanken an das Mädchen abzulenken. Jared durfte keinen Blödsinn mit ihr anstellen. »Von jetzt an kriegen wir schön viel Gas. Aber ich habe bald kein Kupfer mehr.«

»Hab was in der Hauptverwaltung besorgt«, meinte Jared. »'ne Palette zerbrochene Schalttafeln. Sind allerdings flach. Wir können sie ja klein mahlen – oder einfach reintun und mehr Säure dazukippen.«

Browne nickte. Säure hatten sie in rauen Mengen. Keine Behörde konnte darauf kommen, woher sie das Kupfer genommen hatten. Er überlegte, welcher Druck nötig sein würde. Vielleicht noch dreißig Ladungen, dachte er, falls sie den Prozess so lange durchziehen konnten. Bald schon würden sie die große Pumpe benutzen müssen. Er sicherte den Wasserstoffgenerator.

»Na schön. Dann wollen wir mal gehen und uns da ein bisschen umschauen«, meinte er. »Vielleicht war's bloß so 'n Truthahnjäger – die Typen haben's echt drauf mit der Tarnung.«

Edwin Kreiss wartete noch eine Dreiviertelstunde, nachdem die Sonne hinter der Hügelkette westlich des Arsenals untergegangen war. Nachdem er in seinem Unterschlupf geschlafen hatte, fühlte er sich erfrischt. Er war gleich nach Sonnenuntergang hinter der Baumreihe hervorgekrochen und hatte sich noch einmal die genaue Lage der Kappe in dem Treibguthaufen eingeprägt. Als die Bäume auf der anderen Seite in der Dunkelheit nicht mehr zu erkennen waren, war er auf dem Bauch durchs hohe Gras gekrochen, genau auf den Bach zu. Da er keine weiteren unliebsamen Überraschungen erleben wollte, tastete er mit dem Stab den Boden vor sich ab, schob behutsam die Grashalme auseinander und bohrte erst auf beiden Seiten in die weiche Erde, bevor er weiterglitt. Der Boden war zwar nicht nass, aber sehr weich, und ab und zu drückte sich ein Stein unangenehm in die Haut. Kreiss brauchte zehn Minuten, um bis auf zwei Meter an das Bachufer heranzukommen; dann hielt er inne und lauschte den nächtlichen Lauten. Er wollte durch den Bach waten und bis zum großen Baumstamm vordringen, dann aus dem Bachbett steigen und die Kappe holen.

Der Himmel war sternenklar. Mittlerweile war das Surren und Summen der Insekten und das Quaken der Frösche zu hören, und der Bach strudelte friedlich. Was, wenn es nicht Lynns Kappe war? Nein, das ist die falsche Frage, ermahnte er sich. Was, wenn es wirklich ihre Kappe ist? Was wirst du dann tun? Er zwang sich, seine Aufmerksamkeit wieder auf die vor ihm liegende Wegstrecke zu richten. Das Gefühl, dass er beobachtet wurde, war verschwunden. Hatte er sich das nur eingebildet? Vielleicht sollte er den Bach überqueren, zu den Bäumen schleichen und dort nach Beobachtern suchen ... Nein. Konzentrier dich. Hol die Kappe!

Den Stab vor sich haltend, schob Kreiss sich tastend, Zentimeter für Zentimeter, zum Bachufer. Das Gras roch nach Schlamm. Seine rechte Manschette blieb an einem Widerstand im Gras hängen. Er zog vorsichtig und hörte ein leises Klirren, als ob Metall über einen Stein kratzte, und blieb stocksteif liegen. Metall? Er zog sich ein paar Zentimeter zurück und drehte langsam den Kopf, um aus dem Augenwinkel auf die Stelle zu schauen, doch es war inzwischen fast ganz dunkel geworden, und er konnte nichts mehr erkennen. Sein Ärmel war jetzt frei; deshalb rollte er sich vorsichtig nach links und zog den Stab auf sechzig Zentimeter Länge aus. Er stocherte im Gras zu seiner Rechten, teilte die dickeren Stängel, schwenkte den Stab von einer Seite zur anderen und schob ihn dabei langsam vorwärts, bis er wieder ein leises Klirren vernahm. Er legte den Stab hin und schaltete eine der Taschenlampen an den Manschetten ein. Der dünne rote Lichtstrahl durchschnitt das Gewirr der Stängel. Er sah Stahl glitzern, teilte noch mehr Halme und legte das Fangeisen frei. Normalerweise hätte er vor Überraschung gepfiffen: Wäre er durchs Gras gelaufen, hätte er womöglich auf das Ding getreten.

Er überdachte seine Lage. Am Ufer waren also Fallen aufgestellt – große stählerne Fallen, die ein Bein packen, vielleicht sogar brechen konnten. Wieder richtete er den dünnen Lichtstrahl auf das Fangeisen, den Teller und die Kette, die das Ding im Boden verankerte. Das Fangeisen war viel zu groß für kleinere Wildtiere; es waren Fallen für *Menschen.* Warum, zum Teufel, waren hier draußen solche Fallen aufgestellt? Behutsam rollte er sich zur anderen Seite und machte sich daran, das Ufer zu erforschen. Er kroch bachaufwärts, bis er ein zweites Eisen gefunden hatte. Solange er sich in Bodennähe bewegte und sich von der Seite her den Fallen näherte, waren sie nicht gefährlich. Doch wenn jemand am Bach entlangging oder zum Wasser hinunterstieg, vielleicht, um den Bach zu überqueren ...

Er fragte sich, ob vielleicht sogar *im* Bach Fallen waren.

Leise gingen Browne und Jared den Weg zum Bach hinunter. Die geisterhaften Gebäude der Fabrik wurden von den dichten Bäumen hinter ihnen verschluckt. Jared ging voraus, Browne folgte ihm im Abstand von fünf Metern. Sie brauchten keine Taschenlampen, da sie den Weg schon oft gegangen waren. Browne vertraute blind auf Jareds Waldläuferinstinkte: Sein Enkel war durch die Wälder am Fuß der Appalachen gestreunt, seit er ein kleiner Junge gewesen war; wenn es um den Wald ging, war er ein Naturtalent. Browne war ziemlich sicher, dass Jareds Fähigkeiten viel mit seiner Vorliebe für Strohwitwen zu tun hatten, die er in jenen grauen Hügeln oft und gern zu trösten wusste. Nun, Jared war inzwischen ein Mann, und wenn er solche Risiken eingehen wollte, war das seine Sache. Und wenn auch sonst nichts dabei herauskam – immerhin hatten diese Schmusereien Jareds Sinne geschärft: Wenn Jared der festen Überzeugung war, dass er etwas gesehen hatte, mussten sie zum Bach gehen und sich umsehen. Dort waren ja auch diese Kids eingedrungen.

Jared verlangsamte das Tempo, als die Bäume entlang des Weges spärlicher wurden. Sie näherten sich dem Ufer. Browne klopfte auf die .44er Ruger, die er an der Hüfte trug, und beobachtete aufmerksam die Umgebung.

Kreiss erreichte endlich den Treibguthaufen und tastete nach dem großen Baumstamm, der die Überbleibsel der Flutwelle aufgehalten hatte. Er war jetzt zehn Meter vom Bach entfernt und bewegte sich auf den Waldrand am Südufer zu. Die Kappe musste ungefähr zwei Meter vom Wurzelwerk des Baums entfernt sein, in einer Höhe von anderthalb Metern und einen halben Meter tief im Gewirr verborgen. Kreiss fand den Wurzelballen und tastete sich Hand für Hand vor, wobei er mit dem Stab die Entfernung abschätzte. Die Taschenlampe wollte er erst einschalten, wenn er nahe genug heran war. Die Nacht war sternenklar, doch ohne Mondlicht. Als er einzelne Zweige erkennen konnte, schaute er an dem Haufen vorbei, bis er die Bäume auf der anderen Seite des Baches ausmachen konnte. Falls irgendjemand hier draußen herumstreunte, musste er sich zwischen den Bäumen aufhalten, da man von dort den besten Blick über den Bach hatte.

Aus dem Augenwinkel suchte Kreiss die dunkle Masse verschlungener Zweige und Erdklumpen ab, hielt nach etwas Hellerem Ausschau, das sich deutlich abheben musste. Als er es schließlich zu sehen meinte, schaltete er die Lampe ein und richtete den Lichtstrahl ins Gezweig. Da hing die Kappe. Mit eingeschaltetem Licht schob er den Stab in den Haufen, vorsichtig, um kein Geräusch zu machen, und erhaschte die Kappe. Er knipste die Lampe aus, holte sich die Kappe und stopfte sie in seinen Brustbeutel, ohne sie anzuschauen. Dann drückte er sich eng auf den Boden und lauschte wieder. Hinter ihm erhob sich die dunkle Masse des Treibguthaufens. Sie kam ihm wie eine Lawine vor, die ihn unter sich begraben wollte. Wieder standen ihm die Nackenhaare zu Berge.

Browne stand am Rand des dunklen Weges, drei Meter hinter Jared, den er gerade noch erkennen konnte. Jared suchte mit einem Fernglas die Schlucht ab. Zwischen den Bäumen war ein kleiner Streifen Nachthimmel zu erkennen. Die Luft war klar, und es wurde rasch kälter. Browne rechnete eigentlich nicht damit, dass heute Nacht etwas passieren würde; falls Jared irgendjemanden gesehen hatte, war er bestimmt schon längst verschwunden und hatten sich irgendwo in der Nähe der Bunker an ein Lagerfeuer gehockt. Einen Augenblick lang beschlich ihn jedoch das unangenehme Gefühl, dass der ungebetene Besucher längst an ihnen vorbeigekommen war und genau in diesem Augenblick durch die leeren Straßen der Fabrikanlage schlich. Das Mädchen, dachte er verwirrt. Kommt er wegen des Mädchens?

Jared kam langsam auf ihn zu. Wie immer konnte Browne nur staunen, dass ein so schwerer Mann wie Jared sich so lautlos bewegen konnte. Kein Zweig brach unter seinen Füßen. Er glitt lautlos näher, bis Browne seinen Tabakatem riechen konnte. Doch dann griff Jared nach Brownes linker Hand, drehte sanft die Handfläche nach oben und tippte mit dem Zeigefinger darauf: Er hatte jemanden oder etwas gesehen, und soweit er wusste, war es eine einzelne Person.

Nun nahm Browne Jareds Hand. Er malte mit seinem Fingernagel nacheinander die Buchstaben *W* und *O* in dessen Handfläche.

Wieder war die Reihe an Jared. Er malte eine gewundene Linie in Brownes Hand. Das war der Bach. Dann durchschnitt er die Linie zweimal mit dem Daumenballen – der Baumstamm, hinter dem die Kids ertrunken waren. Er wiederholte die Zeichnung und fuhr mit dem Finger sanft an der Linie des Baumstamms entlang bis zur Kreuzung der beiden Linien, tippte dann mit der Fingerspitze genau auf den Punkt: südlich vom Bach, auf der anderen Seite, in der Nähe des Baumstamms – ein Mann.

Browne zog die schwere Pistole und drückte sie Jared in die Hand. Dann bedeutete er ihm mit einem leichten Schlag auf die Brust, dass er sie nehmen sollte. Er nahm Jareds andere Hand, berührte damit seine eigene Brust und dann sein rechtes Ohr und tippte die Fingerspitzen seines Enkels zwei-, dreimal darauf. Dann richtete er Jareds Arm gegen sein Gesicht und nach rechts. Das Ganze hieß: Du nimmst die Pistole. Ich schlag mich nach rechts rüber und mache Lärm.

Jared nickte, drehte sich um und verschwand in der Dunkelheit.

Browne wartete, bis er die schwarze Gestalt nicht mehr sehen konnte; dann nahm er den Pfad zur Rechten, schlich leise über den Teppich aus Kiefernnadeln. Als er sich nach seiner Schätzung ungefähr zehn Meter vom Weg entfernt hatte, suchte er nach einem Stock, hob ihn auf, holte tief Luft und fing an zu schreien: »Da ist er! Auf ihn, fang ihn!« Gleichzeitig schlug er mit dem Stock gegen die Bäume und brach lärmend durch das Unterholz in Richtung Bach.

Kreiss war fast am Bachufer angelangt, als der Radau am anderen Ufer losbrach. Eine Sekunde lang überfiel ihn Panik, bis seine Disziplin als Jäger wieder die Oberhand gewann. Statt in wilder Flucht quer übers Gras zu sprinten, in die Sicherheit des Waldrandes, warf er sich dem Lärm *entgegen,* selbst als eine Kugel den Baumstamm traf und der Schuss in seinen Ohren dröhnte. Er ließ sich ins Bachbett fallen und traf im Bruchteil einer Sekunde seine Entscheidung: Wenn die Beobachter schon lange dort oben standen, würden sie damit rechnen, dass er dorthin rannte, wo er hergekommen war, nämlich den Bach entlang und durchs hohe Gras, wo er geradewegs in die Fallen tappen würde. Stattdessen kroch er so weit wie möglich auf das unterspülte Nordufer zu und schlüpfte dann links unter den mächtigen Stamm und das Treibgut. Schließlich lag er auf dem Bauch in feuchtem Sand, und einer der kleinen Wasserfälle besprengte seinen Rücken. Mit dem Stab in der Linken und den Fingern der rechten Hand schaufelte er Sand beiseite, wie eine Riesenschildkröte, die ihre Eier ablegen will. Je tiefer er grub, desto mehr konnte er sich unter den Stamm wühlen. Mit etwas Glück gelang es ihm, sich darunter bis auf die andere Seite durchzugraben, aber die unsichtbaren Schützen konnten ihn ohnehin nicht treffen, solange er unter dem Damm war. Er grub weiter und schob sich zentimeterweise vorwärts.

Als Browne den Schuss vernahm, hörte er mit dem Lärm auf und blieb regungslos hinter den Bäumen stehen, wartete auf Jared. Offenbar hatte sein Enkel genug sehen können, um den Schuss zu riskieren. Da plötzlich flammte zu seiner Linken eine Taschenlampe auf, deren gleißend weißer Strahl zuerst rasch, dann langsamer von rechts nach links über den Bach geschwenkt wurde. Browne zog seine eigene Lampe und tat dasselbe, suchte die Stellen ab, die Jared nicht ausleuchtete. Sie suchten die ganze Schlucht ab. Ab und zu sah Browne die Fallen aufblitzen. Er trat an Jareds Seite.

»Und?«, fragte er.

»Hab ihn an dem dicken Baumstamm gesehen«, sagte Jared mit gesenkter Stimme. »Da konnt er eigentlich nicht weiter, deshalb hab ich auch geschossen. Hab ihn aber trotzdem verfehlt – hab gehört, wie die Kugel in den Baum geschlagen ist.«

»Weißt du, wohin er gelaufen ist?«

»In den Bach.«

Browne schwieg einen Moment. Er hielt den Strahl der Lampe auf den Weg gerichtet, den Kreiss zuerst in Richtung Bach genommen hatte. »Also gut, Jared. Auf deinen Instinkt kann man sich verlassen. Irgendjemand ist da rumgeschlichen. Die Frage ist nur, warum?«

»Weil das Gras da so platt gedrückt ist, würd ich sagen, er ist gekrochen«, meinte Jared. »Wer das auch war, 'n Jäger war's jedenfalls nicht. Der hat hier was gesucht.«

»Dann muss es wegen dieser Kids sein«, sagte Browne. »Von der anderen Sache kann ja kein Mensch was wissen. Oder, Jared?«

»Von mir weiß es jedenfalls keiner«, knurrte Jared, während er den starken Strahl der Lampe auf die gegenüberliegenden Bäume richtete und hoffte, ein Augenpaar aufblitzen zu sehen, doch vergeblich. »Ist 'ne ganz schön vertrackte Scheiße.«

»Kann man wohl sagen.«

»Willst du noch weiter suchen? Soll ich die Hunde holen?«

Browne dachte über den Vorschlag nach. Jared besaß drei Mischlinge, mit denen er Wildschweine zu jagen pflegte, aber es würde Stunden dauern, bis er sie hergebracht hätte. »Nein«, sagte er daher. »Es ist besser, wir verziehen uns für heute. Vielleicht kommen wir die nächsten Tage gar nicht her. Kann ja sein, dass es ein harmloser Wanderer war. Heute haben wir ihm bloß Angst eingejagt – morgen holt er vielleicht die Bullen.«

»Dann muss er aber zugeben, dass er selber hier eingebrochen is'«, meinte Jared und gab Browne die Ruger zurück. »Wenn das nich' mit Absicht war, wird er sowieso nicht wiederkommen.«

»Und wenn es doch mit Absicht war?«

»Dann muss ich eben Rundgänge machen und Wache halten. Du bleibst brav beim Generator – und ich gehe auf die Jagd.«

Browne hörte die Vorfreude in der Stimme seines Enkels. Jared war Jäger mit Leib und Seele. Sie ließen den Schein ihrer Lampen noch ein paarmal über die Schlucht wandern; dann schaltete Browne seine Taschenlampe aus. Er brachte eine sehr viel kleinere, schwächere Leuchte zu Tage, mit deren Hilfe sie den Weg zurück zur Fabrik fanden.

Hinter ihnen durchbrach Edwin Kreiss die letzten verschlungenen Zweige, zog sich auf ein Fleckchen trockenen Sand und lauschte. Dann grinste er.

6

AM MONTAGMORGEN ERZÄHLTE Janet Carter ihren Kollegen Larry Talbot und Billy Smith, was sie von Barry Clark erfahren hatte. Smith versuchte standhaft, wach zu bleiben, musste jedoch dauernd gähnen.

»Sag mir, wenn ich mich irre, Carter, aber hat der Boss nicht am Freitag mit dir über die Sache gesprochen?«, wollte Talbot wissen.

»Hat er. Hat gesagt, ich soll mich von Edwin Kreiss und dem ganzen Fall fern halten. Aber wenn wir neue Informationen kriegen, müssen wir sie auch nutzen. – Billy, hast du den Brief für die Akte fertig, dass wir den Fall an die Vermisstenabteilung übergeben?«

»Nein, mach ich aber heute fertig«, sagte Billy und unterdrückte ein Gähnen. »Ich muss noch wissen, wer von euch offiziell den Fall bearbeitet.«

Talbot räusperte sich ungeduldig. »Hör mal, Jan«, begann er. Janet zog ein Gesicht; sie hasste es, wenn man sie Jan nannte. »Ich kann mich noch gut an diesen Clark erinnern. Der Bursche ist ein Blödmann. Lass diese verdammte Geschichte endlich ruhen. Wenn du den Bericht der Campus-Polizei und die Informationen über diese Site R in die Akte bringen willst, ist das in Ordnung. Aber wenn Farnsworth rauskriegt, dass du deine Nase immer noch in die Geschichte steckst, wird er dich bis ans Ende deiner Tage in ein FBI-Büro am Arsch der Welt versetzen. Lass es endlich gut sein.«

Janet schlich in ihre Bürozelle zurück. Billys Kopf tauchte über der Trennwand auf.

»Was ist der Unterschied zwischen einem Zoo im Süden und einem Zoo im Norden?«, fragte er.

Janet seufzte.

»Der Zoo im Süden hat die Beschreibung des Tieres am Käfig ausgehängt – neben einem Rezept für die Zubereitung.« Er zwinkerte ihr über die Trennwand hinweg zu und tauchte wieder ab.

Träum süß, Billy, dachte Janet. Dann sah sie die eingegangenen E-Mails durch und erinnerte sich, dass die Psychologin aus Washington versprochen hatte, sich zu melden, aber so früh konnte sie es wohl nicht schaffen. In einer internen Mail stand eine Ankündigung, dass Farnsworth für drei Tage zu einer Konferenz der regionalen Resident Agents fuhr und vor Büroschluss über jede geplante Aktion unterrichtet werden wollte. Janet schaute sich nach Talbot um, doch der saß nicht an seinem Schreibtisch. Sie wählte sich ins Internet ein und startete ihre Lieblingssuchmaschine. Gab »Site R« ein, worauf die wohl bekannte Lawine unbrauchbarer Informationen über den Bildschirm flimmerte. Was hast du anderes erwartet?, dachte sie und ging sich einen frischen Kaffee holen. Überrascht sah sie, dass Billy gar nicht schlief, sondern tatsächlich arbeitete. Auf dem Rückweg fragte sie ihn, ob ihm der Begriff Site R etwas sagte.

»Die einzige Site R, von der ich je gehört habe, ist das Alternate Command Center des Pentagon. Liegt in der Nähe von Camp David in Maryland. Ungefähr fünf, sechs Stunden Fahrt von hier, die Interstate 81 rauf, dann Richtung Osten.«

»Also nicht gerade ein Campingplatz, oder?«

»Es sei denn, man steht drauf, mit ’ner Meute Geheimagenten zu schlafen. Das ist wie mit diesem NORAD-Bunker im Cheyenne Mountain. Du weißt schon, diese Kommandozentrale für die Interkontinentalraketen. Übrigens hab ich mir auch mal die Akte angesehen, und dabei ist mir etwas aufgefallen: Die haben nicht gerade viele Klamotten mitgenommen, diese Kids, Sah nicht nach ’nem langen Trip aus. Larry hat sogar vermerkt, dass Kreiss danach gefragt hat.« Er gähnte. »Also, über diese Site R weiß ich nichts, aber ich an deiner Stelle würde versuchen, die Informationen mehr in der Nähe einzuholen.«

»Wo denn? Site R klingt ziemlich militärisch.«

»Sprich doch mal mit einem der Siedler. Oder mit der Ortspolizei.«

Janet nickte und ging wieder zu ihrem Schreibtisch. Die so genannten »Siedler« waren FBI-Angestellte, die schon seit ewigen Zeiten in Roanoke waren – entweder als Techniker oder sogar als Special Agents –, jedoch aus irgendwelchen Gründen nicht Karriere gemacht hatten.

Talbot kam ins Büro zurück und schaute argwöhnisch zu Janet herüber. Sie tat so, als würde sie in ihrer Schreibtischschublade wühlen. Am liebsten hätte sie Kreiss angerufen und ihn gefragt, was er über eine gewisse Site R wusste. Dann tu's doch, dachte sie. An die Arbeit, Carter.

Edwin Kreiss wischte die letzten Schlammspuren von seiner Trekkingausrüstung und verstaute die Beutel in einem seiner Schlafzimmerschränke. Er wartete auf den Anruf eines gewissen Dagget Parsons aus Nord-Virginia. Kreiss hatte ihm einmal während einer Aktion der CIA in Oregon das Leben gerettet; Dagget war damals Pilot beim US Marshals Service gewesen. Nach diesem Vorfall war er von dem Posten zurückgetreten, doch vorher hatte er Kreiss zugesichert, wenn er etwas brauche, solle er ihn einfach anrufen. Kreiss hoffte nur, dass Dag immer noch für die Firma flog, bei der er damals angefangen hatte – ein Unternehmen, das mit Umwelttechnik zu tun hatte.

Das Telefon klingelte.

»Edwin Kreiss.«

»Sieh da, Edwin Kreiss persönlich! Wie geht's dir? Und wo steckst du?«

»Kein besonders interessanter Ort. Das ist vorbei. Bin jetzt FBI-Rentner. Ich wohne in Blacksburg. Und was treibt du so? Bist du immer noch Pilot bei diesem Geoinformationsdienst?«

»Ja. Ist todlangweilig, aber ich hab mich daran gewöhnt. Was kann ich für dich tun?«

Kreiss erzählte ihm von Lynn. Dann kam er zum Kern der

Sache. »Dag, ich brauche ein paar Luftaufnahmen von einem Gebiet, das Ramsey Army Arsenal heißt. Es liegt in der Nähe einer Stadt namens Ramsey, hier in Südwest-Virginia. Ist eine alte, eingemottete Munitionsfabrik. Kennst du jemand, der mir Kopien von Schwarzweißluftbildern beschaffen könnte? Sagen wir, aus einer Höhe von 1500 Metern?«

»Ob ich jemand kenne? Nee. Aber ich selbst kann das machen. Das Unternehmen, für das ich fliege, sitzt in Suitland, Maryland. Wir beschaffen Geoinformationen an der gesamten Ostküste. Du weißt ja, um was es dabei geht: Bodenbeschaffenheitsanalysen für Farmer, Spektralanalysen bei Missernten, Teichverschmutzung, Schädlingsbefall und Pflanzenuntersuchungen.«

»Ich bin nicht mehr im aktiven Dienst, Dag. Die Sache ist streng vertraulich. Natürlich bezahle ich dafür.«

»Hab verstanden. Arbeitest du mit der Ortspolizei zusammen?«

»Das FBI hat die Sache zu einem Vermisstenfall erklärt. Und die Ortspolizei wird sich an die Vorgaben des FBI halten.«

»Weiß die örtliche Polizei, dass du der Sache nachgehst? Wissen die, wer du bist?«

»Nein, jedenfalls noch nicht. Die Leute von der hiesigen FBI-Dienststelle wissen es natürlich, deshalb müsste ich die Finger von der Sache lassen. Aber ich kann nicht einfach herumsitzen und nichts tun.«

»Schon kapiert, Ed. In deiner Lage würde ich das Gleiche tun. Also, wir haben eine Riesendatenbank von Luftaufnahmen. Vermutlich vom gesamten Gebiet, allerdings nicht geordnet. Ich muss mich erst durchwühlen. Wie lange wird Lynn jetzt vermisst?«

Kreiss sagte es ihm.

»Verdammt, das ist ...« Er verstummte, wollte nicht aussprechen, dass es wahrscheinlich hoffnungslos war.

»Wie ich schon sagte, Dag – die Cops und das FBI haben die Suche aufgegeben. Sie sagen, es gibt keine Anzeichen für ein

Verbrechen, deshalb geht der Fall an die Vermisstenabteilung. Aber ich hatte einen Hinweis auf diese Fabrik bekommen, und dann hab ich Lynns Kappe in dem Gelände entdeckt. Ich glaube, da geht irgendwas vor.«

»Hast du das alles dem FBI erzählt?«

»Dann müsste ich ja zugeben, auf welche Weise ich die Kappe gefunden habe. Und dann hätte ich große Probleme.«

Dagget schwieg einen Augenblick. »Vielleicht würden sie dann den Fall wieder aufrollen«, meinte er dann.

»Das glaube ich nicht. Es liegt ja kein Verbrechen vor – außer meinem. Ich muss das im Alleingang durchziehen.«

»Verstehe«, sagte Parsons. »Heute Nachmittag flieg ich über Süd-Pennsylvania, aber vor einigen Monaten haben wir das obere Tal überflogen – es ging um ein paar ausgedehnte Apfelplantagen. Ich werde mal in unseren Karten nach diesem Ramsey Arsenal schauen. Vielleicht haben wir ja das gesamte Gebiet erfasst.«

»Sag mir, was du dafür bekommst, Dag.«

»Nichts. Das Einzige, das vielleicht was kostet, ist die Beschaffung der Daten aus dem Hauptcomputer. Aber es geht ja um Schwarzweißaufklärungsfotos, da sollte es nicht schwer sein. Ist es ein militärisches Sperrgebiet, das nicht überflogen werden darf?«

»Wahrscheinlich. Das ganze Gebiet ist von einem doppelten Stacheldrahtzaun umgeben.«

Einen Augenblick herrschte Schweigen; dann sagte Dag: »Ich besorg dir die Sachen, Ed. Egal was es kostet oder wie lange es dauert. Das schulde ich dir.«

»Du schuldest mir nichts. Ich bin dir sehr dankbar, Dag.«

Wieder Schweigen. »Ed«, sagte Parsons schließlich. »Diese Sache damals in Millwood – ich hab da ein paar seltsame Geschichten gehört. Wenn wir uns das nächste Mal sehen, würde ich gern deine Version hören. Die offizielle Version roch nämlich stark danach, dass da was vertuscht worden ist.«

Kreiss wollte sich jetzt nicht darüber auslassen. »Die offizielle Version hat den Fall ein für alle Mal abgeschlossen, Dag. Was für alle Beteiligten wahrscheinlich das Beste war.«

»Na schön. Ich hab deine Nummer. Wenn wir was haben, kriegst du's bis spätestens Mittwoch. Falls irgendwas ist, Ed, dann melde dich. Ich hab meine eigene Maschine, und ich kann immer noch fliegen, wenn auch nicht schießen.«

»Dank, Dag.« Er ließ sich Parsons Piepsernummer geben, legte auf und ging hinaus auf die Veranda. Er schaute auf das frische Frühlingsgrün, das wie eine grüne Wolke aussah. In der Luft hing der Duft nach Blütenpollen und lehmiger Erde. Gedämpft war das Murmeln des Baches im Tal zu hören.

Es war ein Fehler gewesen, auf das Gelände des Arsenals vorzudringen, ohne eine Vorstellung vom Terrain zu haben. Kreiss war nicht auf den Gedanken gekommen, dass sich hier Menschen aufhalten könnten, und das zeigte nur, dass er in den letzten Jahren an Biss verloren hatte. Über eine Stunde hatte er gebraucht, um sich aus dem angeschwemmten Treibguthaufen zu befreien; dann eine weitere Stunde, um die wenigen Meter vom Bach bis unter die schützenden Bäume zurückzulegen. Der Schütze musste ein hervorragendes Fernglas oder sogar ein Nachtsichtgerät gehabt haben, um mit dem ersten Schuss so gefährlich nahe zu liegen. Also hatte er nach einem Eindringling Ausschau gehalten.

Aber in *was* war er hier eingedrungen? Was ging an diesem Ort vor, dass man Fallen aufstellte und gleich mit einer Schusswaffe auf Eindringlinge losging? Wurde hier ein Crack-Labor betrieben? Eine Marihuanafarm?

Aber er hatte die Kappe gefunden. Lynns Kappe. Sie war den Bach hinuntergetrieben, bis sie sich in den Zweigen an dem großen Baumstamm verfangen hatte. Und das bedeutete ... ja, was eigentlich? Hatte jemand die Kappe vor einem Jahr gestohlen und dorthin mitgenommen? Oder hatten Lynn und die anderen außerhalb des Geländes gezeltet, und die Kappe war fortgeweht und hergetrieben worden? Es gab gewiss noch mehr plausible Erklärungen. Und doch – der Junge hatte gesagt, sie hätten in die Site R *einbrechen* wollen. Kreiss wusste zwar genau, dass es Lynns Kappe war, konnte sich aber nicht mehr erinnern, wann sie das Ding zuletzt getragen hatte. Sollte er die FBI-Agenten anrufen und ihnen von seinem Fund berichten? Aber wie sollte er erklären, wo und wie er die Kappe gefunden hatte? Und selbst wenn sie ihm glaubten – würden sie etwas *tun?* Lag der Fall überhaupt noch in ihrer Zuständigkeit? Kümmerten sie sich? Hatten sie sich je gekümmert? Kreiss dachte daran, was die junge Agentin zu ihm gesagt hatte: »Unternehmen Sie nichts im Alleingang.«

Er seufzte und ging wieder ins Haus, um Kaffee zu kochen. Als er am Spülbecken stand und eine Tasse auswusch, dachte er an das andere Problem, das größere Problem – dass man in Washington herausfinden könnte, dass er wieder aus der Versenkung aufgetaucht war. Die Bedingungen seines erzwungenen Ruhestands nach dem Vorfall in Millwood waren *sehr* deutlich gewesen, und J. Willard Marchand höchstpersönlich, stellvertretender Direktor der Abteilung Gegenspionage des FBI, hatte sie lauthals verkündet: Kreiss durfte nie mehr an einer Operation teilnehmen, egal in welcher Funktion. Keine Arbeit in einem privaten Wachdienst, keine Beratertätigkeit, nicht mal mehr die Selbstverteidigung war ihm gestattet. »Wenn irgendein Blödmann Ihren Wagen haben will, kriegt er ihn. Wenn jemand nachts in Ihr Haus einbricht, lassen Sie's geschehen. Sie dürfen keine Waffe mehr tragen. Sie dürfen nichts von dem tun, was Sie in den vergangenen Jahren getan haben. Sie werden alles vergessen, was Sie von den Kerlen auf der anderen Seite des Flusses gelernt haben, und Sie werden jeden Teil der Ausrüstung, die Sie während der Zeit dort bekommen haben, brav abliefern.«

Der Handel war sehr einfach gewesen: Kreiss konnte seine Rente einstreichen, nach Blacksburg ziehen, sich um seine Tochter kümmern und in der Einsamkeit der Wälder über seine Verfehlungen nachdenken. Marchand war so wütend gewesen, dass er nur noch kurze, abgehackte Sätze zu Stande brachte:

»Sie behalten Ihren Pensionsanspruch. Trotz der Sache in Millwood. Man hätte Sie auch feuern können. Wenn Sie einen Job annehmen wollen, sollte es was ganz anderes sein als Ihr Job hier. Und das Allerwichtigste: Am besten behalten Sie Ihre wilden Verdächtigungen künftig für sich. Mit anderen Worten, Kreiss: Suchen Sie sich ein Versteck, kriechen Sie rein und mauern Sie den Eingang hinter sich zu. Und ich spreche auch für den Staatssekretär der Justizministerin, wenn ich Ihnen außerdem versichere, dass wir uns an die CIA wenden und darum bitten werden, einen Ihrer früheren Freunde zu schicken, der *Sie* ›heimholt‹, sollten wir auch nur den kleinsten Hinweis darauf bekommen, dass Sie wieder auf unerlaubtem Terrain wildern. Ich verspreche Ihnen, wir werden Sie im Auge behalten.«

Und all dies wegen der Ereignisse an einem stillen Sonntagnachmittag in Millwood, einer Kleinstadt im nördlichen Shenandoah Valley. In Millwood gab es eine restaurierte alte Mühle, ein paar Antiquitätenläden, die Carter Hall – einst der riesige Familiensitz der Burwells, in dem nun die Project-Hope-Stiftung residierte –, eine Post, eine private Tagesschule, ungefähr drei Dutzend Häuser und einen Gemischtwarenladen. Und dort stand das Haus der Ahnen von Ephraim Glower, dem ehemaligen stellvertretenden Boss der CIA-Spionageabwehr. Ephraim Glower, der auf die Yale University gegangen war. Dessen Vorfahren im Bürgerkrieg Seite an Seite mit Mosbys Rangers geritten waren; die sich zur Blütezeit der so genannten »Räuberbarone« mit dem Bankgründer J. P. Morgan zusammengetan hatten und die zu Zeiten Franklin Roosevelt als Stellvertreter des Finanzministers gewaltet hatten. Ephraim Glower hatte zum Schluss eine unangefochtene Machtstellung bei der CIA. Nebenbei verschleuderte er sein Erbe für die Erhaltung des Familienbesitzes, ein Stadthaus in Georgetown, Fuchsjagden in Middleburg, teure Einladungen in Washington, für seine kostspielige Ehehälfte und eine ganze Reihe junger und schöner Gespielinnen. Seiner gehobenen gesellschaftlichen Stellung hatte eine ebenso gehobene Arroganz entsprochen, die ihn bei seinen Untergebenen nicht gerade beliebt gemacht hatte.

Kreiss' Team, das den Spionagefall im Energieministerium zusammen mit der Abwehrabteilung der CIA und den eigenen Sicherheitsleuten des Ministeriums bearbeitete, war im Zuge der Ermittlungen auf eine immer stärkere bürokratische Barriere gestoßen; irgendjemand behinderte auf subtile Weise die Ermittlungen. Schließlich fand Kreiss den Schuldigen: Glower. Als Kreiss ein Gerücht überprüfte, demzufolge Glower vor der Pleite gestanden hatte, stellte sich heraus, dass er durch eine geheimnisvolle Geldüberweisung gerettet worden war. Kreiss, der zu dem Zeitpunkt schon hauptsächlich allein operierte, hatte die Spur des Geldes verfolgt und die Quelle in Hongkong entdeckt. Von dort war es als angebliche Wahlkampfspende für die neu zu wählende Regierung direkt zu Glower geflossen – der sich gut genug bezahlt fühlte, um die gemeinsamen Anstrengungen des FBI, der CIA und des Energieministeriums zu torpedieren, indem er ein klebriges Netz bürokratischer und legaler Undurchdringlichkeiten wob, das es unmöglich machte herauszufinden, ob es chinesische Spione im Atomlabor gab. Glower verkaufte nicht nur Geheimnisse für Geld, wie die meisten Spione, er sorgte noch dazu für eine besonders heimtückische Art der Verschleierung – und das so gut, dass Kreiss zu dem Schluss kam, Glower müsse Unterstützung aus dem Justizministerium gehabt haben.

Dies alles geschah am Anfang des achten Jahres, das Kreiss als Austauschagent bei der CIA verbrachte. Während er und sein kleines Team ausloten wollten, wie tief diese mögliche Spionage auf höchster Ebene ging, wurde er plötzlich zum FBI zurückgepfiffen. Es kursierte das Gerücht, in Langley habe man sich über Kreiss beklagt und behauptet, er überschreite seine Kompetenzen. Jemand von der Führungsebene der CIA hatte durchgesetzt, dass das FBI Kreiss zurückrief. Er bekam einen harmlosen Job innerhalb der Abwehr des FBI, und ihm wurde eine neue Aufgabe zugeteilt, die ihn zwei Jahre in Anspruch nahm. Und während dieser zwei Jahre hatte er zusehen müssen, wie die gemeinsamen Bemühungen des Energieministeriums und des FBI im Sande verliefen.

Das alles brachte Kreiss zu der Überzeugung, dass Glower treue Gefolgsleute im Justizministerium hatte, vielleicht sogar beim FBI. Doch sein Timing war schlecht: Zu der Zeit herrschte ein frostiges Klima zwischen dem Ministerium und der FBI-Zentrale. Da das FBI für den Justizminister arbeitete, wollte niemand Kreiss' Verschwörungstheorien über einen chinesischen Spionagering hören – und schon gar nichts über eine undichte Stelle auf höchster Ebene im Justizministerium. Und beim FBI selbst war man viel zu sehr damit beschäftigt, sich wegen der Vorfälle in Waco und Ruby Ridge zu rechtfertigen und einige unerfreuliche Enthüllungen über das eigene Labor zu dementieren.

Als die Geschichte über den Versuch der Chinesen, während und nach der Wahlkampagne 1996 Einfluss zu erkaufen, in Washington bekannt wurde, hielt Kreiss die Zeit für einen zweiten Versuch gekommen, sich Gehör zu verschaffen. Doch dieses Mal wurde er noch gründlicher mundtot gemacht. Der Direktor des FBI hatte zu der Zeit genug eigene Probleme mit dem Justizministerium: Skandale im Weißen Haus, Gerede über eine Anklage des Präsidenten wegen Amtsverletzung und anderes mehr.

Kreiss, mittlerweile völlig entnervt, fuhr nach Millwood, um Ephraim Glower gegenüberzutreten, was zu dem grässlichen, blutigen Ergebnis führte. Als Kreiss sich darauf vorbereitete, gegen seine Entlassung anzukämpfen, kam es zu einem Vorfall, der ihn dazu brachte, seine Pläne schnellstens zu ändern: Die CIA hatte seine Tochter bedroht. Es war eine zwar indirekte, jedoch unmissverständliche Drohung, die während eines harmlosen Telefonats von einem seiner Expartner bei den »Sweepers« ausgesprochen wurde. In Langley glaubte man nicht an Kreiss' Alibi für die Tatzeit, in der Glower seine Familie und sich getötet hatte. Man war jedoch bereit, die Angelegenheit zu begraben, solange Kreiss Stillschweigen über Glowers Aktivitäten bewahrte. Falls er es nicht tat – nun, dann würde Kreiss eben auch eine Familientragödie erleben. Kreiss verstand den Wink und zog sich zurück. Er hatte an jenem Tag in Millwood nur eine Sache richtig gemacht – und die war seine einzige Rückversicherung.

Nun hatte er also eine schwere Entscheidung zu treffen: Er konnte Special Agent Talbot anrufen, ihm sagen, was er getan und was er gefunden hatte, sich eine Strafpredigt von Talbots feuriger Mitarbeiterin anhören und sich in Zukunft aus der Sache raushalten. Er konnte sogar Resident Agent Farnsworth bitten, den Chef des FBI-Büros Roanoke, dass sein Eindringen ins Arsenal nicht in Washington bekannt wurde. Aber das würde nichts nützen. Sie würden ihm in den Hintern treten, weil er verbotenes Gelände betreten hatte, jedoch nichts unternehmen, um Lynn zu finden. Folglich gab es für Kreiss gar keine Entscheidung zu treffen. Sein Weg lag klar vor ihm: Er musste wieder ins Sperrgebiet eindringen, diesmal mit ein paar Luftaufnahmen bewaffnet, und herausfinden, was dort vorging. Vielleicht führte ihn das auf Lynns Fährte – oder wenigstens zu einer Erklärung, was mit ihr geschehen war.

Er betrachtete die schlammverkrustete Kappe, die vor ihm auf dem Küchentisch lag. Sieh den Tatsachen ins Gesicht, mahnte er sich, die Kids können längst tot sein. Nein, nicht die Jungs – *Lynn* könnte längst tot sein. Kreiss konnte den Gedanken nicht ertragen. Er selbst könnte längst tot sein, wenn diese Kugel ihn getroffen hätte anstatt des Baumes. Die Leute hatten gar nicht erst mit ihm reden wollen. Der Schütze, der hinter der Baumreihe Position bezogen hatte, und der andere, der sich wie ein Treiber auf der Jagd verhalten hatte, indem er schrie und auf die Büsche schlug, um Kreiss aufzuscheuchen – diese Leute hatten sich gründlich auf eine solche Situation vorbereitet. Sie waren Jäger und wussten genau, was sie tun mussten. Wenn Lynn und die Jungs solchen Leuten in die Quere gekommen waren, konnten sie leicht ihre Opfer geworden sein.

Nun spürte Kreiss die Wut, das vertraute Gefühl der Hitze im Gesicht, als ihm das Blut zu Kopf stieg. Er versuchte, den Zorn mit tiefen Atemzügen abzuschwächen, doch es ließ sich nicht mehr zurückdrängen – eine Welle der Wut, ein Kribbeln in seinen großen Händen, ein purpurroter Ring am Rand seines Blickfelds. Wenn diese Leute Lynn irgendetwas angetan hatten, würde er sie lehren, was *Terror* bedeutete, wie er ihn in seiner Zeit mit den Sweepers gelernt hatte ... Und dann würde er sie alle töten, würde die Arme bis zu den Ellenbogen in ihr Blut tauchen. Kreiss schloss die Augen, genoss seine Wut.

Aber selbst diese Wut machte ihn nicht blind für die andere Möglichkeit, an die er nicht einmal denken wollte – dass es gar keine Einheimischen gewesen waren, die Lynn entführt hatten.

Zu Janets Überraschung rief Brianne Kellermann sie kurz nach der Mittagspause an. Nachdem sie pflichtschuldigst über die notwendige Wahrung der Privatsphäre geschwafelt hatte, erzählte sie Janet, der Hauptgrund, der zu Kreiss' Scheidung geführt habe, wäre seine Arbeit gewesen. Briannes Aufzeichnungen zufolge hatte die frühere Mrs Kreiss angedeutet, mehr über Kreiss' Aktivitäten während seiner Zeit bei der CIA herausgefunden zu haben, als sie wissen wollte; außerdem hätte es sich nicht mit dem gedeckt, was Kreiss ihr über diese Aktivitäten erzählt hatte. Überdies gab es Anzeichen für häuslichen Unfrieden; Kreiss war zuweilen von einer unbeherrschten Wut gepackt worden, die fast in körperliche Gewalt ausgeartet wäre. Das Ende vom Lied war, dass Helen Kreiss sich vor ihrem Mann fürchtete. Vier Jahre, nachdem er zur CIA gewechselt war, strengte sie die Scheidung an.

»Und das war's?«, fragte Janet.

»Das ist alles, was ich in meiner Akte habe«, erwiderte Brianne. »Und das war es doch, was Sie wissen wollten, oder?«

Janet hatte auf mehr gehofft, wollte aber nicht, dass Kellermann es merkte. »Ja. Vielen Dank. Sie haben mir sehr geholfen.«

Einen Moment Schweigen am anderen Ende. »Haben Sie Edwin Kreiss kennen gelernt?«

Janets Instinkt riet ihr, kein besonderes Interesse mehr zu zeigen. »Ja«, gab sie zu. »Als wir die Eltern der verschwundenen jungen Leute befragt haben. Da kam er mir eigentlich ganz normal vor. Er war natürlich schrecklich in Sorge um seine Tochter und nicht gerade erfreut, als wir ihm sagten, dass der Fall an die Vermisstenabteilung geht. Aber ein wahnsinniger Geheimagent? Das fand ich eigentlich nicht.«

»Geheimagent?«

Janet fluchte stumm. Die Frau begriff schnell. »Sie wissen doch ... in der Zeit, als Kreiss bei der CIA war.«

»Verstehe. Er kam Ihnen nicht wie der normale Feld-Wald-und-Wiesen-Agent vor, der friedlich seinen Ruhestand genießt, stimmt's?«

Janet dachte kurz nach. »Ich hatte den Eindruck, dass er sich hervorragend unter Kontrolle hatte. Ich hätte ihn nicht gern als Gegner, aber ein Westentaschenpsychopath? Nein. Und er steht ja auch nicht unter Verdacht oder so etwas. Diese Kids sind einfach ... verschwunden. Und unsere Informationen sind kläglich. Das macht mich wohl so wütend.«

»Tja, ich wünschte, ich hätte Ihnen Besseres mitteilen können«, sagte Brianne. »Aber mehr habe ich nicht in meiner Akte.«

Hast du doch, dachte Janet. »Nun, wie ich schon sagte, wir müssen alle Register ziehen. Danke, dass Sie zurückgerufen haben. Ich kann die Akte nun schließen – soll sich die Vermisstenabteilung darum kümmern.«

Nachdem sie aufgelegt hatte, ließ sie sich im Sessel zurücksinken. Kreiss hatte den Ruf eines Furcht einflößenden Mannes. Seine Frau hatte solche Angst vor ihm gehabt, dass sie die Scheidung eingereicht hatte. Moment – das stimmte nicht ganz. Kreiss' Frau hatte Angst genug gehabt, um sich an eine psychologische Beraterin des FBI zu wenden. Da Janet selber geschieden war, wusste sie, dass hinter der Kreiss-Story wahrscheinlich eine Menge mehr steckte, aber allein schon die Entscheidung, eine FBI-Psychologin aufzusuchen, war ein großer Schritt für die Frau eines langgedienten Agenten.

Mit etwas Glück würde Kellermann dieses Gespräch vergessen. Janet hatte die Wahrheit gesagt, als sie erklärte, sie könne sich nicht vorstellen, dass Kreiss bei der Entführung der Studenten irgendeine Rolle gespielt hatte. Nun aber beschlich sie die Sorge, dass Kreiss sich selbst auf die Jagd machen könnte. Das war eine Möglichkeit ... nein, verdammt, eine *Gewissheit.* Die Verkleidung als Kopfloser wies deutlich darauf hin.

Zugleich musste Janet sich eingestehen, dass sie Verständnis für den Mann hatte. Außerdem interessierten sie Kreiss und seine exotische Laufbahn. Falls Kreiss sich tatsächlich auf die Jagd begeben hatte, würde sie ihm sogar behilflich sein wollen. Bei diesem verrückten Gedanken musste sie so laut lachen, dass Billy aus seinem Nickerchen aufschreckte.

7

AM SPÄTEN MITTWOCHNACHMITTAG hielt ein FedEx-Bus vor Kreiss' Blockhaus. Kreiss unterschrieb für den Erhalt des Pakets und trug es hinein. Parsons hatte saubere Arbeit geleistet. Zwei flächendeckende Schwarzweißluftaufnahmen des Ramsey Arsenals. Jede war aus einem schrägen Winkel geschossen worden, da kein Flugzeug den Komplex direkt überfliegen durfte. Eine Aufnahme war in größerer Höhe gemacht worden und zeigte fast das gesamte Gebiet, auch den Bach, der quer hindurchfloss. Die andere Aufnahme konzentrierte sich auf das Fabrikgelände und erlaubte Kreiss auf Grund der Perspektive die Einschätzung der Größe der Gebäude. Ein beigefügtes Blatt zeigte eine Kopie der Gesamtaufnahme mit einem darüber gelegten Gitternetz. In der rechten unteren Ecke jedes Blattes stand die Bezeichnung des Geländes: Jonesboro-Zementfabrik in Canton, Ohio.

Guter Mann, dachte Kreiss. Parsons hatte die wahre Identität der Abzüge vor neugierigen Augen in seiner Firma zu schützen gewusst. Auf einem beigefügten Zettel hatte er geschrieben, dass die Fotos in seinem Computer gespeichert waren und dass er sie vergrößern und jedes gewünschte Detail hervorheben könne. Leider hatte er keine Nachtaufnahmen machen können, und schüchtern bat er um einen Scheck über fünfzehnhundert Dollar für die Firma.

Kreiss stellte den Scheck unverzüglich aus. Dann widmete er sich mehr als eine Stunde den Fotos, besonders den Details im Fabrikbereich. Die Gebäude sahen ein wenig verschwommen aus – ein Zeichen, dass Parsons bereits Vergrößerungen gemacht hatte.

Die Fabrikgebäude nahmen nur einen kleinen Teil des Geländes auf der Ostseite des militärischen Sperrgebiets ein. Auf dem Foto war auch die Eisenbahnlinie zu sehen, die von der Hauptbahnlinie zwischen Christiansburg und Ramsey abzweigte. Kreiss hätte zu gern Nachtaufnahmen des ganzen Komplexes gehabt, aber man durfte nicht zu viel verlangen. Außerdem – was immer dort vorging, es spielte sich bestimmt in den Gebäuden ab. Das Problem war nur, dass es dort anscheinend mehr als hundert Gebäude gab.

Kreiss beschloss, einen weiteren Erkundungsgang zu unternehmen, diesmal bei Nacht und innerhalb der Fabrikanlage. Die Bahnlinie schien der bessere Zugang aufs Gelände zu sein, weil sie direkt zu den Gebäuden führte. So konnte er sich die mühsame Kriecherei durch den Wald ersparen. Es sollte nicht so schwer sein, zu den Gleisen zurückzufinden. Sobald er wusste, wo die Leute steckten, die auf ihn geschossen hatten, würde er sich zurückziehen, im Blockhaus einige seiner Spezialgeräte holen und sich auf die Jagd begeben. Kreiss sah der Begegnung mit Spannung entgegen. Vielleicht würde er den Leuten zeigen, wie sehr es ihn danach verlangte, auf *sie* zu schießen.

Kurz nach sechs Uhr abends fuhr Jared vor und holte Browne in dessen Haus in Blacksburg ab. Er fuhr seinen eigenen Pickup, nicht den Lieferwagen der Telefongesellschaft. Auf der Ladefläche war eine Haube, unter die Jared ihre Ausrüstung gelegt hatte.

»Hast du das Kupfer besorgt?«, erkundigte sich Browne.

»Ja. Liegt schon am Haupttor. So um die hundert Pfund.«

»Müssen wir's auseinander nehmen?«

»Nein. Sind vier Schalttafeln. Nicht isoliert. Trotzdem sauschwer.«

Wenn sie bei Tag auf das Gelände fuhren, nahm Jared den Wagen der Telefongesellschaft, steuerte ihn zu den betongefüllten Tonnen auf der Hauptzufahrt und tat so, als müsse er dort etwas reparieren. War kein anderer Wagen in Sicht, schob er zwei Tonnen ein wenig zur Seite, damit sie später im Schutz der Dunkelheit zwischen den Tonnen hindurchfahren konnten. Von dort ging es mit ausgeschalteten Scheinwerfern zum eigentlichen Haupttor, das ungefähr eine Viertelmeile vom Highway entfernt versteckt im Wald lag. Vor den verrammelten Toren des Kontrollpunkts wandten sie sich nach links und fuhren auf der Brand- und Zaunwartungsstraße weiter, einem staubigen Weg, gerade breit genug für einen Lieferwagen. Auf diesem Weg hielten sie sich dann, bis sie zur Kreuzung der Bahnlinie fast eine Meile südlich vom Haupttor gelangten.

Heute Abend mussten sie erst beim Haupttor anhalten, um die Kupferplatten aufzuladen. Browne wollte den Wasserstoffgenerator mindestens vier Stunden laufen lassen. Er hatte auch ein paar Sandwiches und Wasser für das Mädchen dabei.

»Ich glaube, du gehst jetzt besser los und hältst Wache, während ich die Ladung Kupfer durchjage«, schlug Browne vor. »Wir wissen immer noch nicht, was letztens eigentlich passiert ist.«

»Wir hatten 'nen Eindringling an den Hacken, das ist passiert. Die Frage ist nur: Kommt er wieder, oder hat die .44er ihn erledigt?«

Browne rieb sich das Kinn. Sie hatten des Öfteren Jäger gesehen, doch sie hielten sich vom Fabrikgelände fern, weil sie Angst vor dem Giftmüll hatten. Aber seit diese Kids in die Fallen geraten waren, wollte Browne kein Risiko mehr eingehen. »Ob der Bursche wiederkommt, können wir nur herausfinden, wenn wir noch mal runtergehen und nach Spuren suchen. Ab jetzt müssen wir besonders vorsichtig sein. Ich will nicht, dass irgendein neugieriger Scheißkerl uns die Sache kaputtmacht.«

Jared schwieg eine Zeit lang; dann fragte er Browne, ob der Eindringling von der Polizei gewesen sein könne.

»Glaub ich nicht. Die Bullen kommen immer in ganzen Horden. Außerdem schießen sie sofort zurück. Wenn's ein Cop war, wüssten wir's längst. Vielleicht sollten wir nächstes Mal lieber nicht sofort losballern.«

»In der Zeitung stand, das FBI ist auf der Suche nach diesen Kids«, gab Jared zu bedenken.

»Das ist doch schon fast einen Monat her. Wenn das FBI geglaubt hätte, die Kids wären hier, wären längst Agenten hier rumgeschwirrt. Ist aber nicht passiert. Wir müssen nur 'ne Weile aufpassen. Kriegen allmählich einen anständigen Druck im Tanklaster. Es dauert nicht mehr lange, das verspreche ich dir.«

Jared überholte eine Rostlaube auf der Route 11. »Diese Kids umbringen – das könnte 'nen Scheißärger geben«, sagte er.

Browne erkannte, dass die Sache mit dem Eindringling Jared ziemlich zu schaffen machte. »Wir haben keinen umgebracht. Das war die Flut. Wir konnten nichts dagegen tun. Außerdem haben wir das Mädchen gerettet.«

»Aber es waren *unsere* Fallen, aus denen die Kids nicht rausgekommen sind«, sagte Jared hartnäckig. Er fuhr langsamer, weil sie sich dem Zeichen näherten, das die Einbiegung zum Arsenal markierte.

»Sie hätten nicht dort sein dürfen«, sagte Browne. »Gott der Herr hat diese Flut geschickt. Ihre Zeit war gekommen.«

Schweigend bog Jared ab. Auf der Landstraße war niemand; deshalb konnte er wenden und die Scheinwerfer ausschalten, während er zwischen den Tonnen hindurchfuhr.

Browne biss sich auf die Lippen und dachte über Jareds Worte nach. Die einzig wichtige Frage war jetzt, was er mit dem Mädchen tun sollte, wenn der Tag des Jüngsten Gerichts gekommen war. Sie ist unsere Rückversicherung, sagte er sich immer wieder. Aber wenn die Bullen kamen und das Mädchen hier fanden, würden sie wissen, dass auch die beiden Jungs hier gewesen sein mussten.

Jared fuhr zwischen schlanken, hohen Kiefern auf das Haupttor zu und wurde langsamer, um in die Brandstraße einzubiegen. »Da drüben liegt das Kupfer«, sagte er. »Hinter dem Transformatorenhaus.«

Er hielt, und beide stiegen aus. Die Nacht war still, klar und mondlos. Die einzigen Geräusche waren umherschwirrende Insekten und das Knacken des Motors, der langsam abkühlte. Ein großer Sattelschlepper fuhr rumpelnd den Highway entlang, aber hier waren sie vor Blicken geschützt. Sie hievten die schweren Kupferplatten auf die Ladefläche, machten die Klappe zu und fuhren auf dem Weg weiter, bis sie zu dem Tor zur Bahnlinie kamen. Dort hielten sie an. Jared lud die Platten ab, während sein Großvater den Stacheldraht beiseite schob und sich daran machte, das innere Tor zu öffnen. Sie schleppten die Platten durch beide Tore.

»Jedes Mal gehen wir durch die Tore hier«, meinte Jared, als alle Platten innerhalb des Zauns waren. »Vielleicht sollten wir hier auch 'n paar Sachen aufstellen, wie unten am Bach.«

Browne dachte einen Moment nach. »Du meinst Fallen?«

»Ich dachte mehr an 'nen Sensor mit Zähler. Einer von den Typen bei den ›Hats‹ hat so einen. Funktioniert mit 'nem Elektronenauge.«

Jared gehörte zu einer Hinterwäldlermiliz, die sich »Black Hats« nannte. Sie fuhren immer über die Grenze nach West Virginia, um Bier zu trinken, rassistische Witze zu erzählen, wild in den Wäldern herumzuballern und Guerillakämpfer zu spielen. Browne hielt sie für einen Haufen bierbäuchiger Geistesschwacher. William hätte sich nie mit so einem Haufen abgegeben; Jared hingegen passte wahrscheinlich gut hinein. Aber das war ein Gedanke, den Browne für sich behielt.

»Einverstanden«, sagte er. »Bring nächstes Mal so ein Ding mit.«

Edwin Kreiss schlich vorsichtig an den Gebäuden an der Hauptstraße des Fabrikgeländes entlang, als er den Wagen hörte. Vor einer Stunde war er an der Abzweigung der Norfolk & Western-Bahnlinie abgebogen und dem Gleis ins Sperrgebiet gefolgt. Brownes besondere Vorkehrungen am Haupttor hatte er nicht gesehen – er war hundert Meter vom Tor entfernt einfach über den Zaun geklettert, wobei er den Stacheldraht auf der Zaunkrone mit einer der Gummimatten aus dem Fußraum seines Wagen entschärft hatte. Er wollte sich nur während dieser Nacht umschauen und hatte deshalb nicht mehr dabei als Trinkwasser und den Brustbeutel mit einigen Werkzeugen aus seiner früheren Tätigkeit. Sein Plan war, sich an den wichtigsten Punkten des Fabrikgeländes umzusehen, ob es dort Anzeichen menschlicher Aktivität gab, vielleicht auch an der Südseite, wo sich die Schlucht mit dem Bach befand. Als er den Pick-up hörte, blieb er abrupt stehen.

Der Motor wurde gedrosselt; Bremsen quietschten. In der Richtung, aus der die Geräusche kamen, lag das Sicherheitstor der Gleise. Kreiss blickte sich um und entdeckte eine Stahlleiter, die an einem zweistöckigen Gebäude emporführte, dessen Front zur Hauptstraße lag. Die Sterne schienen hell genug, sodass er das Schild an dem Gebäude ohne Schwierigkeiten lesen konnte: AMMONIAK-VERBRENNUNGSANLAGE. Eines der fabrikeigenen Bahngleise führte direkt hinter das Gebäude; die Leiter an der Wand reichte bis aufs Dach. Wieder horchte er. Der Motor war entweder abgestellt oder tuckerte im Leerlauf vor sich hin.

Plötzlich hörte er, wie der Motor hochgejagt wurde, eine halbe Minute lang vielleicht; dann wurde er abgestellt. Sie parkten den Wagen. Kamen sie jetzt herein?

Kreiss prüfte die Leiter, die fest verankert zu sein schien. Wieder horchte er, vernahm jedoch nur die typischen Geräusche der Nacht. Er schwang sich auf die Leiter und kletterte bis aufs Dach, das aus Beton zu sein schien. In der Mitte waren drei große Oberlichter; Kreiss ging zu dem ersten und schaute hinunter. Doch das Glas war von Ruß und Staub verschmiert; darunter war nichts als Dunkelheit. Er dachte kurz an seine Taschenlampe, doch es war zu gefährlich, sie zu benutzen. Eine leichte Brise umfächelte seinen Nacken. Er ging wieder zur vorderen Kante des Daches, wo sich eine hohe Brüstung befand. Dahinter kniete er nieder und zog den Reißverschluss an seinem Brustbeutel auf. Er entnahm ihm ein Stethoskop, einen flachen, kegelförmigen Gegenstand und einen dünnen Rahmen aus Draht. Er bog den Kegel auf und machte daraus ein lautsprecherartiges Objekt, das am einen Ende einen Durchmesser von fast dreißig Zentimetern, am anderen Ende von nur zweieinhalb Zentimetern hatte. Er steckte es in den Drahtrahmen und stellte ihn auf die Brüstung, wobei er den Kegel auf die Hauptstraße in Richtung des Bahntores richtete, das ungefähr dreihundert Meter entfernt war. Dann schraubte er die akustische Membran des Stethoskops an den Kegel und steckte sich die Stöpsel in die Ohren. Er hörte ein schwaches, schlurfendes Hintergrundgeräusch, sonst nichts. Er wartete und hielt den Kopf hinter der Brüstung, falls unten jemand mit einem Nachtsichtgerät die dunklen Gebäude absuchte.

Nach ungefähr fünf Minuten nahm er die ersten Schritte wahr: leise, regelmäßige, knirschende Laute, die sich vom Tor her näherten. Ein zufriedenes Grinsen umspielte seinen Mund. Es waren verschiedene Schritte, langsam und nahe beieinander. Dann hörten sie auf. Ein Geräusch erklang, als würde etwas Schweres auf den Boden geworfen. Kreiss hätte am liebsten nachgeschaut, doch sein Abhörgerät verriet ihm auch so alles, was er wissen musste. Die Schritte erklangen wieder, näherten sich nun der Hauptstraße. Die Schuhe bewegten sich über Beton und Metallplatten; die Schritte bewegten sich direkt unter ihm vorbei. Kreiss zog sein Nachtsichtgerät heraus. Er wartete noch etwa eine Minute; dann stand er auf und schaute die Straße entlang. Beinahe hätte er sie übersehen, als sie einen Block weiter um eine Ecke bogen und zwischen zwei großen Gebäuden verschwanden. Es waren tatsächlich zwei Burschen, die beide irgendetwas mit beiden Armen trugen. Der eine war viel größer als der andere. Kreiss schaute noch einmal in die andere Richtung, aber dort rührte sich nichts. Zeit, wieder hinunter auf die Straße zu kommen.

Er nahm Abhörgerät und Nachtsichtgerät und stieg die Leiter hinunter. Lautlos huschte er auf die andere Straßenseite und weiter zu der Ecke, wo die beiden Burschen abgebogen waren. Ein rascher Blick um die Ecke zeigte ihm, dass es sich um eine weitere Straße mit unterschiedlich großen Gebäuden handelte. Am Ende dieser Straße, drei Blocks vor ihm, war ein riesiges Bauwerk, das wie ein Kraftwerk aussah.

Die Straße und die untere Hälfte der Gebäude waren in tiefes Dunkel getaucht. Kreiss suchte mit dem Nachtsichtgerät rasch die Umgebung ab, sah jedoch keinen Menschen. Also waren die Kerle in eines der Gebäude gegangen. Kreiss bewegte sich an der Vorderfront des Eckhauses entlang, dann eng an der Seitenwand in eine Gasse hinein. Die Gasse war fast völlig dunkel und leer; hier gab es nur Beton und hier und da sprießendes Unkraut. Der Geruch nach Chemikalien lag in der Luft.

Kreiss stieg die Leiter auf der Rückseite eines Gebäudes hoch, um einen möglichst weiten Blick zu haben. Wo bei dem ersten Gebäude die Oberlichter gewesen waren, saßen hier eine Reihe großer Ventilatorhauben, deren Haltetaue das Gehen auf dem Dach erschwerten. Außerdem war die Brüstung niedriger; deshalb verschanzte Kreiss sich an der Ecke des Daches, die dem Kraftwerk am nächsten lag, da er von dort aus in beide Richtungen einen guten Blick hatte. Er stellte sein Kegelhörgerät auf und richtete es auf die Betonwand des gegenüberliegenden Hauses. Er wusste nicht genau, wohin die Männer verschwunden waren, aber jedes Geräusch, das sie beim Herauskommen machten, musste von der flachen Wand auf der anderen Straßenseite widerhallen. Nur für den Fall, dass er etwas übersehen hatte, setzte er das Stethoskop auf und schwenkte den Kegel von einer Seite zur anderen, die Straße entlang und dann wieder auf die Ecke zu. Nichts. Er richtete den Kegel auf jedes Gebäude und horchte auf Laute, die von Menschen stammen mochten. Natürlich konnten solche Geräusche nicht durch die fensterlosen Betonwände dringen, aber es bestand immerhin die Möglichkeit, dass Maschinenlärm zu hören war. Doch er lauschte vergebens. Wieder richtete er den

Kegel auf die Straße und wartete geduldig. Zwei Männer. Genau wie beim letzten Mal.

Nun wusste Kreiss, mit wie vielen Gegnern er es zu tun hatte, und kannte obendrein ihren ungefähren Aufenthaltsort.

Browne ließ sich von Jared beim Aufstellen der Retorte für den ersten Durchlauf in dieser Nacht helfen. Die schweren Kupferplatten waren kaum zu tragen, garantierten aber eine erheblich längere chemische Reaktion als der Draht, den Browne bislang benutzt hatte. Doch zuerst musste man die Platten in der Mitte durchschneiden, bevor sie in die Retorte passten.

»Sobald die Reaktion läuft, möchte ich, dass du dich hier in der Nähe umsiehst, damit wir nicht schon wieder irgendwelche ungebetenen Besucher kriegen. Hast du dein Fernglas?«

»Ja. Und 'ne .357er in meiner Jacke.«

»Wenn du irgendwas Ungewöhnliches siehst, komm erst zurück und sag mir Bescheid, bevor du die Knarre benutzt. Wenn Fremde auftauchen, will ich sie lieber lebend fassen als erschießen. Wir müssen rausfinden, wer sie sind.«

Browne machte die Pumpe bereit, während Jared mit einer Metallsäge die Kupferplatten zersägte. Browne ging ins Kesselhaus, um den Generator anzuwerfen. Als er zurückkam, spülte er sämtliche Leitungen der Retorte durch und ging dann in den Wartungsbereich, um das Füllventil des Wasserstofftanks zu öffnen, kam zurück und öffnete die Säurezuführungsleitung. Die Reaktion in der Retorte begann. Browne und Jared warteten, dass das Manometer die Transferpumpe aktivierte, doch nichts geschah. Browne klopfte auf ein Druckventil. Nichts. Er klopfte ein zweites Mal. Wieder nichts. »Verflixt. Das Ding funktioniert nicht richtig.«

»Kannst du's nicht überbrücken?«, fragte Jared mit misstrauischem Blick auf das Druckventil. Das schäumende Geräusch in der Retorte wurde immer lauter. »Das Sicherheitsventil hält den Druck bald nich' mehr aus.«

»Ich weiß«, gab Browne ärgerlich zurück. Manchmal neigte

Jared dazu, das Offensichtliche zu äußern. William wäre mit *Lösungen* bei der Hand gewesen. Browne überprüfte die Anordnung mit der Transferpumpe ein zweites Mal; dann beeilte er sich, die Stromversorgung des Druckschalters und den heißen Pol des Pumpenmotors mit einem Draht zu verbinden. Die Pumpe sprang an, und der Druck in der Retorte fiel ab, als Wasserstoff in den Tank des Lasters gepumpt wurde.

»Sieht so aus, als müsste ich die Apparatur jetzt von Hand betreiben«, meinte Browne. »Geh du jetzt los und bring dem Mädchen Essen und Wasser. Und schau dich in der Nähe um, ob sich wieder einer hier rumtreibt. Komm in einer Stunde zurück.«

»Klar.«

»Noch was, Jared. Mach keinen Scheiß mit dem Mädchen. Sag ihr, sie soll die Augenbinde aufsetzen. Erst dann machst du die Tür auf und schaust dich erst mal um – nicht, dass sie vielleicht direkt hinter der Tür sitzt. Dann stellst du ihr das Essen hin und gehst wieder raus.«

Jared nickte und schnappte sich die Papiertüte. In diesem Augenblick begann die Transferpumpe zu klappern. Browne fluchte. »Geh schon!«, befahl er. »Sei in einer Stunde zurück. Bis dahin dürfte eine Platte durch sein, dann können wir den Schalter reparieren.«

Mit undurchdringlicher Miene verließ Jared den Kontrollraum. Eine Viertelstunde lang stand er in der Tür des Kraftwerks, um seine Augen wieder an die Dunkelheit zu gewöhnen. Er dachte an das Mädchen. An jenem ersten Nachmittag hatten sie die Kleine hierher gebracht, mit der Binde vor den Augen, hatten sie gefesselt und ein paar Stunden allein gelassen. Dann waren sie zurückgekommen und vor der schmaleren Tür an der Nordseite des Gebäudes stehen geblieben, während Browne dem Mädchen befahl, die Augenbinde wieder anzulegen. So war es seither immer gewesen, jedes Mal, wenn sie ihr Essen bekam. Nie hatte sie ein Wort zu ihnen gesagt. Sie saß einfach nur da, den Rücken der Tür zugekehrt, die Binde vor den Augen, rührte sich nicht und sagte kein Wort. Sie schien nicht einmal zu bemerken, wenn einer von ihnen den Raum betrat. Jared wusste, dass das Mädchen sie gesehen hatte, aber nur ein einziges Mal. Dass sie nicht mit ihnen sprach, ärgerte ihn maßlos. Eine solche Überheblichkeit hatte er noch nie erlebt.

Er trat auf die Straße hinaus und marschierte auf das Nitrogebäude zu.

Kreiss überlegte gerade, ob er seinen Lauschangriff aufgeben und die beiden Männer suchen sollte, als sein Lautsprecherkegel ein Geräusch aufnahm. Er horchte angestrengt, doch die Laute waren kaum von den typischen Nachtgeräuschen zu unterscheiden. Inzwischen musste der Himmel sich leicht bewölkt haben, denn das Licht war schwächer geworden und die Straße unten lag in völliger Dunkelheit. Kreiss streckte die Hand nach oben und drehte den Kegel nach links. Nichts. Langsam drehte er ihn nach rechts. Zuerst nichts, doch dann – ein Geräusch. Schritte? Nein. Er konnte es nicht genau einordnen. Am liebsten hätte er sein Nachtsichtgerät benutzt, doch die Batterie war schnell verbraucht, und er benutzte das Gerät normalerweise erst dann, wenn sein Abhörgerät die genaue Richtung angezeigt hatte. Falls dort unten am Ende der Straße jemand war, wusste er immer noch nicht genau, an welcher Stelle.

Plötzlich rissen die Geräusche ab. Kreiss drehte den Kegel in sämtliche Richtungen, versuchte wieder diese Andeutung eines Geräusches zu empfangen, doch alles, was er jetzt noch hörte, war das leise Flüstern von Wind. Dann aber erklang das unverwechselbare Zuschlagen einer Metalltür irgendwo unten zwischen den Gebäuden.

Kreiss nahm die Ohrstöpsel heraus. Es war eine Tür gewesen – und das bedeutete, dass die beiden Kerle auf jeden Fall etwas *innerhalb* der Gebäude zu tun hatten. Wahrscheinlich betrieben sie ein Drogenlabor. Er schnüffelte in den Wind, doch der wehte in die falsche Richtung. Er schaute in die Dunkelheit, konnte aber nur den hohen Schornstein des Kraftwerks erkennen, und der lag weiter entfernt als die Stelle, von der er die Geräusche gehört zu haben glaubte. Zwei Männer, die sich sogar bei fast völliger Finsternis in dem Komplex zurechtfanden, hielten sich in einem der Gebäude auf ... Sollte er hinunterklettern und das andere Ende der Straße auskundschaften? Dann bestand die Gefahr, dass er selbst in eine Falle rannte. Aber er *musste* etwas tun.

Dann kam ihm eine Idee. Er erinnerte sich, dass es sich so angehört hatte, als hätten die Männer ihren Pick-up geparkt. Er würde den Rückzug antreten und sich den Wagen mal näher anschauen. Es hatte sicher ein Nummernschild, und ein Nummernschild führte zu einem Namen, und mit einem Namen konnte man eine Adresse ausfindig machen. Das war einfacher, als nachts hier herumzukrauchen – an einem Ort, wo seine Widersacher genug Zeit hatten, ihre Verteidigungsanlagen aufzubauen.

Jared schob die Tür auf und leuchtete mit der Taschenlampe in die Halle. Sie saß genau dort, wo sie sitzen sollte. Er schwenkte den starken Strahl durch die ganze Halle, die über dreißig Meter lang, mehr als zwanzig Meter breit und drei Stockwerke hoch war. An den Wänden hingen dicke Leitungen und Sicherungskästen, und an den Enden waren hohe Stahltüren, so groß wie Garagentore. In der Mitte waren rostige Eisenbahnschienen in den Beton eingelassen. In den Lampen steckten keine Glühbirnen mehr, und das einzige Licht in der Halle fiel durch die trüben, verschmutzten Oberlichter. Auf einer Seite der beiden verriegelten Garagentore gab es noch je eine schmalere Tür. Ansonsten war die Halle leer und vergessen – so vergessen wie die Erinnerung an Maschinen und Arbeiter. Nur noch der Geruch nach Chemikalien erinnerte an ihre frühere Funktion.

Jared trat ein. Er legte die Taschenlampe so auf den Boden,

dass ihr Strahl auf die stille Gestalt in der Mitte der Halle gerichtet war. Mit dem Fuß schob er die Tür zu und lehnte sich dagegen.

»Steh auf!«, befahl er. Das Mädchen rührte sich nicht.

»Willst du das Wasser hier?« Er stieß mit dem Stiefel gegen die Plastikflasche. »Oder soll ich's wieder mitnehmen? Steh auf!«

Langsam, widerwillig stützte sie sich auf Hände und Knie und stand dann auf. Die Augenbinde bedeckte fast ihr ganzes Gesicht. Das Licht der Lampe schien auf ihre Füße. Sie war größer, als er sie in Erinnerung hatte, doch die weiten Klamotten konnten nicht verbergen, dass sie eine gute Figur besaß. Wie sie so dastand, wirkte sie trotzig. Jared gefiel das gar nicht. Er mochte es lieber, wenn die Frauen gefügig waren.

»Dreh dich mit dem Rücken zur Tür«, befahl er.

Sie gehorchte. Er hob die Taschenlampe auf und ließ den Schein über ihren Körper huschen.

»Zieh dein T-Shirt aus«, sagte er.

Sie stand da. Er wartete, dass sie etwas sagte, aber sie schwieg.

»Ich sagte, zieh dein verdammtes Shirt aus.«

Sie verzog keine Miene. Jared beugte sich hinunter und nahm eine der drei Wasserflaschen. Er drehte den Deckel mit hörbarem Knacken ab und goss dann das Wasser auf den Betonboden. Es war ein unverwechselbares Geräusch, und er meinte zu sehen, wie sie zusammenzuckte.

»Zieh dein Shirt aus«, sagte er zum dritten Mal und warf die leere Flasche auf den Boden, wo sie klappernd in eine Ecke rollte.

Dieses Mal gehorchte sie, zog das Shirt über den Kopf und ließ es zu Boden fallen.

»Jetzt den BH«, sagte er. »Mach schon!«

Sie zögerte einige Sekunden, dann schlüpfte sie aus ihrem Sport-BH. Er ließ den Strahl der Taschenlampe über ihren Rücken wandern und befahl ihr, sich umzudrehen. Sie zuckte leicht zusammen; dann gehorchte sie. Ihre Brüste waren genau so, wie er sich vorgestellt hatte, wenn auch in dem harten weißen Licht ihre Rippen deutlich zu sehen waren. Muss wohl an der Diät hier liegen, dachte er und grinste.

»Und jetzt den Rest.«

Wieder zögerte sie, drehte sich ein bisschen weg, als wollte sie sich abschirmen. Er nahm die nächste Flasche und schüttelte sie. »Den Rest. Na los!«

Sie fügte sich, beugte sich vor und zog sich ganz aus. Dann richtete sie sich auf und holte tief Luft. Ihre Arme hingen herab.

»Dreh dich zur Seite!«, befahl Jared, ließ den Schein der Lampe über ihren weißen Leib wandern. Sie tat wie befohlen. Dann befahl er ihr, sich auf Hände und Knie niederzulassen. Sie drehte den Kopf kurz zur Seite, als wollte sie sehen, was er vorhatte. Doch dann ließ sie sich auf alle viere nieder, das Profil ihm zugewandt.

Jared trat auf den Deckenstapel zu, ging einmal ganz um sie herum und genoss seine wachsende Erregung. Verdammt, sie hat 'nen tollen Körper, dachte er.

»Tu den Kopf runter«, sagte er, wobei er sie immer noch umkreiste. Sie seufzte – der erste Laut, den sie in der ganzen Zeit von sich gegeben hatte. Dann ließ sie den Kopf nach unten sinken.

Jared schritt unablässig um sie herum, umkreiste sie wie ein Raubtier, freute sich an ihrer hilflosen, ihm völlig ausgelieferten Stellung. Er wollte gerade auf sie zugehen, als er ein Geräusch von der Straße zu hören glaubte. Sofort knipste er die Taschenlampe aus.

»Nicht übel, Mädchen«, sagte er leise. »Wirklich nicht übel. Nächstes Mal müssen wir uns mal ein bisschen mehr um dich kümmern.«

Er ging zur Tür, lauschte angespannt, trat dann hinaus und zog die Tür behutsam hinter sich zu. Er brachte das Vorhängeschloss wieder an und ließ es so leise wie möglich einschnappen. Dann schlich er vorsichtig an der Wand entlang bis zur Ecke und wartete darauf, dass seine Augen sich wieder an die Dunkelheit gewöhnten. Während er sich anstrengte, irgendwelche ungewohnten Geräusche auszumachen, gaukelte sein Hirn ihm immer noch Bilder von dem Mädchen vor, wie sie ihren Hintern in die Höhe gestreckt hatte, völlig hilflos. Sie war gar nicht mehr trotzig gewesen. Und wenn sie erst mal auf der Decke lag ... Die Kehle wurde ihm eng. Er würde auf jeden Fall wiederkommen und die Kleine vernaschen.

Wieder lauschte er eine Weile, hörte aber nichts. Hier war nichts außer ihm und dem verrückten Alten, der an seiner Bombe bastelte.

8

AM DONNERSTAGMORGEN KAM Janet Carter eine halbe Stunde zu spät, weil sie im Stau stecken geblieben war. Zu ihrer Überraschung wartete Billy am Tisch des Wachdienstes auf sie, als sie das FBI-Gebäude betrat.

»Ich sollte dich lieber warnen«, sagte er, als sie hineingingen und den Metalldetektor passierten. »Oben in Farnsworths Büro sitzen Leute, die mit dir reden wollen.«

»Was für Leute?«

»Ein Kerl und eine Frau. Er ist von der Spionageabwehr, sie vom Justizministerium, glaub ich. Sieht aus wie 'ne verkleidete Ringerin. Larry Talbot ist völlig von der Rolle. Er meint, es geht um diesen Fall mit den vermissten Collegestudenten.«

Janet verzog das Gesicht. Sie hatte innerlich mit dem Fall Kreiss abgeschlossen, nachdem sie mit der Psychologin gesprochen hatte. Während der letzten beiden Tage hatte sie fleißig Beweismaterial in einem komplizierten Fall von Lastwagendiebstahl gesichtet. Es war beinahe erfrischend, wieder auf ihrem Spezialgebiet zu arbeiten.

»Ist die ganze Sache denn nicht sowieso an die Vermisstenabteilung gegangen?«, fragte sie, als sie in den Fahrstuhl stiegen.

»Ja, sicher. Hab's am Dienstag nach Richmond geschickt. Dachte, du hättest nichts mehr damit zu tun.«

»Stimmt ja auch. Aber ...«

»Aber?«, fragte Billy leise.

»Ich hab da jemand angerufen – am Freitag, bevor der Boss mich deswegen angeblafft hat. Am Montag hat die betreffende Person zurückgerufen, aber es kam nichts Großartiges dabei raus. Es ging um einen betroffenen Elternteil.«

»Um Edwin Kreiss?«

»Nun ja ...«, begann sie und verzog das Gesicht, drückte auf den Knopf für den dritten Stock und steckte ihre Security-Karte wieder ein.

»Tja, wart's nur ab, bis du von diesem Drachen aus dem Justizministerium eine Breitseite kriegst«, meinte Billy und unterdrückte ein Gähnen. »Sieht böse aus.«

Sie gingen sofort ins Büro, wo Larry Talbot nervös auf und ab schritt. Seine Augen leuchteten auf, als er Janet sah. »Wir müssen uns unterhalten«, sagte er ohne Begrüßung.

»Was ist denn los? Billy sagt, da sind zwei Leute aus Washington? Und die wollen *mich* sehen?«

»Ja«, antwortete Talbot, nahm ihren Ellenbogen und zog sie beiseite. Er senkte die Stimme zu einem rauen Flüstern. »Ich glaube, es geht um diesen Kreiss. Gibt es irgendwas, das ich erfahren sollte?«

Janet erzählte ihm von den Telefonaten mit der Psychologin, verschwieg ihm aber, wann genau Anruf und Rückruf erfolgt waren. »Aber mehr war da nicht, und Billy hatte die Akte ja schon ans Büro in Richmond geschickt, damit sie die nach Washington weiterleiten. Seitdem beschäftige ich mich mit diesem LKW-Diebstahl bei Wentworth. Warum machen die so einen Aufstand?«

Talbot schaute sich nach Billy um, aber der war nicht mehr im Büro. »Was auch immer es ist, der Boss musste jedenfalls vorzeitig seine Konferenz verlassen und herkommen, um sich der Sache anzunehmen.«

Janet blinzelte verwirrt. »Ich will mich ja nicht wiederholen, Larry, aber wo liegt das Problem? Ich hab doch nur versucht, einen letzten losen Faden zu verknüpfen, und das in einem Fall, der sowieso an die Vermisstenabteilung gegangen ist. Ende der Geschichte.«

Talbot schüttelte den Kopf. »Farnsworth ist stinksauer. Er benimmt sich, als wärst du nach D. C. gefahren und ins Büro des Präsidenten eingebrochen.« Er schaute auf seine Uhr. »Komm. Du musst jetzt runter.«

»Du lieber Himmel, Larry, kann ich nicht mal mehr einen Kaffee trinken?«

»Die Zeit drängt, Janet.«

Sie verdrehte die Augen und begab sich zu Farnsworths Büro im zweiten Stock. Die Sekretärin des RA, eine unfreundliche Person aus Arkansas, sagte ihr, dass RA Farnsworth eine Konferenz mit ein paar Herrschaften aus Washington abhalte. Geduldig fragte Janet, ob sie ihm mitteilen könne, dass sie nun zur Verfügung stehe. Die Sekretärin stieß einen dramatischen Seufzer aus und gab Farnsworth die Nachricht per Summer durch. Einen Augenblick später erschien er in der Tür seines Büros und bat Janet herein.

Die beiden Besucher aus Washington saßen am Konferenztisch. Der eine war eine große Frau, deren fettes Gesicht Janet entfernt an einen früheren russischen Premier erinnerte. Sie betrachtete Janet mit unverhohlenem Argwohn. Der andere Besucher war ein Mann Mitte fünfzig, ebenfalls ziemlich dick, fast kahl, mit rötlichem Gesicht und finsterer Miene. Farnsworth stellte die beiden vor. Die Frau hieß Bellhouser, der Mann Foster.

»Agentin Carter, diese beiden Herrschaften sind extra aus Washington hergekommen. Ms Bellhouser ist persönliche Referentin von Mr Bill Garette, der, wie Sie sicher wissen, Staatssekretär im Justizministerium ist. Principal Deputy Foster ist in stellvertretender Funktion für Mr Marchand hier.«

Janet wusste, dass Marchand stellvertretender Direktor der Spionageabwehr der FBI-Zentrale war. Von Garette hatte sie auch schon gehört, jedoch nur im Zusammenhang mit seiner Tätigkeit als Staatssekretär im Justizministerium, die er in den letzten vier Jahren ohne Zustimmung des Senats ausgeübt hatte. Sie nickte und wartete, dass Farnsworth ihr einen Platz anbot. Er tat es nicht.

»Agentin Carter«, sagte er. »Offenbar haben Sie kürzlich Nachforschungen über einen gewissen Edwin Kreiss angestellt. Ms Bellhouser und Mr Foster möchten gern wissen, warum Sie so an dem Mann interessiert sind.«

Janet setzte sich, ohne aufgefordert worden zu sein, auf den letzten freien Stuhl. Farnsworth benahm sich, als hätte er noch nie von einem Edwin Kreiss gehört; daher ging Janet auf sein Spiel ein und beschloss, sich so auszudrücken, als würde sie Farnsworth eine Neuigkeit mitteilen. Sie schilderte ihm die Umstände, die dazu geführt hatten, dass sie mit Kreiss in Kontakt gekommen war. Den Anruf bei der psychologischen Abteilung stellte sie so hin, als hätte sie erst noch einen losen Faden verknüpfen müssen, bevor sie die Akte ruhigen Gewissens abschicken konnte.

»Lassen Sie diesen Unsinn, Agentin Carter«, sagte die Frau, als Janet geendet hatte. Ihre Stimme war so unfreundlich wie ihre Miene. »Sie haben hartnäckig weiterhin Fragen über Kreiss gestellt, nachdem Sie bereits die Anweisung Ihres Chefs hatten, den Fall ruhen zu lassen. Wir möchten wissen, warum.«

Janet blickte Farnsworth an, als wollte sie sagen: Aber das habe ich doch gerade erklärt. Doch der RA behielt seine ausdruckslose Miene bei. Janet wandte sich an Bellhouser. »Mir war nicht bewusst, dass ich Unsinn rede«, sagte sie kühl. »Den ersten Anruf habe ich getätigt, *bevor* die offizielle Weisung erging, die Sache auf sich beruhen zu lassen. Da Dr. Kellermann aber so höflich war, mich zurückzurufen, nahm ich den Anruf an. Was sie zu sagen hatte, trug nichts Wesentliches zu den Ermittlungen bei. Wenn Kinder vermisst werden, ist es die übliche Vorgehensweise, die Eltern gründlich zu befragen und sie genau zu überprüfen. Wo also liegt das Problem, wenn ich fragen darf?«

»Das Problem ist Edwin Kreiss«, antwortete die Frau. »Mr Kreiss war verantwortlich für einen Vorfall, der sowohl dem Justizministerium als auch dem FBI sehr geschadet hat. Ermittlungen über ihn oder seine Tätigkeit sind nicht gestattet.«

»Ich muss doch sehr bitten«, sagte Janet, bemüht, nicht die

Beherrschung zu verlieren. »Ich habe das Verschwinden seiner Tochter untersucht. Für mich ist Kreiss ein ganz normaler Bürger, ein Vater, der sein Kind verloren hat. Noch einmal: Wo liegt das Problem?«

Die Frau setzte sich gewichtig im Stuhl zurecht; ihre Miene drückte deutlich aus, dass sie so einen Ton nicht gewöhnt war. Rasch schaltete Foster sich ein.

»Ein Teil des Problems besteht darin, dass wir nicht einmal wussten, dass Kreiss' Tochter vermisst wird«, sagte er. »Aber ...«

Bellhouser hob gebieterisch die Hand, und Foster verstummte. »Vielleicht sollte ich ein paar Dinge klarstellen, Agentin Carter«, sagte Bellhouser und blickte Janet nachdenklich an. »Aber ich will Ihr Wort darauf, dass Sie die Informationen, die Sie jetzt von mir erhalten, nicht weitergeben.« Sie sprach nun viel höflicher.

»Geht es um etwas, das ich unbedingt erfahren muss?«, fragte Janet.

Bellhouser dachte einen Augenblick nach. Foster war still. »Ich denke ja, Sie sollten es wissen. Geben Sie mir Ihr Wort?«

Janet schaute wieder ihren Chef an, doch dessen Gesicht hätte als Modell für Ausdruckslosigkeit dienen können. Er hatte ihr alles über Kreiss erzählt; nun aber tat er so, als hätte er noch nie von dem Mann gehört. Janet wusste nicht genau, um welches Spiel es sich hier handelte, aber wenn die anderen ein Spielchen wollten, würde sie mitmachen.

»Ja«, gab sie zur Antwort. »Sie haben mein Wort.«

»Schön. Nun denn. Während der Amtszeit des letzten Präsidenten gab es Spannungen zwischen den Gegenspionage-Abteilungen beim FBI und der CIA, die über Jahre anhielten. Die jetzige Regierung jedoch hielt es für konstruktiver, einige der bürokratischen Barrieren abzubauen. Edwin Kreiss wurde ausgewählt, eine Zeit lang im Austausch bei der CIA zu arbeiten, und einer der Agenten aus der Gegenspionage wurde im Gegenzug zum FBI geschickt.«

Sie hielt inne, um zu sehen, ob Janet dieser Umstand bekannt war, doch Janet tat so, als hätte sie noch nie davon gehört.

»Kreiss' Berufung zur CIA bedeutete einen dramatischen Schritt zur Entspannung. Er wurde von einigen der besten Leute geschult und arbeitete mit den besten Kopfjägern der Abteilung zusammen. Ich darf Ihnen so viel verraten, dass Kreiss an einigen Operationen mitarbeitete, die sich in nicht genau definierten Bereichen der vorgegebenen gesetzlichen Richtlinien bewegten, um es einmal so auszudrücken. Wissen Sie, wovon ich spreche?«

»Ich nehme an, Sie spielen auf das Gesetz an, dass die CIA technisch gesehen nicht im Inland operieren darf.«

»Ganz genau. So wie beim Militär, das auch nicht innerhalb der Grenzen der Vereinigten Staaten Verbrecher jagen darf. *Posse comitatus.* Das Problem ist nur, dass die Bösen sich das bisweilen zu Nutze machen.«

»Und manchmal stellt sich heraus, dass die Guten böse sind«, fügte Janet hinzu.

Bellhouser blinzelte irritiert und schaute Foster an; dann richteten beide ihren Blick auf Farnsworth.

»Äh ... ja, nun, als ich Order erhielt, die Sache mit Kreiss ruhen zu lassen, habe ich Agentin Carter vom Fall Glower berichtet«, sagte Farnsworth, augenscheinlich nervös. »Nein, ich korrigiere: Ich sagte ihr, was ich über den Fall Glower *gehört* hatte – ich persönlich habe natürlich keine Kenntnis darüber, was dort geschehen ist.«

Foster zog die Augenbrauen hoch. »Das ist ja eine Überraschung, Mr Farnsworth. Der stellvertretende Direktor Marchand war der Meinung, dass Sie *nichts* über den Vorfall mit Glower wüssten.«

Foster mochte ja Principal Deputy aus Washington sein, doch Farnsworth war immer noch Leiter eines FBI-Ortsbüros, und als solcher brauchte er sich nicht allzu viel Ärger von einem Kollegen aus der Zentrale gefallen zu lassen, besonders dann nicht, wenn der die Macht der Bosse heraufbeschwor. Er schaute Foster mit onkelhaftem Lächeln an. »Wenn etwas so schlimm vermasselt wird wie diese Sache damals«, sagte er, »erfährt *jeder* davon, Mr Foster.« Janet fühlte einen Hauch von Erleichterung, dass Farnsworth sich von diesen beiden nicht völlig hatte einschüchtern lassen.

»Zurück zum Thema«, fuhr Bellhouser fort. »Als Kreiss nach dem Vorfall in Millwood vom FBI entlassen wurde, erhielt er einen sehr genauen und nachdrücklichen Hinweis – im Gegenzug ging er ehrenvoll in den Ruhestand, statt mit Schimpf und Schande davongejagt zu werden. Der Hinweis, den Kreiss erhielt, lautete, dass er nie wieder als Agent arbeiten dürfe, besonders nicht in jenen Bereichen, in denen er zuvor bei der CIA tätig gewesen war.«

»Und wovon sollte er leben?«, wollte Janet wissen.

»Nach Larry Talbots Bericht«, schaltete Farnsworth sich ein und blickte auf ein Papier, »hat er am Montgomery County Junior College Förderunterricht in Mathematik gegeben. Hat erst damit aufgehört, als seine Tochter verschwand.«

»Der Punkt ist«, sagte Bellhouser, »dass es Kreiss nicht erlaubt wurde, sich in *irgendeine* Aktivität einer Vollzugsbehörde einzumischen, weder auf Bundesebene noch auf staatlicher oder lokaler Ebene. Ebenso darf er nichts mit Sicherheitsarbeit zu tun haben, ob es nun um Firmen, Personenschutz oder Computer geht.«

Janet nickte. »Ja, aber ...«

Foster beugte sich vor. »Die Frage ist, Agentin Carter: Glauben Sie, dass Mr Kreiss selbst nach seiner Tochter suchen wird – jetzt, nachdem der Fall an die Vermisstenabteilung geschickt wird?«

Janet erinnerte sich, Farnsworth von ihrem Verdacht berichtet zu haben, dass Kreiss nun einen Alleingang unternehmen könne. Gut möglich, dass Farnsworth die Information weitergegeben hatte. »Ja«, antwortete sie daher. »Ehrlich gesagt glaube ich, dass er bereits einen der Hauptzeugen aufgesucht hat, aber ich zog mich vom Fall zurück, bevor ich diese Spur weiterverfolgen konnte. Daher kann ich diese Vermutung nicht beweisen.«

Bellhouser seufzte vernehmlich. Foster runzelte die Stirn.

»Ich meine«, fuhr Janet fort. »Ich kann es ja verstehen. Aus Kreiss' Sicht zieht das FBI den Schwanz ein. Und als ehemaliger Agent weiß Kreiss, wie die Vermisstenabteilung arbeitet.« Keiner sagte etwas darauf. »Es geht immerhin um seine Tochter«, schloss Janet.

Bellhouser warf ihr einen bemüht geduldigen Blick zu und stand auf. Stehend wirkte sie noch korpulenter. Der Stuhl knackte vor Erleichterung. »Vielen Dank, Agentin Carter«, sagte sie. »Ich glaube, Sie haben uns gesagt, was wir wissen mussten. Wir werden unsere Vorgesetzten davon in Kenntnis setzen und danken für Ihre Kooperation.«

Janet erhob sich ebenfalls und schaute ihren Chef an. »War es das, Sir?«

Farnsworth warf Bellhouser und Foster einen Blick zu, als suche er nach Bestätigung; dann nickte er. »Ja.«

»Und falls noch etwas ans Licht kommt, das mit Mr Kreiss zu tun hat?«

»Dann informieren Sie Mr Farnsworth«, sagte Foster. »*Wir* werden uns um Mr Kreiss kümmern, falls nötig, und wir sähen es gar nicht gern, wenn Sie noch einmal Kontakt mit ihm aufnähmen.«

»Weder auf Ihr noch auf sein Betreiben hin«, fügte Bellhouser hinzu.

Alle drei schauten Janet erwartungsvoll an, ob sie die Warnung verstanden hatte.

»Okay«, sagte Janet heiter, als wäre das alles völlig belanglos, und ging in ihr Büro zurück. Talbot wollte wissen, was der Grund für die ganze Aufregung gewesen war, doch Janet sagte ihm nur, dass es um Edwin Kreiss gegangen sei und dass man sich nun höheren Ortes um die Angelegenheit kümmern werde. Talbot war mit dieser Antwort sichtlich unzufrieden; deshalb fügte Janet hinzu, sie habe Befehl erhalten, nicht über die Sache zu reden. Er, Talbot, könne sich ja an Farnsworth selbst wenden.

Wütend stampfte Talbot aus dem Büro, und Janet machte sich auf die Suche nach einer Tasse Kaffee. Dann hatte sie ein halbstündiges Meeting mit ein paar anderen Agenten wegen des LKW-Falles. Als sie zurückkehrte, erwachte Billy gerade aus seinem Vormittagsnickerchen. Er fragte Janet, was die ganze Aufregung bedeutet habe. Eingedenk ihres Versprechens erzählte sie nur in groben Zügen von dem Gespräch mit Bellhouse und Foster und schloss mit dem Hinweis, sie habe ausdrücklichen Befehl erhalten, sich von Edwin Kreiss und dessen Machenschaften fern zu halten. Billy holte ihnen Kaffee, und sie unterhielten sich darüber, auf welche Weise die hohen Tiere aus der Zentrale mitunter ihren Einfluss benutzten.

Als Talbot wieder auftauchte, verzog Janet sich an ihren Schreibtisch und schob Papiere darauf herum, während sie über das Meeting mit den beiden Repräsentanten aus Washington nachdachte. Was hatte die Frau gesagt? Dass sie sich um Kreiss »kümmern« wollten? Meine Güte, sein einziges Kind wurde vermisst! Wieder sah sie Kreiss' Gesicht vor dem geistigen Auge und fragte sich, ob die beiden fähig waren, sich um Edwin Kreiss zu »kümmern«. Flüchtig dachte sie daran, ihn zu warnen.

Edwin Kreiss hatte sich am Morgen bei der Handelskammer in Christiansburg eine Straßenkarte besorgt und steuerte seinen Pick-up nun behutsam über eine ungepflasterte Straße fünf Meilen westlich der Stadt. In diesen Hügeln des Vorgebirges der Appalachen war kein Stückchen Land wirklich eben, und er konnte auf dem kurvigen Weg nur im zweiten Gang fahren.

Letzte Nacht hatte er den Wagen der beiden Kerle unverschlossen an der Abzweigung der Gleise gefunden und sich die Nummer aufgeschrieben. Der Wagen gehörte einem gewissen Jared McGarand, dessen Namen er schließlich auf einem rostigen Briefkasten am Ende des Weges gefunden hatte. Er kam um die letzte Kurve und erblickte einen überbreiten Trailer am Ende der Fahrspur. Häuser oder andere Trailer waren nicht zu sehen, nur ein paar Hunde, die offenbar in einer Art Zwinger hinter dem Trailer steckten und ein Höllenspektakel vollführten. Doch Kreiss hatte so etwas erwartet und ein Gegenmittel mitgebracht, das in einer Plastiktüte auf dem Beifahrersitz lag. Zuerst einmal würde er sich allerdings vergewissern, ob die Hunde jemanden alarmiert hatten. Es war heller Mittag, und der einzige andere Trailer in der Umgebung stand fast eine Meile entfernt an der Landstraße. Und der hatte nicht so ausgesehen, als wäre er bewohnt.

Kreiss parkte seinen Pick-up so vor dem Trailer, dass die Haube zur Fahrspur zeigte. Dann wartete er. Die Hunde, die er immer noch nicht sehen konnte, bellten und jaulten weiterhin, verloren nach fünf Minuten aber das Interesse. Der Trailer war an einem Ende auf Schlackenblöcken aufgebockt, damit er eben stand, und an Überland- und Telefonleitung angeschlossen. Der ganze Platz wirkte einigermaßen gepflegt. Es gab ein paar Schuppen, einen frei stehenden Carport, einen Wagenheber und ein Gestell, das aussah, als könnte man Wild darauf ausweiden. Der Pick-up, dessen Kennzeichen Kreiss nachgeprüft hatte, stand unter einem Baum. Autowracks oder sonstige kostbare Hinterwäldlerbesitztümer waren nicht zu entdecken. Wer immer Jared McGarand sein mochte, er hatte offensichtlich Arbeit und gehörte nicht zur Gesellschaft der Abfallverwerter in den Appalachen-Hügeln.

Nachdem Kreiss eine Zeit lang geduldig sitzen geblieben war, öffnete er schließlich die Tür, griff nach der Plastiktüte, ging zum Trailer und klopfte. Das löste neuerliches Gebell hinter dem Wohnwagen aus. Da niemand an die Tür kam, ging er um den Trailer herum zur hinteren Tür und versuchte es dort, mit dem gleichen Ergebnis. Er holte ein paar mit Zuckerguss überzogene Donuts aus der Tüte – jeden hatte er vorher mit zwei Eisentabletten präpariert. Die Hunde waren Pitbull-Mischlinge und schienen nur aus Zähnen, Gebell und rasender

Wut zu bestehen. Unverdrossen attackierten sie den kräftigen Maschendrahtzaun. Kreiss schob die Donuts durch die Löcher im Zaun, bis er sicher war, dass jeder Hund mindestens einen gefressen hatte. Dann verzog er sich wieder in seinen Wagen und wartete. Die Tabletten würden die Hunde nicht umbringen, aber in einer Viertelstunde würden sie sich so krank fühlen, dass sie sich hinlegen und den Rest des Tages vor sich hin winseln würden. Während er wartete, klingelte sein Autotelefon. Seit Lynn verschwunden war, ließ er sämtliche Anrufe an seinen Anschluss in den Wagen weiterleiten.

»Kreiss«, meldete er sich, während er Trailer und Umgebung im Auge behielt. Die Hunde hatten zu bellen aufgehört.

»Mr Kreiss, hier ist Special Agent Janet Carter.«

»Haben Sie etwas über Lynn herausgefunden?«, fragte Kreiss sofort.

»Nein. Ich wünschte, es wäre so. Es geht um etwas anderes.« Sie erzählte von dem Besuch der Herrschaften Bellhouser und Foster.

Kreiss hörte zu, ohne sie zu unterbrechen, und wünschte sich, er hätte dieser kleinen Sitzung beiwohnen dürfen. Um ihn »kümmern« wollten die sich also? Er holte tief Luft, um sich zu beruhigen.

»Mr Kreiss? Sind Sie noch dran?«

»Ja. Ich spreche vom Autotelefon aus. Ich danke Ihnen für Ihre Hilfe, Agentin Carter, ich weiß das wirklich sehr zu schätzen.«

»Diese Info haben Sie nicht von mir, Mr Kreiss.«

»Natürlich nicht.« Er schwieg einen Moment, nicht sicher, was er sagen sollte, und fragte sich, warum sie das für ihn tat.

»Mr Kreiss?«, sagte Janet. »Wir hatten Sie gebeten, nichts im Alleingang zu unternehmen, wissen Sie noch?«

»Ich weiß.«

»Dann wiederhole ich hiermit die Bitte. Und wenn Sie etwas Neues erfahren sollten, müssen Sie diese Informationen an uns weitergeben, das wissen Sie doch auch?«

Wie würden dir zwei Typen gefallen, die des Nachts auf dem Gelände einer still gelegten Munitionsfabrik herumlaufen, Fallen aufstellen und auf Menschen schießen?, Agentin Carter.

»Selbstverständlich, Agentin Carter. Und nochmals vielen Dank, dass Sie mir Bescheid gesagt haben. Ich schulde Ihnen was, Agentin Carter.«

»Denken Sie bitte daran, Mr Kreiss.«

Er schaltete ab und stieg aus dem Wagen, stellte einen kleinen Bewegungsmelder auf die Motorhaube des Pick-ups und richtete das Gerät auf die Fahrspur in Richtung Landstraße. Falls sich irgendetwas auf den Trailer zubewegte, würde der Melder zu piepen anfangen. Kreiss nahm eine Segeltuchtasche mit Werkzeug vom Beifahrersitz und ging hinter den Wohnwagen. Die Hunde standen im Kreis auf dem Betonboden ihres Zwingers. Einer schlappte Wasser, während die anderen beiden ihre Flanken leckten.

Fünfzehn Minuten später war Kreiss wieder auf dem Weg zur Landstraße. Auf dem Beifahrersitz lagen ein paar persönliche Dokumente, die er aus einem Schreibtisch im Trailer entwendet hatte; in den Papieren stand, dass der Bewohner Jared McGarand war, der für eine Telefongesellschaft Reparaturarbeiten ausführte. Ebenfalls mitgenommen hatte Kreiss eine .357er Magnum, die er in der obersten Schublade einer Kommode im Schlafraum gefunden hatte. In Jareds Nachttisch hatte zwar noch eine .45er Automatik gelegen, doch die hatte er an ihrem Platz gelassen. Der Mann war offenbar ein Fan großkalibriger Waffen. Kreiss hatte auch den Hunden frisches Wasser gegeben, bevor er fuhr – später würden sie noch viel mehr Durst haben. Außerdem hatte er ein batteriebetriebenes Kästchen von der Größe einer Zigarettenschachtel auf dem Dach des Trailers hinter zwei Abzugsrohren versteckt und ein Abhör- und Aufnahmegerät ans Telefon angeschlossen. Nun bog er auf die Landstraße ein und fuhr Richtung Blacksburg.

Er hatte das Verlangen verspürt, Janet Carter vom Ramsey Arsenal zu erzählen, glaubte aber, dass er selbst Lynn eher finden würde, als eine Horde hysterischer FBI-Leute es vermochte, zumindest dann, wenn er wusste, welcher Zusammenhang zwischen Lynn und diesen beiden Mitternachtsschleichern bestand. Er musste einen Weg finden, Carter ihren Gefallen zu vergelten – sie hätte das wirklich nicht zu tun brauchen, besonders nachdem sie ein Meeting mit Bambi Bellhouser und Häuptling Red in the Face erdulden musste. Vielleicht hatte sie ihn nur angerufen, weil sie sich über die beiden geärgert hatte. Kreiss hoffte, sie würden dämlich genug sein, ihn in seinem Blockhaus aufzusuchen, obwohl er bezweifelte, dass solche Trittbrettfahrer sich jemals zu weit von der Zentrale entfernten. Jetzt musste er noch einige Vorbereitungen treffen, bevor er sich heute Nacht wieder auf das Gelände des Arsenals begab. Er wollte bei Anbruch der Dämmerung den Fabrikkomplex erreichen, weil die beiden Männer das letzte Mal eine Stunde nach Sonnenuntergang gekommen waren. Dieses Mal wollte er näher an das hintere Ende der Straße gelangen – vielleicht konnte er sie dann in einem Gebäude ausfindig machen.

An diesem Abend wurden Browne und Jared von einem Unfall an der Brücke über den New River aufgehalten. Es war fast acht, als sie endlich die Einfahrt zum Arsenal erreichten. Jared war schlecht gelaunt, weil er seine drei Jagdhunde nach der Arbeit krank im Zwinger vorgefunden hatte.

»Haben alles vollgeschissen«, beklagte er sich. »Musste 'ne halbe Stunde mit 'nem Schlauch drüberspritzen. Die Viecher sind krank.«

»Alle drei? Haben sie schlechtes Futter gekriegt?«

Jared schüttelte den Kopf. »Das gleiche wie immer.« Er fuhr mit ausgeschalteten Scheinwerfern zwischen den Betonfässern hindurch und die Brandstraße entlang. Am Himmel stand die schmale Sichel des neuen Mondes, dessen Licht ausreichte, um Straße und Zaun zu erkennen.

»Hast du diesen Zähler aufgestellt?«

»Ja. Hängt direkt am inneren Tor, in Bauchhöhe.« Jared stellte den Pick-up auf dem Platz ab, wo er stets parkte, zwischen vier dichten Kiefern. »Dann kann auch nix mit irgendwelchen Tieren passieren. Hab übrigens 'ne Quelle aufgetan, wo ich noch mehr Kupfer krieg, aber das kostet Bares.«

»Das geht in Ordnung. Wir haben jetzt schon fast Druck von dreißig Pfund pro Quadratzoll im Tank. Ich setz die große Pumpe ein, wenn wir bei fünfzig Pfund sind.«

Sie stiegen aus und blieben am Waldrand stehen, um ihre Augen an die Dunkelheit zu gewöhnen. Eine leichte Brise fächelte ihnen den Duft der Kiefern zu. Die Bahngleise schimmerten im schwachen Mondlicht.

»Hab übrigens noch was aufgestellt, nicht nur den Zähler«, meinte Jared. Sein Großvater blickte ihn misstrauisch an. »Hab auf der Hauptstraße 'ne super Falle gelegt – 'nen Auslösedraht. Im Moment ist er nicht gespannt. Wenn wir irgendwas am Sensor sehen, spann ich den Draht, sobald wir wieder rausgehen.«

Browne nickte. »Vielleicht komme ich morgen tagsüber her und jage ein bisschen. Kannst du dir nicht freinehmen? Deine Hunde mitbringen?«

»Könnt ich schon, falls nicht zu viele Reparaturen anfallen. Aber was mit den Hunden ist, weiß ich nich'.«

»In Ordnung«, meinte Browne und nahm den Beutel mit dem Essen und Wasser für das Mädchen. »Sehen wir mal nach deinem kleinen Spielzeug.«

Sie gingen auf ihrer eigenen Spur bis zum Sicherheitstor, blieben dreißig Meter davor stehen und lauschten. Dann krochen sie durchs Loch im Zaun. Jared ging zum seitlichen Zaun und hockte sich neben hoch geschossenes Unkraut; dann richtete er sich wieder auf und kam zu Browne zurück. »Wir haben 'nen Besucher«, flüsterte er. »Auf dem Zähler steht 'ne Eins.«

»Das warst nicht zufällig du, als du gestern durchgegangen bist?«

»Quatsch!«

»Verdammt«, fluchte Browne mit gesenkter Stimme. Er hatte gehofft, der nächtliche Besucher würde nur einmal erscheinen. »Wo ist denn dein Draht?«

»Zwischen der Ammoniakanlage und dem Schuppen, wo sie die Geschosshülsen gehärtet haben. Da sind zwei Hydranten auf der Hauptstraße, die stehen sich genau gegenüber. Hab 'ne ordentliche Ladung Rohre auf die Oberleitungen zwischen den Gebäuden gestapelt. Wenn der Bursche den Draht berührt, kriegt er 'ne Lawine auf die Rübe.«

Browne zog seine Pistole. »Geh jetzt, und spann den Draht. Ich komm in zwanzig Meter Abstand hinter dir her. Dann machen wir, dass wir wieder rauskommen und stellen den Zähler wieder auf null.«

»Was ist mit dem Essen für das Mädel?«

»Sie kriegt heute nichts. Ist mir zu gefährlich, falls hier einer rumschleicht. Wir müssen erst rauskriegen, wer der Bursche ist und was er hier will. Wir sind jetzt zu nahe am Ziel, um uns noch Fehler zu leisten.«

Kreiss hockte auf dem Dach des letzten Gebäudes auf der rechten Seite der Hauptstraße und horchte auf Geräusche aus seinem Kegel. Diesmal war er viel näher am Kraftwerk. Die Hauptstraße verlief über eine sanfte Anhöhe und wand sich dann leicht nach rechts, bevor sie vor dem Kraftwerk endete; deshalb war die Akustik zur anderen Seite, in Richtung der Bahntore, leicht gestört. Doch wenn Leute über diese Anhöhe kamen, wie beim letzten Mal, konnte Kreiss von seinem Platz aus ihre Schritte hören und diesmal auch sehen, in welchem Gebäude sie verschwanden. Der Mond schien hell genug, um ein stark vergrößerndes Fernglas anstelle des Nachtsichtgeräts zu benutzen.

Am liebsten hätte Kreiss sich zuerst zwischen den Gebäuden umgeschaut, sich dann aber gesagt, dass es besser sei, sich an einer Stelle zu postieren, von der er einen guten Überblick hatte. Außerdem gab es nahezu hundert Gebäude unterschiedlicher Größe, dazu noch ein paar Holzschuppen, die anscheinend mit Absicht in kreisförmige Gruben in die Erde gebaut worden waren. Eine gründliche Suche würde Stunden, wenn nicht Tage dauern. Kreiss trug einen schwarzen Overall mit einer Kapuze aus Netzgeflecht, dazu Handschuhe und seine beiden Beutel. Sein Plan war einfach: beobachten, wohin die Burschen gingen, am Gebäude hochklettern und nachschauen, wie viele Eingänge es hatte; alle Türen bis auf eine schließen und dann angreifen. Die wenigen Gebäude, die er bis jetzt überprüft hatte, besaßen alle nur eine normale Tür, aber er hatte keine Zeit, sämtliche Gebäude zu checken. Außerdem war es ohnehin gleich: Diese Typen hatten auf ihn geschossen, und das bedeutete, dass sie hier irgendetwas Verbotenes anstellten. Falls Lynn beim Ausflug auf das Gelände des Arsenals ihre Baseballkappe getragen hatte, mussten diese Männer wissen, was mit ihr passiert war. Kreiss ließ sich wieder hinter der Brüstung nieder, um noch ein wenig zu warten. Bald mussten die Kerle auftauchen.

Browne wartete, bis Jared das umgeschlagene Stück Maschendraht im Zaun hochgeklappt und mit Klemmen gesichert hatte. »In Ordnung«, flüsterte er, als sein Enkel zu ihm kam. »Wenn jemand drin ist, hat er unseren Truck gehört. Wir müssen jetzt den Motor anlassen und so tun, als würden wir wegfahren. Du fährst ihn zum Haupttor und kommst dann zu Fuß zurück. Ich bleib hier und warte, ob ich was höre.«

»Das kann ja die ganze verdammte Nacht dauern«, wandte Jared ein. »Lass uns reingehen und diesen Blödmann schnappen.«

»Wie denn? Und wo willst du mit der Suche anfangen? Der Bursche könnte überall sein. Er könnte herumlaufen oder in einem Gebäude auf uns warten. Nein – wenn wir so tun, als würden wir abhauen, dann wird er sich schon rühren.«

»Aber was ist, wenn er ins Kraftwerk geht? Oder ans Nitrogebäude klopft?«

»Warum sollte er an eine verschlossene Tür klopfen? Alle

Gebäude sind doch verriegelt, das Kraftwerk auch. Da gibt es nichts zu sehen, schon gar nicht nachts. Er wird 'ne Weile warten und dann verschwinden. Wir wollten doch sowieso bis elf hier bleiben. Auf die Art haben wir bestimmt 'ne Chance, ihn zu kriegen. Wir dürfen das nicht vermasseln, Junge. Jetzt nicht mehr.«

Jared gab ein Grunzen von sich. »Na schön. Ich fahr den Wagen weg. Wo bist du dann?«

»Da drüben unter der Kiefer. Wird deine Falle Krach machen?«

»Und wie!«

»Wenn du sie hörst, kommst du gerannt. Denn ich geh sofort rein, wenn er drüber stolpert.«

»Wenn wir ihn haben – was dann?«

»Dann kommt er in den Säuretank, so wie die Jungs. Geh jetzt!«

Kreiss wartete noch zwei Stunden, dann gab er es auf. Er hatte den Pick-up wegfahren hören, und das beunruhigte ihn. Beim letzten Mal hatten die Kerle den Motor abgestellt und waren direkt zum Gebäudekomplex gegangen. Heute waren sie gekommen, hatten eine halbe Stunde lang irgendetwas gemacht und waren wieder gefahren. Hatten sie den Pick-up weggefahren und waren zu Fuß zurückgekehrt, um auf ihn zu warten? Das würde bedeuten, sie wussten, dass jemand hier war. Hatte er irgendwelche Spuren hinterlassen?

Es war nun fast elf. Am liebsten hätte Kreiss sich zusammengerollt und auf dem Dach geschlafen, bei eingeschaltetem Bewegungsmelder, um jedes Geräusch von der Straße aufzufangen. Dann hätte er das Fabrikgelände in der Morgendämmerung durchsuchen können. Aber mal angenommen, die Kerle warteten auch? Oder sie kamen auf das Gelände und verschanzten sich irgendwo? Dann würde er ihnen bei Morgengrauen in die Arme laufen. Ich muss vorsichtig Kreise ziehen, dachte er. Lieber vom Dach runter und mich umschauen.

An diesem Ende der Hauptstraße standen vier niedrigere Gebäude; am Ende befand sich das Kraftwerk. Kreiss stieg die Leiter hinunter und stellte den Bewegungsmelder so auf, dass er auf die Länge der Straße gerichtet war. Dann wählte er den Alarmton ein: ein Geräusch, das sich wie das einer Grille anhörte. Anschließend ging er eine halbe Stunde lang um jedes der größeren Gebäude herum, wobei er sich vorsichtig von Schatten zu Schatten bewegte. Die Gebäude waren durch Leitungen miteinander verbunden, die sich in gebündelten Pipelines quer über die Straße spannten. In der Luft lag der muffige Geruch alter Chemikalien. Jedes Gebäude war mit einer Nummer sowie einem Namen versehen, der in großen Lettern auf weiß gestrichenen Tafeln neben den Eingängen stand. Die vier großen Gebäude hießen Ammoniakverbrennung, Nitrierung, Quecksilbermischung und Geschosshülsenerhitzung. Der Haupteingang war jeweils ein großes Stahltor mit einer kleineren Zugangspforte daneben. Keines der Gebäude hatte Fenster, und von dreien führten Gleise unter dem hohen Stahltor durch. Leise untersuchte Kreiss sämtliche Zugangspforten: Sie waren mit schweren Vorhängeschlössern gesichert.

Dann ging er in Richtung des Kraftwerks, wobei er sich dicht an den Hauswänden hielt, um nicht auf eine der Metallplatten in der Straßenmitte zu treten. Auch die Tore des Kraftwerks erwiesen sich als verschlossen. Wieder einmal wurde Kreiss sich bewusst, dass es auf diesem Gelände scheinbar nichts Lebendiges gab: Man hörte nichts, nicht einmal Ratten oder Mäuse – von Vögeln ganz zu schweigen –, und zwischen den Betonplatten waren kaum Anzeichen von Vegetation zu entdecken. Kreiss zog daraus den Schluss, dass nicht sämtliche Rückstände von Ammoniak, Nitroglyzerin und Quecksilber in den Gebäuden geblieben waren, sondern das Erdreich verpestet hatten. Es gab Parallelstraßen zur Hauptstraße, an denen Betongebäude mit Oberleitungen standen. Es war hoffnungslos: Falls er die Männer nicht bis zu einem bestimmten Gebäude verfolgen konnte, konnte er hier Wochen verbringen. Vielleicht sollte er diesem Jared McGarand an seinem Trailer auflauern und dort herausfinden, was der Kerl wusste ...

Kreiss holte seinen Bewegungsmelder und ging die Straße hinunter auf die Bahntore zu. Es war jetzt halb eins; der Mond ging langsam unter. Als sein Fuß das straff gespannte Seil berührte, warf er sich instinktiv nach vorn: Was immer ihn jetzt überraschen mochte, kam wahrscheinlich von der Seite. Doch zu seiner Überraschung hörte er ein Dröhnen und Donnern von Metall über sich – und dann wurde er auch schon von einer Lawine aus Stahlrohren überrollt. Eines traf ihn am Hinterkopf. Kreiss verlor das Bewusstsein.

Jared ließ seinen Großvater an dessen Haus in Blacksburg aussteigen und fuhr dann weiter zu seinem Trailer. Sie hatten fast bis halb eins gewartet und dann aufgegeben, denn auf dem Fabrikkomplex hatte sich nichts gerührt. Jared hielt es immer noch für einen Fehler, dass sie draußen gewartet hatten; sie hätten reingehen und diesen Bastard hochnehmen sollen. Selbst wenn der Typ den Draht auslöste – er konnte entwischen, wenn die Rohre ihn nicht zu schwer niederknüppelten. Aber Jared hatte auf die harte Tour lernen müssen, dass man dem Alten lieber nicht in die Quere kam, und besonders nicht jetzt.

Auch zuvor schon war Browne McGarand bisweilen fanatisch gewesen, doch nie so schlimm wie dieses Mal. Diese ganze Bombengeschichte war natürlich wegen William in Gang gekommen. Der Alte war ja geradezu von William besessen. In Gedanken nannte Jared seinen Vater immer so: William, nicht Vater. Im Gegensatz zu dem Alten scherte Jared sich einen Dreck darum, was mit William geschehen war. Seine Mutter, mit siebzehn eine hochschwangere Braut, hatte sich aus dem Staub gemacht, als Jared ganze sechs Jahre zählte; sie verzweifelte an der Verantwortung der Mutterschaft, die noch dadurch erschwert wurde, dass Jareds jüngerer Bruder Kenny leicht behindert geboren worden war. Kaum drei Jahre später war William ebenfalls von der Bildfläche verschwunden. Er war zuerst nach Kalifornien und dann nach Waco in Texas gegangen, wo er sich mit diesen Verrückten vom Mount Carmel einließ.

Jared verringerte das Tempo, um in den Fahrweg zu seinem Trailer einzubiegen. Wenn William zu Hause geblieben wäre und seine Pflicht getan hätte, wäre alles nicht passiert. Aber der alte Grandfather Browne hielt den Laden am Laufen. Er zog die beiden Jungen mit fester Hand groß. Selbst heute noch hatte Jared manchmal Angst vor dem Großvater, besonders wenn der wieder den fanatischen Methodisten herauskehrte. Die Augen Grandpas erinnerten ihn an alte Bilder in den Geschichtsbüchern: an einen der Südstaatengeneräle, Stonewall Jackson, oder diesen fanatischen Gegner der Sklaverei, John Brown. Wenn der Alte unbedingt eine Bombe bauen wollte, würde Jared ihm ganz gewiss nicht in die Quere kommen.

Er schniefte, während er im Schneckentempo die Privatstraße entlangkroch. Er fand, dass er immerhin ein wenig Dank verdient hätte, weil er dem Alten so treu half. Keine Ahnung, was Browne den gefangenen Jungs angetan hätte, wenn ihm diese Flutwelle nicht dabei geholfen hätte – aber Jared wusste ganz genau, dass auch er an ihrem Tod Schuld trug. Nicht, dass es ihm etwas ausmachte. Wie der Alte gesagt hatte: Sie hätten eben nicht herumschnüffeln dürfen. Aber er, Jared, hing jetzt als Mittäter drin, und hatte der Alte ihm auch nur einmal dafür gedankt? Kein bisschen.

Und das war noch längst nicht alles. Er hatte auch den Propangas-Truck für Browne gestohlen. Und hatte er nicht immerhin ein Lippenbekenntnis zu diesem ganzen Christian-Identity-Blödsinn abgelegt? Ein Haufen Spinner, die darum beteten, dass die Welt im Laufe des Jahres 2001 untergehen solle. Das Fegefeuer auf Bestellung, juchhu! Jared und seine Kameraden von den Black Hats hatten sich immer schief gelacht, wenn diese Christen vom Jüngsten Tage mit ihren verqueren Feuer-und-Blut-Prophezeiungen antanzten. Zum Teufel, er wusste, dass es jetzt und hier nicht um den Jüngsten Tag oder die Wiederkehr des Erlösers ging: Das, was Browne plante, war die typische Rache des Hinterwäldlers, verschärft durch seinen Hass auf die alles unterdrückende Regierung, außer Kontrolle geratene Steuern, unbeherrschte Gesetzeshüter und die UN, die im Geheimen eine neue Weltordnung eingeführt hatte. Jared hatte seinen Kameraden bei den »Hats« erzählt, dass sein Grandpa an einer Wasserstoffbombe bastelte, und sie hatten grölend darüber gelacht. Nun, sie würden schon noch sehen. Die Regierung hatte den heiligen William abgemurkst, und nun hatte Browne McGarand sich gegen die ganze verdammte Regierung gestellt. Die war schon so gut wie tot.

Er fuhr auf den Hof, stellte den Motor ab, stieg aus und schloss den Wagen ab. Er musste sich noch überlegen, wie er wieder ins Nitrogebäude reinkam und sich was von diesem hübschen, nackten jungen Ding holen konnte. Er wusste jetzt, wie er es angehen musste: Er würde sie bequatschen, bis sie Vernunft annahm, und ihr dann den Ritt zur Seligkeit verschaffen. Er rückte sein beträchtliches Sexualgerät zurecht, grinste und ging nach hinten zu seinen Hunden. Gab ihnen Wasser. Sie waren zwar immer noch benommen, aber immerhin hatten sie nicht noch mal alles vollgeschissen. Er genehmigte sich ein Bier, während er seine Post durchsah, und ging dann zu Bett.

9

KURZ NACH ZWEI fuhr Jared aus dem Schlaf auf und saß kerzengerade im Bett. Er versuchte zu ergründen, was für ein Geräusch ihn geweckt hatte. Die Fenster standen offen, und die Nacht war erfüllt vom üblichen Summen der Insekten und dem zirpenden Chor der Laubfrösche. Er rieb sich übers Gesicht und lauschte angespannt. Vielleicht hatte er ja geträumt. Dann hörte er es wieder: das deutliche Knacken eines Zweiges, gar nicht weit entfernt. Einer der Hunde kläffte kurz, aber die anderen schlugen nicht an. Steckte jemand dort in den Bäumen hinter dem Trailer? Nervös schwang er die Beine aus dem Bett, blieb angespannt sitzen. Ein paar Minuten später hörte er es wieder: Es klang wie knirschende Schritte im Unterholz. Dann knackte ein weiterer Zweig. Jared stand auf und trat neben das rückwärtige Fenster. Sein Hof hinter dem Wohnwagen wurde vom orangefarbenen Schein einer Warnlampe erleuchtet, die an seinen Stromverteiler angeschlossen war. Das Licht erhellte die unmittelbare Umgebung, ließ den Wald aber noch dunkler erscheinen. Den Blick unverwandt aufs Fenster gerichtet, griff er in die Nachttischschublade und holte seine .45er Automatik heraus. Trat vom Fenster zurück, tauchte unter der Glasfläche hindurch und postierte sich auf der anderen Seite. In der Dunkelheit konnte er fast nichts sehen.

Er verließ sich stets auf seine Hunde, um vor Eindringlingen gewarnt zu sein, und normalerweise klappte das auch. Aber nun war im Wald alles still. Jared ging durch seinen Trailer, schaute in die anderen Räume, besah sich sämtliche Schlösser und Fenster. Kein Anzeichen von gewaltsamem Eindringen. Dann ging er wieder ins Bett, ließ die .45er auf dem Nachttisch liegen. Fast wäre er eingeschlafen, als er von draußen das gedämpfte Geräusch eines Funkempfängers vernahm, gefolgt von einem Rauschen, als der Empfang gestört wurde. Er horchte angespannt und fragte sich erneut, ob er geträumt hatte. Dann stand er auf und durchmaß den Trailer in seiner ganzen Länge, die Waffe im Anschlag, um nachzusehen, ob er vielleicht das Radio oder den Fernseher angelassen hatte. Es war nun schon nach drei, und allmählich wurde er stocksauer. Dann wurde ihm eiskalt: ein Funkgerät – trieben sich etwa Bullen da draußen herum?

In der nächsten halben Stunde schlich er von Fenster zu Fenster und spähte in den finsteren Wald, ob sich dort etwas bewegte. Er konnte sich nicht erklären, warum die Hunde nicht einen Höllenspektakel machten. Allerdings war es windstill; vielleicht hatten sie etwas gehört, aber nichts gerochen. Ob es zwischen ihrer gestörten Verdauung und den möglichen Eindringlingen eine Verbindung gab?

Jared blieb noch eine halbe Stunde auf, ging dann jedoch todmüde zu Bett und schlief sofort ein. Morgen musste er dem Alten von diesem Mist berichten. Außer, er hatte das Ganze nur geträumt.

Kreiss kam zu sich und versuchte den Kopf zu heben, doch es ging nicht. Er lag mit dem Gesicht nach unten wie festgenagelt auf dem kalten Beton. Irgendetwas Schweres drückte ihn auf den Boden. Der Mond war untergegangen; deshalb konnte er nicht sehen, was ihn niedergeknüppelt hatte. Sein rechter Arm steckte fest, den linken konnte er bewegen. Sein Hinterkopf schmerzte wie verrückt, und am Rücken fühlte es sich nass an. Er griff nach hinten und schloss die Finger um ein kaltes Stahlrohr, das vielleicht drei Zentimeter dick sein mochte. Er tastete weiter – und nun ging ihm auf, dass ein Rohrstapel ihn unter sich begraben hatte. Doch er konnte die Beine bewegen: Sie waren nicht eingeklemmt. Nach einer Minute Hin- und Herwälzen hatte er sich aus dem Stapel befreit.

Er rollte sich auf den Rücken, zupfte den Auslösedraht von

seinen Füßen und schaute zu den Leitungen hoch. Irgendjemand hatte sich die Mühe gemacht, die Stahlsprossen zu den Oberleitungen hochzuklettern, mehrere Dutzend Stahlrohre dort oben zu stapeln und sie mit dem Auslösedraht zu verbinden. Die Polsterung in der Kapuze und die Schulterpolster aus Kevlar in seinem Overall hatten Kreiss vor ernsten Verletzungen bewahrt. Auch die senkrecht verlaufenden Rippen aus dickem Kevlar hatten etwas vom Aufprall abgefangen, ebenso die Beutel auf Brust und Rücken. Wäre dieser Schutz nicht gewesen, hätten die herabfallenden Stahlrohre ihn töten können. Er streckte sich auf dem Beton aus, atmete ein paarmal tief durch und tastete, ob er noch eine Verletzung finden konnte.

Sie wussten also, dass er hier war: Als er zum ersten Mal das Fabrikgelände betreten hatte, war er diese Straße entlanggegangen, ohne einen Draht auszulösen. Außerdem hätten sie diese Falle nicht errichtet, hätten sie nicht *erwartet,* dass er zurückkommen würde. Das war gar nicht gut. Kreiss schaute auf die Uhr: halb vier am Freitagmorgen. Die Nacht war vollkommen still, kein Lüftchen regte sich. Einzig der Gedanke an die kleine schwarze Box auf Jareds Trailer stimmte Kreiss zufrieden – die würde schon dafür sorgen, dass auch der Eigentümer des Trailers heute Nacht wenig Schlaf finden würde, falls er nicht gerade sturzbetrunken war.

Wie hatten die Kerle es herausgefunden? Er war zweimal an derselben Stelle in das Arsenal eingedrungen, daher musste die Antwort auf seine Frage dort zu finden sein. Vorsichtig stand er auf, klopfte sich den Staub ab und befingerte den anschwellenden Schnitt am Hinterkopf. Er holte ein Wundpflaster aus Armeebeständen aus der Tasche und klebte es auf die Wunde. Dann schlich er langsam zu den Bahntoren und fand dort schnell den Zähler mit dem Elektronenauge. Als er mit der Hand durch den Strahl fuhr, rastete der Zähler auf 001 ein. Er stellte ihn wieder auf null, ließ dann den Finger auf dem Knopf ruhen, bis 26 eingestellt war. Damit würden sie genug zum Nachdenken haben. Er schritt durch das Tor, ging drei Meilen an den Gleisen entlang bis zu seinem Wagen, stieg ein und saß eine Minute schweigend in der Dunkelheit. Er hatte immer noch nichts über Lynn herausgefunden, und es war ihm ein völliges Rätsel, was diese Leute im Arsenal taten. Und warum hatten McGarand und sein Helfer diese Todesfalle aufgestellt? Was hatten sie vor, dass sie dafür mordeten?

Zur Hölle damit, dachte Kreiss und ließ den Motor an. Mir geht es doch nur darum, Lynn zu finden. Ich kann mit diesen Bellhousers und Fosters fertig werden, wenn es nötig ist: Die sind bloß Verwaltungsgeier mit tollen Titeln, die überall herumschnüffeln dürfen. Doch das Gelände des Arsenals wurde zu gefährlich: Kreiss' Widersacher wussten von ihm, und sie hatten den Heimvorteil.

Er beschloss, sich näher mit Mr Jared McGarand zu unterhalten. Mit ein wenig Glück würde Jared ihm vielleicht den Namen seines Komplizen mitteilen. Verdammt, er wird ihn mir auf jeden Fall sagen, dachte Kreiss. Und dann werde ich endlich auf eine Spur kommen, die zu Lynn führt. Und was danach geschah ... nun, in einer Gleichung mit so vielen Unbekannten machte es wenig Sinn, lang im Voraus zu planen.

Kreiss fuhr zurück zu seinem Blockhaus westlich von Blacksburg, eine Fahrt von einer Dreiviertelstunde. An einer Tankstelle mit Imbiss hielt er an und trank einen Kaffee. Den Blicken des Verkäufers nach zu urteilen, vermutete Kreiss, dass er reichlich mitgenommen aussah. Während er tankte, kam ihm der Gedanke, dass die beiden Verwaltungsgeier aus Washington möglicherweise noch jemanden mitgebracht hatten, der dann in seinem Blockhaus auf ihn wartete. Er schraubte den Tankdeckel zu, zahlte für Sprit und Kaffee und fuhr auf einen Parkplatz an der Seite des Gebäudes. Er nahm eine Karte der County aus dem Handschuhfach und studierte die Straßen um den Pearl's Mountain herum. Er wusste, dass parallel zum Bach eine größere Straße im Tal vor seinem Haus verlief, und noch eine andere am Südabhang des Pearl's Mountain. Wenn er sich recht erinnerte, gab es zwei Feuerschneisen, die den

Hügel auf beiden Seiten schützten. Beide Schneisen führten auf die Straße hinter dem Hügel zu.

Die Karte bestätigte Kreiss' Vermutungen. Wenn er mit dem Wagen eine der Brandschneisen benutzte, konnte er auf halbe Höhe des Hügels gelangen und von dort zu Fuß bis zu einem bestimmten Platz oberhalb seiner Hütte weitergehen, wo er einen Teil seiner Spezialausrüstung versteckt hatte. Er schaute auf die Uhr: Viertel nach fünf. Eine halbe Stunde würde er bis zum Pearl's Mountain brauchen, dann mindestens fünfundvierzig Minuten für den Fußmarsch durch den Wald. Sonnenaufgang war um sieben. Mit ein wenig Glück konnte er kurz vor Morgengrauen an Ort und Stelle sein. Wenn sie die ganze Nacht auf ihn gewartet hatten, würde der neue Tag sie mit der Kreiss'schen Version eines Empfangskomitees beglücken.

Jared rief Browne am Freitagmorgen kurz nach sieben an. Er erzählte seinem Großvater, was in der Nacht passiert war.

»Und du hast nicht getrunken? Das war kein Traum?«

»Nee. Ich kam nach Haus, hatte ein Bier, hab nach den Hunden gesehen und bin dann in die Falle. Dieser Scheiß hat erst später angefangen, ungefähr um zwei.«

»Und die Hunde haben nicht angeschlagen?«

»Nee. Das is' ja das Verrückte dran. Kennst doch meine Köter – wenn irgendeiner kommt, tun sie so, als gäb's gleich was zu mampfen.«

Browne schwieg einen Augenblick. »Mir gefällt das nicht«, meinte er schließlich. »Irgendjemand treibt sich im Arsenal herum, und jetzt auch noch das. Ich sag dir was: Geh nach draußen, wenn's richtig hell ist, und schau dich um. Nimm einen Hund mit, ob der irgendwas findet. Dann müssen wir wieder zur Site R und nachsehen, ob deine Falle was gebracht hat.«

»Wenn er in die Falle getreten ist, ist er noch da«, verkündete Jared im Brustton der Überzeugung. »Das waren verdammt viel Rohre.«

»Wir werden sehen. Vielleicht will uns irgend so ein Scheißkerl auch nur einen Streich spielen. Ruf mich an, bevor du zur Arbeit fährst.«

Kurz vor Sonnenaufgang erreichte Kreiss den südlichen Kamm des Pearl's Mountain. Sein Grundstück am Nordhang hatte er einst dem alten Mann abgekauft, dem der ganze Berg gehörte. Kreiss hatte die Erlaubnis, auf sämtlichen Hängen zu jagen, und war einige Male – oft mit Micah – in dem ausgedehnten Gebiet auf Jagd nach Rehen, Waldhühnern und Truthähnen gegangen. Nach seiner langjährigen Erfahrung aus seiner vorhergegangenen Tätigkeit hatte Kreiss sich erst einmal um eine Reihe von Verteidigungsvorrichtungen gekümmert, als er sein Fertigblockhaus aufstellen ließ, darunter auch Waffen zum Schutz gegen unwillkommene Besucher. Doch bevor er diese sprechen ließ, musste er erst einmal nachschauen, ob er überhaupt unwillkommenen Besuch hatte.

Er schlich den Hügelkamm entlang, bis er den Waldrand am Ostabhang erreicht hatte. Unter ihm lag offenes Grasland, von großen Felsbrocken übersät. Es erstreckte sich vom Rand des Waldes bis hinunter zu seinem Blockhaus. Kreiss konnte das Haus eben noch im Frühdunst erkennen. Es war ungefähr dreihundert Meter entfernt und etwa fünfzig Meter unter ihm. Große Schatten lagen noch auf der Wiese. Ein Paar Rebhühner kakelten im Gras. Über ihnen kreiste ein einsamer Adler in den noch schwachen Aufwinden. Verärgert kreischte er, drehte ab und verschwand über den Felsen. Kein Licht brannte im Blockhaus, nichts rührte sich. Auch Fahrzeuge waren auf den ersten Blick keine zu sehen.

Kreiss schaute durch sein Fernglas und entdeckte doch etwas: einen Ford Bronco, der hinter ein paar Bäumen rechts vom Haus abgestellt war.

Na schön, dachte er. Dann mal auf zum Wecksignal. Er bewegte sich am Waldrand entlang, bis der größte der Felsbrocken ihn vor Blicken aus dem Haus abschirmte. Dort ließ er sich auf alle viere nieder und grub im lockeren Erdreich, bis er den Zipfel einer tarnfarbenen Plane fand, die er vorsichtig hochhob und auf Schlangen untersuchte. Unter der Plane befand sich eine gut eingefettete, anderthalb Meter lange Stahlkiste. Darin lag ein Barrett-M82A1-Gewehr, Kaliber .50, zu dem ein Swarovsky-Zielfernrohr gehörte. Das vierzehn Kilo schwere Gewehr besaß ein zehnschüssiges Magazin, geladen mit Rau-Foss-Geschossen, die eine Rüstung durchbohren konnten. Außerdem war es mit einer Mündungsbremse und einem Zweibein ausgestattet. Unter der Gewehrkiste lag eine zweite, kleinere Kiste, aus der er ein schwarzes Plastikgerät nahm, das wie eine Fernbedienung aussah, dazu einige Batterien, die er einlegte. Er schloss die Kisten, ließ die Plane jedoch liegen. Dann trug er das schwere Gewehr und den Sender den Abhang hinauf zum Waldrand und noch ein Stück weiter, bis er die Rückseite des Hauses und das Baumdickicht einsehen konnte, hinter dem der Ford Bronco versteckt war.

Er prüfte, ob der Sender funktionierte, und legte ihn auf den Boden. Schob sich ein paar Meter rückwärts, bis er ebenen Grund fand, wo er die Barrett aufstellen konnte. Er legte sich neben der Waffe auf den Boden, hob den Kolben in die Schulterbeuge und schaute durchs Zielfernrohr auf den Wagen, bis er die rechte Seite der Motorhaube im Fadenkreuz hatte. Auch wenn es ein Gewehr war, das Geschosse vom Kaliber .50 abfeuerte, war der Rückstoß nicht viel stärker als der einer Schrotflinte, weil die Waffe sehr schwer war und mittels Gas funktionierte. Das Geschoss würde auf dreihundert Meter Entfernung schrecklichen Schaden anrichten, daher stellte Kreiss das Zielfernrohr ein und schaute noch einmal durchs Visier. Er holte das Magazin heraus und schob eine Kugel in die Kammer. Er hatte nicht vor, mehr als ein paar Kugeln zu verfeuern. Wieder prüfte er die Schusslinie. Dann nahm er den Fernsender, zog eine winzige Antenne heraus und richtete sie aufs Haus. Er stellte die Lautstärke auf 9 und drückte auf den roten Knopf, der oben angebracht war. Dann wählte er »Programm 1« und drückte den roten Knopf ein zweites Mal.

Im Blockhaus waren zwölf Bose-Lautsprecher verteilt und an einen alten, durch eine Vakuumröhre betriebenen, 2000 Watt starken Fisher-Verstärker angeschlossen, der auf dem Speicher stand. Damit verbunden waren ein CD-Player mit einer eingelegten CD und das Sende-Empfangsgerät, das Befehle aus der Fernbedienung erhielt. Das von Kreiss ausgewählte Programm war Löwengebrüll, das auf 150 Dezibel hochgejagt werden konnte. Selbst in seinem Versteck konnte er den Lärm hören. Im Blockhaus musste er Trommelfell zerfetzend sein. Eine Meile weiter an der Landstraße konnte er rasendes Hundegebell vernehmen, vermutlich von Micah Walls Waschbärhunden. Das Löwengebrüll hielt zwanzig Sekunden an, dann wurde automatisch weitergeschaltet auf das zweite Programm: Ein Geräusch, als würde ein Maschinengewehr sämtliche Fenster der Hütte zerschießen. Nach fünfzehn Sekunden schaltete Kreiss ab und schaute wieder durchs Zielfernrohr seiner Barrett, während er sich zum Feuern bereitmachte.

Kurz bevor der ohrenbetäubende Lärm des Maschinengewehrs endete, stolperten zwei Männer aus der Blockhütte; sie hielten sich die Ohren zu und taumelten zum Ford Bronco. Kreiss ließ sie bis auf sechs Schritt an den Wagen herankommen und gab dann den ersten Schuss ab, der den rechten vorderen Kotflügel, den Motorblock und die linke Seite des Wagens durchschlug, bevor er fünfzehn Meter dahinter einen Ast abriss. Dann feuerte Kreiss erneut, hielt diesmal ein bisschen weiter links, um dem Wagen eine volle Breitseite zu verpassen. Das Geschoss riss ein Loch in die rechte Vordertür, so groß wie ein Mülleimerdeckel, durchschlug den gesamten Bronco und prallte von einem Felsen am Bach ab, um schließlich eine Kiefer auf der anderen Seite der Landstraße zu köpfen. Die dritte Kugel schoss Kreiss auf die Hinterachse; sie machte beide Reifen platt und zerstörte das Differenzialgehäuse.

Inzwischen lagen die beiden Männer flach am Boden. Kreiss stellte das Feuer ein und rieb sich die Schulter, die von dem Gewicht der Waffe schmerzte. Wieder sah er durchs Zielfernrohr, doch der schwere Lauf der Waffe hatte sich nicht verschoben.

Er richtete das Fernrohr auf die beiden Männer. Einer hatte sich aufgesetzt; jetzt stand er auf und klopfte sich die Kleidung ab. Dann, als wäre nichts geschehen, ging er seelenruhig in Richtung Waldrand auf Kreiss zu. Der sah durch sein Fernrohr, dass der andere Mann mit schützend über den Kopf gefalteten Händen liegen geblieben war; der Bursche riskierte nur ein Auge. Kreiss setzte sich auf und nahm den Finger vom Abzug. Der Mann, der den Hügel heraufkam, war ein groß gewachsener Schwarzer. Er grinste, als er Kreiss erblickte.

»Verdammt, Ed, mussten es ausgerechnet *Löwen* sein? Und wo, zum Teufel, hast du die Barrett her?«

»Hallo, Charlie«, grüßte Kreiss. »Hab ich mal zufällig irgendwo gefunden. Und behalten. Wie geht's dir?«

Charlie Ransom hatte fast acht Jahre bei den »Heimholern« der CIA gearbeitet und ab und zu unter Kreiss' Dienst getan. Er sah täuschend harmlos aus, war jedoch kaltblütig und tödlich gefährlich, wenn es darum ging, Verdächtige in großen Städten aufzuspüren. Drei Meter vor Kreiss hielt er an, zeigte seine leeren Hände und nahm dann behutsam eine Zigarette aus der Brusttasche. Kreiss sah zu, wie er sie anzündete.

»Hat Bambi euch mitgebracht?«, fragte Kreiss, als die Zigarette brannte.

»Genau«, gab Ransom zur Antwort und stieß eine Wolke blauen Rauch aus.

»Und was hat Foster zu melden? Ist er immer noch Marchands Speichellecker?«

»Glaub schon. Das Justizministerium hat uns angefordert. Ich weiß also nicht so genau, worum es hier geht.«

Kreiss merkte plötzlich, wie sehr es ihn nach einer Zigarette gelüstete. Er hatte das Rauchen aufgegeben, als er nach Blacksburg gezogen war. Sein Nacken tat weh, und er war sich bewusst, dass er sichtbare blaue Flecken im Gesicht haben musste. Ransom schaute ihn prüfend an.

»Das war ja ’ne tolle Soundshow, Mann«, sagte er. »Ich dachte, ich mach mir in die Hose, als auf einmal die Löwen losbrüllten.«

»Wer ist denn der reuige Sünder da unten?«, fragte Kreiss. Er hatte sich nicht hinter seiner Barrett weggerührt, die immer noch eine Kugel im Magazin hatte.

»Ein netter junger Weißer«, erwiderte Ransom. »Heißt Gerald Cassidy. Ziemlich karrieregeil. Verheiratet. Schätze, deshalb kraucht er noch da im Dreck rum. Was hältst du davon?«

»Ich finde, er verhält sich vernünftig und abwartend«, meinte Kreiss. »Tut mir Leid wegen des Bronco.«

»Leihgabe von der Drogenfahndung. Macht nichts. Aber hör mal, Ed, wir sollten uns eigentlich ein bisschen unterhalten, nicht in der Gegend rumballern.« Er trat näher.

Kreiss ruckte mit dem Mündungsrohr der Barrett. »Das war kein Geballer. Und ich kann dich auch so ganz gut hören, brauchst nicht näher zu kommen.«

Ransom stoppte jäh und hielt beschwichtigend die Handflächen hoch. Die Mündung der Barrett musste aus Ransoms Sicht so groß aussehen wie die Einfahrt zum Holland Tunnel. »Ist ja gut, alles cool«, sagte er, »aber es geht nicht um das, was du denkst.«

»Warum habt ihr mir in meinem Haus aufgelauert?«

»Weil Bellhouser die Abwehr der CIA um inoffizielle Unterstützung gebeten hat. Wollte offenbar nicht die Leute von der Spionageabwehr dafür nehmen. Oder Marchand wollte es geheim halten.«

»Unterstützung wofür?«, fragte Kreiss.

»Es heißt, Bellhousers Chef wäre ausgeflippt, als er hörte, dass du wieder im Dienst bist, wenn man’s mal so ausdrücken soll. Anscheinend hat einer der Agenten aus Roanoke irgendjemandem was gesagt.«

Das muss diese Carter gewesen sein, dachte Kreiss. »Meine Tochter wird vermisst«, sagte er. Er war jetzt sehr müde, und alles tat ihm weh. Er merkte, dass man es seiner Stimme anhörte, und sah, wie Ransom sich mühte, sein lässiges Lächeln zu wahren. »Die hiesigen Agenten haben eine Weile an dem Fall herumgemurkst und ihn dann an die Vermisstenabteilung abgegeben. Das reicht mir aber nicht. Ich weiß ein paar Dinge darüber, wie man einen Menschen sucht. Und wenn das FBI nicht sucht, tu ich's eben selbst. Sag Bambi und Konsorten, dass sie das nichts angeht und dass sie mir nicht in die Quere kommen sollen.«

Ransom warf ihm einen zweifelnden Blick zu, wollte etwas sagen, hielt dann wieder die Hände hoch. »Ist gut«, meinte er. »Ich sag's ihnen. Glaub zwar nicht, dass es viel bringt, aber ich sag's denen.«

»Tu das. Habt ihr zufällig irgendwas in meinem Haus vergessen?«

»Na ja, du weißt ja ...«

»Geh wieder rein. Nimm deinen Kumpel mit. Holt alle Wanzen raus, alles, was ihr installiert habt. Lasst euch ruhig Zeit und macht es gründlich. Ich geb euch eine Viertelstunde. Dann kommt ihr wieder raus und lauft den Weg runter zum Bach, danach die Landstraße in südlicher Richtung. Süden ist rechts. Ich rufe jemand an, der euch abholen soll.«

»Scheiße, Mann, wir sind doch nicht von gestern! Können uns selber darum kümmern.«

Kreiss gab keine Antwort, bedeutete ihm aber mit dem Kinn, dass er sich in Bewegung setzen solle. Ransom stapfte den Hügel hinunter, wobei er die Hände oben behielt. Die Jungs haben wahrscheinlich Handys dabei, dachte Kreiss, aber hier draußen kriegen sie keine Verbindung. Sie sollten sich auf eine lange Wanderung gefasst machen.

Er ließ sich neben der Barrett nieder und beobachtete, wie Ransom und sein Partner in die Hütte gingen. Später musste er natürlich alles noch einmal durchsuchen. Er stieß einen lauten Fluch aus. Diese Entwicklung der Dinge konnte er nun wirklich nicht gebrauchen. Eigentlich sollte der Fall die CIA nicht kümmern. Doch als Kreiss gründlicher darüber nachdachte, wurde ihm klar, dass es vermutlich gar nicht um die Sache mit Glower ging – vielmehr hatte es mit dem chinesischen Spionagefall zu tun.

Wenn er auf den Radarschirmen des Justizministeriums *und* der CIA *und* des FBI aufgetaucht war, musste schon ein sehr hohes Tier nervös geworden sein. Die Sache mit Glower war ja peinlich genug gewesen, aber sein Selbstmord sollte die Gemüter inzwischen beruhigt und den Schmerz ein wenig gelindert haben. Kreiss fragte sich, ob es nicht eher um das Geld ging.

Kurz nach der Mittagspause wurde Janet Carter in den Konferenzraum von RA Farnsworth bestellt. Der Anruf war direkt aus dem Büro des RA gekommen – ein Umstand, der Larry Talbot wieder nervös machte. Zu Janets Überraschung waren die Herrschaften aus Washington wieder dabei, zusammen mit einem großen Schwarzen und einem jüngeren weißen Mann. Farnsworth bat Janet, sich zu ihnen an den Tisch zu setzen. Er stellte die anderen nicht vor. Janet fiel auf, dass ihr Boss wieder äußerst besorgt aussah.

»Agentin Carter«, begann er förmlich, »es geht um den Fall Edwin Kreiss. Man hat mich gebeten, Sie zu einem Sonderauftrag abzustellen. Doch zuerst möchte Mr Foster Ihnen etwas mitteilen. Mr Foster?«

Foster schaute einen Augenblick auf einige Papiere, die in einem Aktenordner vor ihm auf dem Tisch lagen. »Sie sagten neulich, Kreiss habe einen der Zeugen aufgesucht, einen Studenten, den Sie wegen seiner vermissten Tochter befragt hatten?«

»Ich habe gesagt, dass es *vermutlich* Kreiss war.« Janet berichtete noch einmal die Geschichte von dem Kopflosen.

»Und später erzählte Ihnen der Junge, er habe Kreiss gesagt, seine Tochter und die beiden Jungs seien zu einer gewissen ›Site R‹ gegangen?«

»Das stimmt.«

»Wissen Sie, wo das ist?«

»Ich habe es nie herausgefunden. Niemand hier scheint etwas über eine Site R zu wissen.«

Foster schob seine Papiere einen Moment herum und schaute dann Bellhouser an. *Bambi,* dachte Janet. Passt wie die Faust aufs Auge.

»Wir vermuten, dass mit der Bezeichnung Site R das Ramsey Army Arsenal gemeint ist«, erklärte Bellhouser. »Genauer gesagt, die Ramsey-Munitionsfabrik. Sie liegt südlich von Ramsey, auf der anderen Seite des New River. Die Fabrik ist seit fast zwanzig Jahren still gelegt.«

»Woher kommt der Name?«, fragte Janet.

»Von der Umweltschutzbehörde, der EPA. Das Fabrikgelände ist hochgradig verseucht, da es sich aber um *Militärgelände* handelt, wird es von der EPA nicht auf der Liste der in höchstem Grade toxischen Altlastgelände geführt. Deshalb nennen sie es einfach ›Site R‹.«

»Und?«, fragte Janet weiter. Sie überlegte, warum das Justizministerium sich überhaupt für eine still gelegte Munitionsfabrik interessierte.

»Das ist eine eigene Geschichte, Agentin Carter. Doch zuerst möchte ich Sie etwas fragen. Könnten Sie mit Kreiss zusammenarbeiten, wenn es nötig wäre?«

»Zusammenarbeiten? Mit Edwin Kreiss?«

Nun schaltete Farnsworth sich ein. »Ja. Wenn Sie ihn vielleicht noch einmal besuchten ... Ihm sagen, wie unglücklich Sie darüber sind, dass das FBI den Fall mit seiner Tochter fallen ließ ... Dass Sie ihm bei seiner Suche vielleicht helfen könnten, inoffiziell natürlich.«

Janet schüttelte den Kopf. »Er war lange genug Special Agent«, sagte sie und dachte an die Konfrontation in Kreiss' Blockhaus. »Er würde den Betrug merken. Wenn FBI-Agenten inoffiziell arbeiten, bleiben sie nicht mehr lange Agenten.«

»Er ist jetzt seit fast fünf Jahren im Ruhestand«, meldete Foster sich zu Wort. »Sie könnten so tun, als hätte das FBI in dieser Zeit eine ganze Reihe Änderungen eingeführt. Und Sie könnten herausstellen, dass Sie noch relativ unerfahren sind.«

Janet warf Foster einen bösen Blick zu und wollte eine scharfe Antwort geben, doch Farnsworth griff wieder ein. »Ich habe Mr Foster bereits erklärt, dass Ihre Versetzung nach Roanoke eine Art Ausweichmanöver war, Janet. Nicht, weil Sie einen grundlegenden Fehler gemacht hätten, sondern weil Sie einen hoch gestellten Vorgesetzten in der Zentrale verärgert haben. Das könnten Sie Kreiss doch erzählen und einflechten, dass Sie sich rehabilitieren könnten, wenn Sie den Fall mit ihm zusammen lösen.«

Janet fühlte, wie sie rot anlief. Sie lehnte sich im Stuhl zurück, beschämt, weil Farnsworth vor diesen Leuten ihre Laufbahn offen gelegt hatte. »Das könnte hervorragend klappen«, sagte Farnsworth zu niemand im Besonderen. »Aber lassen Sie sich erst von Mr Foster erklären, worum es geht, bevor Sie sich dazu äußern.«

»Dieser Fall involviert das ATF, das Ministerium für Alkohol, Tabak und Feuerwaffen«, begann Foster.

Janet schnaubte verächtlich. »Die *Texas Toastmasters?* Sie wollen mich wohl für blöd verkaufen.«

»Janet ...«, sagte Farnsworth, doch Foster wischte ihre Bemerkung vom Tisch.

»Es geht um eine Reihe von Bombenanschlägen seit den frühen Neunzigerjahren. Auf Abtreibungskliniken. Der Anschlag bei den Olympischen Spielen in Atlanta. Und natürlich einige gravierende Vorfälle wie der Anschlag auf das World Trade Center und der in Oklahoma City. Drei Briefbomben an Universitäten, die *nicht* auf das Konto des Unabombers gehen. Und drei versuchte Anschläge auf Bundeseinrichtungen, die entweder nicht gelungen sind oder von den Sicherheitskräften vereitelt wurden.«

»Das Interessante daran ist«, übernahm nun Bellhouser das Wort, »dass die regierungsfeindlichen Gruppen, die man hinter diesen Anschlägen vermutet, technisch nicht qualifiziert genug sind, um die Vorrichtungen zu entwerfen und zu bauen, die bei diesen Attentaten benutzt worden sind. Noch auffallender ist, dass die Sprengstoffe, die bei einigen Anschlägen zum Einsatz kamen, einander chemisch ähneln. Manche waren sogar identisch.«

»Die Sache ist die«, fuhr Foster fort. »Das ATF glaubt, dass es einen Experten gibt – oder eine Gruppe von Experten –, der oder die im Auftrag dieser Anti-und-gegen-jedes-Gruppen *spezielle* Bomben herstellen. Die Leute zum Beispiel, die gegen Abtreibungskliniken protestieren, sind eher wütende Mamas als Sprengstoffexperten.«

»Also benutzen sie eine Art Berater?«, fragte Janet.

Bellhouser nickte. »Das ATF und das FBI haben die Verbindung zwischen einigen dieser Gruppen abgeschnitten. Wir reden hier von einer der gewalttätigen Anti-Gruppen und von Leuten, die möglicherweise diesen Rudolph unterstützen, den wir schon in den Wäldern North Carolinas gejagt haben.«

»Sie wollen also andeuten, dass es unter diesen Anti-Gruppen so etwas wie eine nationale Verschwörung gibt?«

Die beiden Beamten aus Washington nickten.

»Tatsächlich gibt es seit 1994 eine Sondereinheit, die aus den verschiedenen betroffenen Behörden gebildet wurde«, sagte Foster. »Sie setzt sich aus Mitarbeitern des Justizministeriums, des Marshals Service, des FBI und des ATF zusammen. Zunächst konzentrierte diese Einheit sich auf die Anschläge auf Abtreibungskliniken, doch inzwischen herrscht die Meinung vor, dass es sich um eine größere Sache handeln könnte. Die Sondereinheit heißt DCB – Domestic Counterintelligence Board. Sie ist für die Abwehr einheimischer Terroristen zuständig.«

Janet hatte noch nie von einem DCB gehört, aber sie wusste, dass es in Washington jede Menge Sondereinheiten gab – ein sicheres Zeichen dafür, dass der alte Apparat zu schwerfällig und bürokratisch geworden war. »Und was hat das alles mit dem FBI-Büro Roanoke zu tun?«, wollte sie wissen.

»Das DCB hat nur eine einzige Spur zu dem so genannten Berater«, erklärte Foster. »Und die besagt, dass er seinen Stützpunkt vermutlich in Südwest-Virginia hat.«

»Ich sehe die Verbindung immer noch nicht«, sagte Janet.

Foster fuhr fort: »Sie haben uns gesagt, dass Kreiss vielleicht nach einer Site R sucht. Und wenn Kreiss irgendetwas sucht, interessiert uns das sehr. Wir haben die Datenarchive der Regierung nach Site R durchforstet und stießen dabei auf die Ramsey-Munitionsfabrik, die hier in Südwest-Virginia hochexplosive Sprengstoffe herstellte. Unsere Anfrage rief die Mitarbeiter vom DCB auf den Plan, die uns fragten, was wir suchten. Wir wollten unser Problem mit Kreiss eigentlich niemandem offen legen; deshalb haben wir eine Ausrede erfunden. Aber das ATF hat die Frage, wonach das FBI sucht, auf die Tagesordnung der nächsten Vollversammlung des DCB gesetzt.«

»Und natürlich wollte keiner von uns dem ATF irgendwelche Informationen geben«, erklärte Farnsworth, und Foster nickte.

Janet wusste, worauf die Männer anspielten: Nach der Katastrophe in Waco waren Spannungen zwischen dem FBI und dem Ministerium für Alkohol, Tabak und Feuerwaffen entstanden. Das ATF arbeitete fürs Finanzministerium, das FBI fürs Justizministerium, und der Wettstreit um Bundesmittel zur Verbrechensbekämpfung war immer schon hart gewesen. Und die Katastrophe in Waco hatte die Feindseligkeit zwischen den rivalisierenden Behörden weiter verschärft.

Aber da war noch etwas, das Janet nicht begriff.

»Wenn Sie oder die Leute vom DCB glauben, dass irgendwas in diesem Ramsey Arsenal vorgeht, das mit den Bombenattentaten zu tun hat«, sagte sie, »warum schickt das DCB dann nicht einfach die Marines und lässt dieses Sperrgebiet platt machen?«

»So einfach ist das nicht«, gab Foster zur Antwort. »Das ATF hat vor zwei Jahren sämtliche Altanlagen in Ramsey inspiziert, aber nichts als eine eingemottete Munitionsfabrik vorgefunden. Nun liegt es am FBI zu beweisen, dass das ATF Mist gebaut oder etwas übersehen hat.«

»Na, dann viel Spaß«, brummte Janet.

»Noch wichtiger ist«, schaltete Bellhouser sich ein, »dass der nächstliegende Grund für eine solche Behauptung Kreiss' offiziell nicht genehmigte Aktivitäten wären. Als Vertreterin der Justiz kann ich sagen, dass wir das Kreiss-Problem nicht aufgedeckt haben wollen, schon gar nicht vom ATF. Mein Vorgesetzter, Justizstaatssekretär Garette, hat die Angelegenheit mit dem stellvertretenden Direktor Marchand besprochen. Sie sind zu dem Schluss gekommen, dass es einen Weg geben könnte, die Dinge zu glätten. Wir haben dem ATF mitgeteilt, dass einer unserer ehemaligen Agenten vielleicht auf etwas gestoßen ist, das mit den Bombenlegern in Verbindung steht, und dass es etwas mit dem Ramsey Arsenal zu tun haben könnte – mit Betonung auf *könnte*. Wir informierten das ATF, dass wir diesen Mann eine Weile ungehindert operieren lassen und warten, ob sich irgendetwas ergibt.«

»Aber warum sind Sie so überzeugt davon, dass im Arsenal irgendetwas vor sich geht?«

»Weil Mr Kreiss kürzlich einen alten Kameraden, der früher für den US Marshals Service arbeitete, um einen Gefallen gebeten hat«, antwortete Foster. »Er hat Kreiss diesen Gefallen getan. Dann aber hat der Sicherheitsbeauftragte seiner Firma dem Mann gewisse Fragen gestellt, und die Firma hat den Vorfall dem FBI mitgeteilt. Die Firma hat nämlich einen Vertrag mit dem FBI, und so hat man herausgefunden, dass Kreiss ein ehemaliger Agent war.«

»Was war das für ein Gefallen?«

»Kreiss' Freund ist Pilot und liefert die Daten für Kartenmaterial, das nach Luftaufnahmen erstellt wird. Kreiss wollte eine Luftaufnahme des Ramsey Arsenals. Er sagte seinem Freund, dort ginge irgendetwas Rätselhaftes vor, und es habe etwas mit dem Verschwinden seiner Tochter zu tun.«

Janet legte die Stirn in Falten; das waren interessante Neuigkeiten. »Und jetzt *wollen* Sie sogar, dass Kreiss wieder aktiv wird, weil Sie glauben, er könnte Sie zu Bombenbastlern führen, die vom Ramsey Arsenal aus operieren? Habe ich das so richtig verstanden?«

»Ja«, sagte Bellhouser. »Und wenn *Sie* sich an Kreiss' Seite stellen, könnten wir vielleicht zwei Ziele gleichzeitig erreichen: Wir könnten erstens herausfinden, was Kreiss tut, und zweitens könnten wir ein paar sehr gefährliche Bombenleger erwischen.«

»Tatsache ist«, sagte Foster, »dass niemand weiß, ob sich die regierungsfeindlichen Gruppierungen landesweit zusammengeschlossen haben. Es *könnte* sein, und sei es nur für bestimmte Belange, zum Beispiel zur Bombenbeschaffung. Wenn unser Vorhaben klappt, könnten wir nicht nur die Hersteller der Bomben, sondern auch einige ihrer Kunden erwischen.«

Janet zog eine Grimasse. Auch Foster wollte mehrere Fliegen mit einer Klappe schlagen: Wenn das FBI das Bombenbastlernest ausheben konnte – was dem ATF nicht gelungen war –, würde es einen großen Coup landen und auf Kosten des ATF die Lorbeeren einheimsen.

»Und Sie glauben, dass Kreiss allein mehr Chancen hat, etwas zu finden, als bei einer gemeinsamen, offiziellen Aktion von ATF und FBI der Fall wäre?«

»Die letzte gemeinsame Aktion war alles andere als ein Erfolg«, bemerkte Bellhouser mit Nachdruck.

»Und ist Kreiss so gut?«, wollte Janet wissen.

Der große Schwarze, der bislang nur zugehört hatte, stieß ein viel sagendes Grunzen aus. Foster stellte ihn vor. »Janet, dies ist Mr Ransom. Er ist dem DCB als Verbindungsoffizier zugeteilt. Der Gentleman neben ihm ist Mr Cassidy. Mr Ransom hat ... ähm, einige Erfahrungen mit Kreiss.«

»Erfahrungen?«, meinte Ransom. »Ja, könnte man so sagen. Erinnern Sie mich daran, dass ich Ihnen mal unseren Bronco zeige, auf den Kreiss geschossen hat.«

»Wir werden die ganze Angelegenheit auf der Konferenz mit dem DCB natürlich herunterspielen«, sagte Foster. »Dass das ATF zum Angriff auf das Arsenal bläst, können wir jetzt am wenigsten gebrauchen. Besonders, wenn dort gar nichts zu finden ist. Dann würde die Aufmerksamkeit nämlich zwangsläufig wieder auf Kreiss gelenkt.«

Janet nickte langsam, während sie versuchte, das verborgene Muster dieses Geflechts zu erkennen. Die ganze Sache war sehr verworren. Plötzlich durchfuhr sie ein schrecklicher Gedanke. »Sie halten doch nicht etwa Informationen über Kreiss' Tochter zurück?«, fragte sie und schaute Bellhouser und Foster scharf an.

»Um Himmels willen, nein!«, erwiderte Bellhouser verärgert. Farnsworth schüttelte den Kopf. Foster holte tief Luft, bevor er antwortete.

»Ich werde diese Unterstellung nicht mit einer Antwort honorieren, Agentin Carter«, sagte er zornig. »Sehen Sie, Edwin Kreiss ist eine harte Nuss. Sogar jetzt, wo er pensioniert ist. Mr Ransom wird das gerne bestätigen nach dem, was er heute Morgen erlebt hat. Er kann es Ihnen nachher berichten. Vielleicht ist die ganze Geschichte mit Site R ein großer Fehler. Dann brechen wir das Unternehmen ab und kümmern uns auf andere Weise um Kreiss. Aber die Mitarbeiter des ATF, die ins Arsenal vorgedrungen sind, haben berichtet, es sei *der* Ort für jemanden, der im Geheimen an Sprengstoffen basteln will.«

»Aber gefunden haben sie nichts?«

»Jede Menge Betongebäude, heruntergekommen und verriegelt. Das Militär hat einen privaten Wachschutz aus der Gegend unter Vertrag. Die patrouillieren in regelmäßigen Abständen durch das Fabrikgelände, haben aber nie etwas anderes gesehen als hin und wieder einen Jäger, der sich zwischen den Erdbunkern herumtrieb. Einer der Wachleute hat außerdem erklärt, dass es Gerüchte über chemische Waffen und Nervengas gibt, die angeblich im Komplex gelagert werden. Wir haben beim Militär nachgefragt. Natürlich ist das völliger Blödsinn, hilft aber, Eindringlinge fern zu halten. Deshalb wurde diesen Gerüchten nie offiziell widersprochen.«

»Nach allem, was wir von Kreiss gehört haben, *wird* er etwas finden, falls etwas zu finden ist«, sagte Bellhouser. »Und in dem Augenblick, *wenn* er es findet, wird das DCB sich der Sache annehmen.«

»Und ein paar Gewichte mehr in die Waagschale werfen als beispielsweise das ATF?«

»Oder die entsprechenden Leute vom FBI«, sagte Foster. »Und es geht auch um Folgendes: Falls jemand Kreiss' Tochter und die beiden Jungs verletzt oder getötet hat, wäre Edwin Kreiss der Mann, der die Täter nackt auf den Waldboden spießt und ein Lagerfeuer auf ihren Bäuchen entfacht. Und das nur als Anfang.«

»Hört sich in meinen Ohren gerecht an«, meinte Janet.

Ransom grinste, doch Foster und Bellhouser fanden es gar nicht komisch.

»Das übergeordnete Ziel ist viel wichtiger als Kreiss«, sagte Bellhouser. »Wir müssen den Bombenbastler, sein Labor und seine Verbindungsleute zu den gewalttätigen und regierungsfeindlichen Gruppen ein für alle Mal beseitigen.«

»Denn das sind die Leute, die große Gebäude voller unschuldiger Menschen sprengen«, sagte Foster. »Erinnern Sie sich noch an Oklahoma City? Die Kindertagesstätte?«

Ransoms Grinsen war wie weggewischt. Janet nickte. Das war natürlich ein Ziel, für das der Einsatz lohnte. »Gut, ich glaube, ich verstehe. Aber Kreiss darf von all dem natürlich nichts erfahren, stimmt's? Ich biete ihm meine Hilfe an und teile Ihnen über unser FBI-Ortsbüro jeweils die neueste Entwicklung mit?«

»Sie hatten Recht. Sie begreift schnell«, sagte Bellhouser und lächelte Farnsworth an.

Blutsauger, dachte Janet.

»Das alles setzt aber voraus, dass Kreiss so viel Vertrauen zu mir fasst, dass er mir auch Informationen gibt«, sagte sie. »Und er kommt mir nicht gerade wie ein Teamspieler vor.«

»Vielleicht akzeptiert er Ihre Hilfe, vielleicht auch nicht«, meinte Foster. »Uns interessiert zunächst nur, ob er wirklich auf dem Gelände des Arsenals gewesen ist und was er dort gefunden hat, falls überhaupt. *Wie* Sie an diese Informationen kommen, überlassen wir ganz Ihnen.«

Der Typ redet gern das Offensichtliche, dachte Janet. »Ist aber schon ein paar Tage her, seit Kreiss angeblich in der Wohnung von dem Jungen war. Wir könnten ein bisschen spät dran sein.«

»Wenn es Ihnen hilft – Kreiss war die ganze letzte Nacht unterwegs«, schaltete sich nun Ransom ein. »Und als er zurückkam, hat er schon damit gerechnet, dass jemand in seinem Blockhaus auf ihn warten könnte.«

»Tja, wie kam er nur darauf?«, stellte Bellhouser die rhetorische Frage.

Janet behielt eine völlig ausdruckslose Miene. »Vielleicht ist er wirklich ein solches Ass«, meinte sie. »Muss er eigentlich sein, wenn er wieder aktiv wird, nachdem Sie ihm das Gegenteil befohlen haben.«

»Vielleicht«, sagte Bellhouser und bedachte Janet mit einem argwöhnischen Blick. »Aber im Augenblick ist es eine Angelegenheit des FBI und des Justizministeriums – mit ein wenig Unterstützung durch unsere hier anwesenden Freunde von der CIA.«

Freunde von der CIA?, dachte Janet. Dann ging ihr auf, dass Bellhouser die beiden so genannten Verbindungsoffiziere meinte. »Und da schöpft das ATF keinen Verdacht, dass Sie einer großen Sache auf der Spur sind?«

»Wir glauben nicht«, sagte Bellhouser. »Wenn Kreiss handfeste Beweise für eine Bombenwerkstatt ausgräbt, werden wir das DCB informieren, das natürlich wiederum das ATF in Kenntnis setzen wird. Doch im Augenblick sind Kreiss und seine Aktivitäten allein unsere Angelegenheit.«

»Was soll dieser ›Wir‹-Scheiß?«, murmelte Ransom. »Vielleicht sollten *Sie* mal diesem verrückten Arschgesicht gegenübertreten. Ihm und seinem Gewehr Kaliber fünfzig.«

Bellhouser schaute ihn an. »Das werde ich auch tun, sollte es nötig sein. Sie haben ja beim Überbringen der Nachricht versagt.«

»War auch gar nicht nötig, die Nachricht«, murrte Ransom. »Hat ihn gar nicht so sehr interessiert.«

»Wie bitte?«, fragte Janet. »Welche Nachricht? Wovon sprechen Sie?«

Bellhouser ignorierte ihre Frage. »Wir werden die Informationen bei Mr Farnsworth zusammenlaufen lassen. Sie berichten ausschließlich ihm. Er ist Ihr Gebietskommandant.«

Gebietskommandant, dachte Janet und verdrehte im Geiste die Augen. Nennt mich doch einfach Bond, Janet Bond. »Okay«, sagte sie. »Chef, könnten Sie bitte Larry Talbot informieren?« Sie schaute auf die Uhr. »Freitagnachmittag. Ich sollte mich so schnell wie möglich mit Mr Kreiss in Verbindung setzen, meinen Sie nicht auch?«

»Genau«, sagte Foster.

Doch Janet zögerte plötzlich. Sie sah wieder Kreiss' Gesicht vor sich, seinen misstrauischen Blick. »Glauben Sie, Kreiss wird das schlucken wird? Er kam mir ziemlich ... scharfsinnig vor.«

»Wenn Sie es klug anfangen, wird er es Ihnen abkaufen«, sagte Foster »Denken Sie doch an das Beispiel mit dem Frosch im Topf: Wenn Sie einen Frosch in einen Topf mit kochendem Wasser werfen, hüpft er sofort wieder heraus. Doch wenn Sie ihn in kaltem Wasser aufsetzen und langsam die Hitze hochdrehen, kocht er zu Tode, ohne zu merken, wie ihm geschieht.«

Janet schaute Foster nur an. Aus ihrer kurzen Bekanntschaft mit Kreiss schloss sie, dass es hundert mögliche Abwandlungen dieser Analogie geben konnte.

»Und unser Mr Ransom hat ein paar praktische Dinge, die er Ihnen gern zeigen möchte. Warum begleiten Sie ihn nicht, während wir die Kommunikation und Koordination mit Mr Farnsworth abstimmen?«

Janet warf Farnsworth einen Blick zu. Er nickte. Sie wusste, dass sie später noch mit ihm reden musste, um die bürokratischen Regeln zu begreifen, die in diesem besonderen Fall zu beachten waren. Als sie aufstand, um zu gehen, schaute Bellhouser sie starr an, wie die Schlange das Kaninchen, und Janet erkannte, dass der Plan ganz und gar darauf beruhte, dass Kreiss ihre »Hilfe« annahm.

Sie folgte Ransom aus dem Konferenzraum und machte die Tür hinter sich zu. Je mehr sie über die ihr zugeteilte Aufgabe nachdachte, desto mehr war sie überzeugt, dass Kreiss sie abblitzen ließ. Andererseits war sie es gewesen, die Kreiss davor gewarnt hatte, die CIA könne sich einschalten. Vielleicht war Kreiss ihr dankbar.

»Sie sprachen vorhin von einem Gewehr Kaliber fünfzig«, sagte sie zu Ransom. »Und von einem Bronco.«

Ransom nickte. »Den Bronco haben eure Leute abschleppen lassen. Der war unser Dienstwagen. Kreiss hat ihn zerschossen. Mit 'ner Barrett Light. Sie wissen, was das ist?«

»Nein. Ich bin auf Forensik spezialisiert. Was ist eine Barrett Light?«

Sie gingen durchs Kellergeschoss und über eine Hintertreppe zum mehrstöckigen Parkhaus hinter dem Gebäude. Auf einem eingezäunten Platz auf dem untersten Parkdeck standen die abgeschleppten Fahrzeuge. Der Bronco stand in einer Ecke in einer Lache aus Öl und Benzin. Ransom ging zu dem Wagen hinüber.

»Eine Fünfziger Barrett Light ist ein verdammtes *Geschütz*. Wird zum Beispiel von den Navy SEALS benutzt, den Kampfschwimmern der Marine. Die Armee setzt es ein, um Landminen zu sprengen. Kreiss hat drei Geschosse abgefeuert.«

»War er hinter Ihnen her?«

»Keine Spur. Er schießt nicht auf Menschen, er benutzt eine Waffe nur zur Einschüchterung. Wie bei mir und Gerald. Als das zweite Geschoss vom Hügel runterkam, waren wir längst abgetaucht. Wenn jemand mit einer Barrett schießt, weiß man, dass man in *großen* Schwierigkeiten ist.«

Janet schaute den Wagen an und fragte sich, auf was sie sich da eingelassen hatte. Ransom musterte sie. »Ich verstehe nicht ganz«, sagte sie. »Wenn jemand auf einen FBI-Agenten schießt, muss er damit rechnen, dass sofort hundert weitere auftauchen, um ihm einen gewaltigen Tritt in den Hintern zu verpassen. Erzählen Sie mir mehr über Kreiss. Sie arbeiten also für die CIA? Haben Sie mit Kreiss zusammengearbeitet?«

»Keiner hat mit Kreiss *zusammengearbeitet. Für* ihn gearbeitet, vielleicht, aber niemals *mit* ihm. Das gehört zu seinem Zauber. Und ich bin nur ein besserer Laufbursche.«

Janet betrachtete ihn aus dem Augenwinkel. »Nun, was immer Sie sind, ich jedenfalls bin in Forensik sehr beschlagen. Falls Sie Beweise brauchen, die vor Gericht Bestand haben sollen, wenden Sie sich vertrauensvoll an mich. Aber ich bin nach Roanoke versetzt worden, weil ich besondere Kenntnisse im Einsatz erwerben sollte – und das bedeutet, dass ich so gut wie nichts von praktischen Einsätzen verstehe. Wissen Sie nun, mit wem Sie es zu tun haben?«

»Das weiß ich. Einer von denen da oben sagte, Sie hätten ein paar hohen Tieren ans Bein gepinkelt. Was haben Sie gemacht? Die Wahrheit über diese Leute erzählt?«

»Ich habe im FBI-Labor gearbeitet. Wie Sie vielleicht gelesen haben, hatten wir dort ein paar Probleme. Ich hab den Leuten dort gesagt, was aus Beweisen hervorgeht. Es war aber nicht das, was sie hören wollten. Sie wissen schon – die Fakten widersprechen den vorgefassten Meinungen. Manche hohen Tiere können das nicht leiden.«

»Da, wo ich arbeite, haben wir dieses Problem nicht.«

»Ach, wirklich?«

»Ja, denn bei der CIA fragt erst gar keiner nach Tatsachen. Deshalb kann den vorgefassten Meinungen auch nichts in die Quere kommen. Gibt viel weniger Streit.«

Janet lächelte. »Da wette ich drauf. Aber wie dem auch sei – ich hab nicht ganz das Format, um es mit einem solchen Typen aufzunehmen«, sagte sie und wies mit dem Kopf auf den zerschossenen Bronco.

»Wir haben alle nicht ganz das Format, Agentin Carter. Deshalb war Kreiss ja so gut, als er für uns arbeitete.«

»Ich verstehe das nicht. Wenn er so ein großes Problem ist, warum tut ihr euch dann nicht zusammen und jagt ihm so richtig Angst ein?«

Ransom blieb jäh stehen und blickte sich um. »Sie wissen es wirklich nicht, was?«

»Nein, ich weiß es nicht.«

Wieder schaute er sich um. »Okay, es gibt zwei Gründe dafür. Der erste ist, dass dieser Mann nun mal Edwin Kreiss ist. Mein Kollege Gerald und ich wurden gestern Abend zu Kreiss geschickt, um uns mit ihm zu unterhalten. Nur reden, nichts Besonderes. Er kommt aber nicht nach Hause, und am nächsten Morgen schau ich mich in der Hütte nach Kaffee um. Ich mache 'ne Schranktür auf, und eine verdammte Horde *Löwen* brüllt mir die Ohren weg.«

»Löwen.«

»Ganz recht, Löwen. Hab in meinem ganzen Leben noch keinen echten Löwen gehört, außer im Film, und von diesen Biestern schienen so an die hundert in Kreiss' Hütte zu sein. Und es waren verdammt *laute* Biester. Ich schätze, das Gebrüll lag so um die 150 Dezibel. Dann kam 'ne Maschinengewehrsalve, bei der alle Fenster im Haus zu Bruch gingen – und unsere Trommelfelle dazu. Ich rede hier über Glassplitter, über Kugeln, die durch Wände fliegen, zerbrochenes Geschirr – und das alles so laut, dass ich nicht mal meine eigenen Schreie hören kann.«

»Kreiss hat auf seine eigene Hütte geschossen?«

»Nö, er hat auf gar nix geschossen – wenigstens da noch nicht. Der liebe Kreiss hat mit Lautsprechern gearbeitet. Waren bloß Töne. Ich wusste das zwar, hab mir aber trotzdem fast in die Hosen gemacht. Gerald ist es *tatsächlich* passiert.«

»Wie hat Kreiss das gemacht? Mit Lautsprechern? Tonbändern?«

»War jedenfalls ’ne Supertaktik. Ein Markenzeichen von Kreiss. Wenn Sie etwas hören, es aber nicht sehen können, bringt Ihre Einbildung automatisch die schlimmsten Ungeheuer hervor, stimmt’s? Und wenn das Opfer genug Angst gekriegt hat, tut es das, was ihm als Nächstes in den Sinn kommt, und dann werden seine Bewegungen berechenbar. Kreiss hat mal ein Band mit Klapperschlangenlauten in das Auto von einem Typen installiert ... das Gerassel, das Zischen, das Schleifen über den Boden und so weiter. Der Kerl ist gegen einen Baum gefahren, als er während der Fahrt in Panik nach dem Biest gesucht hat. Und obwohl ich das alles wusste – wissen Sie, was Gerald und ich gemacht haben? Wir waren in zwei Nanosekunden aus der Tür raus und sind zum Bronco geflitzt, als erst der *richtige* Schicksalsschlag kam, der den Motorblock vom Wagen in vier Teile zerfetzt hat.«

»Kreiss kann ziemlich zornig werden.«

Ransom lachte. »Zornig? *Zornig!* Was sind Sie, Special Agent – Komikerin? *Zorn!* Nein, nein. Kreiss war nicht wütend. Er war kühl bis in Mark, als ich zu ihm auf den Hügel gehe, um artig guten Tag zu sagen und zu fragen, wie es *ihm* denn so geht. Nein, nein, Sie müssen das verstehen: Das ist genau die Scheiße, die er bringt, wenn er seine Arbeit macht. Und gerüchteweise hat man ja gehört, dass er ein klitzekleines Problem mit seiner Wut hat. Und dass er entlassen wurde, als er *wirklich* einmal ausgerastet ist. Und das bringt mich auf den zweiten Grund. Wissen Sie tatsächlich nichts darüber?«

»Ich habe ein bisschen was über den Vorfall mit Glower gehört, falls Sie das meinen. Und ich weiß nicht, ob ich noch mehr darüber hören will.«

»Das sollten Sie, wenn Sie’s mit diesen falschen Fuffzigern aus Washington zu tun kriegen«, sagte Ransom. »Als Edwin Kreiss nach der Glower-Geschichte gefeuert wurde, hat er offenbar ein paar deutliche Worte gesagt. Hat gewisse Leute beschuldigt. Hat gesagt, dass er Recht gehabt hat wegen Glower, denn der hat ja lieber sich und seine ganze Familie abgeknallt, als für sein Vergehen gerade zu stehen. Ein paar andere in meiner Abteilung dachten das Gleiche, konnten es aber nicht sagen, weil das karrieremäßig gesehen keine gesunde Sache ist.«

»Mein Boss sagt, Kreiss glaube, es hätte noch einen anderen gegeben, der damals die Ermittlungen im Labor des Energieministeriums behindert hat. Irgendjemand von einer anderen Behörde.«

»Genau darum geht es ja, Agentin Carter. Das ist der Grund, warum niemand Kreiss eins auf die Nase geben will. Denn wie die Buschtrommeln erzählen, hat Kreiss möglicherweise *Beweise* für all die Anschuldigungen, die er vorgebracht hat. Beweise, verstehen Sie? Ich bin ja nur ein harmloser kleiner Bursche, aber ich kann mir denken, dass ein paar hohe Tiere aus Ihrem und aus meinem Verein vielleicht ein kleines bisschen Angst vor Edwin Kreiss haben.«

Janet starrte den öltröpfelnden Bronco an. »Ach du Scheiße«, sagte sie leise.

»Jetzt reden Sie wie ein alter Hase«, sagte Ransom anerkennend.

Sie gingen wieder zum Gebäude zurück. Janet hatte das unbestimmte Gefühl, dass irgendetwas faul war an dem Auftrag, den Bellhouser und Foster ihr zugeteilt hatten, doch sie konnte nicht sagen, was es war.

»Wo in aller Welt bekommt ein FBI-Agent im Ruhestand ein Gewehr vom Kaliber fünfzig her?«, fragte sie.

»Kreiss hat es wahrscheinlich bekommen, als er bei der Spionageabwehr der CIA gewesen ist«, meinte Ransom. »Denken Sie daran, dass er mit den ›Sweepers‹ gearbeitet hat, und das sind wirklich ausgekochte Hurensöhne. Die können sich alles Mögliche ausleihen, was der CS – das ist unsere Geheimkammer – in seinem Spielzeugladen hat. Es heißt, diese Typen bunkern dann manchmal was für sich selber, denn das Geld für verdeckte Operationen fließt ziemlich locker. Wenn die Burschen dann in den Ruhestand gehen, sollen sie alles an Waffen und Geräten zurückgeben, aber kein Mensch weiß, wo sie was gebunkert haben. Fragt auch keiner danach.«

Janet blieb vor der Tür stehen, holte tief Luft und blies sie durch geschürzte Lippen wieder aus. »Vielleicht muss ich doch noch mal zurück und mit Farnsworth reden. Ich bin wirklich nicht qualifiziert, das alles allein zu schaffen.«

»Wer sagt, dass Sie es allein schaffen sollen, Special Agent? Sie werden tolle Unterstützung haben, während Sie diesen kleinen Ausflug unternehmen.«

Janet schaute ihn an. Ransom grinste breit. »Sie?«, fragte sie.

»Kein Geringerer.«

Sie gingen durch die Tür. Wieder blieb Janet stehen. »Und Sie sind einfach zu Kreiss den Hügel raufgegangen?«

»Konnte ja schlecht abschwirren, wo ich mit 'nem schweren Geschütz beschossen wurde. Da konnte ich genauso gut nachsehen, was der Mann mit dem ganzen Krach bezweckte. Außerdem gefiel mir nicht, was ich da von Gerald hören musste.«

Janet schüttelte den Kopf. »Geht's ihm jetzt wieder besser?«

Sie stiegen die Treppe hinauf. »Gerald ist ein bisschen in sich gegangen«, erklärte Ransom. »Er hat beschlossen, lieber in eine andere Abteilung zu wechseln. Er war bei den Computerleuten des CS, bevor er sich den ›Heimholern‹ anschloss. Ich glaube, die Barrett heute Morgen hat ihm einen Karriereknick verpasst – die Löwen vielleicht auch. Schwer zu sagen, was schlimmer war.«

»Gerald scheint mir ein kluger Mann zu sein«, meinte Janet. »Was war denn so bedeutsam an der Nachricht, die Sie Kreiss übermitteln sollten?«

Ransom schaute sie einen Augenblick eindringlich an. »Das kann ich Ihnen nicht sagen, weil ich die Bedeutung dieser Botschaft nicht kenne. Nur so viel: Die Sache liegt über Ihrer und meiner Gehaltsebene. So, nun wollen wir mal gehen und ein paar meiner Überwachungsspielsachen begutachten.«

Kreiss verbrachte den Rest des Tages damit, seinen Grund und Boden gründlich abzusuchen, die Barrett zu reinigen und wieder zu vergraben. Am Vormittag kam Micah Wall vorbei und erkundigte sich, ob bei Kreiss' alles in Ordnung sei. Er riss die Augen auf, als er die Barrett sah.

»Muss schon ein paar Jahre her sein, seit ich zuletzt so ein Ding gehört hab«, sagte er und schaute sich nach Leichen um. »Ich glaub, das war in Korea. Die haben damals aber anders ausgesehen.«

»Nicht zu verwechseln, was?«, fragte Kreiss.

Micah beäugte das Pflaster an Kreiss' Nacken, äußerte sich aber nicht dazu. »So 'ne Fünfziger ist nützlich bei den Gelben, besonders wenn sie in Horden angerannt kommen. Was ist los, haben wir zu viele Bussarde hier? Soll ich dir ein Massengrab ausheben oder so?«

Kreiss lachte. »Nein, das war nur ein kleiner häuslicher Krach. Ich glaube, wir haben ihn beigelegt. Für den Augenblick zumindest.«

»Dann möchte ich aber nicht mitkriegen, wie du 'nen *dicken* häuslichen Streit beilegst, Nachbar. Ach ja – meine Hunde lassen fragen, was das mit den Löwen war.«

»Die moderne Wissenschaft steckt voller Wunder, Micah. War nur 'n kleiner Scherz, mit dem man Leute aus ihrer Deckung jagt.«

»Aha«, machte Micah mit nachdenklichem Nicken. »Nun, hab dir ja schon mal angeboten, wenn ich oder einer von meiner Familie mal ab und zu 'nen Kontrollgang durch den Wald machen soll, brauchste nur zu rufen. Irgendwas von Lynn gehört?«

»Vielen Dank für das Angebot, Micah. Und was Lynn betrifft, gibt es leider nichts Neues, jedenfalls hab ich von maßgeblichen Stellen nichts Neues gehört. Aber vielleicht habe ich selbst ein paar Dinge herausgefunden.« Er erzählte Micah, dass er Lynns Kappe im Gebiet des Ramsey Arsenal gefunden hatte, auf dem irgendetwas im Gange sei.

»Und was?«, fragte Micah.

»Bin nicht sicher. Vielleicht wird dort ein Speed-Labor betrieben. Jedenfalls scheint es verdammt illegal zu sein, weil die beiden Typen erst schießen und dann Fragen stellen. Hab aber trotzdem herausgefunden, wer der eine von denen ist. Mit dem werde ich mich mal unterhalten.«

»Du glaubst, die Kids haben sich da rumgetrieben und sind an die falschen Leute geraten?«

Kreiss nickte seufzend. »Wäre möglich, Micah. Und der Gedanke gefällt mir gar nicht.«

»Wenn du willst, sag ich 'n paar Leuten von meiner Familie Bescheid, die können den Typen zu uns bringen. Könn ihn ja 'ne Weile in die Höhle stecken. Da hat er Zeit zum Nachdenken. Kannst dich ja da mit ihm unterhalten, wenn du willst.«

»Danke dir für deine Hilfe, Micah, aber ich möchte das lieber alleine erledigen. Es gibt ein paar Leute, die sich sehr dafür interessieren, wenn ich nachts rausgehe – und das sind Leute, die du bestimmt nicht kennen lernen willst.«

»Wie die beiden Jungs, die ich heute Morgen auf der Landstraße gesehen hab?«

Kreiss nickte. Micah dachte einen Moment darüber nach.

»Sind das Steuerfuzzis?«

»Nicht ganz. Kommen allerdings auch von der Regierung. Ich hab mal mit einem der beiden zusammengearbeitet. Ist 'ne schlimme Geschichte. Ich werde mich lieber darauf konzentrieren, Lynn zu finden, und will diese Leute nicht mit reinziehen.«

Micah nagelte eine Grille mit einem blitzschnellen Hieb seiner Mistgabel am Boden fest. »Du weißt ja, wo wir wohnen«, sagte er. »Wenn du in der Bredouille steckst, ruf einfach an.«

Kreiss bedankte sich noch einmal bei seinem Nachbarn, und Micah trottete davon in den Wald, wobei er sich argwöhnisch nach Löwen umschaute. Kreiss nahm sich vor, gegebenenfalls auf Micah Walls Angebot zurückzukommen. Micahs Klan kannte sich in diesen Hügeln seit Jahrzehnten aus. Wenn

Bambi Bellhouser und das FBI einen Deal mit der CIA gemacht hatten, würden vielleicht noch mehr Späher auftauchen. Mit denen könnte der Wall-Klan einen Heidenspaß haben. Vielleicht sollte er ihnen das Löwen-Band leihen, oder das Band mit dem brüllenden Grizzly, wunderschön untermalt von knackenden Zweigen und einem Geräusch, als würde so ein Biest durchs Unterholz walzen. Es würde große Wirkung haben, besonders, wenn Hunde eingesetzt wurden ... Die Hundeführer mochten ja erkennen, dass es sich um ein Band handelte, die Hunde selbst aber würden machen, dass sie wegkamen, und ihre Führer womöglich an den Leinen mitzerren.

Kreiss hatte das Haus nach Wanzen und anderem elektronischen Ungeziefer abgesucht, sein Telefon keimfrei gemacht und die Sicherungen herausgedreht, um die Kabel in der Hütte auf Vorrichtungen zu untersuchen, die Strom per Induktion ins Innere leiten konnten. Seinen Computer benutzte er nur zur Nachrichtenübermittlung; seiner Ansicht nach war der PC *die* undichte Stelle im Haus. Sämtliche Nachrichten, die übers Internet hinausgingen, waren ohnehin für interessierte Stellen ein offenes Buch; deshalb schaute Kreiss auch nie allzu gründlich nach, sondern begnügte sich mit einem gelegentlichen Cookie-Scan. Überzeugt, dass die Hütte sauber war, nahm er sich anschließend den Pick-up vor. Dort entdeckte er mit seinem Scanner sofort zwei Wanzen. Sie waren so leicht zu finden, dass Kreiss augenblicklich wusste, es musste noch eine dritte geben, die er schließlich im rechten Vorderrad fand; sie bezog über Magneten, die im Rahmen befestigt waren, ihren Strom aus der Achsendrehung. Wenn das Rad sich nicht drehte, gab es auch kein Signal, das der Scanner entdecken konnte. Clever. Kreiss fand die Wanze erst, als er sich auf dem Rücken unter den Wagen schob und nachschaute.

Anschließend duschte er heiß und ausgiebig, versorgte die Schnittwunde am Nacken, aß ein Sandwich und legte sich zu einem ausgedehnten Nickerchen hin. In vierundzwanzig Stunden würde er die Durchsuchung der Hütte wiederholen; vielleicht gab es Vorrichtungen, die mit eingebauter Verzögerung arbeiteten. Beinahe hoffte er darauf, etwas zu finden, denn wenn man vom Vorhandensein einer Wanze wusste, war es eine hervorragende Möglichkeit, absichtlich Falschinformationen auszustreuen.

Um halb vier weckte ihn das Telefon. Es war die Frau vom FBI, Janet Carter.

»Wissen Sie etwas Neues von Lynn?«, fragte er sofort.

»Nein, Mr Kreiss, leider nicht. Aber ich würde mich gern mit Ihnen treffen, falls es möglich ist. Heute noch, am besten noch vor dem Wochenende.«

»Heute ist ja schon fast vorbei, und Wochenenden bedeuten mir nicht viel, Agentin Carter. Warum müssen wir uns denn unbedingt treffen?«

»Um über etwas zu reden, das man lieber nicht am Telefon bespricht, Mr Kreiss.«

Er dachte über ihren Vorschlag nach, während er sich den Schlaf aus den Augen rieb. Sein ganzer Körper schmerzte von der Stahlrohrlawine im Arsenal. Heute Nacht hatte er sich eigentlich Jared McGarand vornehmen wollen. Wenn Carter ohnehin nichts von Lynn wusste, warum sollte er dann seine Zeit mit ihr verschwenden? Sie war zwar ein hübscher Anblick, doch bevor Lynn nicht gerettet war, hatte er kein Interesse an Frauen.

»Das klingt so geheimnisvoll, dass ich neugierig werden könnte, Agentin Carter, aber heute Abend habe ich schon etwas vor. Wie wär's ein andermal?«

»Vielleicht kann ich Ihnen helfen, diese Site R zu finden – Sie wissen schon, dieses Sperrgebiet, das Barry Clark Ihnen gegenüber erwähnte.«

Kreiss setzte sich kerzengerade im Bett auf. Agentin Carter musste Clark, diesen kleinen Mistkäfer, noch einmal besucht und ausgequetscht haben. Das wollte er dann doch gern hören. »Okay.« Er seufzte. »Wann und wo?«

»Wissen Sie, wo die Unibibliothek ist? Gegenüber ist das Donaldson Brown Center.«

»Das kenne ich.« Er hatte dort mit Lynn zu Mittag gegessen, eine Woche, bevor sie verschwunden war. Die Erinnerung versetzte ihm einen Stich.

»In der Bar, sieben Uhr?«

»In Ordnung«, antwortete er und legte auf.

Was, zum Teufel, soll das alles?, fragte er sich. Als Erstes hatte Carter ihn vor den Jägern aus Washington gewarnt. Nun sagte sie, sie wolle ihm helfen, Lynn zu finden, auch wenn ihre Bosse den Fall angeblich abgeschlossen hatten. Kreiss legte sich wieder hin. Ob CIA und FBI tatsächlich zusammenarbeiteten? Nicht sehr wahrscheinlich. Besonders nicht nach dem Vorfall mit Glower. Was also hatte Bambi Bellhouser und Häuptling Red in the Face Foster in das wunderschöne Roanoke verschlagen, wenn es nicht mit ihm, Kreiss, zu tun hatte? Ein weiterer Beweis war das Auftauchen von Charlie Ransom plus Verstärkung im Blockhaus. Warum? Warum waren sie jetzt gekommen? Agentin Carter hatte nur Barry Clark erwähnt; sie konnte nicht wissen, dass er, Kreiss, der »Kopflose« gewesen war – aber was, wenn sie von dem Vorfall berichtet und ihn als Hauptverdächtigen genannt hatte? Konnte *das* Washingtons brennendes Interesse erklären?

Stöhnend stand er auf und schaute auf die Uhr. Bald vier. Jared war vermutlich noch nicht zu Hause. Kreiss ging an seinen Schreibtisch und zog sich einen Aktenordner heran, auf dem »Steuererklärung« stand. Dort hatte er alle wichtigen Nummern notiert, die er in Jareds Papieren im Trailer gefunden hatte; dann hatte er diese Papiere verbrannt. Nun wählte er Jareds Nummer. Als das Telefon dreimal geläutet hatte, drückte er auf seinem Apparat die 7 und die 5 gleichzeitig, zwei Sekunden lang. Dadurch wurde ein Rekorder eingeschaltet, der das Läuten ablenkte und eine zehnsekündige Pause einleitete, falls der Teilnehmer doch noch den Hörer abnahm. Dann wurde die Rücklauffunktion aktiviert. Kreiss hörte Jareds Anruf an einen anderen Mann ab, drückte auf die Sternchentaste, hörte noch einmal ab und drückte dann auf die 6 und die 9. Eine metallisch klingende Stimme las ihm eine Telefonnummer vor. Er schrieb sie auf. Dann drückte er wieder die 7 und die 5. Auch Jared hatte einen Anruf erhalten, stellte Kreiss fest. Die Stimme klang wie die eines älteren Mannes. Der Mann sagte Jared, dass sie heute Abend aufs Gelände fahren und alles für morgen vorbereiten würden; außerdem müssten sie nach dem »Besucher« Ausschau halten. Kreiss lauschte der Stimme, versuchte sich ihren Klang zu merken. Mehr Anrufe gab es nicht. Er drückte dreimal die Null und lcgte auf.

Er suchte aus dem Telefonbuch die Nummer des Donaldson Brown Centers heraus und ließ sich ein Zimmer mit Blick auf den Parkplatz reservieren. Dann ließ er sich wieder in die Kissen sinken, nicht ohne vorher den Wecker gestellt zu haben: Für einen Trip in die rauschende Metropole Blacksburg, Virginia, musste man sich schließlich in Schale schmeißen.

Janet Carter kam um halb sieben. Sie fuhr einen unauffälligen Dienstwagen, einen hellbraunen Crown Vic, den sie auf dem Parkplatz vorm Hotel abstellte. Es dämmerte bereits, doch die Laternen auf dem Platz waren noch nicht eingeschaltet. Janet hatte Zeit gehabt, vorher noch einmal nach Hause zu fahren, und trug nun einen Hosenanzug aus dünner Wolle und eine schlichte schwarze Bluse. Am Nachmittag hatte sie sich mit Ransom noch eine Stunde lang verschiedene Abhör- und Kommunikationsgeräte angeschaut; dann hatte sie noch einmal Farnsworth getroffen und die Grundregeln für ihren neuen Auftrag mit ihm festgelegt.

Farnsworth war sehr genau gewesen: Sämtliche Mitteilungen bezüglich Edwin Kreiss waren über vertrauliche Kanäle nur an ihn weiterzugeben – am besten verschlüsselt mittels Festnetz. Keine Nachrichten über Handy oder Funkgerät, außer im Notfall. Ransom sollte Janets taktischer Helfer im Hintergrund sein – *Hintergrund* bedeutete, dass Kreiss nichts von

Ransom erfahren sollte, falls man es vor ihm geheim halten konnte. Janet durfte nicht mit Kreiss allein irgendwohin gehen, es sei denn, sie hätte die Erlaubnis ihres Chefs. Sollte ihre Lage unhaltbar werden, sollte sie sich zurückziehen, unverzüglich zum FBI-Gebäude kommen und ihm Bescheid geben, egal zu welcher Tageszeit. Ein ständiger Notdienst würde erst dann im Gebäude eingerichtet, wenn der Einsatz mehr als nur Bewachung erforderte. Janet sollte ständig bewaffnet sein und einen von einer Kapsel umhüllten Notrufpiepser mit sich tragen. Farnsworth teilte ihr die Codenummern mit, die jeden ihrer Anrufe ans Büro in Roanoke direkt zu ihm weiterleiten würden, egal wo er sich befand, und egal wie spät es war. Schließlich machte Farnsworth sie noch auf die Möglichkeit aufmerksam, dass die Herrschaften aus Washington noch andere Trümpfe außer Ransom mitgebracht haben könnten. Sollte Janet in dieser Richtung irgendetwas merken, sollte sie sich ebenfalls sofort zurückziehen.

»Leider wissen wir nicht mehr, als Bellhouser und Foster uns wissen lassen wollten«, sagte er. »Ich habe ein paarmal in der Zentrale angerufen, um mir die Existenz dieses DCB bestätigen zu lassen, denn ich habe noch nie von einer solchen Organisation gehört – was natürlich nicht unbedingt etwas bedeuten muss. Und so wenig mir auch die Vorstellung behagt, mit dem ATF zusammenarbeiten zu müssen – wenn dieser Fall wirklich mit Bombenanschlägen zu tun hat, darf man diese Leute nicht ausschließen. In Washington mögen sie Dummköpfe sitzen haben, doch die Agenten vor Ort verstehen ihren Job.«

»Ich hatte den Eindruck, dass die beiden uns nicht alles gesagt haben«, meinte Janet.

»Sie haben einen guten Instinkt«, bestätigte Farnsworth. »Ich muss sehr vorsichtig sein. Foster arbeitet für Marchand und die Abwehr des FBI. Wir hier in Roanoke hingegen arbeiten *nicht* für Marchand. Ich bin zwar berechtigt, Ihnen diesen Auftrag zu erteilen, hätte aber gern noch Unterstützung von höherer Stelle, bevor die Sache weitere Kreise zieht. Außerdem möchte ich mehr über diese angebliche Bombenbastler-Werkstatt hier in Südwest-Virginia erfahren. Davon hätte man mir erzählen müssen, verdammt noch mal.« Er hielt kurz inne und fügte dann hinzu: »Noch eine allerletzte Mahnung, Jane. Ich weiß, dass Sie erst ein einziges Mal im praktischen Einsatz gewesen sind, aber das war in Ihrem Spezialgebiet, nicht wahr?«

»Ja, Sir, in Chicago. Ich habe kaum jemals draußen operiert.«

Er nickte. »Genau darauf wollte ich hinaus – auf Ihren Mangel an Erfahrung in der praktischen Arbeit, was natürlich nicht Ihre Schuld ist. Aber dieser Kreiss ist die lebende Verkörperung von Einsatzerfahrung, und das nicht zu knapp. Sie sind eine kluge junge Dame, aber versuchen Sie nicht, klüger zu sein als Edwin Kreiss. Benutzen Sie Ihren Verstand, um herauszufinden, wann der Rückzug angesagt ist und wann Sie mich anrufen sollten. Behalten Sie den Überblick und machen Sie es nicht zu kompliziert, okay?«

Ein letztes »Ja, Sir«, und sie war erlöst. Und nun saß sie hier im Wagen. Der Parkplatz war fast voll, und vor dem Haupteingang des Hotels wurden Koffer ausgeladen. Sie überlegte, ob Edwin Kreiss wohl unter einer Laterne in der Nähe stand, sich eine Zeitung vor die Nase hielt und sie beobachtete. Ja, natürlich, und dazu ein brauner Hut, ein heller Trenchcoat und jede Menge düstere Schatten, damit das Ambiente stimmte. Janet grinste und überprüfte ihr Make-up. Sie hatte mit voller Absicht schlichte Kleidung angezogen, weil sie jede Andeutung von Rendezvous aus der Begegnung heraushalten wollte. Kreiss war schließlich FBI-Agent im Ruhestand. Aber das stimmte nicht ganz. Ransoms Geschichte über den akustischen Angriff und das Mündungsfeuer aus einem Gewehr Kaliber .50 klang ja ganz lustig, wäre da nicht die Tatsache gewesen, dass Ransom und sein Partner Cassidy zu Tode erschreckt worden waren. Cassidy würde wegen dieses Erlebnisses wahrscheinlich sogar den Dienst quittieren. Janet schloss für einen Moment die Augen und versuchte sich vorzustellen, was Löwengebrüll in einer Lautstärke von 150 Dezibel der Geistesgegenwart eines Menschen antun könnte. Der Lärm einer Blendschockgranate erreichte 175 Dezibel. Klar, das Vorderhirn sagt einem, dass in einer Blockhütte in den Appalachen keine Löwen sein *können,* zugleich drängte es einen Menschen instinkthaft zur Flucht. Dieser Kreiss war schon ein harter Brocken.

Janet stieg aus dem Wagen und ging geradewegs auf den Haupteingang zu. In der Hand trug sie eine Brieftasche aus Leder, die ihre Papiere enthielt. Die Pistole, eine Sig Sauer 225, steckte in einem Halfter an ihrer Hüfte unter der Jacke. Farnsworth hatte sie gefragt, ob sie mehr als eine Waffe trage, aber wie die meisten Agenten tat sie das nicht. Der Notrufpiepser von der Größe einer Geldbörse steckte in ihrer Hosentasche. Wenn sie das Ding fest drückte, würde es ein kodiertes Satelliten-Signal auf einer Such- und Rettungsfrequenz senden, die wiederum einen Transponder in der FBI-Zentrale in Alarm versetzte. Zwar konnte der nicht ihren gegenwärtigen Standort ermitteln, doch immerhin dem System mitteilen, wer sich in Gefahr befand. Ransom hatte sich bereit erklärt, Janet nach Blacksburg zu folgen, sich aber von dem Hotel fern zu halten. Sie hoffte nur, er würde nichts im Alleingang unternehmen und ihre Deckung auffliegen lassen.

Die Lounge lag auf der einen Seite der Eingangshalle. Janet wählte einen Tisch weiter hinten. An der Wand zog sich eine lange Theke entlang; ihr gegenüber befanden sich Nischen, und in der Mitte standen kleine runde Tische. Ein paar Männer an der Theke blickten zu Janet herüber. Sie schaute immer wieder ostentativ auf die Uhr, um Annäherungsversuche von vornherein zu unterbinden. Nun mach schon, Kreiss, dachte sie – und dann ging ihr auf, dass sie zu früh dran war.

Drei Etagen höher behielt Edwin Kreiss von seinem verdunkelten Fenster aus den Parkplatz im Auge. Die Vorderseite des Gebäudes lag nach Nordosten; so konnte kein zufälliger Beobachter im schwachen Licht des Sonnenuntergangs ins Zimmer hineinschauen. Kreiss hatte Janet in einem Wagen auf den Parkplatz fahren sehen, der nur allzu deutlich ein FBI-Gefährt war; es fehlte nicht einmal die kleine Peitschenantenne auf dem Kofferraum. Kreiss fragte sich schon, was sie veranlasste, volle zehn Minuten im Auto sitzen zu bleiben; schließlich aber war sie ausgestiegen. Nun wartete er, ob er noch mehr solcher Wagen zu sehen bekäme. Tatsächlich saß er schon seit fünf Uhr hier und beobachtete jeden Wagen, der auftauchte, rangierte oder einparkte; doch in der Zeit hatte kein Auto seinen Platz verlassen. Sein eigener Wagen stand fast eine Meile entfernt auf der anderen Seite des Paradefeldes der Uni hinter der Hauptverwaltung. Falls Janet Carter mit einem Überwachungskommando zusammenarbeitete, würden diese Leute vielleicht versuchen, irgendwas in seinen Wagen zu pflanzen, während er mit ihr in der Bar war. *Falls* sie Unterstützung hatte.

Er fand ihren Anruf und den Vorschlag eines Treffens immer noch verdächtig. Da musste mehr dahinter stecken als nur ihr gutes Herz. Bestimmt hatte es mit dem Sturm zu tun, den er entfesselt hatte, bevor das FBI ihn feuerte. Kreiss fluchte leise vor sich hin. Falls es wirklich so war, konnte sein Leben ganz schön kompliziert werden, besonders jetzt, da Lynn vermisst wurde.

Plötzlich sah er einen Minivan auf den Parkplatz fahren, die Scheinwerfer abblenden und mit Standlicht über den Platz fahren. Das war so ungewöhnlich nicht, nur fuhr der Van an zwei leeren Stellplätzen vorbei, dann an einem dritten und einem vierten. Kreiss nahm sein Fernglas und versuchte das Nummernschild zu erkennen, doch die Beleuchtung des Schildes funktionierte nicht. Und die Fenster mussten verdunkelt sein – er konnte nicht in den Wagen hineinschauen. Der Van schlich eine weitere Fahrspur entlang, hielt dicht hinter Carters Crown Vic, wie ein kurzes Aufflackern der Bremslichter zeigte, und schlich wieder weiter. Bingo, dachte Kreiss. Der Van verließ den Parkplatz und bog auf eine schmale Seitenstraße ab, die auf den Hauptcampus führte. Ein vorbeifahrendes Auto hupte, dann betätigte der Fahrer die Lichthupe, um dem Van zu bedeuten, er solle die Scheinwerfer einschalten. Der Fahrer kam der Aufforderung nach und stellte den Wagen auf einem Behindertenparkplatz seitlich vom Hotel ab. Kreiss beobachtete, wie ein großer Mann ausstieg und zurück zu Janet Carters Wagen ging, wo er sich nach allen Seiten umschaute, sich dann bückte und irgendetwas unter dem linken hinteren Kotflügel anbrachte. Dann ging der Mann zum Mini-Van zurück und fuhr weg.

Kreiss zog die Vorhänge zu. Es sah aus, als hätte Janet Carter bereits Unterstützung, doch diese operierte ohne Carters Wissen. Kreiss streifte sein Jackett über und ging nach unten.

Janet sah ihn in die Bar kommen und hob grüßend die Hand. Er trug Slacks in Khaki, ein weißes, am Hals offenes Hemd und ein dunkelblaues Sportjackett. Mit seinem grauweißen Haar und dem sorgfältig gestutzten Bart sah er fast wie ein Professor aus, doch seine muskulösen Schultern und sein grimmiger Blick bewirkten, dass andere Männer in der überfüllten Bar auswichen, als er sich seinen Weg zu Janets Tisch bahnte. Er nickte ihr kurz zu, als er sich setzte, und bestellte bei der Kellnerin ein Glas Mineralwasser.

»Agentin Carter«, eröffnete er das Gespräch. »Sie haben mich angerufen.«

»Ja, habe ich«, erwiderte sie. Die Bar wurde nun richtig voll und laut. Von nahem betrachtet, wirkte Kreiss' Gesicht an einer Seite ein wenig aufgeschwemmt, und über dem Jackettkragen konnte sie ein Stück von einem weißen Wundpflaster sehen.

»Haben Sie sich verletzt?«, fragte sie mit einem Blick auf das Pflaster.

»Kommen wir zur Sache«, sagte er, ohne auf ihre Frage einzugehen. »Ich will meine Tochter finden. Was wollen Sie?«

»Ich habe Barry Clark noch einmal verhört. Er hat zugegeben, Ihnen gesagt zu haben, dass Ihre Tochter und deren Freunde zu einer gewissen Site R gegangen sind. Ich kann Ihnen helfen herauszufinden, was das ist.«

»Ich weiß es schon«, sagte er. »Es ist das Ramsey Arsenal. Was wollen Sie von mir?«

Janet war aus dem Konzept gebracht und wusste plötzlich nicht mehr, was sie sagen sollte. Wäre ganz gut gewesen, einen Plan B zu haben, ging es ihr durch den Kopf. Kreiss lehnte sich vor und blickte ihr fest in die Augen. »Hören Sie zu, Agentin Carter. Ich will meine Tochter finden. Drei Aktenordner, die bei der Vermisstenabteilung Staub ansetzen, ändern auch nichts daran. Ich werde tun, was ich tun muss, egal was das FBI sagt. Wenn ich weiß, dass Lynn entführt wurde oder verletzt oder getötet worden ist, werde ich herausfinden, wer es getan hat, und ihn splitternackt zum nächsten Polizeirevier schleifen, obwohl ich lieber seinen Kopf auf einen Pfahl an der Interstate spießen würde.«

Janet blinzelte. Das hier lief ganz und gar nicht so, wie sie es sich vorgestellt hatte.

»Wer würde eine Wanze in Ihren Dienstwagen pflanzen?«, fragte er plötzlich.

»Eine Wanze?«

»Ich habe gesehen, wie Sie hier ankamen. Fahren Sie einen hellbraunen Crown Vic? Sie haben eingeparkt und sind noch ein paar Minuten im Wagen sitzen geblieben. Dann sind Sie reingegangen. Zehn Minuten später tauchte ein unauffälliger Minivan auf, fuhr den ganzen Parkplatz ab, bis er Ihren Wagen gefunden hatte, fuhr dann wieder vom Parkplatz runter und hielt lange genug, dass ein großer Mann zu Ihrem Wagen gehen und irgendwas unter den hinteren linken Kotflügel platzieren konnte. Wer, um alles in der Welt, sollte ein FBI-Auto verwanzen?«

Was hat das zu bedeuten?, dachte Janet. »Ich hab nach Ihnen Ausschau gehalten«, sagte sie. »Von wo haben Sie das beobachtet?«

»Von meinem Zimmer aus, Agentin Carter.«

Sein Zimmer. »Oh«, brachte Janet nur hervor.

Er lehnte sich zurück und trank einen Schluck Wasser. »Sie haben offensichtlich nie im Außeneinsatz gearbeitet. Was ist Ihr Gebiet?«

Kühl und abschätzend blickte er sie an. Janet beschloss, die Wahrheit zu erzählen. »Ich bin Spezialistin in Forensik. Meistens wurde ich in Washingtoner Sonderkommissionen eingesetzt, wo ich Beweismittel klassifizierte. Eine Zeit lang war ich im FBI-Büro Chicago, auch da in meiner Eigenschaft als Forensikexpertin.«

»Und haben Sie in dieser Eigenschaft viel in dem wunderhübschen Städtchen Roanoke zu tun?«

»Na ja«, sagte sie, »ein paar meiner Vorgesetzten in der Zentrale waren der Meinung, dass es an der Zeit für mich sei, Erfahrungen im praktischen Einsatz zu erwerben.«

»Sie wollen damit sagen, dass Sie sich im Labor nichts vorschreiben ließen, dass Sie die vorgefasste Meinung eines Anklägers bezüglich der Beweise über den Haufen warfen und dass Ihr Mentor sich so große Sorgen über Ihre Karriere machte, dass er Sie für ein paar Jahre aus der Ziellinie entfernte.«

Janet lief rot an und nickte. Um ihre Verlegenheit zu überspielen, trank sie einen Schluck Cola, die wässrig schmeckte.

»Was hat Bambi Bellhouser und Marchands Schoßhündchen hergebracht?«

»Ich schätze, das war ich.«

»Glauben Sie?«

Janet zuckte innerlich zusammen. Mit Kreiss zu reden war ungefähr so, als wäre man auf der FBI-Akademie. Sie vergaß immer wieder, dass er ein Senior Agent mit vielen Jahren Berufserfahrung war.

»Ich habe Routineermittlungen angestellt. Vielleicht möchten Sie es ja gar nicht hören.«

Er schaute sie nur an. Sie schilderte ihm die Gespräche mit Dr. Kellermann.

Als sie geendet hatte, nickte er. Er hatte sie behandelt wie ein Verhörleiter. Nun wurde seine Miene sanfter. »Und wie genau ist diese Routineermittlung dem Justizministerium zu Ohren gekommen?«

»Das weiß ich nicht«, gab Janet zu. Die Kellnerin fegte vorbei und fragte, ob sie noch etwas bestellen wollten. Kreiss schaute sie nicht einmal an, schüttelte nur den Kopf.

»Ich glaube, die psychologische Abteilung hat irgendjemandem Bescheid gesagt«, meinte Janet. »Obwohl ich nicht genau weiß, aus welchem Grund. Denn bei meiner Anfrage ging es um Ihre Exfrau, nicht um Sie.« Sie versuchte, das Gespräch in Gang zu halten, doch ihr entging nicht, dass er ungeduldig auf die Uhr schaute. Sie hatte nichts erreicht. »Waren Sie in diesem Ramsey Arsenal?«, fragte sie schließlich.

Er lehnte sich zurück und faltete die Hände unter dem Kinn. »Wer will das wissen?«

»Ich. Warum fragen Sie?«

»Weil ich nicht glaube, dass die Referentin des Staatssekretärs aus dem Justizministerium und Marchands Principal Deputy gekommen sind, um sich mit einem Vermisstenfall zu befassen. Ich glaube, sie sind gekommen, um herauszufinden, was ich vorhabe. Lassen Sie mich raten: Sie haben Sie hergeschickt, um an mir dranzubleiben?«

Die Frage kam so schnell und unerwartet, dass Janet völlig überrumpelt war – ihre Miene verriet alles. Kreiss grinste müde. »Die sind verdammt durchschaubar. Sitzen jahrelang in Washington herum und spielen ihre kleinen Machtspielchen. Und glauben dann, die Leute, die im Einsatz sind, nehmen ihnen den Blödsinn ab.«

»So ist es nicht ganz«, erwiderte Janet. »Sie glauben, dass hier Bombenbastler am Werk sind, die möglicherweise vom Arsenal aus operieren. Sie ...«

»Bomben?«, unterbrach er sie mit verächtlichem Schnauben. »Das FBI kümmert sich nicht um Bomben, das ist Sache des ATF. Wären sie tatsächlich dieser Meinung, hätten sie eine Meute ATF-Agenten von der Leine gelassen. Es geht hier nicht

um irgendwelche Bomben. Bellhouser und Foster sind meinetwegen hier. Wahrscheinlich haben deswegen auch zwei Arbeitsbienen von der CIA in meinem Blockhaus auf mich gewartet, als ich heute Morgen zurückkam.«

Janet witterte Morgenluft. »Zurückgekommen von wo, Mr Kreiss?«

»Das geht Sie nichts an, Agentin Carter«, sagte er und ignorierte ihren Schachzug. »Hören Sie, ich muss meine Tochter suchen, und ich glaube nicht, dass Sie mir dabei irgendwie helfen können. Ich weiß es zu schätzen, dass Sie mir von den beiden Spürhunden aus Washington erzählt haben, aber das ist eine Sache, die nur diese Schnüffler und mich betrifft. Wenn ich meine Tochter finde, werde ich es Ihnen sagen. Wenn ich sie nicht finde, aber die Leute, die für ihr Verschwinden verantwortlich sind, werden Sie es ebenfalls erfahren.«

»Genau«, sagte Janet. »Dann werden ihre Köpfe an der Interstate 81 auf Pfähle geschlagen.«

Er lächelte, doch seine Augen blieben finster. »Wäre mal 'ne Abwechslung zu den ganzen Reklametafeln.«

»Haben Sie wirklich allein gearbeitet?«, fragte Janet. Die Frage kam für sie selbst überraschend, doch sie musste einfach wissen, wie es war.

Kreiss dachte einen Augenblick nach. »Zuerst nicht, später ja. Die Unterstützung war zwar vorhanden, doch sie beruhte eher auf Technik als auf Menschen. Wenn ich erst mal jemandem auf der Spur war, wurde es zu einer Ein-Mann-Mission.«

»Aber warum? Warum haben Sie sich den größten Vorteil versagt, den wir haben – einen Verdächtigen mit Agenten, mit Daten, mit Überwachung, mit dem ganzen zur Verfügung stehenden Apparat zu überwältigen?«

»Wir waren nicht hinter ›Verdächtigen‹ her, Agentin Carter. Unsere Aufgabe war es, verdeckt operierende Agenten zurückzuholen. Das geht nicht mit einer großen Gruppe. Außerdem haben wir eine andere Jagdmethode angewandt.«

»Und welche?«

»Die des einsamen Jägers. Mann gegen Mann. Das war persönlicher und gab uns die Gelegenheit, emotionale Reaktionen hervorzurufen.«

»Warum?«

»Weil Gefühle einen Menschen ablenken. Je mehr er fühlt, umso mehr ist er abgelenkt. Abgelenkt sein führt zu Fehlern. Fehler zur Gefangennahme. Das alles ist neu für Sie, stimmt's?«

Janet zuckte die Achseln. »Ich habe die Grundausbildung absolviert. Habe nie im Einsatz auf der Straße gearbeitet.«

»Und werden es wahrscheinlich nie tun. Sie sind nicht hart genug.«

Janet fühlte, wie sie rot anlief. »Wissen Sie das so genau, Mr Kreiss?«

»Ja. Könnten Sie auf einen Menschen schießen?«

»Ja, ich glaube schon. Jedenfalls, um mein Leben zu retten. Oder das eines anderen Agenten.«

»Sind Sie sicher? Könnten Sie den Abzug betätigen und einem Menschen das Hirn wegpusten?«

Allmählich wurde sie wütend. »Nun, wenn Sie es ganz genau wissen wollen – ich weiß es nicht. Werde es wahrscheinlich auch erst dann wissen, wenn es so weit käme, stimmt's?«

Kreiss grinste. »Wenigstens sind Sie nicht dumm. Ich glaube, jetzt sind wir fertig.«

Wieder schaute er auf die Uhr. Da fiel Janet etwas ein, das in der Besprechung in Farnsworths Büro erwähnt worden war. »Bellhouser hat während der Besprechung etwas gesagt, das ich nicht verstanden habe. Sie hat Ransom angeschnauzt, weil der eine Nachricht nicht überbracht hat. Ich habe gefragt: ›Was für eine Nachricht?‹, aber sie wollte es nicht sagen – und Ransom auch nicht.«

Kreiss wandte für einen Moment den Blick ab. »Ich weiß nicht, um was es ging«, sagte er schließlich. »Wie die Frau schon sagte: Ransom hat mir keine Nachricht überbracht.«

Er schob seinen Stuhl zurück. Janet wollte ihn nicht einfach so fortgehen lassen, doch ihr fiel auch nichts ein, wie sie die

Unterredung fortführen konnte. Außerdem wollte sie ihn erreichen können, falls sich neue Entwicklungen ergaben. »Warten Sie!« Sie kramte in ihrer Handtasche und holte den Dienst-Pager heraus. »Würden Sie den nehmen?« Sie reichte ihm das Gerät über den Tisch. »Falls ich Sie dringend erreichen muss. Sie wissen schon – falls wir etwas Neues von Lynn hören.«

Er neigte den Kopf. »Sie wollen, dass ich Ihren Pager mit mir herumtrage?«

»Es ist nicht so, wie Sie denken«, sagte sie schnell – viel zu schnell. »Ich meine, es ist kein Spürsender oder so. Bloß ein normaler Pager.«

»Klar«, brummte er, nahm ihn dann aber doch und stand auf. »Einen schönen Abend noch, Agentin Carter. Und denken Sie daran, sich um Ihren blinden Passagier zu kümmern.«

Er ließ eine Fünfdollarnote auf dem Tisch liegen und steuerte den Ausgang an. Wieder fiel ihr auf, dass die Männer an der Theke ihm Platz machten, so rasch, dass er nicht einmal seine Schritte verlangsamen musste. Wie das Rote Meer, das sich vor Moses und den Israeliten teilte, dachte sie, trank noch einen Schluck Cola und verzog angeekelt das Gesicht. Ist ja toll gelaufen. Hast ihn glänzend zur Zusammenarbeit gewonnen. Frisst dir glatt aus der Hand. Du sollst ihm eine Art Falle stellen, und da erklärt er *dir,* dass jemand ’ne Wanze in deinen Wagen eingebaut hat. Und weil er dich so gut durchschaut hat, darf er zum Dank auch noch mit deinem Pager herumspazieren. Jesses, was hast du dir dabei gedacht?

Sie verließ das Hotel durch den Haupteingang und ging geradewegs zu ihrem Dienstwagen. Zuerst erwog sie, selbst nach der Wanze zu suchen, beschloss dann aber, sofort zum Büro zurückzufahren und jemanden von der Überwachungseinheit nachschauen zu lassen. Sollte es Ransom oder einer seiner Leute gewesen sein, dann war dieses kleine Spiel vorbei, bevor es richtig angefangen hatte. Sie ließ den Motor an und blieb für einen Augenblick stocksteif sitzen. Kreiss hatte wirklich einen empfindlichen Nerv getroffen, als er sie fragte, ob sie auf einen Menschen schießen könne. Janet war sich nämlich sicher, dass sie es nicht konnte. Selbst beim taktischen Entfernungstraining, wenn die Silhouette des Bösen Buben vor ihr auftauchte, hatte sie stets gezögert. Und nach der Abschlussprüfung hatte ihr der Instrukteur einen Blick zugeworfen, der Bände sprach. Wahrscheinlich stand das immer noch irgendwo in ihrer Akte. Und jetzt war da Kreiss, der in ihr las wie in einem offenen Buch. Sie fragte sich, ob er sie beobachtete, und widerstand dem Impuls, zu den Fenstern hinaufzuschauen. Dann überlegte sie, wie sie Farnsworth die Neuigkeiten beibringen sollte.

»Warte mal 'nen Moment«, sagte Browne McGarand. Wieder war die Nacht kühl und klar. Der Mond würde nicht vor Mitternacht aufgehen. Die Gleise im Arsenal hundert Meter vor ihnen schimmerten schwach. Jared blieb stehen und schaute zu seinem Großvater zurück, der das Tor und den dunklen Wald durch sein Fernglas beobachtete.

»Haste was gesehen?«, flüsterte er.

»Nee. Wollte nur schauen, ob irgendwas anders ist.«

»Der Zähler wird's uns schon verraten«, meinte Jared und spähte in die nächsten Bäume.

»Es sei denn, er ist deiner kleinen Falle ausgewichen und hat seine eigene aufgestellt. Er ist durch unser Tor hier gegangen. Okay, dann los.«

Als Jared den Zähler ablas, begann er laut zu fluchen. Browne schaute auf den Zählerstand und stieß einen Seufzer aus.

»Stell ihn wieder auf null«, befahl er.

»Und was dann? Sechsundzwanzig bedeutet, dass hier dreizehn Leute rein- und rausmarschiert sind. Das können nur Cops gewesen sein.«

»Oder ein einzelner Mann, der sechsundzwanzig Mal mit der Hand durch den Strahl gewedelt hat«, widersprach Browne. »Wenn er in die Falle geraten ist, heißt das nur, dass er auch wieder rausgekommen ist.«

»Warum sollen es nicht Cops gewesen sein?«

»Weil es dann anders aussehen würde. Das Gras wäre niedergetrampelt, es gäbe Reifenspuren, und überall würden Zigarettenkippen liegen. Die Cops kommen immer in Horden und hinterlassen Spuren. Hier sind aber keine Spuren zu sehen. Gehen wir mal nach deiner Falle gucken.«

Sie fanden den Rohrstapel an der Stelle, wo Kreiss ihn liegen gelassen hatte. Browne ließ sich auf alle viere nieder und suchte die Betonplatten ab, bis er die eingetrockneten Blutflecken sah, wo Kreiss gelegen hatte. »Da«, sagte er. »Die Rohre haben ihn erwischt, aber er muss sich noch rechtzeitig geduckt haben.«

»Das sind doch ein paar hundert Kilo Stahl«, meinte Jared und schaute nach oben zu den Leitungen. »Ich muss es doch wissen. Hab schließlich alles raufgeschleppt.«

Browne stand wieder auf, schaute die Straße entlang und dachte nach. »Es war ein einzelner Mann, keine dreizehn Leute«, sann er. »Einer, der hier nichts zu suchen hat, genau wie wir. Und aus irgendeinem Grund hat er keine Cops mitgebracht. Also, wer könnte das wohl sein?«

»Verdammt«, sagte Jared. »Wo das jetzt mit der Falle passiert ist, könnte er zurückkommen.«

»Ja, könnte sein«, pflichtete Browne ihm bei. »Oder er ist schon da und beobachtet uns. Wir werden uns heute Nacht mal ein bisschen umsehen. Auf diesen Dächern da – vielleicht hat er da sein Lager aufgeschlagen.«

»Was ist mit dem Mädchen?«, fragte Jared und hob den Beutel mit Essen und Wasser hoch.

»Später. Lass ihn hier liegen, damit wir ihn nicht vergessen. Sie wird inzwischen kein Wasser mehr haben.«

»Die Ratten werden es sich holen«, wandte Jared ein.

»Die Säuren haben allen Ratten vor zwanzig Jahren den Garaus gemacht«, sagte Browne. »Und all den anderen kleinen Viechern auch. Hier gibt's nichts Lebendiges mehr. Los jetzt!«

Als Erstes ließ Kreiss die Hunde frei. Er kletterte an der Seite des Zwingers hoch, ohne auf die springenden, kläffenden Köter unter sich zu achten, und blies dann mit aller Kraft eine Hundepfeife. Sofort hörten die Hunde zu bellen auf und rannten wie verrückt im Zwinger umher, um dem schmerzenden Gepfeife zu entkommen. Kreiss löste den Riegel an der Tür und schwang sie weit auf, wobei er unablässig die Pfeife blies. Die Hunde hetzten in den Wald, kamen jedoch sogleich wieder zurück und bellten ihn an. Wieder blies er auf der Pfeife. Diesmal jaulten sie und hetzten in den Wald, um ihrer Lieblingsbeschäftigung nachzugehen – der Jagd. Nach wenigen Minuten war ihr Gejaule vom nächsten Hügel zu hören und erstarb allmählich, je weiter sie sich entfernten.

Kreiss kletterte vom Zwinger, hielt dabei Ausschau, ob nicht doch einer der Hunde zurückgekommen war, und betrat dann den Wohnwagen. Der Wagen von der Telefongesellschaft stand auf dem Platz, doch Jareds Wagen war fort, was hoffentlich bedeutete, dass er und sein Partner im Arsenal waren und ihrer üblichen nächtlichen Beschäftigung nachgingen. Vermutlich fragten sie sich, was die Zahl auf dem Zähler bedeuten sollte und ob nicht eine Horde Cops auf dem Fabrikgelände auf sie wartete. Kreiss brauchte ungefähr eine Stunde, um alles im und vor dem Wohnwagen vorzubereiten; dann setzte er sich und wartete in aller Ruhe auf Jareds Rückkehr. Bald würde er herausfinden, was Jared und sein Kumpel über Lynn und ihre Freunde zu sagen hatten. An die Möglichkeit, dass sie nichts wussten, wollte er gar nicht denken.

Browne brach die Suche um halb elf ab. Sie hatten einige Gebäude durchsucht und nichts gefunden, obwohl Browne fand, dass ein paar Leitersprossen abgewetzt aussahen. Und jemand oder etwas hatte die Rohrfalle ausgelöst. Auf dem Beton waren Flecken, die durchaus eingetrocknetes Blut sein mochten, wenngleich dies in der Dunkelheit schwer zu beurteilen war. Der einzige andere Hinweis war der Zähler am Tor. Jared konnte sich immer noch nicht über seine sorgfältig aufgebaute Rohrfalle beruhigen.

»Die hätte ihn doch kaltmachen müssen«, sagte er immer wieder.

»Er hat vielleicht gespürt, dass da was droht, oder er hat etwas über sich gehört und ist zurückgesprungen«, erklärte Browne. »Oder er ist nicht voll erwischt worden. Wenn diese Flecken da Blut sind, hat die Falle nicht viel ausgerichtet.«

Jared schüttelte ungläubig den Kopf. Browne entschied, am Samstag in der Dunkelheit wiederzukommen. Erst einmal Gras über die Sache wachsen lassen. Er befahl Jared, im Kraftwerk nach dem Rechten zu sehen, wenn er dem Mädchen Essen und Wasser brachte. Dann würden sie fahren und Samstagnacht zwei Stunden nach Sonnenuntergang wiederkommen. Zuerst würden sie sich kurz mit dem Nachtsichtgerät umschauen. Dann würde er, Browne, die ganze Nacht den Generator laufen lassen, während Jared entweder im Fabrikgelände patrouillieren oder sich auf einem der Dächer verstecken sollte, um Eindringlinge auszumachen. Er sagte Jared, er solle die Rohre ruhig auf der Straße liegen lassen, doch der meinte, wenn der Wachdienst am Samstag käme, würden sie die Rohre sehen und sich fragen, was hier geschehen sei. Browne gab ihm Recht, und während der nächsten Viertelstunde trugen sie die Rohre in eine Gasse. Dann trennten sie sich und vereinbarten, sich in zwanzig Minuten wieder am Haupttor zu treffen. Jared schlug vor, eine neue Falle zu bauen, falls der Eindringling am Samstag wiederkam.

»Diesmal hab ich genau das Richtige für den«, sagte er.

Janet erreichte das FBI-Gebäude in Roanoke und fuhr ihren Dienstwagen in die Sicherheitsparkzone. Sie stellte ihn in der Nähe der Hebebühne ab und machte den Motor aus. Am Freitagabend war die Chance, einen Techniker der Überwachungseinheit zu finden, gleich null. Am liebsten hätte sie selbst nach der Wanze gesucht, wusste aber, dass sie so etwas den Fachleuten überlassen musste. Falls unter dem Fahrzeug eine Wanze war, musste sie Farnsworth verständigen. Und der würde natürlich wissen wollen, wie die Begegnung mit Kreiss verlaufen war. Oh, bestens, Sir. Er hat gesagt, dass er auf meine Hilfe verzichten kann und dass ich viel zu unerfahren bin, um ohne Kindermädchen auf der Straße herumzulaufen. Er hat die beiden Schnösel aus Washington durchschaut und glaubt mir kein Wort von dieser so genannten Bombenverschwörung. Abgesehen davon haben wir uns sehr gut verstanden und werden eine effektive, vielleicht sogar produktive Partnerschaft aufbauen können. Und ich habe ihn dazu überredet, dass er meinen Pager mitnimmt.

Sie lehnte sich im Sitz zurück und versuchte, sich seine weiteren Schritte auszumalen. Sie hatten geredet, und dann war er gegangen, um – was zu tun? Er hatte vorher schon gesagt, dass er an diesem Abend noch etwas zu tun hatte. Aber was? Wohin wollte er? Zur Site R? Was hatte er Freitagnacht im Ramsey Arsenal verloren? Wollte er die Happy Hour Party der Untergrundbombenbastler der Anti-Abtreibungsliga sprengen? Dieses Arsenal war eingemottetes Militärgebiet, Herrgott noch mal. Warum schickten Farnsworth und seine Spielkameraden nicht einfach das Militär, durchkämmten das gesamte Gebiet und warteten ab, was dabei herauskam?

Weil Foster und Bellhouser ihnen Feuer unterm Hintern machten. Kreiss hatte Recht: Sie waren an ihm interessiert, nicht an irgendeiner seltsamen Bombenbastler-Truppe oder der geheimnisvollen Nachricht, die ihren Empfänger nicht erreicht hatte. Als sie in der Bar danach gefragt hatte, war Kreiss ihr ausgewichen. Hinter der Sache steckte mehr als eine Bombenverschwörung; deshalb wollten sie das ATF heraushalten. Janet atmete angestrengt aus und versuchte, einen klaren Kopf zu bekommen. Für Edwin Kreiss gab es nur eines, das zählte: Er wollte herausfinden, was mit seiner Tochter geschehen war. Diese beiden Schleimer aus der Zentrale und dem Büro des Staatsanwalts, Bellhouser und Foster, wussten das und versuchten, Kreiss' persönliche Tragödie zu ihrem Vorteil zu nutzen.

Wütend schlug Janet aufs Lenkrad. Sie wusste nicht, was sie tun sollte. Dann erinnerte sie sich an Farnsworths Anweisungen: »Sollten Sie irgendwelche Anzeichen bemerken, dass noch jemand in dem Spiel mitmischt, ziehen Sie sich sofort zurück und verständigen mich.« Wenn man im Zweifel ist, warum soll man dann nicht tun, was der Boss befiehlt? Das ist doch wirklich mal ein toller Plan, dachte sie, als sie nach ihrer Handtasche und der Karte griff, mit der sie ins Gebäude eingelassen wurde.

10

JARED KAM KURZ vor Mitternacht zu seinem Trailer zurück und stellte den Pick-up neben seinem Dienstwagen ab. Wie immer betrat er den Wohnwagen durch die Hintertür. Wusch sich die Hände, holte eine Dose Bier aus dem Kühlschrank, stürzte sie hinunter, überlegte kurz, ob er duschen und dann zu Boomers fahren sollte, einer Ginschänke in der Gegend, beschloss dann aber, es nicht zu tun. Um diese Zeit tauchten meist die Rocker aus West Virginia auf, und falls er nicht zufällig ein paar seiner Kumpels von den Black Hats traf, würde er wahrscheinlich in eine Schlägerei verwickelt. Er hörte seinen Anrufbeantworter ab, und da war – gelobet seist du, o Herr! – eine Nachricht von Terry Kay. Ihr Mann war bis Dienstag weg. Sie wollte wissen, ob er nicht rüberkommen und den Samstagabend mit ihr verbringen wollte. Er grinste, löschte die Nachricht und holte sich ein neues Bier.

Terry Kay war Hausfrau und hatte die Dreißig schon einige Jährchen hinter sich. Sie lebte draußen an der Broward Road. Er hatte dort mal etwas zu reparieren gehabt, worauf sie ihn noch ein zweites Mal bestellt hatte. Ihr Ehemann gehörte zum Lehrkörper der Virginia Tech und reiste viel herum. Terry Kay war ungefähr einen Meter fünfundfünfzig groß, hatte schwarzes Haar, freche braune Augen und köstliche Rundungen. Als sie damals, bei Jareds erstem Besuch, an die Tür kam, trug sie einen kurzen Rock, einen engen Kaschmirpullover und ein schmollendes Lächeln zur Schau. Sie sei Terry Kay Olson, sagte sie. Beim *O* schürzte sie die Lippen, um ihm zu zeigen, wie voll sie waren. Das Telefonproblem war im Arbeitszimmer ihres Mannes; sie glaubte, es liege an der Bodenbuchse unter dem Schreibtisch. Als Jared sich vor den freien Raum unter der Schreibtischplatte kniete, um die Buchse zu untersuchen, setzte Terry Kay sich auf eine Art und Weise in den Schreibtischsessel, die deutlich machte, wo ihr wirkliches Problem lag. Nach diesem ersten Mal hatte er sie noch mehrmals besucht, immer ganz spontan und immer unter der stimulierenden Gefahr, entdeckt zu werden. Terry Kay mochte es heiß, hart und schnell, und dafür war Jared genau der richtige Mann. Er hatte keine Zeit für lange Gespräche. Die Aussicht auf eine ganze Samstagnacht mit Terry Kay statt der trüben Schufterei mit seinem Großvater im Kraftwerk war schlichtweg glänzend. Außerdem brauchte er mal eine Pause. Er trank sein Bier aus und genehmigte sich zur Feier des Tages noch eins.

Er rief bei seinem Großvater an, der sein Telefon spät nachts abzustellen pflegte, um ihm eine Nachricht zu hinterlassen. Doch zu Jareds Überraschung nahm Browne den Hörer ab. Jared fluchte insgeheim vor sich hin.

»Was gibt's?«, fragte Browne.

»Ach, ich hab dir doch gar nicht erzählt, dass ich was Neues aufgebaut hab. Nur für den Fall, dass der Typ wiederkommt und wir nicht dort sind.«

»Ja, und?«

»Hab den Graben wieder aufgemacht. Du weißt doch, diese Stahlplatten auf der Hauptstraße. Hab eine davon zu 'ner Falle umgebaut. Hab die Stützstangen in der Mitte rausgenommen. Wenn jemand darüber geht, fällt er fünf Meter tief in den Graben. Voll auf den Beton. Wird sich dabei wahrscheinlich die Gräten brechen. Dann haben wir den Saukerl.«

»Ja, das könnte funktionieren. Welche Platte ist es?«

»Die zweite vor dem Kraftwerk. Wenn er die Straße hochkommt, wird er sich erst mal ganz sicher fühlen, und dann, äh ...«

»Was gibt's denn noch, Jared? Es ist spät.«

»Es geht um morgen, weißt du. Hab den ganzen Tag furchtbar viel zu tun – muss in die Reinigung, einkaufen und so.

Dann hat noch 'ne Freundin von mir angerufen. Möchte, dass wir uns morgen Abend sehen.«

»Jared, wir sind doch jetzt fast fertig. Ich brauche dich morgen Nacht!«

»Ich hab schon so lange keinen Abend mehr frei gehabt«, nölte Jared. »Ich bin ein junger Mann und hab meine Bedürfnisse, Herrgott noch mal!« Als er merkte, was er da gesagt hatte, zuckte er vorsorglich zusammen.

»Treib keinen Scherz mit dem Namen des Allmächtigen, Junge! Immerhin geht es darum, dass wir deinen Vater rächen wollen, falls du das vergessen hast.«

»Allzu lang war er ja nicht mein Vater«, meinte Jared und krümmte sich schon wieder, weil er einen neuerlichen Ausbruch des Alten erwartete. Doch der schwieg. Und das war fast noch schlimmer.

»Ist doch nur ein einziger Abend«, sagte Jared in das unheimliche, bedrohliche Schweigen hinein. »Warum müssen wir überhaupt hin? Wir können die ganze Anlage doch mal abkühlen lassen. Und meine Falle soll schließlich auch ihre Arbeit tun. Warum machen wir nicht am Sonntag weiter, tagsüber? Dann können wir uns auch gleich um diesen Typen kümmern.«

»Weil wir kurz vor dem Ziel stehen, Junge. Kupfer ist genug da. Und je eher der Truck seinen vollen Druck erreicht hat, desto schneller kann ich da raus. Zweitens muss ich unserer Gefangenen was zu essen bringen.«

Vor Jareds innerem Auge entstand ein Bild von Lynns straffem Körper. »Verdammt, die ist doch fit! Wird's schon überleben.«

»Woher weißt du das so genau?«

»Eine Nacht ohne Essen und Wasser wird sie nicht umbringen«, beeilte sich Jared zu sagen. »Hör mal, ich hab dieser Frau versprochen, dass ich komme, verstehst du? Ich bin ein Mann, verdammt noch mal! Ich hab Bedürfnisse.«

Das Schweigen des Alten war ein deutliches Zeichen seiner Wut. »Du hast 'ne ziemlich kurze Leitung zwischen deinem

Hirn und deinem Schwanz«, giftete Browne. »Mach nur so weiter, du undankbarer junger Hund. Ich schaff das auch ohne dich. Geh diese Schlampe bespringen. Ich hoffe nur, ihr Mann kommt mit ’nem Gewehr nach Hause und erwischt euch.«

Er rammte den Hörer auf die Gabel. Jared hängte den Hörer in die Wandhalterung, seufzte und trank sein Bier aus. Zur Hölle mit dem Alten, dachte er. Er wird’s schon überleben. Spätestens, wenn er diesen Typ erwischt, der dort rumschnüffelt, wird er mich dabeihaben wollen. Der Alte ist sowieso halb verrückt.

Jared fühlte, wie ihn der alte Groll überkam. Der Alte hing weitaus mehr an der Erinnerung an den toten William als an Jared. Jared fragte sich nach dem Grund dafür. Musste etwas damit zu tun haben, wie schlecht alles für den Alten gelaufen war, seit William fort war. Der Krebs. Die Stilllegung des Arsenals. Die Schiebung mit der Rente. Jared schüttelte den Kopf. Scheiß drauf! Jetzt war die Sache doch beinahe gelaufen.

Er ließ sich in seinen schäbigen alten Liegesessel fallen und schaltete den Fernseher an. Drei fette Tanten im Minirock rauften auf der Bühne, während ein Talkshow-Gastgeber mit gespieltem Entsetzen zuschaute und das Publikum nach Blut lechzte. Jared dachte daran, was für Zeugs unten im Tunnel liegen musste, und grinste. Vermutlich hatte der Alte in all seinen Arbeitsjahren im Arsenal Tausende von Gallonen in die Kanalisation geschickt. Wetten, dass es inzwischen jede Menge genetisch veränderten Scheiß dort unten gab?

Er lehnte sich bequem zurück, um die Show zu genießen, als plötzlich die Lampen und der Fernseher ausgingen.

»Was, zum Henker ...«, knurrte er in der plötzlichen Stille und stand auf. Dann merkte er, dass doch noch etwas zu sehen war. Die orangerote Anzeige am Strommast brannte noch. Das bedeutete, dass der Strom nicht abgeschaltet war. Er blickte blinzelnd aus dem Küchenfenster, konnte auf dem Vorplatz aber keine Bewegung ausmachen. Und im Hundezwinger auch nicht, fiel ihm plötzlich auf. Er bemühte sich, etwas zu erkennen, doch bei den Hunden regte sich nichts. War die Zwingertür überhaupt zu? Vielleicht waren alle drei in ihren Hütten, aber eigentlich lag immer einer ausgestreckt davor. Jared drückte versuchsweise auf einen Lichtschalter in der Küche, doch nichts geschah.

Er ging zur Krempelschublade neben dem Spülbecken, holte eine Taschenlampe heraus und ging nach draußen. Er prüfte den Stromkasten, wo die Kabel der Überlandleitung in seinen Zähler mündeten. Alles in Ordnung. Dann rief er die Hunde, ob sie sich regten. Nichts rührte sich. Er ging zum Zwinger und sah, dass die Tür einen Spalt offen stand. Jetzt fluchte er laut. »Wie ist das denn passiert?« Er horchte, ob vielleicht aus der Ferne Jaulen und Gebell zu vernehmen war, doch der einzige Hund, den er hörte, war der kleine Kläffer, der der verrückten tauben alten Hexe gehörte, die eine Meile weiter wohnte. Jared war sicher, dass er nach dem Füttern den Riegel vor die Zwingertür geschoben hatte. Er war ganz sicher.

Dann entsann er sich der Geräusche, die er vorige Nacht gehört hatte, und beeilte sich, im Trailer sein Gewehr zu holen. Wenn jemand hier unerlaubterweise herumschnüffelte, wollte er sich nicht überraschen lassen.

Er eilte ins Schlafzimmer, holte die .45er aus dem Nachtschränkchen und überprüfte, ob sie geladen war. Dann ging er in die kleine Abstellkammer und schaute nach dem Sicherungskasten. Er legte sämtliche Schalter um, doch nichts tat sich: Es blieb dunkel im Trailer. Dann hörte er draußen knirschende Schritte. Vorsichtig drückte er sich rückwärts aus der Kammer, die am Flur lag, der vom Wohnzimmer- und Küchenbereich zum hinteren Teil des Wagens führte, ins Schlafzimmer. Jared hockte sich auf die Türschwelle zum Klo. Die Schritte waren immer noch zu hören. Es klang, als wäre der Bastard genau hinter dem Trailer. Und zu Jareds Überraschung hörte er nun ein Geräusch, als würde der Deckel eines Feuerzeugs aufgeklappt und das Zündrad betätigt. Der Typ war ganz schön unverschämt. Steckte sich da draußen in aller Ruhe eine Kippe an!

Jared stand auf und huschte schnell den Flur entlang bis zur Küche, wo er rasch um die Ecke spähte und den Kopf schleunigst wieder zurückzog. Durch das Fenster war nichts zu erkennen außer dem orangeroten Schein der Stromanzeige.

Er wartete. Allmählich brach ihm der Schweiß aus, der stark nach Bier roch. Vielleicht sollte er besser Großvater anrufen. Das Telefon befand sich in der Küche. Er musste in die Küche, um an den Apparat zu kommen, aber er wusste, dass der knarrende Fußboden des Wohnwagens ihn verraten würde.

Der nächste Laut bewirkte, dass er den Atem anhielt: Draußen, irgendwo hinter dem Trailer, wurde eine Schrotflinte gespannt, einmal, zweimal. Sofort ließ Jared sich zu Boden gleiten. Nun schwitzte er aus allen Poren. Was, zum Teufel, war das? Dann wieder knirschende Schritte, jedoch leiser, als ob der Kerl nun den Wagen umkreiste. Nachdem er die Flinte gehört hatte, war Jared so eingeschüchtert, dass er nicht einmal den Kopf in die Höhe zu recken wagte. Dieser Mistkerl hatte seine Hunde frei gelassen, damit er da draußen nach Lust und Laune herumspazieren konnte. *Scheiße!*

Mach, dass du zum verdammten Apparat kommst, riet ihm eine innere Stimme. Ruf den Alten an. Verdammt, ruf am besten gleich die Bullen! Er kroch um die Ecke, die den Eingang zum Küchenbereich bildete. Vorsichtig streckte er die Hand nach dem Telefon aus, wobei er die ganze Zeit auf Geräusche von draußen lauschte. Er kam nicht an den Hörer. Er nahm eine Zeitschrift vom Tisch, rollte sie zusammen und schlug damit den Hörer von der Wandhalterung, fing ihn gerade noch auf, bevor er mit lautem Klappern auf den Boden fallen konnte. Dann drückte er den roten Knopf und hörte mit Erleichterung das Läuten am anderen Ende.

»Neun-Eins-Eins. Bitte sprechen Sie!«, meldete sich ein Mann in der Notrufzentrale.

»Draußen vor meinem Trailer ist ein Kerl«, flüsterte Jared so laut, wie er es gerade noch wagte. »Der Typ hat ein Gewehr. Ich wohn ziemlich weit draußen und brauch Hilfe.«

»Sir? Ich kann Sie kaum verstehen. Sir? Nennen Sie bitte Ihre Adresse und sagen Sie, worum es geht.« Die Stimme dröhnte unnatürlich laut; Jared presste den Hörer ans Ohr, um sie so gut wie möglich zu dämpfen.

»Ich brauch 'nen Sheriff!«, sagte er mit Nachdruck. »Da draußen vor meinem Trailer is' ein Kerl mit 'ner Flinte. 138 County Line Road.«

»Mann, das hört sich aber schlimm an«, sagte die Stimme aus dem Hörer, doch in diesem Moment erklang noch etwas anderes: Entsetzt hörte Jared das dröhnende Lachen eines Geisterbahnmonsters. Der überwältigende Lärm vibrierte in seinen Ohren. Er fluchte und ließ den Hörer wie eine heiße Kartoffel fallen. Das überlaute Gelächter hielt an, während Jared sich in den Flur zurückzog, wobei er die .45er vor sich schwenkte wie die Cops in den Filmen. Im Flur ließ er sich wieder auf alle viere nieder und krabbelte wie ein Baby aufs Schlafzimmer zu.

Dann ein neuerlicher Laut. Hinter ihm. *Irgendetwas* war hinter ihm.

Jared fuhr herum und erblickte eine riesige schwarze Gestalt, die sich über ihn beugte. Sie trug eine grässliche Maske und an Stelle der Augen große, strahlende Spiegel. Jared kreischte vor Schreck, zögerte jedoch keinen Augenblick. Er riss die .45er hoch und feuerte, doch das Einzige, was aus der Mündung kam, war der trockene Knall eines Zündplättchens. In diesem Moment stieß die Gestalt den schlimmsten Laut aus, den Jared je im Leben gehört hatte: ein nervenzerfetzendes, ohrenbetäubendes Löwengebrüll. Es dröhnte so laut, dass Jared die nutzlose Pistole fallen ließ, sich mit den Händen die Ohren zuhielt, den Rückzug antrat und in Richtung Wohnzimmer flüchtete. Er kroch auf Händen und Knien um die Biegung des Flurs, hastete auf die Vordertür des Trailers zu, die er sonst nie benutzte, und spürte, dass der Hosenboden seiner Jeans warm und feucht geworden war. Nach einer Weile, die ihm quälend lang wie in einem Albtraum vorkam, schaffte er es endlich, den

Schlüssel umzudrehen. In diesem Augenblick ließ neuerliches Gebrüll den Flur erbeben, noch viel lauter als beim ersten Mal. Jared schrie auf und stürzte durch die Türöffnung direkt in ein Gewirr feuchter, gummiartiger Fäden. Wütend kämpfte er gegen die Maschen des Netzes an, doch je heftiger er sich wehrte, umso stärker verstrickte er sich im Geflecht, bis er nur noch zucken konnte. Da erschien die furchtbare Gestalt mit den Spiegelaugen auf der Schwelle und richtete etwas Glänzendes, Helles auf ihn. Jared wusste, er durfte es nicht anschauen, doch er konnte nicht anders. Es gab einen unglaublich hellen, tief roten Blitz, und er verlor das Bewusstsein.

Kreiss steckte den Netzhautblender in die Tasche und streifte die Kapuze und die Gruselmaske mit den Spiegelaugen ab. Er schaute hinunter auf die schreckgebannte Gestalt von Jared McGarand, der zusammengerollt im Fangnetz neben den Stufen lag. Kreiss ging an Jared vorbei und nahm einen Gartenschlauch, der an einem Ende des Trailers angeschlossen war, drehte das Wasser auf und bespritzte Jared, bis sämtliche klebrigen Stränge des Netzes durchweicht waren. Dann schleifte er den jungen Mann unter das Ende des Wohnwagens, das auf den Schlackenstücken aufgebockt war. Er legte ihn so hin, dass der Körper unterhalb des Wagens war, der Kopf jedoch ein kleines Stück unter dem Metallrahmen hervorragte. Dann ging er zur Hebevorrichtung des Trailers und zerrte einen großen Wagenheber hervor, den er unter eine Ecke stellte, nur einen halben Meter von Jareds Kopf entfernt. Er pumpte, bis der Heber den Unterboden berührte und den Trailer schließlich in die Höhe hob. Während er Jared im Auge behielt, holte er einen starken Dachbalken von einem Stapel Bauholz und schlug gegen die beiden Schlackenböcke, bis sie umfielen und der Wagen nur noch auf dem Wagenheber lastete. Dann ließ er den Heber herab, bis der Trailerboden knapp über Jareds Brust schwebte und ihn am Erdboden festnagelte.

Nun ging er hinein. In der Küche schaltete er den Rekorder

ein und spulte Jareds Anrufe zurück. Es gab nur einen: an den zweiten Mann. Kreiss hörte das Band zweimal ab; dann stöpselte er das Kabel aus, das die Wählscheibe mit dem Abhörgerät verband, trennte die Verbindungen der vier Lautsprecher und löste den Schalter an der Unterbrecherbox, durch welche die Anrufe umgeleitet worden waren. Er schaltete das Licht an. Der Fernseher erwachte dröhnend zum Leben, und er stellte den unerträglichen Ton rasch leiser. Er nahm seine gesamte Ausrüstung und Jareds .45er mit, die er zuvor schon unschädlich gemacht hatte, indem er sämtliche Patronen herausnahm bis auf eine Hülse, in der sich weder Pulver noch Kugel befanden, nur das Zündhütchen. Auf dem Küchentisch entdeckte er Jareds Autoschlüssel und die Brieftasche und steckte beides ein. Dann ging er zur Hintertür hinaus, kletterte aufs Dach und montierte die Lautsprecherbox ab. Er horchte nach den Hunden, doch aus dem Wald war nichts zu hören.

Er schleppte seine gesamte Ausrüstung und Jareds Waffe zum Pick-up. Dann zog er seine schwarze Vermummung aus, unter der er eine Khakihose und ein weißes Hemd trug. Er setzte eine schwarze Kappe mit extralangem Schirm auf und zog sie tief in die Stirn. Als Nächstes folgte eine dicke, schwarz gerahmte Brille, die zu beiden Seiten der Gläser leicht reflektierte. Die Gläser waren wie Lupen, ließen Kreiss' Augen riesig erscheinen und erlaubten ihm, alles von nahem zu betrachten. Er schnallte sich ein Kästchen vor die Brust, das seine Stimme verzerrte, und setzte ein Headset mit winzigem Mikrofon auf. Zuletzt zog er Gummihandschuhe an und holte eine schachtelförmige, batteriebetriebene Laterne aus dem Pick-up. In diesem Augenblick fiel sein Blick auf die Abdeckung seines Nummernschildes.

Er fluchte und beugte sich hinunter, um sie in Augenschein zu nehmen. Es war nicht die Originalabdeckung, obwohl sie ihr ähnlich sah. Dieses Ding war zu neu, glänzte zu sehr. Er zog einen Schraubenzieher hervor und schraubte Nummernschild und Rahmen ab. Trennte das Schild vom Rahmen und betrachtete dessen Rückseite. Auf Anhieb fand er die beiden Stichantennen. Verdammter Hurensohn, dachte er. Es war ein Überwachungsnummernschild: Mittels der Antennen antwortet es vermutlich auf ein satellitengestütztes Signal. Es wurde durch Induktion von der Nummernschildbeleuchtung gespeist. Vier Gummistopfen waren auf den Rahmen geklebt, um ihn vom Metall der Karosserie zu isolieren.

Kreiss stand auf. Er hatte tatsächlich etwas übersehen. Die wichtigste Frage im Augenblick war, ob jemand ihm hierher gefolgt war. Er glaubte es zwar nicht, doch es war besser, wenn er sich vergewisserte. Jared würde schon nicht abhauen.

Er schlüpfte in den Wald und ging in einem weiten Bogen zur Straße, wo er nach Autos Ausschau hielt. Die Straße war leer. Er wusste, dass solch ein Sender im Nummernschild nicht benutzt wurde, um ein Fahrzeug zu verfolgen. Zwar ließ sich eine ungefähre Position ermitteln, wenn der Satellit sein Suchsignal aussandte, doch die Methode war nicht präzise genug, um einen Wagen Straße um Straße zu verfolgen. Die Frage lautete also: Wann würde das Suchsignal gesendet? Davon hing ab, wie viel Zeit ihm hier noch blieb. Dieser Sender veränderte die Gleichung zu seinen Ungunsten.

Er ging durch den Wald zurück zum Trailer, wo Jared festgeklemmt lag. Er schleppte zwei Schlackenblöcke heran, richtete sich eine provisorische Sitzbank her, ließ sich darauf nieder und beobachtete, wie Jared wieder zu sich kam. Der junge Mann wimmerte und versuchte sich zu bewegen. Dann riss er die Augen weit auf, als er bemerkte, dass er sich nicht rühren konnte. Kreiss schaltete die Laterne an und leuchtete direkt in Jareds Gesicht. Er drückte den Knopf des Stimmverzerrers.

»Kannst du mich hören?«, fragte er. Durch die Box verzerrt, klang seine Stimme sanft und dennoch dröhnend wie eine computergenerierte Stimme, ohne Betonung oder Akzent.

Jared blinzelte in den erbarmungslosen Lichtstrahl und versuchte sich zu bewegen, sich zur Seite zu drücken, als wollte er dem drohenden Gewicht des Wohnwagens entkommen. Kreiss wusste, dass er noch einige Minuten alles wie durch einen roten Schleier wahrnehmen würde. Er wartete regungslos, während Jared zu erkennen versuchte, wo er sich befand. Dann streckte Kreiss die Hand aus und schob den Griff des Wagenhebers eine Kerbe höher. Der Trailer senkte sich ungefähr drei Millimeter. Jared gab einen erstickten Laut von sich und hörte zu zappeln auf. Er hatte beide Hände flach gegen den Wagenboden gepresst, als wollte er ihn in die Höhe stemmen. Um Kreiss sehen zu können, musste er sich beinahe den Hals ausrenken und über die Schulter spähen.

»Kannst du mich hören?«, fragte Kreiss wieder.

»J-ja!«, brachte Jared heraus, dessen Stimme kaum mehr als ein heiseres Krächzen war. »Nimm das weg, Mann. Mein Gott! Nimm das weg. Krieg ... keine Luft.«

Kreiss beugte sich vor. »Vor ungefähr einem Monat sind drei Collegestudenten von der Virginia Tech verschwunden. Ich habe Beweise, dass einer von ihnen, ein Mädchen, im Ramsey Arsenal gewesen ist. Was weißt du darüber?«

Jared sah nun nicht mehr entsetzt, sondern misstrauisch aus. »Wer bist du, Mann? Warum tust du das?«

»Ich weiß, dass du dich da rumtreibst«, sagte Kreiss. »Du und der andere. Ich habe euch beobachtet. Hab eure Fallen gefunden – die am Bach und die andere. Willst du gleich hier sterben?«

Jareds Miene wurde starr. »Weiß gar nich', wovon du redest.« Seine Hände waren immer noch gegen den Wagenboden gepresst. Sie waren blutleer und zitterten heftig. Die gesamte Karosserie des Trailers knackte gefährlich.

»Bist du sicher, Jared?« Kreiss streckte die Hand nach dem Griff aus.

»Weiß nich' ... von was ... du da redest!«, stieß Jared hervor. Seine Oberarmmuskeln spannten sich, während er von unten drückte.

Kreiss ließ den Trailer weitere drei Millimeter absinken. Jared hätte geschrien, hätte er die Luft dazu gehabt. Er stieß einen seltsamen Laut aus, halb ein Pfeifen, halb ein Wimmern. Seine Stiefel scharrten reflexartig im Staub. Wieder knackte der Trailer.

»Ich hoffe, dass der Wagenheber starke Bolzen hat, Jared«, bemerkte Kreiss. »Sag mir, was mit dem Mädchen geschehen ist. Was habt ihr mit dem Mädchen gemacht?«

Er glaubte, einen Schimmer des Verstehens in Jareds entsetzten Augen zu sehen. Er beugte sich vor und stieß mit der Laterne genau auf das rote, schweißüberströmte Gesicht des Mannes zu. Jared versuchte verzweifelt, etwas hinter dem Lichtschein zu erkennen. Kreiss veränderte die Position der Leuchte ein wenig, sodass Jared seine übergroßen, starrenden Augen sehen konnte. Seine Lippen bewegten sich, als ob er etwas sagen wollte. Es sah aus wie: Leck mich am Arsch.

»Was?«, sagte Kreiss und wackelte am Griff des Wagenhebers.

»Du bist einer ... von *denen,* was?«, keuchte Jared. »Du hast ... meinen Alten ... ermordet. Leck mich!«

Kreiss hatte keine Ahnung, was Jared meinte. »Rede mit mir, Blödmann«, befahl er, »oder ich mach dich auf der Stelle platt!«

»Na los«, keuchte Jared. »Dann wird die Tussi verhungern!«

Kreiss wurde von einer Welle weiß glühender Wut überrollt. Er hatte Recht gehabt! Lynn musste noch am Leben sein! Er spürte, wie sein Herz klopfte und das Blut ihm zu Kopf stieg. Er brauchte jedes Quäntchen Beherrschung, um den Griff nicht ganz zu lösen und den Kerl unter dem Trailer zu zerquetschen. Er stellte die Laterne auf eine Seite, sodass Jared die Wut in seinen Augen sehen konnte, und drehte am Regler für die Lautstärke. »Wo – haltet – ihr – sie – fest?«, fragte er, betonte jedes Wort und gab sich keine Mühe mehr, seine Wut zu verbergen.

Jared blinzelte, um die Schweißtröpfchen aus den Augen zu bekommen, wobei er hastig und stoßweise atmete. Dann drückte er mit aller Macht nach oben. Er ließ nach, holte kurz Luft und stemmte wieder, versuchte einen Rhythmus zu finden, als ob er den Trailer mit einer Wiegebewegung von seiner Brust schaukeln wollte. Und die ganze Zeit bildeten seine Lippen lautlose Worte: Leck mich! Leck mich! Er schaffte es tatsächlich, den Trailer ein winziges Stück zu bewegen; dann, mit geradezu übermenschlicher Anstrengung, nahm er den schaukelnden Rhythmus wieder auf.

Kreiss schlug gegen die Wand des Trailers, um Jared zu erschrecken, damit er aufhörte. Doch bevor er etwas sagen konnte, stemmte Jared ein weiteres Mal von unten, und der Rahmenträger rutschte Bruchteile von Millimetern von der Auflagefläche des Wagenhebers herunter. Sofort durchbohrte die Metallstange des Hebers den dünnen Unterboden des Trailers, und die gesamten vier Tonnen des Vehikels krachten herunter und zerquetschten Jared McGarand mit einem grässlich knackenden Geräusch.

Kreiss starrte eine Sekunde lang wütend auf die Bescherung und hieb dann noch einmal laut fluchend gegen die Wagenwand. Dann hockte er sich hin, schloss die Augen und holte ein paarmal tief Luft.

Beherrsch dich, *beherrsch* dich, dachte er. Dieser blöde Mistkerl hat sich selber den Garaus gemacht und damit das Einzige mitgenommen, das du wissen willst. Aber das Wichtigste war, dass Lynn noch *lebte!* Wahrscheinlich wurde sie in einem der Gebäude des Arsenals festgehalten. Kreiss wusste ja, dass es mindestens zwei Männer waren. Nun würde einer fehlen. Er musste den anderen finden, bevor der herausfand, was mit dem hier geschehen war.

Er machte die Augen wieder auf und schaute auf den Trailer. Der einzige Hinweis auf das Geschehen war der verbogene Griff des Wagenhebers, der unter dem Rand des Wohnwagens hervorschaute wie ein gebrochener Knochen. Dann roch er, dass Jared sich im Sterben noch erleichtert hatte. Er überlegte, was zu tun sei. Einen zweiten Wagenheber gab es vermutlich nicht, und er konnte die Leiche unmöglich hervorziehen. Und selbst wenn er es schaffte, stand er vor dem Problem, wie er sie entsorgen sollte. Er hatte Jareds Tod nicht gewollt, konnte aber nicht behaupten, dass es ihm sonderlich Leid tat.

Kreiss stand auf und nahm die Laterne. Wenn er den Schauplatz unverändert zurückließ, würde Jared irgendwann gefunden werden. Von dem zweiten Mann? Kreiss fragte sich, ob er hier eine Falle aufstellen solle. Nein. Wenn er das tat, musste er warten, bis der zweite Mann auftauchte – und da konnte er womöglich lange warten. In der Zwischenzeit war Lynn irgendwo eingesperrt, und ihre Zeit lief ab, falls man Jareds Drohung ernst nahm, dass er und sein Kumpan das Mädchen verhungern ließen. Nein, er konnte nicht warten. Er würde den zweiten Mann *jagen.* Erst würde er hier alle Spuren beseitigen und sich dann auf die Suche nach dem zweiten Mistkerl machen. Wieder betrachtete Kreiss nachdenklich den Trailer. Es sollte so aussehen, als wäre Jared aus irgendeinem Grund unter den Wagen gekrochen, und dann war das Ding über ihm zusammengebrochen ... Diese Hypothese würde jedoch nur einer oberflächlichen Untersuchung standhalten. Wenn Kriminaltechniker anrückten, sah die Sache anders aus.

Kreiss schaute auf die Uhr. Er musste davon ausgehen, dass sein Standort durch den Sender früher oder später ausfindig gemacht wurde, also hatte er nicht die ganze Nacht Zeit. Wie er auf dem Band gehört hatte, wollte der andere Mann nicht vor Samstagabend ins Arsenal zurückkehren. Er musste hier Ordnung schaffen, dann ins Arsenal fahren und nach Lynn suchen.

Jared hatte bereits einmal eine Falle gebaut. Kreiss traute sich zu, eine weitere Falle zu finden – aber was war, wenn es *mehr als eine* waren? Andererseits konnte er auch Janet Carter anrufen; sie hatte ihm ja Hilfe angeboten. Falls das FBI ihm glaubte, würde es einen Trupp auf das Fabrikgelände schicken, der sämtliche Gebäude absuchte. Und wenn Lynn in keinem der Gebäude war? Wenn sie stattdessen in einem der Bunker auf dem weitläufigen Gelände versteckt war? Oder in einer Höhle? Und wie groß war die Chance, dass das FBI ihm, Edwin Kreiss, Glauben schenkte? Besonders angesichts der unheiligen Allianz, die sein ehemaliger Arbeitgeber offenbar mit dem Justizministerium und der CIA eingegangen war.

Kreiss Instinkt riet ihm, keinem aus Washington zu trauen, besonders jetzt nicht, nachdem er das präparierte Nummernschild entdeckt hatte. Es gehörte zur Ausrüstung der »Sweepers«. Vielleicht hatte jemand in Washington entschieden, man müsse gegen ihn vorgehen, gerade *weil* Lynn vermisst wurde ...

Konzentrier dich, ermahnte sich Kreiss. Leg dem zweiten Mann einen Hinterhalt, finde heraus, wo er Lynn versteckt hält, und hol sie da raus.

Als er zum Pick-up ging, um sein anderes Paar Handschuhe zu holen, wurde ihm klar, dass er noch immer keine Ahnung hatte, was die beiden Männer auf dem Gelände des Arsenals eigentlich taten. Doch es war ihm vollkommen gleichgültig geworden.

In wenig mehr als vierundzwanzig Stunden würde er Lynn zurückhaben, selbst wenn er einem Mann sämtliche Knochen brechen musste, um ihn über seine Tochter auszufragen.

Janet Carter war immer noch unzufrieden mit sich, als sie am Samstagmorgen aufstand. Am Vorabend hatte sie pflichtschuldigst Farnsworth angerufen und ihm von der Wanze berichtet. Eine Zeit lang herrschte verlegenes Schweigen; dann hatte Farnsworth kleinlaut gestanden, dass er der Überwachungsabteilung des FBI-Büros Roanoke den Auftrag erteilt hatte, einen Peilsender in ihrem Wagen zu installieren.

»Die Leute von der CIA machen mich nervös«, meinte er. »Ich weiß immer noch nicht, worauf die hinauswollen.«

»Sir, ich weiß, dass ich noch ziemlich neu in der Einsatzarbeit bin, aber ich finde, man hätte es mir sagen können.«

Farnsworth druckste verlegen herum. »Ich würde gern wissen – wie sind Sie darauf gekommen?«, fragte er stattdessen.

»Ich bin nicht darauf gekommen. Ich hatte das Donaldson Brown Center an der Virginia Tech für ein Treffen vorgeschlagen. Kreiss hat gesehen, wie das Ding eingebaut wurde. Aus seinem Hotelfenster. Dann hat er's mir gesagt.«

»Er hat ein Zimmer in dem Hotel genommen, in dem Sie sich treffen wollten?«, fragte Farnsworth mit einem Kichern. »Ich hab's Ihnen ja gesagt: Der Mann versteht sein Handwerk. Vergessen Sie jetzt mal diesen Peilsender, Janet. Was ist bei der Unterredung mit Kreiss herausgekommen?«

Janet wollte ihr Versagen nicht zugeben. »Er denkt darüber nach, hat sich aber noch nicht abschließend geäußert. Wichtig ist ihm vorerst nur, seine Tochter zu finden.«

»Haben Sie eine Ahnung, wo er nach ihr gesucht haben könnte?«

»Er wollte es nicht direkt zugeben, aber ich glaube, er ist schon im Arsenal gewesen. Er wusste auch, dass es Site R genannt wird.«

»Haben Sie Beweise?«

»Nein.«

»Und das ist alles?«

Sie zögerte. »Ich habe ihm meinen Pager gegeben. Unter dem Vorwand, dass wir ihn kontaktieren müssten, wenn wir etwas Neues von seiner Tochter hören.«

»Er hat Ihren Pager genommen? Der liegt jetzt wahrscheinlich im Fluss.«

»Da bin ich nicht so sicher. Ich sagte Ihnen ja – er ist fixiert darauf, seine Tochter zu finden. Warum sollte er den Pager dann nicht nehmen? Falls wir etwas Neues erfahren, wird er es bestimmt hören wollen.«

»In Ordnung«, sagte Farnsworth. »Halten Sie mich auf dem Laufenden.« Er legte auf.

Janet ging auf den Parkplatz und zu ihrem Dienstwagen, suchte und fand den Peilsender, der viel größer war, als sie erwartet hatte, löste ihn von der Karosserie, ging zu Farnsworths Privatwagen und brachte ihn dort an. Dann fuhr sie nach Hause.

Nach dem Samstagsseminar an der Virginia Tech holte sie

sich einen Imbiss und stieg wieder in den Dienstwagen. An einer Tankstelle zog sie in einem Waschraum ihre Outdoorkleidung an und tankte voll; dann verließ sie Blacksburg in Richtung Süden und fuhr durch Christiansburg und Ramsey, bis sie auf der Route 11 die Brücke über den New River erreichte. Laut Straßenkarte waren es von dort fünf Meilen nach Süden bis zur Einfahrt ins Arsenal. Kurz vor zwei kam Janet dort an und stellte fest, dass sie nicht direkt zum Haupttor fahren konnte, da die Zufahrtsstraße mit betongefüllten Tonnen versperrt war. Sie setzte zurück auf die Landstraße und fuhr eine Stunde um das gesamte Gelände herum, entdeckte jedoch keinen weiteren Eingang. Da fuhr sie zum Haupteingang zurück, stieg aus und rollte eine der Tonnen mühsam beiseite. Dann fuhr sie zwischen den anderen hindurch, rollte die Tonne wieder an Ort und Stelle und folgte einer sanft ansteigenden Straße zwischen Bäumen hindurch in Richtung des Tores, wo ihr ein kleiner weißer Pick-up mit der Aufschrift FEDERAL SECURITY SYSTEMS entgegenkam.

Janet wich dem Wagen aus und parkte am Straßenrand. Der Pick-up fuhr durchs Tor und hielt ebenfalls. Janet stieg aus und zeigte den beiden jungen Wachleuten im Wagen ihren Ausweis. Der eine litt unter starker Akne, der andere trug ein ganze Sammlung von Ringen in beiden Ohren und einen hässlich aussehenden Metallvorsprung hinter der Unterlippe. Meine Güte, dachte Janet, der Typ hat sich einen *Zahn* piercen lassen!

Sie erzählte den Männern, sie wolle bloß eine kleine Autotour durchs Arsenal machen. Die Wachleute schauten sich Janets Ausweispapiere und ihre Dienstmarke an und sagten, sie könne nicht ohne Erlaubnis auf das Sperrgebiet fahren. Janet bat die Männer, diese Erlaubnis über Funk einzuholen, wurde jedoch darauf verwiesen, dass sie in schriftlicher Form vorliegen müsse. So ging es eine Weile hin und her, bis ein Kompromiss geschlossen wurde: Janet durfte den Wagen vor dem Haupttor stehen lassen und zu Fuß auf das Gelände. Die Wachschutzleute schlossen das Tor mittels Kette und Zahlenschloss ab, nachdem sie Janet die Zahlenkombination verraten hatten – nicht ohne den Hinweis, dass besagte Kombination bei der nächsten Inspektionsrunde geändert würde. Janet bekam eine Karte vom Gelände. Zum Schluss warnten die Wachleute sie vor der Fabrik: ohne Schutzmaske und Handschuhe solle man dort möglichst nur kurze Zeit verbringen. Janet fragte nach dem Grund.

»Damals wurden dort Bomben und Ähnliches fürs Militär gebaut«, sagte der Bursche mit den Aknepickeln. »Es wurden auch gefährliche Giftgase verwendet, wie im Ersten Weltkrieg. Damals hat noch kein Mensch von Umweltschutz oder Entsorgung geredet. Wir jedenfalls bleiben immer schön im Wagen, die Fenster hochgekurbelt.«

»Haben Sie gerade das gesamte Fabrikgelände abgefahren?«, fragte Janet.

»Nein, heute nicht«, sagte der Gepiercte und warf einen Seitenblick auf Pickelgesicht. »Heute waren die Bunker dran. Letztes Mal waren wir in der Fabrik.«

»Wir wollen so wenig Zeit wie möglich auf dem Gelände verbringen, verstehen Sie«, erklärte Pickelgesicht. »Deshalb waren wir heute nur auf den Wiesen mit den Bunkern.«

Janet dankte den Männern für ihre Hilfe und die vortrefflichen Ratschläge. Die beiden warteten, während sie ihre FBI-Windjacke, ein Paar Handschuhe, eine Taschenlampe und eine Flasche Wasser aus dem Wagen holte und dann die Tür abschloss. Verwundert starrten sie auf die Waffe, die in einem Schulterhalfter steckte. Der Gepiercte notierte sich Janets Namen und ihre Dienstmarkennummer; dann fuhren die Burschen los und winkten ihr zu. Janet konnte ihr Funkgerät rauschen und knacken hören, als sie die Zufahrt hinunterrollten. Sie starrte dem dynamischen Duo einen Moment nach. Wenn das ein Wachschutz sein soll, ging es ihr durch den Kopf, ist das Arsenal in echten Schwierigkeiten.

Als die beiden nicht mehr zu sehen waren, ging Janet zum Tor und drehte am Zahlenschloss. Sie nahm das Vorhängeschloss ab, schob einen der auf Rollen laufenden Torflügel zur

Seite und fuhr den Wagen aufs Gelände. Dann machte sie das Tor zu, ließ das Vorhängeschloss jedoch locker an seiner Kette hängen: Dieses Gelände war Sperrgebiet der Regierung, und sie selbst war Regierungsangestellte. Sie sah keinerlei Veranlassung, zwei spätpubertären Blödmännern einer Mietcop-Firma irgendwelche Auskünfte zu geben. Sie stopfte ihre Ausrüstung in den Kofferraum, setzte sich wieder ans Steuer, warf einen raschen Blick auf die Karte und fuhr auf der Hauptstraße in Richtung Fabrik.

Kreiss spielte mit dem Gedanken, mittels Jareds Stimme von den Bändern eine Nachricht zu fabrizieren, in der Jared dem zweiten Mann mitteilte, er habe es sich anders überlegt und wolle ihn doch am Samstagabend auf der Site R treffen. Der andere würde hinfahren und warten, und für Kreiss wäre es ein Kinderspiel, den Burschen zu überwältigen. Doch er verwarf diese Idee; es brauchte Spezialgeräte und eine Menge Zeit, um aus Jareds Stimme eine brauchbare Nachricht zusammenzustückeln. Nein, er würde drei Stunden vor Sonnenuntergang aufs Gelände vordringen und sich in der Nähe des Eisenbahntores auf die Lauer legen.

Inzwischen hatte Kreiss herausgefunden, dass der andere Mann vermutlich ein Verwandter von Jared war. Er hatte den Namen McGarand in drei örtlichen Telefonbüchern nachgeschlagen und zusätzlich zu Jared einen B. McGarand gefunden, der in Blacksburg wohnte und die Nummer hatte, die sein Rekorder aufgezeichnet hatte. Die Stimme des Mannes hatte viel älter geklungen. War er Jareds Großvater? Oder ein Onkel? Im Telefonbuch stand eine Adresse in Blacksburg, und Kreiss spielte mit dem Gedanken, dorthin zu fahren und früher als geplant mit seinem Vorhaben zu beginnen. Doch es waren noch zu viele Fragen offen: Gab es noch andere Familienangehörige? Kinder? Nachbarn? So etwas wie in Millwood wollte Kreiss nicht noch einmal erleben, und das bedeutete, dass er die Umgebung vorher auskundschaften musste.

Nein, es war viel sinnvoller, im Ramsey Arsenal auf den Mann zu warten. Natürlich bestand die Möglichkeit, dass dieser B. McGarand bei Jared anrief, um ihn zu überreden, doch noch zum vereinbarten Treffpunkt ins Arsenal zu kommen, doch Kreiss bezweifelte es: Der ältere Mann hatte viel zu verärgert geklungen. Somit blieb nur eine Gefahr: dass jemand zufällig Jareds Leiche unter dem Trailer entdeckte. Doch damit war innerhalb der nächsten vierundzwanzig Stunden kaum zu rechnen. Der Briefkasten befand sich an der Einbiegung der Schlammstraße, und solange Mr B. McGarand nicht höchstpersönlich auftauchte, konnte Jared an Ort und Stelle bleiben.

Den frühen Nachmittag verbrachte Kreiss auf seinem Grundstück und suchte nach Hinweisen, ob die Typen von der CIA noch einmal da gewesen waren. Dann suchte er im Blockhaus nach Wanzen, die erst mit zeitlicher Verzögerung aktiviert werden konnten. Er ging sogar zu Micahs Hütte, um nachzuhören, ob jemand im Wald herumgeschlichen sei, doch Micah sagte, dass seine Leute Ausschau gehalten hätten; im Wald sei niemand zu sehen gewesen. Falls ein Regierungsfahrzeug oder sonst etwas Verdächtiges auftauchte, würde er Kreiss sofort warnen.

Schließlich überprüfte Kreiss noch einmal seinen Pick-up, doch der Wagen war sauber. Er nahm Agentin Carters Pager vom Beifahrersitz – ein kleines schwarzes Gerät mit einem Fenster, von dem man die Nachrichten ablesen konnte. Er schaltete es ein und prüfte, ob es ein Signal aussenden konnte, doch es war nur ein Empfangsgerät. Er wollte es schon wieder ausschalten, ließ es dann aber an: Wahrscheinlich stand er näher davor, Lynn zu finden, als das FBI und alle anderen. Doch Agentin Carter konnte ihn rechtzeitig warnen, falls Washington einen neuen Schachzug plante. Und wenn er sämtliche Kommunikationskanäle abschnitt, würden sie noch versessener darauf sei, ihn aufzuspüren. Deshalb ließ er den Pager an, legte ihn aber ins Handschuhfach. Falls *doch* eine Art Sender darin war, würde das Signal so stark abgeschwächt, dass es kaum noch von Nutzen war. Dann ging Kreiss in dic Hütte, um die abschließenden Vorbereitungen für seine nächtliche Operation zu treffen.

Janet fuhr seit fast zwei Stunden im Ramsey Arsenal umher und hatte nur Bunker und Kiefern gesehen. Hunderte Bunker und Hunderte von Kiefern. Mehrere Male hatte sie einen Bachlauf gekreuzt, der anscheinend quer über das gesamte Gelände verlief. Die Stahltüren der Bunker waren rostig und fest verriegelt; kein Schild wies darauf hin, was sich in diesen Bunkern befand – oder befunden hatte.

Um vier Uhr war Janet zurück auf dem Fabrikgelände und hielt vor einem Gebäude, das früher anscheinend das Kraftwerk gewesen war. Um sie herum standen Dutzende gleichförmiger Bauten, Baracken, Tanks und Türme in einem verworrenen Netz aus Straßen, Gassen und Bahngleisen.

Okay, dachte sie, wenn das Site R ist, dann ist es für drei College-Kids auf Campingtour ein durchaus lohnendes Ziel. Aber was weiter? Kein Wunder, dass die Umweltschutzbehörde dieses Gebiet auf die rote Liste gesetzt hatte, denn im Umkreis von hundert Metern um die Gebäude wuchs keinerlei Grün. Und selbst bei eingestelltem Umluftfilter konnte Janet den Geruch nach Chemikalien wahrnehmen. Ob die Kids in eines dieser großen Gebäude eingedrungen waren und sich selber aus Versehen eingeschlossen hatten? Keines der Gebäude schien Fenster zu haben, und die Türen wirkten massiv. Janet schauderte bei dem Gedanken. Es war jetzt vier Wochen her, dass die jungen Leute verschwunden waren, und selbst mit Lebensmittelvorräten wären sie nun auf dem besten Wege, sich in Mumien zu verwandeln.

Clark, der rothaarige Student, hatte gesagt, die jungen Leute hätten in die Site R einbrechen wollen. *Einbrechen.* Vielleicht sollte sie lieber das Militär zu Hilfe rufen – oder wem auch immer dieses Mausoleum gehörte –, damit jedes verdammte Gebäude durchsucht wurde. Sie dachte an Edwin Kreiss, stellte sich ihn auf dem Bordstein sitzend vor, wie er Soldaten zuschaute, während sie die Gebäude durchsuchten. Kein sonderlich schönes Bild. Außerdem war da noch die Theorie über die Bombenbastler, die den Herrschaften in Washington im Kopf herumspukte.

Zur Hölle damit. Das hier hatte doch keinen Sinn. Janets Auftrag war, nahe an Kreiss heranzukommen und ihn zu überwachen. Einen Punkt zu finden, an dem man den Hebel ansetzen konnte.

Und doch kam Janet wieder auf die geheimnisvollen Bombenbastler zurück. Sie schaute sich um. Die Umweltbehörde hatte Recht: Dies hier war der ideale Ort, um ein Bombenlabor einzurichten. Doch die Spezialisten des ATF waren hier gewesen, hatten alles durchsucht und nichts gefunden – und man musste doch annehmen, dass diese Leute wussten, wie so ein Labor aussah. Dass sie, Janet, zufällig eins finden würde, war eher unwahrscheinlich.

Also fahr nach Hause, sagte sie sich. Kümmere dich um Kreiss. Genehmige dir einen Drink. Genieß das Leben.

Janet fuhr die Straße vor dem Kraftwerk hinunter, bog links ab und fuhr eine leichte Anhöhe hinauf, unter der das Hauptabflussrohr verlief. Mit lautem Rumpeln holperte der Wagen über Stahlplatten, die im Abstand von fünfzehn Metern in den Boden eingelassen waren. Janet drosselte das Tempo, damit die Reifen nicht so laut dröhnten, und wollte eben nach ihrer Handtasche greifen, als der Wagen plötzlich gegen irgendetwas stieß und sich dann in einem unmöglichen Winkel nach unten neigte. Janet trat mit aller Kraft auf die Bremse, doch es war schon zu spät – der Wagen stürzte in ein schwarzes Loch. Der Airbag erstickte ihren Schrei, als der Wagen mit einem gewaltigen Krachen aufschlug und die Fenster aus Sicherheitsglas zu Bruch gingen. Durch die Erschütterung erstarb der Motor.

Nach ein paar Sekunden der Benommenheit befreite Janet die Hände vom Airbag. Ihre Haut brannte, wo sie mit der Beschichtung in Berührung gekommen war, und der Sicherheitsgurt hätte sie beinahe in drei Teile zerschnitten. Um sie herum war eine dichte Staubwolke. Dann erst merkte Janet, dass sie im Halbdunkel saß: Von oben drang schwacher Lichtschein zu ihr. Die Windschutzscheibe war heil, aber aus dem Rahmen gerissen. Zu beiden Seiten ragten Betonwände auf; offenbar befand sie sich in einem riesigen Tunnel, der sich nach hinten zu senken schien. Janets Rippen taten weh, ihre Schienbeine waren aufgeschürft, doch ernsthaft verletzt war sie offenbar nicht. Der Wagen hingegen schien einiges abbekommen zu haben.

Auf einer Seite konnte Janet einbetonierte Leitersprossen erkennen; also gab es immerhin einen Weg hier heraus. Doch als sie den Gurt lösen wollte, bewegte sich der Wagen, rutschte nach hinten. Reflexartig trat sie auf die Bremse, erreichte damit aber nur, dass das Bremspedal durch den Unterboden brach. Das Auto gewann an Geschwindigkeit; der Lichtkegel, den Janet nun vor sich sah, wurde schwächer, während der Wagen eine immer steilere Neigung hinunterrollte. Lautes Kratzen und Kreischen waren zu hören, als würden die Hinterradachse oder der Auspuff über den Beton schleifen. Janet versuchte, sich im Sitz zu drehen, aber der Gurt war eingerastet, und sie konnte kaum den Kopf drehen, um zu sehen, was hinter ihr war: undurchdringliche Dunkelheit. Unwillkürlich schrie sie auf, als der Wagen immer schneller rollte, doch der Lärm erstickte ihren Schrei – eine Kakophonie aus Kreischen und knirschendem Metall. Dann hatte sie das Schwindel erregende Gefühl, rückwärts über eine Klippe zu segeln; der Wagen schwebte eine Sekunde lang in der Luft, landete erneut auf hartem Untergrund, glitt seitlich weg und landete in Wasser.

Das Gefährt kam zum Stehen und neigte sich gefährlich zur Fahrerseite, worauf eine Flutwelle eiskalten Wassers durch die Fensterlöcher ins Wageninnere drang. Es war erstaunlich, doch der zweite Aufprall hatte die Innenbeleuchtung über Janets Kopf eingeschaltet. Sie befreite sich endlich vom Gurt. Das schwarze Wasser strömte ins Wageninnere. Draußen war es stockfinster, doch Janet hatte keine Wahl. Während das Auto voll lief und hinter ihr versank, kroch sie durchs Fahrerfenster und versuchte, dem Strudel zu entkommen.

Das Wasser war eiskalt. Sie rang nach Atem, und die Kälte kroch rasch in ihre Glieder. Ihre Arme und Beine schmerzten von kleineren Schnittwunden. Kurz glaubte sie, das schwache Licht einer Notbeleuchtung hinter sich zu sehen, doch dann war es schon wieder verschwunden. Eine Minute lang planschte Janet orientierungslos umher, bevor sie ihre Panik überwand und sich zur Ruhe zwang. Sie machte regelmäßige Atemzüge und gezielte Schwimmstöße. Zwei riesige, unsichtbare Blasen platzten an der Wasseroberfläche; die zweite roch stark nach Benzin. Einer ihrer Schuhe rutschte Janet vom Fuß, den anderen schüttelte sie ab. Die Pistole im Schulterhalfter fühlte sich wie ein Stein an, doch Janet wollte die Waffe nicht wegwerfen. Dann erinnerte sie sich ihres Rettungstrainings und streifte ihre Hose ab. Wasser tretend, zog sie den Taillenbund der Hose vors Gesicht und schloss Reißverschluss und Knopf. Dann machte sie einen behelfsmäßigen Knoten in jedes Hosenbein, holte tief Luft, senkte den Kopf und atmete in die Hose aus. Sie wiederholte diesen Vorgang fünfmal, bis die Hose sie wie ein Luftkissen trug und Janet sanft auf dem Wasser schaukelte. Wieder roch es nach Benzin und Gas: Es war der versunkene Wagen, aus dem sämtliche Flüssigkeiten ausliefen.

Janet stieß erschreckt den Atem aus, als sich etwas Großes unter der Oberfläche bewegte, doch es war nur eine weitere Luftblase.

Dann herrschte Stille. Sie versuchte festzustellen, ob sie vorwärts getragen wurde, doch ohne sichtbare Bezugspunkte war das schwer zu sagen. Wahrscheinlich nicht; die Luftblase aus dem Wagen war senkrecht unter ihr aufgestiegen. Sie rief um Hilfe und lauschte, wie ihre Stimme von den unsichtbaren Wänden zurückgeworfen wurde. Die Dunkelheit war undurchdringlich, doch die Taschenlampen lagen unerreichbar im Kofferraum. Irgendwo über ihr, weit entfernt, hörte Janet etwas zu

Boden fallen. Es klang wie eine große Stahlplatte, die auf Beton krachte. Dann wieder Stille.

Nein, ganz still war es nicht. Irgendwo in der Nähe strömte Wasser herab – kein großer, aber ein steter Strom, der aus beträchtlicher Höhe fiel. Janet begann zu paddeln wie ein Hund und hoffte, dass sie sich in gerader Linie bewegte. Nach einer knappen Minute stieß sie auf eine Wand, anscheinend aus Beton. Sie betastete die Oberfläche. Sie war glatt und glitschig, wie mit Moos bewachsen. Janet tastete ein Stück die Wand entlang, die ohne Vorsprünge zu sein schien. In dieser Richtung kam ihr das Rauschen des Wassers lauter vor, doch es war immer noch weit entfernt.

Vor Kälte begannen ihre Lippen zu zittern. Sie musste aus dem Wasser, bevor die Unterkühlung einsetzte. Sie hielt inne und überlegte: Wenn das hier ein Tunnel ist, muss die andere Wand genau auf der anderen Seite sein. Sie drückte sich mit dem Rücken gegen die Wand und stieß sich im rechten Winkel ab. Sie schien eine Ewigkeit zu paddeln, bis ihre Fingerspitzen eine harte, glitschige Oberfläche berührten.

War sie im Kreis geschwommen? Nein, der Wasserfall war jetzt von der anderen Seite zu hören. Wieder begann sie ihre Suche, diesmal an der Wand zu ihrer Linken. Hand um Hand tastete sie sich vor, suchte nach einem Rohr, nach Sprossen oder Stufen – nach irgendeinem Vorsprung, an dem sie sich aus dem eiskalten Wasser ziehen konnte.

Janet merkte, dass ihr Kinn bereits unter Wasser war, also wurde es Zeit, die Hosenbeine wieder aufzublasen. Sie tauchte unter und blies erneut fünfmal in ihre provisorischen Schwimmflügel, bis diese sie wieder trugen. Dann ruhte sie sich ein wenig aus. In welche Richtung sie wohl geschwommen war? Zum ersten Mal stieg Verzweiflung in ihr auf. Janet fragte sich, ob sie in dieser Finsternis jämmerlich ertrinken würde. Sie streckte die Hand nach der Wand aus, doch die war plötzlich nicht mehr da. Panik überfiel sie. Denk nach, ermahnte sie sich. Der verdammte Tunnel *muss* an irgendeiner Stelle mit anderen Röhren zusammentreffen. Und irgendwo müssen Ausstiege und Leitern sein; das Tunnelsystem muss doch von Zeit zu Zeit gewartet oder gereinigt werden! Du musst eine dieser Leitern finden und rausklettern. Wenn du dann zum Hauptabfluss zurückfindest, kannst du auch die Stelle finden, wo du eingebrochen bist.

Janet tastete sich weiter Hand um Hand an der Wand entlang und hielt nur hin und wieder inne, um zu horchen und nach Licht Ausschau zu halten. Endlich merkte sie, dass sie kein Wasserrauschen mehr hörte. Aus irgendeinem Grund fand sie das beunruhigend; deshalb änderte sie die Richtung und schwamm zurück, wobei sie nun schneller wurde, denn diese Wand hatte sie ja bereits erkundet, ohne etwas zu finden. Allmählich wurden ihre Beine taub vor Kälte; die Füße spürte sie schon gar nicht mehr. Sie verdrängte die aufkeimende Furcht vor den möglichen Folgen einer Unterkühlung und tastete sich weiter. Dann hörte sie wieder den Wasserfall und hielt darauf zu. Sie fasste wieder Mut, als sie von neuem Benzin roch; auch das Wasser fühlte sich hier anders an, irgendwie schwerer, glitschiger. Das konnte nur bedeuten, dass sie sich wieder an der Einmündung befand, wo ihr Wagen aus dem Haupttunnel herausgerutscht war. Sie hielt an und schaute nach oben, glaubte für einen Moment, Licht zu sehen, wusste aber, dass es Wunschdenken war. Sie sah nichts.

Strampelnd bewegte sie sich weiter, an der Öllache des versunkenen Wagens vorbei. Das Geräusch fallenden Wassers wurde immer lauter. Und dann war sie mitten in einem kleinen Wasserfall, der von irgendwo hoch oben herabstürzte. Wassertretend verharrte sie auf der Stelle und hielt den Kopf in den Nacken, dankbar, dass der Wasserstrahl die Ölschicht abwusch. Während sie dem Wasserfall lauschte, wurde ihr klar, dass es ein beständiges Echo gab. Hatte sie das Ende des Tunnels erreicht? Sie schwamm weiter und stieß augenblicklich gegen eine weitere Wand. Sie folgte ihr ein paar Meter nach rechts, bis sie auf eine Ecke stieß. Sie hatte also Recht gehabt:

Dies war das Ende des Abzweigungstunnels. Janet befühlte den Beton: Unter Wasser war er glitschig, oberhalb jedoch einigermaßen trocken.

Wieder geriet ihr Kinn unter Wasser, und sie blies die Hosenbeine zum dritten Mal auf. Sie dachte an ihre Rettungskapsel, doch die war wahrscheinlich verloren gegangen, als sie die Hose abstreifte. Sie hustete und spie Wasser aus; dann tastete sie wieder nach der Wand.

Plötzlich hörte sie ein seltsames, gefährlich klingendes Rumpeln irgendwo zu ihrer Rechten, das sich zu nähern schien. Mein Gott, was ist das?, dachte sie, als sie wieder eine Hand auf die Wand legte, die sich bewegte.

Die sich bewegte?

Nein, das stimmte nicht: *Sie selbst* war in Bewegung und trieb auf das rumpelnde Geräusch zu. Wieder griff sie nach der Wand, doch ihre Hände fanden keinen Halt, berührten nur eine glitschige, moosige Fläche. Bei dem Versuch, sich festzukrallen, riss Janet sich ein paar Fingernägel ein. Sie wollte nicht zur Quelle dieses Rumpelns gezogen werden, konnte sich aber nicht dagegen wehren – immer schneller ging es, immer lauter wurde der Lärm, und ihre Hand rutschte hilflos von der Wand ab. Die Strömung war nun deutlich zu spüren, und das Wasser rauschte lauter. Janet versuchte zu erkennen, was weiter unten im Tunnel vor sich ging, doch vor ihr waren nur Schwärze und dieser Lärm, der sich anhörte, als nahte das Ende der Welt.

Dann spürte sie Strudel und Blasen an den nackten Beinen und hörte ein bedrohliches, saugendes Geräusch vor sich in der Dunkelheit. Panik überkam sie. Sie schrie und trat um sich, kämpfte gegen die Strömung an, jedoch vergeblich. Die Strömung war stärker und zog sie näher und näher an das saugende Geräusch heran. In diesem Augenblick traf Janets Hand auf Metall, ein senkrechtes Etwas, das sie in einer letzten, verzweifelten Anstrengung packte, wobei ihr Körper augenblicklich von der Strömung in die Horizontale gerissen wurde. Sie hielt sich mit aller Kraft fest, kämpfte verzweifelt darum, auch die zweite Hand um den Rettungsanker zu legen. Ihre halb aufgeblasene Hose wurde von dem Mahlstrom fortgerissen. Sie schloss die Augen und hielt sich todesmutig fest, bis das Saugen allmählich schwächer wurde. Dann hing sie an dem Teil, das sie gepackt hatte. Unter ihr floss das Wasser ab, als hätte ein Riese ein Abflussloch geöffnet.

Janet tastete mit der Hand und fand einen zweiten senkrechten Holm; es war anscheinend eine Stahlleiter. Sie tastete nach einer Sprosse, auf die sie einen Fuß setzen konnte, und ließ dann den Kopf auf eine höhere Sprosse sinken, während sie Atem schöpfte. Unter ihr gurgelte die Flut und warf riesige Blasen; dann wurde es still. Janets eigene Atemzüge waren der einzige Laut in der Finsternis. Ihre Beine fühlten sich in der eiskalten Luft plötzlich sehr verletzlich an. Fern zur Linken hörte sie wieder den Wasserfall; diesmal klang es, als würde er auf Beton prasseln. Janet blickte hoch, doch über ihr war nichts als Dunkelheit. Dennoch begann sie zu klettern. Nach fünfzehn Sprossen stieß sie auf etwas, das ihr wie eine schmale Leiste vorkam. Die Leiterholme reichten noch über diesen Vorsprung hinaus und erlaubten ihr, höher zu klettern und sich daraufzuziehen. Die Leiste war nicht besonders breit, höchstens einen Meter, doch Janet vermutete, dass sie über dem höchsten Wasserstand lag. Hier oben wehte sogar eine leichte warme Brise, angenehmer als die bitterkalte Luft unten am Wasser.

Janet ruhte sich ein paar Minuten aus, als ihr plötzlich auffiel, dass es schon wieder nach Benzin roch. Der Gestank war streng und schien direkt von unten zu kommen. Der Wasserfall, nun rechts von ihr, fiel tatsächlich auf nackten Betonboden. Dieses Tunnelsystem muss eine Art riesiger Abfluss sein, überlegte sie und erinnerte sich, dass das Moos an der Wand noch unter Wasser stand, kurz bevor der Tunnel sich entleert hatte. Wenn das Wasser bis zu einer bestimmten Höhe gestiegen war, wurde der Druck im Tunnel offenbar so groß, dass das Wasser in eine Art Ablaufsystem gepresst wurde. Janet überlegte, ob vielleicht sogar ihr Wagen hierher geschwemmt und in den Abfluss geraten war. Dann konnte sie möglicherweise an den Kofferraum heran und eine Taschenlampe holen. Das aber bedeutete, dass sie die Leiter wieder hinunterklettern und an der tiefsten Stelle des Tunnels nach dem Wagen suchen musste. Was, wenn sie sich dabei verirrte? Nicht mehr zur Leiter zurückfand? Janet fröstelte bei dem Gedanken, weil sie wusste, dass der Wasserfall den Tunnel früher oder später aufs Neue füllen würde.

Also geh endlich. Mach schon! Du musst Licht haben, wenn du aus diesem Albtraum herauskommen willst.

Widerwillig tastete Janet nach der Leiter und schwang sich wieder darauf. Langsam kletterte sie in die Tiefe, wobei die rostigen Sprossen ihre bloßen Füße zerkratzten. Endlich erreichte sie den Boden und merkte, dass das Wasser bereits wieder eine Hand breit hoch im Tunnel stand. Erschöpft lehnte sie sich mit dem Rücken an die Leiter. Der Gestank nach Benzin wurde stärker; der Kadaver des Autos musste also in der Nähe sein. Janet beugte sich hinab, um den Boden zu ertasten, und entdeckte einen Riss oder eine Naht im Beton, der geradewegs von der untersten Leitersprosse wegführte. Es fühlte sich wie alter, gesprungener Asphalt an, hart und doch ein wenig nachgiebig, wenn sie mit dem Finger darauf drückte. Wenn sie die Hand darauf ließ, konnte sie den Weg zurück zur Leiter finden.

Sie versuchte es, tastete sich ein paar Meter vor und folgte der Naht dann wieder zur Leiter zurück. Mehr an Orientierungshilfe hatte sie nicht. Wieder trat sie von der Leiter weg und bückte sich, um mit der Linken auf der Naht zu bleiben. Sie durchquerte die gesamte Breite des Tunnels, obgleich das Wasser rasch wieder tiefer wurde, bis sie an der gegenüberliegenden Wand war. Kein Auto. Sie kroch zurück bis zur Mitte des Tunnels, rief »Hallo!« und horchte. Sie glaubte, irgendetwas zu ihrer Rechten gehört zu haben, wandte sich neunzig Grad nach links und tastete hinter sich nach der Naht. Dann nahm sie all ihren Mut zusammen, erhob sich und entfernte sich von der Naht. Sie war zehn Schritte gegangen, als sie erkannte, dass der Hauptabfluss in dieser Richtung liegen musste. Lief sie geradewegs darauf zu?

Wieder rief sie und spürte, dass etwas genau vor ihr war. Das Ende des Tunnels? Sie bewegte sich mit winzigen Schritten vorwärts, die Hände vor sich ausgestreckt, und versuchte nicht daran zu denken, wie sie die rettende Naht wiederfinden sollte ... und dann fuhr sie mit einer Hand an der glatten Oberfläche des Wagens entlang. Beinahe wäre sie in Tränen ausgebrochen. Vorsichtig tastete sie umher, orientierte sich. Die Motorhaube war rechts von ihr. Sie fingerte an der Seite des Wagens entlang, bis sie den Kofferraum erreichte. Doch wie sollte sie ihn öffnen? Sie fluchte stumm. Die Kofferraumverriegelung wurde durch einen großen Knopf unter der Armlehne auf der Fahrerseite gelöst. Ob er noch funktionierte? Janet arbeitete sich zur Beifahrertür vor und versuchte sie zu öffnen, doch die Tür war verkantet. Sie fühlte zackige Glaskanten unter ihren Fingerspitzen. Steckte die Hand, dann Kopf und die Brust hindurch, bis sie die Fußmatte vor dem Sitz greifen konnte. Sie legte die Matte über die Glaszacken und kroch ins Wageninnere, wobei sie darauf achtete, sich nicht zu schneiden. Schließlich war sie drinnen und tastete auf dem Fahrersitz. Sie kam fast schon an den Knopf heran, als das Auto sich plötzlich bewegte und sich langsam auf die linke Seite neigte. Janet schrie auf und kroch zum Fenster hinaus, so schnell sie konnte. Sie hörte, wie der Wagen wieder auf seine vier Räder zurückfiel.

Keuchend hockte sie neben dem Fenster und versuchte ihre Gedanken zu ordnen. Der Wagen schien genau über dem Hauptabfluss zu balancieren. War dieser Abfluss breit genug, dass ein ganzer Wagen hindurchpasste? Offenbar nicht, sonst wäre er längst hindurchgesogen worden ... oder? Aber warum hatte er sich dann bewegt? Sie brauchte *Licht,* irgendein Licht. Sie wagte nicht, über die Motorhaube zu klettern: Wenn das Auto sich wieder neigte, konnte sie in den Abfluss geschleudert werden. Inzwischen reichte ihr das Wasser schon bis an die Oberschenkel. Und es würde noch weiter steigen.

Denk nach, Janet, denk nach! Du musst an diesen Knopf kommen. Du musst wieder ins Auto und es noch einmal versuchen. Sie holte tief Luft und kletterte wieder auf den Beifahrersitz, diesmal mit weniger hektischen Bewegungen. Dann zog sie ihre Pistole und hoffte, damit ihre Reichweite verlängern zu können. Sie wusste genau, wo der Knopf war, selbst in völliger Dunkelheit. Sie kroch über den Sitz, bemüht, den Schwerpunkt ihres Gewichts auf der Beifahrerseite zu halten, während sie den Arm mit der Pistole so weit ausstreckte, wie sie nur konnte. Das Auto bewegte sich nicht. Janet reckte sich noch ein paar Zentimeter vor und stach mit der Waffe unter die Lenksäule, musste den Arm jedoch sofort zurückziehen, als die Waffe sich in den schlaffen Falten des Airbags verfing. Das Auto schwankte leicht, worauf Janet sofort einen halben Meter auf den Beifahrersitz zurückwich. Der Wagen stand wieder still. Ganz vorsichtig schob Janet sich auf die Fahrerseite, holte mit der Pistole aus und schlug sie auf die Stelle, wo der Knopf sein musste. Dann kroch sie sofort wieder zurück, als der Wagen erneut zu schwanken begann. Zu ihrer Erleichterung stellte er sich wieder auf seine vier Räder. Janet kletterte aus dem Fenster und ging zum Heck.

Der Kofferraum war immer noch zu.

Funktionierte der Knopf nicht, oder hatte sie daneben geschlagen? Sie ging ums Heck herum, die Hand auf dem Kofferraum, bis sie hinten links am Wagen stand. Mit den Zehen ertastete sie die Stelle, wo der Betonboden abfiel: Der platte Hinterreifen stand gerade noch auf der Kante. Janet wischte das Bild weg, das sich ihr aufdrängte – wie sie einen Sturz ins Nichts tat, das ihren Wagen und sie verschlang.

Janet watete zurück zum Beifahrerfenster. Sie musste es noch einmal versuchen.

Sie brauchte vier Versuche, bis sie das vertraute Knacken hörte, mit dem die Kofferraumverriegelung aufsprang. Rasch kroch sie aus dem Wagen, steckte die Pistole ins Halfter zurück und tastete sich Hand um Hand zum Kofferraum vor, wo sie sich prompt den Kopf stieß. Im Kofferraum lag alles wild durcheinander, aber schließlich ertasteten ihre wühlenden Hände eine Taschenlampe in einer Gummiummantelung. Janet knipste sie an. Das helle weiße Licht erstrahlte. Endlich konnte sie *sehen!* Sie leuchtete die Umgebung ab und stellte fest, dass sie in einer hohen Betonkammer war; der Tunnel, den sie erforscht hatte, lag links davon. Die Kammer besaß eine Fläche von etwa zehn Quadratmetern. Zehn Prozent des Tunnelbodens standen schon wieder unter Wasser. Janet schwenkte den Lichtstrahl zu den Kammerwänden hinüber und sah die Leiter und den Vorsprung. Darüber war nichts zu erkennen. Sie richtete den Strahl nach unten, auf die linke Seite des Wagens, und hielt den Atem an. Das Auto stand an der Kante eines gewaltigen Lochs, das schon bis zum Rand mit schimmerndem schwarzen Wasser gefüllt war, da der Tunnel bereits wieder voll lief. Und nichts würde das Auto hindern, in das Loch hineinzukippen; wahrscheinlich hatten nur die Strudel um das Abflussloch herum den Wagen vorerst davor bewahrt.

Janet atmete angespannt aus und ging wieder zum Kofferraum, aus dem sie eine durchnässte Decke, eine zweite Taschenlampe, einen Erste-Hilfe-Kasten und ein paar grüne, selbst leuchtende Chem-Lights im Plastikpack holte. Sie wickelte ihre Schätze in die Decke und ging im grellweißen Licht der Taschenlampe zur Leiter, um bis zur vorspringenden Leiste hinaufzusteigen, die sie vor dem steigenden Wasser schützen würde.

Doch zuerst musste sie sich ausruhen. Ihre Beine vermochten sie kaum noch zu tragen, und sie zitterte am ganzen Körper. Sie wusste, dass sie kurz davor war, vor Erschöpfung zusammenzubrechen, sowohl wegen der langen Zeit im eiskalten Wasser als auch wegen der Angst, die sie ausgestanden hatte. Janet wusste nicht einmal, ob sie es überhaupt noch bis auf die

Leiste schaffen würde. Aber wenn sie nass war, würde die Decke sie wärmen. Die Hauptsache war erst einmal, dass sie endlich wieder etwas *sehen* konnte. Das wog fast alles andere auf. Doch das Wasser, das ihr allmählich bis zu den zitternden Knien stieg, ermahnte sie, sich langsam in Bewegung zu setzen. Sie begann den mühsamen Aufstieg.

Kurz nach Sonnenuntergang passierte Browne McGarand die Betonfässer an der Zufahrt. Er war immer noch wütend, dass Jared Weiberröcken hinterherrannte, wo ihr Wasserstoffprojekt so kurz vor dem Ziel stand. Der Eindringling war zwar eine Erschwernis, doch Browne war nicht gewillt, auch nur einen weiteren Tag ungenutzt verstreichen zu lassen, zumal inzwischen schon reichlich Druck im Tank war. Brownes Angriffsziel würde sich zwar nicht in Luft auflösen, doch wenn jemand hier herumschnüffelte, geriet sein Labor im Arsenal in Gefahr.

Browne fuhr die Straße aufs Haupttor zu, verlangsamte, blendete die Scheinwerfer ab und bog wie gewöhnlich auf die Brandstraße ein.

Und dann trat er erschreckt auf die Bremse. Irgendwas stimmte nicht mit dem Tor.

Er legte den Rückwärtsgang ein, fuhr aufs Tor zu, stoppte, zog die Handbremse und stieg aus. Der Schein der Rückleuchten erhellte das Wärterhäuschen und die beiden Torflügel, die auf Rollen liefen. Zwar waren sie geschlossen und sahen aus wie immer ... Nein, das stimmte nicht. Das Vorhängeschloss hing samt Kette am Mittelpfosten des Tores!

Waren etwa diese Wachschutzheinis auf dem Gelände? Nachts? Browne starrte auf das Vorhängeschloss. Dann ging er zum Tor, rüttelte daran – und die Torflügel rollten tatsächlich zur Seite. Er ging zurück zu seinem Pick-up, stellte den Motor ab und lauschte, ob er den Wagen des Wachdienstes hörte, dessen Motorengeräusch er gut kannte. Doch außer den üblichen leisen Geräuschen von der Route 11 war nichts zu hören.

Hatten die Burschen von der Wachschutzfirma das Tor offen gelassen? Oder der Eindringling?

Browne zog seine Taschenlampe hervor und leuchtete das Schloss an, doch es schien nicht aufgebrochen zu sein. Wer immer es geöffnet hatte, musste die Kombination gekannt haben; deshalb konnten es nur die Wachmänner gewesen sein. Also waren sie auch auf dem Gelände. Browne spähte die Zufahrtsstraße hinunter ins Arsenal. Die Straße führte drei Kilometer durch dichten Wald, bevor sie ins Fabrikgelände mündete; hinter dem Waldrand machte sie eine Kurve, sodass es für Browne unmöglich war, von hier aus etwaige Scheinwerfer zu sehen. In diesem Augenblick konnten die Wachleute schon wieder auf der Rückfahrt zum Haupttor sein – vielleicht hatten sie sich verspätet auf den Weg gemacht oder Probleme mit ihrem Wagen gehabt. Dennoch beschloss Browne, sich den langen Marsch entlang der Gleise zu sparen und ebenfalls hier aufs Gelände zu fahren. Er wünschte sich, Jared wäre dabei.

Er ging zum Pick-up, holte das Essen für das Mädchen und seinen Schlafsack heraus und schleppte alles zum Tor, wo er es abseits im Gebüsch verstaute. Dann fuhr er den Wagen so leise wie möglich die Straße hinunter, zwischen den Fässern hindurch, und bog auf die Route 11 ein. Eine Meile weiter südlich war ein »Waffelhaus«. Browne stellte den Pick-up in der hintersten Ecke des Parkplatzes ab. Diese Restaurants waren durchgehend geöffnet, deshalb herrschte auf dem Platz ein ständiges Kommen und Gehen. Browne stieg aus und schlenderte über die Route 11 zurück zum Arsenal, wartete, bis er keine Autos mehr sah, und ging die Zufahrt hinauf. Falls jemand dort gewesen war und seinen Pick-up gehört hatte, musste der Betreffende glauben, er, Browne, sei nur bis zu den Toren gefahren und wieder verschwunden.

Er durchquerte das Tor und rollte die Flügel so leise wie möglich wieder zurück. Er schulterte seinen Rucksack und marschierte am Straßenrand entlang, wobei er alle paar Minuten hielt, um auf den Wagen der Wachleute zu horchen. Er konnte es immer noch nicht fassen, dass sie nun auch des Nachts Streife fuhren. Für ihn aber bedeutete es, besonders vorsichtig sein zu müssen, da sie wahrscheinlich mit einem Eindringling rechneten. Er schaute sich gründlich auf der Hauptstraße des Fabrikgeländes um – und blieb wie angewurzelt stehen.

Jared hatte doch eine Falle gestellt.

Hölle und Verdammnis!, dachte Browne. Diese Dummköpfe sind wahrscheinlich über die Stahlplatte geholpert und liegen jetzt im Graben fest, sitzen tot oder schwer verletzt in ihrem Pick-up am Ende der Abflusskammer. Er musste es so schnell wie möglich herausfinden: Falls die Wachschutzheinis sich nicht meldeten, würden hier schon bald die Cops und Schnüffler von den Bundesbehörden aufkreuzen.

Er hatte vielleicht noch vierundzwanzig, möglicherweise sogar sechsunddreißig Stunden Zeit. Aufgeregt eilte er die düstere Straße hinunter.

Kreiss lauschte dem Motorenlärm auf der Zufahrtsstraße. Er hatte sich hinter dem Weichenstellerhäuschen verschanzt, das ein kleines Stück hinter dem inneren Bahntor in der Nähe des Zauns stand. Es war eine klare, mondlose Nacht. Kreiss wollte den Burschen in dem Moment überwältigen, wenn er durchs Tor kam – am besten genau dann, wenn er den Zähler überprüfte. Doch als das Motorengeräusch verstummte, erstarrte er und horchte. Der Wagen war nicht mal bis zu der Stelle gekommen, wo die beiden sonst zu parken pflegten. Was hatten sie – nein, *sie* konnten es ja nicht mehr sein –, was hatte *er* vor?

Kreiss wartete eine Viertelstunde. Er trug die gleiche Montur wie beim ersten Mal, als er das Gelände ausgekundschaftet hatte. Zuerst hatte er mit dem Gedanken gespielt, auch Jareds .45er mitzubringen, sich dann aber dagegen entschieden. Waffen bedeuteten nur zusätzliches Gewicht, und er brauchte keine Waffe mehr, wenn er den Mann am Boden hatte. Außerdem wusste er ja, dass es nur noch ein Gegner war. Kreiss schloss die Augen und konzentrierte sich auf sein Gehör. Aus dem

Wald waren die üblichen nächtlichen Laute zu hören, jedoch kein Geräusch, das von einem Menschen stammte. Traf dieser Kerl jetzt besondere Sicherheitsvorkehrungen? Oder hatte er Jareds Leiche schon entdeckt? Kreiss beschloss, noch eine Weile zu warten, und richtete den Blick auf die Gleise außerhalb des Tores, weil der Mann aus dieser Richtung kommen musste. Falls er es sich nicht anders überlegt hatte und wieder weggefahren war.

Im schwachen grünen Licht des kleinen Chem-Light-Stabes kroch Janet zur Kreuzung von Haupttunnel und Abflusskammer. Dort sah sie, dass der rettende Vorsprung sich an dieser Stelle mindestens drei Meter unterhalb der Einmündung des Tunnels befand. Und es gab keine Leiter oder eine sonstige Möglichkeit, dort hinzugelangen. Sie stieß einen lauten Seufzer aus, streckte sich auf der Leiste aus und wickelte sich in die feuchte Decke. Unter ihr stieg das Wasser bereits wieder an. Sie hoffte, dass es nicht höher steigen würde als beim letzten Mal.

Nach einer Weile schaute sie auf die Uhr und sah, dass es kurz vor sieben war. Vor Schreck riss sie die Augen auf. Sie musste fast zwei Stunden geschlafen haben. Ein Gedanke ließ sie frösteln: Was, wenn sie im Schlaf vom Vorsprung gerollt wäre ...? Das zuverlässige Chem-Light brannte noch immer. Janet leuchtete nach unten und stieß vor Schreck den Atem aus: Da war das Wasser! Es fehlten vielleicht noch fünf Zentimeter bis zum Rand. Die gewaltige kalte Wassermasse vermittelte ihr das Gefühl, als würde die Luft in der Kammer zusammengedrückt. Sie knipste die Taschenlampe an und leuchtete nach links; das Wasser füllte nun fast die ganze Abflusskammer. Vielleicht würde es *doch* bis zur Leiste steigen ...

Janet knipste die Taschenlampe aus und streifte die Decke ab. Auf allen vieren, das Chem-Light in einer Hand, kroch sie den Vorsprung entlang, vorbei an der Einmündung des Tunnels, und suchte nach einer Möglichkeit, dort hinaufzukommen. Fünfzehn Meter weiter stieß sie auf ein einzelnes Rohr, das senkrecht an der Betonwand verankert war. Sie hielt das Chem-Light hoch, um zu sehen, wohin das Rohr führte, doch es verschwand oben in der Dunkelheit. Janet packte das Rohr. Es war vielleicht acht Zentimeter dick und sah ziemlich stabil aus. Ob sie daran hochklettern konnte? Aber was war dort oben? Es war ja nicht mal in der Nähe des Haupttunnels ...

Genau in diesem Augenblick setzte das dumpfe Rumpeln ein, das Janet vorher schon gehört hatte, sobald der Druck im Abfluss stieg und die Kammer das Wasser im Tunnel abzusaugen begann. Janet seufzte vor Erleichterung: Nun würde das Wasser abfließen. Das Rumpeln wurde immer lauter, und der Luftdruck veränderte sich, wie Janet am Druckgefühl in den Ohren merkte. Wieder schaute sie das Rohr an – und hatte eine Idee.

Browne versteckte sich in einer Baumgruppe, als er sich dem Rand des Fabrikgeländes näherte. Zwar führte die Zufahrt den Hügel hinunter geradewegs auf die Hauptstraße des Fabrikkomplexes, doch zwischen dem Waldrand und den Gebäuden lag offenes Gelände von immerhin dreihundert Metern. Er wollte warten und die Umgebung beobachten, bevor er die gefährliche Stelle überquerte. Von seiner Position aus lagen die Gebäude ein wenig unterhalb. Der Weg, auf dem Jared und er sonst hereinkamen, lag nun links von ihm. Die meisten Bauten schmiegten sich an einen Hügel, auf dessen Kamm die Baumreihe stand, die man von der Bachschlucht aus sehen konnte.

Im Sternenlicht sahen die hellen Betonbauten wie eine Geisterstadt aus – und das war sie ja auch, seit die Regierung sie ohne Vorankündigung geschlossen hatte. Ob der Wachschutz da unten auf der Lauer lag, in einer der dunklen Gassen? Oder waren die Männer in Jareds Falle geraten und hockten nun tot oder verletzt im Graben? Browne hätte sich selbst in den Hintern treten können, dass er diese Gefahr nicht vorausgesehen hatte. Er hätte Jared sagen müssen, er solle eine andere Falle bauen. Er erinnerte sich noch gut an den »Graben«. Jedes der acht großen Gebäude, in denen Chemikalien verarbeitet worden waren, hatte einen Notabfluss mit einem Durchmesser von siebzig Zentimetern besessen, der von der Fertigungsanlage direkt in den so genannten »Graben« führte, der natürlich kein Graben war, sondern ein gewaltiger, unter dem gesamten Komplex verlaufender Abwasserkanal. Er erinnerte sich noch gut an die Nacht, als er angeordnet hatte, 300 Hektoliter Nitrotoluol in den Graben zu pumpen, nachdem der Aufseher der Nachtschicht bei der Herstellung von TNT die Kontrolle über die Hitzeregulierung verloren hatte. Das war noch in der guten alten Zeit, als man sich über die Umwelt keine Sorgen machte und die Verteidigung des Vaterlandes wichtiger war als die Luft- und Wasserqualität. Der Graben war so angelegt, dass er sämtliche Flüssigkeiten in einen zweiten Tunnel leitete, in eine Abflusskammer; darunter lag eine natürliche Höhle unter der Hügelkette. Diese Höhle – so war auf einem Lageplan der Fabrik zu lesen – war über 1500 Meter tief; deshalb konnte kein Mensch sagen, wohin die Flüssigkeiten letzten Endes versickerten. Sie waren einfach »weg«, wie die Firmenbosse ihm damals erklärt hatten, als er seine Arbeit in der Fabrik antrat.

Er lauschte angespannt. Schloss die Augen und horchte auf die nächtlichen Laute, suchte nach Geräuschen, die nicht hierher gehörten. Wenn die Wachmänner im Graben verschwunden waren, hatte er bestenfalls sechsunddreißig Stunden. Reichte diese Zeit, um den Tank mit ausreichend Druck zu füllen? Wenn er Sonntagnacht durcharbeitete, konnte er es schaffen. Dann musste er den Truck zum Haupttor hinausfahren und zu Jared bringen. Und dann zum Zielpunkt. Immerhin war dieser Teil der Operation bereits durchgeplant.

Und was sollten sie mit dem Mädchen machen? Sollten sie die Kleine einfach dalassen? Darüber hatte er noch nicht nachgedacht. Sie war eine Lebensversicherung, sicher, aber brauchte er sie noch? Eine Geisel, die nach erfolgreichem Attentat seine Flucht decken sollte? Vielleicht nahm er sie zum Zielpunkt mit. Falls alles schief ging, hatte er etwas in der Hand, mit dem er handeln konnte. Wenigstens bis zu dem Zeitpunkt, wenn die Bombe hochging. Danach würden die FBI-Leute wohl nicht mehr in Verhandlungslaune sein. Diejenigen von ihnen, die dann noch *lebten,* dachte Browne und verzog die Lippen zu einem grausamen Grinsen. Die Sache mit dem Mädchen würde er entscheiden, wenn die Bombe fertig war und er herausgefunden hatte, wer oder was im Graben steckte – falls überhaupt etwas.

Er lauschte weiter.

Nach einer halben Stunde beschloss Kreiss, doch zur Fabrik zu gehen. Entweder kam der Mann nicht, oder er nahm einen anderen Weg. Es hatte sich angehört, als hätte sein Wagen näher am Haupttor gehalten als sonst. Immerhin waren sie ja schon eine Zeit lang im Arsenal zugange; wahrscheinlich hatten sie irgendwann auch diesen Eingang geknackt. Kreiss wollte so schnell wie möglich zum Fabrikkomplex, vorbei an der Stelle, wo die Rohrfalle gewesen war, und sich dann auf einem der Gebäude verschanzen. Diesmal würde er die Hauptstraße meiden und in die Gasse hinter den größten Gebäuden gehen. Er überzeugte sich, dass seine Taschen gut gepackt waren, und machte sich auf den Weg, schritt leise, aber schnell an den Gleisen entlang, an den ersten Weichen vorbei und auf die Gruppe der größten Gebäude zu.

Als er die Gasse hinter dem ersten Gebäude erreichte, hielt er an und lauschte. Er vernahm das Knacken und Quietschen der Rohrleitungen, die sich in der kalten Nachtluft zusammenzogen. Vom Boden stieg der inzwischen vertraute Geruch nach Chemikalien auf. Er drückte sich gegen den immer noch warmen Beton und schlich nach vorn zur Hausecke, um die Hauptstraße zu überblicken, und versuchte sich zu erinnern, wo die Straße vom Haupteingang her in den Fabrikkomplex mündete. Dann wurde ihm klar, dass er es nicht wusste. An ein Gebäude jedoch erinnerte er sich; es sah eher nach Verwaltung als nach

Fertigung aus. Vielleicht führte die Straße zuerst dorthin. Die Hauptstraße schien leer zu sein. Zwischen den Gebäuden war es merklich dunkler, und er wünschte, er hätte seinen Horchkegel aufgestellt. Es war so dunkel, dass er kaum die Stahlplatten erkennen konnte, die in regelmäßigen Abständen im staubigen hellen Beton eingelassen waren. Oder spielten ihm seine Augen einen Streich? Zwei Blocks vor dem Kraftwerk schien ein riesiges Loch in der Straße zu sein. Er erinnerte sich an Jareds Beschreibung der Falle: die zweite Platte, vom Kraftwerk aus gesehen. Wer drauftritt, fällt ein paar Meter tief in einen Graben. Bricht sich die Gräten.

Wirklich nette Typen, die Lynn in ihrer Gewalt hatten.

Kreiss zog sich von der Ecke zurück und fand die Leiter, die hinauf aufs Dach führte. Wieder hielt er horchend inne; dann kletterte er rasch die Stufen hinauf und gelangte auf ein Flachdach, das mit Asphaltsplitt bestreut war. Stählerne Ventilatorhauben waren darauf verteilt, deren Haltetaue im Boden verankert waren. Kreiss bahnte sich einen Weg zwischen den Hauben hindurch bis zur Straßenseite, stellte seinen Kegel auf und machte einen raschen akustischen Schwenk über die Straße. Aus der Richtung, wo die Stahlplatte eingebrochen war, vernahm er ein schwaches Geräusch, einige hundert Meter entfernt. Er lauschte angespannt, konnte den Laut aber nicht einordnen, auch nicht, als er den Kegel neu ausrichtete. Er drehte den Kegel in die entgegengesetzte Richtung, in der Hoffnung, den Mann zu erwischen, der von den Bahngleisen kommen musste. Aber dort war nichts zu hören. Kreiss baute den Kegel ab und packte ihn wieder in seinen Beutel.

Janet stand auf dem Boden der Abflusskammer und horchte, wie das Wasser von den Wänden rieselte, während sie das Rohrstück mühsam auf und ab bog. Sie hatte gewartet, bis das Wasser abgelaufen war, war dann die Leiter hinuntergeklettert und zu dem Rohr gelaufen, das am Boden der Kammer endete, wie sie es gehofft hatte. Wahrscheinlich eine Art Leitungsrohr.

Janet hatte das untere Ende aus seiner rostigen Klammer gerissen und versuchte nun, das Rohr abzubrechen. Es schien zu klappen: Jede Bewegung von der Wand weg ließ den Rohrbogen ein wenig größer werden. Janet arbeitete im Licht ihres Chem-Lights, dessen Stärke selbst hier unten in der völligen Dunkelheit ausreichte. Inzwischen schien es ihr, als würde sie sich in der Abflusskammer bestens auskennen, und die kalte, klamme Luft an ihren Beinen kam ihr fast schon normal vor. Lieber kalte Luft als kaltes Wasser. Die Pistole steckte immer noch in ihrem Schulterhalfter; Janet musste kichern, als ihr klar wurde, wie sie aussehen musste: halb nackt, die Automatik unter dem Arm. Auch wenn die Waffe sie behinderte, war Janet froh, sie zu haben. Denn wenn ihr Plan aufging und sie tatsächlich hier rauskam, wusste sie noch lange nicht, was sie auf dem Gelände der Munitionsfabrik erwartete.

Sie spürte Wasser an den Knöcheln, als die Abflusskammer voll zu laufen begann. Sie zog stärker am Rohr, stemmte die Füße gegen die Wand und spürte den Ruck, als das Rohr irgendwo über ihr brach. Janet sprang zurück, und das Rohrstück fiel scheppernd zu Boden. Sie nahm es an einem Ende und stellte fest, dass sie es tragen konnte. Legte das Ende wieder hin und versuchte, die Länge zu schätzen. Ungefähr sechs Meter. Gut. Das Rohr war etwa an der Stelle abgebrochen, die Janet sich erhofft hatte. Nun musste sie es zur Leiter bekommen, auf den Vorsprung hieven und dann versuchen, das Ding in den Haupttunnel hinaufzuschieben. Es blieb allerdings noch die Frage, ob sie das untere Ende genug verkanten konnte, um am Rohr hochzuklettern. Janet machte sich daran, das Rohr zur Leiter zu schleifen.

Browne hörte ein Geräusch. Er öffnete die Augen und stellte erschrocken fest, dass er eingeschlafen war. Was hatte er da gerade gehört? Er beugte sich vor, legte die Hand hinters Ohr und lauschte angespannt. Leise fluchte er auf sich selbst. Für sein Alter hörte er noch recht gut; dennoch hatte sein Gehör in den

Jahren in der Fabrik ohne ausreichenden Ohrenschutz ziemlich gelitten. Er schaute auf die Uhr – kurz nach acht. Er verschwendete nur seine Zeit; er musste jetzt los. Doch er beschloss, noch eine Viertelstunde zu warten, ob er noch einmal etwas hörte. Falls nicht, wollte er die Hauptstraße entlanggehen und die Stahlplatten inspizieren. Wenn nichts passiert war, wollte er ins Kraftwerk, den Wasserstoffgenerator anstellen und sich an die Arbeit machen.

Kreiss stieg vom Dach, so leise er konnte, und schlich, eng an die noch immer warmen Hauswände gedrückt, die Gassen entlang. An jeder Ecke hielt er und lauschte, hörte jedoch nichts als den leisen Wind. Als er nur noch zwei Gebäude vom Kraftwerk entfernt war, vernahm er noch etwas anderes: ein metallisches Kratzen, als würde Metall über Beton geschleift. Er wollte schon aufs nächste Haus klettern, um seinen Kegel wieder aufzustellen, als er merkte, dass das Geräusch von unten kam – genauer gesagt, aus dem riesigen Loch mitten auf der Straße. Er blieb stehen, lauschte angestrengt. Ja, das Geräusch kam eindeutig aus dem großen Loch, wo offenbar eine der Platten fehlte. Der Mann musste doch durch den Haupteingang gekommen sein, und jetzt wühlte er dort unter der Straße herum. Oder war er in seine eigene Falle getappt?

Rasch huschte Kreiss an den Rand des Lochs, lauschte noch angestrengter. Tatsächlich, da war etwas im Gange, allerdings in einiger Entfernung: Der Lärm drang aus einem Tunnel, der unter der Straße verlaufen musste. Kreiss leuchtete mit der Lampe in die Tiefe, konnte aber kaum den Grund erkennen, nur etwas Glitzerndes. Glas? Dann hörte er ein anderes Geräusch, das vom Kraftwerk her durch den Tunnel hallte, und leuchtete in die Richtung. Im Licht der Lampe erkannte er Leitersprossen, die in den Beton eingelassen waren. Kreiss beschloss, dort hinunterzusteigen. Er umrundete das Loch, leuchtete von der anderen Seite hinein und sah, dass die Scharniere der Stahlplatte aus der Wand gerissen waren. Merkwürdig.

Wenn ein Mensch über diese schwere Platte gegangen und in die Tiefe gefallen war, weil die Verankerung fehlte, hätte er wohl kaum die Scharniere mitgerissen. Kreiss ging noch einmal um das Loch herum, bis er fand, was er gesucht hatte: Kratzspuren an der Kante und eine Reifenspur knapp dahinter. Ein *Auto* war in das verdammte Loch gefallen. Wieder leuchtete er mit dem Punktstrahl seiner Taschenlampe hinunter. Und wo war der Wagen?

Kreiss lauschte angespannt, hörte aber nichts. Er ging zur Leiter, glitt rückwärts über den Rand des Lochs und machte sich an den Abstieg. Ein kühler Luftzug fächelte sein Gesicht, während er auf jeder Sprosse stehen blieb, um zu lauschen. Als er endlich auf dem Grund angelangt war, trat er von der Leiter zurück und trat sofort auf irgendetwas Knirschendes: Glassplitter von einem Autofenster, die den Boden wie einen Teppich bedeckten. Die Stahlplatte lag oberhalb der Einbruchstelle. Als Nächstes bemerkte er die Neigung des Tunnels, der zum Kraftwerk hin sehr steil abfiel. Kreiss knipste seine Taschenlampe wieder an und leuchtete den Boden ab. Kratzspuren, die offenbar von Metall stammten, führten in die Tiefe. Kreiss stand auf. Der Boden des Tunnels befand sich ungefähr sechs Meter unterhalb der Straße und war mindestens vier Meter breit. Es roch nach Chemikalien und Brackwasser. Der Luftzug, der von unten heraufwehte, war mit Feuchtigkeit gesättigt.

Also, ein Auto war durch die Stahlplatte gebrochen, war unten aufgeschlagen und dann durch den Tunnel gerutscht – aber wohin? Wieder hörte Kreiss Metall klirren, diesmal viel deutlicher als oben auf der Straße. Es kam von weiter unten, irgendwo in der Dunkelheit. Vorsichtig bewegte er sich über die Glasscherben und schlich den Tunnel hinunter. Je weiter er kam, umso steiler schien der zu werden; bald musste Kreiss sich mit einer Hand an der Wand abstützen, um nicht auszugleiten.

Nachdem er eine ziemliche Strecke gelaufen war, vermeinte er, vor sich einen schwachen grünen Lichtschein zu sehen.

Hier roch es viel stärker nach Brackwasser. Dann hörte er eine Art Wasserfall. Mit kleineren Schritten bewegte er sich weiter voran. Er musste jetzt in der Nähe des Kraftwerks sein oder es vielleicht sogar schon hinter sich gelassen haben. Der grüne Schein wurde heller. Dann hörte er jemanden, der anscheinend hart arbeitete: Schnaufend und ächzend schien der Unbekannte sich mit einem Gegenstand aus Metall abzumühen. Von dem grünen Lichtschein ausgehend schätzte Kreiss, dass der Tunnel zwanzig Meter vor ihm endete; was er da hörte, spielte sich also auf einer tiefer gelegenen Ebene ab. Kreiss ließ sich flach auf den Boden gleiten und beschloss, vorsichtshalber den Rest des Weges zu kriechen. Als er sich näher zum Rand bewegte, hielt er plötzlich inne. Ein hin und her pendelndes Objekt, einer Schlange nicht unähnlich, schob sich über die Kante, von grünem Licht unterhalb beleuchtet. Von der Seite betrachtet sah es aus wie eine Kobra.

Vom Verwaltungsgebäude aus schlich Browne im Schutz der Häuserwände die Hauptstraße entlang. Immer wieder blieb er stehen, um nach den geheimnisvollen Lauten zu horchen, hörte aber nur die üblichen Geräusche der Nacht. Vermutlich hatte er sich alles nur eingebildet. Als er zu dem Loch kam, wo die Stahlplatte gelegen hatte, schüttelte er traurig den Kopf, schaltete die Taschenlampe ein und leuchtete den Rand ab. Dann sah er die Kratzer und Reifenspuren im Beton. Er leuchtete ins Loch und sah die Stahlplatte daliegen. Der Teppich aus Glassplittern glitzerte im Schein der Lampe. Browne sah die Kratzspuren, die in Richtung Kraftwerk führten. Leise fluchte er vor sich hin und knipste die Lampe aus. In die Betonwand waren Sprossen eingelassen. Sollte er hinunterklettern? Sich überzeugen von dem, was passiert sein musste? Und was, wenn die Wachmänner den Sturz überlebt hatten? Brown ging zum höher gelegenen Teil des Lochs und leuchtete in den Tunnel, so weit es ging, doch es war nichts zu sehen. Der Pick-up musste bis in die Abflusskammer gerutscht sein. Selbst wenn die Männer den Sturz überlebt hatten, waren sie verschwunden, verschluckt von den endlosen Höhlen unterhalb des Arsenals.

Browne wünschte, die Platte wäre nicht aus den Scharnieren gebrochen. Doch es war nun mal geschehen. Und die Uhr tickte. Spätestens am Montagmorgen würde man nach den beiden suchen, dann musste er fort sein. Er und sein Truck mit dem Wasserstoff. Zeit, ins Kraftwerk zu gehen. Ihm blieben vierundzwanzig bis sechsunddreißig Stunden, um den Druck auf Höchststand zu bringen. Er nahm die Tasche mit den Sachen für das Mädchen und machte sich auf den Weg.

Das Wasser in der Abflusskammer stieg wieder stetig an. Janet mühte sich mit dem schweren Rohr ab, fest entschlossen, es nicht fallen zu lassen. Sie hatte fast all ihre Kräfte aufgebraucht, um das verdammte Ding auf die Leiste zu hieven; nun versuchte sie, das Rohr auf ein Ende zu stellen, damit sie an den Tunnel oberhalb heranreichen konnte. Sie stemmte sich gegen die rostigen Leiterholme, die im Bogen über den Vorsprung liefen, und versuchte, das schwankende Ende des Rohrs zur Tunnelmündung über ihr zu dirigieren. Es musste genau senkrecht stehen, sonst würde es wieder herunterrutschen, und sie musste von vorn anfangen. Das Chem-Light spendete kaum ausreichend Licht für die Aktion. Janet war sich bewusst, wie schmal der Vorsprung war und dass sie bald zu erschöpft sein würde. Aber sie musste es schaffen und dann alle ihre Kräfte zusammennehmen, um das Rohr hinaufzuklettern.

Sie brachte das obere Rohrende auf den Betonboden des Tunnels, rüttelte daran, um sicherzugehen, dass es nicht abrutschte, und ruhte sich einen Moment aus, die Augen geschlossen, eine Hand auf dem Rohr, während sie zusammengesunken an den Leiterholmen lehnte und tief Luft holte. Ihre Beine wurden wieder kalt, weil die Luft, klamm geworden durch das steigende Wasser, bis zum Vorsprung hinaufwehte. Plötzlich spürte sie, wie das Rohr schwankte, und sprang vor, um es zu stützen. Doch sie verlor das Gleichgewicht und packte im Reflex das Rohr mit beiden Händen, um sich festzuhalten und nicht rücklings in die Abflusskammer zu stürzen. Aber natürlich war das Rohr nirgends befestigt. Janet schrie laut auf, als ihr bewusst wurde, dass sie abstürzen würde. Dann geschah das Unerwartete: Das Rohr stand fest. Einen gefährlichen Augenblick lang schwebte Janet über die Kante; dann schwang sie sich auf den Vorsprung und drückte sich eng an das Rohr, zitternd vor Angst. Sie schaute nach oben. Im schwachen grünen Schein des Chem-Lights sah sie eine Furcht einflößende schwarze Maske, die auf sie herunterschaute. Blitzende dunkle Augen, von schwarzem Stoff umgeben wie bei einem Ninja.

Kreiss?

»Agentin Carter«, sagte er. »Was, zum Teufel, tun Sie da unten?«

Janet schloss die Augen und fing hysterisch an zu lachen.

Innerhalb einer Viertelstunde hatte Browne den Wasserstoffgenerator zum Laufen gebracht. Während sich in der Retorte zunehmend Druck aufbaute, ging er durch die Verbindungstür zum Truck. Auf dem Vordersitz lag das Batterieladegerät. Er steckte ein Verlängerungskabel hinein, damit er nach und nach die Batterien des Trucks aufladen konnte. Der Propangas-Laster stand nun schon lange hier, und er sollte im entscheidenden Moment fahrbereit sein. Den Druckmesser des Haupttanks hatte Browne geschlossen, um ein Leck zu vermeiden; nun drehte er ihn auf und sah, dass der Druck bereits auf 42 Pfund angestiegen war. Browne nickte zufrieden. Auch der Vorrat an Kupfer sollte reichen; falls nicht, würde er sich Nachschub in der Generatorenhalle besorgen. Doch er wusste, was sein größtes Problem war: die verrinnende Zeit.

Er ging in den Kontrollraum zurück und sah, dass die Niedrigdruckpumpe inzwischen arbeitete und reinen, warmen Wasserstoff in den Propangas-Truck schickte. Die Retorte brodelte munter vor sich hin; ein Stückchen reines Kupfer war noch zu sehen. Aus dem Nebenraum konnte er das Tuckern des kleinen Dieselgenerators hören. Nun konnte er nur noch warten, bis das Kupfer geschmolzen war, dann die andere Retorte einschalten, diese ausspülen und neu befüllen. Wenn er auf die stärkere Pumpe umschaltete, würde weniger Gas hinübergepumpt, doch er konnte den Druck vielleicht auf vierhundert Pfund hochjagen. Es hing alles davon ab, wann der Alarm wegen des vermissten Pick-ups vom Wachschutz ausgelöst wurde. Browne war fast sicher, dass dies nicht vor Montag geschehen würde – zumindest würde sich vor Montag niemand hier sehen lassen. Wenn er den Gewinnungsprozess bis zum frühen Montagmorgen fortführen konnte, würde er vielleicht genügend Druck haben. Er überlegte, wie er sich wach halten konnte. Aber vielleicht kam Jared ja am Sonntagmorgen. Browne sah nach, ob sämtliche Salpetersäureflaschen gefüllt waren, befühlte die Retorte, ob sie auch nicht zu heiß wurde, und nahm dann den Beutel mit dem Essen für das Mädchen.

Er knipste die einzige Glühbirne aus und schlüpfte aus der Tür zur Wartungszone. Gönnte seinen Augen einen Moment Zeit, sich an die Dunkelheit zu gewöhnen, und horchte auf ungewöhnliche Laute. Nachdem die Straße als schwach erhellter Streifen sichtbar geworden war, ging er auf das Nitrogebäude zu. Er hatte sich immer noch nicht entschieden, was mit dem Mädchen geschehen sollte. Wenn es hart auf hart kam, würde er sie einfach hier lassen.

Kreiss stützte das Rohr, während die völlig verängstigte Janet Carter tief Luft holte. Was, zum Teufel, hatte Carter da unten zu suchen? Warum war sie überhaupt im Arsenal? Wieder spähte Kreiss über die Kante der Tunnelmündung und sah ein Chem-Light direkt neben Carter auf dem Vorsprung. Carter schien in Unterwäsche zu sein; darüber trug sie nur eine Bluse und ein Schulterhalfter mit ihrer Pistole. Kreiss rief sie beim Namen. Sie schaute auf. Ihr Gesicht war eine bleiche Maske der Erschöpfung.

»Ich habe ein Seil. Sehen Sie irgendeine andere Möglichkeit, nach oben zu kommen?«

»Es gibt keine.« Ihre Stimme klang tonlos vor Erschöpfung.

»Okay. Ich binde jetzt einen Gurt an das Seil und lasse ihn hinunter. Legen Sie den Gurt an und schlingen Sie die Beine ums Rohr, dann ziehe ich Sie hoch.«

Janet nickte, sagte aber nichts. Sie klammerte sich immer noch am Rohr fest. Kreiss hörte, wie das Wasser in der Kammer unter dem Vorsprung wieder anstieg. Er löste die Klettverschlüsse von den Beuteln, die er auf Brust und Rücken trug, und streifte dann seinen Gurt ab. Zog das fünfzehn Meter lange Nylonseil, das ein Gewicht von dreihundert Kilo tragen konnte, aus dem Rucksack und knüpfte es mit einem Palstek-Knoten am Gurt fest. Dann ließ er das Seil zu Janet hinunter. Er musste ihr erklären, wie sie den Gurt anzulegen hatte. Ihre Bewegungen waren müde und langsam, doch schließlich hatte sie es geschafft. Kreiss tastete den Rand der Tunnelmündung ab und fühlte, dass dort ein schmaler Streifen Stahl eingelassen war. Sehr gut: Dann wurde das Seil nicht vom scharfkantigen Beton durchgescheuert.

»Sie müssen mir helfen, indem Sie sich mit am Rohr hochziehen«, wies er Janet an. »Erst die Hände, dann die Füße. Wenn das Rohr zu wackeln anfängt, lassen Sie es los und halten sich am Seil fest.«

Janet sagte nichts. Kreiss wiederholte seine Worte und verlangte die Bestätigung, dass sie seine Anweisungen verstanden hatte. Janet gab Antwort, doch ihre Stimme klang schwach. Der Gurt konnte sie zwar halten, doch es bedeutete eine Erleichterung, wenn sie mithalf: Kreiss war nicht ganz sicher, ob er sie aus eigener Kraft hochziehen konnte, weil er auf dem stark abfallenden Tunnelboden keinen guten Halt hatte. Wenigstens hatte er die Schuhe mit den Gummisohlen angezogen.

»Okay«, sagte er. »Los!«

Er hatte das Seilende um seine Hüften geschlungen und zusätzlich gesichert, indem er es über eine Schulter laufen ließ.

Wenn er spürte, dass die Spannung im Seil nachließ, zog er wieder sacht an, indem er einen kleinen Schritt im Tunnel zurücktrat. Er konzentrierte sich völlig auf Janets Bewegungen, die ihm durch das Seil vermittelt wurden: Nun zog sie sich mit den Armen hoch, hielt inne; nun kamen die Füße, dann wieder die Hände, und wieder die Füße. Kreiss achtete darauf, dass das Seil gespannt blieb; zum einen, um das Rohr im Gleichgewicht zu halten, zum anderen, um Janet hochzuziehen. Er stand nun drei Meter von der Kante entfernt und hielt das Seil gespannt.

»Wo sind Sie jetzt?«, rief er.

»Ein Drittel«, keuchte sie.

»Machen Sie Pause, wenn Sie die Hälfte geschafft haben. Halten Sie sich mit Händen und Füßen fest. Tief atmen. Das Rohr kann Ihr Gewicht tragen, machen Sie sich keine Sorgen.«

Keine Antwort.

»Haben Sie verstanden?«, rief er.

»Ja. Verstanden.«

Kreiss hielt das Seil gespannt und wartete, bis er wieder die Bewegung ihrer Füße spürte; dann zog er ein wenig, um ihr zu helfen. Doch er musste seine Kräfte gut einteilen.

»Die Hälfte«, stieß Janet keuchend hervor. »Ich glaub, ich kann nicht mehr ...«

»Halten Sie sich mit Händen und Füßen fest. Zwei Minuten tief atmen.«

»Okay.«

Er versuchte sich vorzustellen, wie es unter ihm aussah. Das Rohr in einem Winkel von ungefähr achtzig Grad, fast senkrecht. Janet hatte die Hälfte geschafft, musste aber aufpassen, dass sie sich nicht drehte: Das wäre eine Katastrophe, weil er sie nicht über den Rand ziehen konnte, wenn sie kopfunter hing. Und er selbst stand auch nicht gerade sicher auf dem abfallenden Boden. Kreiss versuchte, eine andere Möglichkeit zu finden, doch etwas Besseres als dieses Rohr hatten sie nicht. Er schaute sich im Tunnel nach einem Vorsprung um, an dem er das Seil befestigen könnte, doch in dem schwachen grünen Licht war nichts zu sehen.

»Ist das Rohr noch fest?«

»Bis jetzt ja.«

»Können Sie weiterklettern?«

»Ich glaube nicht. Hab Angst, dass ich am Rohr abrutsche.«

»Halten Sie sich fest«, sagte er. »Ich ziehe Sie das restliche Stück rauf. Fertig?«

»Fix und fertig«, erwiderte sie mit einem Anflug von Ironie.

Kreiss stemmte die Füße auf den Boden, schlang sich das Seil noch einmal um die Schultern und zog mit Armen und Oberkörper, wobei er sich weit zurücklehnte und sein ganzes Gewicht einsetzte. Das Seil bewegte sich. Janet wog um die 65 Kilo, schätzte er; außerdem erschwerte die Reibung an der Kante das Hochziehen des Seils. Er trat einen Schritt zurück und lehnte sich weit nach hinten, um keinen Boden zu verlieren. Dann spürte er ein leichtes Nachlassen am Seil. Janet versuchte wieder, ihm zu helfen, und schob sich mit den Füßen am Rohr hoch.

Er dauerte fünfzehn quälende Minuten, um sie zur Tunnelkante hinaufzuziehen, und selbst dann war es noch nicht vorbei. Im Gegenteil – nun wurde es erst recht gefährlich, denn Kreiss musste Janet über die Kante hieven.

»Legen Sie die Hände oben aufs Rohrende«, rief Kreiss. Er beobachtete, wie sie erst die eine, dann die andere Hand dorthin legte. Das Rohr ragte mehr als einen Meter über die Kante hinaus.

»Hände verschränken! Versuchen Sie einen Klimmzug, wenn ich es sage.«

»Sie wollen ... mich wohl ... verarschen«, stieß sie keuchend hervor.

»Nein. Tun Sie, was ich sage. Das Rohr wird runterfallen, wenn ich das nächste Mal ziehe. Sie müssen sich vom Rohr abstoßen und loslassen. Den Rest erledige ich. Jetzt erst mal tief durchatmen.«

»Ich oder Sie?«

Beinahe hätte Kreiss gegrinst, doch die Anspannung ließ es nicht zu. Er atmete tief ein und lehnte sich nach hinten, die Knie gebogen wie Sprungfedern; seine ums Seil gekrampften Hände schmerzten, und die Innenseiten der Handschuhe waren von der Reibung heiß geworden.

»Okay, noch einmal«, sagte er. Er brauchte ihre Hilfe, um sie über die Tunnelkante zerren zu können. »Einmal kräftig mit beiden Händen hochziehen. Dann lassen Sie das Rohr los, sobald es sich bewegt, und strecken die Arme aus, als wollten Sie tauchen. Dann haben wir's geschafft.«

Janet gab keine Antwort. Ihr Kopf hing herab. Ihre Hände, inzwischen taub und blutleer, umklammerten das obere Ende des Rohrs. Sie war völlig fertig. Er musste es *jetzt* tun.

»Ziehen!«, rief er. »Ziehen Sie! Jetzt!«

Er sah, wie Janet versuchte, sich mit einem Ruck zur Rohrspitze hochzuziehen, und zog gleichzeitig an, legte sein ganzes Gewicht hinein und zerrte sie von dem Rohr weg, das hinter ihr verschwand. Janets Kopf, Brust und Arme lagen nun auf dem Tunnelboden, doch der größere Teil ihres Körpers war knapp unter der Kante hängen geblieben. Sie lag mit dem Gesicht nach unten. Das Rohr schlug auf etwas Hartem auf und fiel dann tief unten ins Wasser. Janet war schwer; Kreiss konnte sie allein nicht bewegen.

Und dann spürte er, wie das Seil nach unten zog – kleine Rucke in den schwarzen Schlund des Vergessens ...

Browne blieb an der Stahltür des Nitrogebäudes stehen und gab dem Mädchen die üblichen Anweisungen: Augenbinde anlegen, umdrehen. Er wartete, schloss die Tür auf und leuchtete sie mit der Taschenlampe an; sie war an dem Platz, wo sie sein sollte. Er betrat die Halle und legte den Beutel hin. Die Reste der letzten Lieferung aufzuheben schien ihm nicht der Mühe wert. Die Luft war muffig und abgestanden; der Gestank aus der Kanalisation war stärker geworden.

»Es ist fast vorbei«, sagte er, wobei er nicht genau wusste, was er damit meinte. Das Mädchen gab keine Antwort. Er dachte einen Moment nach. »Ich hab zwei Möglichkeiten. Entweder ich lasse dich hier, oder ich nehme dich als Geisel mit.«

»Wohin mitnehmen?«, fragte sie.

Es war das erste Mal, dass sie sprach, und es überraschte ihn. Der Ton ihrer Stimme war keineswegs so, wie er erwartet hatte. Sie klang sachlich, fast schon herausfordernd. Seine erste Regung war, ihr gar nichts zu erzählen; dann aber dachte er: warum nicht? Entweder würde sie eingeschüchtert bei ihm im Truck sitzen oder hier in diesem Betonkerker eingemauert sein. Oder wäre es besser, sie zu töten? Wenn das gesamte Gelände nach den vermissten Wachleuten abgesucht wurde, dann mit Sicherheit auch die Gebäude. Er überlegte, ob er die Pistole ziehen und es gleich hier und jetzt erledigen sollte, schüttelte dann aber den Kopf. Nein, er würde das Mädchen als Trumpfkarte benutzen.

»Nach Washington«, sagte er. »Mit einer Wasserstoffbombe.«

Zuerst sagte sie nichts, dann hustete sie und sagte keuchend: »Blödsinn. Kein Mensch kann eine Wasserstoffbombe bauen.«

»Ich schon. Hab's schon gemacht.«

»Man braucht eine Vorrichtung zur Kernspaltung, um eine Wasserstoffbombe herzustellen«, erklärte sie. »Wollen Sie etwa sagen, dass Sie so was auch gemacht haben?«

»Ich *hab* eine Wasserstoffbombe hergestellt«, sagte Browne. »Aber nicht so, wie du glaubst.«

»Und was haben Sie jetzt mit mir vor?«

»Du bist meine Rückversicherung. Die Geisel, falls was schief geht. Ich will dich aber nicht töten.«

»Wenn Sie eine Wasserstoffbombe nach Washington mitnehmen, werden Sie viele Menschen umbringen ... Und da soll ich Ihnen glauben, dass Sie mich verschonen wollen?«

»Das ist was ganz anderes«, entgegnete er und leuchtete mit der Lampe die Ecken der Halle ab; er wollte sichergehen, dass sie keine Falle für ihn aufgebaut hatte und ihn ablenken wollte. »Es ist eine persönliche Angelegenheit und ein völlig legitimes Ziel. Du bist durch Zufall in die Sache hineingestolpert. Das ist der einzige Grund, dass du noch am Leben bist.«

»Wo ist der andere?«, wollte sie wissen. »Der Typ, der mich so gern nackt sieht.«

Browne fühlte, wie Zorn in ihm aufwallte. Dieser verdammte Jared! »Mach dir um den keine Sorgen mehr. Seine Arbeit ist vorbei, er braucht nicht mehr herzukommen. *Ich* bringe die Bombe nach Washington. Wenn du mitmachst, lass ich dich am Leben. Falls ich in die Enge getrieben werde, tausche ich dein Leben gegen meins. Wenn du *nicht* mitmachst, steck ich dich in eins der unterirdischen Lager, und du wirst jämmerlich verhungern. Wenn du mir versprichst, brav zu sein, dein Versprechen aber brichst, schneid ich dir die Kehle durch und werf dich auf dem Highway raus. Denk gut über alles nach.«

Er machte die Taschenlampe aus und warf die Stahltür ins Schloss. Draußen war es still; nur ab und zu durchbrach das Zirpen und Summen der Insekten im Wald die Ruhe. Er schaute auf die Uhr: noch ein paar Minuten, bis die Retorte Nachschub brauchte. Er lief drei Blocks die Hauptstraße entlang, bog dann rechts ab in eine Seitenstraße und ging schließlich über offenes Gelände zu einem niedrigen Betonbunker, der vom Rest des Geländes durch einen Zaun getrennt war. Auf einem staubigen Warnschild am Bunker stand: QUECKSILBERVERSEUCHTER BODEN – NICHT BETRETEN. Browne schaute sich um, öffnete ein Tor im Maschendrahtzaun und trat ein. Der Bunker hatte zwei Türen; die eine war groß genug, dass ein Traktor hindurchpasste, die andere lag der ersten gegenüber und war mannshoch. Browne schloss die kleinere Tür auf, betrat den Bunker und zog die Tür gleich wieder hinter sich zu. Er knipste die Taschenlampe an und prüfte seine Fluchtausrüstung. Nicht einmal Jared wusste davon. Dies hier war nur eines der beiden geheimen Vorratslager, die Browne im Arsenal angelegt hatte; es enthielt Ausrüstung für die Fahrt nach Washington, ein wenig Bargeld, eine Waffe, einen Tankgutschein der Firma, deren Logo auf dem Propangas-Truck stand, sowie ein paar Klamotten zum Wechseln in einem Seesack. Browne suchte zusammen, was er brauchte, und sperrte den Bunker wieder zu. Dann ging er über die dunkle Seitenstraße zum Kraftwerk zurück. Er wünschte, Jared wäre da, könnte auf Streife gehen und nach Eindringlingen Ausschau halten, obwohl es nicht so aussah, als ob jemand dort draußen wäre.

Janet spürte, wie das Seil nachließ, konnte aber nichts dagegen tun; ihre Muskeln waren wie aus Gummi, und sie konnte ihren Händen nicht mehr vertrauen. Ihre Hüften und die nackten Beine hingen in den Abgrund, und die Tunnelkante schnitt ihr in den Leib. Der Versuch, sich auf den Boden des Tunnels zu hieven, war kläglich gescheitert. Trotz der kalten Luft im Tunnelsystem strömte ihr der Schweiß in die Augen, und das Atmen fiel ihr schwer. Wieder gab das Seil ein paar Millimeter nach. Kreiss konnte es bald nicht mehr halten. Gleich würde Janet stürzen – einen tiefen Fall in die schwarzen Wasser der Abflusskammer.

»Können Sie die Beine heben?«, rief Kreiss durch zusammengebissene Zähne.

»Was?«, fragte Janet. Vor Erschöpfung hatte sie nicht begriffen, was die Frage bezweckte.

»Können Sie ein Knie über die Kante bekommen?«

Janet versuchte es, doch der Winkel stimmte nicht. Ihr Knie traf gegen harten Beton, und sie blieb kraftlos halb auf, halb vor der Wand liegen. Der Schwerpunkt ihres Körpers hing immer noch unterhalb der Tunnelmündung. Sie wusste, dass sie nicht genug Kraft im Oberkörper hatte, um sich hochzuhieven. Dann kam ihr eine letzte, verzweifelte Idee.

»Warten Sie!« Janet beugte sich in der Taille, um die Füße flach gegen die Wand zu setzen.

»Ich kann nicht warten. Kann Sie nicht mehr lange halten!«

»Ich werde die Beine strecken und versuchen, die Wand so weit wie möglich hinaufzugehen«, sagte Janet und hoffte,

Kreiss würde verstehen. Sie hatte nicht die Kraft, sich mit langen Erklärungen aufzuhalten.

»Okay! Sagen Sie, wann Sie soweit sind, dann lass ich das Seil ein bisschen nach.«

»Halten Sie einfach nur fest«, gab Janet zurück. Sie wollte nicht, dass Kreiss das Seil weiter nachließ; es rutschte ihm ohnehin durch die Finger. Während das Seil in Millimeterabständen weiter in ihre Richtung zuckte, setzte sie die Füße fest auf die Betonwand und drückte die Knie durch. Sie würde nur für kurze Zeit wie eine Fliege die Wand hinaufkrabbeln – falls es zu lange dauerte, konnte sie nur noch loslassen und ins schwarze Wasser fallen. Janet zwang sich, die Augen zu öffnen, konnte es aber nicht über sich bringen, in die Tiefe zu blicken. Zuerst streckte sie das linke, dann das rechte Bein. So fest sie konnte, packte sie das Seil mit der Linken und wickelte das Ende dreimal um ihr Handgelenk. Dasselbe machte sie mit dem straff gespannten Seilstück in der rechten Hand. Nun konnte sie fester zupacken, doch im nächsten Augenblick wurde ihr klar, dass sie sich auf diese Weise in beiden Händen das Blut abschnürte. Ein grober Fehler, aber jetzt nicht mehr zu ändern. Sie schob den rechten Fuß fünf Zentimeter hoch, dann den linken. Es war schwer, sehr schwer, und ihre Arme brannten vor Schmerz.

»Halten Sie!«, rief sie nach oben.

Kreiss gab keine Antwort, doch das Seil schien sich zu straffen. Wieder schob Janet die Füße an der Wand hoch. Sie zwang sich, den Abgrund unter ihr zu ignorieren, und konzentrierte sich ganz auf das Wandstück. Ihre Handgelenke brannten, ihre Hände waren taub geworden. Wieder setzte sie die Füße und sah, dass sie nur noch einen guten halben Meter vor sich hatte, bis sie die Kante erreichte. Halt bloß das Scheißseil fest, Kreiss! Lass nicht los, lass um Himmels willen nicht los!

Und dann ertastete sie mit den Zehen des rechten Fußes die glatte Metallkante der Tunnelmündung. Sie verdrehte das Seil ein wenig, um einen Fuß über die Kante zu bekommen, doch so ging es nicht. Sie musste erst den anderen Fuß parallel zum ersten stellen; dann konnte sie sich Hand um Hand am Seil in die Senkrechte ziehen.

Doch sich hochzuziehen ging auch nicht, da Janets Hände in den Schlingen des Seils verwickelt und überdies vollkommen taub waren. Sie stieß einen leisen Schrei der Verzweiflung aus und blickte die Tunnelschrägung hoch zu Kreiss, von dessen Gesicht nur ein blasses helles Oval zu sehen war. Janet versuchte zu sprechen, doch ihre Lungen barsten fast vor der Anstrengung, sich an der Kante zu halten; ihre Füße klebten förmlich an dem kalten Stahl, während der Rest ihres Körpers von der Wand abgestemmt war wie bei einem Bergsteiger. Sie saß in der Falle, konnte weder weitersteigen noch hinuntergleiten, ohne dabei den Halt zu verlieren. Einer von ihnen musste schleunigst etwas tun, doch Janet wusste nicht, was.

Kreiss aber musste ihre Zwangslage erkannt haben, denn er stemmte die Füße auf den Boden und lehnte sich mit aller Macht zurück, wobei er der Schräge des Tunnels folgte. Damit veränderte er den Winkel des Seils. Es gab einen kleinen Ruck, doch der reichte, um Janets Körper ein wenig mehr in die Vertikale zu bringen. Kreiss lehnte sich noch weiter zurück – und plötzlich konnte Janet einen Schritt in den Tunnel tun. Kreiss setzte sich mit einem Stöhnen hin. Janet sank zuerst auf ihre Knie, dann auf Schienbeine und Unterarme. Sie widerstand der Versuchung, den kalten Beton zu küssen. Dann war Kreiss bei ihr und wickelte das Seil von Händen und Handgelenken.

»Schickes Outfit«, sagte er keuchend. »Besonders die Sig.«

»Man hat uns beigebracht, niemals unsere Waffe zu verlieren«, gab Janet zurück, die zu schwach war, sich auszustrecken. Jeder Muskel war verkrampft, und dort, wo der Gurt gedrückt hatte, schmerzten die Rippen. Dann, als die Anspannung nachließ, begann sie zu zittern. Kreiss drehte sie sanft herum, dass sie aufrecht saß, und legte von hinten die Arme um sie, verschränkte sie unter ihrer Brust. Sie zitterte wie Espenlaub und merkte erst jetzt, dass sie sich nass gemacht hatte.

»Ist okay«, flüsterte Kreiss. »Ist völlig okay. Ganz normal. Hat nichts zu bedeuten. Sie sind in Sicherheit.«

Janets Zähne klapperten, und sie wäre vor Scham am liebten im Boden versunken.

»Atmen Sie tief durch«, befahl er, wobei er sie immer noch festhielt. Seine Beine waren neben ihren ausgestreckt; beide saßen auf dem kalten Betonboden dicht an dicht, doch an der Situation war nichts Erotisches. Plötzlich wollte Janet nur noch schlafen, bis alles vorbei war, doch Kreiss hob sie hoch und zog sie sanft auf die Beine.

»Kommen Sie«, sagte er. »Wir müssen noch mal klettern.«

Anderthalb Stunden später hielt er vor ihrem Haus. Janet hatte auf dem ganzen Rückweg nach Roanoke geschlafen und war nur ab und zu kurz aufgewacht, wenn er sie nach der Richtung gefragt hatte. Kreiss hatte sie mit einer seiner Jacken zugedeckt, und sie war in tiefen Schlaf gefallen. Nun schien sie nicht zu wissen, wo sie war, rieb sich die Augen und blickte verwirrt aus dem Fenster.

»Hier?«, fragte er.

»Ja«, sagte sie und unterdrückte ein Gähnen. Kreiss hatte Kapuze und Handschuhe ausgezogen, um hinter dem Steuer nicht aufzufallen. Janets Augen lagen vor Müdigkeit tief in den Höhlen.

»Vielen Dank«, sagte sie. »Für alles.«

»Ich hole mir die Jacke später wieder«, sagte er. »Das war doch ein Dienstwagen, mit dem Sie da runtergerasselt sind, oder? Haben Sie einen eigenen Wagen?«

»Ja. Steht am Büro. Schätze, ich werde jetzt eine ganze Menge unangenehmer Formulare ausfüllen müssen.«

Kreiss sagte nichts darauf. Er wartete, dass sie aus dem Wagen stieg, doch sie machte keine Anstalten. Er wollte schon aussteigen und ihr die Tür öffnen, als sie ihn fragte, warum er im Arsenal gewesen sei.

Die Frage hatte er erwartet. »Weil dieser Junge gesagt hat,

dass meine Tochter mit zwei Freunden dort herumstromern wollte.«

»Weshalb waren Sie denn nachts auf dem Gelände?«

»Tagsüber liegt die Hälfte des Gebiets, das man absucht, im Schatten. Dann kann man leicht etwas übersehen. Ich habe ein Nachtsichtgerät in meinen Overall eingenäht. Nachts sieht man damit fast alles, besonders bei ein bisschen Mond- oder Sternenlicht.«

Janet zögerte, dann stellte sie die Frage doch. »Glauben Sie, dass Ihre Tochter dort ist?«

Kreiss holte tief Luft. Er hatte nicht vor, den FBI-Agenten irgendetwas zu erzählen, bevor er den zweiten Mann erwischt und erfahren hatte, was er wissen musste. Außerdem war da noch das Problem mit Jared, der platt wie eine Flunder unter seinem Trailer lag. »Es ist die beste Spur, die ich habe«, antwortete er. »Ich bin schon zweimal dort gewesen. Ich werde so lange suchen, bis ich etwas finde oder sicher sein kann, dass dort nichts zu finden ist.«

»Wir könnten Ihnen dabei helfen, besonders jetzt, wo ...«

»Nein. Ich weiß, dass ich Sie nicht aufhalten kann, aber Sie können mir nicht helfen, ohne dabei gleichzeitig die Herrschaften aus Washington zu alarmieren. Und die haben es auf mich abgesehen. Die Geschichte über diese Bombenbastler ist wahrscheinlich Schwachsinn. Außerdem kann ich besser allein operieren. Und ich verfolge ja nicht dieselbe Person wie Sie.«

Janet überging die Stichelei. »Meinem Boss sind diese Leute ebenfalls verdächtig. Aber es ist Wochenende, da kann er auf dem Dienstweg in Washington niemanden wachrütteln, um diese Leute überprüfen zu lassen.«

Kreiss schaute sie an, wie sie da saß, erschöpft, halb nackt und schmutzig. Es machte sie verlegen. Wäre es nicht so dunkel gewesen – er hätte schwören können, dass sie rot geworden war.

»Ich kann es besser als jeder, den Sie mir schicken könnten.«

»Ich weiß, ich selbst spiele nicht in Ihrer Liga«, sagte sie.

»Aber wir haben ganz bestimmt ein paar Leute mit Ihrem Format.«

»Das möchte ich bezweifeln, Special Agent Carter«, sagte er leise. »Heutzutage scheint es beim FBI so zu sein, dass Quantität über Qualität triumphiert. Aber wie dem auch sei – ich fahre noch heute Nacht zum Arsenal zurück. Wenn ich irgendwas Konkretes finde, sag ich Ihnen Bescheid. Soll ich Sie bis an die Tür begleiten?«

»Ich komme schon allein klar.« Janet warf einen Blick auf ihre nackten Beine. »Hoffentlich sehen meine Nachbarn mich nicht in diesem Aufzug.«

»Vermutlich fänden die meinen Aufzug interessanter. Ich wäre Ihnen dankbar, wenn Sie mich aus dem Bericht herauslassen, den Sie über Ihr Entkommen aus dem Tunnel schreiben. In Ordnung?«

Janet dachte einen Moment darüber nach. »Wenn Sie möchten«, stimmte sie schließlich zu. »Aber Sie haben mir das Leben gerettet. Das sollte im Bericht erwähnt werden.«

»Nicht in meinem, Carter. Mein Bericht ist ein für alle Mal abgeschlossen. Ich bin ein Vater, der seine verschwundene Tochter sucht, nichts anderes.«

Sie starrte ihn in der Dunkelheit an. »Wie lautete die Botschaft, die Ransom Ihnen ausrichten sollte?«, wollte sie wissen.

Er schaute zu dem weißen Oval ihres Gesichts. Er konnte es ihr nicht sagen, ohne ihr die ganze Geschichte zu erzählen. Und wenn er Recht hatte, was den Inhalt dieser Nachricht betraf, durfte er keine Zeit mehr verlieren. Er musste Lynn finden, bevor man einen anderen schickte.

»Das kann ich Ihnen nicht sagen«, meinte er schließlich.

»Genau das hat Ransom auch gesagt, als ich ihn gefragt habe.«

»Tja, jetzt wissen Sie's.«

Sie zögerte noch, als wollte sie abwarten, ob er noch etwas hinzufügen würde, stieg dann aber aus.

11

JANET SASS IN der Küche und genehmigte sich einen starken Kaffee, als das Telefon klingelte. Es war halb acht am Sonntagmorgen. Zu ihrem Erstaunen war Ransom am Apparat.

»Nun, Special Agent, wo sind Sie gewesen?«

»Haben Sie mich vermisst, Ransom?«

»Irgendwie schon. Ihre Überwachungsleute haben unser kleines Gerät an Farnsworths Wagen gefunden. Sehr witzig, Special Agent. Nicht gerade klug, aber witzig.«

»Ich dachte, es wäre eine von *unseren* Wanzen.«

»Wollen wir's mal so ausdrücken: Ihr Boss hatte nichts dagegen einzuwenden, dass wir Ihren Dienstwagen per Peilung verfolgen. Deshalb rufe ich im Grunde auch an. Wo ist besagter Dienstwagen?«

»Vermutlich irgendwo in China«, antwortete sie. »Hören Sie, ich ziehe mir gerade die erste Dosis Koffein des Tages rein. Können wir nicht später darüber reden?«

»Haben Sie noch mehr von dem Kaffee? Ehrlich gesagt sitze ich nämlich vor Ihrem Haus, und wir müssen unbedingt miteinander reden. Lieber früher als später, wie es immer so schön in Regierungskreisen heißt.«

»Um Himmels willen. Na schön!«

Janet holte einen zweiten Kaffeebecher aus dem Schrank und ließ Ransom ins Haus. Er trug ein schwarzes kurzärmeliges Hemd, Khakihosen, eine schicke Sonnenbrille, teuer aussehende Schuhe und eine grüne Windjacke mit dem Logo der Boy Scouts of America. Janet fiel ein, dass sie unter dem Bademantel nackt war, und knotete den Gürtel enger.

Ransom ließ sich in der Küche auf einem Hocker nieder, nahm die Sonnenbrille ab und wartete auf seinen Kaffee.

»Nettes Outfit«, sagte Janet und zeigte auf das Boy-Scout-Abzeichen.

»Sie wissen ja«, sagte er. »Die tapferen, loyalen, sparsamen und braven Jungs.«

»Genau. Was sollte das Gerede über meinen Dienstwagen?«

»Ich würde gern wissen, wo er ist«, erwiderte Ransom.

Janet zögerte einen Moment; dann erzählte sie ihm, was geschehen war, und verschwieg auch nicht, dass Edwin Kreiss sie gerettet hatte.

Ransom stieß einen leisen Pfiff aus, als sie Kreiss erwähnte. »Und das ist während der Nacht passiert? Sie wollen damit sagen, dass Kreiss nachts im Arsenal herumkriecht? *Gestern Nacht*?«

Janet bejahte und erzählte ihm, was Kreiss ihr über die Nachtsichtausrüstung gesagt hatte. Ransom nickte; dann wollte er wissen, wann genau Kreiss sie gerettet habe.

»Es war dunkel«, erwiderte sie. »Ich kann mich nicht genau erinnern. Gegen elf, schätze ich.«

Ransom machte: »Hm«, und schaute sich in der Küche um, als würde er sie zum ersten Mal richtig wahrnehmen. »Haben Sie heute schon etwas vor, Special Agent?«

»Äh ...«

»Dann haben Sie jetzt etwas vor. Ein Vorschlag: Sie nehmen den Kaffee mit nach oben und machen sich hübsch. Dann nehme ich Sie mit und zeig Ihnen was.«

Sie starrte ihn nur an.

»Man kann es besser zeigen als erklären, Special Agent«, fuhr Ransom fort. »Und die Zeit läuft uns davon, ob Sie's glauben oder nicht. Würde es helfen, wenn ich ›bitte‹ sage?«

»Geht es um eine Sache, wegen der ich erst meinen Chef anrufen sollte?«, fragte Janet.

»Nein. Der wird Ihnen bloß eine Million Fragen stellen, und Sie würden keine Antwort wissen, ehe ich Ihnen nicht die Sache gezeigt und erklärt habe.«

Eine halbe Stunde später ließen sie Roanoke hinter sich und

fuhren in Ransoms Wagen auf der Interstate 81 in südlicher Richtung. Er erklärte ihr gerade, wie sie die Spur von Edwin Kreiss' Wagen verfolgt hatten.

»*Vier* Wanzen? Und was ist mit der Privatsphäre des Staatsbürgers?«

»Privatsphäre?« Ransom hieb aufs Lenkrad, als hätte sie einen großartigen Witz gemacht. »So etwas gibt es in Amerika nicht mehr. Es gibt nicht einmal mehr *Bürger.*«

Oh, oh, dachte Janet. Ransom hat ein Lieblingsthema. »Wie meinen Sie das?«

»Ganz einfach. Wir sind das, wofür die Bürokratie uns hält. Für die Gesetzeshüter sind wir ›Untertanen‹. Für die Meinungsforscher ›die breite Masse‹. Für Marktforschungsinstitute ›Zielgruppen‹. Für Politiker ›Wähler‹. Und so weiter und so fort. Aber ›Bürger‹ gibt's nicht mehr. Das letzte Mal, dass es ›Bürger‹ in Ihrem Sinne gab, war im Römischen Reich. Vielleicht noch während der Französischen Revolution ...«

Janet beschloss, lieber nichts zu sagen. Sie war nicht in der Stimmung für eine tief schürfende Diskussion. Die Wirkung des Koffeins ließ allmählich nach, und sie war noch immer sehr müde. Sie lehnte sich im Sitz zurück und ließ Ransom fahren. Vierzig Minuten später hielten sie vor der Einfahrt zu Jareds einsamer Privatstraße. Ransom bog auf den Weg ein und stellte den Wagen abseits der Landstraße ab. Dann gingen sie über den staubigen Weg bis zum Trailer, der seltsam schief auf seinem Platz stand, wie Janet sehen konnte.

»Das ist die Behausung eines gewissen Jared McGarand«, verkündete Ransom.

»Wonach riecht es denn hier?«, fragte Janet, obwohl sie schon ahnte, was es war.

»Hat wahrscheinlich mit Bruder Jareds letzten Regungen zu tun, falls Sie verstehen, was ich meine. Da drüben, unter dem Ende des Wohnwagens, wo Sie den Hebel eines Wagenhebers sehen können. Und wenn Sie das Gefährt da drüben anschauen, finden Sie einen sehr teuren Peilsender an der hinteren Stoßstange.«

»Der, den Sie an Kreiss' Pick-up angebracht hatten?«

»Genau der.«

»Okay, ich geb's auf. Ich nehme an, unter dem Trailer liegt eine Leiche. Was war hier los?«

»Ich hatte irgendwie geglaubt, Sie könnten Licht in die Angelegenheit bringen, weil Sie sich mit einem gewissen Edwin Kreiss getroffen haben, und zwar kurz bevor er hierher kam und diesen Jared McGarand zur Strecke brachte. Wenigstens glaube ich, dass es so war. Hab den Trailer noch nicht hochgehoben, um nachzuschauen, aber meine Nase verrät mir auch so genug.«

»Über die Leiche? Oder dass Kreiss es getan hat?«

Ransom grinste und zuckte die Achseln.

»Ich habe bei dem Treffen mit Kreiss nichts erreicht«, sagte Janet. »Das hab ich Farnsworth auch schon gesagt. Wenigstens teilweise.«

»Teilweise?«

»Ich wollte nicht zugeben, dass Kreiss mich total abfahren ließ, aber genau das hat er getan. Er hat auch den Vorschlag durchschaut, dass wir zusammenarbeiten sollten, um diese geheimnisvollen Bombenbastler zu fassen, während ich ihm gleichzeitig helfen würde, seine Tochter zu finden.«

»Er hat es durchschaut?«

»Er sagte, das sei Blödsinn und dass die Leute aus Washington einzig und allein wegen ihm hier wären.«

»O Mann«, seufzte Ransom. »Jetzt geht das schon wieder los.«

»Hat Kreiss Recht gehabt? War es wirklich nur Blödsinn? Bellhousers und Fosters Geschichte über diese Bombenbastler?«

»Ich hab keinen Schimmer«, sagte Ransom. »Mein Auftrag lautet, mit den beiden zusammenzuarbeiten und meine Bosse bei der CIA über alles auf dem Laufenden zu halten.«

»Wenn sich die beiden verschworen hätten, Kreiss eine Falle zu stellen, hätten Sie es nicht unbedingt wissen können?«

Ransom zögerte mit der Antwort. »Ich will es mal so sagen: Wenn es jemandem gelänge, Ed Kreiss abzusägen, würde es meinen Bossen nicht unbedingt Leid tun.«

»Scheißkerl«, sagte Janet leise. »Kreiss hatte Recht.«

»Wie ist er denn so drauf?«

Janet schnaubte verächtlich. »Ich habe ihm meine Hilfe angeboten, seine Tochter zu suchen – Sie wissen schon, als Tarnung für das andere kleine Projekt. Er sagte, er brauche keine Hilfe. Und wenn er herausfände, dass jemand seiner Tochter etwas angetan hat, würde er die Kerle fangen und splitternackt beim nächsten Polizeirevier abliefern, obwohl er lieber ihre Köpfe auf Pfählen an der Interstate aufspießen würde.«

»Ganz der gute alte Edwin«, sagte Ransom. »Könnte ganz interessant sein, mal nachzusehen, ob der Kerl unter dem Trailer noch seinen Kopf hat. – Also, Sie haben sich mit Kreiss getroffen, er hat Ihnen gesagt, Sie sollen sich verpissen, dann sind Sie nach Hause abgedampft. Kreiss aber ist hierher gekommen und hat diesen Kerl platt gemacht, wahrscheinlich Jared McGarand. Sie gehen am nächsten Morgen zu Ihrem Wochenendkurs und machen anschließend einen kleinen Ausflug ins Arsenal, wo Sie Edwin Kreiss treffen. Sagt Ihnen das nichts?«

»Dass Kreiss von diesem Jared vielleicht etwas über seine Tochter gehört hat. Und dass irgendetwas aufs Arsenal hindeutet. Aber ...«

Ransom legte den Kopf schief. »Aber?«

»Aber Kreiss hatte doch schon vermutet, dass die Kids ins Arsenal eingedrungen waren.«

»Warum geht er dann nachts dorthin? Und hat er Ihnen gestern Nacht nicht gesagt, dass er sofort wieder hinwill, nachdem er Sie gerettet hatte?«

»Ja.« Der Gestank machte sie allmählich schwindelig. Sie trat ein paar Schritte zurück. »Können wir gehen? Und sollten wir nicht die hiesige Polizei rufen?«

»Ja, wir können jetzt gehen, aber die Polizei rufen wir nicht. Wir haben nichts mit der hiesigen Polizei oder hiesigen Morden zu schaffen, weil wir ja offiziell *niemals* im Inland arbeiten.«

»Ach ja, natürlich«, meinte sie ironisch. »Obwohl wir genau das tun.«

»Was wollen Sie den Cops denn erzählen?«

»Dass unter dem Trailer eine Leiche liegt.«

»Was Sie in Begleitung eines Agenten der CIA herausgefunden haben, während Sie einen Vermisstenfall bearbeiten, der schon längst in die Zuständigkeit Washingtons übergegangen ist. Wie wollen Sie *das alles* dem hiesigen Sheriff erklären? Oder Farnsworth?«

Janet holte tief Luft. Ransom hatte Recht.

»Die Sache ist die, Agentin Carter. Ich kaufe Ihnen ab, dass Kreiss tagsüber ins Arsenal gegangen ist und dort herumgeschnüffelt hat wie ein Indianer beim Fährtenlesen. Aber wenn er's bei Nacht tut, ist es 'ne *verdeckte* Aktion. Und dann hat er eine von diesen flotten schwarzen Ninjamasken aufgehabt, stimmt's? Hab ich mir doch gedacht. Ich glaube, dass er diesen Kerl hier im Arsenal gefunden hat.«

»Wenn es so war und Kreiss dem Mann hierher gefolgt ist, dann deshalb, weil er der Meinung war, der Mann könnte etwas über seine Tochter wissen. Kreiss wollte mit dem Mann *reden,* er wollte ihn nicht töten.«

»Es sei denn, der Mann wollte den Mund nicht aufmachen. Er wäre nicht der Erste, der nicht mit Edwin Kreiss reden wollte und daraufhin einen kleinen Unfall erlitten hat.«

»Sie glauben, es war ein Unfall?«

»Ja. Die Art Unfall, die Leute erleiden, wenn sie sich einem Offizier der Friedenstruppe in der Ausübung seiner Pflicht widersetzen.«

»Aber woher wissen Sie, dass Kreiss das getan hat?«

»Vielleicht, weil unser Peilsender drüben an diesem verdammten Pick-up steckt.«

»Woher wollen Sie das so genau wissen? Vielleicht hat er das Ding entdeckt, als er im Supermarkt einkaufte, und hat es dann am nächsten Auto angebracht. Auf Grund der Beweislage ist das eine ebenso gute Erklärung wie die Theorie, die Sie gerade vorgebracht haben. Die Wachleute im Arsenal haben keinen Grund zur Beunruhigung gesehen, und auch ich habe dort draußen nichts Alarmierendes entdecken können.«

»Weil Sie in dem Tunnel gesteckt haben«, gab Ransom zu bedenken und rieb sich mit beiden Händen übers Gesicht.

»Hören Sie«, erwiderte Janet. »Sie glauben, dass hier ein Mord geschehen ist. Und das ist eine verdammt ernste Sache. Ich möchte jetzt gern zurückfahren und meinen Boss, RA Farnsworth, auf den neuesten Stand der Dinge bringen, und sei es nur, um ihm das Verschwinden des Dienstwagens zu erklären. Dann wollen wir mal sehen, was Farnsworth dazu sagt. Soll er doch Ihre Vorgesetzten unterrichten. Und wenn er es der hiesigen Polizei mitteilen will, kann er bestimmt eine Geschichte auftischen, die euren kostbaren Verein aus der Sache rauslässt. So halten wir das in *unserem* Verein, wie Sie sehr wohl wissen.«

»Sagen Sie's ihm heute noch.«

»Er hat mir schon mehr als einen Sonntag verdorben.«

»Wo steckt eigentlich Kreiss?«

»Wen kümmert das, solange er nach seiner Tochter sucht. Verdammt, er könnte sie sogar finden. Aber ich glaube, mit diesen angeblichen Bombenbastlern im Arsenal liegt ihr alle falsch. Dieser Ort ist bloß eine Geisterstadt, in der die Straßen in verteufelt schlechtem Zustand sind.«

Kreiss erwachte im Zwielicht des frühen Sonntagmorgens, weil eine Spottdrossel auf einem Telefonmast den Wald mit ihrem Gesang zu wecken versuchte. Einen Augenblick wusste er nicht genau, wo er sich befand. Seine Muskeln waren steif und schmerzten von den Anstrengungen, denen er sich im Tunnel ausgesetzt hatte. Er war wieder aus der Richtung der Bahngleise gekommen und nicht vom Haupteingang her, weil er sich an Janet Carters Erwähnung der Wachleute erinnerte. Er war über das Bahntor geklettert und hatte sich in einer der Sprengstoffhütten drei Blocks von der Hauptstraße entfernt sein Lager gebaut.

Nun streifte er den Overall ab und machte sich mit einem feuchten Handtuch an die Morgentoilette. Dann drehte er die Innenseite des Overalls nach außen; es war die Tagestarnung, hellbraun und olivgrün. Er schnallte sich die Beutel auf Brust und Rücken, steckte die Kapuze ein und setzte eine ebenfalls in Tarnfarbe gehaltene Kappe auf, sammelte seine Sachen zusammen und machte sich auf den Weg zu den Gassen hinter dem Komplex der größeren Gebäude.

Falls sein Gehör ihn letzte Nacht nicht getäuscht hatte, war der zweite Mann gekommen und wieder gefahren, ohne das Gelände des Arsenals betreten zu haben. Kreiss rechnete damit, dass der Mann sich heute Morgen zeigte, denn nun würde er Jared erwarten. Da mit Jareds Erscheinen aber nicht mehr zu rechnen war, musste der zweite Mann eine Entscheidung treffen: Entweder zu Jareds Trailer fahren, um herauszufinden, warum der Bursche nicht auftauchte, oder ins Arsenal kommen, um mit seiner geheimnisvollen Tätigkeit fortzufahren. Kreiss wollte warten, bis er ein Fahrzeug hörte, und dann den zweiten Mann aus dem Hinterhalt überraschen. Falls kein Wagen erschien, wollte er sämtliche Gebäude gründlich durchsuchen. In der Zwischenzeit brauchte er einen sicheren Platz, um sich zu verstecken.

Leise schlich er über eine Gasse zwischen hohen Gebäuden. Die Sonne war noch nicht aufgegangen, doch es war schon hell genug, um etwas zu sehen. Wie gewöhnlich gab es keinerlei Anzeichen von Leben – weder Vögel noch andere Tiere lebten auf dem Gelände. Als Kreiss zur Hauptstraße gelangte, blieb er stehen. Hügelan, zu seiner Rechten, erstreckten sich die beiden Reihen der hohen Gebäude. Zu seiner Linken gab es nur zwei große Bauten, offenes Gelände mit Wegen und Gleisen, und schließlich das große Kraftwerk am Ende der Straße. Mitten auf der Straße, wo Agentin Carter mit ihrem Dienstwagen eingebrochen war, gähnte immer noch das riesige Loch. Er schaute auf die Uhr: immer noch eine Dreiviertelstunde Zeit bis Sonnenaufgang. Kein Lüftchen regte sich. Von der Route 11 war ab und zu ein Auto zu vernehmen; deshalb würde es ein Leichtes sein, jeden Wagen zu hören, der sich dem äußeren Zaun des Arsenals näherte. Doch Kreiss beschloss, sich erst noch ein bisschen umzusehen.

Er ging zum Kraftwerk. Es war ungefähr vier Stockwerke hoch; an der Rückseite ragte ein Hauptschornstein empor. Zwei gewaltige Rohre mündeten in den unteren Teil des Schornsteins; also gab es im Innern mindestens zwei Kessel. Die Turbogeneratorenhalle, halb so groß wie das Hauptgebäude, lag rechts davon, wie man an den eingezäunten Transformatoren und Hochspannungsleitungen sehen konnte, die von dort den gesamten Industriekomplex versorgten. Im Dach der Kesselhalle schienen Oberlichter eingelassen zu sein; ansonsten besaß das Gebäude keine Fenster. Links stand ein Bau, der eine Art Verwaltung gewesen zu sein schien. Zwischen dem Verwaltungsgebäude und der Kesselhalle waren vier hohe Garagentore; unter einem führte ein Gleis hindurch. Rechts von den Toren befand sich eine Tür in Mannshöhe. Kreiss drückte die Klinke, doch die Tür war verschlossen. In den Toren waren dreißig Zentimeter breite, drahtverstärkte Fenster in Kopfhöhe eingelassen. Kreiss versuchte, durch das staubige, rußverschmierte Glas zu schauen. Beim letzten Fenster stellte er verwundert fest, dass in einer Garage dahinter ein Laster stand. Die Fahrerkabine war nicht so groß wie bei einem Sattelschlepper, aber größer als die eines Pick-ups, und auf der Ladefläche stand ein grünweißer Tank. Sonst konnte er nichts erkennen. Kreiss fragte sich, warum der Laster immer noch hier stand, wo die anderen Gebäude doch völlig leer waren, seit die Fabrik geschlossen war. Wahrscheinlich waren Motor oder Getriebe defekt, und man hatte den Laster einfach stehen lassen –

eine typische Lösung des Militärs, mit anfallenden Problemen fertig zu werden.

Kreiss ging um das gesamte Kraftwerk herum. Besonders fielen ihm vier gewaltige Rohre auf, die aus dem Boden ragten: Einst hatten sie von irgendwoher Wasser gepumpt, das die Kondensatoren unter der Kesselhalle kühlen sollte. Wahrscheinlich gab es irgendwo am Bach ein Staubecken. Auf der Rückseite des Kraftwerks befanden sich mehrere Stahltüren, jedoch ohne Fenster und ebenfalls verriegelt. Der Schornstein war mindestens neunzig Meter hoch; bis zur Spitze führte eine Reihe rostiger Krampen. Kreiss blieb stehen und lauschte, als er ein Motorengeräusch gehört zu haben glaubte, doch es war sehr schwach und weit entfernt. Hinter dem Kraftwerk wurde früher der Brennstoff gelagert. Es gab noch zwei große Brennöltanks, von denen ein Gleis zu einer Pumpstation lief. Ein dritter, mittelgroßer Tank trug die Aufschrift KÜHLWASSER, ein vierter war mit TRINKWASSER beschriftet. In einem umzäunten Geviert standen zwei kleinere Tanks, jeder in Beton eingelassen und mit Schildern versehen, die vor gefährlichen Säuren warnten. Eine davon war H_2NO_3, die andere H_2SO_4 – Salpetersäure und Schwefelsäure, wie Kreiss wusste. Warum standen diese Tanks noch hier? Weil deren Pumpen noch im Kraftwerk waren?

Er setzte seinen Rundgang um das Gebäude fort und fragte sich, ob man einen Menschen darin gefangen halten könnte, verwarf den Gedanken aber wieder: Die Räume des Kraftwerks waren viel zu groß, um ein geeignetes Versteck zu finden. Kreiss gelangte wieder zur Vorderseite und blickte die Straße hinunter. Das Loch in der Straßendecke, wo Janet Carter mit dem Wagen eingebrochen war, befand sich ungefähr drei Blocks entfernt. Die Straße schien hügelan in einem Tunnel zu verschwinden, der aus Rohrleitungen und Stützbalken gebaut war. Plötzlich überfiel ihn Hoffnungslosigkeit: Es waren zu viele Gebäude, zu viele Möglichkeiten, einen Menschen zu verstecken. Egal was Jared gesagt hatte – dieser Ort atmete nur noch den Hauch eines Grabes aus, den Hauch des Todes ...

Plötzlich hörte er ein Geräusch hinter sich und fuhr herum. Ein hoch gewachsener Mann mit schwarzem Bart und stechenden dunklen Augen stand in der Tür des Kraftwerks, einen großen Revolver im Anschlag. Kreiss und der Fremde starrten einander für Sekunden in die Augen; dann hob der Mann die Waffe und schoss aus einer Entfernung von zehn Metern.

Kreiss spürte, wie die Kugel an seinem Kopf vorbeizischte, während der Knall der Ruger in seinen Ohren dröhnte. Augenblicke später stürmte er die Straße hinauf, da er wusste, dass eine .44er Ruger auf größere Entfernung ziemlich nutzlos war. Im Zickzacklauf spurtete er auf die Ecke des ersten Gebäudes zu. Die Kugel, die krachend über seinem Kopf einschlug, fühlte er mehr, als dass er sie hörte. Er hechtete nach links, wobei er seinen Teleskopstab benutzte, um das Gleichgewicht zu wahren. Währenddessen war er sich bewusst, dass der große Mann hinter ihm nicht ziellos in der Gegend herumballerte.

Am liebsten hätte er einen Blick über die Schulter geworfen, um zu sehen, ob der Schütze ihn verfolgte, doch er wusste, dass er jetzt auf keinen Fall langsamer werden durfte. Kreiss stürmte an der nächsten Ecke in eine Seitengasse. Gleich hinter der Ecke hielt er an, wirbelte herum und spurtete so schnell er konnte über die Straße in die gegenüberliegende Gasse. Er warf einen Blick nach links.

Der Mann war verschwunden, die kleine Tür am Kraftwerk geschlossen ...

Kreiss blieb in der Gasse stehen und rang nach Luft. Nun wünschte er sich, eine Waffe dabeizuhaben. In diesem Augenblick tauchte der Mann am anderen Ende der Gasse auf. Als die .44er erneut feuerte, sprang Kreiss zur Seite, fühlte diesmal aber ein Zerren am Rucksack. Der Mann konnte verdammt gut mit einer Waffe umgehen. Kreiss rannte nach links in die nächste Gasse, erwog kurz, auf eines der Gebäude zu klettern, erkannte dann aber, dass er dann erst recht in der Falle säße. Er sah bereits den Schatten des Schützen die Gasse entlangkommen, sprang zurück auf die Hauptstraße und wandte sich nach links, rannte im Zickzack, doch überall sah er nur nackte Betonwände und keinen Platz zum Verstecken. Dann peitschten in rascher Folge drei Schüsse auf, die Kreiss zwar nicht trafen, aber gut genug gezielt waren, um von der Treffsicherheit des Schützen zu zeugen.

Kreiss erreichte das riesige Loch mitten auf der Straße und zögerte keinen Augenblick. Behände kletterte er die Sprossen hinunter in die Dunkelheit des großen Tunnels, ließ dabei seinen Stab fallen und entdeckte ihn wieder, als er auf dem Grund anlangte. Da er wusste, dass der Schütze in wenigen Sekunden erscheinen würde, versuchte er gar nicht erst, leise zu sein, sondern polterte die steile Schräge des Tunnels hinunter, hielt mit dem Stab das Gleichgewicht, bis er tief genug in die Finsternis eingetaucht war. Dann legte er sich flach auf den Boden und wartete.

Nach einer Minute konnte er den Wasserfall hören, der nun nicht mehr vom lauten Pochen seines Herzens übertönt wurde. Ich werde allmählich zu alt für diesen Mist, dachte er. Fünf Schüsse. Dann ist noch einer übrig, falls der Kerl nicht stehen bleibt, um nachzuladen. Und bis jetzt hat er sich nicht wie ein Amateur verhalten; er konnte also annehmen, dass er nachlud. Warum auch nicht? Wenn er das Tunnelsystem kannte, wusste er genau, dass es daraus keine Fluchtmöglichkeit gab.

Kreiss rutschte weiter den Tunnel hinunter und behielt dabei den von der Straße einfallenden Lichtkegel im Auge. Als er eine Veränderung des Lichts wahrzunehmen glaubte, hielt er an, packte das gebogene Ende seines Stabs und bog es gewaltsam um. Es klang wie das Spannen einer Halbautomatik.

Kreiss wartete, lauschte den eigenen Atemzügen. Der Mann ließ sich nicht blicken; offenbar hatte er das Geräusch gehört und war auf den Trick hereingefallen.

Kreiss rutschte noch ein Stück den Tunnel hinunter, diesmal lautlos. Der Tunnel wurde immer steiler; Kreiss war froh, dass er diesmal lag und sich nicht wie beim letzten Mal stehend bewegte. Schließlich fühlte er die Kappen seiner Stiefel über die Kante ins Leere ragen, hielt inne und rollte sich von der Tunnelmitte weg auf die rechte Wand zu.

Er lag nun ungefähr hundert Meter vom Lichtkegel entfernt flach auf dem Betonboden. Wie er von seinem kleinen Abenteuer mit Janet Carter wusste, war unterhalb der Tunnelmündung der Vorsprung; darunter befand sich die große Abflusskammer. Kreiss hielt seine Minitaschenlampe über die Kante, knipste sie an und glaubte, tief unten Wasser zu sehen. Das Seil hatte er im Rucksack. Was er jetzt brauchte, war irgendetwas zum Festbinden; dann konnte er sich geruhsam abseilen und sich unten im Wasser verbergen, falls nötig. Er tastete mit den Fingern zuerst nach rechts, dann nach links, bis er einen lockeren Betonklumpen unter der Stahlkante fand. Mit dem stählernen Ende seines Stabs grub er die Stelle aus, bis der Zwischenraum groß genug war, um das Ende des Seils unter der Stahlleiste hindurchzuführen und an seinem Stab festzubinden. Den Rest des Seils ließ er ausrollen und über den Vorsprung fallen.

Immer noch kein Zeichen von seinem Verfolger. Der Trick mit dem vorgetäuschten Spannen des Hahns musste tatsächlich seine Wirkung getan haben. Doch es bestand immer noch die Möglichkeit, dass Kreiss' Gegner die Hand mit der Ruger in den Tunnel steckte und einfach drauflosballerte. Kreiss hakte seinen Brustgurt ans Seil und ließ sich über die Kante hinab, bis nur noch sein Kopf darüber ragte; das Seil hatte er zur Sicherung um den rechten Oberschenkel und den Knöchel geschlungen – gerade noch rechtzeitig, denn in diesem Augenblick jagten Kugeln durch den Tunnel, prallten als Querschläger von den Wänden ab und schlugen gefährlich nahe an der Stahlleiste ein. Es war laut und Furcht einflößend, aber letzten Endes harmlos: Kreiss wartete, wobei er mit eingezogenem Kopf am Seil hing.

Nun war eine Pattsituation entstanden. Der Mann wusste,

dass er nicht in den Tunnel hinabsteigen konnte, ohne selber beschossen zu werden. Und wahrscheinlich hatte er seine Munition verschossen. Kreiss bedauerte, dass er den Mistkerl nicht hatte überraschen können. Doch falls dieser Mann der andere McGarand war – und Kreiss meinte, eine gewisse Ähnlichkeit mit Jared erkannt zu haben –, wusste Kreiss auch so, wo der Bursche zu finden war. Über die Kante spähend wartete er und beobachtete den Lichtkegel, während sich unten in der Dunkelheit der Abflusskammer unsichtbar das Wasser sammelte und den Luftdruck steigen ließ.

Browne stand mitten auf der Straße und schob die leer geschossene Ruger unter den Gürtel. Der Lauf war immer noch warm. Er schaute auf die stählernen Sprossen, die im zunehmenden Tageslicht glänzten. Browne wusste, dass er nicht in den Graben hinuntersteigen konnte: Dieser Mann war ein ausgekochter Profi; er hatte sich auf der Flucht kein einziges Mal umgeschaut. Wahrscheinlich saß er jetzt seelenruhig da unten im Tunnel, drehte Däumchen und wartete darauf, dass Browne einen Fehler machte. Nun, diesen Gefallen würde er dem Mistkerl nicht tun. Browne schaute sich nach beiden Seiten um und ging dann zu dem Rohrstapel, den Überresten von Jareds Falle. Er zerrte drei Rohre zu dem Loch und legte sie so leise wie möglich darüber, auf der Seite der Leitersprossen. Dann holte er drei weitere Rohre und legte sie daneben, wobei er darauf achtete, den Abstand zwischen den Rohren auf zwanzig Zentimeter zu beschränken. Zum Schluss rollte er die beiden schwersten Rohre heran und legte sie quer über die anderen. Wenn der Kerl jetzt aus dem Loch herauskriechen wollte, würde er den Weg versperrt vorfinden. Und er konnte die Rohre nicht verschieben, ohne Lärm zu machen – und dann würde Browne ihn hören.

Doch in der Zwischenzeit wollte Browne nicht untätig bleiben.

Er ging wieder ins Kraftwerk, schloss den Elektromotor des

linken Garagentors an den Stromkreis an und ließ das Tor hochfahren. Nun stand der Laster vor der Ausfahrt. Browne hatte die ganze Nacht durchgearbeitet; er schwitzte und war schmutzig, und seine körnigen Augen waren vor Müdigkeit staubtrocken. Gerade erst war der Druck im Tank auf über 400 Pfund pro Quadratzoll gestiegen. Browne hätte zwar gern fünfhundert Pfund gehabt, doch es würde auch so gehen. Da die Wachleute durchs Loch eingebrochen waren und dieser Kerl jetzt da unten im Graben hockte, war das Arsenal als Versteck seiner geheimen Operation ohnehin nutzlos geworden. Browne musste mit der Endphase beginnen, ob Jared nun dabei war oder nicht. Der verdammte Kerl dachte mit dem Schwanz statt mit dem Hirn!

Vermutlich würde es hier am Morgen von Polizei und FBI-Leuten nur so wimmeln; aber dann war er längst schon über alle Berge. Vor einem Monat hatte Jared den Truck in den Farben einer Washingtoner Treibstofffirma bemalt, nach einer Vorlage, die Browne ihm besorgt hatte. Nun ging es nur noch darum, das Gelände unbeobachtet zu verlassen. Was in Washington noch geschehen konnte, kümmerte Browne nicht – er wusste, dass diese selbstgefälligen Arschlöcher niemals mit einem derartigen Anschlag rechnen würden.

Eine Stunde vor Morgengrauen hatte er den Generator aus dem Kesselgehäuse geholt und alle anderen Teile seiner Ausrüstung zusammen mit der Retorte im Kontrollraum untergebracht. Die Tankanzeige des Generators zeigte an, dass der Tank noch zu einem Viertel gefüllt war. Gut. Dann war Browne um die Kesselhalle herumgegangen und hatte sämtliche Luftschleusen zugestopft, die er finden konnte, ebenso sämtliche Brennstoffklappen des Kessels und alle Ventilationsrohre. Er hatte fast zwei Stunden dafür gebraucht, es aber dennoch geschafft, während der ganzen Zeit die Retorte in Betrieb zu halten und das gewonnene Gas durch die Hochdruckpumpe in den Tank zu befördern. Dann schloss er alle Türen innerhalb des Kraftwerks außer der einen, die vom

Kontrollraum in die Kesselhalle führte. Er begab sich zum Truck, drehte den Zündschlüssel und atmete auf, als der Motor ansprang. Nun musste er sich nur noch um die Reifen sorgen, doch auch die schienen in Ordnung zu sein. Er fuhr den Truck durch das hohe Garagentor und hielt auf der Straße, ließ den Dieselmotor warm laufen. Er prüfte sein Rohrgitter mitten auf der Straße, doch dort schien sich nichts getan zu haben. Gut.

Dann ging er zurück in den Kontrollraum und lud seine .44er mit der Munition, die er dort verwahrte. Schließlich spülte er sämtliche Retorten durch und gab alles Kupfer hinein, das sich noch im Raum befand. Er schraubte die Rohre der Pumpen von der Oberseite der Retorten ab und gab die doppelte Menge Salpetersäure hinzu. Die Reaktion setzte augenblicklich ein. Browne beschloss, noch eine Kanne Wasser mehr auf die Kühlwanne zu gießen. Dann ging er zur Tür, sah sich ein letztes Mal um, machte die Tür hinter sich zu und versiegelte sie luftdicht mit Klebeband. Er ging in die Garage und klebte Band auf die Tür zum Kontrollraum. Den Generator ließ er laufen. Er schlug auf den Schalter, der die Garagentür herabließ. Er tauchte unter der Tür hindurch und ging zum Truck. Nach einer Weile würde der Generator keinen Treibstoff mehr haben, aber dann bestand auch kein Bedarf mehr an Elektrizität. Mit der doppelten Menge wie üblich beladen, würden die Retorten Stunde um Stunde Wasserstoff produzieren und das gesamte Kraftwerksgebäude nach und nach mit einem zunehmend explosiven Wasserstoff-Luft-Gemisch füllen. Wenn die FBI-Leute dann an die Tür klopften, brauchte nur einer von ihnen zu rauchen ... mehr war nicht nötig.

Browne ging über die Straße bis zu dem Loch, kniete sich hin, steckte die .44er durchs Rohrgitter und schoss noch einmal das Magazin leer. Das muss da unten einen teuflischen Lärm machen, dachte er zufrieden. Und vielleicht hatte er sogar Glück und erwischte den Hurensohn mit einem Zufallstreffer.

Browne stieg in den Truck und fuhr den Hügel hinauf bis zu

den Tanks hinter dem Kraftwerk. Bei laufendem Motor stieg er aus und ging zur Pumpstation bei den Säuretanks. Er suchte, bis er einen »Krähenfuß« fand, einen mehr als einen Meter langen Metallstab mit drei gabelförmigen Zinken, die genau in den Rand des großen Ventilrades passten, sodass ein Mann die gesamte Hebelkraft seines Körpers einsetzen musste, um das Rad zu drehen. Er schloss das kleinere Ventil, das die Salpetersäure in die Reserveflaschen im Wasserprüfraum des Kraftwerks gepumpt hatte. Von dieser Anhöhe würde die Säure an einer Stelle oberhalb des Lochs in den Graben unter der Straße fließen. Die anderen Ventile, mit denen die Zuleitungen in die Gebäude mit hochexplosiven Stoffen geregelt wurden, waren bereits geschlossen. Browne öffnete das größere Ablassventil, auf dem stand: NUR FÜR NOTFÄLLE – GRABEN. Er hörte ein Rumpeln in einem zehn Zentimeter dicken Rohr, das drei Meter vom Tank entfernt im Erdboden verschwand. Vermutlich waren noch über 750 Hektoliter Säure im Tank, die nun fröhlich in den Graben rauschen würden – auf den Eindringling und die Überreste der Wachleute. Browne überlegte, ob er warten sollte, bis der Kerl wieder auf der Straße erschien, befürchtete aber, dass die Cops schon vor dem Tor stehen könnten. Sein Instinkt riet ihm, so schnell wie möglich zu verschwinden. Er stieg in den Truck und fuhr um das Kraftwerk herum zur Straße, die an den Bunkern vorbei zum rückwärtigen Tor des Arsenals führte.

»Was ist passiert?«, fragte Farnsworth und setzte sich an den Konferenztisch. Es war zwanzig nach elf, und er war bereits für den Kirchgang angezogen. Er war sichtlich verärgert. Ransom und Janet saßen links und rechts von ihm, während zwei Mitarbeiter der FBI-Dienststelle Roanoke am anderen Ende des langen Tisches Platz genommen hatten. Auch sie sahen nicht besonders erfreut aus, an einem Sonntagmorgen hierher zitiert worden zu sein. Ein schwarzer dreieckiger Telekonferenzlautsprecher stand mitten auf dem Tisch. Nachdem er sich Janets und Ransoms einleitende Berichte angehört hatte, hatte Farnsworth eine Konferenzschaltung mit Foster in dessen Haus in McLean, Virginia, veranlasst.

Janet begann, indem sie von ihrem Treffen mit Kreiss berichtete, wobei sie den Teil ausließ, als Kreiss seine Ahnungen über Bellhousers und Fosters wahre Absichten geäußert hatte. Dann gab sie eine detaillierte Beschreibung ihres Ausflugs ins Ramsey Arsenal. Als sie geendet hatte, breitete sich betretenes Schweigen aus. Die beiden Agenten aus Roanoke schauten beflissen in ihre Notizbücher, zweifellos froh darüber, dass Janet nicht für ihre Abteilung arbeitete.

»Na schön«, erklang Fosters Stimme aus dem Lautsprecher. »Ich will sichergehen, dass ich richtig verstanden habe: Kreiss hat Ihnen also lediglich gesagt, dass er an keinerlei Zusammenarbeit interessiert ist und dass er weiß, was Site R zu bedeuten hat?«

»So ist es«, sagte Janet.

»Was wiederum bedeutet, dass Kreiss tatsächlich der kopflose Buhmann war«, schloss Farnsworth.

»Ich nehme es an«, sagte Janet.

»Wie hat er auf die Theorie reagiert, dass sich möglicherweise eine Gruppe Bombenbastler auf dem Gelände aufhält?«, fragte Foster.

»Er hielt es für eher unwahrscheinlich«, erwiderte Janet und warf Ransom einen warnenden Blick zu. Sie hatte vergessen, dass sie ihm schon alles über die Unterredung mit Kreiss erzählt hatte. Ransom blickte starr vor sich hin und hielt den Mund.

»Und als Sie Kreiss das nächste Mal sahen, hat er Sie aus diesem Tunnel gerettet?«

»Stimmt.«

»Und er hat nichts darüber gesagt, was er dort zu suchen hatte? Oder warum er zufälligerweise gemerkt hat, dass Sie in dem Tunnel steckten?«

Janet zögerte einen Augenblick. »Er sagte, er suche nach

seiner Tochter. Was er ja auch vorher angekündigt hatte, als wir uns in Blacksburg getroffen haben.«

»Woher wusste er, dass Sie im Tunnel steckten?«

»Er hat den Lärm gehört, den ich da unten veranstaltet habe. Ich hatte versucht, ein Rohr hochzuschieben, an dem ich hinaufklettern wollte. Er war genau über mir auf der Straße und kam dann in den Tunnel, um nach der Quelle des Lärms zu suchen.«

»Könnte er geglaubt haben, dass seine Tochter da unten war?«

Janet wollte schon antworten, hielt dann aber inne. Ja, was hatte Kreiss wohl gedacht, als er den Lärm gehört hatte?

Ransom beugte sich zum Lautsprecher vor. »Hier spricht Ransom«, sagte er. »Ich glaube, Kreiss hat wirklich nach seiner Tochter gesucht, aber die Sache hat noch einen anderen Aspekt.« Ransom berichtete, wie er Kreiss' Pick-up verwanzt hatte, über den vermuteten Leichenfund unter dem Trailer und darüber, das seine Wanze schließlich an einem Fahrzeug gefunden worden war, dass einem gewissen Jared McGarand gehörte, den er überdies für die Leiche unter dem Trailer hielt.

»Also ist Kreiss dort gewesen?«, meinte Foster. »Wollen Sie das damit sagen?«

»Ja.« Janet fiel auf, dass Ransom seinen Straßenjargon abgelegt hatte.

»Ist die hiesige Polizei schon verständigt?«, fragte Jim Willson, Leiter der Überwachungsabteilung und Senior Special Agent mit fast zwanzig Jahren FBI-Erfahrung. Willson hatte den Ruf, jederzeit im Einsatz zu sein.

»Wir haben uns zurückgezogen, ohne jemanden zu verständigen«, antwortete Ransom.

»Wir?«, echote Farnsworth. Janet sah, wie Willson Paul Porter etwas zuflüsterte, dem anderen Special Agent.

»Ich habe Agentin Carter heute Morgen zu dem Trailer mitgenommen«, erklärte Ransom.

»Warum?«, fragte Farnsworth in einem Tonfall, den Janet

als Vorspiel zu einer Diskussion über bürokratische Kompetenzen erkannte.

Ransom lehnte sich im Stuhl zurück. »Weil es nach Mord aussah. Und Mord im Inland fällt nicht in unser Aufgabengebiet. Kreiss' Überwachung hingegen wurde auf Anfrage des FBI vorgenommen. Falls Kreiss einen Mann getötet hat, hielt ich es für angeraten, das FBI zu informieren; deshalb halten wir ja jetzt dieses Meeting ab.«

Farnsworth sah aus, als würde er jeden Moment die Beherrschung verlieren. »Bei allem Respekt, Chef«, schaltete Willson sich ein. »Was, zum Teufel, geht hier vor?«

»Beruhigen Sie sich, bitte«, ließ Foster sich aus dem Lautsprecher vernehmen. »Wenden wir uns wieder der Sache zu. Wie ich höre, ist Edwin Kreiss wieder im Einsatz. Es gibt Spuren, dass er am Tatort eines vermuteten Mordes gewesen ist und dass er mindestens einmal illegal in ein Sperrgebiet der Regierung eingedrungen ist, das früher eine Munitionsfabrik war. Ist das so weit korrekt?«

Niemand antwortete; deshalb sagte Janet: »Ja, das stimmt.«

»Dann dürfte unsere Theorie letztlich richtig gewesen sein, nicht wahr? Dass dieser Jared tatsächlich mit dem Bombennetzwerk in Verbindung stehen könnte, nach dem wir suchen?«

»Da kann ich Ihnen nicht zustimmen«, sagte Janet. »Kreiss sucht seine Tochter. Wenn es eine Verbindung zwischen Kreiss und der Leiche unter dem Trailer gibt, hat es bestimmt mit dem Verschwinden seiner Tochter zu tun. Kreiss weiß nichts über ein solches Netzwerk. Für ihn gab es nur einen Grund, ins Arsenal einzudringen: Ein ziemlich fragwürdiger Zeuge hatte ihm erzählt, wohin seine Tochter gegangen sein könnte – mit der Betonung auf *könnte.* Und es gibt keinerlei Beweise für ein geheimes Bombenkommando im Army Arsenal.«

»Na schön«, sagte Farnsworth. »Wir müssen die Ortspolizei zum Trailer schicken. Und dann müssen wir eine Untersuchung des Arsenals in die Wege leiten. Meiner Ansicht nach haben wir es hier mit einem Vermisstenfall zu tun, der möglicherweise eine Entführung ist, und inzwischen auch mit einem potenziellen Mordfall. Eine meiner Agentinnen wäre beinahe ums Leben gekommen. Und während einer Operation, die im Grunde nur eine Routineinspektion einer Regierungseinrichtung sein sollte, kam ein Dienstwagen abhanden. Mr Foster?«

»Ja?«

»Mit Rücksicht auf Ihre Bombentheorie möchte ich die hiesige Abteilung des ATF einschalten. Um den möglichen Mordfall werden wir uns in Zusammenarbeit mit dem Sheriff's Department kümmern. Jede Information, die in diesem Zusammenhang mit Mr Kreiss auftaucht, wird Ihnen unverzüglich mitgeteilt. Ist Ihnen das recht?«

»Ich würde es vorziehen, wenn das ATF so lange aus der Sache herausgehalten wird, bis wir mit Sicherheit wissen, was mit diesem Jared ist ... ob er auf dem Arsenal wirklich irgendetwas angestellt hat. Außerdem muss ich noch mit Ms Bellhouser darüber reden.«

Janet sah, wie Willson mit den Lippen den Namen »Bellhouser« bildete und den Kopf schüttelte.

»Das kann ich gut verstehen«, erwiderte Farnsworth. »Und ich bin mir bewusst, wie gern wir dem ATF eins auswischen würden. Aber hier geht es um etwas Grundsätzliches. Agenten meiner Abteilung wurden verletzt, und es gibt einen möglichen Mordfall, der eng mit der Sache verbunden ist. Übrigens hat man mir noch nie etwas von einer Bombenverschwörung in Südwest-Virginia erzählt. Beantworten Sie mir doch bitte eine Frage: Ist es Ihnen und Ms Bellhouser ernst mit dieser Bombentheorie, oder war das nur ein Trick, damit wir Edwin Kreiss aufscheuchen sollten, sodass Marchand und Konsorten ihm ein Ding verpassen können?«

Janet staunte – Farnsworth kehrte endlich wieder den Chef hervor. Willson und Porter schauten mit unverhohlener Neugier zu. Ransom vergrub das Gesicht in den Händen.

»Es ist uns vollkommen ernst mit dieser Theorie«, sagte Foster. »Nur ...«

»Dann werden wir das ATF hinzuziehen. Und zwar sofort. Ich rufe an. Ken Whittaker ist unser hiesiger Verbindungsoffizier.«

Angespanntes Schweigen. Schließlich sagte Foster: »Darf ich dann wenigstens darum bitten, dass die Verbindung zu Kreiss keiner Behörde außer dem FBI bekannt wird?«

»Wir werden es versuchen«, meinte Farnsworth. »Aber wenn Kreiss des Mordes verdächtigt wird ...«

»Wird er nicht, wenn Sie der Ortspolizei verschweigen, dass er einen Peilsender am Wagen hatte.«

Farnsworth verdrehte die Augen und schüttelte den Kopf.

Foster fuhr fort: »Wenn die Polizei Beweise für eine Verbindung zwischen Kreiss und dem Opfer findet, ist es zu spät. Doch ich bin immer noch der Meinung, dass Kreiss da etwas gefunden hat. Falls das zutrifft, ist es viel interessanter für uns – und möglicherweise für das DCB – als irgendein Hinterwäldler, der unter seinem Trailer zermatscht wurde.«

»Der Mann unter dem Trailer könnte anderer Meinung sein«, sagte Farnsworth trocken. »Und noch etwas: Ich brauche eine Telefonnummer, unter der ich Kontakt mit diesem DCB aufnehmen kann.«

»Das könnte schwierig werden. Ich muss das erst mit dem stellvertretender Direktor Marchand und mit dem Büro des Staatssekretärs im Justizministerium abklären. Das DCB operiert auf einer höheren politischen Ebene. Ich bin nicht sicher, ob sich FBI-Ortsbüros ... ähm, in die Arbeit zwischen den Behörden dieser Ebene einmischen sollten.«

Jetzt hab ich dich erwischt, bedeutete Farnsworth mit einer beredten Geste den anderen am Tisch. »Also gut«, sagte er. »Das überlasse ich ganz Ihrem Verhandlungsgeschick. Das ist Ihr Terrain. Inzwischen werde ich ein paar Leute ins Arsenal schicken, sobald ich Verstärkung vom ATF erhalten habe. Sagen Sie das Ihren Leuten, okay?«

»Was ist, wenn wir Kreiss begegnen?«, fragte Janet.

»Dann fragen wir ihn einfach, was er da draußen zu suchen

hat«, erwiderte Farnsworth. »Wenn es sein muss, schleppen wir ihn her und unterhalten uns mal in aller Ruhe. Aber jetzt machen wir erst mal einen Schritt nach dem anderen. Schließlich haben wir Sonntag. Lassen Sie uns erst einmal sehen, was wir hier ausrichten können, bevor alle anfangen, wild zu rotieren, in Ordnung? Mr Foster, wir melden uns wieder bei Ihnen.«

»Gut«, meinte Foster und legte auf.

Farnsworth blickte die beiden Special Agents an. »Kontaktieren Sie Whittaker. Sofort. Stellen Sie ein gemischtes Team zusammen und kämmen Sie das Arsenal durch. Setzten Sie das Militär in Kenntnis und bitten Sie um Verstärkung durch ein Sicherheitskommando. Überzeugen Sie sich, was dort los ist – falls überhaupt etwas los ist. Paul, ich möchte, dass Sie sich mit Sheriff Lambs Büro in Verbindung setzen, damit jemand von der hiesigen Polizei zu dem Trailer fährt.«

»Und was erzähle ich der Polizei, wenn die wissen wollen, woher ich das weiß?«, fragte Porter. Er war ein eifriges, dürres Männchen und bekannt für seine Pingeligkeit.

»Himmel noch mal, das weiß ich auch nicht – vielleicht, dass es einen anonymen Anruf gab. Lassen Sie das bewusst im Unklaren. Nehmen Sie nur einen Mann mit. Ich will keine Menschenmenge dort draußen. Worauf ich hingegen Wert lege, ist möglichst schnelle Rückmeldung.«

Porter nickte, stand auf und verließ den Konferenzraum. Farnsworth wandte sich an Janet und Willson. »Ihr müsst da draußen vorsichtig sein. Wenn Kreiss auf der Suche nach seiner Tochter einen Mann getötet hat, könnte ihn der Gedanke, dass es eine Entführung war, vollends aus dem Gleis geworfen haben. Es wäre nicht das erste Mal, dass er die Beherrschung verliert, und ich will nicht, dass das FBI seinetwegen in Misskredit gerät.«

»Was war denn das für ein Telefonspielchen, das Sie mit Foster gespielt haben?«

»Ein schlichter Resident Agent, nämlich ich, hat einem hohen Tier in der Zentrale ans Bein gepinkelt. Das wird natürlich nicht viel nützen. In spätestens vierundzwanzig Stunden sind all diese Typen da, falls es wirklich von Anfang an um Kreiss ging, was ich allmählich glaube. Aber wir müssen erst ganz sicher sein.«

»Warum wollen Sie das ATF hinzuziehen?«, fragte Janet.

Farnsworth seufzte. »Weil immer die Möglichkeit besteht, meine liebe Janet, dass die Leute in der Zentrale mehr wissen als wir hier unten in den Hügeln von Virginia, auch wenn es uns im Moment unwahrscheinlich erscheinen mag. Und falls es tatsächlich ein geheimes Bombenlabor im Arsenal gibt – wollen Sie dann als Erste hineingehen? Sollen wir diese Ehre nicht unseren lieben Freunden vom ATF überlassen?«

Janet sah Ransom und Willson grinsen.

Farnsworth wandte sich an Ransom. »Ich möchte, dass Sie mitgehen, Mr Ransom, für den Fall, dass meine Leute Kreiss über den Weg laufen. Sollte das geschehen, möchte ich, dass Sie das Reden übernehmen und versuchen, ob wir die Büchse der Pandora noch geschlossen halten können, bevor wir wissen, was die hohen Tiere in Washington als Nächstes vorhaben. Könnten Sie das für uns tun?«

Ransom starrte einen Moment auf die Tischplatte. »Kann es ja mal versuchen«, sagte er wenig überzeugt, wenn nicht sogar ängstlich.

Kreiss hörte, dass oberhalb im Tunnel irgendetwas geschah. Im gleichen Augenblick begann das Wasser aus der Abflusskammer zu rauschen. Das Tosen übertönte alle anderen Geräusche, und die Luft war von einem feinen Sprühnebel erfüllt. Kreiss wollte sich gerade wieder über die Tunnelkante hieven, als ein stechender Geruch ihn umhüllte und ihm plötzlich das Atmen schwer fiel. Unwillkürlich musste er schlucken. Sofort schossen ihm die Tränen in die Augen. Immer noch hörte er nichts als das Tosen des Wassers, doch als er Hände und Schultern über die Kante gehoben hatte, sah er ein schmales, zähflüssiges, rauchendes Rinnsal direkt auf sich zufließen. Er drückte sich jäh nach rechts, als das Rinnsal die Mitte der Kante erreichte und darüber hinwegschoss. Die giftigen Dämpfe waren jetzt so dicht, dass Kreiss nicht zu atmen wagte. Dann sah er eine Zunge der Flüssigkeit seitlich über die Kante lecken. Das Seil löste sich vor seinen Augen auf, und das Metall am Ende seines Teleskopstabs begann Blasen zu werfen. Kreiss kannte diesen Geruch.

Säure. Salpetersäure!

Er drückte sich den Kragen seines Overalls auf Mund und Nase. Dann sprang er auf und rannte durch den Tunnel, umging den stetig anschwellenden Säurestrom, bis er den Lichtkegel unter den Leitersprossen erreichte. Dicht daneben blieb er stehen und holte noch einmal tief Luft, sog sie durch den dicken Stoff des Overalls. Ob der Schütze noch oben war und wartete, dass er seinen Kopf aus dem Loch steckte? Seine Lungen schmerzten, und seine Augen tränten so stark, dass er kaum etwas sehen konnte. Du hast keine andere Wahl, sagte er sich und stieg die Sprossen hoch, sehnte sich nach frischer Luft und hellem Sonnenlicht. Das provisorische Gitter aus Rohren hielt ihn auf, doch bald schon rollte er sich vom Rand des Lochs weg auf die Straße und bis in eine der Gassen hinein. Endlich konnte er wieder Luft holen. Er streckte sich auf dem warmen Beton aus und mühte sich, ruhig zu atmen und die Augen wieder klar zu bekommen.

Säure – eine wahre Säureflut war das gewesen. Wo, zum Teufel, war die hergekommen? Offensichtlich hatte der Kerl mit dem Bart diese Katastrophe herbeigeführt. Das Arsenal war nicht die Geisterstadt, für die man es halten konnte. Kreiss legte sich auf die Seite und schaute sich um. Nichts rührte sich unter der Morgensonne. Aus dem Tunnel konnte er ein leises, schlurfendes Geräusch vernehmen, sonst nichts. Er holte ein letztes Mal tief Luft und stand auf. Im Tunnel hatte er seinen Stab verloren, aber zum Glück war er dem Anschlag entkommen. Er wollte lieber nicht daran denken, was geschehen wäre, wäre sein Seil noch vor dem Hinaufklettern von der Säure zerfressen worden.

Kreiss kletterte auf das nächste Gebäude und verbrachte eine Viertelstunde damit, den Blick über das gesamte Gelände schweifen zu lassen, aber alles war wie zuvor: die gleiche Ansammlung hässlicher Betonbauten, leerer Straßen und schäbiger Baracken auf den kahlen, staubigen Hügeln. Der Mann, der ihn vom Kraftwerk aus verfolgt hatte, war nirgends zu sehen. Das Kraftwerk! Kreiss studierte die Front des Gebäudes, die vier Garagentore und die fensterlosen Wände. Der Bärtige war aus dem Kraftwerk gekommen, also musste das, was er und sein Kumpan im Verborgenen trieben, in dem Kraftwerk vor sich gehen ...

Kreiss kletterte vom Dach herunter und schlich in die Gasse neben dem Kraftwerk. Hinter dem Gebäude waren verschiedene Tanks; einen Augenblick überlegte er, ob die Säure aus einem dieser Tanks gepumpt worden war. Dann sah er frische Reifenspuren, die von den Tanks wegführten – große Doppelreifen wie von einem Laster. Der Lastwagen in der Garage des Kraftwerks fiel ihm ein. Noch einmal schaute er sich die Reifenspuren an, ließ sich dann auf die Knie nieder und betastete sie. Sie waren noch frisch.

Kreiss schaute auf die Uhr: fast elf. Am besten stieg er jetzt in seinen Pick-up, fuhr nach Blacksburg und suchte Mr Browne McGarand. Dieser grünweiße Tanklaster sollte nicht schwer zu finden sein. Finde diesen Laster, dann findest du auch den Schützen. Und hoffentlich auch Lynn. Vielleicht sollte er diesmal doch lieber eine Waffe mitnehmen. Im Pick-up lag immer noch Jareds .45er. Er brauchte nur noch Munition.

Um halb vier standen Janet, Ransom und Ken Whittaker im hellen Sonnenschein auf der Hauptstraße der Fabrikanlage im Army Arsenal. Die beiden jungen Cops der Wachfirma waren damit beschäftigt, die Schlösser der beiden Gebäude vor dem Kraftwerk aufzubrechen. Das FBI-Team war kurz nach zwei Uhr am Haupttor angelangt, wo bereits Ken Whittaker, der Bezirkschef des ATF, und die beiden jungen Wachleute in ihrem

Pick-up auf sie warteten. Dann war die ganze Truppe das Bunkergelände abgefahren und schließlich in die Fabrikanlage eingebogen. Whittaker, ein hoch gewachsener, schlanker Mann mit übergroßer Hornbrille, hatte offiziell das Kommando. Er war leger in Khakihosen und Hemd gekleidet, trug die für das Personal des ATF typische Windjacke sowie eine Schirmmütze. Von Willson über den Auftrag unterrichtet, hatte er gelassen und sachlich reagiert und Janet angenehm überrascht, indem er keine der bürokratischen Grundsatzfragen stellte, mit denen sie seit Beginn dieses Falles überhäuft worden war. Er stimmte ihr zu, dass hier gemeinsame Anstrengungen erforderlich waren, bestand jedoch darauf, den Trupp persönlich zu leiten.

Janet zeigte den Leuten das Loch in der Straße, wo der Wagen eingebrochen war. Aus dem Loch stieg beißender Dampf, den Janet als Säure identifizierte. Die jungen Wachleute erklärten zwar, sie könnten es ebenfalls riechen, beharrten aber darauf, dass in dieser Anlage seit Jahren nichts mehr produziert worden sei.

Dann waren sie in Viererkolonne durch sämtliche Straßen und Gassen der Anlage gefahren, hatten jedoch nichts anderes gesehen als nackte Betonwände. Ransom schlug vor, ins Loch hinabzusteigen, doch die Dämpfe, die herausdrangen, waren zu stark.

»So was war da aber nicht, als wir herauskamen«, sagte Janet und starrte in die Dunkelheit hinunter. »Das ist etwas Neues.«

»Wozu dient denn dieser Tunnel?«, fragte Whittaker. Einer der jungen Wachmänner erklärte, die Pläne der Anlage wiesen ihn schlicht als einen »Graben« aus. Willson vermutete, dass es der Notfallabfluss für die umliegenden Gebäude war, ein Rohr, in das man Tonnen von Chemikalien ablassen konnte, falls irgendetwas bei der Sprengstoffherstellung außer Kontrolle geriet.

»O Mann!«, sagte Whittaker. »Dann frage ich mich, in wessen Trinkwasser das Zeug gerät.«

Keiner der beiden jungen Wachmänner konnte eine Antwort darauf geben. Whittaker fragte sie, ob sie Schlüssel zu sämtlichen Gebäuden besäßen. Ja, erklärten sie; sie hätten Hauptschlüssel zu jedem Gebäude im Komplex. Whittaker hatte sie daraufhin nur angeschaut, bis sie kapierten. Mit dramatischen Seufzern machten sie sich daran, die Vorhängeschlösser abzumontieren, beginnend am oberen Ende der Straße.

Whittaker teilte das Team in Gruppen zu zwei Leuten auf. Er warnte vor möglichen Fallen und wies sie an, sämtliche Gebäude gründlich zu durchsuchen und sich sofort zurückzuziehen, falls ihnen irgendetwas verdächtig erschien. Janet und Ransom behielt er bei sich.

»Und was genau suchen wir?«, wollte einer der Agenten wissen.

»Die Gebäude stehen angeblich leer«, erwiderte Whittaker. »Wenn Sie eines finden, das nicht leer ist, machen Sie, dass Sie rauskommen. Und seien Sie vorsichtig, wenn Sie irgendwelche Türen aufmachen: Bombenbastler stehen auf Fallen.«

Einer der Wachmänner kam zu ihnen.

»Das hier sind die Hauptfertigungsgebäude«, erklärte er.

Whittaker verständigte sich per Funk mit Willsons Gruppe am anderen Ende der Straße. Sie arbeiteten sich immer noch Gebäude um Gebäude vor. Bis jetzt hatten sie nichts gefunden.

»Ja, machen Sie es auf«, sagte er mit müder Stimme. »Das Wochenende ist eh verdorben.«

Der junge Mann hob zwei Finger zum Zeichen, dass er verstanden hatte, und trottete über den leeren Platz zwischen dem letzten der großen Gebäude und der emporragenden Fassade des Kraftwerks. Whittaker folgte ihm die halbe Strecke, blieb dann stehen und sprach wieder über Funk mit den Teams. Janet ging mit Ransom zu einem Gebäude, an dem NITRIERUNG stand.

»Na, das ist doch mal ein hübscher Name für so ein hässliches Haus«, meinte Ransom. »Wie würde es Ihnen gefallen, in einer Fabrik zu arbeiten, die ...«

Seine Worte wurden von unerträglicher Hitze und einer Druckwelle erstickt. Janets Brust, Lunge, Arme und Beine fühlten sich an, als wäre ein feuriger Riese darauf herumgetrampelt. Sie wollte sich umdrehen, wollte sehen, was die Explosion ausgelöst hatte, doch sie flog buchstäblich durch die Luft und krachte durch ein Holzgatter, rollte wie eine Lumpenpuppe in eine der Gassen und prallte hart gegen eine Wand. Sie versuchte zu horchen, doch in ihren Ohren war nur ein lautes Rauschen. Dann schrie sie auf, als eine Lawine niederging – *schwere* Dinge, die mit solcher Wucht auf den Boden schlugen, dass Janets Körper jedes Mal ein kleines Stück in die Höhe geworfen wurde. Die Sonne war hinter Dunstschwaden verschwunden. Janet konnte nicht mehr richtig Luft holen. Ihre rechte Seite fühlte sich an, als wäre sie von einem Pferd getreten worden, und sie spuckte Betonsplitter und Staub aus. Dann brach eine gewaltige Stahlbetonwand, so groß wie ein Haus, direkt neben ihr zusammen, und Janet verlor das Bewusstsein.

Als sie wieder zu sich kam, vibrierte ihr ganzer Körper vor Schmerz. Wegen ihrer rechten Seite konnte sie nicht richtig atmen; schwach nahm sie irgendwelche Geräusche in der Umgebung wahr, ohne sie wirklich zu hören. Ihre Augen waren von Betonstaub verklebt. Wie durch einen Schleier sah sie, dass die gesamte Fabrikanlage zu einer Ruinenstätte geworden war: Überall lagen Hügel aus zersprengtem Beton – auf der Straße, zwischen den zerstörten Gebäuden, sogar auf den Dächern der stehen gebliebenen Bauwerke. Die beiden letzten Bauten an der Straße waren teilweise zerstört, und auf dem Platz, wo das Kraftwerk gestanden hatte, erhob sich nur noch der Stumpf des Hauptkamins über zwei Haufen aus verbogenem Metall, die einst die Kessel gewesen sein mussten. Von irgendwoher stolperte Ransom auf die Straße; seine Kleidung hing in Fetzen, und er blutete an Kopf, Augen, Ohren und Mund. Er strauchelte über einen Trümmerhaufen, ging schwer zu Boden und blieb reglos liegen. Entsetzt sah Janet, dass ein Metallstab wie ein Pfeil aus seinem Kopf ragte. Über der ganzen Szenerie hing eine riesige Staubwolke, so dicht, dass sie das Tageslicht in trübes Gelbbraun verwandelte.

Janet schaute sich nach Whittaker um, aber der war nirgends zu sehen. Ihre Knie fühlten sich an, als würden sie im Feuer versengt. Sie schaute an sich hinunter und entdeckte, dass die Hose aufgescheuert war, darunter schimmerten zwei blutige, mit Straßensplitt durchsetzte Flecken. Sie versuchte aufzustehen, doch ein Betonbrocken mit anhängendem Gitter lag auf ihrem rechten Bein, und sie konnte die rechte Hand nicht bewegen. Sie versuchte um Hilfe zu rufen, brachte aber nur ein Wimmern zu Stande, das zu einem Hustenanfall reizte.

Dann war plötzlich jemand bei ihr und hob den Betonblock von ihrem Bein. Es war einer der Agenten von der Überwachungsabteilung – er hieß Harris, erinnerte sie sich. Er sagte irgendetwas zu ihr, doch sie konnte ihn nicht hören. Sie zeigte auf ihre Ohren und schüttelte den Kopf. Im selbem Moment durchbohrte der Schmerz sie wie ein Schwert. Dann breitete sich ein kühler, rosafarbener Nebel aus, der sie gnädig umhüllte.

Als sie wieder zu sich kam, lag sie in einem Ambulanzwagen. Ihr ganzer Körper fühlte sich an wie in linderndes Balsam gebettet; an beide Arme waren intravenöse Schläuche angeschlossen. Ein junger Sanitäter sprach in dringlichem Ton in ein Telefon am Fuß ihrer Liege. Janet konnte die rückwärtigen Klapptüren des Fahrzeugs sehen: Es stand auf der Hauptstraße im Fabrikkomplex, mit Blick auf das Kraftwerk. Der Anblick schockierte sie: Das Kraftwerk war fast vollständig verschwunden, nur zwei Kessel waren auf der weiten Betonfläche übrig geblieben. Die beiden großen Gebäude, die dem Kraftwerk am nächsten standen, waren zum größten Teil zerstört, nur ein paar Wandstücke ragten noch auf. Auf der Straße türmten sich Berge aus Betonbrocken, und auf der weiten Fläche zwischen dem Ambulanzwagen und dem zerstörten Kraftwerk sah Janet zwei Leichentücher. Der Sanitäter drehte sich um und sah, dass Janet bei Bewusstsein war. Er sagte etwas ins

Telefon, das sie nicht verstehen konnte, und legte auf. Dann sprach er zu ihr, doch sie konnte ihn kaum hören. Sie schüttelte den Kopf, diesmal sehr viel vorsichtiger als vorhin. Sie konnte von den Lippen des Mannes lesen.

»Können Sie mich hören?«, fragte er.

Sie zuckte zusammen und formte ein Nein mit den Lippen, die sich anfühlten, als wären sie doppelt so dick wie sonst.

»Können Sie frei atmen?«

Janet brachte ein Nicken zu Stande.

»Wie viele Finger halte ich hoch?«, wollte er wissen. *Drei,* formte sie wieder mit den Lippen; dann brachte sie es laut heraus: »Drei.«

»Sehr schön.« Janet stellte fest, dass sie den Mann auf einmal hören konnte, obwohl seine Stimme immer noch weit entfernt schien. Er sah, dass sie ihn verstand. »Innere Verletzungen haben Sie nicht«, sagte er. »Ihre Pupillen sind ein bisschen erweitert, und ich glaube, Sie haben sich ein paar Rippen angeknackst, vielleicht auch das rechte Handgelenk. Vermutlich haben Sie auch eine leichte Gehirnerschütterung, aber ansonsten kann ich nichts Gravierendes feststellen. Der Tropf ist gegen die Schmerzen und den Schock, und wir überwachen Sie per Monitor. Entspannen Sie sich. In wenigen Minuten bringen wir Sie weg.«

»Was ist passiert?«, krächzte sie.

»Für mich sieht es aus, als wär hier eine A-Bombe explodiert. Da draußen schwärmen eine Million Cops herum.«

»Was ist mit ... denen?« Sie wies mit den Augen auf die Leichentücher.

»Das weiß ich nicht, Ma'am. Ich meine, ich weiß nicht, wer das ist.«

In diesem Augenblick erschien Farnsworths Gesicht über der Schulter des Sanitäters. Er sah besorgt aus. Als er Janets Blick bemerkte, versuchte er ein Lächeln, doch es misslang ihm völlig.

»Hallo, Boss«, grüßte Janet schwach.

»Gott sei Dank«, stieß Farnsworth hervor. »Kann ich mit ihr sprechen?«, fragte er den Sanitäter.

»Ja, aber besonders gut hören kann sie nicht«, antwortete der Mann und wich zur Seite, damit Farnsworth in den Wagen klettern konnte.

»Janet, können Sie mir sagen, was hier geschehen ist?«, fragte er; dann stieß er einen Fluch aus. »Wie fühlen Sie sich? Sind Sie schwer verletzt?«

»Hab eine Flugstunde genommen«, versuchte Janet zu scherzen, damit der geschockte Ausdruck von seinem Gesicht verschwand. »Wir standen neben einem Gebäude weiter hinten, an dem NITRIERUNG stand. Dann ... ging die Welt unter. Ich weiß nicht, was passiert ist.«

»Die Überlebenden des Teams sagen, das Kraftwerk sei in die Luft geflogen«, berichtete Farnsworth. »Einer von ihnen stand auf der Schwelle eines Gebäudes, als es explodierte. Das Ding sei wie ein Feuerball hochgegangen, sagte der Mann. Urplötzlich, ohne Vorwarnung.«

»Wer ...«, begann Janet und schaute dabei an ihm vorbei auf die Straße.

»Ken Whittaker und einer der Wachmänner, vielleicht sogar beide. Wir vermuten, dass sie sich zum Zeitpunkt der Explosion mitten auf der Straße befanden.«

Janet spürte, wie sich Kälte in ihrem Magen ausbreitete. Farnsworth war noch nicht fertig. »Ransom ist ... seine Lage ist prekär, fürchte ich. Er hat eine schlimme Kopfverletzung. Sie haben ihn bereits ins Krankenhaus gebracht. Unsere Leute, die sich zu dem Zeitpunkt weiter oben auf der Straße in Gebäuden aufhielten, sind alle okay. Aber nun halten Sie sich fest – es hat sich etwas ganz Neues ergeben.«

»Was?« Trotz der Infusionen fing Janets Seite an zu schmerzen, und das Atmen fiel schwerer. Sie versuchte, nicht in Panik zu verfallen.

»Die State Police hat Lynn Kreiss hinten aus dem letzten Gebäude herausgeholt. Sie ist verletzt, aber sie lebt, Janet. Sie konnte uns noch erzählen, dass zwei Männer sie seit dem Verschwinden ihrer Freunde hier festgehalten haben, aber dann wurden ihre Aussagen zusehends wirrer. Sie redete etwas von Washington und einer Wasserstoffbombe. Dann verlor sie das Bewusstsein. Aber das habe ich alles nur aus zweiter Hand – ich war zu dem Zeitpunkt noch nicht vor Ort. Aber jetzt müssen wir herausfinden, was hier passiert ist.«

»Übernimmt jetzt das ATF?«

»Die haben schon übernommen. Sind ganz in ihrem Element. Im Augenblick jammern sie wegen Whittaker. Und ihr Boss schäumt vor Wut, weil Washington ihm nie von dem Verdacht erzählt hat, dass hier Bomben fabriziert werden.«

»Na großartig«, sagte Janet. »Der ganze Ort *war* eine Bombenfabrik.«

»Sir?«, schaltete der Sanitäter sich ein, der die Monitore beobachtete. »Sind Sie fertig? Wir müssen sie jetzt wegbringen.«

Farnsworth nickte und kletterte aus dem Wagen. »Werden Sie schnell wieder gesund, Janet!«, rief er, als der Krankenpfleger die Türen schloss. »Dieser verdammte Kreiss – er hatte Recht!«, fügte er noch hinzu.

Kreiss hat eine ganze Menge mehr gewusst, als er zugab, dachte Janet, als der Pfleger nach vorn glitt und an die Scheibe klopfte, damit der Fahrer losfuhr. Sie fragte sich, ob auch Kreiss dort draußen irgendwo im Schutt lag oder ob er immer noch auf der Jagd nach diesen Leuten war, die ... *was* gebaut hatten? Eine *Wasserstoffbombe?* Sie war keine Expertin, wusste aber, dass so etwas unmöglich war. Aber mal angenommen, Kreiss war am Leben – dann musste ihm doch jemand sagen, dass sie seine Tochter gefunden hatten. Dass er aufhören konnte, im Arsenal Phantome zu jagen, und endlich die Karten auf den Tisch legen konnte.

Der Krankenwagen fuhr langsam dahin. Der Pfleger stellte irgendetwas mit Janets Tropf an, und Sekunden später versank sie in tiefen Schlaf.

Browne wartete bis zum Einbruch der Dunkelheit, bevor er sich auf den Weg zum »Waffelhaus« an der Route 11 machte, um seinen Pick-up zu holen. Ein paar Stunden zuvor hatte er den Propangas-Truck auf der Interstate fünf Meilen Richtung Norden zu einem großen Truck Stop gefahren und ihn neben hundert andere Laster gestellt. Eine Stunde hatte er sich in der Raststätte ausgeruht, sich dann wieder an die Interstate 81 gestellt und war nach Dublin getrampt, südlich von Ramsey. Von dort waren es noch vier Meilen bis zum »Waffelhaus« an der Route 11. Auf dem Weg hatte er jede Menge Krankenwagen gesehen. Seine Ahnungen wurden bestätigt, als er auf einen kühlen Drink das »Waffelhaus« betrat, wo die Gäste über den großen Knall im Arsenal redeten.

Als Browne mit dem Pick-up wieder nach Blacksburg fuhr, wusste er mit Sicherheit, dass jegliche Spuren seiner Aktivitäten der letzten Monate – die Retorte, die Pumpen, der Generator, selbst der Säuretank – in die Luft geflogen waren. Auch in den Tunnel hatte er genug Säure gekippt, um die letzten Spuren des Pick-ups der Wachgesellschaft und sämtlicher Eindringlinge zu beseitigen. Blieb nur die Sache mit dem Mädchen ... nun, er hatte getan, was er konnte. Es war bedauerlich, aber notwendig. Die Wand des Nitrogebäudes, das dem Kraftwerk gegenüberstand, musste das Mädchen unter sich begraben haben. Sie auf dem Gelände zu behalten war von Anfang an eine dumme Idee gewesen. Aber er hatte es nicht über sich gebracht, die Kleine zu erschießen. Und er schämte sich wegen Jared, der die Situation ausgenutzt hatte. Er hätte es wissen müssen.

Heute Nachmittag würde er zu Jared fahren und herausfinden, warum der Lustmolch nicht wie verabredet erschienen war. William war auch ein eigensinniger Junge gewesen, aber er hätte nie die Wehrlosigkeit einer jungen Frau ausgenutzt.

Der Gedanke an seinen toten Sohn dämpfte ein wenig Brownes Befriedigung über die Explosion im Arsenal. Im Radio wurde von ATF-Agenten berichtet. ATF – das waren diese Scheißer von der Regierung, die William auf dem Gewissen hatten. Diese verdammte Regierung!, fluchte Browne stumm. Ist völlig aus dem Ruder geraten. Sie mordete im Namen des Gesetzes Frauen und Kinder, schickte Scharfschützen aus, um Frauen mit Babys auf dem Arm zu ermorden, leugnete dann kaltschnäuzig alles ab und ließ sich hinterher von den Gerichten entlasten. Browne hatte den Hinterhalt in Waco im Fernsehen verfolgt, jedoch den Moment verpasst, als sie mit Panzern ins Gebäude gefahren waren und diese verblendeten Dummköpfe ausgeräuchert hatten. Er war überzeugt, dass die Katastrophe in Waco ein Paradebeispiel für die Vertuschungspolitik der Regierung war.

William, William, William, dachte er traurig, warum musstest du dorthin gehen? Warum hast du dich diesen irregeleiteten Wirrköpfen angeschlossen? Ich habe für den Tag gelebt, an dem ich dich zurückbekomme. Und nun bist du nur noch ein Häuflein grauer Asche irgendwo auf einem staubigen Feld bei Waco.

Er holte tief Luft, um sich zu beruhigen. Denk an dein Vorhaben, ermahnte er sich. Du wirst diesen Scheißkerlen zeigen, dass sie den Sohn des falschen Mannes ermordet haben. Die Sache im Arsenal war erst der Anfang.

Brownes Plan sah vor, vierundzwanzig Stunden zu warten, bis der Wirbel um die Geschehnisse im Arsenal sich ein wenig gelegt hatte. Dann wollte er mit dem Propangas-Truck Richtung Norden fahren – zum letzten Akt des Schauspiels. Es gab nur ein Indiz, das ihn, Browne, mit der Explosion im Arsenal in Verbindung bringen konnte, und um das zu finden, mussten sie jeden der neunhundert Munitionsbunker in der entlegensten Ecke des Sperrgebiets durchsuchen. Bunker Nummer 887 sah aus wie alle anderen – halb im Erdreich vergraben, fünfzig Meter lang, zwölf Meter breit und sechs Meter hoch bis zum gewölbten Dach. Darin hatte er seine Ausrüstung für die Zeit nach dem Anschlag versteckt: Bargeld, Kleider, Pass, Nahrung und Wasser für zwei Wochen, sogar einen Wagen. Falls er nach dem Anschlag in Washington davonkam, wollte er wieder herkommen, sich eine Zeit lang in dem Bunker verstecken und dann untertauchen. Er hatte Freunde in den Splittergruppen des Christian-Identity-Netzwerks, die ihm dabei helfen würden.

Am wichtigsten war jetzt, Jared davon zu überzeugen, dass er sich verstecken und den Mund halten musste, ganz gleich, was in Washington geschah. Browne hatte ihm absichtlich nicht verraten, was er mit dem Wasserstoff vorhatte. Was der Junge nicht wusste, konnte er auch nicht verraten. Im Augenblick war der Propan-Truck in Sicherheit – nur ein Laster von vielen an der Raststätte. Und der einzige Mensch, der Bescheid wusste, war tot.

Browne überquerte die New River Bridge und fuhr in nördlicher Richtung nach Blacksburg. Er wollte direkt zu Jared. Mal sehen, ob der Dummkopf seine Hure schon losgeworden war und etwas über die Vorgänge im Arsenal gehört hatte.

Kreiss fuhr schließlich doch nach Hause. Er war die Canton Street entlanggefahren, wo Browne McGarand wohnte, und hatte dessen Haus gesehen: ein mittelgroßes, zweistöckiges Backsteinhaus auf einem relativ großen Grundstück in einer gepflegten Gegend mit vielen Bäumen. Hinter dem Haus war eine einzeln stehende Garage; der Hof sah sauber und aufgeräumt aus. Ein älterer Mann vor dem Nachbarhaus harkte seinen Rasen. Er warf einen kurzen Blick auf Kreiss' Pick-up, sah aber nicht wirklich hin. Anscheinend war ein Pick-up in dieser Gegend nichts Besonderes. Kreiss sah noch ein paar andere Leute und hörte Hunde bellen, als er an der Ecke hielt und so tat, als müsse er sich orientieren. Einen Tanklaster sah er jedoch nicht. An der nächsten Ecke wendete er und entdeckte eine Gasse, die hinter den Häusern der Canton Street entlangführte. Die Grundstücksgrenzen waren durch Mülltonnen markiert, die entlang der Gasse aufgereiht standen.

Er beschloss, kein zweites Mal dort langzufahren, nicht, solange dieser Gaffer auf seinem Rasen zugange war. Alte Leute waren neugierig, und da Kreiss keine Lust hatte, an eine Tür zu klopfen und sich nach McGarand zu erkundigen, wollte er auch nicht, dass man sich an ihn erinnerte. Hier sah es nach einer Wohngegend der Mittelschicht aus; deshalb war es nicht so leicht, etwas über den Bewohner von Nummer 242 in Erfahrung zu bringen.

Heute Nacht würde er zurückkommen und es von der Gasse aus versuchen. Vielleicht musste er erst ein Ablenkungsmanöver starten: Wenn hier überwiegend ältere Leute wohnten, waren manche vielleicht noch am Abend unterwegs, von den Hunden gar nicht zu reden. Ein Schild, auf dem NACHBARSCHAFTSWACHE stand, verstärkte diesen Eindruck. Eine Querstraße weiter sah Kreiss eine Art Tankstelle; vielleicht konnte er dort den Wagen abstellen, wenn er heute Nacht zurückkehrte.

Nachdem er sich in Browne McGarands Nachbarschaft umgesehen hatte, beschloss er, zu Jareds Trailer zu fahren. Auf dem Weg dorthin vermeinte er Donner zu hören, doch der Himmel war vollkommen klar. Als er die Einbiegung des Fahrwegs zu Jareds Trailer erreichte, versperrte ein Streifenwagen der Highway Police den Weg. Kreiss fuhr weiter und sah Blaulicht durch die Bäume flackern. Okay, dachte er, nun ist die Leiche entdeckt worden. Er fuhr weiter und bog auf den Highway 460 ein, den schnellsten Weg zu seinem Blockhaus. Es war das Beste, wenn er jetzt nach Hause fuhr, ein Nickerchen machte und seine Vorbereitungen für den Besuch bei dem anderen McGarand traf. Vielleicht zeigte der sich eher zur Zusammenarbeit bereit und blieb lange genug am Leben, um ihm die benötigte Information zu liefern. Zog man jedoch seine kaltblütige Entschlossenheit in Betracht, mit der er im Arsenal geschossen hatte, war er am Ende eine härtere Nuss als der Bier saufende Jared.

Konzentrier dich, ermahnte sich Kreiss. Dein Ziel ist nicht Rache, sondern Lynn zu finden, und dieser Mistkerl weiß wahrscheinlich, wo sie steckt.

Auf der Heimfahrt stellte er das Radio ein, um den Wetterbericht zu hören. Den Nachrichten entnahm er, dass es kein Donner gewesen war, was er vorhin gehört hatte.

Janet lag in einem Zimmer des Montgomery County Hospital. Sie war schon wieder einigermaßen munter, als Farnsworth mit ein paar Leuten auftauchte, zu denen auch der rotgesichtige Foster zählte. Janets Rippen waren verbunden und in ein Stützkorsett gezwängt. Doch die einzigen Stellen ihres Körpers, die ein bisschen schmerzten, waren die Einstiche der Infusionsnadeln. Immer noch dröhnten Geräusche in ihren Ohren, und sie fühlte sich, als wäre sie zusammengeschlagen worden.

Das andere Bett im Zimmer war leer. Farnsworth ließ sich darauf nieder. Er schaute ernst drein. Erst da fiel Janet wieder ein, dass Ken Whittaker und die beiden jungen Männer vom Wachdienst ums Leben gekommen waren. Farnsworth wurde von Deputy Ben Keenan begleitet, der Nummer Zwei im FBI-Büro Roanoke. Keenan hatte seinen Jahresurlaub überstürzt abbrechen müssen. Außerdem waren noch drei andere Männer erschienen, die Janet zwar nicht kannte, aber auf Anhieb als Regierungsagenten identifizierte. Sie kamen hinter Farnsworth ins Zimmer und stellten sich um Janets Bett auf.

Janet war beinahe froh, Farnsworth zu sehen, bis er die anderen drei Männer als ATF-Leute vorstellte. Zwei davon schienen um die dreißig zu sein, der dritte war um einiges älter. Janet nickte zu jedem Namen, vergaß ihn aber sofort wieder.

»Wie geht es Ransom?«, fragte sie und erinnerte sich, wie er zusammengekrümmt auf der Straße gelegen hatte.

»Schlecht«, erwiderte Deputy Keenan. »Hat ein Drahtstück durch den Kopf bekommen. Er liegt im Koma. Wir beten alle, dass er das Bewusstsein wiedererlangt. Aber ...« Er hob hilflos die Schultern.

»Janet, fühlen Sie sich stark genug, die Geschichte noch einmal durchzugehen?«, fragte Farnsworth. »Was ist da draußen im Arsenal passiert?«

Janet beschrieb die Fahrt über die Bunkerfelder, auf denen

es nichts zu sehen gab als leere Betonhügel, umgeben von hoch geschossenem Unkraut. Dann beschrieb sie die Suche in der Fabrikanlage und bezeichnete die Stelle, an der sie gestanden hatte, als die Explosion geschah. »Ich weiß nur noch, wie einer der beiden Jungs vom Wachschutz zum Kraftwerk ging, um die Tür aufzuschließen, aber ich habe nicht genau auf ihn geachtet.«

Einer der jüngeren ATF-Agenten beugte sich vor. »Wir versuchen herauszubekommen, was für eine Bombe das gewesen sein könnte«, sagte er. »Wissen Sie noch – das Mädchen, das gerettet wurde? Sie hat noch am Ort des Geschehens eine bruchstückhafte Aussage gemacht. Irgendetwas über eine Wasserstoffbombe und Washington. Können Sie damit etwas anfangen?«

Janet schüttelte vorsichtig den Kopf. Dann fragte der andere der beiden jüngeren Agenten, ob sie die Explosion beschreiben könne.

»Ich habe sie eher gespürt als gesehen«, antwortete Janet. »Druck, Hitze, aber keine Detonation – ich weiß, dass es einen schrecklichen Knall gegeben haben *muss,* aber da war ich wohl schon bewusstlos. Mir dröhnt immer noch der Schädel, wenn einer von Ihnen spricht.«

»Ein Technikerteam von der Washington NEST ist bereits vor Ort«, erklärte der ATF-Mann. »Wie Sie wissen, untersuchen diese Leute nukleare Notfälle und ermitteln, ob Radioaktivität vorhanden ist, obwohl wir nicht an eine Atombombe glauben. Aber wir haben alle anderen Leute abgezogen, bis wir genauer Bescheid wissen.«

Janet wusste nicht, was sie mit all dem anfangen sollte. Durch die Türen des Ambulanzwagens hatte sie nur einen kleinen Ausschnitt des Geländes gesehen. Die Gewalt der Explosion mochte auf eine Atombombe hindeuten – aber wäre sie dann nicht zu Asche verbrannt? Andererseits war das Kraftwerk dem Erdboden gleichgemacht worden! Janet sah immer noch die geschmolzenen Kessel und die Tanks dahinter.

»Janet«, sagte Farnsworth. »Haben Sie irgendwelche Anzeichen bemerkt, dass sich Menschen dort aufgehalten haben? War etwas in den Gebäuden? Müll auf den Straßen?«

»Nein, Sir.« Sie dachte einen Augenblick nach. Dann fiel es ihr wieder ein. »Aber das Loch in der Straße, wo mein Wagen eingebrochen ist ... neben dem Loch lagen ein paar Rohre. Die waren meines Wissens noch nicht da, als Kreiss mich rausholte. Aber vielleicht hab ich sie auch übersehen – ich war ziemlich fertig.«

»Wer ist dieser Kreiss?«, fragte einer der ATF-Agenten.

Foster und Farnsworth wechselten einen raschen, verstohlenen Blick, den der Agent nicht sehen konnte. »Einer von den Wachmännern des Arsenals«, erklärte Farnsworth. »Sie befanden sich auf Patrouille und bemerkten die fehlende Stahlplatte. Aber um auf diese Rohre zurückzukommen, Janet – wollen Sie damit andeuten, die sind dorthin gelegt worden, *nachdem* Sie aus dem Tunnel entkommen waren?«

»Ich weiß es nicht, Sir. Ich weiß nur, dass ich sie beim letzten Mal gesehen habe, davor aber nicht.«

Farnsworth nickte. »Okay. Sobald das NEST-Team sich zurückgezogen hat und wir mit Sicherheit wissen, dass keine radioaktive Strahlung vorhanden ist, werden wir die Trümmer und den gesamten Komplex gründlich durchsuchen. Falls dort Leute gearbeitet haben – über einen längeren Zeitraum –, sollten Beweise zu finden sein: Müll, Chemikalien und deren Rückstände, Geräte für Bombenbau und Hinweise auf Wege, auf denen diese Leute auf den Komplex und wieder hinunter gelangt sind.«

»Das ATF wird diese Bemühungen begrüßen«, sagte der ältere Agent, als wollte er Farnsworth daran erinnern, unter wessen Zuständigkeit Bombenbastler fielen.

»Natürlich«, meinte Farnsworth und schaute Janet ein wenig missbilligend an. »Aber wir können nichts tun, bis die Atomleute uns grünes Licht geben.«

Janet zermarterte sich den Kopf, ob sie noch etwas beisteuern könnte, aber ihr fiel nichts mehr ein. Sie hatte solche Schmerzen, dass sie ohnehin nicht mehr klar denken konnte. Farnsworth erhob sich.

»Okay, Herrschaften«, sagte er. »Lassen wir Agentin Carter Zeit zur Erholung. Natürlich werden wir ihr bald weitere Fragen stellen. Ich lasse jemanden kommen, der ein Diktat für den morgigen Bericht aufnehmen wird. Dieser Bericht geht dann an alle beteiligten Ämter.«

Die Männer murmelten zustimmend und zogen sich zurück, nur Farnsworth blieb. Wieder schloss er die Tür.

»Was soll das mit Kreiss zu tun haben?«, fragte Janet leise.

Er schüttelte den Kopf. »Da bin ich überfragt. Foster kam fuchsteufelswild hierher, nachdem die Nachricht von der Explosion bis nach D. C. gedrungen war. Aber inzwischen hat das ATF mit der Aussage des Mädchens über die angebliche Wasserstoffbombe alle total verrückt gemacht. In Washington glaubt man zwar, dass die Kleine sich das einbildet, aber sie ist immer noch bewusstlos, und niemand will ihr zusetzen.«

»Will Foster das etwa auch Kreiss anhängen?«

»Darüber bin ich nicht unterrichtet. Aber irgendetwas geht da vor. Die verdammte CIA hat die Finger im Spiel.«

»Ich würde Kreiss gern sagen, dass wir seine Tochter gerettet haben«, sagte Janet.

»Nun«, brummte Farnsworth und warf einen raschen Blick zur Tür, »dieser Foster hat einen etwas anderen Eindruck von dem Fall. Im Moment aber konzentriert sich alles auf das Kreiss-Mädchen, das von einer Wasserstoffbombe und unserer Hauptstadt geredet hat. Die Leute in Washington sind völlig von der Rolle.«

»Eine H-Bombe? Ist das nicht ein bisschen weit hergeholt? Ich meine, braucht man nicht erst mal eine A-Bombe, um eine H-Bombe zu zünden?«

»Ich bin kein Physiker, Janet. Doch als das Mädchen davon erzählte, fand keiner vom ATF es lächerlich. Im Gegenteil – binnen einer Stunde hatten sie das Atomteam hergeschickt. Die haben den hiesigen Ermittlern mit ihren Geigerzählern und Raumanzügen ganz schön Angst eingejagt, und wir mussten alle anderen abziehen. Gott sei Dank hat die Presse noch keinen Wind von der Sache bekommen.«

»Aber, Chef – eine H-Bombe? Das gibt's doch gar nicht!«

»Haben Sie das Kraftwerk vorher gesehen, Janet? Das Militär hat gute Aufnahmen, wie die Fabrik vor der Explosion aussah, und dieses Kraftwerk war ein verdammt großer Bau. Jetzt ist es nur noch eine leer gefegte Betonfläche. Die Trümmer liegen im Umkreis von einer halben Meile. Schwere Kesselrohre sind bis zur Route 11 geschleudert worden, verdammt! Und jetzt sagen Sie mir bitte, was für eine Bombe das gewesen sein soll!«

Janets Kopf tat furchtbar weh; es fiel ihr schwer, sich zu konzentrieren. »Aber was hat das alles mit Kreiss zu tun? Er hat doch nur nach seiner Tochter gesucht.«

»Der Mord an Jared McGarand ist die Verbindung, nehmen wir an. Wir lassen das ATF über Kreiss und alles, was dazu gehört, im Unklaren. Schließlich kennen wir unsere Pappenheimer. Sie würden überstürzt losschlagen. Vor allem, wenn sie glauben, dass auch die CIA darin verwickelt ist. Nun, wir haben ihnen die Mutter aller Bomben serviert, damit sie sich darauf stürzen.«

»Was ist denn deren Theorie, falls es sich nicht um eine Nuklearwaffe handelt?«

»Erinnern Sie sich an den Älteren, der kaum etwas gesagt hat? Während alle anderen herumrannten und in ihre Funkgeräte brüllten, hat er die Unfallstelle gezeichnet. Als ich ihn fragte, was das für eine Bombe im Kraftwerk gewesen sei, gab er eine interessante Antwort: Er sagte, ihm käme es so vor, als wäre das Gebäude selbst die Bombe gewesen.«

»Und was soll das bedeuten?«, fragte Janet.

»Ich weiß es nicht, aber Foster besteht darauf, dass wir das ATF noch eine Zeit lang im Dunkeln lassen, während gewisse Leute einer höheren Gehaltsklasse, ich zitiere, ›sich um Kreiss kümmern‹. Ruhen Sie sich aus, Janet. Und noch etwas: Sie haben Ihre Sache sehr gut gemacht.«

Nachdem er das Zimmer verlassen hatte, schloss Janet die Augen und drehte sich ein wenig im Bett, um den Druck auf ihre schmerzenden Rippen zu verringern. Verschwommen erinnerte sie sich, durch ein Holzgeländer gesegelt zu sein. Die Ärzte sagten, sie habe sich nichts gebrochen und könne am nächsten Morgen entlassen werden, sobald sichergestellt sei, dass sie keine Perikardtamponade bekommen würde, was immer das sein mochte. Das rechte Handgelenk war angeschwollen, doch sie konnte die Hand bewegen.

Der Sand in diesem Getriebe war natürlich Edwin Kreiss. Janet versuchte sich zu erinnern, ob man das DCB über die Verbindung zu Kreiss verständigt hatte oder nicht. Denn wenn es so war, würde Farnsworths Hinhaltetaktik mit dem ATF nicht lange vorhalten. Und der arme Kreiss, der die Welt aus den Angeln hob, um seine Tochter zu finden, sollte nicht einmal erfahren, dass das Mädchen gerettet war? Janet fluchte auf sämtliche bürokratischen Rivalitäten, bevor sie in einen Schlaf der Erschöpfung fiel.

Browne sah den Streifenwagen erst, als es zu spät war; er hatte bereits den Blinker gesetzt, um in Jareds Fahrweg abzubiegen. Als der Cop ausstieg und ihm winkte, an den Rand zu fahren, verringerte er das Tempo. Mit einem Seufzer stellte er den Motor ab und überlegte sich, was er sagen sollte. Sie konnten ihn unmöglich mit der Explosion im Arsenal in Verbindung bringen – oder mit dem, was Jared vielleicht getan hatte. Also musste es um etwas anderes gehen.

»'n Abend, Sir. Können Sie sich ausweisen?«

»Selbstverständlich, Officer«, sagte Browne und zog seine Brieftasche. »Was ist denn los?«

Ohne eine Antwort zu geben, studierte der Cop Brownes Führerschein. Dann bat er ihn, im Wagen zu warten, während er zum Streifenwagen ging und einen Funkspruch sendete. Als er zurückkam, sagte er: »Gleich kommt ein Sergeant, der gern mit Ihnen sprechen möchte, Mr McGarand. Dauert nur eine Minute, Sir.«

Browne sah, dass der Cop sich nicht wohl in seiner Haut fühlte. War irgendwas mit Jared? Hatte er sich deshalb nicht blicken lassen? Dann fiel ihm eine noch schlimmere Möglichkeit ein: Hatte der gehörnte Ehemann der Frau die beiden erwischt? Jared hatte schließlich erzählt, dass jemand um seinen Trailer geschlichen war ... Browne verspürte Gewissensbisse. Er wusste noch, wie sich er gewünscht hatte, der gehörnte Ehemann möge Jared und die Frau erwischen.

Neben dem Streifenwagen tauchte jetzt eine dunkle, viertürige Ford-Limousine auf. Zwei Männer in Anzügen und ein massiger Streifenpolizist mit Sergeantstreifen stiegen aus und näherten sich Brownes Wagen. Der Streifenpolizist nahm den Hut ab und sagte, ein Mann, vermutlich Jared McGarand, sei tödlich verwundet aufgefunden worden. Ob er mit Jared McGarand verwandt sei? Browne bejahte die Frage; er sei Jareds Großvater und hier in der Gegend sein nächster Verwandter. Ob er willens und in der Lage sei, hier vor Ort seinen Angehörigen zu identifizieren?, wollte der Polizist wissen. Browne, der einen Eisklumpen im Magen verspürte, nickte stumm. Der Streifenpolizist räusperte sich und erklärte, dass das Opfer unter einem Trailer zerquetscht worden sei, sodass die Identifizierung sich als schwierig erweisen könne.

Browne blinzelte verwirrt. Von dem Trailer zerquetscht? Das hörte sich nicht nach der Tat eines wütenden Ehemannes an.

Er holte tief Luft und sagte, er werde sich den Toten anschauen. Dann stieg er aus und wartete, dass der Streifenpolizist die beiden Männer in Zivil vorstellte, doch der Sergeant dachte nicht daran. Es war auch nicht unbedingt nötig: Browne war fast sicher, dass es sich um Regierungsagenten handelte, vermutlich vom FBI. Das verrieten ihre Geschäftsanzüge, ihr leicht hochnäsiger Gesichtsausdruck und die Körpersprache der Streifenbeamten. Browne bemühte sich um eine gleichgültige Miene. Hier stand er vor seinem Feind – dem FBI, das ihm, zusammen mit seinem unfähigen Cousin, dem BATF, seinen Sohn William geraubt hatte. Und es war etwas anderes, über einen gestaltlosen, gesichtslosen und mächtigen Feind zu schimpfen, als einem Repräsentanten dieses Feindes Auge in Auge gegenüberzustehen. Andererseits, wurde ihm klar, konnte er sich eine betroffene Miene leisten: Würden sie nicht erwarten, dass er die Fassung verlor, nachdem sein Enkel getötet worden war? Aber warum waren sie hier?

Sie gingen zu Fuß über Jareds Fahrweg bis zum Trailer. Browne ging mit den Cops voran, die G-Men folgten. Als sie um die Biegung kamen, sah Browne die gelben Absperrbänder, ein mobiles Einsatzlabor, zwei Streifenwagen, zwei Zivilfahrzeuge und den mit schwarzen Vorhängen versehenen Wagen des Leichenbeschauers. Jareds Pick-up stand neben seinem Dienstwagen der Telefongesellschaft. Techniker in weißen Overalls schwärmten über das Grundstück, während zwei Männer, vermutlich Detectives, redend und rauchend an der Rückseite des Trailers standen. Die Türen standen offen; anscheinend waren Leute drinnen. Browne versuchte sich zu erinnern, ob Jared irgendetwas im Trailer verwahrte, das seine Aktivitäten im Arsenal verraten könnte, doch ihm fiel nichts ein. Es sei denn, sein Enkel hätte einen Haufen Kupfer gehortet. Doch selbst das konnte man erklären, da er ja Telefonleitungen reparierte. Repariert *hatte*.

Der Trailer stand nicht mehr gerade. Den abgesackten Teil hatte man mit einer Reling abgetrennt, über die wie ein Vorhang Stoff gespannt war. An einer Seite der Barriere stand eine tragbare Leuchte, die soeben von einem Techniker eingeschaltet wurde. Browne hatte noch nicht einmal gemerkt, dass es dunkel wurde. Die Cops drückten ihre Zigaretten aus, und der Sergeant brachte Browne zu dem Vorhang, wobei er immerhin den Anschein erweckte, als würde er einen Angehörigen in tiefer Trauer geleiten. Browne selbst machte sich nicht allzu viele Gedanken um Trauer. Er hatte genug getrauert, als William getötet worden war. Von solchen wie *denen hier,* ermahnte er sich und warf den beiden FBI-Leuten einen Seitenblick zu. Er konnte sich immer noch nicht erklären, was sie hier zu suchen hatten. War irgendwas im Trailer, das die Aufmerksamkeit von Regierungsagenten erregt hatte? Und waren diese Männer vom FBI oder vom ATF?

Der Sergeant erklärte, dass Jared unter dem Trailer gefunden worden sei, neben einem hydraulischen Wagenheber. Der Wagenheber habe den Boden des Wohnwagens durchbrochen; daraufhin habe der Trailer Jared unter sich begraben. Browne bemerkte einen scheußlichen Geruch, der hinter dem Vorhang hervordrang. Einer der Techniker kam herbei und bot ihm Wick VapoRub an. Browne rieb sich ein wenig von der Salbe in jedes Nasenloch. Dann trat er näher heran. Es war kein schöner Anblick. Das Ende des Trailers war hochgehebelt worden. Jareds Körper war vollkommen zerquetscht, sein Kopf angeschwollen, das Gesicht fast nicht mehr zu erkennen. Neben der Leiche hielt ein auf einer Stahlplatte stehender, großer Wagenheber den Trailer in der Schwebe.

Browne hatte genug gesehen. Ihm war übel, und er trat hastig zurück, legte die Hand vor den Mund und schloss für einen Moment die Augen. Dann nickte er. Die Woge der Übelkeit verebbte und wurde durch den Stich eines längst vergessen geglaubten Schmerzes ersetzt, den Browne nicht mehr empfunden hatte, seit er damals in den Nachrichten gesehen hatte, wie die Scheißkerle von der Regierung seinen Sohn verbrannten. Verliere jetzt nicht die Beherrschung!, ermahnte er sich. Jared kannst du nicht mehr helfen, aber du wirst Rache nehmen. Aber du darfst keine weitere Aufmerksamkeit auf dich ziehen!

Er ließ die Schultern sinken. Seine Gesichtszüge erschlafften. »Das ist mein Enkel, Jared McGarand«, sagte er mit zittriger Stimme.

»Wüssten Sie irgendeinen Grund, warum er sich unter den Trailer gelegt haben könnte, Sir? Oder die Schlackenblöcke umgestoßen hat?«

Browne musterte den verbogenen Ständer des Wagenhebers. Er schüttelte den Kopf.

»Die Schlackenblöcke sind entweder umgestoßen worden oder umgefallen«, sagte einer der Detectives und leuchtete mit der Taschenlampe. »Haben Sie eine Ahnung, warum sie gefallen sind oder was sie umgestoßen hat?«

Wieder schüttelte Browne den Kopf. »Ich kann mir nicht vorstellen, dass diese Blöcke einfach umgefallen sind.«

Die beiden Agenten der Regierung, die sich bislang zurückgehalten hatten, jedoch in Hörweite waren, tauschten Blicke, sagten aber nichts.

Warum sind sie hier?, fragte Browne sich erneut.

Der Sergeant nickte. »Vielleicht wollte er den Trailer hochhebeln, um die Blöcke gerade zu rücken, und dann ist der Unfall passiert.«

»Was haben Sie mit den Hunden gemacht?«, fragte Browne und schaute zum leeren Zwinger.

»Wie viele Hunde hatte Ihr Enkel denn, Mr McGarand?«, wollte der Sergeant wissen. »Im Zwinger waren keine Tiere.«

»Er hatte ein paar Hunde für die Wildschweinjagd – drei Stück«, erwiderte Browne. »Hat sie nie frei herumlaufen lassen, nur wenn wir auf der Jagd waren.«

Einer der Agenten trat vor und zeigte Browne seinen Dienstausweis. Der Mann sprach mit dem Akzent der Landbevölkerung des südwestlichen Virginia. »Hatte Ihr Enkel Feinde, Sir? Gab es jemanden, der ihm so was antun wollte?«

Der Einzige, der Browne einfiel, war der Eindringling im Arsenal, der große Mann in dem seltsamen Tarnanzug, der ihn so eindringlich angeschaut hatte. Der Bursche, der so kaltblütig davongerannt war, ohne sich umzudrehen oder zurückzuschießen, als Browne das Feuer mit seiner .44er eröffnete. Das Verhalten des Mannes war profimäßig gewesen, und Browne glaubte allmählich, dass irgendetwas im Gange war, etwas viel Bedeutsameres als das Verschwinden dieser drei College-Kids. Instinktiv beschloss er, FBI und Polizei auf eine falsche Fährte zu lenken. Er schaute für einen Augenblick auf seine Schuhe und scharrte verlegen mit den Füßen, bot das Bild eines Mannes, der sich schweren Herzens entscheidet, den Cops etwas Peinliches über seinen Enkel mitzuteilen.

»Mein Enkel ...«, sagte er mit väterlichem Seufzer. »Er mochte die Frauen.« Vom Wick VapoRub tränten seine Augen; es passte sehr gut ins Bild. »Und die Frauen mochten ihn, wenn Sie verstehen, was ich meine. Und manche der Frauen waren verheiratet. Wir hatten uns Samstagabend verabredet, aber da rief er an und sagte, er hätte eine Verabredung. Ich nehme an, dass es wieder eine von den Verheirateten gewesen ist. Ich hatte ihn immer wieder gewarnt, aber bei Jared war es sinnlos ...«

Die Cops kritzelten eifrig in ihre Notizblöcke und nickten. Diese Erklärung konnten sie gut nachvollziehen; dieser Spur konnte man nachgehen.

»Haben Sie irgendeine Ahnung, wer es gewesen sein könnte, Sir?«

»Nein«, erwiderte Browne. »Jared hat niemals Namen verraten. Er wusste, dass ich es nicht mochte.«

Einer der Cops klappte sein Notizbuch zu, ging zum Wagen und gab einen Funkspruch durch. Browne hielt den Blick gesenkt.

»Sir«, sagte einer der Agenten, »wie wär's, wenn wir reingehen? Dann können Sie uns vielleicht sagen, ob etwas fehlt.«

Sie betraten den Trailer und zwängten sich auf der Treppe an einem Techniker vorbei, der eine klebrige Substanz von den Stufen kratzte. Sie gingen im Trailer umher, doch alles schien an seinem Platz zu sein. Browne durchwühlte Schreibtisch- und Nachttischschubladen, verriet jedoch nichts von den Pistolen, deren Fehlen er sofort bemerkte. Doch er wusste nicht, ob Jared sie legal erworben hatte, und die Black Hats tauschten ständig ihre Waffen untereinander aus.

Im Schlafzimmer erkundigte er sich betont beiläufig bei einem der Polizisten, wer denn die anderen Beamten seien.

»FBI aus Roanoke. Sie ermitteln bei der Telefongesellschaft. In mehreren Bundesstaaten sind illegal Kabel angezapft worden. Ihr Enkel hat für eine Telefongesellschaft gearbeitet, also sind ein paar von denen rausgekommen, als wir eine vorläufige Identifizierung machten. Ich glaube, dass sie bloß mal uns Landeiern zugucken wollten, wie wir in einem Mordfall ermitteln.«

Browne war erleichtert. Es hatte also nichts mit der Explosion im Arsenal zu tun.

Sie gingen durch die gesamte Länge des Trailers zurück. Browne hatte ein seltsames Gefühl, als er über die Stelle schritt, unter der Jareds Leiche liegen musste. Die Cops baten ihn um seine Anschrift und einige persönliche Angaben und fragten ihn, ob er sich um die Bestattung kümmern würde. Allerdings müsse auf Grund der nicht geklärten Todesumstände erst eine Autopsie vorgenommen werden, bevor die Leiche zur Bestattung freigegeben würde. Schließlich waren sie fertig, und Browne durfte zu seinem Wagen zurück. Er war überzeugt, dass die beiden FBI-Agenten ihm hinterherschauten.

Während der Rückfahrt nach Blacksburg blickte Browne ständig in den Innenspiegel. Jetzt, da der Propangas-Truck an der Raststätte geparkt war, tickte die Uhr. Er hatte ursprünglich vorgehabt, spät abends loszufahren, doch nun musste er sich erst vergewissern, dass niemand hinter seinem Rücken ermittelte, wie zum Beispiel diese FBI-Leute. Nach der Explosion im Arsenal sollte er eigentlich freie Bahn haben – die FBI-Leute hatten genug damit zu tun, diese Explosion zu untersuchen. Browne freute sich schon darauf, die Meldung von der Katastrophe in den Nachrichten zu sehen; es interessierte ihn brennend, was die Kraft von Wasserstoff einem stahlverstärkten Gebäude wie dem Kraftwerk anzutun vermochte. Das würde ihm einen Vorgeschmack geben, wie es einem ganz bestimmten, hauptsächlich aus Stahl und Glas erbauten Bürogebäude in Washington ergehen würde ...

Er grinste in der Dunkelheit. Er hegte kaum Zweifel an der

Explosionswucht des Gases: Ein Bürogebäude würde es ganz gewiss zerstören.

Um halb elf fuhr Kreiss in Jareds Dienstwagen die Canton Street entlang und drehte am Anfang des Blocks, kurz vor Browne McGarands Haus. Er war um halb zehn wieder zu Jareds Trailer gefahren, weil er hoffte, dass die Cops inzwischen abgezogen waren – und so war es auch. Er wusste, dass er in Brownes Nachbarschaft unmöglich in seinem Tarnanzug herumlaufen konnte, aber immerhin hatte er Jareds Schlüssel behalten. Der Wagen der Telefongesellschaft war eine vorzügliche Tarnung. Die Cops hatten offenbar Jareds Pick-up abgeschleppt, doch Jareds Dienstwagen der Telefongesellschaft hatte noch auf seinem Platz gestanden. Die Hunde waren noch nicht wieder aufgetaucht, und das einzige Zeichen für die Ereignisse am Trailer war das gelbe Absperrband der Polizei.

Kreiss hatte den Trailer eine Viertelstunde beobachtet, um sicherzugehen, dass niemand mehr da war. Seinen eigenen Pick-up hatte er hinter einem leer stehenden Haus eine halbe Meile vor Jareds Zufahrt geparkt. Er steckte seine Überwachungsausrüstung, das Autotelefon, Jareds .45er und Janets Pager in eine Tasche und nahm sie in Jareds Dienstwagen mit.

Kreiss trug einen schlichten dunkelblauen Overall. Neben ihm auf dem Sitz lag Jareds weißer Plastikhelm der Telefongesellschaft. Er hatte sogar Jareds Ausweis der Southern Bell Company an den Overall geheftet, obwohl das Foto nicht einmal entfernte Ähnlichkeit aufwies. Einen Zivilisten mochte er damit vielleicht täuschen können, keinesfalls jedoch einen Cop; deshalb musste er aufpassen, wo er Jareds Dienstwagen abstellte. Das Innere stank nach Zigarettenrauch, und die Sitzbank war eine Müllhalde voller Fastfoodverpackungen, technischer Anleitungen, Auftragszettel und leerer Limodosen. Auf der Rückbank sah es kaum besser aus. Hier lagen Kabeldosen, Bretter, aufgerissene Kartons, Telefonkabel, zwei rote Verkehrskegel und eine Unmenge Werkzeuge und Handbücher. Jareds .45er Automatik steckte in einem Beutel hinter dem Sitz. Doch die Waffe war leer, und Patronen waren nirgends zu entdecken.

Kreiss fand den Eingang in die Gasse hinter McGarands Haus, bog ein, gelangte zum ersten Telefonmast und blendete die Scheinwerfer ab.

Browne McGarand war fast startbereit. Sein Pick-up stand in der Garage. Auf der Ladefläche war die Haube montiert, unter der Werkzeug und sonstige Ausrüstung verborgen waren. Er hatte einen örtlichen Bestattungsunternehmer angerufen und angeordnet, dass Jareds sterbliche Überreste nach Beendigung der Autopsie zur Kremation abgeholt werden sollten. Dann hatte er den Detective angerufen, der ihm seine Karte gegeben hatte, und die Nachricht hinterlassen, dass er ein paar Tage nicht in der Stadt sein werde, da er nach Greensboro in North Carolina fahren müsse, um Jareds jüngeren Bruder von dem Geschehen zu unterrichten. Er erklärte, der Junge sei geistig ein wenig zurückgeblieben; deshalb müsse ihm die Neuigkeit so schonend wie möglich beigebracht werden. Am Mittwoch werde er voraussichtlich zurück sein. Er bat nicht darum, fahren zu dürfen, er informierte die Polizei lediglich über seine Schritte. Alles hatte seine Ordnung. Das sollte die Cops lange genug in Schach halten, falls sie ihn später vernehmen wollten.

Er ging zur Hintertür hinaus in die Garage und legte die letzten Taschen auf den Beifahrersitz. Nun hatte er alles, was er für seine Operation in Washington benötigte. Er hatte eigentlich nicht an einem Wochenende fahren wollen, doch im Hinblick auf sein Ziel machte es keinen Unterschied – und das, was er vorhatte, konnte er am Morgen jedes beliebigen Wochentags tun.

Er ging noch einmal ins Haus, drehte alle Lichter aus und sperrte die Tür zu. Er besaß keine Hunde oder sonstige Haustiere, die versorgt werden mussten, und sein Briefkasten war groß genug, dass die Post sich eine Weile darin ansammeln konnte. Er hatte sogar mit dem Gedanken gespielt, Feuer an sein Haus zu legen, sich dann jedoch dagegen entschieden. Wenn er sein Ziel traf, würde man niemals in der Lage sein, seine Spur zum Tanklaster zurückzuverfolgen, der die Explosion nicht überstehen würde. Wie er vom Attentat in Oklahoma City wusste, konnte die Polizei die Spur des Trucks möglicherweise bis in das Städtchen in West Virginia verfolgen, wo Jared ihn vor einem Jahr geklaut hatte, doch von da aus würde die Spur im Sande verlaufen. Und im Haus selbst gab es keinerlei verräterische Hinweise auf irgendwelche geheimen, illegalen Tätigkeiten.

Von der Küchentür aus blickte Browne sich noch einmal im dunklen Haus um. Mehr als dreißig Jahre hatte er hier gelebt, davon vierundzwanzig mit Holly, bis der Krebs sie dahingerafft hatte. Williams Zimmer lag am Ende des Korridors, unverändert seit jenem schrecklichen Tag in Texas. Jareds und Kennys Zimmer waren auf der anderen Seite des Flurs. In Williams Jugend war Browne im Ramsey Arsenal vom gewöhnlichen Chemotechniker zum Leitenden Techniker aufgestiegen. Sein Leben war eine Zeit lang so verlaufen, wie er es gewollt hatte. Fleiß, eine gute Ehe und ein harmonisches Familienleben hatten ihn auf den Posten der Nummer Zwei im Arsenal geführt.

Dann aber war nach und nach alles zerfallen: William hatte ein Mädchen geschwängert, worauf eine überstürzt eingegangene Ehe folgte, die bald gescheitert war. Dann war Holly an Krebs erkrankt. Und schließlich kam der schlimmste Schlag, als das Arsenal von der Regierung plötzlich dicht gemacht wurde. Holly hatte im Arsenal sieben Jahre lang in einer der Quecksilber-Rückgewinnungsanlagen gearbeitet, und Browne war ziemlich sicher, dass ihre Erkrankung auf das Gift zurückzuführen war. In ihrer Arbeitsgruppe waren noch drei weitere Frauen an Krebs gestorben, doch die Wissenschaftler der Regierung hatten behauptet, eine Verbindung könne nicht nachgewiesen werden. Und als das Arsenal erst geschlossen war, wollte die Regierung von dem Problem nichts mehr wissen. Sie hatten Browne sogar um einen Teil seiner Rente betrogen und ihm überdies, als wollten sie ihn beschämen, den Auftrag erteilt, die ganze Anlage einzumotten, falls sie eines Tages wieder in Betrieb genommen würde.

Browne vermisste Holly ebenso sehr wie William. Seine Frau war ein gefestigter, schweigsamer Mensch gewesen; sie hatte sich niemals beklagt, auch nicht, als ihre Krankheit immer weiter fortschritt. Als Browne erkannte, dass er Holly verlieren würde, hatte er sich mit dem Gedanken getröstet, dass ihm ja sein Sohn und seine Enkel blieben.

Dann aber war William nach Waco zu der Sekte gegangen. Und immer war die Regierung der verborgene Grund seiner Probleme gewesen. Eine gefühllose, gewissenlose Staatsmacht, die über das Leben einzelner Menschen hinwegtrampelte und sie ohne zu zögern opferte. Er hätte William retten können, wäre nicht all das andere passiert, für das die Regierung verantwortlich zeichnete. Früher war er entsetzt gewesen über den Bombenanschlag dieser Burschen in Oklahoma City, doch jetzt konnte er verstehen, dass man irgendwann zurückschlagen wollte. Die Vergeltung war überfällig – weiß Gott.

Er seufzte, ging zur Hintertür hinaus und sperrte auch sie ab, wobei er sich bewusst war, dass er sein Haus vermutlich nie wieder betreten würde. Alles hatte so gut begonnen, um dann in Trümmern zu enden. Holly tot, Jared tot, das Arsenal existierte nicht mehr, und Kenny ... nun, Kenny hatte nie ein Leben gehabt. Er stand sozusagen unter der Obhut des Staates, verrichtete niedere Arbeiten in der psychiatrischen Klinik in Greensboro und lebte dort in einem beaufsichtigten Wohnheim. Browne wünschte sich beinahe, wirklich zu Kenny zu fahren und ihm zu sagen, dass sein Bruder tot war ... Doch er wusste, dass Kenny nur ein trauriges Lächeln übrig hätte. Jede Nachricht, ob gut oder schlecht, nahm er so auf, als hätte man ihm lediglich gesagt, dass es gerade zu regnen angefangen hatte.

Browne ging in die Garage. Der Pick-up stand mit der Schnauze zur Ausfahrt, er brauchte nur einzusteigen. Er ließ den Motor an, fuhr los, erreichte bald den Highway 460 und fuhr Richtung Interstate.

Sein Leben war vorbei. Nun wollte er das Leben der Mistkerle, die seinen Sohn auf dem Gewissen hatten.

Kreiss rannte zu Jareds Dienstwagen, als er hörte, wie in der Garage ein Motor angelassen wurde. Er war nur zwanzig Meter von der Garage entfernt, als McGarand mit dem Pick-up herausfuhr und um eine Straßenecke bog. Kreiss gab Gas und jagte die Gasse entlang, rempelte zwei Mülltonnen, als er nach rechts abbog und in voller Fahrt über die Canton Street raste. Drei Blocks weiter überfuhr er ein Stoppschild. McGarands Wagen war nicht zu sehen. Kreiss glaubte schon, die Spur verloren zu haben, als er die roten Ampeln einer Kreuzung zweihundert Meter vor sich sah. Als er dort ankam, stand die Ampel immer noch auf Rot, und McGarands F-250 wartete in der Linksabbiegerspur. Kreiss stoppte abrupt, um ein paar Autos auf der Abbiegerspur vorzulassen; dann schloss er gerade noch rechtzeitig auf, um die Grünphase nicht zu verpassen.

Acht Meilen folgte er dem Pick-up, bis dieser in eine Gegend kam, wo es viele Tankstellen, Werkstätten und Hamburgerbuden gab – ein Zeichen dafür, dass die Interstate-Auffahrt nicht mehr weit entfernt war. Es herrschte dichter Verkehr, dennoch war es nicht schwer, den Pick-up zu verfolgen.

Als der F-250 auf die Interstate 81 einbog, musste Kreiss eine Entscheidung treffen. Sollte er ihm weiter folgen oder die Verfolgung abbrechen und zurück ins Arsenal fahren, um die Suche nach Lynn fortzusetzen? Das aber würde nichts bringen – nicht nach der Explosion. Im Arsenal würde es von Bundesbeamten nur so wimmeln. Außerdem war noch die Frage, ob Lynn die schreckliche Explosion überlebt hatte. Zu Hause hatte

Kreiss in den Nachrichten einen Ausschnitt gesehen, der am Spätnachmittag von Flugzeug oder Hubschrauber aufgenommen worden sein musste und den nackten Betonboden des ehemaligen Kraftwerks gezeigt hatte. Es musste eine verheerende Bombe gewesen sein. Sämtliche Gebäude waren zerstört oder mehr oder weniger beschädigt worden.

Der Pick-up war nun drei Wagen vor ihm; Kreiss konnte sich an den großen Rücklichtern orientieren. Wie immer staute sich der Verkehr auf der Interstate 81. Wo, zum Teufel, wollte McGarand hin? Und dann sah Kreiss den Blinker: Der Pick-up verließ die Interstate.

Kreiss bremste, schlüpfte gerade noch durch die Lücke zwischen zwei Sattelschleppern und fuhr ebenfalls ab – so langsam wie möglich, damit er am Ende der Ausfahrt nicht genau hinter dem Pick-up zu stehen kam. Fast wäre es passiert, aber dann bog McGarand nach rechts und noch einmal nach rechts ab und fuhr auf den Parkplatz einer großen TA-Raststätte. Kreiss hielt so lange wie möglich an der Ausfahrt; dann aber betätigte hinter ihm jemand die Hupe, und er musste weiterfahren. Er hielt sich nach rechts und bog in den hell erleuchteten Vorplatz der Raststätte ein. Er sah McGarands Pick-up hinter dem Hauptgebäude entlangfahren, die LKW-Zapfsäulen passieren und auf dem rückwärtigen Parkplatz verschwinden, wo die Motoren Dutzender Sattelschlepper im Leerlauf liefen. Kreiss stellte sich mit Jareds Dienstwagen in eine der Schlangen an den SB-Tanksäulen und schaltete die Scheinwerfer aus. Sonst wartete kaum jemand in der Reihe; daher stieg er aus, schloss den Wagen ab und eilte auf die Hausecke zu, wo Restaurant und Laden aneinander stießen. Das ganze Raststättengelände wurde von Natriumlampen grell erleuchtet, und in der Luft waberte der Dieselgestank der Laster, die hinter dem Gebäude geparkt waren. Als Kreiss den Parkplatz erreichte, blieb er verblüfft stehen: Der Pick-up war nirgends zu sehen.

Hatte McGarand ihn bemerkt und ihm ein Schnippchen geschlagen? Kreiss glaubte es nicht. Und was wollte McGarand überhaupt hier hinten zwischen all den Sattelschleppern? Kreiss sah von Zeit zu Zeit einen Fernfahrer aus dem Restaurant kommen, der eine Thermoskanne Kaffee oder irgendeine Kalorienbombe mit sich führte. Drei junge Mädchen, fast noch Kinder, hingen auf der anderen Seite des Vorplatzes in der Nähe der Telefonzellen herum, präsentierten sich in ihren abgeschnittenen Shorts und Bikinioberteilen und beäugten die Sattelschlepper, die langsam über den Platz rumpelten.

Wo steckte der verdammte Pick-up? Der Gedanke, sich zwischen die dicht geparkten LKWs begeben zu müssen, behagte Kreiss gar nicht; der Platz war sehr schlecht beleuchtet; die einzige Lichtquelle waren die Scheinwerfer. Um das gesamte Gelände lief ein Maschendrahtzaun; der Pick-up konnte den Parkplatz also nicht verlassen haben. Aber was machte McGarand? Im nächsten Augenblick versteckte Kreiss sich hinter einem Müllcontainer, denn McGarands Pick-up erschien zwischen zwei Sattelschleppern in der letzten Reihe; er hatte die Scheinwerfer ausgeschaltet und fuhr gemächlich in Richtung Vorplatz. Er kam genau an dem Container vorbei, und Kreiss konnte den Fahrer deutlich sehen. Ja, das war der Mann, der ihm am Kraftwerk aufgelauert hatte. War dieser Kerl es gewesen? Hatten dieser Mann und sein Enkel tatsächlich Bomben in dem Kraftwerk gebaut? Eine illegale Bombenwerkstatt in einer Munitionsfabrik – was für eine Vorstellung.

Kreiss schlich zur Hausecke, während der Pick-up auf die offene Plaza rollte, eine 180-Grad-Kurve fuhr und sich auf einen Parkplatz direkt vor dem Restaurant stellte. Kreiss spähte um die Ecke und sah, dass McGarand das Restaurant mit einer Thermosflasche unter dem Arm betrat, wie die meisten Fernfahrer. Gleich nachdem er hineingegangen war, eilte Kreiss zu Jareds Dienstwagen zurück und prüfte die Tankanzeige: halb voll. Er steckte Jareds Kreditkarte der Telefongesellschaft in den Automaten, nahm die Benzinpumpe und ließ den Tank voll laufen. Ob McGarand den Wagen sehen würde? Ihn vielleicht sogar erkannte?

Kreiss hängte den Schlauch wieder an die Zapfsäule. Inzwischen warteten andere Wagen hinter ihm; er konnte nicht länger stehen bleiben. Er bezahlte, fuhr zum vorderen Teil der Plaza und suchte nach einem Parkplatz, auf dem er nicht auffiel.

Dann sah er einen großen LKW der Appalachian-Energieversorgung in einer Ecke der Plaza stehen und stellte seinen Van geschützt dahinter ab. Von seinem Platz aus konnte er den Eingang und McGarands Pick-up sehen, während er selber vor neugierigen Blicken geschützt war.

Dann wartete er.

Janet wachte um elf Uhr abends auf und wusste einen Augenblick lang nicht, wo sie war. Im Krankenhaus war es still; ihr Zimmer lag im Halbdunkel. Laternen vom Parkplatz leuchteten in die Fenster. Vorsichtig setzte sie sich auf. Sie hörte die leisen Gespräche einiger Krankenschwestern auf dem Flur. Alles tat ihr weh, und sie fühlte sich schwach. Das Handgelenk war nicht mehr so stark geschwollen, und sie konnte wieder freier atmen, ohne dass es allzu sehr schmerzte.

Janet fragte sich, wie weit die Ermittlungen im Arsenal gediehen waren. Vorsichtig drehte sie sich auf die andere Seite, nahm den Hörer ab und wählte die Nummer des FBI-Büros Roanoke. Natürlich war keine der Sekretärinnen mehr anwesend, doch einer der Agenten vom Betrugsdezernat meldete sich und erklärte ihr, dass alle noch im Büro seien, um die Katastrophe im Arsenal zu besprechen. Die Dienststelle würde mit einer Million Fragen von den Zentralen des FBI und des ATF bombardiert, erklärte der Agent, und jeder sei entsetzt über den plötzlichen Tod von Ken Whittaker.

Janet dankte dem Agenten, sagte ihm, dass sie gleich aus dem Krankenhaus entlassen werde, und fragte, ob ein Wagen sie abholen könne.

Anderthalb Stunden später betrat sie das FBI-Gebäude und begab sich direkt in Farnsworths Büro. Eine Gruppe Agenten, darunter Farnsworths Stellvertreter Ben Keenan, hielt sich im

Konferenzzimmer auf. Auf dem großen Tisch stapelten sich Papiere, Karten, Fotos, Telexbotschaften und ein Dutzend zerknitterter Kaffeebecher aus Styropor. Alle verstummten, als sie Janet sahen. Ihr wurde bewusst, dass sie arg mitgenommen aussehen musste.

»Janet, was haben Sie denn hier zu suchen?«, fragte Keenan, dessen Tonfall die schroffe Frage Lügen strafte. Keenan war für seine gute Personalführung bekannt und im Büro sehr beliebt.

»Hatte keine Lust mehr, an die Decke meines Krankenzimmers zu starren, und hab gebeten, dass ich entlassen werde«, gab Janet zur Antwort, betrat den Raum und schob einige Papiere beiseite, um sich zu setzen. »Und da ich bei der Explosion vor Ort war, dachte ich, ich könnte vielleicht eine Hilfe sein.«

In diesem Augenblick kam Farnsworth ins Besprechungszimmer, begleitet von Foster, Marchands Assistent. Beide Männer blieben wie angewurzelt stehen, als sie Janet erblickten. Farnsworth sah aus, als hätte er längere Zeit nicht geschlafen, und sein Anzug war zerknittert. Foster trug eine ausdruckslose Miene zur Schau.

»Ransom hat es nicht geschafft«, teilte Farnsworth den Anwesenden mit. »Ist vor einer Stunde gestorben, ohne das Bewusstsein wiedererlangt zu haben.« Er wandte sich an Foster. »Damit haben wir jetzt zwei Regierungsbehörden auf dem Hals. Das ATF und die Gespenster von der CIA.«

Foster nickte mit gesenktem Kopf. Dann sagte er, er habe einige Anrufe zu erledigen, ging in Keenans Büro und machte die Tür hinter sich zu. Farnsworth begrüßte Janet, fragte, wie es ihr gehe, und bat sie, in sein Büro zu kommen. Als sie allein waren, fragte er, ob sie einen Kaffee wolle. Janet hätte gern ja gesagt, doch ihr Magen legte Widerspruch ein. Inzwischen merkte sie, dass es vielleicht doch nicht klug gewesen war, das Krankenhaus so frühzeitig zu verlassen. Vorsichtig setzte sie sich in einen Sessel, während ihr Chef sich aus einer Kanne eine Flüssigkeit einschenkte, die aussah wie altes Motoröl. Der Geruch des abgestandenen Kaffees drehte Janet fast den Magen um. Farnsworth schüttete sich ein Päckchen Zucker in den Kaffee und ließ sich in einen Sessel sinken.

»Ich bin jetzt fünf Jahre lang Resident Agent und habe noch nie einen Agenten verloren«, sagte er leise. »Bis heute. Selbst wenn er eigentlich nicht zu unserem Haufen gehörte, ist das schlimm. Ken Whittaker war ein guter Mann. Kennen Sie seine Frau Katie?«

Janet schüttelte den Kopf.

»Sie ist völlig fertig. Hat immer wieder gesagt: ›So nah dran, er war so nah dran.‹ Sie meinte damit, dass er kurz vor der Pensionierung stand. Und jetzt auch noch Ransom. Mist.«

»Und die beiden Jungs vom Wachschutz«, fügte Janet hinzu. »Ich fühle mich schuldig. Wenn ich nicht hingefahren wäre ...«

»Nein, nein, das stimmt nicht, Janet. Sie hatten jedes Recht der Welt, dorthin zu fahren, allerdings nicht im Alleingang. Aber offensichtlich *war* ja etwas faul im Arsenal.«

»Trotzdem ...«, sie schluckte schwer. »Wie geht es Kreiss' Tochter?«

»Sie liegt im Koma. Wurde von einem herumfliegenden Teil am Kopf getroffen. Die verdammte Mauer hätte sie fast begraben. Hat nur deshalb überlebt, weil sie nach vorn zum Eingang gegangen war. Sie hat bis jetzt nichts weiter gesagt als ›Washington‹ und ›Wasserstoffbombe‹. Verdammt beängstigend, nicht wahr?«

Janet nickte zerstreut. »Was hat das ATF herausgefunden?«

Farnsworth fuhr sich mit den Fingern durch das ergrauende Haar. »Deren Leute vor Ort haben eines ihrer eigenen Spezialteams von NRT geholt, nachdem die NEST-Leute verschwunden sind. Das Team ist immer noch dort.«

»NRT?«, fragte Janet. Ihr Magen knurrte, und ihr wurde klar, dass sie schon längere Zeit nichts mehr gegessen hatte.

»Eine Spezialeinheit des ATF. Ein NRT hat Chemiker, Forensikexperten wie Sie, Spürhunde für Bomben und Brandstiftung, Fachleute zur Untersuchung der Brandursache und der Explosionsüberreste, Computerspezialisten, Spezialfahrzeuge und mobile Labors – alles, was man braucht.«

»Haben die Leute von NEST denn radioaktive Strahlung gemessen?«

»Nein. Aber es gibt keinerlei direkte Hinweise auf eine Kernwaffe, obwohl die Explosion gewaltig genug war. Aber welcher Sprengstoff wurde benutzt? Um die Explosionsstelle liegen alle möglichen Trümmer, aber fast jedes Stück konnte bisher als Teil der Maschinerie im Kraftwerk bestimmt werden: Kesselrohre, Turbinenteile und so fort. Ansonsten stehen die Spezialisten vor einem Rätsel. Sie haben bis jetzt noch nicht mal eine *Spur* von dem Jungen gefunden, der die Tür aufgeschlossen hat.«

Janet wurde blass, worauf Farnsworth sie argwöhnisch ins Auge fasste. »Geht es Ihnen nicht gut? Möchten Sie einen Schluck Wasser?«

Janet nickte und erwiderte, sie müsse etwas in den Magen bekommen. Farnsworth ging hinaus und kam mit einem Becher kühlen Wassers sowie einem altbackenen Donut zurück.

»Wir haben ein paar Leute in Schutzanzügen ins Tunnelsystem hinuntergeschickt und dort ein paar interessante Dinge entdeckt, unter anderem, dass jemand da unten mit einer großkalibrigen Waffe geschossen haben muss. Klingelt's da bei Ihnen?«

Sie schüttelte den Kopf und trank einen Schluck Wasser. Der Donut half ein wenig, das Gefühl der Schwäche zu vertreiben.

»Die Dämpfe in den Tunneln wiesen Rückstände von Salpetersäure auf. Die Säure stammte offenbar aus einem der Tanks hinter dem Kraftwerk, aber dieser Tank war natürlich so gründlich zerstört wie alle anderen.«

»Autos wurden nicht gefunden?«

»Keine Autos«, meinte er mit dem Anflug eines Lächelns. »Aber die Taucher haben berichtet, dass die Tunnel in ein noch tiefer gelegenes Höhlensystem münden. Sie haben einen Mann vom Militär dazugeholt, der damals, als die Anlage für zivile Zwecke genutzt wurde, ein so genannter ›Repräsentant‹ war. Er bestätigte, dass dieses Tunnelsystem allgemein der ›Graben‹ genannt wurde. Man benutzte ihn, wenn irgendetwas bei einer chemischen Reaktion schief ging, sodass man die gefährliche Substanz rasch ablassen musste, damit es nicht zu einer Explosion kam. Wohin das Zeug dann unter dem Graben abfloss, wussten wohl nur ein paar Eingeweihte. Jedenfalls kann der Mann es nicht sagen.«

»Großartig«, murmelte Janet. »Und was ist jetzt mit Kreiss?«

»Tja«, meinte Farnsworth und versuchte, den Zucker in seinem Kaffee zu verrühren, »das wird immer interessanter. Foster und Bellhouser könnten Recht gehabt haben. Erstens scheint es niemandem zu gelingen, Kreiss zu lokalisieren – zumindest können wir und die Ortspolizei es nicht. Ich weiß natürlich nicht, ob Foster & Co. um Amtshilfe von der CIA gebeten haben. Die könnten sich allerdings bockig stellen, weil sie bereits Ransom verloren haben.«

»Könnte es sein, dass Kreiss auf dem Gelände gewesen ist? Ich meine, als das Kraftwerk in die Luft flog?«

»Willsons Truppen haben mit einigen Nachbarn von Kreiss gesprochen, die ein Stück die Straße hinunter wohnen. Sie waren nicht gerade entgegenkommend, aber man konnte heraushören, dass sie Kreiss gestern am Spätnachmittag gesund und wohlauf gesehen haben – *nach* der Explosion. Mehr wollten sie nicht sagen.«

»Und Kreiss ist einer der Verdächtigen im Mordfall Jared McGarand?«

»Ja und nein. Erinnern Sie sich, wie Ransom Ihnen erzählte, dass er Kreiss' Wagen verwanzt hat? Und dass Kreiss alle Wanzen außer einer gefunden hat? Und schließlich entdeckt Ransom eben diese Wanze an einem Fahrzeug auf McGarands Grundstück?«

Janet nickte. Der Donut in ihrem Magen fühlte sich allmählich wie ein zäher Klumpen an. Sie trank noch einen Schluck Wasser und versuchte, das mulmige Gefühl im Bauch zu ignorieren.

»Der Ortspolizei haben wir natürlich nichts davon gesagt, auch nichts von der Verbindung zu Kreiss. Nachdem ich Ransoms Bericht gelesen hatte, habe ich ein paar von unseren Leuten zum Tatort geschickt und den Cops gesagt, dass es mit einem unserer Betrugsfälle zu tun haben *könnte,* bei dem eine Telefongesellschaft geschädigt wurde. Unsere Leute wussten aber auch nichts Genaues über die Verbindung zu Kreiss – ich sagte ihnen nur, sie sollten herausfinden, was die Ortspolizei über den möglichen Mord sagt, und mir dann Bericht erstatten.«

»Und ...?«

»Die Ortspolizei geht auf jeden Fall von Mord aus, aber die Beweislage ist verwirrend, gelinde gesagt. Anscheinend sind Jared McGarands Schlüssel und Brieftasche nicht aufzufinden, und es sieht so aus, als hätte sich jemand an seinem Telefonanschluss zu schaffen gemacht – andererseits war er Telefontechniker, also hat es vielleicht nicht viel zu bedeuten. Und von den Stufen des Trailers wurde eine unbekannte Substanz gekratzt, die auch an der Leiche gefunden wurde. Jemand hat das Zeug aus einem unbekannten Grund abgespritzt, wie es scheint.«

»Versucht Foster immer noch, diese Bombenverschwörung mit Kreiss in Verbindung zu bringen?«

Farnsworth nickte und beugte sich vor. »Was ich jetzt sage, Janet, ist nur für Ihre Ohren bestimmt, zumindest vorläufig. Und ich sage es Ihnen auch nur, weil Sie und Kreiss sich kennen, zumindest oberflächlich. Wir können nun eine Verbindung zwischen Kreiss, den Vorgängen im Arsenal und Jared McGarand herstellen. Ob Sie's glauben oder nicht, Foster hat offensichtlich einen direkten Draht zum National Response Team des ATF. Das NRT hat Beweise gefunden, dass Fahrzeuge in der Nähe der Gleiseinfahrt des Arsenals geparkt haben und dass das Bahntor nicht verschlossen war, wie es eigentlich der

Fall sein sollte. Sie fanden auch eine elektronische Lichtschranke mit Zählwerk, die am inneren Tor montiert war. Also fragten wir in Fosters Auftrag die Ortspolizei, ob es Beweise gibt, dass Jared McGarands Fahrzeug auf dem Gelände des Arsenals gewesen war, und sie lieferten uns den Reifenabdruck eines Pick-ups: Er stammte vom Parkplatz vor dem Bahntor.«

»So schnell ging das?«

»Das NRT hat ein mobiles Labor.«

Janet war verwirrt. »Wollen Sie damit sagen, dass Jared eine Bombe gebastelt hat? Und was hat das alles mit Kreiss zu tun?«

»Ich will damit nur sagen, dass Jared vielleicht des Öfteren ins Arsenal gefahren ist. Warum, wissen wir noch nicht. Aber auf Grund Ihrer Aussage glaubt Foster, dass Kreiss möglicherweise am Arsenal auf Jared oder seinen Pick-up gestoßen ist und ihm dann zu seinem Trailer folgte, um Jared wegen seiner Tochter in die Mangel zu nehmen. Soweit wir wissen, war das am Freitagabend. Jared stirbt, und Kreiss dringt wieder ins Arsenal ein, wo er Sie aus dem Tunnel rettet. *Warum* ist er zurückgefahren? Hat Jared ihm etwas erzählt? Und als unsere Leute hinfahren, um nachzuschauen, geht diese fürchterliche Bombe hoch. Vielleicht war das Ding für Sie bestimmt.«

»Oder für Kreiss.«

»Ja, vielleicht für Kreiss. Und dann finden wir ausgerechnet Kreiss' Tochter, die uns etwas über Wasserstoffbomben und Washington erzählt.«

»Aber ...«

»Einen Moment noch. Heute taucht Jareds Großvater am Tatort auf. Sein Name ist Browne McGarand. Er identifiziert die Leiche und pflichtet den Cops bei, dass etwas faul an der Sache ist. Erzählt den Cops, dass Jared das gefährliche Hobby hatte, sich mit verheirateten Frauen einzulassen. Dann fährt er wieder weg. Später ruft er die Cops an und sagt, dass er für eine Weile die Stadt verlässt, angeblich, um die schlimme Nachricht Jareds Bruder beizubringen, der in Greensboro in

North Carolina lebt. Die Polizei fährt zu ihm nach Hause, doch Browne ist schon fort. Sie haben die Autobahnpolizei gebeten, auf der Interstate nach ihm zu suchen und zu bestätigen, dass er tatsächlich nach Greensboro fährt. Inzwischen stellt sich heraus, dass einer der Leute im Büro des Sheriffs diesen Browne kennt. Und dass Browne mit einem *e* am Ende geschrieben wird, zum Beispiel. Und auf Grund seiner Aussage glaubt Foster nun, dass er mit seiner Theorie Recht hatte und dieser Mann der andere Bombenbastler ist.«

»Jareds *Großvater*?«

Farnsworth nickte. »Weil dieser Großvater, wie wir nun wissen, Chemotechniker gewesen ist und sein gesamtes Berufsleben im Dienst der Firma stand, die das Ramsey Arsenal im Auftrag des Militärs führte. Er war Leitender Techniker, als die Anlage dicht gemacht wurde.«

»Mein Gott!«

»Es kommt noch besser: Sie kennen doch Mike Hansom, unseren Bombenspezialisten? Er war einer der Leute, die ich zu Jareds Trailer geschickt habe. Er kommt zurück, lässt den Namen McGarand mal eben durch das NCIC laufen und stößt auf mehrere McGarands, aber nur einen, der aus dieser Gegend stammt: William McGarand aus Blacksburg, Virginia, bei der Polizei gut bekannt, da wegen geringfügiger Verbrechen einschlägig vorbestraft. Jared steht auf einer Liste der Personen, die Verbindungen zu einer regierungsfeindlichen Gruppe haben, einer Art Miliz, die ›Black Hats‹. Diese Black Hats sitzen in den Bergen westlich von hier, in Bluefield. Sie sind eine Mischung aus Neonazis, Schwarzbrennern und Marihuanapflanzern, die mit Vorliebe auf Angehörige von Regierungsbehörden schießen. Mit solchen Wirrköpfen muss sich das ATF heutzutage herumschlagen. Jared McGarand soll auch Verbindungen zu dieser Gruppierung haben. Aber das Allerbeste kommt noch.«

»Lassen Sie mich raten: William ist mit Browne McGarand verwandt.«

»Ja, er war Brownes einziger Sohn. Aber wichtiger ist, dass

er einer der Leute war, die bei der Mount-Carmel-Sache getötet worden sind.«

»Mount wie?«

»Mount Carmel. Die Katastrophe von Waco. William war Brownes Sohn, und Jared war Williams Sohn. Williams Frau ist mit einem anderen Mann durchgebrannt, und dann hat sich auch William aus dem Staub gemacht, hat seine beiden Kinder, Jared und dessen Bruder, im Stich gelassen, woraufhin sie von den Großeltern aufgezogen worden sind.«

»Browne«, wiederholte Janet. Ihre Magenbeschwerden waren vergessen. »Meine Güte, wenn das mit Waco zu tun hat, dann war diese Theorie über eine Bombenbastler-Werkstatt in Südwest-Virginia gar kein Vorwand, um an Kreiss heranzukommen.«

»Wollen Sie wissen, was ich glaube, Janet? Es war ursprünglich blauer Dunst, der sich dann als wahr erwies. Denn jetzt haben wir es mit einer Bombe zu tun, einer verdammt großen Bombe. Außerdem ist ein ATF-Agent tot, ein CIA-Agent, zwei Wachmänner und nun dieser Jared McGarand.«

»Und was soll jetzt unternommen werden?«

»Wie ich vom Leitenden Special Agent in Richmond erfahren habe, kümmert sich jetzt der FBI-Direktor höchstpersönlich darum. Und weil das Justizministerium, vertreten durch seinen Staatssekretär Bill Garette, und Edwin Kreiss in die Sache verwickelt sind, hat der Direktor angeordnet, die Schutzschilde hochzufahren.«

»Er erinnert sich noch an die Affäre Kreiss?«

»Äußerst lebhaft! Außerdem können sich Justiz und FBI in den letzten Jahren ohnehin nicht ausstehen. Und jetzt ist Kreiss auch noch verschwunden. Foster meint, es könnte sein, dass er Browne McGarand verfolgt, und zwar nicht wegen irgendeiner Bombenverschwörung, sondern weil er immer noch auf der Suche nach seiner Tochter ist.«

»O Gott, das stimmt ja! Kreiss weiß noch gar nicht, dass wir seine Tochter gerettet haben.«

»Haben Sie mir nicht erzählt, dass Sie Kreiss Ihren Pager gegeben haben?«

Janet schaute ihren Chef verblüfft an. »Ja.«

»Ich möchte, dass Sie Kreiss anpiepsen, bis er sich meldet. Wir würden nämlich sehr gern wissen, wo er steckt und was er treibt. Noch wichtiger aber ist, dass Sie ihm etwas Bestimmtes sagen.«

Aus seiner Miene glaubte Janet lesen zu können, was nun kam.

»Es wurde vom Staatssekretär im Justizministerium persönlich angeordnet. Mir gefällt das auch nicht. Aber Sie erhalten von dort den Auftrag, Kreiss mitzuteilen, dass seine Tochter tatsächlich im Arsenal war, bei der Explosion aber ums Leben kam. Zweitens sagen Sie ihm, dass dieser Browne McGarand verantwortlich war für die Entführung und damit letztlich für den Tod des Mädchens. Wir sollen Kreiss sogar die Beschreibung von McGarands Wagen geben.«

»Das meinen Sie doch nicht ernst, Chef!«, flüsterte Janet.

»Janet, es besteht die Gefahr, dass da ein Wahnsinniger mit einer Wasserstoffbombe nach Washington unterwegs ist! Sie können Ihren Hintern verwetten, dass ich es ernst meine! Foster meint, dass Kreiss wie erhofft reagieren wird. Er wird diesen McGarand hetzen und ihn in Öl kochen.«

»Aber jemanden loslassen wie Kreiss, das ist – was ist er überhaupt? Ein Kopfgeldjäger im Ruhestand? Ich dachte, wir wollten diese Bombenbauer vor Gericht bringen, alles, wie es sich gehört. Vielleicht sogar mit anständigen Beweisen.«

»Der Justizstaatssekretär hat offenbar mit dem Finanzminister gesprochen. Die Zentrale des ATF hat eine offizielle Version zu der Explosion herausgegeben: Nun heißt es, es sei ein Unfall gewesen, weil sich in dem Komplex seit Jahren Gase angesammelt hätten. Ein großer Knall – Ende der Geschichte. Das öffentliche Interesse erlahmt, und die Medien gucken in die Röhre. Unter der Hand wird natürlich immer noch nach der wirklichen Ursache gefahndet.«

»Wegen der Erwähnung von Wasserstoff?«

»Genau. Deswegen ist man in Washington ziemlich von der Rolle, besonders da das ATF zugeben musste, den Sprengstoff nicht identifizieren zu können, mit dem die Fabrik hochgejagt wurde. Die interne Antwort des Justizministeriums war wundervoll schlicht: Findet den Kerl und stoppt ihn. Baut bloß keinen Fall auf! Im Grunde geht es darum, dass FBI und ATF alles mobilisieren, um unsere Hauptstadt zu verteidigen, dass wir außer der CIA aber die Einzigen sind, die von Kreiss' Beteiligung wissen.«

»Und Kreiss ist eine Zeitbombe.«

»Aber nicht mehr *unsere* Zeitbombe, Janet, sondern die des Justizministeriums. Und deshalb lässt unser lieber FBI-Direktor, der offiziell ja nichts von Kreiss weiß, das alles überhaupt zu. Nach dem Motto: Sollen die anderen doch hinterherrennen. Angenommen, McGarand ist wirklich mit einer Bombe unterwegs – wenn Kreiss ihn findet und die Sache erledigt, ist Washington aus dem Schneider; wenn er es vermasselt, wird unser Direktor später erklären, dass Kreiss nicht zu unseren Leuten gehörte.«

»Kreiss soll also Bill Garettes Geheimwaffe sein«, sagte Janet nachdenklich. Das klang nach bürokratischem Größenwahn auf höchster Ebene. »Ich sollte Sie warnen, Chef«, fuhr sie dann fort. »Wenn Kreiss herausfindet, dass Sie ihn wegen seiner Tochter belogen haben, werden Sie womöglich auf seiner persönlichen Jagdliste an die erste Stelle rücken.«

»An diesem Punkt kommt die CIA ins Spiel, Janet«, sagte Farnsworth. »Bellhouser hat Foster informiert, dass Garette Absprachen mit der CIA getroffen hat, wo man Kreiss wahrscheinlich besser kennt als bei uns. Während wir alle die Bombenleger jagen, werden *die* Kreiss verfolgen.«

Farnsworth schwieg, damit Janet die Bedeutung des Gesagten verdauen konnte. Jesus Christus, dachte sie, das ist mehr, als ich wissen wollte. Kreiss hatte jetzt wirklich ein Problem am Hals: Garette und Konsorten würden diese Bombensache benutzen, um das zu tun, was sie immer schon tun wollten – Kreiss ein für alle Mal loswerden.

Farnsworth stand auf und ging unruhig im Zimmer auf und ab. »Was wir Kreiss erzählen sollen, ist vielleicht gar nicht so weit von der Wahrheit entfernt«, meinte er. »Die Ärzte sind nicht besonders zuversichtlich, dass seine Tochter durchkommt.«

»Dann wäre es umso grausamer, Kreiss zu erzählen, sie wäre bereits tot«, sagte Janet.

»Vielleicht. Aber am wichtigsten ist im Augenblick, eine Wiederholung der Ereignisse im Arsenal zu verhindern. Dieses Gebäude war ein *Kraftwerk* – stahlverstärkter Beton, und trotzdem hat es sich buchstäblich in Staub aufgelöst! Das ATF macht sich große Sorgen, was natürlich wiederum Washington in Angst und Schrecken versetzt. Stellen Sie sich vor, ein Regierungsgebäude in Washington fliegt in die Luft, Janet ...«

Janet überlegte fieberhaft. Falls ihre Chefs das Bild richtig zusammensetzten, hatte der McGarand-Klan schon Blut an den Händen und plante nun den ganz großen Schlag. Browne McGarand hatte seinen Sohn verloren. Sohn und Enkel hatten Verbindung zu einer berüchtigten milizähnlichen Gruppierung in West Virginia. Browne und Jared hatten offenbar Kreiss' Tochter gekidnappt und den beiden Jungs wer weiß was angetan. Und nun hatte Kreiss' Tochter gesagt, dass Washington bedroht sei, bevor sie ins Koma gefallen war. Aber wann war die Hauptstadt bedroht? Und von wem genau?

»Ich sag Ihnen was, Janet. Geben Sie *mir* die Nummer des Pagers«, sagte Farnsworth. »Und dann fahren Sie nach Hause. Sobald ich weiß, dass Sie dort sind, werde ich den Pager aktivieren lassen. Falls Kreiss anruft, werden wir den Anruf zu Ihnen weiterschalten.«

Janet starrte zu Boden. Das lief völlig verkehrt; es roch nach dem alten Spiel der »operationalen Notwendigkeit«. Farnsworth trat zu ihr und legte ihr die Hand auf die Schulter. »Ich weiß, dass Sie das missbilligen, Janet, aber Kreiss kennt nun mal Ihre Stimme.«

Sie nickte, versuchte zu überlegen, wie sie sich da heraushalten konnte, doch ihr fiel nichts ein. Hoffentlich hatte Kreiss den Pager in den New River geworfen!

Farnsworth rief einen der draußen wartenden Männer und trug ihm auf, Janet nach Hause zu fahren.

Nach dreißig Minuten sah Kreiss McGarand aus dem Restaurant kommen, immer noch mit der Thermosflasche unter dem Arm. Er stieg in seinen Pick-up und fuhr schräg über die Plaza auf ein neben der Raststätte gelegenes Best Western Motel zu. Dessen Parkplatz grenzte an die Plaza. Als Kreiss den Motor anließ, parkte McGarand schon auf einem Platz an der Ecke des Motels und stieg aus. Er schaute sich kurz um und ging dann wieder zum Restaurant. Auf halbem Weg schwenkte er hinter das Hauptgebäude der Raststätte ab und steuerte zielbewusst den LKW-Parkplatz an.

Kreiss stellte den Motor wieder ab und wollte aussteigen, um McGarand zu folgen. In diesem Moment flogen die Türen des Energieversorgungs-Lasters neben ihm auf, und zwei bullige Männer sprangen aus der Fahrerkabine. Sie trugen grüne Hosen mit weiten T-Shirts und Kappen mit dem Logo des TA Truck Stop. In der Hand trugen sie große schwarze Maglites-Taschenlampen. Einer sah aus wie ein Bodybuilder, der andere war ein Riese mit Bierbauch, gewaltigen Schultern und mächtigen Oberarmen.

»Verzeihung, Sir«, sagte der Bodybuilder. »Wir gehören zum Wachschutz der Raststätte. Dürfen wir Sie bitten, uns ins Büro zu begleiten?« Seine Stimme klang seltsam hoch und passte nicht zu seinem muskelbepackten Körper. Er versicherte sich, dass Kreiss die Bewegung sah, mit der er sich an den Rücken griff und die Ausbeulung berührte, unter der seine Waffe verborgen war. Der zweite Mann schob sich bereits hinter Kreiss, um ihm den Fluchtweg abzuschneiden. Ihren Mienen nach zu schließen, sah es fast so aus, als wünschten es die Männer.

»Worum geht's?«, fragte Kreiss und versuchte gleichzeitig, McGarand zu entdecken.

»Es geht darum, dass Sie sich in verdächtiger Weise hier aufgehalten haben, Sir. Gehen wir.«

Sie nahmen Kreiss zwischen sich. Er überlegte blitzschnell: Wenn sie ihn ins Büro bugsierten, würde er McGarands Spur verlieren. Er blieb stehen, doch sofort umschloss die Hand des Mannes zu seiner Rechten seinen Oberarm. Ihm blieb nichts anderes übrig, als den beiden Hünen zu folgen. Sie mussten mitten auf der Plaza warten, weil ein großer Sattelschlepper im zweiten Gang vorbeidröhnte, gefolgt von einem Propangas-Truck. Die Männer eskortierten Kreiss durch einen Korridor zwischen Restaurant und Laden, vorbei an Herrentoilette und Dusche bis zu einem kleinen Büro an der Rückseite des Gebäudes. Dort bedeutete ihm der Riese mit einem Schulterklopfen, sich auf einen unbequemen Stuhl vor dem Schreibtisch zu setzen. Doch Kreiss zog es vor, links neben dem Stuhl stehen zu bleiben. Der Bodybuilder ließ sich hinter dem Schreibtisch nieder, während der Fette die Tür mit dem Fuß zustieß und sich dann dicht hinter Kreiss aufbaute.

»Also, was machst du hier, Kumpel?«, fragte der Bodybuilder. »Du kommst an, parkst an 'ner Zapfsäule, läufst weg, kommst zurück, tankst, stellst dich dann direkt neben unseren Truck ... das war nicht besonders intelligent. Und dann sitzt du einfach da und wartest.«

Kreiss gab keine Antwort. Der Bodybuilder nahm eine Polaroid vom Tisch und schoss ein Foto von Kreiss. Während er wartete, dass das Foto sichtbar wurde, erklärte er Kreiss: »Wenn du nicht sagst, was du hier zu suchen hast, rufen wir die State Police und lassen dich wegen unbefugten Betretens verhaften. Wir haben hier draußen an den Truck Stops ein echtes Problem mit Überfällen. Und du hast so ausgesehen, als wolltest du was auskundschaften.«

»Ich hab wirklich was gesucht«, sagte Kreiss. Er griff in die obere Tasche seines Overalls und holte einen Blitzwürfel hervor. Fragend starrten die Männer auf den Gegenstand, der einer harmlosen Glühbirne glich. Kreiss drückte die Augen zu. Als der Bodybuilder die Hand nach dem Würfel ausstreckte, löste Kreiss den Blitz aus; dann fuhr er herum, packte den Stuhl bei den Beinen und schmetterte ihn mit Schwung gegen die Schienbeine des fetten Mannes. Der stöhnte und knickte zusammen, wodurch Kreiss Gelegenheit bekam, dem Mann die Faust an die Kehle zu schlagen. Die Augen des Mannes quollen hervor; er röchelte und sank auf die Knie, wobei er sich mit beiden Händen die Kehle hielt.

Kreiss warf einen Blick auf den anderen Mann hinter dem Schreibtisch. Er saß regungslos und geblendet da; seine Pupillen füllten beinahe die ganze Iris aus. In diesem Moment klingelte das Telefon, doch Kreiss kümmerte sich nicht darum und machte, dass er hinauskam, und rannte nach rechts durch einen Notausgang auf den hinteren Parkplatz, der immer noch voller Sattelschlepper stand. Keine Spur von McGarand.

Kreiss fluchte und eilte zu Jareds Dienstwagen, sprang hinein und raste quer über die Plaza. An der Ausfahrt hielt er, schaute zurück und sah McGarands Pick-up immer noch auf dem Parkplatz neben dem Motel stehen. Kreiss wusste nicht, was er jetzt tun sollte; doch zuerst einmal musste er schleunigst von hier verschwinden. Aber nicht zu weit weg; er musste ja McGarands Spur wieder aufnehmen. Doch die State Cops würden ziemlich schnell da sein, und die beiden Wachmänner hatten ihn in dem auffallenden Dienstwagen einer Telefongesellschaft gesehen.

Dann überfiel ihn ein entsetzlicher Gedanke – das Polaroidfoto. Die Männer hatten ein Bild von ihm! Er wendete, fuhr auf den Parkplatz des Motels und von dort weiter bis hinter das Nebengebäude der Raststätte. Vor allem brauchte er jetzt ein anderes Fahrzeug. Es wäre möglich, eines zu stehlen, aber Leute, die in einem Motel absteigen, pflegen nicht unbedingt ihre Autoschlüssel stecken zu lassen.

Dann fiel ihm McGarands Pick-up ein. Die meisten Pick-up-

Fahrer brachten einen Reserveschlüssel außen am Fahrzeug an ...

So unauffällig er konnte, schlenderte Kreiss über das Motelgelände, wobei er die Rezeption mied und den LKW-Parkplatz im Auge behielt, ob ein Streifenwagen auftauchte. Er kam zu McGarands Pick-up, kniete sich hin und tastete unter dem Rand der Karosserie nach einem Schlüsselkästchen, das vielleicht mit einem Magneten dort befestigt war.

Er hatte sich bereits bis zum Heck des Wagens vorgetastet, als der erste Wagen mit heulender Sirene von der Interstate-Ausfahrt herangeschossen kam und auf die Plaza einbog. Es war nicht die Polizei, sondern ein Ambulanzwagen. Gut, dachte Kreiss – dann bleibt mir noch Zeit für die Suche. Er tastete entlang der Stoßstange und unter der Karosserie am Heck, dann weiter an der linken Wagenseite. Der Ambulanzwagen war inzwischen vorgefahren, und die Sanitäter eilten ins Gebäude. Kreiss steckte einen Finger ins Auspuffrohr, wo er oft seinen eigenen Schlüssel versteckte. Nichts, verdammt! Und jede Minute konnten die Bullen hier sein! Kreiss ging wieder zur hinteren Stoßstange. Dort war eine Reese-Anhängerkupplung an die Karosserie geschweißt, und im Traggelenk war ein Kugelkopf eingesetzt, der mit einem Bolzen fixiert war. Kreiss zog den Bolzen, nahm den Kugelkopf heraus und tastete im Traggelenk. Nichts als Schmierfett. Er wollte den Kopf gerade wieder zurückstecken, als er des Klebeband sah, das kaum sichtbar daran befestigt war. Treffer!

Er pulte den Schlüssel aus dem Klebeband und steckte den Kugelkopf zurück. In diesem Moment wurde die Plaza von flackerndem Blaulicht erhellt. Kreiss schaute sich um und sah einen Streifenwagen der State Police auf die Raststätte fahren. Er stieg in den Pick-up, startete den Motor und fuhr rasch zum Motel hinüber und hinter das Vordergebäude, wo der Wagen der Telefongesellschaft stand. Er holte seine Tasche und die Pistole aus dem Wagen, warf sie in McGarands Pick-up, knallte die Tür von Jareds Wagen zu und ließ die Schlüssel stecken.

Was jetzt?, dachte er. Nein, nicht was. *Wohin?* Wo, zum Teufel, war McGarand? Am liebsten hätte er den rückwärtigen Parkplatz abgesucht, aber das konnte er sich jetzt nicht mehr leisten. Er schloss die Augen und versuchte zu rekonstruieren, was McGarand getan hatte. Der Mann war aus dem Restaurant gekommen, eine Thermosflasche unter dem Arm, hatte seinen Pick-up im Niemandsland zwischen Motel und Raststätte abgestellt, und war hinter die Raststätte zum LKW-Parkplatz gegangen. Was war dann geschehen? Der Wachschutz hatte ihn erwischt. Sie waren zusammen über den Parkplatz zum Büro gegangen. Nein, Moment – zuerst hatten sie einen LKW vorbeigelassen. Nein, zwei. Einen großen Sattelschlepper und einen Propangas-Truck. Einen *Gas-Truck!* Dieser verdammte Hurensohn – das war doch der grünweiße Tanklaster gewesen, den Kreiss am Kraftwerk gesehen hatte!

Kreiss ließ den Pick-up an, fuhr vom Motelparkplatz und hielt auf die Interstate-Auffahrt zu. Inzwischen war ein zweiter Streifenwagen auf der Plaza erschienen. Wohin jetzt? McGarand war Richtung Süden gefahren, also tat Kreiss jetzt das Gleiche. Er nahm die Auffahrt zur I 81 und ordnete sich in den Verkehrsstrom ein. Über eine Meile hinweg konnte er die pulsierenden Blaulichter der Streifenwagen noch im Rückspiegel sehen. Obwohl McGarand einen netten Vorsprung hatte, hielt Kreiss sich ans Tempolimit. Dann hörte er Janet Carters Pieper in seiner Tasche zirpen.

Janet erwachte vom Klingeln ihres Telefons. Sie setzte sich auf und stöhnte. Jeder Muskel ihres Körpers protestierte gegen die abrupte Bewegung. Sie öffnete die Augen und versuchte die Uhrzeit zu erkennen. Es schien kurz nach zwei zu sein, aber sie konnte es nicht richtig sehen. Auch ihr Hirn wollte nicht auf Touren kommen. Das Telefon läutete immer noch. Janet setzte sich auf, räusperte sich und nahm den Hörer ab.

»Ja?«

»Janet, hier Ted Farnsworth. Tut mir Leid, dass ich Sie so spät stören muss ...«

»Schon in Ordnung, Chef«, erwiderte sie und räusperte sich noch einmal. »Was ist los?«

»Wir glauben, eine Antwort auf dem Pager zu haben, aber sie kommt von einem Handy, und das Signal wird immer schwächer. Wir haben eine Konferenzweiterschaltung zwischen Ihrem Apparat und der Nummer eingerichtet, die ich an den Pager geschickt habe. Angenommen, er ruft zurück, wird der Anruf direkt an Sie geleitet, aber wir werden mithören. Die wichtigste Frage ist: Wo ist er und was tut er? Dann sagen Sie ihm ...«

»Dann soll ich ihm vorlügen, dass seine Tochter bei der Explosion ums Leben gekommen ist?«

Farnsworth zögerte, dann sagte er: »Die Antwort darauf lautet ja. Und dieser Browne McGarand *war* für die Explosion verantwortlich. McGarand fährt einen Ford F-250, Baujahr 98, auf der Interstate 81 Richtung Süden nach Greensboro, wie wir soeben von den State Cops erfahren haben.«

Janet antwortete nicht.

»Janet ...«, begann Farnsworth, doch sie schnitt ihm das Wort ab.

»Wenn McGarand auf der 81 nach *Süden* fährt, ist er auf jeden Fall nicht mit einer Bombe nach Washington unterwegs«, sagte sie. »Warum also wollen wir Kreiss das antun? Warum lassen wir McGarand nicht von der State Police schnappen und zum Verhör bringen?«

»Weil wir keinerlei Grundlage für einen Haftbefehl haben und die State Police ihn nicht verhaften wird, bevor wir denen einen Bundeshaftbefehl ausgestellt haben. Daran hatte ich auch schon gedacht.«

»Aber wenn er doch nach Süden fährt ...«

»McGarand fährt *vor aller Augen* nach Süden, während andere Mitglieder seiner Gruppe eine riesige Bombe nach Washington bringen.«

Darauf wusste Janet nichts zu entgegnen.

»Janet«, fuhr er fort. »Sie sind die Einzige in unserer Dienststelle, auf die Kreiss hören wird. Und er kann herausfinden, was wir anderen unmöglich erfahren können.«

»Und was?«

»Ob Washington tatsächlich bedroht ist.«

»Sie wissen doch genau, dass Kreiss sich einen Dreck um die Bombendrohung schert. Teufel noch mal, wenn McGarand nicht seine Tochter entführt hätte, würde Kreiss ihm vielleicht noch *helfen.* Ich glaube, Kreiss wird McGarand jagen und dann mit ihm machen, was immer er für richtig hält. Und wir werden überhaupt nichts erfahren.«

Farnsworth schwieg nachdenklich.

»Kreiss zu sagen, dass seine Tochter tot ist, wäre völliger Blödsinn«, fuhr Janet fort. »Warum sollen wir nicht die Wahrheit sagen? Dass seine Tochter gerettet wurde, dass sie lebt und im Krankenhaus in Blacksburg liegt? Dann soll er hinfahren, sie besuchen, sich davon überzeugen, dass sie in Sicherheit ist – und *dann* werden wir ihm die Geschichte über die McGarands erzählen.«

Farnsworth schwieg.

»Ich bin immer noch der Meinung, dass keine unmittelbare Gefahr besteht, wenn dieser Mann Richtung Süden gefahren ist. Lassen Sie ihn überwachen und verfolgen, lassen Sie ihn sogar die Verfolger *sehen.* Ich persönlich glaube, dass Kreiss mitspielt, solange wir ihm die Wahrheit sagen. Und Sie wollen doch nicht, dass Kreiss Sie eines Nachts besuchen kommt, nachdem Sie ihn in einer so wichtigen Sache belogen haben? Denn es wäre eine verdammte Grausamkeit, sollte Lynn sterben, und ihr Vater hätte keine Möglichkeit gehabt, seine Tochter noch einmal zu sehen.«

Farnsworth sagte immer noch nichts.

»Geben Sie mir grünes Licht, Chef, damit ich ihm sagen kann, was wirklich vorgeht. Ich könnte ihn sogar im Krankenhaus treffen. Diese bürokratischen Spielchen der CIA und des

ATF, diese Schlange aus dem Justizministerium – wer weiß, was noch alles hinter deren Machenschaften steckt. Das verletzte Mädchen im Krankenhaus ist die Tochter dieses Mannes!«

»Verdammt«, sagte Farnsworth. »So eine verfluchte Geschichte. Ken Whittaker war ein guter Freund von mir ...«

»Sie brauchen Foster und Konsorten doch nichts davon zu erzählen, Sir. Lassen Sie mich Kreiss die Wahrheit sagen. Lassen Sie ihn seine Tochter besuchen. Dann kümmern wir uns gemeinsam um diese Bombenleger. Diesmal streng nach Vorschrift. Und zwar nach *unseren* Vorschriften, nicht nach denen von diesen Arschlöchern.«

»Also gut, Janet«, stimmte Farnsworth seufzend zu. »Sie haben Recht. Falls dieser McGarand Richtung North Carolina fährt, bleibt uns wirklich noch Zeit, einiges gerade zu biegen. In Ordnung. Wir schalten den Anruf weiter, sobald Kreiss sich wieder meldet.«

Janet wurde von einer Woge der Siegesgewissheit durchströmt.

»Ich warte auf den Anruf«, sagte sie.

12

KREISS STAND AM Krankenbett seiner Tochter und versuchte, vor Sorge nicht die Fassung zu verlieren. Sie sieht so dünn aus, dachte er. Lynn war immer ein sportlicher Typ gewesen, der Gesundheit und Fitness ausstrahlte, doch nun war ihr Gesicht verhärmt und eingefallen. Kreiss hielt ihre Hand und schaute sie an. Lynn wurde nicht beatmet, hing jedoch am Tropf. Ihr Gesicht war zerschunden und voller Blutergüsse; ihr Haar, sonst kräftig und glänzend, war stumpf und lag am Schädel an. Über dem Bett zeichneten Geräte ihre Körperfunktionen auf. Das Licht im Zimmer war gedämpft, und von irgendwo klang leise Musik.

»Nach der Explosion war sie noch bei Bewusstsein?«, fragte er.

»Ich habe sie nicht gesehen«, antwortete Janet. »Zu dem Zeitpunkt war ich schon im Reich der Träume.«

Kreiss warf ihr einen Blick zu und schien zum ersten Mal ihr verquollenes Gesicht zu bemerken.

»Sie hat etwas von ›Wasserstoffbombe‹ und ›Washington‹ gesagt, bevor sie das Bewusstsein verlor, mehr nicht«, sagte Janet.

»Wasserstoffbombe und Washington. Klingt nach einer guten Kombination. Wir sind hier in Blacksburg gerade weit genug entfernt, und der Wind bläst ebenfalls in die andere Richtung.«

»In Washington sehen die das anders«, meinte Janet. »Jedenfalls hat diese Bombengeschichte einen ziemlichen Wirbel verursacht. Alles und jeder neigt zu Überreaktionen. Das FBI haut das ATF in die Pfanne, das Justizministerium gibt dem FBI eins auf den Deckel, ABC liegt im Clinch mit DEF ... Sie kennen das ja.«

Kreiss nickte. »Palastintrigen«, murmelte er. Er ließ Lynns Hand los und strich ihr das Haar aus der Stirn. »Die Scheidung von meiner Frau war unnötig«, sagte er nach einer Pause. »Helen bekam Angst vor dem, was ich bei der CIA tat. Sie wusste mehr, als gut für sie war, und wollte nichts mehr damit zu tun haben. Ich konnte es verstehen. Doch ich wollte Lynn nicht verlieren.«

»Hat Ihre Frau Lynn gegen Sie aufgehetzt?«

»Nicht mit Absicht«, antwortete er. »Es war keine Scheidung voller gegenseitiger Vorwürfe oder gar Hass. Aber das macht es fast noch schlimmer. Helen war sehr klug und vernünftig. Sie wollte einfach nichts mehr mit mir und meiner Arbeit zu tun haben. Und ich hielt meine Karriere für das Wichtigste. Ich ließ Helen gehen, damit mein Stolz nicht verletzt wurde.«

»Meine Scheidung war ganz anders«, sagte Janet, über sich selbst erstaunt. »Ich habe irgendwann begriffen, dass mein Mann ein Windbeutel war. Ich glaube, das ist einer der Gründe, warum ich damals ins FBI eingetreten bin: Ich wollte mit richtigen Männern zu tun haben.«

»Richtige Männer?« Kreiss schmunzelte. »Lieutenant Kojak und so?«

Kreiss ließ seine Tochter nur ungern allein, doch schließlich folgte er Janet durch den Flur, vorbei am Schwesternzimmer der Intensivstation. Janet lächelte den Schwestern und dem einzigen Pfleger zu, doch alle starrten nur Kreiss an, blickten in sein verhärmtes Gesicht und betrachteten seine massige Gestalt.

Die FBI-Agenten hatten viel Überzeugungskraft aufbieten müssen, damit Kreiss in die streng abgeschirmte Intensivstation eingelassen wurde. Eine Viertelstunde, nachdem Janet ihren Chef Farnsworth überredet hatte, Kreiss die Wahrheit über Lynn zu sagen, hatte Kreiss angerufen. Janet hatte ihm gesagt, dass Lynn gefunden worden sei und im Montgomery County Hospital läge. Darauf hatte Kreiss kurz und knapp gesagt: »In einer Stunde treffen wir uns dort«, und aufgelegt.

Farnsworth hatte mitgehört und Janet erklärt, er werde ein paar Leute zu ihrer Unterstützung mitschicken, bis sie genau wüssten, woran sie mit Kreiss wären. Janet bat, dass die Agenten sich verborgen hielten, da sie sich auf dünnem Eis bewegte, sobald Kreiss auftauchte. Farnsworth gab ihr Recht. Er schickte ein paar Leute, die einen Beobachtungsposten außerhalb des Krankenhauses bezogen. Janet sollte ihren Wagen an einer gut einsehbaren Stelle auf dem Krankenhausparkplatz abstellen; ihre Unterstützung würde in zwei Zivilfahrzeugen in der Nähe sitzen. Im Krankenhaus würden ebenfalls zwei Agenten sein, als Pfleger getarnt, die sie die ganze Zeit im Auge behielten. Zum Zeichen, dass alles in Ordnung war, sollte Janet ihre Handtasche öffnen und ihr Make-up auffrischen.

Sie kamen zu den Fahrstühlen. Ein Pfleger mit einem Beutel, der offenbar Bettwäsche enthielt, gesellte sich zu ihnen. Sie stiegen in den Lift und drückten den Knopf fürs Erdgeschoss.

Janet hatte Kreiss eine kurze Schilderung von McGarands mutmaßlicher Beteiligung an der Explosion im Arsenal gegeben, doch er hatte nichts darauf erwidert. Er hatte erst seine Tochter sehen wollen, alles Weitere konnte warten.

Niemand sprach, bis sie ins Erdgeschoss kamen und die Aufzugtüren zur Seite glitten. Janet stieg aus. Kreiss folgte ihr, drehte sich aber noch einmal um und sagte dem »Pfleger«, der weiter ins Kellergeschoss fuhr, man könne sein Schulterhalfter sehen. Die Türen schlossen sich vor dem verdutzten Gesicht des Agenten, und Janet blickte den Kollegen beschämt an.

Kreiss war schon mit langen Schritten zum Parkplatz unterwegs. Janet holte ihn ein, als er unter dem überdachten Eingang stehen blieb und zu dem fast leeren Parkplatz blickte.

»Ich habe noch etwas zu erledigen«, sagte er. »Sitzen da drüben noch mehr von Ihren Leuten?«

»Natürlich.«

»Ich will nicht, dass sie mir folgen«, befahl er.

»Sie sind hier, um mich zu beschützen«, erklärte Janet. »Nicht, um Sie zu verfolgen.«

»Wissen Sie das so genau, Special Agent?«, fragte er und sah sie zum ersten Mal an diesem Abend richtig an. Kreiss' Augen waren müde, doch es lag auch wilde Entschlossenheit darin.

»Nein«, gab sie zu. »Mein Chef hat die Leute geschickt. Sie *könnten* auch andere Befehle haben. Mr Kreiss, ich muss Ihnen noch vieles berichten. Warum gehen wir nicht wieder hinein, damit ich Ihnen alles erklären ...«

»Ich möchte einen Handel mit Ihnen machen«, unterbrach er sie ungeduldig. »Ich will keine Fehde mit dem FBI. Ich schlage Ihnen ein Geschäft vor. Ich sage Ihnen etwas über diese Bombenverschwörung, und Sie versprechen mir, dass ich nicht verfolgt werde. Einverstanden?«

Janet schaute sich auf dem Parkplatz um. Zwischen den einzelnen Stellplätzen standen Baumgruppen; ungefähr dreißig Fahrzeuge parkten auf dem Gelände, das sich leicht zum Hauptgebäude des Krankenhauses senkte. Hohe Laternenpfähle erleuchteten das Areal. Sie sah zwar ihren Wagen, hatte jedoch keine Ahnung, wo die anderen Agenten steckten. Kreiss wartete auf ihre Antwort.

»Na schön«, sagte sie. »Aber es gibt noch einige Dinge, die Sie wissen sollten. Zum Beispiel, dass man Sie mit einem gewissen Jared McGarand in Verbindung bringt.«

Er starrte sie einen Augenblick an, tat es dann aber mit einem Schulterzucken ab. »Geben Sie Ihren Kollegen das vereinbarte Zeichen.«

Immer noch zögerte Janet.

»Hören Sie«, beharrte Kreiss. »Ich bin nicht bewaffnet. Und wie ich schon sagte, ich will keinen Ärger mit dem FBI oder mit Ihnen. Jede Wette, dass Ihre Vorgesetzten mir ursprünglich nicht verraten wollten, dass Lynn hier liegt und noch am Leben ist. Ich nehme an, Sie haben sie eines Besseren belehrt, und dafür schulde ich Ihnen Dank. Geben Sie den Leuten jetzt endlich das vereinbarte Zeichen.« Er blicke sie eindringlich an.

Janet gehorchte, indem sie die Tasche öffnete, ihr Make-up-Döschen herausnahm und es so hielt, dass der Spiegel das Licht der Laternen einfing. Dann tat sie, als müsse sie ihr nicht vorhandenes Make-up auffrischen.

Kreiss nickte. »Okay«, meinte er. »Jetzt kommt mein Teil der Abmachung. Sie haben gesagt, Ihre Leute seien völlig von der Rolle gewesen, weil vielleicht eine Bombe nach Washington gebracht wird, aber im Augenblick wollen sie noch nichts unternehmen, stimmt's?«

Janet nickte.

»*Ich* war derjenige, der mit McGarands Pick-up auf der Interstate 81 Richtung Süden gefahren ist«, sagte Kreiss. »Ich bin sicher, dass er selbst nach *Norden* gefahren ist.«

Bevor Janet auch nur an eine Frage denken konnte, hatte Kreiss auf dem Absatz kehrtgemacht und war wieder im Krankenhaus verschwunden. Sie schaute ihm nach, wie er durch den Hauptkorridor schritt, bis er hinter einer Doppeltür verschwand.

Sie drehte sich um und eilte zu ihrem Wagen. Dort lag ihr Handy.

Was hatte Kreiss mit seiner Bemerkung sagen wollen? Farnsworth zufolge hatte die State Police McGarand aufgespürt, wie er Richtung North Carolina fuhr ...

Jäh hielt sie an. Plötzlich begriff sie. Die Polizei hatte nicht McGarand aufgespürt – nur seinen *Wagen*, der aus irgendwelchen Gründen von Kreiss gefahren worden war.

Janet schwenkte die Arme, das vereinbarte Signal für ihre Begleiter. Auf dem Parkplatz flammten Scheinwerfer auf, und zwei FBI-Wagen näherten sich. Aus einem stieg Ben Keenan und zog sein Funkgerät.

»Wo ist Kreiss?«, wollte er wissen.

»Er hat gesagt, er will wieder zu seiner Tochter«, sagte Janet. »Aber wir müssen ...«

Keenan hörte nicht auf sie und befahl den anderen Agenten, ins Krankenhaus einzudringen und Kreiss festzunehmen. Dann schaltete er das Funkgerät an und rief die anderen Agenten im Gebäude, die als Pfleger verkleidet waren. Doch keiner von ihnen hatte Kreiss die Intensivstation betreten sehen.

»Scheiße!«, entfuhr es Keenan. Er ordnete eine vollständige Durchsuchung des Gebäudes an; dann wandte er sich Janet zu. »Wissen Sie, was für einen Wagen er fährt? Inzwischen wird der Mann auch von den State Cops gesucht, er hat nämlich einen hinterhältigen Anschlag auf eine Raststätte verübt.«

»Das wollte ich Ihnen ja gerade sagen. *Kreiss* war derjenige, der McGarands Pick-up gefahren hat.«

»Na, großartig! Und was ...« Plötzlich nahm sein Gesicht einen erschrockenen Ausdruck an – er hatte begriffen. »Das war *nicht* McGarand?«

»Nein, Sir, es war *Kreiss,* der McGarands *Pick-up* fuhr.«

Keenan schüttelte den Kopf. »Was, zum Teufel, soll denn das?«

»Er hat sich nicht weiter darüber ausgelassen«, sagte Janet. »Aber es bedeutet wohl, dass McGarand schon auf halbem Weg nach Irgendwo sein könnte. Mit einer Bombe an Bord.«

Kreiss nahm die Straße hinter dem Krankenhausparkplatz. Er hatte McGarands Pick-up vorsichtshalber vor einem Wohnhaus geparkt und war dann zu Fuß zum Krankenhaus gelaufen. Jetzt wollte er wieder zu Jareds Trailer, dort McGarands Pick-up stehen lassen und wieder den eigenen Wagen nehmen. Dann würde er auf der Interstate 81 nach Norden fahren und den Propangas-Truck verfolgen. Da er davon ausging, dass das FBI auf der Interstate Verkehrsüberwachung angeordnet hatte, war er sehr zurückhaltend mit seinen Mitteilungen an Janet Carter gewesen.

Was McGarand vorhatte, war Kreiss ziemlich gleichgültig. Seine Tochter war in Sicherheit. Jared war tot. Jetzt wollte er diesen alten Bastard finden und ihn vernichten für das, was er seiner Tochter angetan hatte. Das FBI suchte McGarand wegen der Explosion im Arsenal – schön, sollten sie, wenn es ihnen Spaß machte. Doch er musste McGarand vor ihnen finden, und die Chancen standen nicht schlecht: Sie wussten ja noch nichts von der Existenz des Propangas-Trucks. Von Blacksburg bis Washington waren es fast vier Stunden Fahrt, und McGarand hatte reichlich Vorsprung. Im günstigsten Fall würde er, Kreiss, in Washington sein, bevor das FBI die Fahndung nach McGarands Pick-up einstellte und nach seinem Wagen Ausschau hielt.

Um halb drei fuhr Browne McGarand von der I 81 ab und hielt an einem Truck Stop. Er war fast drei Stunden ununterbrochen gefahren und musste mal Pause machen und einen heißen Kaffee trinken. Es war einige Zeit her, seit er das letzte Mal eine so lange Fahrt gemacht hatte, besonders nachts. Gott sei Dank hielt der Propangas-Truck durch. Mit einer frischen Tankfüllung konnte er durchfahren bis zu seinem Ziel in Chrystal City, auf der in Virginia liegenden Seite Washingtons. Bei Morgengrauen wollte er dort sein, bevor der Stoßverkehr um den Washington Beltway einsetzte. Tagsüber würde er den Truck irgendwo verstecken und zu Fuß eine letzte Erkundungstour zu seinem Ziel unternehmen. Wenn sich dort nichts verändert hatte, seit er und Jared das letzte Mal da gewesen waren, wollte er den Anschlag noch in der kommenden Nacht ausführen, noch bevor die Bundesbullen in Roanoke zwei und zwei zusammengezählt hatten.

Nachdem er getankt hatte, parkte er den Wagen auf dem rückwärtigen Parkplatz und ging ins Restaurant. Es war voller, als er um diese Zeit erwartet hatte; mehrere Fernfahrer mit übermüdeten Augen schlurften auf unsicheren Beinen durch den hell erleuchteten Saal, und die Hälfte der Tische war besetzt. Browne ging zur Toilette und ließ sich dann in einer Nische nieder, bestellte Kaffee und warmes Müsli. Zwei Autobahnpolizisten kamen herein und setzten sich an einen

Tisch ganz in der Nähe. Browne behielt die Männer im Auge und entspannte sich allmählich wieder; es gab keinen Grund, dass man ihn jetzt schon verfolgte. Die Polizisten saßen so nahe, dass Browne die verschlüsselten Mitteilungen in ihren Schultermikrofonen hören konnte, doch die müde aussehenden Cops achteten nicht darauf und widmeten sich ihrem Kaffee.

Browne war sicher, dass die Bundesbehörden inzwischen tief in den Ruinen des Arsenals wühlten. Sie würden glauben, eine Zelle regierungsfeindlicher Terroristen entdeckt zu haben. Wahrscheinlich würden sie niemals das Rätsel um Jared lösen können. Browne fielen auf Anhieb drei mögliche Theorien für Jareds Tod ein: Er war betrunken gewesen und hatte sich unter den Trailer gelegt, worauf der Wagenheber zusammengebrochen war; ein zorniger gehörnter Ehemann hatte das Gesetz nach Hinterwäldlerart in die eigene Hand genommen, oder es war dieser finster aussehende Mann gewesen, der im Arsenal umhergeschlichen war.

Browne favorisierte die zweite Möglichkeit. Und sein eigenes Gewissen war in dieser Hinsicht rein – oft genug hatte er Jared gewarnt, er solle seine Affären und das Trinken sein lassen.

Dann dachte er an das Kraftwerk. Der stahlverstärkte Beton musste auseinander geflogen sein wie eine riesige Bombe, als der Wasserstoff im Innern sich entzündet hatte. Und der einzige Beweis für Brownes Aktivitäten war die Retorte gewesen – und die hatte zum größten Teil aus Glas bestanden, von dem nun nichts mehr übrig war. Sämtliche Schlackenreste von Kupfernitrit hatte er in die Kessel geworfen, wo sie wie normale Rückstände aussahen. Beide Pumpen waren bei der Explosion mit Sicherheit völlig zerstört worden und sahen vermutlich wie irgendwelche zerschmolzenen Maschinen des Kraftwerks aus. Natürlich würde es dort jetzt von ATF-Spezialisten nur so wimmeln, doch Browne wäre jede Wette eingegangen, dass sie mit ihrem Latein am Ende waren. Eine Wasserstoffexplosion hinterließ keine anderen Spuren als Wasserdampf, der sich fast augenblicklich auflöste. Eine wahrhaft *saubere* Explosion.

Einer der Cops am Nebentisch sprach nun in sein Funkgerät und wiederholte Ziffern und Zahlen eines Autokennzeichens. Browne lauschte. Es kam ihm verdächtig bekannt vor. Verdammt – der Cop schrieb gerade das Kennzeichen *seines* Pick-ups auf!

Browne wandte sich ein wenig zur Seite, damit es nicht so aussah, als ob er lauschte. Der Cop hatte die Nummer notiert und unterhielt sich jetzt wieder mit seinem Kollegen. Aber es war die Nummer seines Pick-ups gewesen, da war Browne ganz sicher. Nur – *warum?* Wer interessierte sich so sehr dafür, ihn auf der Interstate zu erwischen? Die Blacksburger Cops gewiss nicht; denen konnte es ziemlich egal sein, wenn er nach Greensboro fuhr. Er versuchte, die Möglichkeiten zu durchdenken, doch er war zu müde. Verdammt, den Pick-up hatte er doch zwischen der TA-Raststätte und diesem Motel geparkt, sozusagen im Niemandsland! Die State Police würde den Pick-up auf den Highways suchen, irgendwo zwischen Blacksburg und North Carolina. Er aber war 150 Meilen weiter nördlich, 30 Meilen vor dem Autobahnkreuz, wo die nach Washington führende Interstate 66 abzweigte.

Aber du fährst ja gar nicht deinen Pick-up, fiel ihm plötzlich ein. *Was kann schon passieren?*

Er stieß einen Seufzer aus; er war schlimmer mit den Nerven herunter, als er geglaubt hätte. Er gab der Kellnerin ein Zeichen, dass sie ihm die Thermoskanne auffüllen sollte.

Die Cops standen auf und gingen zur Kasse. Browne sah ihnen nach, ebenso die Fernfahrer. Vielleicht konnte er vor Müdigkeit nicht mehr klar denken, aber eins war sicher: Der Einzige, der ihn jemals im Arsenal gesehen hatte, war dieser große Kerl mit den stechenden Augen gewesen. Angenommen, der Typ war einer von einer Bundesbehörde gewesen? Schon seit Tagen hatten sie ja gesehen, dass jemand ins Gelände eingedrungen war. Mal angenommen, es war die ganze Zeit der gleiche Kerl gewesen, einer von der Regierung, und er hatte auf irgendeine geheimnisvolle Weise den Säureanschlag im Graben überlebt? Wenn die Bundesbullen die Bombe im Arsenal mit ihm und Jared in Verbindung brachten – war man dann vielleicht auch in Washington wachsam geworden? Die Mistkerle, denen der Anschlag galt? Dann würde es schwer, sehr schwer sein, den Plan auszuführen. Vielleicht aber auch nicht; vielleicht kam Browne die unglaubliche Überheblichkeit der Vollzugsbehörden entgegen. Es war auch gut möglich, dass sie zu dem Schluss kamen, ein paar böse Jungs hätten mit Sprengstoff herumgespielt und einen verheerenden Unfall verursacht.

Der Schlüssel zum Erfolg war, dass ihn nichts mit Washington in Verbindung bringen konnte. Und allein Jared hatte gewusst, dass er, Browne, eine Bombe dorthin bringen wollte. Und Jared mochte zwar ein Schürzenjäger und ein Säufer gewesen sein, aber ein Geheimnis hatte er zu wahren gewusst.

Und jetzt war er tot.

Browne stand auf, ging zur Kasse und zahlte. Die Cops waren zu ihrem Streifenwagen geschlendert. Browne trat hinaus in die kühle Nachtluft und sagte sich, dass es nichts zu fürchten gab.

Sie konnten nicht voraussehen, was er plante.

Am Montagmorgen um halb acht berief Farnsworth seine Mitarbeiter zu einer Sondersitzung. Janet war nach der Unterredung mit Kreiss allein ins Büro zurückgekommen. Keenan und seine Leute waren noch in der Nacht hinter Kreiss hergejagt.

Es war deutlich zu sehen, wer von den Agenten sich die Nacht um die Ohren geschlagen hatte und wer frisch und ausgeruht von zu Hause kam. Der ältere Mann, der mit dem ATF-Einsatzkommando draußen im Arsenal gewesen war, saß neben Farnsworth. Diesmal ließ Foster sich nicht blicken. Janet blieb an der Wand des Zimmers stehen, während die anderen Agenten am Tisch Platz nahmen. Immer noch schmerzten ihre

Rippen, doch die Kopfschmerzen waren verflogen, und ihr Gehör funktionierte auch schon besser als noch gestern.

»Also, Leute«, begann Farnsworth. »Fangen wir an.« Die Gespräche erstarben. Farnsworth stellte den Senior Special Agent des ATF vor, einen Mann namens Walker Travers, der aufstand und zum Podium ging.

»Ich kann zwar nicht mit einer Overheadprojektor-Demonstration aufwarten«, meinte er, »aber mir liegen die vorläufigen Ergebnisse unseres Nuclear Response Teams der Untersuchung des Arsenals vor.«

»Was war es denn nun?«, wollte Keenan wissen.

»Wir wissen es nicht«, erwiderte Travers. »Wir haben unsere Spezialisten vom National Laboratory Center darauf angesetzt. Die benutzen ultraschnelle Gas-Chromatographie und andere modernste Techniken, um chemische Rückstände nach Explosionen bestimmen zu können. Das Verrückte im vorliegenden Fall aber ist, dass wir keinerlei Rückstände gefunden haben. Erschwerend kommt hinzu, dass es sich um eine ehemalige Munitionsfabrik handelt. Als wir den Radius um das Kraftwerk erweiterten, fanden wir so viele chemische Rückstände, dass man die Hälfte der USA damit hätte verseuchen können.«

»Aber im direkten Umkreis der Explosion war nichts zu finden?«, fragte Keenan nach. Er war vor fünf Jahren als Austauschagent beim ATF gewesen und kannte sich ein wenig in deren Vorgehensweise aus.

»Nein, Sir«, gab Travers zurück. »Nur Reste von Maschinen, Rohrleitungen und dergleichen – Pumpen, Kabel, Schaltpulte, Rohre. Wobei ich den Begriff *Reste* betonen möchte. Auf dem Lageplan steht, dass neben dem Kontrollraum ein Testlabor für Kühlwasser gewesen ist, und in diesem Bereich haben wir tatsächlich Rückstände von Chemikalien gefunden, aber nichts, was uns weiterbringt. Es war eine sehr heiße und sehr gewaltige Explosion.«

»Ohne eindeutig feststellbare chemische Rückstände«, wiederholte Farnsworth kopfschüttelnd.

»Was im Grunde schon verräterisch ist«, fuhr Travers fort. »Ein durch Beton verstärktes Gebäude wird binnen eines Augenblicks dem Erdboden gleichgemacht. Dabei entsteht eine Druckwelle, die sämtliche Gebäude in der Nähe zerstört. Es gibt nur eine Substanz, die so etwas bewirken kann.«

»Und das wäre?«

»Ein Gas«, erklärte Travers. »Ein explosives Gasgemisch. Haben Sie jemals ein Haus gesehen, in dem jemand den Gasherd brennen ließ? Oder den Heißwasserboiler, ohne dass das Flämmchen brannte? Und dann kommt jemand nach Hause und steckt sich eine Zigarette an? Dann bleibt kein Stein mehr auf dem anderen.«

Zustimmendes Nicken am Tisch.

»Ein Gas auf Kohlenwasserstoffbasis – zum Beispiel Propan, so genanntes gecracktes Gas, oder Naturgas – füllt so lange einen Raum, bis das Gas-Luft-Gemisch sich zu einem explosiven Dampf verdichtet hat, der nur noch auf einen Zündfunken wartet. Der muss gar nicht stark sein, es kommt immer nur darauf an, wie viel Kohlenwasserstoff an dem Prozess beteiligt ist. Wenn das Gemisch explodiert, wird sofort ein Überdruck auf jeden Quadratzentimeter Innenfläche des Gebäudes ausgeübt. Anders als zum Beispiel bei einer Autobombe, die eine Druckwelle *auf* ein Gebäude ausübt, wird bei einer Dampfexplosion ein gewaltiger Druck von *innen* auf sämtliche Teile des Gebäudes gerichtet. Denken Sie an die physikalische Regel: Der Druck ist der Quotient aus Kraft geteilt durch die Fläche, auf die diese Kraft trifft. Eine Wand von sechs Metern Länge und zwei Meter fünfzig Höhe hat fünfzehn Quadratmeter beziehungsweise 150.000 Quadratzentimeter. Wenn Sie nun einen Druck von fünfzig Pfund pro Quadratzentimeter annehmen, kommen Sie auf eine Kraft von ungefähr zweieinhalb Millionen Pfund. Und die liegt über der Belastungsgrenze eines normalen Gebäudes, das können Sie mir glauben.«

»Wollen Sie damit andeuten, dass diese Explosion möglicherweise ein Zufall war?«, fragte Janet, die sich daran erinnerte, was Farnsworth gesagt hatte. Mehrere Köpfe drehten sich zu ihr um. »So etwas wie eine natürliche Ansammlung von Methan oder einem anderen gefährlichen Gas, das aus der Produktion übrig geblieben ist? Und als der junge Mann mit seiner Zigarette hinging, um uns die Tür aufzuschließen, ist es explodiert?«

»Genau«, sagte Travers. »Wie Sie vielleicht wissen, war das auch unser offizielles Ergebnis, das wir bekannt gegeben hatten, um wilden Spekulationen der Medien vorzubeugen. Nun aber scheint alles darauf hinzudeuten, dass es *tatsächlich* eine Gasexplosion war. Wir haben Rohrverbindungen zwischen der Turbinenhalle und einer großen Kammer unter dem Gebäude gefunden, durch die das Kühlwasser der Generatorkondensatoren abgeleitet wurde. Und in dieser Kammer fanden wir alle möglichen chemischen Rückstände – auch Salpetersäure.«

»Ich kenne diese Kammer leider allzu gut«, sagte Janet. Einige grinsten verstohlen. »Aber ich kann mich nicht erinnern, dort unten Salpetersäure gerochen zu haben.«

»Würden Sie die Säure am Geruch erkennen, Agentin Carter?«

»Ja, allerdings.«

»Nun, dann ist mir die Sache ein Rätsel. Aber die explosiven Dämpfe könnten auch woanders entstanden sein. Es gibt mehrere Gase, die in Verbindung mit Sauerstoff hochexplosiv werden, und sie alle sind vollkommen geruchlos. Deshalb wird Gas für den Hausgebrauch ja auch mit Schwefel versetzt – damit man riecht, wenn irgendwo ein Leck entstanden ist.« Er hielt einen Moment inne und blätterte in seinen Notizen.

»Die Fabrik war schon seit langem geschlossen. In den Berichten der Wachfirma steht nicht verzeichnet, dass deren Leute *jemals* das Kraftwerk betreten haben. Es hat viele Gerüchte über Giftmüllableitungen und sogar über chemische Waffen gegeben, die angeblich im Ramsey Arsenal hergestellt worden sind. Eine kleine Ablagerung von Methan, wie sie auch in der

Natur vorkommt, könnte über all die Jahre in dem Gebäude entstanden sein und somit diese gewaltige Bombe geschaffen haben. Und mehr haben wir darüber nicht, Leute.«

»Und wie wollen Sie es nennen?«, fragte Farnsworth. »Höhere Gewalt?«

»Ja. Es gibt keinerlei Hinweise auf Rückstände von chemischen Sprengstoffen, und die Art, wie dieses stahlverstärkte Gebäude in die Luft geflogen ist ... das alles deutet auf eine Gasexplosion hin.«

»Könnte es Wasserstoff gewesen sein?«, fragte Farnsworth und warf Janet einen warnenden Blick zu.

Travers legte die Stirn in Falten. Offenbar hatte auch er von Lynn Kreiss' wirren Behauptungen gehört. »Nein, Sir, das glaube ich eher nicht. Ich meine, Wasserstoff hätte natürlich diese unerhörte Sprengkraft gehabt, doch er kommt in der Natur nicht in derart hohen Konzentrationen vor. Auf Grund seiner Molekularstruktur neigt Wasserstoff eher zur Verflüchtigung als zur Konzentration. Nein, ich tippe eher auf Methan, und wenngleich wir es normalerweise riechen können, gibt es eine Erklärung, warum es im vorliegenden Fall nicht so war: Die Explosion hat das Gebäude so vollständig weggefegt, dass sich nirgendwo ›Gastaschen‹ bilden konnten. Ja, ich bin ziemlich sicher, dass es Methan gewesen ist, das aus dieser unterirdischen Kaverne hochstieg, in die zu Zeiten, als die Fabrik noch in Betrieb war, giftige Chemikalien geleitet wurden, wenn eine Reaktion außer Kontrolle geriet. Gott allein weiß, was da unten lagern mag, und in welchen Mengen.«

Alle schwiegen überrascht; jeder hatte an eine konventionelle, chemisch gezündete Bombe gedacht. Farnsworth stand auf.

»Okay, Leute, jetzt wissen wir's also. Diese Leute sind die führenden Spezialisten im Lande, was Explosionen angeht. Wie viele Explosionen hat das ATF in den letzten fünf Jahren untersucht, Mr Travers?«

»62.000 und ein paar Zerquetschte«, antwortete Travers, worauf erstaunte Ausrufe zu hören waren.

»Also gut«, meinte Farnsworth. »Es ist Montagmorgen, und auf uns wartet jede Menge Papierkram. Heute Nachmittag werden wir noch über die Beerdigung sprechen.«

Damit war die Versammlung beendet, und Janet machte sich auf den Weg zu ihrem Büro. Am Fahrstuhl musste sie warten, weil alle gleichzeitig dorthin drängten. Ben Keenan brachte Travers zum Haupteingang. Janet spielte kurz mit dem Gedanken, nach Hause zu fahren, um zu duschen und etwas Frisches anzuziehen; dann aber sah sie Farnsworth, der sie ins Allerheiligste winkte. Sie musste noch ein paar Minuten warten, da Farnsworth von den Agenten der anderen Arbeitsgruppen umgeben war. Erst als sie gingen, betrat Janet sein Büro. Dort waren bereits Ben Keenan und ein anderer Mann, den Janet nicht so schnell zurückerwartet hatte: Foster. Ihr wurde mulmig, als sie ihn sah. Foster hatte noch einen Mann dabei, den Janet nicht kannte. Alle nahmen Platz. Farnsworth schaute Keenan an.

»Immer noch nichts Neues von Kreiss?«

»Nein, Sir, er ist spurlos verschwunden. Wir haben die Ortspolizei angewiesen, nach seinem Wagen zu suchen – ein Pick-up, wie der von McGarand –, aber bis jetzt wurde er noch nicht gefunden.«

»Und er ist gestern Nacht nicht nach Hause gekommen?«, fragte Foster.

»Nein. Sein Haus wird von unseren Leuten observiert.«

»Da das ATF nun eine offizielle Erklärung zur Explosion abgegeben hat«, sagte Farnsworth, »müssen wir Kreiss so schnell wie möglich finden.«

»Warum?«, wollte Janet wissen.

»Weil dieses Puzzle zu viele Teile hat: Zwischen den McGarands und Waco besteht eine Verbindung; ebenso zwischen Kreiss und dem Mord an Jared McGarand. Wegen der Reifenspuren von Jareds Pick-up wissen wir, dass er auf dem Gelände des Ramsey Arsenals gewesen ist. Und Kreiss hat gestanden, dass *er* es war, den die State Police auf der Interstate Richtung

Süden fahren sah. Es hat eine gewaltige Explosion gegeben, deren Ursache vom ATF als höhere Gewalt benannt wird. Doch inzwischen wird Browne McGarand vermisst, ehemaliger Chef der Sprengstofffertigung im Ramsey Arsenal. Desgleichen Kreiss. Jared McGarand lebt nicht mehr, und Kreiss' Tochter hat etwas über eine Wasserstoffbombe und über Washington gefaselt.«

»Ist man der Auffassung, dass Kreiss Jared McGarand ermordet hat?«, fragte Janet.

»Vielleicht«, erwiderte Farnsworth. »Die Ortspolizei meint allerdings, es könne auch ein Unfall gewesen sein. Man hat eine klebrige Substanz gefunden, am Trailer und an der Leiche, die ...«

»Klebrige Substanz?«, fragte Fosters Begleiter. »Welche Farbe hat sie?«

»Ich weiß es nicht!«, entgegnete der übermüdete Farnsworth, offensichtlich am Ende seiner Geduld.

»Tiefrot«, half Keenan aus und blätterte in seinen Unterlagen. »Tiefrot und sehr klebrig. Und darf ich erfahren, wer Sie sind, Sir?«

»Dieser Gentleman ist von der CIA«, erklärte Farnsworth.

Der Mann nickte, als wäre er nun hinreichend vorgestellt worden. »Diese klebrige Substanz«, erklärte er, »ist einer der Stoffe, die wir als so genanntes ›Fangnetz‹ benutzen. Wird aus einer Spraydose gesprüht. Ist wie ein Spinnennetz, nur viel dicker. Und sehr klebrig. Je mehr man dagegen ankämpft, desto stärker verheddert man sich, bis man schließlich völlig bewegungsunfähig ist. Wenn man das Opfer wieder freilassen will, spritzt man es einfach mit einem Schlauch ab. Das Zeug ist wasserlöslich.«

Und Jareds Leiche war nass gewesen, erinnerte sich Janet ...

»Okay, dann war es vielleicht Kreiss, der Jared so zugerichtet hat«, sagte sie. »Aber ich möchte wetten, dass es ihm dabei um seine Tochter ging, nicht um irgendeine Bombenverschwörung. Und Kreiss hat Recht gehabt: Sie *haben* seine Tochter festgehalten, und zwar im Arsenal – was beweist, dass die McGarands dort nicht nur geangelt haben, sondern etwas Geheimes veranstalteten. Und da der Name McGarand mit Waco zu tun hat, müssen wir schnellstens Washington warnen!«

»Das wird nicht so einfach sein«, wandte Keenan ein. Farnsworth nickte; offenbar wusste er schon, was der andere sagen wollte.

»Wieso?«

»Das ATF wird in seinem Bericht schreiben, dass die Explosion auf *natürliche Ursachen* zurückzuführen sei. Und da keine sichtbaren Beweise für eine Bombe vorliegen, ist es reine Spekulation, was Sie da sagen. Das ATF wird jede mögliche Theorie von unserer Seite als Angriff auf seine Kompetenz hinsichtlich der Beurteilung von Explosionen bewerten.«

»Das darf doch wohl nicht wahr sein!«

»Bedenken Sie, wie angespannt zurzeit die Lage zwischen den Zentralen unserer jeweiligen Behörden ist«, sagte Farnsworth. »Und die Beziehungen sind durch den Tod Ken Whittakers nicht gerade verbessert worden, zumal er bei einem Einsatz ums Leben kam, bei dem das FBI federführend war.«

Janet holte tief Luft und blies sie bedächtig wieder aus. »Wenn wir Kreiss finden könnten – würde das die Angelegenheit beschleunigen?«

»Wenn Sie Kreiss finden, verschwindet er in der Versenkung, wo niemand an ihn herankommt, auch nicht das ATF«, sagte Foster. »Marchand hat die Anweisung vom Büro des Justizstaatssekretärs persönlich. Edwin Kreiss wird gar nichts aussagen. Wir können es nicht zulassen.«

»Ich würde annehmen, dass er *selbst* es nicht zulässt«, gab Janet zurück.

Auf diese Bemerkung folgte unbehagliches Schweigen, bis Keenan wieder das Wort ergriff.

»Chef«, sagte er zu Farnsworth. »Wir sollten diese verworrene Angelegenheit der Zuständigkeit Washingtons übergeben. Sagen Sie denen, was wir wissen. Sagen Sie, was wir davon halten. Und dann schlagen wir uns wieder in die Wälder, wo wir hingehören.«

»*Ich* vertrete hier die Zentrale«, erinnerte ihn Foster.

»Aber nicht den Teil, der *mir* untersteht«, widersprach Farnsworth.

Wieder breitete sich angespanntes Schweigen aus. Schließlich wies Farnsworth Keenan an, weiter nach Edwin Kreiss zu suchen. Janet sollte Keenan benachrichtigen, falls Kreiss wieder Kontakt mit ihr aufnahm, und das Überwachungsteam sollte die Telefonleitungen auf der Intensivstation des Krankenhauses anzapfen. Daraufhin begaben Farnsworth und Foster sich in eine abhörsichere Zelle, wo sie mit dem FBI-Büro Richmond telefonierten, dessen Leiter Farnsworths unmittelbarer Vorgesetzter war.

Vor Farnsworths Büro wartete Keenan und fing Janet ab. Als Farnsworths Deputy hatte er meist nur mit den Leitenden Agenten der vier Arbeitsgruppen zu tun und kannte deren Mitarbeiter kaum.

»Sie haben diesen Kreiss kennen gelernt«, begann Keenan. »Auf wessen Seite wird er stehen, wenn das alles *doch* ein Bombenanschlag gegen die Regierung ist?«

Janet dachte kurz nach. »Ich habe ihn zweimal getroffen, kann aber nicht behaupten, dass ich ihn *kenne*. Ungeachtet all der Theorien über Bombenverschwörungen, ist Kreiss' Interesse einzig und allein darauf gerichtet, seine Tochter zu finden. Zum Glück ist sie jetzt in Sicherheit. Was Kreiss angeht ... ich weiß nicht, auf wessen Seite er stehen würde. Aber Kreiss glaubt, dass der ältere McGarand an der Entführung seiner Tochter beteiligt war, deshalb wird er ihn jagen und bestrafen, vielleicht sogar töten. Alles andere wird für ihn zweitrangig sein. Ich glaube nicht, dass Kreiss noch einmal auf *irgendeiner* Seite stehen wird. Außerdem glaube ich nicht, dass er Geiseln nimmt.«

Keenan nickte nachdenklich. »Wissen Sie, worauf Foster und seine Freundin von der Justiz hinauswollen?«, fragte er.

»Nein, Sir, keine Ahnung. Aber wenn Foster wirklich im Auftrag von Marchand handelt, dann hat es meiner Meinung nach mit den Geschehnissen zu tun, die damals zu Kreiss' vorzeitiger Entlassung führten.«

Keenan blickte Janet an. »Bei Gott – das hoffe ich nicht«, sagte er und ging in sein Büro.

Kreiss verließ die Interstate in der Nähe von Harrisonburg und nahm den Skyline Drive, eine Bergstraße Richtung Osten. Hier kam er zwar nicht so schnell voran wie auf der Interstate, doch es hatte auch Vorteile: Zum einen war er auf einer Nebenstraße nicht mehr im Visier der State Police, zum anderen konnte er auf der schmalen, kurvigen Bergstraße schneller erkennen, ob er verfolgt wurde. Südlich von Front Royal verließ er den Skyline Drive und fuhr auf Nebenstraßen an der Blue Ridge und dem Shenandoah River entlang, bis er in der Clarke County zur US-Route 50 gelangte, auf die er sich in östlicher Richtung in den morgendlichen Stoßverkehr einfädelte. Es war erstaunlich, wie viele Fahrzeuge so früh am Morgen in Richtung Washington unterwegs waren, doch der rege Verkehr war günstig für Kreiss, da sein Wagen von den Cops in Nord-Virginia – falls diese schon alarmiert waren – kaum entdeckt werden würde.

Als er Upperville, Middleburg und Aldie hinter sich gelassen hatte, war es fast sieben Uhr. Nun befand er sich auf vertrautem Territorium, da er viele Jahre im nördlichen Teil Virginias gelebt hatte. Als er die Route 58 erreichte, den Zubringer zum Flughafen Dulles, fuhr er wieder vom Highway ab und hielt an einem Imbiss neben einem Einkaufszentrum, um erst mal ein ausgiebiges Frühstück zu sich zu nehmen.

Während er den träge dahinfließenden Pendlerverkehr auf dem vierspurigen Highway betrachtete, dachte er über seine nächsten Schritte nach. Erstens brauchte er ein anderes Fahrzeug. Zweitens brauchte er eine sichere Bleibe, während die Jagd nach McGarand andauerte. Drittens wäre es nicht schlecht, wenn an McGarands Propan-Truck ein GPS-Sender befestigt wäre. Er grinste grimmig. Eigentlich sollte es nicht schwer sein, McGarand zu verfolgen, solange er diesen auffälligen, grünweißen Truck fuhr. Washington und Umgegend wurden von einer großen städtischen Mineralölgesellschaft versorgt; Tanklaster waren daher kaum in der Stadt zu finden. Deshalb blieben McGarand im Grunde nur Maryland und die Vororte, die im nördlichen Virginia lagen. Und wenn McGarand parken wollte, musste er am Beltway halten. Die größten Truck Stops um Washington herum befanden sich in Alexandria auf der Virginia-Seite des Potomac und in der Nähe der Bahngleise auf der Maryland-Seite. Browne McGarand war aus Südwest-Virginia gekommen; deshalb beschloss Kreiss, mit der Suche in Alexandria entlang der Interstates 95 und 495 zu beginnen.

Der einfachste Weg, einen neuen Wagen zu bekommen, bestand darin, ihn zu mieten. Dazu aber brauchte Kreiss genug Geld, am besten aus einem Automaten. Zwar hatte er ein wenig Bargeld dabei, doch direkt hinter dem Imbiss befand sich günstigerweise ein Motel. Dort konnte er ein Zimmer nehmen, im Voraus bezahlen, den Pick-up dahinter parken, sich ein wenig frisch machen und zum Einkaufszentrum spazieren, wo es mit Sicherheit Geldautomaten gab. Dann würde er ein Taxi nach Dulles nehmen, einen Van mieten, einen Fernfahreratlas oder eine Autobahnkarte erstehen und sich daranmachen, nach und nach die Truck Stops um Washington abzusuchen. Er konnte sich erinnern, ein Logo auf dem Truck gesehen zu haben, doch welches es war, fiel ihm nicht mehr ein. Irgendetwas daran war ihm seltsam vorgekommen, aber er konnte sich einfach nicht entsinnen, wie das Firmenzeichen ausgesehen hatte.

Also erst mal ein Motelzimmer mieten und eine heiße Dusche nehmen. Und dann den Fuchs in seinem Bau aufspüren.

Browne McGarand verließ den Beltway und nahm die US-Route 1, bis er das Bahngelände bei Chrystal City in der Nähe des Reagan National Airport erreichte. Er hielt vor einem 24-

Stunden-Diner und freute sich auf ein Frühstück. Vor Monaten schon hatten er und Jared diese Phase des Plans festgelegt. Nach der Rush Hour würde er nach Chrystal City fahren und auf dem alten Jefferson Davis Highway bleiben, bis er zum Knotenpunkt Pentagon kam; kurz dahinter führte die Route 1 zur Steigung der Fourteenth Street Bridge über den Potomac. Dort wollte er die Trasse des Highways verlassen und eine Nebenstraße nehmen, die zu den Parkplätzen des Pentagon führte. Kurz vor der Einfahrt zum Südparkplatz würde er auf den Fahrweg einbiegen, der zum Kraftwerk des Pentagon führte.

Dieses Kraftwerk war ursprünglich mit Kohle betrieben worden, später mit Erdöl; es diente dazu, die Notstromversorgung des riesigen militärischen Hauptquartiers zu sichern. Jetzt befanden sich noch ein Dutzend große Gasturbinengeneratoren in einem umzäunten Hof, wo früher der Kohlevorrat gelagert hatte. Da die Gasturbinen vom Pentagon ferngesteuert werden konnten, war die Anlage nicht mehr bewacht. Sämtliche Zugänge waren versperrt und mit Vorhängeschlössern gesichert. Nur der Parkplatz nicht – aber der war auch nichts weiter als eine Ausbuchtung des alten Kohlehofs. Zwar hing eine lange Kette vor dem Platz, doch sie hatte kein Schloss, wahrscheinlich, damit die Feuerwehr ungehindert aufs Gelände fahren konnte.

Der nun leere Hof war an drei Seiten von hohen Betonwänden umgeben. McGarand wollte den Truck fern vom Zufahrtsweg parken und den Motor abstellen. Jared hatte diesen idealen Platz gefunden – zufällig, als er sich im Gewirr der Straßen rund um die Auffahrt auf die Fourteenth Street Bridge verfahren hatte. Genau vor dem Kraftwerk war ihm ein Reifen geplatzt. Er war auf die Zufahrt eingebogen und hatte dann dieses perfekte Versteck entdeckt. Um den Truck zu finden, hätte man den ganzen Weg bis zum alten Kohlehof hinunter fahren müssen.

Browne sah wie ein Tourist aus: Khakislacks, kurzärmeliges

Hemd, Windjacke, dazu einen Schlapphut zum Schutz gegen die Sonne und eine Sonnenbrille. Er hätte gern noch eine Kamera gehabt, um sein Outfit zu vervollständigen, doch solange kein Notfall eintrat, reichte die Verkleidung völlig aus. Vom Kraftwerk waren es fünf Minuten bis zur Pentagon Metro Station. Die Station befand sich auf der Ostseite des Pentagon. Browne würde die Yellow Line nehmen und am Mount Vernon Place aussteigen. Dann war sein Ziel zu Fuß zu erreichen.

Er bestellte sich noch einen Kaffee. Während er ihn trank, fragte er sich, ob er unbedingt ein Motelzimmer nehmen müsse.

Um halb zwölf kehrte Janet mit einem Sandwich und einer Cola ins Büro zurück. Als sie die Cola geöffnet hatte, summte das Interkom. Farnsworths Sekretärin rief sie zu einem Meeting im Konferenzzimmer des Chefs. Janet seufzte, goss die Cola in ihren Kaffeebecher, legte das Sandwich in den Bürokühlschrank und eilte nach unten. Im Konferenzzimmer waren bereits Farnsworth, Keenan, Special Agent Bobby Land von der Überwachungsabteilung sowie zwei Police Lieutenants in Uniform versammelt, einer von der Virginia State Police, der andere vom Montgomery County Sheriff's Department.

Doch da war noch jemand: Eine Frau, die ganz allein, weit weg von den Männern, am anderen Ende des langen Konferenztisches saß. Janet musste sich beherrschen, um sie nicht anzustarren. Die Frau hatte ein einprägsames Gesicht: stechende schwarze Augen unter bleistiftdünnen Brauen, eine leicht gebogene Nase, hohe Wangenknochen und dunkelrote Lippen. Sie schien in ausgezeichneter körperlicher Verfassung zu sein, hatte breite Schultern und gesunde, straff aussehende Haut. Sie mochte Mitte bis Ende vierzig sein. So, wie die Frau am Tisch saß, still wie ein Grabstein und ohne jemanden ins Auge zu fassen, drückte sie völlige Gelassenheit aus, die sie zugleich unnahbar machte. Als einzige andere Frau im Raum wäre Janet normalerweise auf sie zugegangen und hätte sich vorgestellt, doch irgendetwas am Auftreten dieser Frau hielt sie davon ab.

»Also, Herrschaften, damit ist Special Agent Janet Carter ebenfalls anwesend«, sagte Farnsworth. »Lassen Sie uns anfangen.« Jeder schnappte sich einen Stuhl, doch die Frau blieb fast völlig isoliert am anderen Ende des Tisches sitzen. Janet zwang sich, ihre Aufmerksamkeit auf Farnsworth zu richten, der einige Papiere hin und her schob, bevor er begann.

»Wir haben einige Neuentwicklungen im Fall McGarand«, verkündete er. »Die man jedoch nicht mit einem Fortschritt verwechseln sollte. Janet, darf ich Ihnen Lieutenant Whitney von der Staatspolizei Virginia und Lieutenant Harter vom Sheriff's Department vorstellen?«

Er schaute wieder eine Sekunde lang in seine Unterlagen, während Janet darauf wartete, dass Farnsworth auch die Frau vorstellte, aber er tat es nicht. »Im Fall Ramsey Arsenal hat es offenbar einige Verwechslungen mit Fahrzeugen gegeben«, begann er. »Browne McGarands Pick-up wurde am Trailer seines Enkels gefunden, wo er während der gestrigen Durchsuchung *nicht* war, außer in der kurzen Zeitspanne, als McGarand selbst dort gewesen ist. Jared McGarands Dienstwagen von der Telefongesellschaft, der vor Jareds Trailer stand, wurde vom Reparaturdienst einer anderen Telefonfirma an einer TA-Raststätte am Autobahnkreuz bei Christiansburg gesehen – dieselbe Raststätte, an der nach Aussage von zwei Wachmännern ein Unbekannter, der später auf einem Polaroidfoto als Edwin Kreiss identifiziert wurde, die Männer unmotiviert angegriffen hat. Sie hatten Kreiss auf dem Parkplatz gestellt und in Gewahrsam genommen, da er ›verdächtig‹ gewirkt habe.«

»Ein ›unmotivierter Angriff‹?«, fragte Janet.

Farnsworth zuckte die Achseln. »Die beiden Männer waren sehr kräftig, wahrscheinlich Bodybuilder oder so etwas. Der eine wäre fast erstickt, weil Kreiss ihm den Kehlkopf eingedrückt hat, und der andere berichtete, er sei mit einer Waffe außer Gefecht gesetzt worden, die von einer gewissen Regierungsstelle als eine jener Spezialwaffen benannt wurde, die Edwin Kreiss mit sich führen könnte. Diese Waffe heißt ›Netzhautblender‹.«

»Wie bitte?«, fragte Keenan.

»Die Beschreibung lautet: Ein sehr starker Blitzwürfel, eingestellt auf die optische Frequenz der Farbwahrnehmung von Tiefrot im menschlichen Auge, die durch einen plötzlichen starken Lichtimpuls überladen werden kann. Wenn man einen Netzhautblender direkt vor den Augen eines Menschen auslöst, wird er für bis zu sechzig Sekunden geradezu gelähmt, was natürlich bedeutende taktische Vorteile mit sich bringt.«

»Wo kann ich so ein Ding bekommen?«, schaltete Lieutenant Whitney sich ein. Er war ein breitschultriger Mann in den Fünfzigern, ergraut und mit Bürstenschnitt; aus seiner tadellos gebügelten Brusttasche hing eine verspiegelte Sonnenbrille.

»Nirgends«, gab Farnsworth zur Antwort. »Aber wenn es Sie tröstet – wir kriegen das Ding auch nicht.« Er hielt kurz inne; dann fuhr er fort: »Kreiss' eigener Wagen ist ebenfalls ein Pick-up. Der steht aber weder vor seinem Haus, noch ist Kreiss selbst anwesend. Browne McGarand ist ebenfalls nicht zu Hause, und wir wissen, dass er nicht nach Greensboro, North Carolina, gefahren ist, wie er der Ortspolizei erzählt hat. Sein anderer Enkel, den wir in Greensboro ausfindig gemacht haben, bestätigte, dass er nichts von seinem Großvater gehört habe, und er wusste auch nichts von Jared McGarands Ableben.«

»Wie geht es Kreiss' Tochter?«, fragte Janet.

»Ihr Zustand ist stabil. Sie ist zwar noch bewusstlos, muss aber nicht beatmet werden. Die Ärzte sagen, dass sie bald aus dem Koma erwacht.«

»Habt ihr Jungs schon einen Hauptverdächtigen für den Mord an Jared McGarand?«, fragte Keenan.

»Dafür hätten wir gern diesen Kreiss – nach allem, was wir gerade von Ihnen gehört haben«, schaltete sich Lieutenant Harter ein. Er war dunkelhaarig, gut gebaut und jung, und die hellbraune Uniform saß ihm wie angegossen. Er vertrieb sich die Zeit damit, Janet schöne Augen zu machen.

Sie wusste bald nicht mehr, was sie glauben sollte. Warum, um alles in der Welt, hatte Farnsworth Kreiss ins Spiel gebracht? Die letzte Instruktion hatte gelautet, dass keiner ihn erwähnen sollte. Außerdem fragte Janet sich immer noch, wer die Frau war. Sie trug einen Besucherausweis am Revers, brauchte jedoch offensichtlich keinen Begleiter. Sie hatte während der ganzen Zeit keine Miene verzogen und erinnerte Janet irgendwie an einen chinesischen Roboter, den sie vor einigen Jahren in Disney World gesehen hatte. Die Frau machte den Eindruck, als höre sie nicht einmal zu. Ihre Hände lagen bewegungslos auf dem Tisch. Janet fiel auf, dass an der Außenseite ihrer rechten Hand dicke Schwielen waren, die deutlich von Karatetraining zeugten.

Sie riss sich zusammen und wandte ihre Aufmerksamkeit wieder dem Gespräch zu.

»Gibt es schon einen bundesweiten Haftbefehl?«, fragte Harter.

»Nein«, erwiderte Farnsworth und starrte in seine Unterlagen. »Und wir haben sowohl die staatlichen als auch die lokalen Behörden gebeten, im Augenblick noch keinen anzufordern.«

»Wegen der Geschehnisse im Ramsey Arsenal?«, fragte Janet.

»Genau«, sagte Farnsworth. »Der Zweck dieses Meetings ist der, zu bestätigen, dass wir weiterhin nach Edwin Kreiss und Browne McGarand fahnden, jedoch in einer gemeinsamen Ermittlung mit einer anderen Regierungsbehörde, dem ATF.« Er warf Janet einen raschen Seitenblick zu, um sicherzugehen, dass sie nichts verraten würde, doch sie hatte schon verstanden: Farnsworth wollte die Ortspolizei in dem Glauben wiegen, dass FBI und ATF einträchtig zusammenarbeiteten.

»Es geht jetzt also nur um diese Explosion im Arsenal?«,

fragte Lieutenant Harter. Seine Miene drückte deutlich aus, dass er nicht ganz folgen konnte.

»Ja, und wir haben Grund zu der Annahme, dass Browne McGarand in eine Bombenverschwörung verwickelt sein könnte, die vielleicht sogar die Hauptstadt betrifft«, fuhr Farnsworth fort.

»Glaubt ihr, bei der Explosion da draußen ist das Labor von den Typen in die Luft geflogen?«, schaltete Whitney sich ein.

»*Wir* glauben es, aber das ATF geht von natürlichen Ursachen aus. Eine Ansammlung von Methangas. Da es sich um eine gewaltige, verheerende Explosion handelte, nehmen wir die Sache natürlich sehr ernst. Falls dort draußen im Arsenal Bombenbastler aktiv waren, die sich selber in die Luft gesprengt haben, ist die Geschichte natürlich erledigt. Vom ATF wissen wir, dass so etwas ab und zu vorkommt. Aber wenn diese Explosion als Überraschungspaket zur Belustigung neugieriger Regierungsbehörden zurückgelassen wurde, sind diese Leute auch fähig, eine Superbombe zu bauen, und wir müssen von einer unmittelbaren Bedrohung ausgehen.«

»Wir machen alles so, wie Sie es wünschen, Mr Farnsworth«, sagte Harter. »Aber wenn die Sache gelaufen ist, würden wir trotzdem noch mal gern mit diesem Kreiss reden.«

»Das können Sie. Hauptsache, wir sorgen dafür, dass hier nicht Schlimmeres geschieht – ein Bombenattentat von der Größenordnung des Anschlags in Oklahoma City.«

»Und was für eine Rolle spielt jetzt dieser Kreiss dabei?«, wollte Harter wissen.

»Seine Tochter war eine von den vermissten Collegestudenten, erinnern Sie sich? Wie wir Ihnen bereits gesagt haben, suchte er nach seiner Tochter, die wir tatsächlich im Arsenal gefunden haben.«

»Und Sie glauben, dass er jetzt diesen Browne McGarand jagt?«

»Ja.«

Harter und Whitney tauschten einen Blick; dann schauten

sie wieder Farnsworth an, der die nächste Frage schon erahnte. »Kreiss war ein ziemlich guter Jäger. Wir wären nicht allzu traurig, wenn er McGarand aufstöbert, besonders wenn dadurch ein weiterer Anschlag verhindert wird.«

Whitney gestattete sich ein bedächtiges Nicken. »Okay«, sagte er. »Aber wie sollen wir ihn denn wegen des Mordes drankriegen?«

»Seine Tochter liegt in einem Krankenhaus in Blacksburg. Ich werde darum ersuchen, dass sie unter polizeiliche Bewachung gestellt wird. Wir sind ziemlich sicher, dass Kreiss wiederkommen wird, um sie zu sehen. Würde Ihnen das helfen?«

»Ja, Sir. Und wenn Kreiss zurückkommt, werden wir wissen, was zu tun ist«, meinte Harter. »Wir werden gleich ein paar Leute ins Krankenhaus schicken.«

Farnsworth erhob sich, die beiden Cops ebenfalls. Sie schüttelten sich die Hände, und Farnsworth bat Agent Bobby Land, die beiden hinauszubegleiten. Als sie gegangen waren, setzte er sich wieder und fuhr sich nervös mit der Hand durchs Haar.

»Okay, das wird den Klatschmäulern etwas zu reden geben. Janet, wir sind schon vor einer ganzen Weile hier zusammengekommen, Sie haben also den Anfang verpasst. Diese kleine Scharade war dazu gedacht, die Ortspolizei zu beschäftigen, während wir abklären, was *wirklich* zu tun ist. Das Justizministerium garantiert uns zwar höchste Geheimhaltung, aber ich hielt es für besser, die Cops ruhig zu stellen.«

»Ich dachte«, sagte Janet, »wir wollten die Verbindung zu Kreiss vor der Ortspolizei geheim halten?«

Farnsworth räusperte sich und warf einen nervösen Blick auf die Frau am anderen Ende des Tisches.

»Nun ja ... diesbezüglich haben wir aus Washington neue Anweisungen erhalten.«

Janet hielt es nicht mehr aus. »Darf ich erfahren, wer *sie* ist?«, fragte sie und wies mit dem Kinn auf die reglos dasitzende Frau.

»Wenn ich fertig bin. Wir haben es jetzt mit einem beginnenden Kompetenzgerangel zu tun, wie immer in solchen Fällen. Das ATF versteift sich auf seine Theorie einer ›natürlichen Ursache‹, offenbar, weil deren Direktor herausgefunden hat, dass sie das Gelände während einer früheren Inspektion als unbedenklich eingestuft haben.«

»Und was sagt das FBI?«

»Unsere Zentrale beugt sich offiziell der Ansicht des ATF, aber irgendwie hat das ATF inzwischen herausgefunden, dass wir zwei Personen verfolgen, nämlich McGarand und Kreiss.«

»Das ATF meint, Washington ist nicht bedroht?«

»Das ATF meint, eine Bedrohung liege nicht vor, es sei denn, wir hätten Beweise für das Gegenteil. Ich glaube, sie suchen nach einem Feigenblatt, falls sich herausstellen sollte, dass doch noch *schlüssige* Beweise für Bombenbastler gefunden werden.«

»Aber die haben wir doch: Kreiss. Und was seine Tochter gesagt hat.«

»Nein, die Beweise haben wir eben nicht, Janet. Wie ich heute Morgen von meinen unmittelbaren Vorgesetzten erfahren habe, dürfen wir nichts mehr von einem Edwin Kreiss wissen – außer, dass er der Vater eines Mädchens ist, das nicht mehr vermisst wird.«

Janet ließ sich im Stuhl zurücksinken. »Aber glauben Sie denn nicht auch, dass Kreiss hinter McGarand her ist? Sollten wir ihm nicht unseren Verdacht mitteilen, dass McGarand irgendein Gebäude in Washington in die Luft jagen will? Dass es eine Verbindung zwischen McGarand und den Geschehnissen in Waco gibt?«

»Offiziell habe ich keine Meinung mehr über die Angelegenheit Edwin Kreiss«, sagte Farnsworth und kehrte vollends den Bürokraten heraus. Janet schaute ihn nur fassungslos an; dann blickte sie zu Keenan, der angelegentlich seine Hände betrachtete.

»Ich schon«, ließ sich nun die Frau vom Ende des Tisches

vernehmen. Sie sprach leise, doch in ihrer Stimme lag Autorität.

»Wer sind Sie?«, fragte Janet.

»Ich wurde von einer maßgeblichen Stelle geschickt, mich um das Problem Edwin Kreiss zu kümmern«, sagte die Frau. »Wie ich gehört habe, trug oder trägt er einen Pager bei sich, den Sie ihm gegeben haben. Stimmt das?«

Ich soll mich um das Problem Edwin Kreiss kümmern. Janet beschloss, diese Worte nicht zu vergessen.

Als Antwort auf die Frage der Frau nickte sie bloß.

»Schön«, sagte die Frau. »Ich möchte, dass Sie Kreiss um Punkt achtzehnhundert heute Abend eine Nachricht schicken. Dann übermitteln Sie ihm die Nummer, die ich Ihnen gleich geben werde. Es ist eine Nummer aus Nord-Virginia, sie wird aber zu diesem Büro umgeleitet. Falls Kreiss anruft, habe ich eine Nachricht, die Sie ihm ausrichten sollen.«

»Nicht, bevor ich weiß, wer oder was Sie sind«, entgegnete Janet. Sie vermutete, das *Was* würde sich als wichtiger erweisen als das *Wer.* »Als ich das letzte Mal Kreiss über Pager kontaktieren sollte, wurde mir aufgetragen, ihn vom Tod seiner Tochter zu unterrichten. Und jetzt raten Sie mal, ob ich das getan habe? Die Antwort lautet nein.«

Farnsworth blickte verzweifelt zur Decke. Die Frau stand auf. Janet war überrascht, wie groß sie war. Sie trug einen teuer aussehenden, locker fallenden Hosenanzug und maß in ihren flachen Schuhen mehr als einsachtzig. Sie nahm ihre Handtasche, die durchaus als Aktentasche dienen konnte, und fragte die anwesenden Männer, ob man sie mit Janet allein lassen könne. Zu Janets größtem Erstaunen gehorchten alle, einschließlich ihres Chefs, und verließen wortlos den Raum. Während Janet die unnachgiebige Miene der Frau betrachtete, verspürte sie plötzlich den heftigen Wunsch, ihre Waffe bei sich zu haben.

Die Frau schritt um den Konferenztisch herum. Sie setzte sich halb auf die Tischplatte und blickte auf Janet herab, die sich den Hals verrenken musste, um der hoch gewachsenen Fremden in die Augen blicken zu können. Deren Ausdruck wirkte verunsichernd: Es war ein absolut gleichgültiger Blick.

»Wenn die Mitteilung an den Pager gesendet und die Nachricht übermittelt ist, kehre ich nach Washington zurück und kümmere mich um das Problem Edwin Kreiss«, sagte die Frau. Ihre Aussprache war klar und deutlich. »Ihr Direktor hat meinem Direktor versichert, dass Sie den Anruf tätigen und die Nachricht übermitteln werden, die folgendermaßen lautet: *tenebrae factae sunt.* Ich schreibe es Ihnen gern auf, wenn Sie wollen. Es ist Kirchenlatein und bedeutet ›die Nacht ist hereingebrochen‹. Dann wird Kreiss wissen, dass ich auf seiner Fährte bin.«

Janet gefiel der Tonfall der Frau nicht. »Und das soll ihm was ausmachen? Dass *Sie* auf seiner Fährte sind?«, fragte sie mit zynischem Unterton.

Der unkonzentrierte Ausdruck verschwand aus den Augen der Frau. Sie fixierte Janet mit einem wölfischen Lächeln. »Oh, es *wird* ihm etwas ausmachen, Special Agent Carter. Es wird ihm *verdammt viel* ausmachen. Jedem, der mich kennt, würde es etwas ausmachen.« Sie stand auf, strich ihren Anzug glatt und nahm ihre Handtasche. »Ich sehe Sie dann in Mr Farnsworths Büro um achtzehnhundert. Das bedeutet sechs Uhr abends, falls Sie es nicht wissen.«

Gelassen schritt sie aus dem Raum und ließ Janet am Tisch zurück. Deren Wangen glühten vor Wut. Sie fragte sich, was das alles zu bedeuten habe, und hätte Kreiss am liebsten sofort eine Nachricht auf den Pager geschickt, um ihn zu warnen, dass ein weiblicher Cyborg im Armani-Hosenanzug hinter ihm her sei.

Die Frau hatte ihren und Janets Direktor erwähnt. Zum FBI gehörte sie also nicht. War sie Agentin der CIA? Sehr wahrscheinlich. Vielleicht eine von den geheimnisumwitterten »Sweepers«? Was war das nur für eine Behörde, die solche Pferde im Stall stehen hatte! Die Frau hatte absichtlich *beide*

Direktoren erwähnt. Und wenn die Chefs sowohl des FBI als auch der CIA involviert waren, stand es einer kleinen Spezialagentin gewiss nicht zu, gegen deren Anweisungen zu handeln. Dann fiel Janet wieder ein, was Farnsworth vermutet hatte: Sie sollten Kreiss ruhig McGarand jagen lassen, aber die CIA würde sich an der Jagd auf Kreiss beteiligen.

Tenebrae factae sunt. Die Dunkelheit ist hereingebrochen. Janet fühlte, wie es sie kalt überlief. Mein Direktor und ihr Direktor. Sie schloss die Augen, um besser nachdenken zu können. Irgendetwas passte hier nicht zusammen; ursprünglich waren Foster vom FBI und Bellhouser vom Justizministerium hinter Kreiss her gewesen. Die FBI-Abwehr und das Büro des Staatssekretärs der Justizministerin, um es genauer zu sagen. Jetzt schaltete sich noch die CIA ein. Warum unterstützte der Direktor des FBI eine so brisante Verbindung?

Janet musste unbedingt noch einmal mit Farnsworth reden, aber der tat ja so, als hätte man ihm von höherer Stelle auf den Schlips getreten und agierte jetzt als reiner Befehlsempfänger – eine innerhalb des FBI wohl gelittene Verhaltensweise, die half, die Leute bei der Stange zu halten. Was hatte Farnsworth zuvor gesagt? Sie würden Kreiss unbehelligt laufen lassen. Sie wüssten offiziell *nichts* über eine Bombenbedrohung, doch wenn Kreiss das Problem für sie löste, war alles in Butter. Und wenn er dabei Mist baute, war es nicht ihr Bier. Kreiss war ja kein Agent des FBI. Was beunruhigte sie dann so?

Farnsworths Sekretärin kam in den Konferenzraum.

»Agentin Carter? Das Krankenhaus Blacksburg ist am Apparat. Wegen einer Lynn Kreiss. Könnten Sie das Gespräch annehmen? Ich kann den Chef nicht finden, aber ich weiß ja, dass auch Sie mit dem Fall zu tun haben.«

Janet ging in Farnsworths Vorzimmer und nahm den Hörer. Die Krankenschwester berichtete, Lynn Kreiss werde vielleicht bald aus dem Koma erwachen. Das Krankenhaus habe Anweisung, das FBI anzurufen, sobald das Mädchen das Bewusstsein wiedererlangte. Janet wusste zwar nicht, ob sie zurzeit den

Auftrag hatte, sich um die Sache zu kümmern, sagte aber, sie werde gleich kommen. Sie ging nach oben in ihr Büro, holte ihre Handtasche und das Sandwich und begab sich in die Garage.

Schräg gegenüber von dem Bürogebäude 650 Massachusetts Avenue war ein Sandwich Shop. Browne holte sich einen Kaffee und eine Zeitung und setzte sich an einen der Tische auf dem Bürgersteig. Es war schon ziemlich warm. Natürlich war es nichts im Vergleich zu der drückenden Hitze, die in den Sommermonaten in Washington herrschte. In steter Folge schlenderten Regierungsangestellte vorüber; manche machten auf einen Kaffee Halt oder holten sich eines der belegten Sandwiches zum Lunch.

Während Browne vorgab, die Zeitung zu lesen, studierte er das Gebäude, in dem die ATF-Zentrale ihren Sitz hatte. Weder am Gebäude selbst noch an den Nachbarbauten schienen Überwachungskameras installiert zu sein; er konnte aber nicht sehen, ob es an der Hauswand über ihm welche gab, und ermahnte sich, nachzuschauen, bevor er den Tisch verließ. Das Gelingen des Anschlags hing von zwei Faktoren ab: Erstens, dass direkt neben dem ATF-Gebäude ein Parkhaus stand; dazwischen verlief nur eine schmale Gasse. Das Parkhaus besaß eine Außenrampe, die bis aufs Parkdeck des Flachdachs führte. Und noch wichtiger: Die Rampe war auf der anderen Seite des Parkhauses, konnte also nicht von Kameras eingesehen werden, falls es doch welche gab. Außerdem war die Rampe breit genug für seinen Tanklaster.

Der zweite wichtige Faktor betraf die Heizungsanlage, das Ventilationssystem und die Klimaanlage des ATF-Gebäudes. Wie in den meisten Bürohäusern handelte es sich auch hier um eine Rezirkulationsanlage. Von draußen wurde eine geringe Menge Zuluft eingespeist und über die Kühlschlangen der Kühlanlage geleitet, die in einem kleinen HVAC-Schuppen für Heizung, Lüftung und Air Condition hinten in der Gasse zwischen Parkhaus und ATF-Gebäude untergebracht war. Von dort zirkulierte die gekühlte Luft durch ein Rohrnetz im gesamten Gebäude, doch statt als Abluft hinausgeblasen zu werden, begann ein neuer Kreislauf mit Kühlung und Wiedereinspeisung, um die Leistung der Anlage voll zu nutzen. Brownes Plan war einfach: Am nächsten Morgen in aller Herrgottsfrühe würde er den Propangas-Truck aufs oberste Parkdeck fahren und ihn so nahe wie möglich an die Mauer stellen, die dem ATF-Gebäude gegenüberlag. Die ATF-Zentrale war ein zehnstöckiges Hochhaus; eine Reihe Fenster gingen auf das Parkdeck. Zum Parkhaus hin gab es keine Kameras; das hatte Browne bereits mit Jared überprüft. Stattdessen beobachtete eine einzige Überwachungskamera, die an der Vorderfront des HVAC-Schuppens angebracht war, die Straße von der Gasse aus.

Der Tanklaster war mit einem zehn Zentimeter dicken, drahtverstärkten und 45 Meter langen Schlauch ausgestattet, dessen Muffen Browne ein wenig verändert hatte, damit sie auch für Wasserstoffgas zu gebrauchen waren. Browne würde den Wagen parken, bis kurz vor Anbruch der Dämmerung warten und dann den schweren Schlauch in die Gasse hinter dem HVAC-Schuppen abrollen – eine Höhe von zwölf bis vierzehn Metern. Wenn er den großen Truck in der Gasse parkte, würde es sofort die Aufmerksamkeit der Wachleute erregen, falls die zu so früher Stunde schon auf ihrem Posten waren. Aber der Schlauch würde vor Anbruch der Dämmerung *hinter* der Überwachungskamera herunterkommen – und Browne ebenfalls.

Sobald er wieder Boden unter den Füßen hatte, würde er eine große Plastikplane über eine der beiden Lufteinlassöffnungen am HVAC-Schuppen stülpen, um sie zu schließen. Dann würde er die zweite Plane, in die eine Schlauchmuffe eingelassen war, über das andere Einlassgitter hängen. Diese Gitter waren zwei Meter fünfzig hoch und zwei Meter breit. Zu dieser frühen Stunde würden die Techniker die Einlassventilatoren auf der niedrigsten Stufe laufen lassen und die Geschwindigkeit erst erhöhen, wenn die steigende Außentemperatur mehr Kühlung in den Räumen erforderlich machte. Browne hatte eine ungefähre volumetrische Messung des Gebäudes vorgenommen, indem er Länge und Breite auf dem Bürgersteig nach Schritten maß und das Ergebnis mit hundert multiplizierte. Dann hatte er mit Hilfe des *Handbuch für den Hoch- und Tiefbauingenieur* das Volumen der gesamten Heizungs-, Lüftungs- und Klimaanlage berechnet. Der Propangas-Truck fasste über 30.000 Liter flüssiges Propan. Da der Tank nun mit reinem Wasserstoff bei einem Druck von fast 400 Pfund pro Quadratzoll gefüllt war, enthielt er mehr als genug Gas, um das gesamte ATF-Gebäude durch die Ventilationsschächte in weniger als einer Stunde zu befüllen. Was das Gebäude noch viel angreifbarer machte, war der Umstand, dass sich kein einziges Fenster öffnen ließ. Im Grunde hatte Browne fast doppelt so viel Gas, wie er brauchte, um das hochexplosive Dampfgemisch herzustellen, doch er wusste auch, dass er mit Lecks rechnen musste. Kein Gassystem war perfekt.

Er würde den Bastarden vom ATF dasselbe antun, was die und ihre Verbündeten vom FBI den Menschen am Mount Carmel angetan hatten. Er würde mit der Einleitung des geruchlosen, unsichtbaren Gases gegen sechs Uhr beginnen. Irgendwann in den nächsten ein bis anderthalb Stunden würde in dem Gebäude ein gefährliches Luft-Wasserstoff-Gemisch entstanden sein, und es war seinem eigenen geschlossenen Luftrückführungssystem hilflos ausgeliefert. Weil der Tag erst anbrach, würden die Einlassventilatoren auf kleinster Stufe laufen, und das Lüftungssystem würde fast alle Luft innerhalb des Gebäudes halten, um größtmögliche Kühlung zu garantieren. Später dann, wenn sich das Haus mit den Bossen und Angestellten des ATF füllte, würde irgendwo, irgendwann jemand aufs Klo verschwinden, um heimlich eine Zigarette zu rauchen. Oder jemand würde auf einen altersschwachen Lichtschalter drücken. Oder die gesamte Beleuchtung eines Korridors auf einmal anschalten. Oder ungeduldig auf den Aufzugknopf hämmern, weil das verdammte Ding nicht kommen wollte, wodurch die Kupferkontakte im Schacht immer wieder geöffnet und geschlossen wurden. Browne war lange Jahre Chemiker und Sprengstofftechniker gewesen und kannte die Sicherheitshandbücher der Industrie genau: Die harmlosesten Gegenstände konnten einen elektrischen Funken auslösen: der Schalter an einem Standventilator, Nylonstrümpfe bei eiskaltem, trockenem Winterwetter, die Tastatur einer elektrischen Schreibmaschine, das Läutwerk in einem Telefon ...

In dieser stillen, unsichtbar tödlichen Atmosphäre würde ein Funke genügen, um die Katastrophe von Ramsey zu wiederholen. Nur handelte es sich diesmal nicht um ein fensterloses, betonverstärktes Gebäude, sondern um ein Bürohaus, das fast nur aus Stahl und Glas bestand.

»Noch etwas Kaffee, Sir?«, fragte eine freundliche junge Frau und blieb mit ihrer Silex-Kanne neben Brownes Tisch stehen.

»Danke, ich habe genug«, erwiderte er und lächelte sie durch seine dunkle Brille an. Tatsächlich hatte er vor Aufregung schon Herzklopfen. Heute, nach monatelanger Vorbereitung, war er endlich vor Ort. Heute Nachmittag musste er sich erst mal ein Hotel in der Nähe des Flughafens suchen und ein wenig schlafen. Früh am nächsten Morgen würde er ein Taxi zum Pentagon nehmen und dann seinen Truck holen. Am Pentagon selbst gab es natürlich jede Menge Überwachungskameras, aber er hatte keine einzige an dem alten Kraftwerk des Pentagon gesehen. Dann würde er mit dem Truck in die Stadt fahren – er besaß sogar einen offiziellen Lieferschein, den Jared damals gleich mitgestohlen hatte. Irgendwann morgen Vormittag würden alle Herrschaften im ATF-Gebäude einen Eindruck davon bekommen, wie sich die Opfer in Waco gefühlt haben mussten, damals, als William gemeinsam mit der Splittergruppe der *Davidians* zu Tode kam, während die Regierungsagenten in sicherer Entfernung Kaffee tranken und blöde, zynische Witze rissen.

Browne hoffte nur, dass *in* dem Gebäude Kameras waren. Das wäre ein einzigartiges Motiv!

Eine Dreiviertelstunde später saß Janet in Lynn Kreiss' Krankenzimmer. Ein Deputy Sheriff in Uniform hielt vor der Tür Wache und starrte auf den Fernseher in einem leeren Zimmer auf der anderen Seite des Korridors. Lynn hing immer noch am Tropf, doch sie sah besser aus als beim letzten Mal. Ihr Gesicht hatte nun wieder Farbe bekommen, und die Monitore auf dem Regal über ihrem Kopf zeigten stärkere Vitalfunktionen an. Es ist erstaunlich, was Schlaf bewirken kann, dachte Janet.

Das Mädchen bewegte sich unruhig im Bett und gab leise, kehlige Laute von sich, als hätte sie einen Albtraum. Janet hatte mit dem behandelnden Arzt gesprochen, der ihr sagte, Lynn habe um halb vier morgens das erste Mal etwas gesagt – *gebrabbelt,* um genau zu sein. Man rechnete damit, dass Lynn bald ganz zu sich kam.

Janet betrachtete das Mädchen, das gegen die Bewusstlosigkeit kämpfte. Auch Janet selbst kämpfte mit ihrem Dilemma. Ihrer Meinung nach war die Explosion im Arsenal von Menschenhand vorbereitet worden, dafür sprach schon das exakte Timing. Die Katastrophe war geschehen, nachdem ein ganzer Trupp von Leuten das ehemalige Fabrikgelände betreten hatte und neugierig Türen öffnete. Hätte es ein explosives Dampfgemisch im Tunnelkomplex gegeben, wäre es bereits bei Lynns kleinem Abenteuer hochgegangen, als die Metallteile des Wagens über den Beton gekratzt hatten. Dann waren da die beiden McGarands – der eine mögliches Mordopfer, das dem Schlamm an den Reifen seines Wagens zufolge auf dem Fabrikgelände gewesen war, der andere Chemotechniker und Sprengstoffexperte im Ruhestand. Und nicht bloß Chemotechniker, sondern auch Leitender Techniker des Ramsey Arsenals. Und beide waren Blutsverwandte eines Mannes, der bei der Katastrophe in Waco ums Leben kam. Und nun war der überlebende McGarand spurlos verschwunden und hatte wahrscheinlich Kreiss im Nacken. Und die drei involvierten Regierungsbehörden, von denen zwei für das Desaster in Waco verantwortlich zeichneten, waren damit beschäftigt, wie die Strauße den Kopf in den Sand und den Hintern wedelnd in die Höhe zu strecken. Ach ja, und dann war da noch diese haiäugige Tussi mit den zentimeterdicken Karateschwielen, die unbedingt wollte, dass sie, Janet, Edwin Kreiss eine Liebesbotschaft übermittelte.

Janet blickte auf. Lynn starrte sie an, versuchte zu sprechen. Janet stand auf und ging zum Bett. Die Lippen des Mädchens waren ausgedörrt; Janet schenkte ihr ein Glas Wasser ein.

»Ich bin Special Agent Janet Carter«, sagte sie leise. »Vom FBI. Haben Sie Durst?«

Das Mädchen nickte, und Janet half ihr beim Trinken. Lynn räusperte sich und fragte, wie spät es sei.

Janet sagte ihr den Wochentag, berichtete von der Explosion im Arsenal und wie viele Tage seither vergangen waren. Dann sagte sie dem Mädchen, sie werde nun die Schwestern holen und müsse anschließend unbedingt mit Lynn reden, falls es sie nicht zu sehr anstrengte.

»Wo ist mein Vater?«, wollte Lynn wissen.

»Das wissen wir nicht«, erwiderte Janet nach einem kurzen Moment des Zögerns. »Er hatte nichts mit der Explosion zu tun. Ich glaube, er ist nach Washington gefahren, um den Mann zu verfolgen, der Sie gefangen gehalten hat.«

»Die Männer«, berichtigte Lynn. Ihre Stimme gewann an Kraft, und sie setzte sich ein wenig auf. »Es waren zwei, ein junger und ein älterer, obwohl ich sie nur kurz gesehen habe, als meine Freunde in die Fangeisen gerieten.«

»Fangeisen?«

Das Mädchen erzählte, was ihren Freunden Tommy und Rip passiert war. Dann wiederholte sie, dass sie nur die beiden Männer gesehen habe und dass der eine sehr viel älter gewesen sei als der andere. Beide hätten schwarze Bärte gehabt und wie Leute aus den Bergen ausgesehen.

»Ja, so weit reichen unsere Informationen auch«, sagte Janet. »Der Jüngere heißt Jared McGarand – er ist tot. Der Ältere ist sein Großvater, Browne McGarand. Wir wissen nicht, wo er sich zurzeit aufhält.« Sie erzählte Lynn, was Jared passiert war, und fragte, was mit den Leichen der Jungen geschehen sei. Lynn wusste es nicht; sie wusste nur, dass die Flut sie überspült hatte. Sie schloss einen Moment die Augen, und Janet ließ sie ausruhen.

»Der Jüngere ist tot?«, fragte Lynn schließlich.

»Ja. Offenbar ermordet.« Es war nicht der richtige Augenblick, um dem Mädchen zu eröffnen, dass der eigene Vater möglicherweise seine Hand im Spiel hatte.

»Der Typ war ein Widerling«, sagte Lynn.

»Lynn, als die Sanitäter Sie in den Wagen trugen, haben Sie etwas von einer Wasserstoffbombe und Washington gemurmelt. Aber es ergab keinen Sinn.«

Lynn verzog nachdenklich die Stirn, dann hellte sich ihre Miene plötzlich auf. »Ach ja, jetzt fällt es mir wieder ein. Der andere Mann, der Ältere, hat mir gesagt, dass er eine Wasserstoffbombe nach Washington bringen will.«

O Gott, dachte Janet. »Irgendeine Andeutung, was er mit dieser Bombe vorhatte?«

Wieder dachte Lynn angestrengt nach. »Nein«, bekannte sie. »Das heißt ... ja, doch. Er sagte, er habe ein ›gerechtfertigtes Ziel‹.«

Janet betrachtete das Mädchen aufmerksam. Sie spürte Härte in ihr, obwohl sie so zerbrechlich aussah. Ganz die Tochter ihres Vaters. »Hat der Mann wie ein Spinner geklungen?«

»Ja und nein. Er war nicht verrückt. Er war ganz ruhig ... sachlich. Aber vielleicht war er doch ein Fanatiker ... Ich konnte ihn ja immer nur hören. Er sagte, er habe eine Wasserstoffbombe hergestellt, die er nach Washington bringen wollte ... als ob es etwas ganz Normales wäre. Das machte es so unheimlich.«

Janet nickte und kritzelte eifrig in ihr Notizbuch. »Ich frage mich, warum er Ihnen das alles erzählt hat«, sagte sie.

»Er sprach davon, dass ich so was wie eine Rückversicherung sei, eine Art Geisel oder so, falls etwas schief ginge. Er hat gesagt, ich solle mich zur Abfahrt bereithalten, aber dann ist er nicht mehr zurückgekommen. Als Nächstes weiß ich nur noch, wie dieses Gebäude über mir zusammenkrachte. Aber das war erst viel später.«

Ein Gedanke ging Janet durch den Kopf. Was hatte der ältere Mann vom ATF gesagt? Dass es eine Gasexplosion gewesen war? »Als er von einer ›Wasserstoffbombe‹ redete und Sie es in Zweifel zogen, hat er gesagt, es sei nicht das, was Sie glauben, nicht wahr? Ich frage mich, ob er mit *Gas* Wasserstoff gemeint haben könnte ...«

Lynn hob die Schultern und zuckte vor Schmerz zusammen. Janet ging auf den Korridor und rief nach einer Schwester. Als die Schwester und kurz darauf Ärzte ins Zimmer kamen, zog Janet sich auf den Flur zurück, um die Ärzte ihre Arbeit tun zu lassen. Sie ging den Korridor hinunter zur Wartezone und holte ihr Handy aus der Tasche, zögerte dann aber. Sie musste Larry Talbot anrufen, um ihm zu sagen, was mit den beiden Jungen geschehen war. Die Eltern mussten benachrichtigt werden, und natürlich musste man nach den Überresten der Leichen suchen. Doch da waren noch dringlichere Dinge: Dieses CIA-Weib wollte, dass sie eine Art Drohung an Kreiss schickte. Und nun war da Kreiss' Tochter, die bestätigte, dass Browne McGarand irgendwas mit einer Bombe vorhatte, vielleicht in Washington. Das sollte sie als Erstes berichten. Aber ob jemand ihr zuhörte? Ihre Vorgesetzten schienen so sehr damit beschäftigt, ihre Futterkrippen zu schützen, dass vielleicht niemand ausreichend Interesse aufbrachte.

Schließlich rief sie Talbot an, bekam seine Voice-Mail an den Apparat und hinterließ die Nachricht, was Lynn Kreiss über die vermissten Jungen ausgesagt hatte. Dann rief sie in Farnsworths Büro an. Die Sekretärin sagte, er sei nicht zu sprechen. Janet fragte nach Keenan, doch der war bei Farnsworth. Und wo steckte Farnsworth? Im Einsatz, lautete die überaus hilfreiche Antwort der Sekretärin. Janet, die sich wie ein dummes Mädchen behandelt fühlte, hätte beinahe aufgelegt, doch dann sagte sie der Sekretärin, Lynn Kreiss sei aufgewacht und sie, Janet, müsse *dringend* mit Farnsworth reden. Sofort.

Die Sekretärin ließ sich davon nicht beeindrucken, versprach jedoch, die Nachricht weiterzuleiten. Janet gab ihr ihre Handynummer.

Dann ging sie wieder auf die Intensivstation, um sich noch einmal mit Lynn zu unterhalten, doch die Ärzte hatten alle Hände voll zu tun, und die Schwestern hatten abweisende Mienen aufgesetzt. Es war fast drei. Janet stand auf dem Flur und dachte nach, während der übliche Betrieb des Krankenhauses an ihr vorüberflutete, als wäre sie eine Insel im Strom. In drei Stunden sollte sie Kreiss mit dem Weckruf beglücken. Wenn er überhaupt noch ihren Pager hatte und dieser eingeschaltet war. Sie stellte sich vor, wie er fragte: Was gibt's, Special Agent? Und sie antwortete: Ich habe gute und schlechte Neuigkeiten. Ihre Tochter ist bei Bewusstsein und erholt sich rasch. Sie sagt allerdings auch, dass einer ihrer Kidnapper mit einer Wasserstoffbombe nach Washington unterwegs ist ... Ach ja, und eine alte Freundin von Ihnen hat vorbeigeschaut, um eine Nachricht zu hinterlassen. Möchten Sie sie hören?

Janets Handy summte und riss sie aus ihren Gedanken. Es war Farnsworths Sekretärin.

»Kommen Sie unverzüglich her«, sagte sie.

Kreiss bog mit seinem gemieteten 150er Ford Van in die Raststätte an der Ausfahrt des Van Dorn Street Beltway in Alexandria ein. Verglichen mit den Truck Stops an den Interstates war es keine besonders große Raststätte, doch er hatte sich nun mal vorgenommen, alle zu überprüfen. Dies war der dritte Truck Stop, den er auf seiner Rundfahrt um Washingtons berüchtigte I 495 aufsuchte. Es war Nachmittag; er wusste, dass er seine

Suche in einer halben Stunde unterbrechen musste, weil dann die Rush Hour begann, und dann gab es kein Vorwärtskommen mehr.

An der Raststätte standen ungefähr ein Dutzend LKWs, drei weitere wurden gerade aufgetankt. Keine Spur von einem Propangas-Truck. Natürlich war es möglich, dass McGarand ihn irgendwo in einem Parkhaus abgestellt hatte, sodass Kreiss sich bereits vorgenommen hatte, sämtliche Mineralölgesellschaften der Reihe nach abzuklappern, falls die Suche an den Raststätten nichts brachte. Doch ein Truck Stop war anonym; deshalb vermutete Kreiss, dass McGarand den Propan-Truck dort versteckte. Kreiss glaubte fest an die Theorie, dass sich etwas am besten verstecken ließ, wenn man es an einem öffentlichen Ort abstellte.

Langsam fuhr er mit dem Van um den Parkplatz, hinter den Laden und die Raststätte. Kein Tanklaster. Er fuhr wieder auf den Beltway und Richtung Osten, auf die Wilson Bridge zu, hinter der Maryland begann. Doch er wurde das scheußliche Gefühl nicht los, dass er nur seine Zeit verschwendete.

Farnsworth wartete mit steinerner Miene, als Janet ins Büro zurückkehrte. Keenan war ebenfalls anwesend. Der RA bat Janet um eine genaue Wiedergabe der Aussage von Lynn Kreiss. Als sie geendet hatte, schwang er sich in seinem Drehstuhl herum und schaute eine Zeit lang schweigend aus dem Fenster. Janet blickte zu Keenan, doch dessen Miene verriet nichts. Er schien sich äußerst unbehaglich zu fühlen, machte aber dennoch den Eindruck, als würde er jede Entscheidung des Chefs unterstützen. Farnsworth schwang sich im Stuhl herum.

»Okay«, brach er das Schweigen. »Ich bin froh, dass das Mädchen sich wieder erholt. Und es tut mir Leid, was mit den beiden anderen passiert ist. Larry Talbot wird die Familien der Jungen benachrichtigen, und wir schicken Suchtrupps aus, um die Leichen zu bergen.«

»Die Leute von der County stellen bereits einen Suchtrupp

und eine Hundestaffel zusammen«, warf Keenan ein. »Larry hat die Koordination übernommen.«

»Gut«, sagte Farnsworth. Janet kam es so vor, als wäre der RA an der Lösung des Vermisstenfalles nur am Rande interessiert. »Nun zu dieser anderen Sache: Sie müssen um sechs Uhr einen Pager anrufen, Janet, nicht wahr?«

»Ja, das hat diese Mata Hari mir aufgetragen. Ich wollte Sie noch fragen, Chef ...«

Doch Farnsworth schüttelte bereits den Kopf. »Nein. Senden Sie die Nachricht. Wenn Kreiss zurückruft, geben Sie ihm die aufgetragene Botschaft durch. Dann sind wir mit dieser Edwin-Kreiss-Geschichte hoffentlich fertig. Seine Tochter erholt sich, und die beiden anderen Vermissten ... das hat sich ja nun auch geklärt.«

»Aber was ist mit der Aussage des Mädchens, dass Browne McGarand eine Bombe nach Washington bringen will?«

»Sie haben doch gesagt, dass das Mädchen nach eigener Aussage eine Augenbinde tragen musste«, erwiderte Farnsworth. »Wir haben keinen *Beweis,* dass Browne McGarand *jemals* im Arsenal gewesen ist oder dass er der Mann war, der Lynn Kreiss gefangen hielt.«

»Dann zeigen Sie ihr doch sein Foto«, schlug Janet vor. »Sie hat beide Männer während des Sturms gesehen. Er *muss* es gewesen sein. Lynn hat ihn als großen Mann mit schwarzem Bart beschrieben.«

Farnsworth und Keenan wechselten einen Blick. »Wir wissen nur eins mit Sicherheit: dass Jared McGarands Truck *außerhalb* des Zauns vom Arsenal geparkt hat. Wir haben ebenfalls keine Beweise dafür, dass er sich innerhalb des Zauns aufgehalten hat.«

Janet verzog das Gesicht. Was, zum Teufel, sollte das? Farnsworth hörte sich an wie ein Winkeladvokat. »Lynn Kreiss wurde von zwei Männern gefangen gehalten«, beharrte sie. »Der eine war jung, der andere um einiges älter. Lynn wurde auf dem Gelände des Arsenals entführt. Sie hat beide Männer gesehen und könnte sie identifizieren. Wir haben Lynn im Arsenal gefunden, also *müssen* die beiden Männer ebenfalls dort gewesen sein. Und was hatten sie da zu suchen? Lynn Kreiss hat ausgesagt, der Ältere meinte, er könne sie als Geisel benutzen, falls mit seinem H-Bomben-Projekt in Washington etwas schief ginge. Und sie wurde in dem Gebäude neben dem Kraftwerk gefunden. Was für Indizien brauchen wir denn *noch*?«

Bei der letzten Frage hatte sie die Stimme erhoben, und plötzlich wurde ihr peinlich bewusst, dass ihre beiden Vorgesetzten sie anstarrten. Ein vorlautes Mundwerk gehörte beim FBI nicht zu den geschätzten Eigenschaften. Farnsworth beugte sich vor.

»Wir müssen uns an die Anweisungen der Zentrale halten. Ich würde es daher sehr begrüßen, wenn Sie sich an meine Befehle halten, Janet. Schicken Sie die Nachricht an den Pager. Falls Kreiss sich meldet, teilen Sie ihm die Botschaft mit – nicht mehr und nicht weniger.«

»Darf ich ihm nicht einmal sagen, dass seine Tochter über den Berg ist?«

Keenan stieß einen Laut aus, der verriet, dass er mit seiner Geduld am Ende war. »Wir wär's zur Abwechslung mal mit der simplen Befolgung eines Befehls, Agentin Carter?«

Janet hatte Keenan nie so reden hören, doch es war ihr gleich; sie hatte ohnehin die Nase voll. »Wie wär's, wenn Sie mir mal verraten, was wirklich hinter der ganzen Sache steckt?«, konterte sie. »Warum ist diese Dienststelle so sehr darauf aus, Edwin Kreiss fertig zu machen?«

»Sie haben das völlig falsch verstanden, Janet«, sagte Farnsworth. »Wenn Sie die Nachricht an den Pager geschickt haben, ist Ihre Mitarbeit im Fall Kreiss beendet. Sie können dann Larry Talbot bei der abschließenden Bearbeitung des Vermisstenfalles helfen.«

»Aber was ist mit dieser Bombe? Wollen wir das einfach so auf sich beruhen lassen?«

»Sie reden hier über gänzlich unbestätigte Informationen einer jungen Frau, die soeben aus dem Koma erwacht ist. Das sind keine schlüssigen Beweise! Es gibt keinerlei Indizien für eine Bombe, und selbst wenn es so wäre – für Bombenfälle ist das ATF zuständig. Und selbst da heißt es, dass keine Bombe existiert.«

Mein Gott, dachte Janet. Das war genau so wie damals im FBI-Labor: Wir haben jetzt die Antwort, die wir brauchen – wie wär's, wenn Sie sich mal ein bisschen kooperativer zeigten?

»Aber das ATF ist doch gar nicht auf unserem Wissensstand«, protestierte sie. »Von deren Warte aus *können* sie ja nur annehmen, dass keine Bombe existiert!«

Farnsworth holte tief Luft. »Ich *befehle* Ihnen, die Angelegenheit fallen zu lassen, verdammt noch mal.«

Die Reaktion des RA versetzte Janet einen Schock. Kurz entschlossen zog sie zu ihrer eigenen Überraschung ihre Ausweise hervor, um sie auf Farnsworths Schreibtisch zu legen. Dann zog sie die Sig aus dem Halfter, nahm den Ladestreifen heraus und sicherte die Waffe. Eine einzige Kugel fiel auf den Boden. Keenan bückte sich danach. Janet legte auch die Waffe auf den Schreibtisch.

»*Sie* können Kreiss die Nachricht selbst auf den Pager schicken«, sagte sie, schon im Aufstehen. »Die ganze Geschichte stinkt zum Himmel. Ich kündige!«

Sie rauschte aus Farnsworths Büro und ging sofort nach oben in ihr eigenes. Dort waren Larry Talbot und Billy. Talbot sah sie kurz an und fragte, ob etwas nicht stimmte. Janet sagte ihm, sie habe soeben gekündigt. Talbot klappte der Unterkiefer herunter.

»Du hast *was?* Aber warum? Was ist denn nun schon wieder passiert?«

»Irgendetwas ist oberfaul an dieser Kreiss-Geschichte, und ...«, begann Janet, hielt dann aber inne; Talbot würde wahrscheinlich gar nicht wissen, wovon sie sprach. Seine Miene bestätigte diese Vermutung.

Das Interkom auf seinem Schreibtisch summte. Talbot nahm ab, lauschte, sagte: »Ja, Sir«, und legte auf. »Keenan möchte dich sprechen.«

»Er kann von mir aus zur Hölle fahren«, sagte Janet. »Er ist nicht mehr mein Chef. Meine Kündigung war ernst gemeint. Den Kram aus dem Schreibtisch werde ich später abholen. Die haben schon meine Marke und meine Ausweise.«

»Aber was, zum Teufel ...«, sagte Larry und stand auf. »Offenbar hat es ein Missverständnis gegeben. Hör mal ...«

»Nein, Larry. Je mehr ich über mein Verhalten nachdenke, desto besser gefällt es mir. Hast du alle nötigen Informationen in dem Vermisstenfall?«

»Nur die grundlegende Story, was mit den jungen Leuten geschehen ist. Ich wollte zuerst mit Lynn Kreiss reden, bevor ich mich auf die traurige Runde zu den Eltern mache. Hör mal, Janet, warum nimmst du dir nicht ein paar Tage frei? Du hast eine Menge durchgemacht. Fahr nach Hause und überleg dir alles noch einmal. Beim FBI kündigen – das kann man nicht auf die leichte Schulter nehmen.«

»Ja. Es ist ein Verlust für das FBI, soweit es mich betrifft. Denk es dir einfach als logische Folge, dass ich in dieses ... Kaff geschickt worden bin. Meine Güte, ich habe in Washington und LA gearbeitet. Ich bin nur hier, weil ich bei einer Anhörung nicht mit der gewünschten Antwort rausgerückt bin. Und jetzt haben wir wieder den gleichen Mist. Ich hätte den Laden schon damals verlassen sollen!«

Talbot warf die Hände hoch und verdrückte sich aus dem Büro. Billy stand auf und kam zu Janet herüber.

»Hey«, sagte er sanft. »Was solltest du denn tun?«

»Sie wollen einfach nicht diesen Kerl verfolgen, der mit einer Riesenbombe nach Washington unterwegs ist. Und sie wollen nicht, dass ich Kreiss sage, dass seine Tochter in Sicherheit ist. Es ist nicht zu fassen!«

»Was solltest du denn tun? Kündigen ist ein verdammt einschneidender Schritt, Janet.«

»Die CIA hat so eine Gorgone geschickt ... mit einer Nachricht für Kreiss. Und ich soll der Überbringer dieser Nachricht sein. Ich habe diese Lügen satt, Billy. Zuerst damals im Labor, jetzt hier. Dafür bin ich nicht zum FBI gekommen.«

Janet nahm ihre Jacke und die Handtasche und verließ das Büro. Nach einer halben Stunde war sie zu Hause und ging ins Bad, um zu duschen. Während sie unter dem heißen Wasser stand, dachte sie noch einmal über ihren Entschluss nach. Ja, es war richtig, was sie getan hatte. Sie musste die Kündigung nur noch schriftlich einreichen; sie würde einen Brief beilegen und ein paar Worte über das Arsenal schreiben.

Sie drehte die Dusche ab, stieg aus der Kabine, trocknete sich ab und zog frische Unterwäsche an. Sie kämmte gerade ihr Haar, als sie ein Geräusch an der Schlafzimmertür hörte. Sie fuhr herum und sah die hoch gewachsene Frau von der CIA in der Tür stehen. Die Frau trug Slacks und eine Art Safarihemd mit jeder Menge Taschen. Ihre Augen waren hinter einer Sonnenbrille verborgen.

»Ich habe Ihnen etwas mitgebracht«, sagte die Frau und hielt ihr in der ausgestreckten Hand ein leuchtendes Objekt hin. Janet blinzelte verwirrt, starrte das Ding an – und dann kam ein furchtbarer dunkelroter Blitz. Als sie wieder zu sich kam, fand sie sich auf dem Rücken liegend im Bett wieder, eingewickelt in ein seltsames, klebriges Netz. Die einzelnen Stränge waren wie rohes Garn und rochen nach Chemie. Janets Arme lagen eng am Körper an; die Handflächen waren gegen die Hüften gedrückt. Die Beine waren abgewinkelt. Instinktiv versuchte sie sich zu befreien, doch die Anstrengung führte nur dazu, dass sich das Netz an jeder Stelle, wo es mit ihrem Körper in Berührung kam, noch mehr festzog. Nur ihr Kopf war frei. Alles, was sie anschaute, war von einem dunkelroten Halbschatten umgeben, und mitten in ihrem Sichtfeld tanzten schwarze Pünktchen.

Die Frau saß ruhig vor Janets Frisierkommode und beobachtete sie. Die Sonnenbrille hatte sie abgenommen. Janet versuchte, die dunkelroten und schwarzen Pünktchen fortzublinzeln. Die Miene der CIA-Agentin war völlig unbewegt.

»Das also war ein Netzhautblender?«, fragte Janet.

»Ja. Das mit den Punkten hält nur etwa eine Stunde an. Normalerweise tragen die Leute keine Schäden davon.«

»Normalerweise? Wie beruhigend. Und Sie haben das gemacht, weil – warum eigentlich?«

»Um sicherzustellen, dass Sie auch wirklich den Pager benachrichtigen, Agentin Carter.«

»Ich bin keine Agentin mehr.«

»Eben drum.« Die Frau blickte auf die Uhr. »Wir haben etwas über eine Stunde Zeit. Ich habe mich darum gekümmert, dass der Rückruf direkt hierher geleitet wird. Und dann richten Sie Kreiss die Botschaft aus, wie ich Sie gebeten hatte. Wissen Sie sie noch?«

»Und wenn ich es nicht tue?«, fragte Janet. »Was ist, wenn ich ihm sage, er soll abhauen?«

»Das kommt aufs Gleiche heraus«, antwortete die Frau. »Denn diese Wirkung sollte meine Botschaft ohnehin haben. Es ist allerdings effektiver, wenn er weiß, dass *ich* dahinter stecke. Aber ich glaube schon, dass Sie es so machen, wie ich es haben will.«

»Warum?«

»Wenn Sie sich weigern, hole ich ein zweites Fangnetz und wickle es um Ihren Hals. Dann können Sie sich eine ganze Weile damit vergnügen, kaum Luft zu bekommen, bis man Sie hoffentlich früh genug findet. Entspannen Sie sich. Achten Sie auf die Atmung. Dieses Zeug reagiert wie eine Boa Constrictor: Wenn Sie ausatmen, zieht es sich noch enger zu, aber das haben Sie bestimmt schon gemerkt.«

»Warum, zum Teufel, tun Sie das? Eine andere Bundesagentin so zu behandeln?«

»Sie sind doch gar keine Agentin mehr, nicht wahr, Carter?«, sagte die Frau honigsüß. »Und Sie waren auch nie eine.«

»Wie bitte?«, brachte Janet heraus.

»Sie waren eine überaus begabte Laborratte, Carter. Als Agentin im Einsatz sind Sie eine Witzfigur. Sie haben so viel Gespür und Instinkt wie ein Stein. Die ganze Zeit, während Sie duschten, stand ich in der Tür.«

»Hat Ihnen der Anblick gefallen?«, fragte Janet.

Die Frau legte den Kopf auf die Seite und maß Janet mit einem abschätzigen Blick – lange genug, dass Janet errötete. »Für eine vom FBI sehen Sie ganz nett aus«, meinte sie schließlich. »Wurden Sie deshalb ausgeschickt, um mit Kreiss engeren Kontakt aufzunehmen?«

»Das war wohl nicht gerade deren bester Einfall«, meinte Janet und erkundete vorsichtig, wie viel Luft das Netz ihr noch ließ. Nicht gerade viel.

Plötzlich lachte die Frau von der CIA schrill auf. »Edwin Kreiss hat keine Zeit für Amateure«, sagte sie. »Was sollten Sie tun? Ihm ein bisschen Bein zeigen, schöne Augen machen?«

»Warum tun Sie das?«, wiederholte Janet ihre Frage und versuchte, gegen das klebrige Netz anzukämpfen, das sie nicht einmal sehen konnte.

»Weil Sie jetzt nur noch jemand sind, der mir im Weg steht. Hören Sie schon auf, sich gegen das Netz zu wehren! Liegen Sie still. Machen Sie die Augen zu. Wie wär's mit einem Nickerchen? Ich wecke Sie, wenn es soweit ist.«

Die Frau ging aus dem Zimmer. Sofort versuchte Janet ihre Hände zu bewegen. Das klebrige, gummiartige Zeug haftete an ihrer Haut, als wäre sie eingeschweißt, doch es gab ein bisschen nach, als sie die rechte Hand mit dem Handrücken voran hindurchschob. Als sie innehielt, zog es sich jedoch wieder zusammen, und sie merkte, dass es nun enger saß als vorher. Sie stellte sich mehrere dieser Stränge um ihre Kehle vor und musste unwillkürlich schlucken. Dann erinnerte sie sich, was sie in Farnsworths Büro über dieses Fangnetz gehört hatte: dass es wasserlöslich war. Wenn sie es schaffte, vom Bett hinunter zu rollen und ins Bad zu kommen, ohne dass diese Medusa sie hörte, konnte sie das Ding loswerden. Sie schaute sich um, überlegte fieberhaft – und dann sah sie, dass drei Stränge des Netzes an den Bettpfosten gebunden waren. Das war's dann wohl mit der guten Idee.

Sie schloss die Augen. Okay, dachte sie, dann mach diesen Anruf. Tu, was diese Hexe sagt. Teufel auch, Kreiss würde vielleicht nicht mal zurückrufen.

Kreiss saß auf dem Parkplatz eines Fastfoodrestaurants in der Nähe der Kreuzung des Beltway mit der US-Route 1. Er kaute an einer lauwarmen, fettigen, drei Dollar teuren, stark cholesterinhaltigen Köstlichkeit herum, als er den Pager in der Segeltuchtasche hinter dem Fahrersitz piepsen hörte. Das Ding hatte er schon ganz vergessen. Als er nun die Nummer im Sichtfenster des Pagers sah, zuckte er zusammen: Es war seine eigene inoffizielle Büronummer beim Geheimdienst gewesen. Wer, zum Teufel, schickte ihm diese nette kleine Aufforderung? Er kannte die Nummer auswendig, musste sie nicht erst aufschreiben, und löschte sie.

Am Ende des Parkplatzes stand eine Telefonzelle, doch dort lümmelten jetzt zwei dicke Teenager herum, also widmete Kreiss sich wieder seiner fettigen Köstlichkeit. Er hatte sämtliche Truck Stops auf der Nord-Virginia-Seite abgeklappert und machte sich nun bereit, die Wilson Bridge zu überqueren, Washingtons Mahnmal für verpfuschten Hoch- und Tiefbau.

Endlich kamen die Mädchen prustend vor Lachen aus der Telefonzelle. Kreiss wollte aus dem Wagen steigen, doch dann zögerte er. Es war Montagabend, kurz nach sechs. Der Pager hatte Janet Carter gehört, und Carter war vom FBI. Doch nun hatte jemand angerufen und eine Nummer hinterlassen, zu der niemand vom FBI Zugang haben konnte. Also war die Nachricht keine Aufforderung des FBI.

Kreiss schaltete die Innenbeleuchtung an und überprüfte den Pager auf eine zweite Antenne – irgendetwas, das seine derzeitige Position verraten könnte, sobald er den Erhalt der Nachricht bestätigte.

Dann fiel ihm ein, dass es um Lynn gehen könnte. Zur Hölle damit!, dachte er.

Er stieg aus und ging zur Telefonzelle, die nach Kaugummi und billigem Parfüm roch. Wählte die Nummer. Es läutete viermal, bevor der Hörer abgenommen wurde. Zu seinem Erstaunen meldete sich Janet Carter.

»Geht es um Lynn?«, fragte Kreiss sofort.

»Ich habe eine Botschaft für Sie«, erwiderte Janet mit hölzerner Stimme.

»Von wem?«

»Die Botschaft lautet folgendermaßen: *Tenebrae factae sunt.*«

»Was ...«, konnte Kreiss gerade noch sagen, dann war die Verbindung unterbrochen. Plötzlich ging ihm der Sinn der Botschaft auf. Beinahe wie in Zeitlupe hängte er den Hörer ein und ging langsam rückwärts aus der Zelle. Stieg in den Van, ließ den Motor an. Kein Gedanke mehr an den Hamburger. Er fuhr vom Parkplatz, wandte sich auf der Route 1 nach links und fuhr Richtung Süden, ließ den Beltway hinter sich.

Tenebrae factae sunt, dachte er. Die Dunkelheit ist hereingebrochen.

Sie hatten ihm Misty auf den Hals gehetzt! Das war ihr Spitzname – nach einem Film, in dem eine psychotische Frau immer wieder Clint Eastwood anrief, der einen Radiodiskjockey spielte, damit der die Platte »Misty« für sie auflegte. Diese Botschaft war Mistys Markenzeichen. Sie hatte sie Kreiss zukommen lassen, damit er in Panik verfiel – und in gewisser Weise war ihr das gelungen.

Misty war Mitte fünfzig, hatte aber ausgesehen wie vierzig, als Kreiss sie zum letzten Mal gesehen hatte. Sie war die beste Jägerin von allen gewesen. Kreiss war schon vor langer Zeit der Meinung gewesen, sie müsse eine »Terminatorpersönlichkeit« haben. Entweder saß sie in ihrem Bau wie ein menschliches Schwarzes Loch und absorbierte Licht, Bewegung und Geräusche, alles, was um sie herum vorging, und starrte mit ihren verstörenden schwarzen Augen gleichmütig in die Unendlichkeit – oder sie war auf der Jagd wie ein menschlicher Velociraptor und ließ sich von ihrem unfehlbaren Instinkt leiten. Sie konnte eine Fährte verfolgen wie eine Schwarze Mamba; ab und zu zuckte ihr Kopf hoch, die Zunge prüfte die Luft, und sie beäugte die Umgebung, begierig auf den tödlichen Biss. Dafür lebte sie.

Kreiss hatte zwei Jahre unter ihrer Aufsicht trainiert, bevor er seinen ersten Auftrag erhielt. Alles, was er konnte, konnte Misty auch. Nun ja, ein paar Dinge kann sie vielleicht *doch* nicht, sagte er sich hoffnungsvoll. Aber wenn er es realistisch betrachtete, steckte er jetzt ganz tief im Dreck. Er musste die Jagd auf Browne McGarand sofort abbrechen und sich um seine eigene Haut kümmern. Am besten zum Dulles-Flughafen fahren und die Abendmaschine nach Sansibar nehmen, oder besser noch nach Südpatagonien. Dann wäre er vielleicht weit genug weg. Nur – wenn er im Flugzeug saß und gerade mit dem Abendessen fertig war, würde Misty wahrscheinlich aus dem Cockpit kommen. Seine einzige Chance bestand darin, dass diese Frau allein operierte.

Kreiss fuhr zwanzig Minuten auf der Route 1, bis er zur Abfahrt Fort Belvoir kam; dort bog er ab. Belvoir war ein Militärposten, auf dem die Ingenieurschule des Heeres untergebracht war; deshalb gab es weder Tore noch Wachen. Dennoch war es militärisches Gebiet, und es schien ihm sicherer, dort zu halten als auf der Straße. Er fuhr ein paar Minuten um die campusähnliche Anlage herum, bevor er den Van vor dem Postgebäude parkte. Dann stellte er den Motor ab und schloss die Augen, zwang sich zur Ruhe und überdachte die Lage.

Misty war ihm auf der Spur. Sie hatte Janet Carter als Botschafterin benutzt, und das bedeutete, dass Janet vermutlich gerade einen sehr schlimmen Abend verlebte. Mistys richtiger Name war Daniella Morganavicz. Irgendjemand in Langley musste wirklich beunruhigt sein, wenn er Misty ins Spiel gebracht hatte.

Der Pager meldete sich wieder.

Kreiss schaute auf das kleine Gerät und überlegte, ob er es aus dem Fenster werfen sollte. Der erste Anruf war die Warnung gewesen – sollte der zweite jetzt der sein, mit dem Misty ihn aufspüren wollte? Er betrachtete die Nummer im Sichtfenster. Es war die Vorwahl von Roanoke – eine Privatnummer, die ihm nichts sagte. Wieder Janet Carter? Kreiss hatte zugleich mit dem Van ein Handy gemietet, wollte es jedoch erst benutzen, wenn er sicher war, dass er nicht verfolgt wurde. Er schaute sich nach einer Telefonzelle um und entdeckte eine ganze Reihe Zellen vor dem Eingang der Telefonzentrale. Wieder schaute er auf die Nummer; dann schaltete er den Pager ab, ohne die Nachricht zu bestätigen. Er stieg aus, warf den Pager in einen Pflanzkübel aus Beton und ging hinüber zu den Telefonzellen. Er wählte die Nummer, tippte seine Kreditkartennummer ein und wartete. Auf Grund der Kreditkarte würde man seine Spur verfolgen können, aber er hatte sich ja noch nicht wirklich versteckt, also konnte es ihm egal sein. Mit Betonung auf *konnte.*

Janet Carter meldete sich.

»Tut mir Leid, dass ich so unhöflich war«, begann sie. »Diese verdammte Frau war hier. Wissen Sie, wen ich meine?«

»O ja«, sagte Kreiss. »Ziemlich groß? Schwarze Augen, die alles Licht verschlucken?«

»Genau die. Sie sagte, Sie würden der Botschaft entnehmen können, dass sie hinter Ihnen her ist.«

»Allerdings. Warum rufen Sie an?«

»Ich bin in einer Telefonzelle. Mein Telefon ist vermutlich angezapft. Ich rufe an, weil ich mit Ihnen reden muss – erstens über Ihre Tochter, und zweitens über das, was hier vorgefallen ist.«

Kreiss erschrak, als sie Lynn erwähnte. »Was ist mit Lynn?«

»Sie ist aufgewacht. Ich war bei ihr, als sie zu sich kam. Ich glaube, sie hat es gut überstanden – wird keine Schäden davontragen. Wir haben uns unterhalten. Sie erzählte mir, was im Arsenal passiert ist. Offenbar sind ihre Freunde in eine Art Falle geraten und wurden von einer Flutwelle ertränkt.«

»Ja, ich habe Fangeisen gefunden.«

»Sie hat mir auch noch etwas über den Mann erzählt, den Sie wahrscheinlich verfolgen. Es geht da um eine Bombe, und ich glaube zu wissen, woraus sie bestehen könnte ...«

»Ich verfolge niemanden, Carter!«

Janet zögerte kurz. »Ich glaube, Sie verfolgen einen gewissen Browne McGarand, weil der Mann Lynn entführt hat. Und ich glaube, dass Sie seinem Enkel Jared etwas angetan haben.«

Kreiss sagte nichts.

»Diese Frau – ist sie wirklich so gefährlich?«, wollte Janet wissen.

»Was glauben Sie?«, fragte Kreiss zurück. Als sie keine Antwort gab, erklärte er ihr die Bedeutung des Spitznamens »Misty«.

»Es hat mir schon Angst gemacht, die Frau nur anzusehen«, gab Janet zu. »Und ich glaube, sie geht davon aus, dass sogar Sie Angst vor ihr haben.«

»Und genau deshalb muss ich jetzt auflegen, Agentin Carter.«

»Das Agentin können Sie weglassen. Ich habe gekündigt«, sagte Janet.

»Was ist denn passiert?«, fragte er, hörbar erstaunt.

»Ich sollte etwas tun, das ich nicht tun wollte. Ich sollte Ihnen im Auftrag der Drachenlady eine Nachricht auf den Pager schicken.«

»Aber das haben Sie doch sowieso getan!«

»Weil die Dame mich in meiner Wohnung überrascht hat und mich mit ihrer Persönlichkeit und einem Ding geblendet hat, das bei euch ›Netzhautblender‹ heißt! Dann hat sie mich in irgendein klebriges Zeug eingesponnen und mir gesagt, ich würde es bitter bereuen, wenn ich nicht tue, was sie sagt. Also habe ich mich dafür entschieden, ihren Befehlen Folge zu leisten.«

»Das war die richtige Entscheidung, Carter.«

»Ja, das hab ich mir auch gesagt. Aber das war erst die Hälfte der Mitteilung. Ich habe auch deshalb gekündigt, weil ich Ihnen auf Anweisung meiner Vorgesetzten sagen sollte, Lynn sei gefunden worden, habe jedoch *nicht* überlebt.«

Nun war es an Kreiss, einen Moment zu schweigen. »Reizend«, sagte er schließlich.

»Ja. Aber ich konnte es Farnsworth ausreden. Solche Spielchen sind nicht meine Art. Und jetzt kommt noch der Ärger mit Draculas Tochter dazu. Selbst Farnsworth würde sich nicht mit ihr anlegen.«

»Ihr Chef erkennt eine wahre Gefahr, wenn er sie vor sich sieht«, sagte Kreiss und sah sich auf dem dunkler werdenden Parkplatz um. Wenn Misty um sechs noch in Roanoke gewesen war, blieben ihm ein paar Stunden Zeit. Wenn Misty Helfer hatte, was möglich war, verringerte diese Zeit sich natürlich. Er musste schleunigst verschwinden. Und doch – er schuldete Janet Carter etwas.

»Haben Sie wirklich mal einem Mann eine Schlange ins Auto gelegt?«, fragte Janet aus heiterem Himmel.

Ransom, dachte er. »Nein, eine Tonbandaufnahme von einer Schlange. Aber soll ich etwas über Misty sagen? Sie mag es lieber in echt. Sie hat mal einer Klapperschlange die Rassel abgeschnitten und das Biest hinten in die Tasche eines Schalensitzes gesteckt. Der Kerl im Wagen hörte also kein Rasseln, aber er sah die Schlange gerade noch im Innenspiegel, bevor sie über seine Schulter glitt und in seinen Schoß plumpste.«

»Reizend«, sagte Janet.

»Was war das für eine Geschichte mit einer Bombe?«, fragte Kreiss.

Janet berichtete ihm, was geschehen war, seit Kreiss sie aus dem Tunnel gerettet hatte. Dabei hob sie besonders McGarands Verbindung zur Katastrophe in Waco hervor. Als sie geendet hatte, schwieg Kreiss. Diese Bürokraten ändern sich nie, dachte er und überlegte, ob er ihr von dem Propangas-Truck erzählen sollte.

»Sind Sie noch dran?«, fragte Janet.

»Ich muss jetzt los. Übrigens habe ich Ihren Pager weggeworfen. Liegt in einem Pflanzkübel vor der Telefonzentrale von Fort Belvoir, falls es Sie interessiert.«

»Glauben Sie, dass McGarand eine Bombe nach Washington gebracht hat?«

»Möglich wäre es. Aber das ist nicht mehr mein Problem, Carter. Sie haben meine Tochter gerettet, wie Sie versprochen hatten. Dafür schulde ich Ihnen was. Aber jetzt habe ich erst einmal andere Dinge zu erledigen.«

»Aber ...«

»Weiß diese Frau etwas über Lynn?«

»Kann ich nicht sagen. Möglicherweise schon. Sie war bereits im Büro in Roanoke, als ich hinkam. Ich weiß nicht, was Farnsworth ihr erzählt hat. Aber warum fragen ... oh, jetzt verstehe ich!«

»Gut.«

»Möchten Sie, dass ich zum Krankenhaus fahre und bei Lynn bleibe, bis Sie zurückkommen?«

»Ich danke Ihnen für das Angebot, aber in welcher Eigenschaft wollen Sie dorthin? Sie sind doch nicht mehr beim FBI.«

»Jeder hat gesagt, ich wäre eine miserable Agentin. Wie wär's, wenn ich einfach als *Mensch* hingehe?«

Kreiss antwortete nicht. Er dachte fieberhaft nach. Wenn er zurück nach Blacksburg fuhr, konnte er geradewegs in eine Falle laufen. Doch wenn er es nicht tat und Misty Lynn entführte, hatte er keine Wahl mehr. Janet Carter konnte es zwar nicht mit Misty aufnehmen, aber ganz hilflos war sie auch nicht. Und Misty würde Carter niemals ernst nehmen – also hatte Janet Carter, wenn er sie nachdrücklich genug vorwarnte, durchaus eine Chance.

»Ich sag Ihnen was«, begann er schließlich. »Ich habe einen

Nachbarn draußen in der Nähe meines Blockhauses. Micah Wall. Er hat Telefon. Und eine Menge Verwandte in der Gegend. Leute aus den Bergen. Hinterwäldler. Sehr anständige Leute, auch wenn sie ein bisschen ... wild aussehen. Wenn Lynn transportfähig ist, können Sie sie aus dem Krankenhaus holen und zu Micah bringen.«

»Ich kann es auf jeden Fall versuchen«, meinte Janet. »Falls das Krankenhaus Lynn meiner Obhut anvertraut.«

»Lynn ist volljährig. Falls es keine medizinischen Bedenken gibt, kann sie wahrscheinlich auf eigenen Wunsch das Krankenhaus verlassen. Bringen Sie Lynn in mein Blockhaus, achten Sie darauf, dass Ihnen niemand folgt, und rufen Sie Micah an. Er weiß, was er tun muss, und ich bin ziemlich sicher, dass er und seine Jungs Misty die Hölle heiß machen können, falls sie irgendwas versucht. Aber Sie müssen sich beeilen!«

»Mach ich. Wie wäre es jetzt mit einem kleinen Gegengefallen? Ich scheine ja die Einzige zu sein, die glaubt, dass McGarand in geheimer Bombenmission nach Washington unterwegs ist. Meine Chefs – Exchefs – sind auf diesem Ohr plötzlich taub, was vermutlich auf Anweisungen zurückzuführen ist, die sie von der Zentrale erhalten haben. Wenn Sie irgendeinen Beweis haben, könnte ich ihn an Farnsworth weitergeben und vielleicht darum bitten, dass im Gegenzug Lynn beschützt wird.«

Kreiss schüttelte den Kopf. »Für eine Ex-Agentin sind Sie ganz schön naiv«, sagte er seufzend. »Man hat Ihrem Chef aufgetragen, diese Frau zu *unterstützen,* nicht, ihr im Weg zu stehen. Die Befehle kommen vermutlich direkt von der Zentrale, wenn nicht sogar aus dem Justizministerium. Und so, wie die Dinge stehen, glaube ich, dass Farnsworth nicht einmal Ihre Anrufe entgegennehmen wird.«

»Aber die Explosion im Arsenal war *gewaltig.* Falls etwas Ähnliches in Washington geplant ist, müssen wir doch was unternehmen!«

»Hören Sie, Carter. Falls Washington von einem Bombenleger bedroht wird, ist das ein Problem Ihres ehemaligen Arbeitgebers. Oder, besser gesagt, eine Herausforderung für das ATF.«

»Aber die wollen ja nicht einmal die Möglichkeit in Betracht ziehen! Zumindest lautet so die offizielle Version. Es heißt immer wieder, es gibt keine zwingenden Beweise! Können Sie mir denn nicht irgendetwas sagen?«

Kreiss dachte nach. Carter klang verzweifelt, und sie war immer noch loyal ihrem Arbeitgeber gegenüber, auch wenn sie gekündigt hatte. Und sie wollte ihm mit Lynn helfen.

»Okay. Erzählen Sie denen Folgendes: McGarand hat Blacksburg mit einem Propangas-Truck verlassen. Diesen Truck habe ich auch im Arsenal gesehen. Er stand im Kraftwerk.«

»Ein *Propangas-Truck*?«

»Ich muss jetzt wirklich los, Carter. Hören Sie gut zu: Wenn Misty irgendeine Ablenkung plant, um Lynn aus dem Krankenhaus zu entführen, wird sie wahrscheinlich einen Brand legen. Ihre Spezialität. Passen Sie also auf. Nehmen Sie eine Waffe mit, falls Sie eine haben.«

»Ich werde gut zielen«, versprach Janet.

O je, dachte er. Gut zielen und vermutlich den eigenen Fuß treffen. »Okay«, sagte er. »Und was Lynn betrifft, noch einmal vielen Dank. Das haben Sie großartig gemacht.«

»Können Sie McGarand aufhalten?«

»Aufhalten? Ich kann ihn ja nicht mal finden.«

»Aber falls Sie ihn aufspüren, wird Ihnen doch etwas Besseres einfallen als Rache, Mr Kreiss. Sie könnten eine Tragödie verhindern. Sie sagen, er fährt einen Propangas-Truck. Ich bin sicher, der Laster ist voller Wasserstoff. Das wäre eine Bombe von unglaublicher Zerstörungskraft.«

»Haben Sie das mit einem ›kleinen Gegengefallen‹ gemeint, Carter? Sie retten meine Tochter nur, wenn ich ein Bombenattentat verhindere?«

»Ich würde Ihrer Tochter auch so zu helfen versuchen, Mr Kreiss. Aber im Augenblick wollen die Leute, die hinter Ihnen her sind, nach den biblischen Gesetzen handeln: Auge um Auge, Zahn um Zahn. Warum wollen Sie nicht mal eine gute Tat tun? Denken Sie doch mal daran, wie sehr das Ihre Feinde verwirren würde!«

Kreiss wusste nicht, was er sagen sollte. Die Frau wurde verdammt unverschämt. »Jetzt, wo Sie nur noch Privatperson sind, werden Sie ganz schön hinterhältig, Carter.«

»He«, sagte sie.

»Was?«

»Werden Sie mich jemals mit meinem Vornamen anreden?«

»Dazu kenne ich Sie nicht gut genug«, erwiderte er. »Muss jetzt endlich los.«

Er legte auf und ging zu seinem Van, kickte auf dem Weg eine leere Coladose über den halben Parkplatz. Dann stieg er in den Wagen und knallte die Tür zu.

Zeit zur Entscheidung. Seit seiner Entlassung hatte er Vorkehrungen getroffen, die ihm ein Untertauchen ermöglichten. Doch bevor er nicht wusste, dass Lynn in Sicherheit war, konnte er nichts tun. In den nächsten vierundzwanzig Stunden würde es sich entscheiden. Misty hielt sich bereits in Roanoke auf, und er hatte nicht übertrieben mit der Warnung, dass sie einen Brand legen könnte. Auch in einem Krankenhaus; er selbst hätte es damals auch getan. Er hatte Janet Carter längst nicht alle Informationen zur Vorbereitung auf Mistys mögliche Aktionen gegeben. Kurz überlegte er, sie zurückzurufen, entschied sich dann aber dagegen. Wenn er erneut seine Kreditkarte benutzte, konnte das sehr schnell jemanden auf seine Fährte bringen. Er musste seinen Standort ändern. Das Wohin war nicht so wichtig, es ging eher darum, dass er *schnell* machte.

Aber was sollte er wegen McGarand unternehmen? In seinem Alter hatte er keine große Lust mehr, sich dem Altruismus hinzugeben. Andererseits hatte Carter vom taktischen Standpunkt aus Recht: Misty und ihre Kumpane würden erwarten, dass er fluchtartig das Weite suchte, sich vielleicht in einem Schlupfloch verbarg, das sie längst kannten. Wenn er stattdessen McGarand verfolgte, wäre das eine Tat, mit der sie nicht rechneten. Er hatte ja schon lange nach dem Truck gesucht. Vielleicht war er das Problem auch von der falschen Seite angegangen: Statt nach einer rollenden Bombe zu fahnden, sollte er vielleicht besser nach dem *Ziel* der Bombe suchen. Falls es eine Rache für die Geschichte in Waco war, gab es zwei Möglichkeiten, und beide waren für einen entschlossenen Attentäter leicht zu erreichen ...

Kreiss ließ den Motor an und verließ den Parkplatz, hielt auf die Route 1 und damit auf die Stadt zu.

Janet legte auf und stieg wieder ins Auto. Sie trug inzwischen Jeans und Pullover. Als die Frau sie endlich von dem Fangnetz befreit hatte, hatte sie noch einmal duschen müssen, um das klebrige Zeug von der Haut zu bekommen. Nun fuhr sie wieder nach Hause. Ein Propangas-Truck, dachte sie. Eine Wasserstoffbombe. Sie erschauerte. Der Experte vom ATF hatte gesagt, im Arsenal sei es eine Gasexplosion gewesen. Und ein Propan-Truck war dazu gedacht, Gas zu transportieren, da war sie ziemlich sicher. Oder war Propan eine Flüssigkeit? Verdammt! Doch in einem hatte sie Recht gehabt: Kreiss *war* hinter McGarand her gewesen – und das bestätigte ihre Ansicht, dass McGarand sich bereits in Washington aufhielt. Mit einem Tanklaster voller – was? Propangas? Wasserstoff? Ob das eine oder das andere, jedes dieser Gase würde für eine Riesenshow sorgen ...

Sie parkte vor ihrem Haus und betrat es. Ging durch alle Zimmer, um sicherzustellen, dass niemand im Haus war. Es schien alles in Ordnung zu sein.

Sie dachte wieder an den möglichen Anschlag. Welches Ziel sollte die Bombe treffen, falls es eine gab? Lynn hatte gesagt, der Bärtige habe es ein »gerechtfertigtes Ziel« genannt. Klang so, als habe er es auf Mitkämpfer abgesehen, nicht auf unschuldige Zivilisten. McGarand hatte seinen einzigen Sohn bei der Katastrophe in Waco verloren.

Scheißkerl, dachte sie plötzlich mit eiskalter Überzeugung: Er hat es auf die Zentrale des FBI abgesehen! Das FBI hatte schließlich die Operation in Waco geleitet, zumindest zu dem Zeitpunkt, als das Mount-Carmel-Lager abgefackelt wurde – unter tatkräftiger Mithilfe seines kleineren Vetters, des BATF.

Janet schaute auf die Uhr: fast sieben. Sie ging in die Küche und wählte die Nummer des FBI-Büros Roanoke, bekam das Band, das außerhalb der Bürostunden lief, an den Apparat, und drückte die Extranummer, die sie mit Farnsworths Anschluss verbinden sollte. Doch auch dort meldete sich nur die Voice-Mail. Janet legte auf. Sie erinnerte sich, dass er ihr irgendwann seine Privatnummer gegeben hatte, doch sie konnte die Nummer nicht heraussuchen, denn sie stand im Notizbuch jener Fälle, die sie in Bearbeitung hatte, und dieses Notizbuch befand sich im Büro. Exbüro, ermahnte sie sich.

Sie suchte Farnsworth im Telefonbuch. Er stand nicht drin. Sie rief noch einmal die Büronummer an. Als sich das Band meldete, drückte sie drei Ziffern; der Anruf wurde an den Dienst habenden Officer weitergeleitet, einen FBI-Agenten, der im Dezernat Betrugsverbrechen arbeitete. Die Leitung war frei, doch dann geriet Janet wieder an eine Voice-Mail. Sie seufzte tief und hinterließ die Nachricht, dass sie dringend mit Farnsworth über einen möglichen Bombenanschlag auf das FBI-Hauptquartier sprechen müsse, und gab ihre Privatnummer an. Dann legte sie auf und kochte Kaffee.

Fünf Minuten später klingelte das Telefon. Der Dienst habende Special Agent Jim Walker war am Apparat.

»Hab Ihren Anruf erhalten«, sagte er. »Habe den Chef angerufen, Ihre Nachricht ausgerichtet und die Nummer durchgegeben. Aber freuen Sie sich nicht zu früh. Stimmt es, dass Sie heute gekündigt haben?«

»Ja, aber ich habe neue Informationen erhalten.«

»Tja, nun, der Chef hat gesagt, ich zitiere: ›Janet Carter arbeitet nicht mehr für uns. Einer der Gründe ist, dass sie von dieser angeblichen Bombendrohung auf Washington geradezu besessen ist. Vielleicht rufe ich sie an, vielleicht auch nicht.‹ Okay?«

Sein Ton war ein wenig gönnerhaft und hatte nichts von der unter Agenten üblichen Höflichkeit. Es ärgerte Janet, doch sie ließ sich nichts anmerken. »Nein, das ist *nicht* okay«, sagte sie bestimmt. »Können Sie es nicht noch mal versuchen?«

»Carter ...«

»Bitte! Sie glauben, Sie hätten es mit einer Hysterikerin zu tun, ich weiß. Aber *sollte* es einen Anschlag geben – wollen Sie derjenige sein, der es versäumt hat, die vielleicht entscheidende Information weiterzuleiten? Wenn ein unabhängiger Staatsanwalt die Sache untersucht? Erinnern Sie sich an Waco? Und diese Sache hier *hat* mit Waco zu tun.«

Walker sagte nichts darauf. Janet wusste, dass sie einen empfindlichen Punkt getroffen hatte – Walker bedachte die Folgen, die auf ihn zurückschlagen konnten, falls die Operation scheiterte. »Rufen Sie Farnsworth noch einmal an und sagen Sie ihm, dass ein gewisser Browne McGarand mit einem Propangas-Truck nach Washington gefahren ist. Dass diese Wasserstoffbombe keine Kernwaffe ist, sondern aus reinem Gas besteht – vermutlich dasselbe, das die Explosion im Arsenal verursacht hat. Haben Sie das?«

»Diese Explosion im Arsenal war eine *Wasserstoffbombe?* Meinen Sie das im Ernst?«

»Bitte Jim, rufen Sie ihn an! Richten Sie ihm genau das aus, was ich Ihnen gerade gesagt habe. Wenn er Sie zusammenscheißt, weil Sie ihn damit belästigt haben, entschuldigen Sie sich, legen auf, machen einen Vermerk über den Anruf und setzen sich wieder vor den Fernseher. Falls dann etwas passiert, ist es *seine* Schuld, nicht Ihre, stimmt's?«

Widerstrebend willigte Walker ein, Farnsworth noch einmal anzurufen, und legte auf. Janet stieß einen langen Seufzer aus:

Sie hatte getan, was sie konnte. Sie überlegte, ob sie in der FBI-Zentrale anrufen sollte; dann fiel ihr ein, dass sie auch diese Nummer nicht hatte. Die stand in ihrem Telefonverzeichnis im Büro – Exbüro, ermahnte sie sich erneut. Und ohne die Durchwahlnummer würde sie wie jeder Normalsterbliche, der die Zentrale anrief, abgefertigt, indem sie an ein Band mit einer höflichen Stimme geriet, die den Anrufer zu einem Menü labyrinthischer Möglichkeiten weiterleitete. Ihr Leben würde sich gewaltig verändern, nun, da sie nicht mehr zur mächtigsten Vollzugsbehörde im Staat gehörte. Die FBI-Ausweise hatten ihr fast automatisch Zutritt zu jedem Ort verschafft. Nun war sie nur noch Janet Carter, alleinstehend und arbeitslos. Sie kam sich fast nackt vor. Immerhin würde Kreiss nun aufhören, sie dauernd mit »Special Agent« zu betiteln.

Als sie wieder in die Küche kam, hätte sie am liebsten einen Drink genommen, keinen Kaffee, aber sie musste sich mit Letzterem zufrieden geben. Sie hoffte, dass das Telefon klingelte und Farnsworth sich meldete, aber das geschah nicht.

Dieser verdammte Kreiss! Janet ging unruhig in der Küche auf und ab. Wie lange sollte sie noch warten? Kreiss hatte ihr deutlich genug zu verstehen gegeben, dass es eilte, seine Tochter in Sicherheit zu bringen. Das konnte ohnehin schwierig werden, da Janet ihre Autorität als FBI-Agentin verloren hatte. Andererseits war Lynn ihr ziemlich entschlossen erschienen, und sie bei den »Hinterwäldlern« zu verstecken, wie Kreiss die Leute genannt hatte, mochte die perfekte Lösung des Problems sein, zumal sie Kreiss' Freunde waren.

Janet kramte das Bezirkstelefonbuch hervor und fand die Nummer eines M. Wall, der an der gleichen Straße wohnte wie Kreiss. Das Telefon läutete, doch niemand hob ab. Janet schrieb die Nummer auf einen Zettel und ging nach oben ins Schlafzimmer. Sie holte die Detective's Special aus ihrer Strumpfschublade und wühlte dann in der Kommode herum, bis sie das Taillenhalfter dafür gefunden hatte. Sie schaute nach, ob die Waffe geladen war, hakte sie dann hinten am Hosenbund fest und zog den Pullover darüber. Sie prüfte, ob sie keine Anrufe übersehen hatte, schnappte ihre Autoschlüssel und machte sich auf den Weg nach Blacksburg.

Vierzig Minuten später stand sie am Empfangsschalter im Montgomery County Hospital und erfuhr, dass Lynn von der Intensivstation auf ein Privatzimmer im dritten Stock verlegt worden war. Janet nahm den Fahrstuhl und sah mit Erleichterung, dass vor Lynns Zimmer kein Polizist mehr Wache hielt. Die Zimmertür stand offen; das Mädchen schien in dem halb verdunkelten Raum zu dösen. Die Besuchszeit war vorbei, doch die Krankenschwester, die Janet schon tags zuvor auf der Intensivstation gesehen hatte, winkte sie hinein. Das Mädchen wachte auf, als Janet ins Zimmer kam und die Tür hinter sich schloss.

»Hallo«, grüßte Janet. »Wie geht's?«

»Besser«, sagte Lynn. »Der Deputy hat mir was Anständiges zu essen besorgt, bevor er ging. War besser als dieser Krankenhausfraß.«

»Meinen Sie, Sie können aufstehen?«

»Aufstehen? Darf ich raus?«

»Ja. Kommen Sie mit mir. Irgendjemand ist hinter Ihrem Vater her, und dieser Jemand könnte versuchen, Sie zu entführen, um ihm eine Falle zu stellen.«

»Was?«, rief Lynn und setzte sich im Bett auf. »Aber Dad ist im Ruhestand! Wer ist hinter ihm her? Und warum?«

»Lynn, ich werde Ihnen alles erklären, sobald wir im Wagen sitzen. Haben Sie etwas zum Anziehen hier?«

Das Mädchen schaute sich verwirrt im Zimmer um. »Ich weiß nicht genau – schauen Sie doch mal im Schrank nach.«

Janet stand auf und blickte in den Schrank, wo zerschundene Jeans hingen, ein Shirt, eine Jacke und Trekkingschuhe. Weder Unterwäsche noch Socken. Sie nahm alles heraus und drehte sich dann um, damit Lynn sich unbeobachtet anziehen konnte. Das tat sie auch, doch es war deutlich, dass sie immer noch sehr schwach war. Janet musste ihr helfen, die Schuhsenkel zu binden. In aller Eile berichtete sie dem Mädchen von der Furcht erregenden Jägerin der CIA und gestand Lynn auch, dass sie nicht mehr beim FBI sei, weil niemand die Bombendrohung wirklich ernst genommen hatte. Lynn legte ihr die Hand auf den Arm.

»Beschreiben Sie mir diese Frau«, sagte sie.

Janet tat es, wobei sie besonders die außergewöhnlichen schwarzen Augen hervorhob, das weiße Gesicht und die fast leblose Miene.

»O Gott!«, sagte Lynn. »Ich glaube, die Frau war schon hier. Aber sie war angezogen wie eine Ärztin. Sie hat vor ungefähr einer Stunde in der Tür gestanden. Ich hab zwar gedöst, aber an das Gesicht und die Größe kann ich mich erinnern.«

»Was hat sie getan?«

»Nichts. Hat nur kurze Zeit in der Tür gestanden. Ich hab kaum richtig die Augen aufgemacht. Aber als die Frau mich anschaute, hatte ich das Gefühl, dass sie *wusste,* dass ich sie sah. Es war unheimlich.« Lynn sah blass und dünn aus, und ihre Kleidung schien ihr zu groß zu sein. Sie saß auf der Bettkante und hielt sich mit steifen Armen im Gleichgewicht.

»Die Frau ist sehr gefährlich«, sagte Janet. »Im Auto werde ich Ihnen mehr erzählen. Aber zuerst müssen wir raus hier, ohne uns stundenlang mit Formalitäten aufzuhalten. Ich ...«

In diesem Augenblick erklang aus dem Flur das durchdringende Schrillen der Alarmanlage: fünf Huptöne, dann eine Durchsage, im ersten Stock sei ein Kabelbrand entstanden; man solle in sämtlichen Etagen mit der Evakuierung beginnen. Wieder ein fünfmaliges Hupen, und die Meldung wurde wiederholt. Sofort waren draußen auf dem Flur eilige Schritte zu hören.

»Schnell!«, drängte Janet, während sie schon zur Tür ging, sie einen Spalt aufmachte und in den Flur linste. »Genauso hat Ihr Vater es mir beschrieben. Er sagte, die Frau würde einen Brand legen und Sie in der allgemeinen Verwirrung entführen.« Zwei Krankenschwestern eilten vorbei; die eine schob zwei Rollstühle vor sich her, die andere starrte auf ein Klemmbrett und sprach gleichzeitig aufgeregt in ein Handy. Gegenüber von Lynns Tür stand ein weiterer Rollstuhl. Janet rollte ihn in Lynns Zimmer. Wieder erklang der Alarm, und die Durchsage wurde wiederholt.

»Okay, los!«, sagte Janet.

Lynn setzte sich in den Rollstuhl. Janet legte ihr eine gefaltete Decke über die Knie und rollte sie in den Korridor. Sie wusste, dass die Fahrstühle außer Betrieb gesetzt waren und alle Leute zum Treppenhaus eilen würden. Sie schlossen sich dem Strom der Schwestern und Patienten an; manche saßen ebenfalls in Rollstühlen, andere konnten gehen. Nur ein paar sehr verängstigte Patienten wurden in Rollbetten geschoben. Dennoch ging die Evakuierung geordnet vonstatten. Am Ende des Korridors konnte Janet rote Schilder mit der Aufschrift »Ausgang« erkennen.

Plötzlich gingen die Lichter aus. Angstschreie ertönten, und die Leute redeten wild durcheinander. Überall an den Decken flammte die Notbeleuchtung auf, die das Weiterkommen erleichterte, doch urplötzlich roch es aus den Ventilationsschächten nach beißendem Rauch, den Janet zwar nicht sehen, dafür aber umso intensiver riechen konnte. Der Gestank wurde immer stärker. Die Prozession aus Rollstühlen und Menschen drängte vorwärts. Nahm man die Lautstärke als Maßstab, hatte die Angst schlagartig zugenommen.

Janet hörte, dass es vor dem Ausgang zu einer Stauung gekommen war. Sie fasste einen raschen Entschluss, drehte den Rollstuhl herum und schob das Mädchen den dunklen Flur zurück, weg von der sich drängelnden Menge am anderen Ende. Sie kamen an Lynns Zimmer vorbei und gelangten an eine Kreuzung zweier Flure. Janet schaute beide entlang, entdeckte aber keinen Ausgang. Der beißende Geruch des Rauchs wurde stärker; inzwischen quoll eine dünne graue Schicht an der Decke entlang.

Janet wandte sich um und schaute den ursprünglichen

Fluchtweg entlang. Es sah aus, als ob ein großer Bettenaufzug noch funktionierte, doch auch dort versuchte eine Menschenmenge, in den Lift zu kommen oder sich wenigstens zum Treppenhaus durchzuschlagen. Es herrschte regelrechter Aufruhr. Patienten und Krankenhauspersonal schrien einander an.

»Es muss noch einen anderen Ausgang geben, zumindest eine Treppe«, sagte Janet.

»Sollen wir's mit den Personenaufzügen versuchen?«, schlug Lynn vor. Sie war immer noch blass und hielt die Decke an sich gedrückt, als würde sie frieren.

»Die werden nicht mehr funktionieren, wenn der Alarm ausgeschaltet ist. Wahrscheinlich ist deshalb so ein Gewühle da hinten.«

Inzwischen war der Rauch so dicht, dass ihre Augen brannten. Am anderen Ende des Korridors versuchten ungefähr sechzig Leute, Patienten und Rollstühle in den einzigen Aufzug zu stopfen oder die drei Treppen hinunterzutragen. Janet trottete zwei Minuten lang die angrenzenden Korridore entlang und suchte nach einem anderen Ausgang; dann musste sie aufgeben. Es existierte wirklich nur dieser eine Ausgang. Als sie Lynn zur Kreuzung der Flure zurückrollte, war der Rauch so dicht geworden, dass sie nicht mehr erkennen konnte, was hinten an der Treppe vor sich ging, doch sie konnte es deutlich genug hören, und es klang nicht gerade ermutigend. Der Rauch biss ihnen in die Augen; es roch nach verschmortem Kunststoff.

»Wir müssen ein Zimmer mit Fenstern finden und dort warten, bis Hilfe kommt«, sagte sie. »Die Feuerwehr wird einen Wagen mit einer Fluchtleiter haben.«

Sie rollte Lynn den ganzen Weg bis zum Ende des rechten Korridors und versuchte es an jeder Tür, die nicht abgeschlossen war. Endlich fand sie ein kleines Labor mit Fenstern, durch die man die Laternen des Parkplatzes erkennen konnte. Sie schob Lynn rückwärts hinein und machte die Tür zu. Auch hier stank es nach Rauch, aber nicht so schlimm wie draußen im

Korridor. Man hörte Sirenen, doch Feuerwehrwagen waren nicht zu sehen.

»Geht es noch?«, fragte sie Lynn, während sie nach Handtüchern oder Lappen suchte, um die Ritze unter der Tür zu verstopfen.

»Ja. Ich würde Ihnen ja gern helfen, aber mir ist ein bisschen schwindelig.«

»Setzen Sie sich gerade hin. Die haben gesagt, dass das Feuer im ersten Stock ausgebrochen ist. Also haben wir eine Etage zwischen uns und dem Feuer. Sie werden das Feuer bald gelöscht haben. Wenn es ein Kabelbrand ist, stellen sie einfach den Strom ab, dann hört es meistens auf.«

Als hätte das Gebäude ihren Worten gelauscht, hörten sie, wie das Surren der Ventilatoren schwächer wurde; dann erloschen sogar die Notlampen im Korridor mit lautem Klicken, und batteriebetriebene Lampen flammten auf. Janet sah, dass Lynn sich ängstigte. Sie versuchte, das Mädchen zu beruhigen. »Das ist eigentlich gut so. Ich glaube, es war die Klimaanlage, die den Rauch so schnell verbreitet hat. Hier oben dürfte uns nichts passieren. Schließlich besteht der Bau größtenteils aus Beton.«

»Ich bin froh, dass wir nicht hinten in dem Korridor sind. Das hörte sich schrecklich an.«

»Kann man wohl sagen. Sobald ich die Ritzen abgedichtet habe, werden wir uns mal die Fenster genauer ansehen.«

An der Rückwand des Labors waren drei große Fenster. Die Parkplatzbeleuchtung draußen spendete genug Licht, sodass sie sich zwischen den Labortischen bewegen konnten, ohne etwas umzustoßen. Janet schnappte sich ein paar Papierhandtücher und stopfte sie ins untere Lüftungsgitter der Tür. Da die Klimaanlage nicht mehr lief, schien auch der Rauch nicht schlimmer zu werden; deshalb machte sie sich um die restlichen Ritzen keine Sorgen. Sie trieb einen Feuerlöscher auf und stellte ihn auf den Tisch. Dann erhellte rotes, rhythmisch aufblitzendes Licht die Decke, als ein Feuerwehrwagen um die Hausecke bog, hielt und die Mannschaft heraussprang, um alles für den Löscheinsatz bereitzumachen. Janet versuchte die Fenster zu öffnen, konnte sie aber kein Stück bewegen.

»Sehen Sie? Die haben dieses Durcheinander bald unter Kontrolle. Wir warten einfach, bis wir die Feuerwehrleute draußen auf dem Flur hören.«

»Was ist mit dieser Frau?«

Janet hielt mitten in der Bewegung inne. »Misty« – die hatte sie völlig vergessen! Kreiss hatte gesagt, diese Frau würde *alles* tun, um für eine Ablenkung zu sorgen. Und Lynn hatte die Frau bereits hier im Krankenhaus gesehen. Verdammt!

Janet ging zur Tür und suchte nach einem Schlüssel, doch es gab keinen. Sie legte ein Ohr ans Milchglasfenster im oberen Teil der Tür und lauschte, konnte aber nichts hören als die Anweisungen, die durch die Lautsprecher des Feuerwehrwagens gerufen wurden. Noch mehr rote Blinklichter erhellten nun den Parkplatz. Janet schaute sich nach irgendetwas um, mit dem sie die Tür verbarrikadieren könnte, und entdeckte einen Arbeitstisch, den sie allein bewegen konnte. Sie schob ihn zur Tür, doch die Platte war fünf Zentimeter zu hoch, um unter den Türknauf zu passen.

»Sie müssen ihn anheben und darunterklemmen«, riet Lynn. Sie schob ihre Decke weg, stand aus dem Rollstuhl auf und kam zu Janet herüber, wobei sie sich an der Kante des Tisches festhielt, der zwei Meter lang und einen halben Meter breit war und aus schwerem Holz mit einer Zinkplatte bestand. Die beiden Frauen hoben ihn an und schoben das Ende des Tisches unter den Knauf an der Tür. Dann setzten sie den Tisch vorsichtig ab. Er klemmte unter dem Türknauf fest, während die Beine am anderen Ende ungefähr einen Zentimeter über dem Boden schwebten. Janet ging zum Türknauf und versuchte ihn zu drehen, doch nun war er blockiert.

»Das wird zumindest so aussehen, als wäre die Tür verschlossen«, sagte Lynn, humpelte zu ihrem Rollstuhl und ließ sich darauf fallen. Janet sah Schweiß auf der Stirn des Mädchens glänzen.

»Ein guter Einfall«, meinte Janet, beschämt, dass sie nicht selbst darauf gekommen war.

»Haben Sie eine Pistole?«, wollte Lynn wissen.

»Ja«, antwortete Janet und klopfte auf die Ausbeulung über ihrem Po.

»Das ist gut. Nach dem ganzen Aufruhr glaube ich, dass Sie die Waffe benutzen sollten, falls diese Frau auftaucht. Ich habe absolut keine Lust, schon wieder entführt zu werden. Das eine Mal hat mir gereicht.«

»Wir warten, bis wir draußen vor der Tür die Feuerwehrleute hören, dann machen wir auf.«

»Das müssen dann aber wirklich viele sein, okay? Diese Frau hat so ausgesehen, als könnte sie es mit 'ner ganzen Meute aufnehmen.«

»Wir sollten uns die Fenster anschauen. Falls diese Frau die Tür aufkriegt, können wir sie immer noch zum Narren halten.«

»Nicht, solange der Tisch da steht«, meinte Lynn. »Suchen Sie sich eine geeignete Schussposition. Ich verdrücke mich in die andere Ecke. Dann muss die Frau mit zwei Zielen fertig werden.«

Janet nickte. Der Raum war nicht besonders groß, doch die Überlegungen des Mädchens waren taktisch richtig. »Hat Ihr Vater Sie das gelehrt?«, fragte sie.

»Er hat mir etwas über Situationsgespür beigebracht«, erklärte Lynn. »Ich bin oft mit ihm auf die Hirschjagd gegangen. Sie sollten mal sehen, wie er sich im Wald bewegen kann. Er könnte 'nem Hirsch mit einem Stock auf den Hintern schlagen, bevor der überhaupt merkt, dass er da ist.« Lynn schaute sie forschend an. »Können *Sie* das? Ich meine, auf einen Menschen schießen? Auf eine Frau?«

Janet zögerte mit der Antwort. Sie wusste, dass sie es keinesfalls von sich behaupten konnte, bevor sie nicht den Abzug betätigt hatte.

»Wenn Sie's nicht können, sollten Sie lieber mir die Waffe geben. Schließlich ist diese Frau hinter mir her. Und ich werde mich nicht mehr gefangen nehmen lassen, von keinem Menschen!« Lynns Gesicht drückte wilde Entschlossenheit aus. Ganz der Vater, dachte Janet noch einmal.

»Wenn ich muss, werde ich schießen«, lenkte sie ein. »Aber ich fange bestimmt nicht gleich an zu feuern, wenn jemand durch die Tür kommt. Es gibt da gewisse Regeln.«

»Wenn man meinem alten Herrn glauben darf, Agentin Carter, dann ist die einzige Regel solcher Leute, dass keine Regeln gelten. Falls Sie Bedenken haben, geben Sie mir die Pistole.«

Janet wünschte sich Kreiss her. Sie schaute sich im Raum um, dachte an ihr Training in Quantico und versuchte das Labor vom taktischen Standpunkt her einzuschätzen. Es gab vier große Mikroskope, einen einzigen Tisch, der nun unter den Türknauf geklemmt war, mehrere Glasschränke an den Seitenwänden, die breite Fensterfront, die auf den Parkplatz hinausging, und zwei Computertische. Im Gang vor der Tür war es immer noch dunkel, und im Raum selbst gab es jede Menge Stellen, wo man sich verbergen konnte. Lynn hatte ihren Rollstuhl rückwärts in eine solche Ecke neben eines der Mikroskope gerollt. Sie fummelte an irgendetwas unter ihrer Decke. Janet begab sich in die Ecke gegenüber, zog einen Mülleimer heran und leerte ihn aus. Sie kauerte sich hin und zog einen Stapel Notizbücher heran, die auf einer kleinen Bank lagen. Wenn sie sich hinunterbeugte, würde ihr Kopf von der Tür aus kaum zu sehen sein, und sie konnte ihre Pistole für gezielte Schüsse auf der Bank aufstützen.

»Sie sind näher dran«, sagte sie zu Lynn. »Wenn die Frau ins Labor kommt, sagen Sie irgendwas zu ihr. Reden Sie mit ihr. Ich halte mich so lange zurück. Wenn sie eine Waffe hat, benutzen Sie als Zeichen das Wort *Überraschung*. Und wenn Sie etwas Kleines, Glänzendes in ihrer Hand sehen, schließen Sie sofort die Augen.«

»Ist gut.« Lynn hielt inne; dann fuhr sie fort: »Sie hatten gesagt, Sie wollten mir erzählen, was hinter der ganze Sache steckt.«

Mit gedämpfter Stimme erzählte Janet ihr von dem Bombenanschlag im Arsenal, von den Machtspielen und Kompetenzkämpfen zwischen den beteiligten Regierungsbehörden, sowie das Wenige, das sie über jene Frau wusste, die Kreiss nun im Visier hatte. Lynn hörte schweigend zu, und Janet begann sich zu fragen, wie viel das Mädchen über den früheren Beruf des Vaters wusste.

Draußen vor dem Haus wurde es lauter, als mehr und mehr Feuerwehrwagen auf den Parkplatz fuhren. Das Knacken und Rauschen der Funkgeräte übertönte das stetige Dröhnen der Dieselmotoren. Janet überlegte, ob der Brand inzwischen gelöscht war, und wenn ja, warum dann noch so viele Wagen gebraucht wurden. Im Labor war die Luft zwar nicht besonders gut, aber es gab wenigstens kaum Rauch.

»Vielleicht sollten wir versuchen, auf uns aufmerksam zu machen«, sagte sie zu Lynn. »Ein Fenster einschlagen, vielleicht. Nur glaube ich nicht, dass man uns hören wird.«

Doch Lynn schien sie gar nicht zu hören und zeigte aufgeregt zur Tür. Janet drehte sich um und erblickte einen Schatten hinter der Milchglasscheibe. Sie ließ sich auf ein Knie nieder, merkte dann aber, dass sie in dieser Position nicht erkennen konnte, ob die Person auf der anderen Seite den Türknauf zu drehen versuchte. Sie stand auf – gerade noch rechtzeitig, um zu sehen, wie der Tisch leicht zitterte. Janet zog ihre .38er, entsicherte die Waffe und blieb wartend und in halb gebückter Haltung stehen. Der Schatten verschwand, und Janet entspannte sich wieder, schrie im nächsten Augenblick jedoch auf, als das Milchglasfenster zerbarst und ein Gesicht mit Gasmaske eine Schlauchdüse durch die entstandene Öffnung schob. Janet richtete sich auf, damit der Mann sie sah, doch da traf sie auch schon ein Schwall kalten Wassers ins Gesicht. Der Hochdruck-Wasserstrahl riss ihren Kopf nach hinten, und sie wurde in eine Ecke des Labors geschleudert. Ihre Pistole schlitterte über den

Fußboden in die andere Ecke des Raumes. Sie versuchte aufzustehen, doch der Wasserdruck war zu stark. Schließlich rollte sie sich wie eine Kugel zusammen und schrie dem Mann zu, er solle das Wasser abstellen. Verzweifelt versuchte sie aufzustehen. Sie konnte nichts mehr sehen, und die Augäpfel schmerzten vom harten Anprall des Wassers. Sie sah nur noch Umrisse und Schatten und konnte auch ihre Waffe nicht finden.

Plötzlich hörte sie Lynn wütend aufschreien. Aus der anderen Ecke des Raumes erklang ein dumpfer Aufprall und der zornige, schmerzerfüllte Schrei einer anderen Frau: Misty!

Binnen einer Sekunde war Lynn neben Janet, zerrte sie am Arm hoch und rief gellend: »Kommen Sie! Kommen Sie schon, wir müssen raus hier!«

Janet ließ sich mitziehen. Blind rannte sie gegen Bänke und Stühle, bis sie schließlich die Tür erreichten. Janet stieß mit dem Fuß gegen ihre Pistole und beugte sich hinunter, um die Waffe aufzuheben. Allmählich kehrte ihre Sehkraft zurück. Der Tisch war beiseite geschoben worden, und Janet und Lynn taumelten in den Korridor, wo man vor Rauch kaum etwas sehen konnte. Ein tragbares Flutlicht stand in der Nähe und erleuchtete den Flur. Janet schnappte es sich; dann kämpften sie und Lynn sich durch den Rauch den Korridor entlang. Beide liefen geduckt und atmeten so flach wie möglich.

»Wie haben Sie das gemacht?«, wollte Janet wissen. »Wie sind Sie mit dieser Frau fertig geworden?«

»Hab sie mit dem Feuerlöscher erwischt«, antwortete Lynn. »Ich hatte ihn unter der Decke versteckt. Sie nahm die Gasmaske ab und grinste mich an, da hab ich direkt in ihr Gesicht gezielt und das Ding nach ihr geworfen. Mein Gott, ich kann in dieser Luft nicht atmen!«

Dann stolperten sie über etwas – es war ein Feuerwehrmann, der anscheinend bewusstlos war; Gummimantel, Atemgerät und Helm fehlten. In einiger Entfernung war ein erleuchtetes Rechteck auszumachen.

»Der Fahrstuhl!«, rief Janet. »Los, los!«

Lynn taumelte durch den Rauch auf den Lift zu. Janet packte den bewusstlosen Feuerwehrmann unter den Achselhöhlen und zog ihn auf das helle Rechteck zu. Lynn half ihr, den Körper in den Aufzug zu zerren; dann drückte Janet den Knopf fürs Erdgeschoss, und die Tür glitt zu.

Der Fahrstuhl setzte sich in Bewegung. Janet ließ sich erschöpft in die Hocke gleiten und saß Lynn gegenüber; zwischen ihnen lag der ausgestreckte Körper des Mannes. Für einen Feuerwehrmann sah er sehr jung aus.

»Atmet er?«, fragte Lynn.

»Ja«, antwortete Janet. »Hören Sie zu, Lynn. Wir steigen im Erdgeschoss aus, sagen jemandem Bescheid, was mit dem Mann hier ist, und gehen auf den Parkplatz.«

»Und was ist mir ihr?«, fragte Lynn und zeigte mit dem Daumen nach oben.

»Ich hoffe, sie schmort dort im eigenen Saft. Aber leider habe ich da meine Zweifel. Und vermutlich hat sie Helfer hier im Haus.«

Der Fahrstuhl bremste ab, als er sich dem Erdgeschoss näherte. Janet stand auf. »Wir lassen uns nicht von irgendwelchen Traumatherapeuten aufhalten, okay? Wir müssen zusehen, dass wir von hier verschwinden.«

Lynn nickte. »In Ordnung.«

Die Tür öffnete sich. Vor ihnen stand eine Gruppe Feuerwehrmänner. »Einen von Ihren Leuten hat es im dritten Stock erwischt«, rief Janet ihnen zu und drängte sich mit Lynn zwischen der Gruppe hindurch. »Wir haben ihn mitgebracht. Er liegt im Aufzug. – Wie kommen wir hier raus?«

Im Erdgeschoss war kaum Rauch, und auf dem Boden standen Notleuchten, die das trübe Foyer erhellten. Der größte Feuerwehrmann zeigte auf den Ausgang, während die anderen zur Fahrstuhlkabine drängten, um sich des bewusstlosen Kameraden anzunehmen. Janet hörte einen der Männer noch fragen: »Wo ist denn seine Atemschutzausrüstung?«, bevor sie und Lynn aus der Tür stürzten und in vollen Zügen die kühle, frische Nachtluft atmeten. Janet konnte fast wieder normal sehen, nur musste sie ständig blinzeln.

Sie bemerkte, dass sie auf der falschen Seite des Gebäudes waren: Ihr Wagen stand auf dem hinteren Parkplatz. Wahrscheinlich hätte sie ihn vom Labor aus sogar sehen können. Sie bat Lynn zu warten, während sie den Wagen holte. Doch Lynn erwiderte: »Auf gar keinen Fall«, und schloss sich ihr an.

Zehn Minuten später hatten sie das Krankenhaus hinter sich gelassen und fuhren Richtung Süden zum Highway 460. Janet fragte Lynn nach der Nummer von Micah Wall, doch das Mädchen wusste sie nicht. Dann fiel Janet wieder ein, dass sie sich die Nummer notiert hatte, und sie kramte nach dem Zettel. Er war durchnässt, aber noch lesbar. Sie tippte die Nummer in ihr Handy ein, doch immer noch meldete sich niemand. Sie blickte in den Rückspiegel, doch kein Verfolger war zu sehen.

Sie erklärte Lynn, was sie vorhatte. Das Mädchen nickte. »Bei Micahs Klan ist man sicher«, meinte sie.

»Ihr Wort in Gottes Ohr«, murmelte Janet.

Kreiss fuhr über die Fourteenth Street Bridge in den District of Columbia. Nach Verlassen der Brücke fuhr er geradeaus auf die Washington Monument Grounds zu, bis er zur Kreuzung mit der Independence Avenue kam, in die er rechts einbog und bis zur Zehnten Straße fuhr. Auf der Zehnten Straße untersagte ein Schild das Linksabbiegen, doch Kreiss kümmerte sich nicht darum und folgte der Straße bis einen Block vor der Kreuzung mit der Constitution Avenue, wo er einen Parkplatz fand.

Es war kurz nach halb elf; der Verkehr war spärlich. Ein Streifenwagen der Washingtoner Metro Police stand auf der anderen Straßenseite; die beiden Cops, die im Wagen saßen, schienen Zeitung zu lesen. Sie schauten nicht einmal auf, als Kreiss ausstieg, seine Windjacke anzog und zu Fuß Richtung Constitution Avenue ging. Es war ein bewölkter Abend, und es roch ein wenig nach Frühlingsregen. An der Ecke blieb Kreiss stehen.

Die Constitution Avenue war achtspurig, da sie oft für Paraden benutzt wurde. Tagsüber herrschte so dichter Verkehr, dass die Autos buchstäblich Stoßstange an Stoßstange vorankrochen. Eine Querstraße weiter, schräg zu seiner Rechten, stand die FBI-Zentrale, das J. Edgar Hoover Building. Es lag an der Constitution Avenue zwischen der Neunten und Zehnten Straße und stieß mit seiner Nordseite an die Pennsylvania Avenue, die in spitzem Winkel von der Constitution abzweigte. Architektonisch war das FBI-Gebäude eine Kuriosität, die nach Kreiss' Ansicht eine gewisse Einheitlichkeit mit der Geschichte des FBI bezeugte, da man nach Hoovers Tod einige seltsame Geschichten über ihn erfahren hatte. Von oben gesehen besaß das Gebäude die Form eines hohlen Rechtecks, dessen untere rechte Spitze in einen Winkel ausgezogen war, der die spitze Ecke zwischen Pennsylvania Avenue und Neunter Straße ausfüllte. Die oberen Etagen ragten über das Erdgeschoss hinaus, wodurch das Gebäude kopflastig wirkte. Kreiss fragte sich, ob der Architekt vielleicht insgeheim über die Vorschläge des FBI-Designkommitees geschmunzelt hatte. Die Fenster erinnerten ein wenig an Luken und verliehen der Fassade den Charakter einer Festung. In den meisten Fenstern brannte noch Licht, doch ob noch Mitarbeiter im Gebäude waren, konnte Kreiss von seinem Platz aus nicht sehen. Eines aber war sicher: Das Gebäude war wie geschaffen für eine Bombe, denn der Überhang würde jegliche Explosion zur Straße hin auffangen und die gesamte Wucht nach innen lenken.

McGarand war mit einem Propangas-Truck hergekommen. Sein Sohn war in Waco getötet worden. Sein Enkel Jared, der ihm offenbar bei seinem finsteren Treiben im Army Arsenal geholfen hatte, hatte ebenfalls dran glauben müssen. Da Regierungsagenten im Arsenal aufgetaucht waren und es kurz darauf in die Luft geflogen war, zog McGarand sicherlich den

Schluss, dass die Bundespolizisten auch an Jareds Tod die Schuld trugen. Und in gewisser Weise hatte er Recht.

Kreiss schaute sich um. Es gab kein Hindernis, das McGarand daran hinderte, mit seinem Truck genau neben das Gebäude zu fahren und die Bombe zu werfen, falls es ihm nichts ausmachte, zusammen mit sämtlichen Menschen im Gebäude draufzugehen, vorausgesetzt, die McGarands hatten draußen in der Munitionsfabrik tatsächlich irgendein hochexplosives Zeug zusammengebraut.

Der Truck konnte vermutlich zwischen 300 und 350 Hektoliter Propangas transportieren. Da McGarand Sprengstoffchemiker gewesen war, wusste er bestimmt, wie man einen Lastwagen in eine Autobombe verwandeln konnte. Man musste sich ja nur den Anschlag von McVeigh und Kumpanen in Oklahoma City anschauen. Hätten sie einen Propan-Truck mit so viel C-4 oder gar Dynamit gefüllt, wäre das genug, um das Hoover Building bis zum Beltway zu katapultieren.

Selbst von seinem Standort einen halben Block entfernt konnte Kreiss die Überwachungskameras an den Ecken des Gebäudes erkennen; wahrscheinlich gab es noch welche über ihm. Der größte Teil von Downtown Washington wurde von Kameras überwacht, und die FBI-Zentrale gehörte zweifellos zu den am besten bewachten Gebäuden. Irgendein Agent im Kontrollraum konnte ihn, Kreiss, vermutlich in genau diesem Moment sehen, wie er um halb elf spätabends an der Straßenecke stand und zur Zentrale hinüberstarrte. Er ging in Richtung Neunte Straße und versuchte, sich wie ein normaler Tourist zu geben, der einen späten Abendspaziergang macht, um ein bisschen frische Luft zu schnappen. Er schaute ostentativ geradeaus, konnte jedoch die an der Constitution Avenue gelegene Seite des Hoover Building überblicken, ohne dass es zu auffällig war. Als er zur Neunten Straße gelangte, wartete er artig, bis die Ampel auf Grün schaltete. Falls jemand ihn beobachtete, würde diese gesetzestreue Beachtung der Verkehrsregeln ausreichen, ihn als Ortsfremden zu kennzeichnen. Er hielt sich

Richtung Osten, passierte die gewaltige National Gallery zur Rechten und erreichte die Vierte Straße, wo er rasch über die Constitution eilte, die Pennsylvania überquerte und dann in nordwestlicher Richtung auf der Pennsylvania zurückging. Auf diese Weise gelangte er zu dem spitzwinkligen Teil der FBI-Zentrale, wo der Überhang des Gebäudes wiederum den Eindruck einer Festung erweckte. Aber diese Festung war sehr verwundbar, wenn jemand mit einer Autobombe gegen sie anging – und McGarand wusste das wahrscheinlich nur zu gut. Die Frage war: Wollte McGarand als Selbstmordattentäter agieren, oder hatte er das eigene Überleben eingeplant?

Kreiss ging weiter auf der Pennsylvania; er nahm an, dass er von Fernsehkameras verfolgt worden war, bis er sich außer Sichtweite des Gebäudes befand. Dann bog er auf die Fünfzehnte Straße ab und ging in Richtung Norden, vorbei am Weißen Haus und am Treasury Building, wo man die Überwachung deutlich sehen konnte. Sämtliche ans Weiße Haus angrenzenden Straßen waren nach allen Richtungen mit großen Betonblöcken versperrt – so schützte man den Präsidenten vor den Wirrköpfen, denen seine Politik nicht gefiel.

Kreiss schlenderte munter weiter, die Hände in den Taschen, und gelangte wieder auf die Constitution Avenue, wo er erneut brav vor der Ampel wartete.

Auf den Brücken und den größten Straßen des Zentrums hatte er Dutzende von Lastwagenverbotsschildern gesehen, zugleich aber auch einen riesigen Heizöl-Tanklaster mit dem Logo der Fannon Company, der sich auf der anderen Seite der Mall in eine Gasse hinter der Smithsonian Institution zwängte. Also würde ein Propangas-Truck nicht automatisch von den Cops angehalten. Auch das musste McGarand gewusst haben. Doch wenn man einen Tanklaster bis vor das Hoover Building bekommen wollte, musste man zuvor jede Menge Papierkrieg durchfechten und Sicherheitsregeln auswendig lernen.

In diesem Augenblick rauschte ein Streifenwagen an den Bordstein, und der Fahrer ließ das Fenster herunter.

»Können wir Ihnen helfen, Sir?«, fragte der Cop.

»Nein, danke«, erwiderte Kreiss. »Ich wollte nur ein bisschen spazieren gehen. Habe morgen eine Präsentation und bin sehr nervös. Das ist doch eine sichere Gegend, oder?«

»Wenn sie nicht sicher wäre, säßen wir alle ganz schön in der Bredouille«, meinte der Cop und nickte nach hinten zum Weißen Haus. »Einen schönen Abend noch, Sir.«

Die Ampel zeigte auf Grün. Kreiss überquerte die Constitution und ging wieder zu seinem Van. Vielleicht sollte das Hoover Building Ziel des Anschlags sein; es war aber auch durchaus möglich – und die Lässigkeit dieser beiden Cops machte es umso wahrscheinlicher –, dass McGarand es auf die Umgebung des Weißen Hauses abgesehen hatte.

Dann kam ihm ein Gedanke. Falls McGarands Motiv sich auf die Ereignisse in Waco gründete, kam noch ein ganz anderes Ziel in Frage ...

Vorsichtig fuhr Janet die dunkle Bergstraße entlang; sie achtete auf Wildwechsel und behielt den Rückspiegel im Auge. Sie hatte weder Rehe noch Verfolger im Rückspiegel gesehen, seit sie den Highway 460 verlassen hatten, und sie hoffte, dass es auch so blieb. Lynn schlummerte auf dem Beifahrersitz, in die Krankenhausdecke gewickelt, obwohl die Heizung des Wagens auf vollen Touren lief. Janets Kleidung war fast trocken, und sie hatte die .38er neben sich auf dem Sitz liegen.

Das Mädchen hatte sie beide mit ihrem Feuerlöschertrick gerettet und die Verfolgerin vielleicht sogar für eine Nacht kampfunfähig gemacht. Es hing davon ab, welche Art Löschmittel im Feuerlöscher gewesen war: Eine CO_2-Wolke in die Augen konnte schon einen gewissen Schaden anrichten.

Wieder warf Janet einen Blick in den Rückspiegel, doch alles blieb dunkel. Sie weckte Lynn.

»Wissen Sie, wo wir sind?«

Lynn blinzelte und starrte schweigend auf die Landstraße. Soeben fuhren sie einen steilen Hügel hinunter und überquerten einen Bach. Grüne Augen flammten im Bachbett auf, und Janet trat auf die Bremse.

»Es sind noch ungefähr zehn Meilen bis zu Dads Blockhaus«, sagte Lynn. »Bis Micahs Haus ist es noch eine halbe Meile weiter. Ist uns auch niemand gefolgt?«

»Bis jetzt nicht«, sagte Janet nach einem neuerlichen Blick in den Spiegel. Falls ein Auto hinter ihnen war, hätte sie es verdammt schnell gesehen. Hier in der Gegend um den Pearl's Mountain war der Himmel klar; es war eine mondlose Nacht, und der Wald um sie herum war dicht und dunkel. Sie wäre nicht gern mit abgeblendeten Scheinwerfern gefahren.

»Wir müssen aufpassen, wenn wir zu Micah rauffahren«, warnte Lynn. »Das sind Leute, die erst schießen und dann fragen, wer gekommen ist.«

»Warum sind diese Leute so?«

Lynn lachte. »Sie sind eben Hinterwäldler aus den Appalachen. Sie misstrauen jedem, der täglich länger als eine Stunde Asphalt tritt. Sie machen ihre Kleider selbst, pflanzen die meisten ihrer Lebensmittel selbst an und jagen Wild für den Eigenbedarf. Außerdem brennen sie Whisky, ernten ihr eigenes Dope und betreiben einen netten kleinen Schwarzhandel, für den sie keine Steuern zahlen.«

»Hört sich idyllisch an.«

»Na ja, das ist es wohl auch – es sei denn, man wirft einen Blick auf die hygienischen Verhältnisse, den Gesundheitszustand der Kinder, die hohe Krebsrate vom vielen Tabakkauen, die hohe Babysterblichkeit, die Zahl der Inzestfälle und andere wenig erbauliche Sitten und Gebräuche. Es ist wirklich nicht das Paradies. Aber die Leute hängen an ihrer Lebensweise und können Außenstehende nicht ausstehen.«

»Wie kam es dann, dass Ihr Vater Zugang zu diesem elitären Zirkel erhielt?«

»Denken Sie doch mal nach. Dad war von Beruf Jäger. Er ist ein Einzelgänger. Die meisten Leute haben ziemlichen Bammel, wenn er in der Nähe ist. Ich glaube, dieses Bergvolk hat ihn als einen der Ihren anerkannt. Außerdem hat er an dem Tag, als er ins Blockhaus einzog, Micah Walls Sohn aus einer prekären Lage gerettet.«

Janet trat hart auf die Bremsen, um drei kleine Rehe über die Straße wechseln zu lassen. »Und wie ist dieser Micah Wall so als Mensch?«

»Micah schert sich einen Dreck um alles, das außerhalb seiner Welt geschieht. Er hat einen Hund, eine Art Jack-Russell-Terrier-Mischling. Der liebt es, wenn Micah sich mit seinem riesigen alten Wildwestcolt, einem .45er, auf die hintere Veranda setzt. Der Hund rennt los, und Micah schießt ihm immer genau vor die Füße – der Köter jagt dann die Kugeln, die als Querschläger zwischen den Schuppen und all dem Müll hin und her fliegen. Micah nennt ihn ›Whizbang‹.«

Sie fuhren einen sanft abfallenden Hügel hinunter, überquerten den nächsten Bach und fuhren die nächste Steigung hinauf. Als sie um eine Haarnadelkurve bogen, kurz vor dem Zufahrtsweg zu Kreiss' Blockhaus, begann Janet zu fluchen und trat wieder voll auf die Bremse, weil ein großer weißer Chevrolet Suburban mit eingeschaltetem Standlicht die halbe Straße blockierte. Sie kam kaum daran vorbei und musste erst anhalten, um zu sehen, ob und wie es zu bewerkstelligen war. Als sie stoppte, stiegen zwei Männer aus dem Suburban. Sie trugen Windjacken mit reflektierender Schrift darauf: die Buchstaben ATF, dazu Khakihosen und Kappen mit dem ATF-Logo. Im Wagen saß noch ein dritter Mann. Auf dem Dach des Suburban waren mehrere Antennen angebracht, jedoch kein Blaulicht.

»Mist«, fluchte Janet.

»Was tun wir jetzt?«, fragte Lynn und wickelte sich enger in ihre Decke.

»Nehmen Sie die«, sagte Janet und drückte dem Mädchen die .38er in die Hand, während sie gleichzeitig das Fenster herunterließ. Lynn schob die Hand mit der Pistole unter die Decke. Dann griff Janet in die Tasche hinter dem Fahrersitz und holte ihre eigene Kappe heraus, auf der die Aufschrift *FBI* prangte. Die Männer kamen von beiden Seiten an ihren Wagen heran, doch Janet sagte Lynn, ihr Fenster geschlossen zu lassen.

»Was ist denn los?«, fragte sie den Mann, der an die Fahrerseite getreten war. Er war ein großer Schwarzer, dessen eine Hand in der Jackentasche steckte. Janet legte beide Hände aufs Lenkrad, damit er sie sehen konnte.

»Guten Abend, Ma'am. Wir sind vom Bureau of Alcohol, Tobacco and Firearms.« Nervös schaute er auf Lynn, deren Hände unter der Decke steckten. Dann bemerkte er Janets Kappe. »Sie sind vom FBI?«

»Ja. Janet Carter, Special Agent, FBI-Büro Roanoke.« Normalerweise hätte sie ihn nach seinem Ausweis gefragt; da sie jedoch keine eigenen Papiere mehr besaß, musste sie solche Formalitäten elegant übergehen. »Was ist denn hier los?«

»Wir haben Befehl, einen gewissen Edwin Kreiss festzunehmen. Wird per Bundessteckbrief im Zusammenhang mit einem Mordfall gesucht. Wer ist da bei Ihnen, Agentin Carter?«

»Das ist meine Nichte aus Washington, sie ist bei mir zu Besuch.« Der zweite Mann stand einen Meter von der rechten Seite des Wagens entfernt, in einer Position, die ihm ein schnelles Eingreifen bei einer kritischen Situation ermöglichte. Lynn hielt den Mund und die Hände unter der Decke.

»Und wohin wollen Sie?«

»Zum Haus meines Onkels. Das ist eine Meile hinter Kreiss' Blockhütte.«

»Wo dieser ganze Müll herumliegt? Das ist Ihr Onkel?«

»Micah Wall. Eine Art Stiefonkel von mir. Wir sind nicht gerade stolz darauf, ihn in der Familie zu haben, aber was soll man machen? Jetzt wissen Sie, warum ich dem Büro in Roanoke zugeteilt bin.«

Der Mann nickte. Offenbar fragte er sich angestrengt, wie man zu einem »Stiefonkel« kommen konnte. »Würden Sie bitte einen Augenblick warten, Agentin Carter? Ich muss jeden melden, der diese Straße befährt. Die Jagd nach diesem Kreiss – Sie verstehen.«

Janet hob die Schultern. »Klar, aber könnten Sie sich beeilen? Wir sind spät dran, und ich hab es allmählich satt, mich auf dieser Bergstraße um Rehe und anderes Getier zu schlängeln.«

Der Mann versprach, sofort wiederzukommen, und ging zum Suburban, während er im Gehen Janets Kennzeichen notierte. Der andere Mann blieb an seinem Platz am Straßenrand stehen, wobei er sich aus Janets Blickfeld hielt. Den dritten Mann im Wagen konnte sie erst sehen, als der Schwarze die Fahrertür öffnete.

»Geben Sie mir das Handy, Lynn«, bat sie leise, »und drücken Sie dabei den Rückruf- und den Sendeknopf. Ganz langsam ...«

Lynn kam der Aufforderung nach, und Janet hielt das Handy ans Ohr. Der Mann draußen schien unruhig zu werden, als er sah, dass ihre Hand nicht mehr auf dem Lenkrad lag. Am anderen Ende erklang das Freizeichen. Geh ran!, dachte Janet ungeduldig. Mach schon! Diesmal *musst* du da sein.

»Micah Wall«, meldete sich eine mürrische Stimme.

»Mr Wall, hier ist Janet Carter. Sie kennen mich nicht, aber ich bin eine Freundin von Edwin Kreiss. Ich habe Lynn Kreiss bei mir im Wagen, und wir haben Probleme mit der hiesigen Polizei. Wir sind ungefähr eine Meile südlich von Ihrem Haus und brauchen ein Versteck. Und vielleicht bringen wir noch ein paar Verfolger mit, wenn wir zu Ihnen kommen ...«

»Lynn Kreiss? Das Mädel wird doch vermisst«, wandte Wall ein. Janet reichte Lynn das Handy und beugte sich hinüber, um Walls Worte mitzuhören. »Micah, ich bin's. Dad ist in Schwierigkeiten, und ich muss mich verstecken.«

»Woher soll ich wissen, dass du's bist?«

»Wegen der Löwen, Micah. In Dads Blockhaus sind Löwen.«

»Jau, das is' richtig. Dann komm mal her. Haste die Bullen im Nacken?«

»Das ATF.«

Kurzes Auflachen. »Die blöden Regierungsheinis? Kannste auch gleich herbringen.«

Dann brach die Verbindung ab, und Janet legte das Handy auf den Sitz. Der Schwarze steckte halb im Suburban und sprach entweder in ein Funkgerät oder in ein Telefon. Janet konnte ihn jetzt besser sehen, weil plötzlich mehr Licht da war – und dann wurde ihr klar, dass hinter ihnen ein Auto mit ziemlichem Tempo die Straße heraufkam. Sie sah den Mann am Straßenrand zurückweichen und sagte sich, dass dies der geeignete Moment sei. Sie legte den Gang ein und beschleunigte, genau auf den Suburban zu. Der Schwarze schaute zu ihr; dann warf er sich in den Wagen, während Janet mit schlitternden Hinterreifen und aufheulendem Motor losjagte. Sie glaubte, einen Schuss zu hören, war aber nicht sicher, da überall Geröllsplitter herumflogen und einen Heidenlärm machten. Sie nahm die nächste Kurve in dem Moment, als die Scheinwerfer des anderen Wagens im Rückspiegel aufblitzten; dann wurden sie von dem vorspringenden Hügel ihren Blicken entzogen.

Sie nahm einen Augenblick den Fuß vom Gas, damit der Wagen nicht zu wild umherschlingerte.

»Wie weit noch?«, fragte sie Lynn, doch das Mädchen gab keine Antwort. Janet warf ihr einen raschen Blick zu und sah, dass Lynn sich gegen die Beifahrertür gedrückt hatte, einen verwirrten Ausdruck im Gesicht. »Ich glaube, ich bin angeschossen«, sagte sie mit schwacher Stimme. Sie zog ihre rechte Hand unter der Decke hervor – sie glänzte vor Blut.

Janet fluchte und beschleunigte wieder. »Wo sind Sie getroffen?«

»Ich ... weiß nicht«, antwortete Lynn stockend. »An der Seite, glaube ich. Fühlt sich an, als wär ich von einem Pony getreten worden.«

Hinter ihnen flammten für einen Moment starke Scheinwerfer auf; dann nahm Janet die nächste Kurve und ließ Kreiss' Zufahrt hinter sich. Auch die übernächste Kurve entzog sie den blendenden Scheinwerfern des Verfolgers. Noch eine halbe Meile. Janet fuhr so schnell sie es wagte. Sie konnte es nicht glauben – hatte einer der ATF-Männer tatsächlich auf den Wagen einer FBI-Agentin geschossen? Selbst wenn die ATF-Leute bereits wussten, dass sie gekündigt hatte, mussten sie doch nicht gleich schießen! Es sei denn ...

Wieder tauchten die hellen Scheinwerfer im Innenspiegel auf. Janet wurde klar, dass die ATF-Agenten den schweren Suburban nicht schnell genug gewendet hatten, um die Verfolgung aufzunehmen. Nein, das war gar nicht der Suburban – es war ein *anderer* Wagen, und Janet ahnte, wer darin saß. Um ein Haar wäre sie in der nächsten Kurve von der Straße abgekommen. Die kreischenden Reifen schleuderten Splitt und Geröll in den Wald.

»Halten Sie die Ohren steif, Lynn. Kommen Sie an die Stelle heran? Können Sie fühlen, wo Sie getroffen sind?«

»Nein. Ich kann ... den rechten Arm nicht mehr richtig bewegen.« Lynns Stimme klang immer schwächer. »Rechts. Die ganze rechte Seite tut weh.«

Vor ihnen lag nun eine gerade Strecke, und Janet trat aufs Gaspedal, während sie fieberhaft nachdachte, wie man den Verfolger abschütteln könnte. Die nächste Kurve nahm sie zu schnell, musste wild gegensteuern und bremsen, doch es nützte nichts. Der Wagen geriet außer Kontrolle und drehte sich mit kreischenden Reifen um sich selbst, bis er wieder beschleunigte und nun in die Richtung raste, aus der sie gekommen waren. Janet wollte wieder voll in die Eisen steigen, als ihr eine Idee kam. Sie machte die Scheinwerfer aus und bremste behutsam, um langsam zum Stehen zu kommen. Vor ihr lag die scharfe Kurve, hinter der der weiße, starke Lichtschein immer stärker wurde. Janet brachte den Wagen genau auf ihrer Seite der Kurve zum Stehen, tastete nach ihrer .38er und ließ das Fenster herunter. Eine Hand am Schalter für die Scheinwerfer, streckte sie die andere, die Linke aus, zog die Pistole hervor und stützte die Hand mit der Waffe auf dem Gehäuse des Rückspiegels ab. Im nächsten Moment schoss das Verfolgerauto um die Kurve. Janet blendete die Scheinwerfer auf und eröffnete das Feuer, zielte absichtlich tief zwischen die näher kommenden Scheinwerfer und schoss fünfmal, bevor sie sich hinters Lenkrad duckte. Bremsen kreischten. Für einen Augenblick war Stille; dann heulte der Motor des anderen Wagens auf, während das Fahrzeug ins Unterholz krachte, Felsen und kleinere Bäume streifte und schließlich in einem Hagel aus Rollsplitt und Glasscherben halb auf der Seite liegen blieb.

Janet hob den Kopf, schaute. Der Wagen lag mindestens dreißig Meter unterhalb der Böschung. Immer noch brannten die Scheinwerfer und erleuchteten die Kiefern. Das linke Vorderrad drehte sich wie verrückt. Janet zögerte keine Sekunde: Sie wendete, gab Gas und jagte den Hügel hinauf, voller Angst, weil Lynn keinen Laut mehr von sich gab.

Browne McGarand kam um halb elf zu seinem Propan-Truck zurück, nachdem er den Nachmittag und frühen Abend in einem Motelzimmer verschlafen hatte. Er trug einen dunklen Overall mit vielen Taschen. Sämtliche Teile seiner Ausrüstung befanden sich in der Fahrerkabine des Trucks. Er hatte eine detaillierte Karte sämtlicher Zugangswege zum ATF-Gebäude angefertigt und auch ein paar mögliche Fluchtwege aufgezeichnet, wenn er den Truck stehen ließ. Der falsche Lieferschein war an einem Klemmbrett auf der Ablage neben ihm befestigt.

Es war eine bewölkte Nacht, und die Scheinwerfer, die das Gebäude des Pentagon beleuchteten, sahen im Nebel, der vom Fluss herübergeweht wurde, verschwommen aus. Als Browne von Chrystal City herangeschlendert war, hatte es auf den Zufahrtsstraßen des Pentagon kaum Verkehr gegeben. Er schaute sich auf dem verlassenen Parkplatz um und seufzte. Das war der Augenblick, auf den er während all der vergangenen Monate hingearbeitet hatte. Nun gab es nichts mehr zu tun, als den lange vorbereiteten Plan in die Tat umzusetzen. Browne stieg in den Tanklaster, ließ den Motor an, setzte rückwärts aus dem Parkplatz heraus und fuhr die Zufahrtsstraße entlang. Dann bog er nach rechts ab, um unter die Trasse des hoch gelegten Highways zu gelangen, und nahm die enge Auffahrt auf die Fourteenth Street Bridge. Im Allgemeinen waren Lastwagen im District nicht erlaubt; Tanklaster bildeten jedoch die Ausnahme. Er hoffte, dass man ihn nicht anhielt. Der Lieferschein sollte einer oberflächlichen Prüfung durch die Polizei standhalten können, doch wenn der betreffende Cop nach einer Ausnahmegenehmigung fragte, war er geliefert. Die Washingtoner Metro Police hatte um Mitternacht Schichtwechsel, deshalb hatte Browne diese späte Stunde gewählt, um sein Ziel anzusteuern. Die meisten Streifenwagen standen um diese Zeit auf den Parkplätzen der verschiedenen Revierwachen oder wurden aufgetankt, und die Fahrer saßen drinnen.

Browne sah nicht einen Streifenwagen. Er gelangte zur Massachusetts Avenue, auf der kein anderer Wagen zu sehen war. Zu seiner Linken ragte die ATF-Zentrale empor. Er passierte das Tor zur Rampe, die auf das Oberdeck des Parkhauses führte. Doch der Truck war fast zu breit für die Rampe, und die hintere Stoßstange blieb kurz an einer Mauer hängen. Am Fuß der Rampe stand ein Wärterhäuschen, doch zu diesem Zeitpunkt saß niemand darin. Browne war ausgestiegen, um einen Parkschein aus dem Automaten zu ziehen. Die Rampe war zweispurig; ein Schild machte darauf aufmerksam, dass herunterfahrende Fahrzeuge Vorfahrt hatten. Als Browne den Parkschein entnahm, öffnete sich die Schranke gehorsam, und er fuhr behutsam im ersten Gang die Rampe hinauf, machte dabei aber viel mehr Lärm, als er erwartet hatte. Oben angekommen, wandte er sich nach rechts und hielt auf eine rückwärtige Ecke zu, die dem ATF-Gebäude am nächsten lag. Auf dem Parkdeck standen bereits ein paar Pick-ups und PKWs – mehr, als er erwartet hatte. Er stellte den Truck rückwärts in die Parkbucht neben der Mauer und stellte den Motor ab. Die erste Hürde war erfolgreich überwunden.

Browne schaute hinüber zum ATF-Gebäude. Nur in ein paar Fenstern brannte Licht, doch er konnte nicht ausmachen, was sich in den Zimmern abspielte, weil sie höher lagen als das Parkdeck. Wieder suchte er die Fassade und Ecken des Gebäudes nach Videokameras ab, doch die einzige Kamera, die er sehen konnte, war auf die Massachusetts Avenue gerichtet. Er holte ein kleines Fernglas aus der Tasche und suchte die Dächer der Häuser auf der gegenüberliegenden Straßenseite ab. Wie erwartet ragte dort eine Kamera als winziger Vorsprung aus einem Bürogebäude direkt gegenüber der ATF-Zentrale, doch auch sie war auf die Avenue gerichtet. Vielleicht überwachte sie auch die schmale Gasse unter ihm, doch der hintere Teil dieser Gasse lag ohnehin im Dunkeln. Browne kurbelte das Fenster einen Spalt herunter und nickte zufrieden, als er das Geräusch der Ventilatoren unten in der Gasse hörte.

Er schaute auf die Uhr. Kurz nach Mitternacht. Er lehnte sich im Sitz zurück und lauschte dem tickenden Geräusch des Dieselmotors, der allmählich abkühlte. Die Fenster der anderen Wagen glitzerten vor Nachttau. Ein gelber Lichtblitz erhellte einen Teil des Daches, als die Tür zum Treppenhaus aufflog und ein Pärchen heraustrat, eng umschlungen. Sie schienen reichlich beschwipst zu sein. Sie stiegen in einen Toyota Land Cruiser und verschwanden über die Rampe. Keiner der beiden hatte dem großen Truck in der entfernten dunklen Ecke einen zweiten Blick gegönnt. Gut.

Browne wartete. Er wollte mit dem Herunterlassen des Schlauchs gegen halb drei beginnen, zu einer Zeit, da die meisten Menschen selig schlummerten, und ihn zwischen drei und vier Uhr an den Gittern der Einlassöffnungen befestigen. Ursprünglich hatte er geplant, am Schlauch hinunterzuklettern, doch er konnte genauso gut die Parkhausausfahrt hinabspazieren und im Erdgeschoss über die Mauer springen, natürlich nur, wenn keine Kamera ihn dabei beobachtete. Vorher konnte er sich damit beschäftigen, das ATF-Gebäude auf Wachmänner oder andere Security-Leute abzusuchen, die er zuvor vielleicht übersehen hatte. Doch damit rechnete er nicht; diese Leute waren vor allem Bürokraten. Denen war wichtig, wie groß ihr Privatbüro war oder ob der Parkplatz ausreichte; keinesfalls würden sie mit einem Anschlag auf ihr Leben oder das Gebäude rechnen.

Wenn Browne das Gebäude mit Wasserstoff »tränken« konnte, würde es eine wirklich denkwürdige Explosion geben. Und selbst wenn sich nur ein Teil des Gases entzündete, musste immer noch ein mehrere tausend Grad heißer Feuerball auf jedem Quadratzentimeter Bürofläche entstehen. Schneller und barmherziger als das, was das ATF den armen Schweinen im Mount Carmel angetan hatte, die eines qualvollen Todes gestorben waren, während das Gebäude um sie herum zusammenschmolz. Vielleicht passten sie dann nächstes Mal ein bisschen besser auf – die paar Bürokraten, die die bevorstehende Katastrophe überlebten.

Browne lehnte sich bequem zurück und wartete. Er wünschte nur, er hätte etwas Ähnliches mit dem FBI-Gebäude machen können, doch außer einem Selbstmordkommando mit einer Wagenladung TNT gab es keine Möglichkeit, da ranzukommen. Dort war es nicht wie hier. Dieses Gebäude hier war gut zu erreichen und deshalb schutzlos.

13

EDWIN KREISS SASS in einem Vernehmungsraum der Polizeiwache an der Siebten Straße und überlegte, wie er hier wieder herauskommen sollte. Er hatte harmlos an der Ecke Zwölfte Straße und Massachusetts Avenue gestanden und auf die ATF-Zentrale geschaut, als dieselben Cops, die ihn am Weißen Haus gesehen hatten, auf dem Weg zum Schichtwechsel an ihm vorbeifuhren. Sie waren langsamer geworden und hatten angehalten. Kreiss hatte kurz die Flucht erwogen, doch er kannte sich in den Straßen und Gassen rund um die verschiedenen Ministerien und Behörden nicht aus. Binnen Sekunden hätten sie ihn geschnappt. Der Wagen hatte zurückgesetzt, und diesmal war der Partner des Cops ausgestiegen, die eine Hand am Schlagstock, während er sich mit der anderen die Dienstmütze auf den Kopf drückte. Der Fahrer, der Kreiss offensichtlich erkannt hatte, blieb im Wagen, warf aber wachsame Blicke über die Schulter. Kreiss wurde höflich gefragt, was er zu dieser nachtschlafenden Zeit hier tue. Er wusste buchstäblich keine Antwort darauf. Zum Glück hatte er seine Waffe im Van liegen lassen, der in einem Parkhaus neben dem ATF-Gebäude stand.

Die Cops legten ihm Handschellen an, klopften ihn nach Waffen ab und verfrachteten ihn auf den Rücksitz. Dann brachten sie ihn – wahrscheinlich wegen des Verdachts auf Streunerei – auf die Wache. Doch sie hatten ihn nicht verwarnt, und er befand sich seiner Schätzung nach jetzt drei Stunden in dem Vernehmungsraum. Handschellen trug er keine mehr, aber sie hatten ihm Brieftasche, Uhr und Schlüssel abgenommen. Und er hätte sehr gern einen Kaffee gehabt.

Die Zeit hatte nicht ausgereicht, um das ATF-Gebäude

gründlich zu studieren, doch auch so war Kreiss klar geworden, dass es ein viel leichteres Ziel bot als die FBI-Zentrale. Das Gebäude war viel kleiner; es war zwar ebenfalls überwacht, aber man kam besser dorthin als zum FBI-Domizil – um dorthin zu gelangen, musste man die Constitution Avenue durchfahren und sämtliche Verkehrsinseln umkurven, wo die größeren Straßen zusammentrafen. Sicher würde ein vorfahrender Propangas-Truck auffallen – aber dann war es zu spät. McGarand würde sogar noch Zeit zum Parken bleiben. Er konnte seinen Brandsatz zünden und abhauen, bevor die Sicherheitsmannschaft im Gebäude reagieren konnte.

Kreiss grinste grimmig, als er sich die Reaktionen eines Wachschutzbeamten an seinem Schreibtisch vorstellte, der einen großen Gastanklaster vorfahren sah, aus dem ein Mann ausstieg und davonrannte. Was sollte der arme Kerl dann tun? Wer sollte nachschauen gehen, was sich in diesem Truck befand, und wer konnte schneller sein als eine Hitzewelle, wenn er durch die Hintertür fliehen wollte?

Doch nun saß er hier fest, obwohl er sich vorstellen konnte, was geschehen würde. Und wer als Nächstes durch die Tür kam.

Endlich öffnete sich die Tür, und der Dienst habende Sergeant geleitete zwei Männer in Anzügen in den Raum. Kreiss schaute zu ihnen hoch und gratulierte sich im Stillen, dass er Recht gehabt hatte. Einer der Männer, der größere, setzte sich ihm gegenüber an den Tisch. Der andere blieb stehen. Der größere mochte in den Vierzigern sein. Er hatte ein Mondgesicht, das dringend einer Rasur bedurfte, unruhige blaue Augen und schütteres schwarzes Haar. Er zog eine Brieftasche mit Ausweisen hervor und zeigte sie Kreiss.

»Sam Johnstone, FBI«, stellte er sich vor. »Sie sind also Edwin Kreiss. Der berüchtigte Edwin Kreiss.«

Kreiss schwieg. Johnstone lehnte sich im Stuhl zurück.

»Wir haben nach Ihnen gesucht, Mr Kreiss – oder vielmehr, der Leiter des FBI-Büros Roanoke. Es scheint, dass man Ihnen dort ein paar Fragen über einen Mordfall in Blacksburg stellen möchte.«

Kreiss schwieg beharrlich. Johnstone schaute seinen Partner an.

»Wollen Sie nicht mit mir reden, Mr Kreiss?«

»Sie haben mich noch nichts gefragt.«

»Okay, dann mal raus mit der ersten Frage: Warum haben Sie sich zu nachtschlafender Zeit in der Nähe des ATF-Gebäudes herumgetrieben? Nachdem Sie bereits das Gleiche in der Nähe des Weißen Hauses getan hatten? Das sind doch ganz klare Fragen, ja? Außerdem wurden Sie von unseren Kameras an der FBI-Zentrale erfasst. Haben Sie heute Nacht etwas Besonderes vor, Mr Kreiss? Sie sind doch nicht mehr böse auf uns?«

»Nein.«

Johnstone starrte ihn weiterhin an, als wäre er ein besonders interessantes Exemplar der Gattung Mensch. Dann meldete sein Partner sich das erste Mal zu Wort. »Wie ich höre, waren Sie ein ziemlich beängstigender Mann, Kreiss. Sie sollen mit Ihren Kumpels aus Langley Menschen gejagt haben. Stimmt das? Machen Sie den Leuten wirklich so viel Angst?«

Kreiss drehte sich langsam um, um den anderen Mann ins Auge zu fassen, der äußerlich in jeder Hinsicht Mittelmaß war: Größe, Gewicht, Figur. Selbst sein weiches weißes Gesicht war in keiner Weise auffällig. Würde sich hervorragend für Beschattungsaufträge eignen, dachte Kreiss. Dann wandte er sich wieder Johnstone zu.

»Der hat mich so komisch angeguckt, Sam«, sagte der zweite Agent. »Ist wirklich unheimlich. Schätze, ich sollte mir jetzt vor Angst in die Hosen machen.«

»Pass bloß auf deinen Arsch auf, Lanny. Ich hab gehört, dass unser Mr Kreiss verantwortlich dafür war, dass ein Mann seine Frau und seine Kinder und dann sich selbst erschossen hat. Das war, bevor das FBI Sie achtkantig rausgeworfen hat – stimmt's, Mr Kreiss?«

Kreiss grinste ihn nur an, sagte aber nichts.

»Verdammt, jetzt macht er das schon wieder, Lanny. Will einfach nicht mit mir reden. Ich glaube, ich habe seine Gefühle verletzt. Schließlich ist er wegen Streunerei aufgegriffen worden und sitzt jetzt in der Klemme. Was glaubst du, Lanny, wollte er hier? Ein Weißer, der um Mitternacht auf den Straßen des District herumläuft? Hat vielleicht nach weiblicher Gesellschaft Ausschau gehalten, was? Oder vielleicht nach einer mitfühlenden *Männerseele?* Ist es das, Mr Kreiss? Nachdem Sie all die Jahre mit diesen Verrückten von der CIA rumgespielt haben, sind Sie da vielleicht auch ein bisschen verdreht geworden?«

Kreiss lehnte sich betont entspannt im Stuhl zurück und schaute durch Johnstone hindurch. Entweder hatten sie dieses kleine Manöver geplant, oder sie waren einfach stinksauer, dass sie herkommen mussten, bloß weil eine Routineüberprüfung die FBI-Maschinerie gestört hatte. Oder aus beiden Gründen. Doch bis jetzt hatten sie nichts von einer Bombe gesagt. Anscheinend war Janet Carters Versuch, vor dem drohenden Attentat zu warnen, in einen bürokratischen Grand Canyon gefallen. Kreiss schaute auf sein Handgelenk; dann fiel ihm wieder ein, dass sie ihm die Uhr weggenommen hatten.

»Eine dringende Verabredung, Mr Kreiss?«

»Stehe ich unter Anklage?«

»Nein. Sie stehen unter *Arrest.* Als wichtiger Zeuge in einem Mordfall in Virginia. Aber bevor Sie wieder nach Blacksburg fahren, wollen die Kommissare in Langley noch ein Wörtchen mit Ihnen reden.«

Verdammt, fluchte Kreiss stumm, während er seine gleichgültige Miene beibehielt. Er war dem besten weiblichen »Sweeper« der CIA entkommen und dem Verein jetzt *doch* ins Netz gegangen, weil er von der normalen Stadtpolizei wegen Streunerei aufgegriffen worden war. Johnstone schaute auf die Uhr.

»Auf jeden Fall kommen Sie jetzt mit uns, Mr Kreiss. Zuerst

bringen wir Sie nach Langley, wo ein paar Leute von der Spionageabwehr mit Ihnen reden wollen. Dann werden Sie in unser Büro in Washington gebracht und von dort nach Roanoke gefahren. Leg ihm die Handschellen an, Lanny.«

Kreiss seufzte, stand auf und streckte die Hände vor. Er war größer als Lanny. Der wachsame Blick, mit dem Lanny ihn beäugte, als er ihm die Handschellen anlegte, belustigte Kreiss beinahe.

»Der hat mich schon wieder so angeguckt, Sam«, sagte Lanny und versuchte, seiner Stimme einen lässigen Klang zu geben, doch Kreiss hörte die Furcht heraus. Der Mann hatte Angst vor ihm. Das war gut. Sie hatten bereits ihren ersten Fehler begangen, indem sie ihm die Hände *vorn* fesselten. Wenn sie einen normalen PKW fuhren und ihn auf die Rückbank steckten, während sie selbst vorn saßen, war er schon so gut wie frei. Er würde es auf dem G. W. Parkway versuchen, an den Klippen.

Kreiss schaute zu Boden und setzte eine niedergeschlagene Miene auf. Er ließ die Schultern sinken und den Kopf hängen. Besiegt. Gefangen. Schicksalergeben. Er hörte, wie Johnstone hinter seinem Rücken Kussgeräusche machte und beide Agenten verächtlich lachten.

Kreiss hoffte, dass Johnstone fuhr ...

Janet fürchtete, die Einfahrt zu Micah Walls Haus zu verpassen, doch als sie die vielen Autowracks, rostenden Kühlschränke, Reifenhaufen und Paletten voller Sondermüll zu beiden Seiten eines Feldweges sah, wusste sie, dass sie die richtige Zufahrt gefunden hatte. Sie bog ein und fuhr zwischen weiteren Müllhaufen hindurch auf ein lang gestrecktes, flaches Blockhaus zu, dessen Lichter auf dem Hügelkamm leuchteten. Auf halbem Weg erhellten ihre Scheinwerfer einen Telefonmast, der die Zufahrt versperrte. Sie bremste und hielt. Aus der Dunkelheit näherten sich ein paar Gestalten, die Schrotflinten und Gewehre trugen. Janet öffnete die Tür und stieg aus.

»Das ist Lynn Kreiss«, sagte sie und zeigte in den Wagen. »Ich glaube, sie hat einen Schuss abgekriegt. Wir brauchen Hilfe.«

»Wer hat das getan?«, fragte eine befehlsgewohnte Stimme aus der Dunkelheit.

»Eine Regierungsagentin, die uns verfolgt hat. Ich habe sie ungefähr eine halbe Meile von hier von der Straße gedrängt. Aber wenn sie nicht ernstlich verletzt ist, wird sie bald hier sein.«

»Sie?« Die Stimme hatte einen ungläubigen Klang.

»Genau. Bitte, wir müssen uns um Lynn kümmern. Sie blutet stark.«

Micah Wall tauchte wie ein Geist aus der Dunkelheit auf und stellte sich vor, während drei Männer zur Beifahrerseite gingen und Lynn aus dem Wagen hoben. Janet nannte Micah ihren Namen, schüttelte ihm die Hand und ging dann ebenfalls um den Wagen herum. Lynn stöhnte, wehrte sich aber nicht, als man sie auf ihre unverletzte Seite legte. Die Szenerie wurde vom schwachen Licht aus dem Wagen erleuchtet. Einer der Männer rollte Lynns Shirt am Rücken hoch. Sie sahen die Eintrittswunde rechts unten am Rücken. Ein zweiter Mann grunzte und beugte sich vor. Plötzlich blitzte in seiner Hand ein langes Messer auf. Bevor Janet ein Wort sagen konnte, bohrte der Mann die Klinge in die Wunde und schnitt die Kugel heraus. Sofort wurde die Blutung stärker, doch Janet erkannte, dass die Wunde nicht allzu schlimm war. Die Tatsache, dass die Kugel zuerst die Karosserie des Wagens getroffen und dann das Polster durchschlagen hatte, musste die Wucht des Geschosses gebremst haben.

»Falls da nicht noch eine ist, ist es nicht so schlimm«, sagte der Mann mit dem Messer. Er hatte einen schwarzen Vollbart und ein scharf geschnittenes Gesicht. Er zog ein Taschentuch hervor, faltete es mehrfach und drückte es auf die Wunde. Janet hoffte nur, dass das Tuch sauberer war als alles andere hier.

»Bring sie hoch zum Haus, Big John«, sagte Wall. »Tommy,

Marsh, helft ihm! Holt Schwefelpuder und macht ’nen richtigen Verband drauf. Wir andern müssen uns beeilen, um diese Zicke zu kriegen, die jeden Moment um die Ecke kommen kann.«

Janet erzählte ihm vom Brand im Krankenhaus und von ihrem Verdacht, dass er von der Frau gelegt worden war. Micah nickte bedächtig, während er argwöhnisch in den dunklen Wald ringsum spähte.

»Der Vater von dem Mädchen da hat wirklich komische Leute gekannt«, sagte er. »Lassen Sie Ihr Auto hier, und gehen Sie rauf ins Haus. Kümmern Sie sich ums Mädel. Die Jungs und ich, wir warten und passen auf.«

»Seien Sie vorsichtig«, warnte Janet, bevor sie sich auf den Weg machte. »Diese Frau war Kreiss’ Ausbilderin.«

»Ach ja?«, knurrte Micah. »Na, dann hätt ich am liebsten ein paar von den Löwen von ihrem Dad hier. Oder diese Barrett. Schwärmt aus, Jungs!«

Browne McGarand erwachte kurz vor zwei und setzte sich im Fahrersitz auf. Die Scheiben des Trucks waren vom Tau beschlagen. Er beugte sich vor und stellte kurz den Scheibenwischer ein; dann kurbelte er das Seitenfenster herunter.

Hinter den Fenstern im ATF-Gebäude, die zuvor schon erleuchtet gewesen waren, war immer noch Licht zu sehen; vermutlich hatte jemand vergessen, die Lampen auszumachen. Browne griff nach oben, löste die Abdeckung des Kabinenlichts und drehte die kleine Birne heraus. Dann stieg er aus. Es war merklich kälter geworden und klarte allmählich auf. Von unten aus der Massachusetts Avenue waren keine Verkehrsgeräusche zu hören, und die Wagen auf dem Parkdeck waren dunkle Schemen.

Browne ging um den Truck herum, streckte die Knie durch und schlenderte zur hintersten Ecke des Parkdecks. Er streckte den Kopf über die niedrige Mauer und lauschte. Die Ventilatoren unten im HVAC-Schuppen klangen nun viel leiser. Sehr gut.

Sie hatten das Kühlsystem für die Nacht heruntergefahren. Nur eines der Gitter zu verstopfen würde bei dieser geringen Ventilatorengeschwindigkeit keinen Alarm auslösen. Wieder schaute Browne auf die Uhr; dann ging er zurück zum Truck. Das Fahrzeug stand so, dass er den Schlauch problemlos zum ATF-Gebäude abrollen konnte. An einem Schlauchende war eine leicht modifizierte Verbindungsdüse angebracht. Das andere Ende war noch nirgends angeschlossen.

Browne rollte den Schlauch ab, wobei er sorgfältig darauf achtete, nicht die Verbindungsdüse aus Messing zu beschädigen. Er hob das Schlauchende über die Mauer und ließ es in die Dunkelheit hinab. Nach kurzer Zeit reichte das Gewicht des Schlauchs, dass er sich von selbst von der Rolle spulte. Browne musste zur Spule zurück und die Bremse leicht anziehen, damit der Schlauch sich nicht abwickelte und hinuntersegelte. Die Verbindungsdüse hing nun wenige Meter über der Gasse. Browne beschloss, den Schlauch noch weiter abzuspulen, bis er zur zweiten Markierung kam. Sie bezeichnete die Schlauchlänge, die er brauchte, um die Düse bis zu den Einlassgittern zu bekommen. Wieder zog er die Bremse an.

Er wusste, dass die Gefahr der Entdeckung jetzt besonders groß war, weil nun die Arbeit unten in der Gasse begann: die Plastikplane vor eines der Gitter stopfen, dann die zweite Plane mit der Muffe vor dem anderen Gitter anbringen. In diese Muffe wollte Browne die Düse einführen. Wenn er soweit war, würde die gesamte Zuluft des Belüftungssystems durch diese Muffe eingesogen werden. Falls diese Luft nicht ausreichte, konnte er immer noch eine oder zwei Ecken der Plane lösen, um für eine gewisse Luftzirkulation zu sorgen. Dann würde er das Ende des Schlauchs auf die Muffe in der Plane stecken und den Hebel umlegen, damit Luft einströmen konnte. Wenn durch die beiden Planen und die Muffe genügend Luft eingelassen wurde, konnte er in aller Ruhe wieder nach oben klettern. Dann musste er den günstigsten Zeitpunkt abschätzen, um mit dem Einleiten des Gases zu beginnen. Wenn die Wasserstoffkonzentration das kritische Volumen erreichte, wollte er so viele von den Bastarden wie möglich im Gebäude haben – doch je mehr Menschen in der Nähe waren, desto größer war auch die Gefahr, entdeckt zu werden.

Im günstigsten Fall sollte die Explosion um acht Uhr stattfinden. Nach seiner Berechnung dauerte es anderthalb Stunden, bis das Gebäude mit dem explosiven Gas-Luft-Gemisch gefüllt war; deshalb durfte er mit der Gaseinleitung nicht später als halb sieben beginnen. Dann würde es immer noch dunkel sein; aber bald schon würde der Tag anbrechen. Browne wünschte sich, eine Möglichkeit zu haben, den Funken *außerhalb* des Gebäudes zünden zu können, falls es aus irgendeinem Grund mit der Entzündung im Innern nicht klappte, doch Jared und er hatten keine Zeit gehabt, sich einen zusätzlichen Mechanismus auszudenken. Außerdem hatte er nicht vor, nach der Gaseinleitung noch lange zu bleiben. Wieder schaute er auf die Uhr: fünf nach halb drei. Die Zeit verging quälend langsam. Er wollte loslegen, wusste aber, dass er sich gedulden und auf Unerwartetes gefasst sein musste. Den Schlauch anzuschließen sollte nicht allzu schwierig sein – wenn niemand gesehen hatte, wie der Schlauch in die Gasse hinuntergelassen worden war, würde man ihn auch dabei sicher nicht beobachten. Dann hing alles nur noch davon ab, dass die Vorrichtung bis acht Uhr nicht entdeckt wurde. Browne überprüfte noch einmal, ob die Schlauchbremse gesichert war; dann holte er einen Zwanzigliterkanister Benzin, der hinten unter dem Truck angebracht war, wuchtete ihn auf die Sitzbank in der Fahrerkabine und stellte die Zündung auf acht Uhr. Das sollte für den Truck genügen, falls er nicht ohnehin durch die Explosion zerstört wurde. Dann machte er alle Türen zu, schloss ab, ging zu der Innenauffahrt des Parkhauses und machte sich auf den Weg nach unten.

Kurz nach vier wurde Kreiss von der Metro Police auf freien Fuß gesetzt. Nachdem er den Umschlag mit seiner Brieftasche, der Uhr und den Schlüsseln zurückerhalten hatte, führten die Agenten ihn hinaus. Dann verfrachteten sie ihn auf den Rücksitz ihrer viertürigen Limousine, die auf dem Streifenwagenparkplatz neben der Polizeiwache stand. Sie drängten ihn in die Mitte der Sitzbank und ließen seine Hände gefesselt. Lanny schnallte ihn mit beiden Gurten an, sodass er bei einem etwaigen Fluchtversuch zwei Gurtschließen zu öffnen hatte. Während Lanny mit Kreiss im Wagen wartete, ging Johnstone noch einmal in die Wache zurück und kam mit zwei Kaffee wieder heraus. Die beiden G-Men saßen im Wagen und nippten am Kaffee; dann rief Lanny über Funk die Einsatzleitung an und teilte mit, dass sie Kreiss nun wie befohlen nach Langley bringen würden. Die Einsatzleitung bestätigte und ordnete an, sie sollten sich wieder melden, wenn der Transport durchgeführt sei. »Roger«, sagte Lanny und schaltete ab.

Johnstone saß am Steuer, während Lanny seine Waffe schussbereit hielt, halb auf dem Sitz umgedreht, um Kreiss im Auge zu behalten. Doch es war Johnstone, der Kreiss ständig mit beleidigenden Fragen stichelte: Warum er in der Stadt sei, was er getan habe, dass die CIA ihn so dringend sprechen müsse, und worin seine Rolle im Mordfall in Blacksburg bestehe. Lanny schien diese Fragen erheiternd zu finden, sagte selbst aber kein Wort. Kreiss schwieg beharrlich und hielt die Augen geschlossen, als würde er schlafen. Schließlich gab Johnstone die Sticheleien auf und konzentrierte sich aufs Fahren. Er fuhr die Constitution Avenue hinunter bis zur Dreiundzwanzigsten Straße und am Lincoln Memorial vorbei; dann nahm er die Memorial Bridge Richtung Arlington. Kreiss merkte sich, wie weit sie waren, während er gleichzeitig seine geistigen Vorbereitungen traf.

Als Johnstone in die Auffahrt zum nach Norden führenden George Washington Parkway einbog, veränderte Kreiss langsam seine Sitzhaltung und brachte seinen Körper Stückchen für Stückchen in eine günstigere Position. Lanny schaute nach vorn und beschwerte sich bei Johnstone über die Dienstpläne der Zentrale. Kreiss, der den G. W. Parkway unzählige Male gefahren war, wusste genau, auf welcher Höhe sie sich gerade befanden, auch wenn er die Augen fast zugekniffen hatte. Der G. W. war eine vierspurige Schnellstraße, die sich am Steilufer des Potomac entlangwand und nach McLean und Langley in Nord-Virginia führte. Da sie nordwestlich des Potomac fuhren, befanden sie sich auf der Flussseite des Parkway. Eine niedrige Steinmauer zur Linken trennte die nach Osten führenden Spuren des Parkway ab; dahinter war eine Baumallee. Rechts waren ebenfalls Bäume, zwischen denen der Fluss zu sehen war; der parallel zur Straße verlief, während der Wagen an Höhe gewann, bis der Parkway schließlich mehr als sechzig Meter über der steinigen Schlucht und dem Fluss verlief.

Kreiss *musste* verhindern, in die CIA-Zentrale gebracht zu werden. Er wusste nur zu gut, was dann geschehen würde und wohin man ihn von dort verschleppen könnte. Irgendein hohes Tier beim FBI musste eine Vereinbarung mit einem anderen Boss einer anderen Behörde getroffen haben. Vielleicht geht es sogar noch höher hinauf, dachte Kreiss. Vielleicht ist jemand vom Justizministerium darin verstrickt. Bei diesem kleinen Trip nach Langley ging es jedenfalls nicht um irgendeine Bombenverschwörung. Nein, sie wollten ihn wegen der Glower-Sache herankriegen. Und es musste jemand mit sehr großem Einfluss dahinter stecken, dass man Misty auf ihn angesetzt hatte. Deshalb würde er alles tun, um frei und handlungsfähig zu bleiben, solange er Lynn nicht in Sicherheit wusste. Falls er Browne McGarand gleichzeitig davon abhalten konnte, irgendeine Sauerei im District zu veranstalten, war es umso besser, obwohl er Janet Carter nichts in dieser Richtung versprochen hatte. Aber sie hat *dir* etwas Wichtiges versprochen, ermahnte er sich.

Wie dem auch sei – er würde diesen Dummköpfen auf keinen Fall gestatten, ihn einer Regierungsbehörde auszuliefern, die allen Grund hatte, ihn in der Versenkung verschwinden zu lassen. So etwas kam vor. Einmal hatte Kreiss selbst jemanden im Hochsicherheitsgefängnis von Lewisburg abgeliefert, und er wusste genau, dass der Betreffende kein ordentliches Gerichtsverfahren bekommen und zu Lebzeiten vermutlich nichts anderes mehr gesehen hatte als die Mauern seiner Zelle.

Als sie den ersten Aussichtspunkt passierten, machte Kreiss sich bereit. Noch eine Meile, dann kam der nächste Aussichtspunkt, der genau unterhalb des Civil War Parks lag. Lanny klagte gerade darüber, dass er zweimal pro Monat Nachtschichten schieben müsse, während andere jüngere Agenten dies nur einmal im Monat müssten. Johnstone schien Lannys langweiligem Monolog nur mit halbem Ohr zu lauschen, doch er nickte, gab dann und wann einen Laut von sich und nippte am Kaffee. Er hatte die linke Hand am Steuer und hielt mit der Rechten den Kaffeebecher im Schoß fest. Kreiss konnte von seinem Platz aus den Tacho sehen, der eine beständige Geschwindigkeit von fünfundsechzig Meilen in der Stunde anzeigte, zehn Meilen mehr, als erlaubt war, doch auf dem Parkway hielt sich niemand an die Geschwindigkeitsbegrenzung, schon gar nicht nach Mitternacht. Außerdem würde jeder Streifenwagen, der möglicherweise auf Lauer lag, die Limousine sofort als Fahrzeug einer Bundesbehörde erkennen und es nicht wagen, sie anzuhalten.

Verstohlen begann Kreiss an den Sicherheitsgurten zu zerren, bis sie so fest saßen, dass es beinahe weh tat; beide Schultergurte spannten wie ein *X* vor seiner Brust. Als er das Hinweisschild auf den nächsten Aussichtspunkt sah, schob er sich auf dem Sitz zurück, so weit es ging, und spannte die Beinmuskeln an. Als die Ausfahrt in Sicht kam, hob er das rechte Bein, drehte sich gleichzeitig so weit wie möglich nach links und trat Johnstone mit aller Kraft unters rechte Ohr. Johnstone stieß ein überraschtes Grunzen aus und fiel nach links gegen die Tür; sofort zog auch der Wagen stark nach links, genau auf die Mauer im Mittelstreifen zu. Lanny ließ den Kaffeebecher fallen, riss die Hände hoch und brüllte dem benommenen Johnstone »Pass auf!« zu; dann packte er das Lenkrad und riss es scharf nach rechts. Mit kreischenden Reifen schlingerte der Wagen über beide Fahrspuren, bis das linke Vorderrad die Bodenhaftung verlor und der Wagen auf der äußersten Spur in einem Hagel aus Glassplittern und Staub dreimal um die eigene Achse kreiselte. Dann prallte er gegen einen kleinen Baum und rutschte auf der Seite liegend die Böschung hinunter zum Parkplatz des Aussichtspunkts, fünfzehn Meter unterhalb der Straße, kippte von selbst wieder auf seine vier Räder und krachte schließlich gegen die niedrige Mauer, die auf der steil abfallenden Klippe über dem Potomac stand.

Kreiss, der auf den Unfall gefasst und außerdem doppelt angegurtet war, war unverletzt. Rasch öffnete er die Gurtschließen und warf sich nach vorn, um Lanny die Kette seiner Handschellen um den Hals zu schlingen. Lanny, der vom Aufprall benommen war und überdies mit seinem Airbag kämpfte, leistete keinen Widerstand, als Kreiss ihn nach hinten über die Lehne zog und ihn in den Fußraum vor der hinteren Sitzbank drückte. Nun wandte er sich Johnstone zu, der anscheinend bewusstlos war. Er war unter dem Radargerät der Limousine festgeklemmt, das ihn beim Aufprall getroffen hatte. Sein Gesicht war hinter dem aufgeblasenen Airbag verborgen. Die Windschutzscheibe und alle anderen Fenster waren zerbrochen, und es roch gefährlich nach Benzin.

Kreiss fischte in Lannys Taschen nach dem Schlüssel für die Handschellen. Als der Mann sich rührte, versetzte er ihm einen Schlag auf die Schläfe, worauf er wieder zusammensackte. Kreiss zog den Schlüssel hervor, schloss die Handschellen auf, warf sie aus dem Fenster und kletterte über die Rückenlehne des Vordersitzes, um den Umschlag mit seiner Brieftasche und den Schlüsseln zu holen. Er griff in Johnstones Jackett und nahm seine Ausweise heraus. Die Waffen der beiden Agenten ließ er stecken. Dann schaltete er die Zündung aus und warf die Autoschlüssel über die Mauer. Er versuchte, zur Tür hinten rechts herauszukommen, doch sie hatte sich verzogen. Er kroch zum rechten Vorderfenster heraus, ließ sich auf den Boden fallen und klopfte Glassplitter von seiner Kleidung. Plötzlich merkte er, dass er in einer sich rasch ausbreitenden Benzinlache stand. Er fluchte und verwandte die nächsten Minuten auf die anstrengende Arbeit, die bewusstlosen Männer aus dem Wagen zu zerren und zwanzig Meter vom Wrack wegzuschleppen. Beide waren angegurtet gewesen; keiner der beiden schien ernsthaft verletzt zu sein. Kreiss hob die Handschellen auf und fesselte die beiden an die Eisenstange einer Parkbank, die in den Boden einbetoniert war. Schließlich nahm er die Waffen der Männer und warf sie in den Fußraum des Wagens.

Ein letztes Mal ging er zum Auto zurück und riss das Funkgerät heraus, warf es über die Klippe. Dann sah er, dass das Autotelefon immer noch an seinem Kabel hing. Er zögerte kurz und wählte dann Janet Carters Nummer in Blacksburg. Es läutete mehrere Male; dann meldete sich die Voice-Mail. Kreiss legte auf, riss den Hörer heraus und warf ihn ebenfalls über die Klippe. So rasch wie möglich ging er die Ausfahrt hinauf. Er hoffte, dass der Wagen kein Feuer fing – das würde sofort Aufmerksamkeit erregen, und er brauchte noch Zeit, um in die Nähe der Key Bridge zurückzukommen. Nahe an der Parkway-Ausfahrt der Brücke gab es ein Hotel; vielleicht bekam er dort ein Taxi zurück in die Stadt.

Kreiss betrat den Seitenstreifen des Parkway und joggte die Nordspur hinunter. Falls er näher kommende Scheinwerfer sah, blieb ihm genug Zeit, sich hinter einem der großen Feldsteine zu verstecken. Von seinem Van aus würde er noch einmal versuchen, Janet Carter zu erreichen. Im Augenblick hing alles davon ab, wie lange die Polizei brauchte, um das Wrack aufzuspüren. Immer wieder sah er sich nach Feuerschein um, während er über die leere Fahrbahn joggte, doch der Wald hinter ihm blieb dunkel.

Erleichtert, dass die Wunde nicht mehr blutete, kam Janet Carter aus dem winzigen Schlafzimmer, in dem Lynn untergebracht war. Eine ältliche Frau, die stark nach Flieder roch, hatte die Wunde mit Wasser und Seife ausgewaschen, ein wenig gelben Puder aufgetragen und einen sauberen Verband angelegt. Um die Wunde hatte sich ein großer Bluterguss gebildet, doch die Kugel war offenbar nur gegen eine Rippe geprallt und hatte keinen weiteren Schaden angerichtet. Während der ganzen Prozedur war Lynn bei Bewusstsein gewesen und hatte nach Luft geschnappt, als Seife und Wasser auf die wunde Stelle gelangten, doch die alte Frau hatte ihr einen Kräutertee zu trinken gegeben, und nun war Lynn eingeschlafen.

Zu Janets Erstaunen war das Blockhaus makellos sauber – ein krasser Gegensatz zu dem Müll, der sich vor der Tür und hinten auf dem Grundstück stapelte. Sie konnte nicht sagen, wie viele Leute hier lebten; es gab ein Haupthaus mit mehreren Anbauten. Von innen war es erheblich größer, als es von außen den Anschein hatte.

Die Frau, die kein Wort gesprochen hatte, als Janet Lynns Trägern ins Haus gefolgt war, führte sie nun in die Küche, wo sich anscheinend die Familie zu versammeln pflegte. Hier roch es nach Kaffee und selbst gebackenem Brot: Janet sah drei Laibe, die gerade in einem Backofen neben dem Herd in starker Hitze aufgingen. Die Frau zeigte Janet ein kleines Schlafzimmer mit angrenzendem Bad und bedeutete ihr, dass sie sich dort frisch machen könne. Sie zog die Holztür hinter sich zu und ging ins Bad, um sich Hände und Gesicht zu waschen. Auf den Händen hatte sie ein paar Blutflecken, im Gesicht Rußspuren. Sie wusch sich so gut es ging und kehrte in die Küche zurück. Dort war nun auch Micah Wall, der gerade seine Jacke ablegte. An einen antik aussehenden Kühlschrank war eine halb automatische Flinte gelehnt.

»Was ist passiert?«, fragte Janet.

»Wir sind mit dem Pick-up die Straße runtergefahren. Da waren ein Haufen Regierungsheinis und ’n paar Autos. Einer von denen sagt, ich und meine Jungs sollen umdrehen und machen, dass wir wegkommen. Hatte ’n Steyr-Maschinengewehr, der Bursche, also hab ich zugesehen, dass ich verschwinde. Freunde von Ihnen?«

»Nein«, erwiderte Janet, überrascht, dass dieser Micah etwas von Maschinengewehren verstand. »Wie viele Leute waren denn dort, und wie waren sie angezogen?«

»Kann ich nicht genau sagen. Waren so viele Scheinwerfer, hat höllisch geblendet. Der, wo geredet hat, hat 'ne Sonnenbrille aufgehabt. Großer Kerl.«

»Aber Sie haben keine Uniformen gesehen? Ich meine, es waren keine Sheriffs?«

»Nee, zum Teufel. Wir kennen unsere Sheriffs. Nee, die waren nich' von hier.« Er hielt inne und schaute Janet in die Augen. »Ihr Auto hat fünf Kugeln abgekriegt. Was ist passiert? Und wie geht's dem Mädchen?«

Janet erklärte, wer sie war und wie es dazu kam, dass sie mitten in der Nacht von Regierungsagenten verfolgt wurden. Die alte Frau brachte beiden Kaffee und schnitt Scheiben von einem der frisch gebackenen Brotlaibe ab, die sie mit Butter und Eingemachtem servierte. Micah bedeutete Janet, sie solle zugreifen, und sie aß hungrig drei Scheiben des noch warmen Brotes. Micah hörte sich ihren Bericht an und nickte ein paar Mal, als Janet Ransom und seinen Partner beschrieb und von der Sache mit dem Ford Bronco erzählte, den Kreiss zerschossen hatte. Als Janet geendet hatte, saß Micah still da und starrte grübelnd auf die Tischplatte. Das Wandtelefon läutete. Er schaute Janet fragend an, doch sie schüttelte den Kopf. Micah nahm ab und lauschte einen Moment. Dann reichte er den Hörer mit einem belustigten Ausdruck an Janet weiter.

»Ja?«, meldete sie sich.

Die Stimme der Frau war so kalt, wie Janet sie noch deutlich in Erinnerung hatte. »Nicht schlecht für einen Amateur. Aber schießen können Sie nicht.«

»Ich habe absichtlich niedrig gehalten, auf die Scheinwerfer«, erklärte Janet. »Sonst wären Sie jetzt tot.«

»Sie haben niedrig gehalten? Wieso sind die Kugeln dann

alle durch meine Windschutzscheibe gegangen. Ich habe Neuigkeiten für Sie ...«

»Sie haben Kreiss' Tochter angeschossen«, unterbrach Janet. Eine Sekunde Schweigen am anderen Ende.

»Nein, hab ich nicht«, erwiderte die Frau. »Ich trage nie eine Waffe bei mir.«

Janet wusste bald nicht mehr, was sie glauben sollte. »Und wer soll ...«

»Haben Sie die Kugel rausgeholt?«

»Ja.«

»Gut. Heben Sie sie auf. Vielleicht können Sie sie später als Druckmittel benutzen. Doch jetzt möchte ich Ihnen etwas anderes mitteilen, das Sie bestimmt interessiert: Wir haben Kreiss. Das FBI hat ihn in Washington erwischt und bringt ihn jetzt nach Langley. Ich brauche die Tochter also nicht mehr. Sie können sich entspannen.«

»Entspannen. Aha«, meinte Janet.

»Tun Sie, was Sie wollen, Carter. Ist mir völlig schnuppe. Den Leuten vom ATF aber dürfte es nicht egal sein. Immerhin haben Sie deren Straßensperre platt gefahren.«

»Die Leute, die auf meinen Wagen geschossen und dabei das Mädchen erwischt haben?«

»Deshalb habe ich Ihnen ja geraten, die Kugel aufzuheben. Falls Sie wegen dieser Sache in Schwierigkeiten kommen, gehen Sie zu einem Reporter und erzählen ihm Ihre Version der Geschichte. Die vom ATF hassen so etwas. Und geben Sie die Kugel ja nicht Ihrem berühmten FBI-Labor – dessen ballistische Untersuchungen werden heutzutage an den Meistbietenden versteigert. Aber das wissen Sie wahrscheinlich längst.«

Dann war ein Summen in der Leitung zu hören; die Frau hatte aufgelegt. Janet, die ein bisschen rot geworden war, legte ebenfalls auf.

»'ne Freundin von Ihnen?«, fragte Micah.

»Nein«, gestand Janet. »Das war die Frau, die den Brand im Krankenhaus gelegt und uns bis hier gejagt hat. Aber sie behauptet, sie hätte nicht geschossen, sondern dass es die Leute vom ATF gewesen seien.«

»Na, da wird Kreiss sich aber freuen«, feixte Micah. »Die Regierungsfuzzis haben sein kleines Mädchen angeschossen.« Langsam schüttelte er den Kopf. »Mama sagt, das Mädchen wird wieder gesund. Wir brauchen keinen Arzt. Der würde die Schusswunde sehen und die Bullen rufen. Notfalls können wir den Doc ja immer noch rufen.«

Janet ließ sich wieder am Tisch nieder. Plötzlich war sie hundemüde. »Diese Regierungsleute wussten vorher, dass ich dort die Straße entlangkommen würde. Vielleicht wissen sie auch, wer Lynn ist.« Janet hielt inne. Plötzlich fiel der Groschen, als sie daran dachte, was die Frau über Kreiss gesagt hatte. »Verdammt«, entfuhr es ihr. »Die Frau hat gesagt, dass Kreiss geschnappt wurde. In Washington. Sie sagte, das FBI bringt ihn nach Langley. Wo *sie* herkommt.«

Micah runzelte die Stirn; er wusste offensichtlich nicht, was »Langley« bedeutete. Bevor Janet es ihm erklären konnte, läutete das Telefon erneut. Micah streckte die Hand nach dem Hörer aus. Er meldete sich, dann grinste er. »Sitzt vor mir.« Er reichte Janet den Hörer. Diesmal war Kreiss am Apparat.

»Wo sind Sie?«, fragte sie nervös.

»In einer Telefonzelle. Hab nicht viel Zeit. Wo ist Lynn?«

»Sie ist hier. Wir sind in Sicherheit, zumindest für den Augenblick.« Sie sah, wie Micah langsam den Kopf schüttelte. Eine stumme Warnung, dass sie Kreiss nichts von der Schusswunde seiner Tochter erzählen sollte. Janet nickte. »Es ist viel passiert, aber wie gesagt – hier sind wir in Sicherheit. Doch eines verstehe ich nicht: Eben hat diese Frau angerufen, diese Misty, und gesagt, man hätte Sie geschnappt.«

»War auch so, aber ich hab den Spieß umgedreht. Hören Sie, ich muss zu meinem Wagen zurück. Ich werde so schnell wie möglich zu Ihnen kommen. Wo McGarand steckt, weiß ich nicht. Er und sein Truck sind verschwunden.«

»Misty sagte, sie wäre nicht mehr an Lynn interessiert, weil das FBI Sie nach Langley bringen wollte. Wenn Sie jetzt rauskriegt, dass Sie ...«

»Ja. Deshalb muss ich auch so schnell wie möglich von hier verschwinden.«

»Und haben Sie keinerlei Anzeichen gefunden, dass McGarand in Washington irgendwas in die Luft jagen will? Die FBI-Zentrale, zum Beispiel?«

»Ich habe seinen Laster an sämtlichen Truck Stops um Washington herum gesucht. Keine Spur von ihm. Dann bin ich in die Stadt gefahren und habe erst am Hoover Building, dann an der ATF-Zentrale gesucht. Nirgends war ein Tanklaster zu sehen.«

Janet nagte an der Unterlippe.

»Geben Sie mir mal Micah«, sagte Kreiss.

Janet reichte Micah den Hörer, der eine geschlagene Minute lang schweigend zuhörte. »Kann ich machen«, sagte er dann. »Pass auf, dass dein Pulver nich' nass wird.« Dann legte er auf.

»Was sollen Sie tun?«, fragte Janet.

»Wir sollen uns vom Acker machen«, erklärte Micah und stand bereits auf. »Erst müssen wir dem Mädchen und Ihnen ein paar warme Sachen besorgen.«

»Kann Sie denn gehen?«

»Klar. Ist nur 'ne Fleischwunde. Und egal wie, der alte Ed sagt, wir müssen weg. Und zwar gleich. Kommen Sie!«

Kreiss ließ sich von der Taxe an einem Nachtcafé einen Block vor der Constitution Avenue und vier Blocks von dem Parkhaus entfernt absetzen, wo er den Van abgestellt hatte. Um Viertel vor fünf brachte ihm die gähnende Kellnerin schwarzen Kaffee und ein altbacken aussehendes Stück Plundergebäck. Er hatte sich in eine weit vom Eingang entfernte Ecknische gesetzt und war so erschöpft, dass auch er herzhaft gähnen musste. Draußen erhellten die ersten Scheinwerfer des einsetzenden Morgenverkehrs die Straße, und auf der Constitution konnte er einen stetig wachsenden Strom von Fahrzeugen beobachten.

Das überraschte ihn nicht: In der Hauptstadt herrschte ein solcher Verkehr, dass viele Büroangestellte sich in aller Herrgottsfrühe auf den Weg machten, um den Staus zu entrinnen. Die Mehrzahl der Regierungsangestellten war bereits um halb acht im Büro und schlurfte gähnend zur Kaffeemaschine.

Kreiss hatte vor, sich ein paar Kalorien sowie ausreichend Koffein zuzuführen und dann den Van zu holen. Um der später einsetzenden Rush Hour aus dem Weg zu gehen, wollte er eine Weile im Wagen schlafen und dann nach Blacksburg fahren. Er würde den Van nehmen und seinen Pick-up am Motel stehen lassen. Falls sie nach ihm suchten, hätte er dank des Van einen Tag gewonnen, denn sein Pick-up konnte nur allzu leicht verfolgt werden.

Er spielte kurz mit dem Gedanken, am Hoover Building vorbeizufahren und in die Kameras zu winken. Dann überlegte er, was geschehen könnte, wenn Misty bereits erfahren hatte, dass er den FBI-Agenten durch die Lappen gegangen war. Doch Micah und seine Jungs würden für die Sicherheit der beiden Frauen sorgen, besonders in ihrem ureigenen Gebiet der Hänge und Schluchten des Pearl's Mountain. Misty und ihre Kumpane mochten ja im Dschungel der Stadt tödliche Gegner sein, doch in den Bergwäldern der Appalachen war Micah ein gefährlicher Gegner, besonders, wenn er es schaffte, sie in eine der vielen Höhlen zu locken. Kreiss beschloss, sich auf den Weg zu machen; es wäre äußerst dumm, wenn dieselben Cops wie in der vorigen Nacht zufällig ins Café platzten und ihn noch einmal hoppnahmen.

Er zahlte und trat hinaus auf den Bürgersteig. Fußgänger sah er keine, dafür jede Menge Autos. Er ging die drei Blocks zur Massachusetts Avenue und dann weiter zum Parkhaus. Sowohl vor der Straßeneinfahrt als auch vor der Rampe stauten sich die Wagen; wahrscheinlich waren es Schreibtischhengste vom benachbarten ATF-Gebäude. Ein bärtiger Sikh mit Turban, eine zusammengerollte *Washington Post* unter dem Arm und einen Kaffeebecher in der Hand, schloss gerade das Kassenhäuschen auf, als Kreiss vorbeiging, doch der Bursche schaute nicht auf. Kreiss nahm die Treppe und kam im zweitobersten Parkdeck heraus. Den Van hatte er einer alten Gewohnheit entsprechend in der hintersten rechten Ecke abgestellt. Das Parkdeck war noch nicht voll, doch es füllte sich rasch. Es war jetzt zehn vor sieben; eine halbe Stunde später würde der Sikh das Schild mit der Aufschrift PARKHAUS BESETZT vor die Einfahrt stellen. Kreiss stieg in den Van. Der Rücksitz ließ sich ausklappen und zu einem Bett umfunktionieren. Die linke Seite des Wagens stand an der Außenwand; ankommende Wagen konnten daher nur rechts neben ihm parken. Kreiss hängte das rechte Fenster mit seiner Jacke zu und streckte sich aus. Das erste Licht des anbrechenden Tages schien durch die Öffnungen zwischen den Stützpfeilern, und er konnte einige der Angestellten des benachbarten Gebäudes an ihrem Arbeitsplatz sehen. Die Büroräume sahen aus wie in jedem behördlichen Bienenstock: Computer, Pflanzen in den Zimmerecken, Konferenzräume, Raumteiler in Pastelltönen, Neonleuchten und Schreibtischhengste in Jacketts und Krawatten, die trübe herumsaßen, bis der morgendliche Koffeinstoß gewirkt hatte. Er selbst hatte zwischen seinen Einsätzen eine Vielzahl Stunden auf die gleiche Art verbracht.

Er wollte eben die Augen zumachen, als er in dem kleinen Lichtspalt hinter seinem Wagenfenster etwas Seltsames erblickte. Es sah aus wie ein Schlauch, ein dicker schwarzer, stahlverstärkter Gummischlauch, der langsam in einem unsichtbaren Windhauch hin und her schwang. Kreiss schloss die Augen, drehte sich auf die Seite. Was ging ihn dieser Schlauch an? Dann aber riss er die Augen jäh wieder auf. Was hatte der verdammte Schlauch außen an einem Parkhaus zu suchen? Er starrte das Ding wieder an. Vielleicht hatte er sich die Bewegung ja nur eingebildet. Nein, der Schlauch schwang hin und her, als hinge er vom obersten Parkdeck herunter.

Kreiss setzte sich auf und fasste das Ding genauer ins Auge. Irgendwo hatte er so etwas schon mal gesehen, doch er wusste nicht, wo. In diesem Augenblick hielt ein Wagen vor dem Van und parkte nach mehrmaligem Vor- und Zurücksetzen neben Kreiss ein. Instinktiv warf er sich nach hinten, obwohl seine Jacke ihn ohnehin neugierigen Blicken entzog. Offenbar handelte es sich um eine Fahrgemeinschaft; die Männer beendeten soeben eine Diskussion über die Mannschaft der Washington Redskins. Sie holten ihre Aktenkoffer aus dem Wagen, schlugen die Türen zu und verschwanden in Richtung Treppenhaus. Als sie weg waren, richtete Kreiss sich wieder auf. Seine Augen brannten, und er war todmüde, doch irgendwas an diesem verdammten Schlauch ließ ihm keine Ruhe.

Er glitt auf den Vordersitz, schaute sich auf dem nun fast vollen Parkdeck um und stieg schließlich auf der Fahrerseite aus. Der Schlauch kam genau von oben, hing in Reichweite vor der Betonmauer. Er berührte den Schlauch und wunderte sich, wie kalt er sich anfühlte. Auf dem Gummi lag ein Schimmer von Feuchtigkeit; ein glänzendes Metallgewinde, an das er nicht heranreichte, war sogar von Raureif überzogen. Als er sich vorbeugte und nach oben schaute, sah er, dass der Schlauch über der Mauerkante verschwand. Kreiss blickte nach unten: Der Schlauch hing bis zum Boden, lief quer über die schmale, dunkle Gasse und verschwand an deren Ende hinter einem kleinen Schuppen, der aussah wie ein Versorgungsgebäude und zum ATF-Gebäude zu gehören schien. Kreiss lauschte aufmerksam und hörte das leise Surren von Ventilatoren.

Er richtete den Blick auf das gegenüberliegende Gebäude. Von seinem Platz aus konnte er genau in eine Büroetage schauen. Er sah Angestellte, die ihre Zellen im Großraumbüro betraten, Lunchpakete in Kühlschränke verstauten, plaudernd mit Kollegen zusammenstanden und Kaffee tranken. Eine Frau mittleren Alters betrat ein größeres Eckbüro, das offensichtlich leitenden Angestellten vorbehalten war; sie schaltete das Licht an, machte die Tür zu und setzte sich in ihren Sessel, wo sie ihre Strumpfhose glatt strich. Niemand warf einen Blick aus dem Fenster, obwohl es langsam hell wurde. Inzwischen kamen keine Wagen mehr aufs Parkdeck gefahren; deshalb stieg

Kreiss bis aufs Dach und schaute sich um. Plötzlich fiel ihm wieder ein, wo er den Schlauch schon einmal gesehen hatte: an dem grünweißen Propangas-Truck von Browne McGarand, der jetzt in einer Ecke des Parkdecks stand ...

Kreiss ging nicht hin; er konnte auch von seiner Warte aus sehen, dass niemand im LKW saß. Instinktiv wusste er, dass der Inhalt des Trucks – Flüssigkeit oder Gas oder anderes – nun im benachbarten Bürogebäude sein musste. Er rannte zum Treppenhaus und stürmte hinunter, wobei er immer zwei Stufen auf einmal nahm. Was sollte er tun? Sollte er machen, dass er hier wegkam oder die Leute in dem Gebäude warnen? Würden sie überhaupt zuhören?

Auf dem Weg ins Erdgeschoss wurde er von morgendlichen Pendlern aufgehalten und schubste sie rücksichtslos beiseite, was ihm von allen Seiten ein »Passen Sie doch auf!« eintrug. Als er auf die Straße kam, hielt er jäh inne. Der Haupteingang des ATF-Gebäudes war ein gläsernes Foyer, wo jede Menge Security-Leute hinter dem Empfang saßen, neben ihnen Metalldetektoren sowie Röntgengeräte zur Durchleuchtung von Taschen. Einer der Männer, die Kreiss im Treppenhaus angerempelt hatte, kam an ihm vorbei und schaute ihn wütend an, doch Kreiss ignorierte den Blick. Alle waren in Anzug und Krawatte gekleidet, er hingegen trug Slacks, Hemd und Windjacke. Nicht mehr lange, und einer der ATF-Agenten würde ihn fragen, was er hier zu suchen habe. Kreiss spähte in die Gasse. Der Schlauch hing immer noch da, im spärlichen Morgenlicht kaum zu erkennen. Er wollte hingehen, nachsehen, ob der Schlauch tatsächlich im Ventilatorschuppen verschwand, bevor er seine Warnung gab. Aber vielleicht hatte er gar keine Zeit mehr dazu ...

Er wandte sich um und schaute die Leute an, die in stetigem Strom aus dem Parkhaus kamen. Als ein Mann, der wie der typische Bürokrat aussah, ihn forschend anblickte, hob er die Hand und hielt dem Mann Johnstones FBI-Ausweis unter die Nase.

»Johnstone, FBI«, sagte er. »Würden Sie bitte einen Mann von der Security rufen? Ich glaube, hier in der Gasse gibt es ein Sicherheitsproblem.«

Der Mann schaute in die Gasse, dann wieder zu Kreiss. »Natürlich, warten Sie bitte hier«, sagte er. Kreiss trat ein wenig beiseite, um den Fußgängern nicht im Weg zu stehen, und beobachtete, wie der Mann das Foyer betrat und mit den Security-Leuten am Empfang sprach, die daraufhin zu Kreiss herüberstarrten. Einer von ihnen, ein junger Schwarzer, setzte seine Kappe auf und kam um die Theke herum, während der Wachmann neben ihm den Hörer abnahm und irgendetwas hineinsprach. Der Mann, den Kreiss gebeten hatte, die Security zu verständigen, stellte seinen Aktenkoffer auf das Band des Röntgengeräts und ging durch den Bogen des Metalldetektors. Er warf Kreiss noch einen letzten Blick zu, bevor er verschwand. Der Wachmann kam auf Kreiss zu. In der einen Hand trug er ein kleines Funkgerät, die andere ruhte auf dem Kolben seiner Pistole. Kreiss achtete darauf, dass seine Hände sichtbar waren und hielt den Ausweis offen vor sich, sodass der näher kommende Mann die großen schwarzen Lettern *FBI* gut erkennen konnte. Bevor er jedoch Johnstones Foto sehen konnte, klappte Kreiss den Ausweis zu; mit dem wahren Inhaber des Ausweises hatte er nicht einmal entfernte Ähnlichkeit.

»Da hinten, in der Gasse. Uns wurde berichtet, dass möglicherweise ein Bombenanschlag auf Ihr Gebäude geplant ist. Sehen Sie den Schlauch da?«

Der Wachmann, der den Ausweis gern näher betrachtet hätte, reagierte sofort, als das Wort Bombe fiel. »Was sagen Sie da? Eine *Bombe?* Wo?«

»Sehen Sie diesen Schlauch – da, ganz hinten in der Gasse? Und jetzt sehen Sie mal nach oben. Er kommt vom Oberdeck des Parkhauses. Dort steht ein Truck. Ein Propangas-Truck. Dieser Schlauch scheint in Ihr Lüftungssystem eingeführt worden zu sein, sehen Sie's?«

Der Wachmann schaute hin, runzelte die Stirn, dann nickte

er. »Ja. Aber warten Sie mal – Propan? Das Zeug stinkt doch normalerweise. Drinnen riecht man aber nichts.«

»Weiß der Teufel, was der Tanklaster in Ihr Gebäude pumpt. Vielleicht ist es ja gar kein Propan. Meinen Sie nicht, Sie sollten mal nachschauen?«

Kreiss wartete, während der bestürzte Wachmann über Funk etwas durchgab. Während er noch auf Antwort wartete, kamen drei weitere Security-Männer mit gezogenen Waffen aus dem Gebäude gestürmt, direkt auf Kreiss zu. Ihre Mienen waren finster.

Janet hielt Lynns Hand, während Micah sie in der Morgendämmerung durch den Wald hinter dem Blockhaus führte. Die bewaldeten Hänge des Pearl's Mountain erhoben sich vor ihnen wie eine drohende dunkle Masse. Von dieser Stelle aus war die Felsnase über Kreiss' Blockhütte nur teilweise zu sehen. Lynn kam besser voran, als Janet erwartet hatte. Micah folgte einem Pfad, der schräg über den Hang zum Waldrand führte. In der Hand hielt er eine Kerosinlaterne.

»Wohin gehen wir?«, fragte Janet.

»Das hier is' Pearl's Mountain«, sagte ihr Führer über die Schulter. »Kalkstein. Jede Menge Höhlen. Wir haben ein kleines Versteck da oben.«

»Aber wenn wir dorthin laufen können, kann ein Verfolger das auch«, wandte Janet ein.

»Kann er schon, aber dann muss er auch die richtige Höhle finden.«

Sie traten in den Wald, und der Pfad teilte sich in drei Richtungen. Micah hielt an. »Ihr nehmt den linken Weg und geht weiter bis vor den Felsen. Dann wartet ihr. Ich komm nach.«

Sie taten wie geheißen und gelangten eine Viertelstunde später an eine raue Felswand. Janet sah sich nach einem Höhleneingang um, konnte jedoch keinen entdecken. An der Felswand lehnte das abgesplitterte Stück eines alten Baumstumpfes; sie ließen sich darauf nieder, um auszuruhen. Es war ein steiler Aufstieg gewesen, und Janet war ein wenig außer Atem. Lynn holte tief Luft und hielt sich die Seite.

Micah erschien fünf Minuten später und zerrte seine Jacke an einem der Aufschläge hinter sich her. Dann legte er sie auf den Boden und grinste die beiden Frauen an.

»Sehen Sie's?«, fragte er.

Janet und Lynn schauten sich um, konnten jedoch nichts entdecken, das einem Höhleneingang ähnlich sah. Janet schüttelte den Kopf.

»Vielleicht seht ihr deshalb nichts, weil ihr mit dem Hintern draufsitzt.« Micah deutete auf den Stamm. Sie standen auf, und Micah rollte ihn beiseite, legte eine schmale Kellertür frei, die man in den Erdboden eingelassen hatte. Er zerrte an einer Klinke, die aus einem Seil gefertigt war, und zog die Tür hoch. Darunter führten Stufen in die Erde. Mit hoch gehaltener Laterne ging er voraus, gefolgt von Lynn und Janet. Micah sagte ihr, sie solle die Tür offen lassen.

Das Ende der Treppe befand sich ungefähr zweieinhalb Meter unter der Erde. Die Luft roch muffig.

Kreiss erwartete die drei Wachmänner mit vor der Brust verschränkten Armen. Einer der drei schien etwas älter und offenbar der Vorgesetzte zu sein.

»Ist das der Mann, der vorgibt, Special Agent Johnstone vom FBI zu sein?«

»Hat er mir jedenfalls gesagt, Sarge«, erwiderte der Mann mit dem Funkgerät. Er war vor Kreiss zurückgewichen.

Der Sergeant richtete seine Waffe auf Kreiss. »Wir haben die FBI-Einsatzzentrale angerufen. Man hat uns gesagt, dass die Agenten Johnstone und West heute Morgen einen Autounfall erlitten haben, als sie einen Gefangenen transportierten. Das waren dann wohl Sie, stimmt's?«

Kreiss nickte, sagte aber nichts. Der stetige Strom der Fußgänger teilte sich an der Stelle, wo die Gruppe stand. Der Sergeant befahl Kreiss und seinen Leuten, ins Foyer zu gehen, damit sie kein Aufsehen erregten. Drinnen wies er einen seiner Männer an, Kreiss nach Waffen zu durchsuchen.

»Er hat gesagt, irgendein Zeugs würde ins Haus gepumpt, Sarge«, sagte der Sicherheitsmann, mit dem Kreiss gesprochen hatte. »So was wie eine Bombe. Er sagt, dieser Schlauch da pumpt Gas ins Gebäude.«

»Was für ein Schlauch?«, wollte der Sergeant wissen. Der Wachmann nahm ihn mit zu einem Fenster und zeigte in die Gasse. Ein zweiter Wachmann befahl Kreiss, die Arme zu heben, während er ihn nach Waffen durchsuchte. Kreiss gehorchte, ohne auf die Blicke der Neugierigen zu achten, die den Sicherheits-Kontrollpunkt passierten. Er hörte, wie der Wachmann dem Sergeanten vom Propangas-Truck berichtete.

Der Sergeant beriet sich über Funk mit der Zentrale. Kreiss nahm die Hände wieder herunter. Der Mann, der ihn durchsucht hatte, prüfte Johnstones Ausweis.

»Verstanden«, sagte der Sergeant gerade in sein Funkgerät. Er schaute Kreiss an. »Die Zentrale bestätigt, dass tatsächlich ein Propangas-Truck auf dem obersten Parkdeck steht. Was wissen Sie darüber?«

»Ich habe es dem Mann hier schon gesagt. Ich glaube, der Truck pumpt explosives Gas in Ihre Lüftungsschächte, und zwar durch den Schlauch, der dort hinten in den Versorgungsschuppen führt. Dieses Gebäude wird in die Luft fliegen, sobald irgendein Idiot in einem Waschraum eine Zigarette anzündet. Meinen Sie nicht, dass Sie hier alles räumen lassen sollten?«

In diesem Augenblick trat ein großer grauhaariger Mann aus der Menge und kam auf die Wachmänner zu. »Was ist denn los, Sergeant?«, fragte er. Die Männer schienen ihn zu kennen; auch die anderen ließen ihn ungehindert durch. Der Sergeant erstattete Bericht und erwähnte auch, dass Kreiss etwas über eine mögliche Bombe im Gebäude gesagt hatte.

»Nicht *im* Gebäude«, berichtigte Kreiss. »Das Gebäude

selbst ist die Bombe. Ich glaube, dass dieser Truck auf dem Parkhaus ein explosives Gas ins Lüftungssystem pumpt, während wir hier herumstehen und reden.«

»Wer sind Sie?«, fragte der Mann mit der Autorität eines Menschen, der es gewohnt ist, immer und überall eine Antwort zu bekommen.

»Mein Name ist Edwin Kreiss. Und wer sind Sie?«

»Ich bin Lionel Kroner, Deputy Director. Ihren Namen habe ich doch schon mal gehört ...«

»Vielleicht im Zusammenhang mit der Untersuchung einer Explosion in Ramsey in Südwest-Virginia? Das Kraftwerk? Die Wasserstoffbombe?«

Bei diesem letzten Wort riss Kroner erschrocken die Augen auf. Einigen Umstehenden, die ebenfalls zugehört hatten, war der Schreck deutlich anzusehen. In der Menge erhob sich Gemurmel. »Ja«, sagte Kroner. »Ihr Name tauchte im Bericht einer unserer Spezialeinheiten auf. Sie waren in die Sache verwickelt?«

»Nicht direkt, aber ich weiß darüber Bescheid. Und der Mann, der dafür verantwortlich ist, will seine Tat vermutlich in diesem Gebäude wiederholen. Während wir hier stehen und reden.«

Der Sergeant, der wieder über Funk Rat eingeholt hatte, meldete sich zu Wort. Er habe die Zentrale gebeten, sie solle die Labortechniker im dritten Stock anweisen, ein Messgerät einzuschalten, mit dem man nachweisen konnte, ob es explosive Stoffe im Gebäude gab. »Niemand hat irgendwas gerochen«, fügte er hinzu.

»Das kann man auch nicht, wenn der Kerl Wasserstoff benutzt«, sagte Kreiss. »Wasserstoff ist geruchlos, geschmacklos und unsichtbar. Mr Kroner, haben Sie in diesem Gebäude die Möglichkeit, eine allgemeine Warnung über Lautsprecher zu geben?«

»Ja, die Zentrale kann das.«

»Können Sie alle Leute anweisen, ihre Fenster zu öffnen?«

Kroner blinzelte verblüfft; dann schüttelte er den Kopf. »Das geht nicht. Kein Fenster im Gebäude lässt sich öffnen.«

»Dann lassen Sie das Gebäude räumen. Sofort. Und sagen Sie den Leuten, wenn sie aus dem Haus sind, sollen sie rennen, als wäre der Teufel hinter ihnen her, denn es werden eine Menge Glas- und Betonsplitter herumfliegen. Und wenn Sie das Gebäude partout nicht räumen lassen wollen, werde wenigstens *ich* mich jetzt auf die Socken machen!«

»Das werden Sie schön bleiben lassen!«, rief der Sergeant. Die anderen Männer hielten immer noch ihre Waffen schussbereit; sie fächerten aus und blickten auf den Sergeant, warteten auf Instruktionen.

»Sarge!«, rief plötzlich der Schwarze drängend und zeigte auf sein Funkgerät. »Die vom Labor sagen, im Gebäude ist explosiver Dampf. Sofortige Evakuierung!«

»Wollen Sie jetzt vielleicht schießen, Sergeant?«, fragte Kreiss. »Ein Funke genügt!«

Er wandte sich zum Gehen. Der Sergeant wollte protestieren, doch Kroner befahl ihm, still zu sein und ihm eine Mikrofonleitung im PA-System des Gebäudes frei zu machen. »Mr Kreiss!«, rief er, während dieser sich der Tür näherte. Kreiss blieb stehen und drehte sich um. »Danke für die Warnung«, sagte Kroner. »Aber wir sehen uns noch. Das verspreche ich Ihnen.«

»Falls einer von Ihnen dann noch am Leben ist«, meinte Kreiss.

Er nickte Kroner noch einmal zu und trat hinaus auf die Straße. Er musste an sich halten, um nicht wie von tausend Teufeln gehetzt loszurennen. Hinter sich hörte er, wie Kroner sich über das Haus-PA-System meldete und die sofortige Evakuierung des Gebäudes anordnete. Er wies die Leute an, das nächste Treppenhaus zu nehmen und *nichts* zu tun, das einen Funken auslösen könnte.

Kreiss eilte zum Parkhaus, um seinen Van zu holen. Als er mit dem Wagen unten ankam, stand der Parkhauswächter mit dem Turban auf dem Bürgersteig und versuchte zu sehen, was im benachbarten Gebäude vor sich ging. Kreiss sagte ihm, im ATF-Gebäude sei eine Bombe. Der Mann schaute zuerst Kreiss an, dann das ATF-Gebäude; dann rannte er wie ein Hase. Kreiss fluchte, stieg aus und drückte im Kassenhäuschen auf den Knopf, der die Schranke öffnete.

Im dichten Morgenverkehr brauchte er zehn Minuten, um drei Blocks voranzukommen; dann hörte er auch schon die ersten Sirenen. Drei Wagen der Metro Police mit Blaulicht kamen von hinten heran und jagten zur Massachusetts Avenue, um die Seitenstraßen abzuriegeln. Kreiss fuhr an den Bordstein, um sie vorbeizulassen. Fußgänger blieben stehen, um die Streifenwagen neugierig anzustarren.

Dieser verdammte McGarand, dachte Kreiss, als er versuchte, sich wieder in den Verkehrsstrom einzufädeln. Plötzlich fühlte er jemanden oder etwas hart gegen die Rückscheibe des Vans schlagen und schaute in den Spiegel, ob jemand aufgefahren war. Stattdessen erblickte er einen gewaltigen orangeroten Feuerball, der tosend zum Himmel über den Gebäuden aufstieg. Der Widerschein war so grell, dass er sich in den Fenstern der umliegenden Bürohäuser spiegelte. Der Feuerball, der einem Atompilz ähnlich sah, färbte sich zu einem blutigen Rot und wurde bald von einer ölig-schwarzen Rauchwolke umgeben, die sich am Morgenhimmel ausbreitete. Kreiss hörte eine Frau auf dem Bürgersteig aufschreien. Augenblicke später begannen Trümmerteile auf die Straße zu regnen. Er legte den Gang ein und fuhr auf den Bürgersteig. Die Passanten suchten so rasch wie möglich Schutz in den umliegenden Gebäuden. Kreiss ignorierte den Hagelschauer aus Metallteilen und Betonbrocken, der auf das Dach des Vans niederprasselte. Er fuhr auf dem Bürgersteig bis zur nächsten Ecke; dann ließ er die wild durcheinander laufenden Fußgänger hinter sich und beschleunigte in Richtung Fluss.

Im Grunde hatte er Mist gebaut. Der McGarand-Klan hatte einen Punkt gemacht. Kreiss wusste genau: Sobald sich der

Staub der Explosion gelegt hatte, würde ein Heer von FBI-Leuten auf die Jagd nach einem gewissen Edwin Kreiss gehen.

Einmal abhauen hat dir wohl nicht gereicht, dachte er. Jetzt hast du nicht nur ATF und FBI, sondern auch noch die CIA an den Hacken. Gut gemacht, Kreiss.

Er bog rechts in die Constitution ein und fuhr Richtung Memorial Bridge und Nord-Virginia. Wenn er aus dem Stadtgebiet von Washington heraus war, musste er die Interstates meiden. Wahrscheinlich blieben ihm nicht mehr als zwanzig, dreißig Minuten, um die Stadt zu verlassen; bis dahin würde sich bestimmt jemand an den Van auf dem Bürgersteig erinnern. Noch schwieriger wurde es, wenn er sich Blacksburg näherte, denn westlich von der Stadt gab es nur eine begrenzte Anzahl Straßen, die in die Hügel führten. Er dankte Gott, dass Lynn nun unter Micahs Obhut war, denn Misty würde es bestimmt wieder versuchen, und das schon bald.

Die große schwarze Wolke hing wie ein Sargtuch über dem Stadtzentrum und hüllte alles in trübes Licht.

Browne McGarand drehte sich um, als er den gewaltigen Knall hörte. Er sah die schwarze Wolke, die sich über dem Regierungsviertel ausbreitete. Nachdem er mit dem Einleiten des Wasserstoffs begonnen hatte, war er über die Massachusetts Avenue geschlendert. Er bemühte sich, so unauffällig wie möglich zu wirken, bis er die Constitution Avenue überquerte und auf die Mall kam, die zum Hügel des Kapitols führte.

Während er die pilzförmige Wolke betrachtete, wünschte er, er hätte zwei Bomben gehabt, denn auch dem FBI klebte seit Waco Blut an den Händen. Doch es war das ATF gewesen, das in Brownes Augen letztendlich das Blutbad vorbereitet hatte. Nun war er, der Rächer, aus den Bergen gekommen.

Browne beobachtete, wie die Rauchwolke allmählich in sich zusammenfiel, während das Grollen der Explosion über die Hügel von Virginia rollte. Dann erklangen heulende Sirenen und die entsetzten Schreie der Menschen.

Browne stand auf und ging weiter, auf das Lincoln Memorial und die Memorial Bridge zu. Sein Ziel war die Arlington Cemetery Metro Station auf der anderen Seite des Flusses. Dort wollte er die U-Bahn zum Reagan National Airport nehmen. Er hatte genug Bargeld bei sich, um einen Wagen zu mieten, und er sah kein Problem, seinen eigenen Führerschein vorzuzeigen – damit konnte man ihm nicht mehr nachweisen, als dass er zufällig in Washington gewesen war. Dann wollte er schnellstens zurück zum Ramsey Arsenal fahren, wo er alles für sein Untertauchen vorbereitet hatte. Er rieb sich das Gesicht. Im Motel hatte er sich den Bart abrasiert, und nun fühlte er sich nackt und schutzlos.

Als er an Lincolns ernst dreinschauendem Standbild vorbeiging, wandte er das Gesicht ab ...

Janet und Lynn waren in eine winzige Holzhütte gepfercht, die fünfzehn Meter vom Eingang entfernt in den Stollen gebaut war: ein einzelner Raum mit zwei Kojen, einem kleinen Tisch, zwei harten Stühlen und einem Haken an der Wand, an dem sechs Kerosinlaternen hingen. Micah kam am frühen Nachmittag wieder und rief beim Näherkommen seinen Namen, damit sie wussten, dass er es war. Er brachte ein paar Sandwiches und eine Thermoskanne mit heißer Suppe. Lynn ging es schon viel besser. Zwar schmerzten ihr der Rücken und die Rippen, doch Janet hatte sich davon überzeugt, dass keine Entzündung drohte. Sie selbst hatte drei Stunden lang wie ein Stein in einer der schmalen Kojen geschlafen.

»Draußen auf der Straße treibt sich 'n Haufen Regierungsfuzzis rum«, berichtete Micah beim Essen. Auf dem Tisch stand eine der Kerosinlaternen, und das Licht in dem winzigen Raum ließ seine Haut wie Pergament aussehen. Janet fragte sich, wie alt er sein mochte. »'n paar sind hoch zum Haus gekommen und haben gefragt, ob wir was gehört oder gesehen haben.«

»Und ihr habt natürlich gesagt, gar nichts?«, meinte Lynn.

Micah grinste. »Kann sein, dass da letzte Nacht 'ne Schießerei war, und ein paar Wagen sind auf der Landstraße rumgerasselt. Gibt viele Kids hier in West Virginia, die fahren wie der Teufel. Aber sonst ...«

»Haben die Leute Ihr Haus durchsucht?«

»Schätze, Sie werden es tun, wenn sie 'nen Suchbefehl kriegen«, meinte Micah. »Der Chef von denen meinte, ob er sich mal umgucken könnte. Ich sagte nein. Sagte ihm, irgendwo wären meine vier Pitbulls. Wäre nich' gerade sicher für Fremde, sich da rumzutreiben. Der Chef von denen meinte, Kampfhunde wären nicht erlaubt. Ich sagte ihm, das kann er mein' Hunden erzählen, wenn er sich traut.«

»Sie werden meinen Wagen finden«, sagte Janet.

»Nee, glaub ich nich'«, erwiderte Micah.

»War eine Frau mit dabei?«, fragte Janet zögernd.

»Nee, keine Frauen, nur jede Menge Knilche, die wir noch nie gesehen haben. Sind nicht von hier, die Regierungsfuzzis, das konnte man hören.«

Wieder nickte Janet. Micah nannte wahrscheinlich jeden Angehörigen einer Bundesbehörde einen »Regierungsfuzzi«. Diese Leute waren vermutlich vom ATF gewesen; dazu ein paar Agenten vom FBI sowie Kumpane dieser mörderischen Frau.

»Die waren in dem Haus von deinem Daddy«, wandte sich Micah nun an Lynn. »Hab ein paar von meinen Jungs gesagt, sie sollen vom Berg aus gucken. Ziemlich viele Autos, und überall schwirren Leute rum. Hatten 'n paar Hunde mit. Könnte sein, dass die nach Spuren suchen. Dann finden die vielleicht auch den Eingang zu der Höhle hier.«

»Gibt es noch einen anderen Ausgang?«

Wieder grinste Micah. »Es gibt drei. Einer is' ganz einfach, die anderen verdammt schwierig. Hab schon einem von den Jungs gesagt, er soll Bärenfett auf den Boden am Eingang streichen. Das kann so 'n Stadtköter garantiert nich' ab. Aber wenn's Krawall gibt, is' das euer Zeichen, dass ihr weiter in den Berg reinmüsst. Und was ihr auch macht – kriecht nich' da raus, wo wir reingekommen sind. Wir werden in dem Tunnel 'ne kleine Falle aufbauen. Also, hier is' die Karte.«

Micah entrollte ein Stück braunes Papier, das aus einer Einkaufstüte geschnitten worden war, und zeigte Janet darauf die Hütte. Auf der Karte waren drei Tunnel verzeichnet, die von der Hütte zu anderen Kammern und weiteren Tunneln tief unter dem Berg führten – und schließlich hinaus in die Wälder an den Westhängen der Berge. Micah zeigte ihnen die Laternen an der Rückwand der Hütte; dann zeigte er ihnen auf der Karte, wo weitere Laternen versteckt waren. Der Fluchtweg aus der Hütte führte durch eine verborgene Tür in der Rückwand. Jeder Tunnel auf der Karte trug eine Nummer.

»Hier, die Nummer Eins ist einfach«, sagte er. »Vielleicht anderthalb Meilen. Geht erst mal ungefähr dreißig Meter runter, dann wieder nach oben. Dann kommt man auf 'nem Weg raus, durch 'ne flach gelegte Tür, so, wie wir reingekommen sind. Wenn ihr da rauskommt, müsst ihr ordentlich Steine davor stapeln, für den Fall, dass einer hinter euch her is'.«

»Und was ist mit den anderen Ausgängen?«

»Zwei und drei sind länger und steiler und verdammt schmal. Drei hat sogar 'nen See. Müsst euch an 'nem Sims entlanghangeln, um rüberzukommen. Das Wasser is' tief und arschkalt.«

»Aber was ist, wenn sie mit Hunden in die Höhle kommen?«

»Dann müsst ihr durch die Nummer Drei und über den See. Aber seid vorsichtig, wenn ihr nach Dawsons Grab kommt.«

»Warum heißt das so?«, fragte Lynn.

»Weil Dawson immer noch drinsteckt. 'n langer, verdammt enger Tunnel vor dem See. Wer kein schmaler Hering ist, muss seitwärts gehen, wenn er da durchpassen will. Aber es is' leichter, da 'nen Köter aufzuhalten, wenn er einem hinterherkommt. Hier, ich hab euch die Pistole wiedergebracht.«

»Ich fürchte, ich habe alle Patronen auf der Landstraße verschossen.«

Micah grinste wieder. »Hab nachgeladen. Munition haben

wir reichlich hier oben. Aber nehmt lieber einen von den Hickorystöcken da in der Ecke. Schießt nicht, wenn's nicht unbedingt sein muss, weil man nie wissen kann, was in so 'ner Höhle mit 'ner Kugel passiert. Klar?«

»Sie meinen, die Höhle könnte einstürzen?«

»Wer weiß? Besonders um den See herum muss man aufpassen. Der ist so tief, dass er gar keinen Grund hat. Haben jedenfalls nie einen gefunden. Und da sind jede Menge Steinzapfen, die von der Höhlendecke hängen. Mit der Laterne kann man da auch nich' leuchten. Nehmt die Stöcke, um Hunde abzuwehren.«

Janet holte tief Luft und dankte ihm. »Dann lassen Sie uns hoffen, dass wir auf keine Hunde treffen«, fügte sie hinzu. »Sagen sie ... Wenn Lynns Vater zurückkommt, wird er dann Verbindung mit Ihnen aufnehmen?«

»Glaub schon«, meinte Micah. »Die Leute an seiner Hütte waren ja nich' gerade Freunde von ihm. Wir werden uns schon irgendwie sprechen.«

Janet nahm die .38er und legte sie auf den Tisch. Sie kam ihr klein vor verglichen mit einigen der Waffen, die sie in den letzten vierundzwanzig Stunden gesehen hatte. »Sie haben uns jetzt einige Male die Haut gerettet, Mr Wall«, sagte sie. »Dafür danke ich Ihnen.«

Micah warf einen Blick auf Lynn und nickte. »Ed Kreiss hat mir 'nen verdammt großen Gefallen getan, als er hier auf den Berg gezogen is'. Kannte mich oder meine Leute nich' mal und hat einen von meinen Jungs gerettet. Heißt Ben. Ist 'n großer Kerl, der Ben, aber mächtig einfältig. Drei ältere Jungs von der Craggit-Sippe am Moultrie Mountain hatten sich in den Kopf gesetzt, Ben eins auszuwischen. Haben ihm auf der Straße aufgelauert und wollten seinen Kopf mit 'n paar Autofelgen eindellen – weiß auch nich', warum –, da kommt Old Ed. Erzählt mir, Ben lag zusammengerollt unter seinem Wagen, und die Mistkerle zerren an seinen Beinen. Old Ed sagt, es sah so aus, als wollten sie ihn kaltmachen. Jedenfalls, Old Ed scheucht die

Kerle mit seinem Pick-up auf und schmeißt zwei von der Straße in den Hangman's Creek. Der andere rennt weg. Und dann bringt Ed mir Ben nach Hause.«

»Wer sind die Craggits?«, fragte Janet.

Micah grinste wieder. »'ne andere Sippe hier oben. Später kamen sie noch mal rüber und wollten sich an Ed rächen. Er hört die Knilche und schießt mit seiner .50er Braut auf die Heinis. Mann, sind die gelaufen! Ab in den Wald ist die ganze Bagage. Haben sich nie mehr hier blicken lassen. Und seit damals, vier Jahre sind das jetzt, sind Old Ed und ich gute Nachbarn.«

»Ich möchte ja nicht unhöflich sein«, sagte Janet, »aber wie können Sie hier oben eigentlich leben, Mr Wall?«

»Wir kommen zurecht«, antwortete er mit der Andeutung eines Grinsens. Janet grinste zurück und verstand, dass sie niemals mehr erfahren würde.

»Nun, wahrscheinlich werde ich inzwischen steckbrieflich gesucht«, sagte sie. »Schließlich habe ich letzte Nacht die Straßensperre einer Bundesbehörde platt gefahren. Und ich habe diese Frau aufgehalten. Ich weiß nicht genau, wer oder was sie ist, nehme aber an, dass auch sie irgendwie einer Behörde angehört.« Sie blickte Micah an. »Es tut mir Leid, dass wir Ihnen diese Ungelegenheiten bereiten, Mr Wall. Es könnte sein, dass alle Ihre Leute verhaftet und mitgenommen werden, weil Sie das Gesetz behindert haben.«

Micah nickte. »Schätze, wir tun, was wir können, wenn die uns holen wollen.« Er streckte sich. »Inzwischen versteckt ihr euch hier, bis Old Ed kommt und euch holt. Und wie ich schon gesagt hab – spitzt die Ohren, ob ihr Hunde hört. Die Falle wird sie langsamer machen, aber ihr müsst weg, wenn die kaputt is'.«

»Was ist das für eine Falle?«

»Wenn ich raus bin, holen meine Jungs 'n Hornissennest. Haben wir letzte Nacht beschafft. Wir packen's in den Tunnel. Die Hornissen fliegen zum Licht.«

»Ist es ein großes Nest?«

»Ungefähr 'ne Milliarde Viecher wohnen da drin«, sagte Micah augenzwinkernd.

Gegen ihren Willen musste Janet grinsen.

Micah nahm seine Tasche. »Jetzt zeig ich euch noch was. Wenn diese Leute reinkommen und direkt losballern, müsst ihr's anders machen. Macht die Tür hinten auf, schnappt euch 'n paar Laternen, und dann brennt ihr die Zündschnur hier an – seht ihr, hier? Da sind Streichhölzer. Zündet sie an, und dann zieht ihr die Tür hinter euch zu. Dann den Tunnel runter, bis ihr zur ersten Kurve kommt. Da ist rechts 'ne Sackgasse. Rennt da rein, geht runter und haltet euch die Ohren zu.«

Lynn, die aufmerksam zugehört hatte, nickte schweigend. Micah schaute nach, ob in den Laternen genug Brennstoff war; dann verließ er die Hütte durch die Vordertür und verschwand im Tunnel. Lynn sagte, sie wolle sich die Geheimtür an der Rückwand der Hütte anschauen und sicherstellen, dass sie diese Tür im entscheidenden Moment aufbekämen.

Janet nickte, setzte sich an den kleinen Holztisch und vergrub das Gesicht in den Händen. Ihre Leute mussten erfahren haben, dass sie mit Lynn Kreiss hier oben in den Bergen war. Aber sie sind doch gar nicht mehr deine Leute, oder?, ermahnte sie eine leise innere Stimme. Micah Wall und seine Sippe beschützten sie, bis ... ja, bis was geschah? Bis Kreiss zurückkam? Janet kam sich vor, als hätte man sie auf dem Mond ausgesetzt. Letzte Woche noch war sie Bundesagentin gewesen; nun war sie auf der Flucht vor den Bundesbehörden. Allmählich begann sie den Sinn der Redensart »in der Kälte allein gelassen« zu begreifen. Sie fragte sich, was Farnsworth und ihre Kollegen im FBI-Büro Roanoke gerade taten: Durchkämmten sie die Hügel nach den beiden Vermissten? Oder lehnten sie sich im Sessel zurück und taten so, als gäbe es keine Janet Carter, keine Lynn Kreiss? Warteten sie auf Anweisungen der Bosse aus Washington? Jener Männer, die nicht auf Warnungen vor einem Bombenanschlag hören wollten und offenbar eher daran interessiert waren, eine andere Behörde ins Unrecht zu setzen, als Menschenleben zu schützen?

Instinktiv drängte es Janet danach, in Roanoke anzurufen und mit jemandem zu reden; herauszufinden, was hinter den Kulissen vorging. Doch wen konnte sie anrufen? Natürlich nicht Farnsworth – und auch nicht Larry Talbot, der ohnehin zu eingeschüchtert wäre, um ihren Anruf entgegenzunehmen. Keenan auch nicht. Beim ATF kannte sie niemanden. Edwin Kreiss anzurufen kam auch nicht in Frage, denn er mochte sonst wo sein; außerdem saß ihm das FBI in Nacken, wenn nicht gar das ATF. Ganz zu schweigen von der CIA.

Lynn, die sich durch die Geheimtür gequetscht hatte, zwängte sich wieder in die Hütte. »Ich habe ein paar Laternen und Streichhölzer im Gang gelassen. Er ist wirklich verflixt eng, so wie Micah gesagt hat.«

»Auf jeden Fall müssen wir die Karte mitnehmen«, entgegnete Janet. »Wenn wir fliehen müssen, will ich auch wieder aus diesem Berg herausfinden.«

»Die Karte liegt hier, gleich neben der Tür. Glauben Sie, dass diese Zündschnur zu einer Sprengladung führt?«

»Ich nehme es an. Soll wahrscheinlich diesen ganzen Teil der Höhle zum Einsturz bringen.«

Lynn kam zum Tisch und setzte sich; sie zuckte zusammen, als ihre Rippen die Kante berührten. »Wenn ich nur wüsste, wo mein Vater steckt«, sagte sie. »Und was das alles soll.«

»Damit sind wir schon zwei«, murmelte Janet. »Ich möchte am liebsten raus hier und ein Telefon suchen.«

»Wen würden Sie denn anrufen?«

»Genau das ist mein Problem. Ich weiß zurzeit nicht, wer meine Freunde sind. Oder wer uns jagt. Diese Frau ist eine Irre – in einem Krankenhaus Feuer zu legen!«

Lynn nickte bedächtig. »Und CIA-Agenten dürfen nicht innerhalb der Vereinigten Staaten operieren. Aber ich bin mir da nicht so sicher. Als mein Vater bei dem Verein war, musste er für die meisten Operationen ins Ausland reisen. Er hat aber auch hier in den Staaten gearbeitet. Es hing irgendwie davon ab, wen er verfolgte und was derjenige verbrochen hatte.«

»Aber wenn ein Verdächtiger in den Staaten verfolgt werden muss, ist es Sache des FBI, nicht der CIA.«

Lynn lächelte. »Deshalb hat die CIA meinen Vater wohl auch so lange behalten. Technisch gesehen gehörte er dem FBI an, nicht dem Geheimdienst.«

»Ah!«, machte Janet. »Und wenn bei einem Auftrag etwas schief ging, konnte er seinen FBI-Ausweis vorzeigen, und man hat ihn in Ruhe gelassen.«

»So ungefähr. Er hat mir nie Einzelheiten seiner Arbeit erzählt, aber ich glaube, dass sie immer nur Leute verfolgt haben, die Grenzen überschritten hatten. Und zwar heftig. Die Bosse wollten bloß, dass das Problem behoben würde, wollten aber nichts Genaueres darüber wissen, *wie* es behoben wurde.«

»Sie meinen, ein Mann wurde einfach gejagt und umgebracht?«

»Das glaube ich weniger«, sagte Lynn. »Dad sagt, es gibt Gefängnisse der Regierung, wo bestimmte Personen inhaftiert und die Personalakten vernichtet werden. Lewisburg und Fort Leavenworth zum Beispiel. Und das FBI hat nicht weniger als 27.000 Mitarbeiter. Vor zehn Jahren waren es noch sechzehntausend.«

»Es gibt mehr Cops, weil die Zahl der Verbrechen zugenommen hat, außerdem verändern sich die Verbrechen in vielfacher Weise. Denken Sie nur an die Bedrohung durch den internationalen Terrorismus. Oder an Internet-Verbrechen. Es gibt Chatrooms, in denen Pädophile Kinder für ›Snuff‹-Filme kaufen und verkaufen. Und 62.000 Bombenanschläge während der letzten fünf Jahre.«

Lynn blickte sie an. »Das mag ja sein«, erwiderte sie. »Aber Amerika ist eine Demokratie in der vollen Blüte des Informationszeitalters. Wenn Behörden wie das FBI und das ATF nicht eine reine Weste haben, wird früher oder später irgendetwas durchsickern. In der Vergangenheit war das vielleicht nicht so, aber heute? Da *muss* etwas rauskommen. Und darunter leidet das Vertrauen der Bürger. Und wenn es von der Öffentlichkeit als Vertuschungsversuch betrachtet wird, dann *ist* es auch einer.«

Janet seufzte tief und wandte den Blick ab. Lynn legte ihr die Hand auf den Arm. »Sie riskieren Ihr Leben, um meinen Hintern aus den Klauen einer Behörde zu retten, die wir nicht einmal benennen können. Glauben Sie nicht, dass ich dafür nicht dankbar bin. Aber vor vier oder fünf Jahren fand mein Vater etwas über ein paar sehr hoch gestellte Leute in der Regierung heraus, und das war ein so schlimmes Geheimnis, dass ein führender Beamter der CIA sich und seine ganze Familie erschoss, um dieses Geheimnis zu wahren. Ich glaube, der einzige Grund, warum sie meinen Vater nicht verschwinden ließen, war der, dass er ein sehr einfallsreicher und *gefährlicher* Agent war.«

»Sie glauben, dass diese alte Geschichte hinter unseren derzeitigen Problemen steckt?«

»Das glaube ich wirklich«, erwiderte Lynn. »Dad und ich haben uns schon einmal darüber unterhalten. Seit damals ist eine Menge über diesen chinesischen Spionagefall bekannt geworden. Ich glaube, Dad befürchtete, mehr und mehr zu einem unbequemen Zeugen zu werden. Und er wusste aus Erfahrung, was besonders in den letzten Jahren mit unbequemen Zeugen geschehen ist.«

Die Kerosinlaterne flackerte. Janet stand auf, um eine andere auf den Tisch zu stellen. »Woher wissen Sie das alles?«, fragte sie.

Lynn zog den Pullover straffer um den Körper. »Dad und ich haben oft darüber gesprochen, nachdem Mom tot war und er seinen Job verloren hatte. Ich habe es sozusagen zur Bedingung für unsere Versöhnung gemacht. Ich habe ihm gesagt, ich müsse Bescheid darüber wissen, was er getan hat. Natürlich nicht die Einzelheiten seiner Einsätze, sondern das, was meiner

Mutter solche Angst eingejagt hat. Warum sie einige ... Dinge gesagt hat.«

»Die aber nicht unbedingt gestimmt haben.«

Lynn schaute zu ihr auf. Sie hatte die scharfen, graugrünen Augen ihres Vaters, wie Janet plötzlich auffiel. Augen, die zu viel wussten und zu viel gesehen hatten. »Aber das ist es ja gerade«, meinte Lynn. »Das meiste *hat* gestimmt.«

Janet erinnerte sich an das Gesicht der erbarmungslosen Jägerin. Augen wie ein Weißer Hai. *Misty.* Sie schauerte.

In diesem Augenblick hörten sie die Hunde.

Browne McGarand rieb sich die Bartstoppeln, während er mit seinem Mietwagen die Rückseite des Arsenals entlangfuhr. Die Sonne ging allmählich unter, und er suchte die Einfahrt zu einer alten Holzfällerstraße, die zur Westseite des Umgebungszauns führte. Er wollte den Wagen so weit wie möglich hineinfahren und verstecken, dann am Zaun entlang in Richtung Norden laufen bis zu der Stelle, wo der Bach ins Sperrgebiet einmündete. Anders als an der Ausmündungsstelle hatte man dort keine besondere Absperrung errichtet, lediglich den Zaun darüber geführt und das Wasser durch Betonkanäle geleitet. Hatte er beide Zäune überwunden, war es nur noch eine Meile Fußweg bis zum Bunker Nummer 887.

Browne hatte schon zu Beginn seines Projekts einen Unterschlupf im Bunkerfeld vorbereitet. Dieses Feld lag abgelegen, jenseits des Munitionslagers. Sie hatten das rostige Vorhängeschloss geknackt, den Ventilator an der Rückseite des Bunkers herausgenommen und auf diese Weise ein Fluchtloch geschaffen. Mitten in der leeren Bunkerhalle hatten er und Jared eine falsche Trennwand aus Sperrholzplatten angenagelt, sodass die Hälfte des Bunkers abgeteilt war. Jared, ein fähiger Zimmermann, hatte die meiste Arbeit getan und sogar eine Tür eingebaut. Dann malten sie die Seite, die dem Bunkertor zugewandt war, schwarz an. Falls jemand mit einer starken Taschenlampe hineinleuchtete, würde ihm der teilweise unter Bodenniveau liegende Bunker so leer erscheinen wie alle anderen. Browne hatte sich zu dieser Sicherheitsmaßnahme entschlossen, nachdem er die Wachpatrouillen eine Zeit lang beobachtet und festgestellt hatte, dass sie sich immer mal wieder einen der Bunker herauspickten, die schweren Stahltüren aufschlossen und mit der Taschenlampe hineinleuchteten. Die Holzwand würde natürlich keiner genaueren Untersuchung standhalten, besonders dann nicht, wenn jemand die Stromversorgung der Bunker wieder aktivierte und die Hallenleuchten einschaltete.

Jared hatte das alte Vorhängeschloss damals zu einem Tauschmarkt in Harpers Ferry mitgenommen, zu einem Mann, der behauptete, für jedes alte Schloss einen Schlüssel auftreiben zu können. Da das Armeeschloss ein Serienschloss war, konnte der Bursche sogar einen Hauptschlüssel dafür auftreiben. Danach mussten sie nur noch ein Vorhängeschloss von einem anderen Bunker entfernen und vor ihr Versteck hängen. Auf diese Weise konnten sie den Bunker versperren, ohne dass den Miet-Cops bei einer zufälligen Inspektion ein anderes Schloss als das übliche auffiel. Falls der Sicherheitsdienst irgendwann den Bunker inspizierte, der nun kein Schloss mehr hatte, konnten sie gern reingehen und sich umsehen. Aber dort würde nichts sein, und das Schloss würde einfach ersetzt werden.

Auf der Fahrt von Washington hatte Browne einem Nachrichtensender gelauscht. Natürlich wurde fast nur von dem Anschlag auf die ATF-Zentrale berichtet: Angeblich waren Hunderte getötet und das gesamte Stadtzentrum erheblich beschädigt worden. Reporter vor Ort berichteten atemlos vom zerstörten Gebäude, von Straßen voller Trümmer; fünf verschiedene Feuerwehren und Notarztwagen mit Spezialausstattungen waren an verschiedenen Stellen der Massachusetts Avenue im Einsatz. Pressesprecher des Justizministeriums, des FBI und des ATF hatten ernst auf die zunehmende Bedrohung durch inländische Terroristen hingewiesen und verstärkt Mittel gefordert, hatten den Angehörigen der Opfer ihr Beileid ausgesprochen und ihre Entschlossenheit bekräftigt, dass die Täter mit allen zur Verfügung stehenden Mitteln gejagt würden.

Im Laufe des Tages jedoch wurden die Berichte ein wenig zahmer. Es wurde deutlich, dass die meisten Menschen vor der Explosion evakuiert werden konnten. Offenbar hatte es eine Warnung in letzter Minute gegeben. Es gab zwar Dutzende von Verletzten, doch die meisten waren auf der Straße verwundet worden, da sie sich nicht weit genug vom Gebäude entfernt hatten. Als Browne die Holzfällerstraße erreichte, hieß es im Radio, drei Männer eines privaten Wachdienstes seien auf dem Dach des benachbarten Parkhauses ums Leben gekommen und sechsundzwanzig Personen seien in der Nähe des Gebäudes verletzt worden. Die obersten vier Stockwerke des ATF-Gebäudes wären zerstört. Als Browne das Radio abstellte, waren die Fakten von wilden Spekulationen über die mögliche Ursache für den Bombenanschlag verdrängt worden.

Browne gelangte ans Ende der Holzfällerstraße und setzte den Wagen so weit zurück zwischen die Bäume, wie es nur ging. Einen Augenblick blieb er mit abgeschalteten Scheinwerfern im Auto sitzen. Wenn Wachmänner des ATF-Gebäudes in dem Parkhaus gewesen waren, mussten sie etwas über den Propangas-Truck gewusst haben. Doch sie konnten seine Spur nur nach West Virginia, nicht aber nach Blacksburg zurückverfolgen. Die Benzinbombe, die Browne im Truck zurückgelassen hatte, würde schon dafür gesorgt haben, dass keine Fingerabdrücke übrig geblieben waren. Natürlich war es gefährlich, wieder ins Arsenal zurückzukehren, doch Browne glaubte an die alte Regel, dass man eine Sache am besten direkt unter der Nase der Leute versteckte. Das galt besonders für *diese* Leute.

Als der erste Hund gegen die Vorderseite der Hütte sprang, hatte Lynn bereits die Hintertür aufgestoßen und zwei Laternen angezündet. Bereit zur Flucht. Sie wartete im schmalen Durchgang, während Janet noch den kleinen Tisch vor die Vordertür schob. »Hierher!«, hörten sie einen Mann rufen; dann folgten

Hundegebell und weitere Stimmen. Jemand brachte ein Licht in den Eingangsstollen – und nun hatten die Hornissen endlich ein Ziel. Während die Stimmen und das Jaulen der Hunde allmählich verklangen, quetschte sich Janet durch die enge Hintertür und machte sie fest zu. Sie hatte die .38er ins Taillenhalfter gesteckt und mühte sich nun in ihre Jacke. Sie suchte nach irgendetwas, mit dem sie auch die Hintertür versperren könnte, fand jedoch nichts.

»Los«, flüsterte sie und nahm eine der Laternen. »Die sind gleich da!«

»Erst müssen sie an den Hornissen vorbei«, meinte Lynn.

Sie machten sich auf den Weg durch den engen Durchgang hinter der Hütte. Er war zwischen zwei und zweieinhalb Meter hoch; das Felsgestein war kalt und fühlte sich klamm an. Unter ihren Füßen war fest gestampfter Lehmboden. Janet hatte die Zündschnur in der Hütte gut sichtbar hingelegt und hoffte, dass ihre Verfolger sie sehen und dadurch ein wenig aufgehalten würden. Der Gang verlief ungefähr fünfzehn Meter geradeaus und traf dann auf einen Quergang, an dem zwei kleinere Kavernen lagen. Lynn studierte die Karte und wählte die linke Abzweigung.

Der Lärm hinter ihnen war verklungen, doch Janet wusste, dass die Hunde nicht mehr lange auf sich warten ließen, auch wenn die Männer vielleicht länger brauchten.

Dieser Gang war noch enger, und die Decke senkte sich zusehends. Der feste Boden war Kieselsteinen gewichen, und sie mussten langsamer gehen, um nicht umzuknicken. Plötzlich verlor Janet den Halt, setzte sich unsanft auf den Hosenboden und rutschte noch einen Meter weiter, wobei ihre Laterne erlosch.

»Nicht wieder anmachen«, riet Lynn. »Vielleicht brauchen wir den Brennstoff noch.«

Janet kam wieder auf die Beine und eilte hinter dem Mädchen her, das gut voranzukommen schien. Sie fragte sich, ob Lynn vielleicht schon mal in diesen Höhlen gewesen war. Hinter ihnen war immer noch nichts zu hören. Die Luft blieb feucht und schwer. Janet litt nicht gerade unter Klaustrophobie, war sich jedoch der Gesteinsmassen über ihrem Kopf bewusst.

»Können Sie der Karte folgen, Lynn?«, fragte sie.

»Ja. Bald kommen wir an eine ›Grube‹. Weiß nicht, was das heißen soll.«

Sie bogen um eine Ecke. Die Laterne warf bizarre Schatten an die Decke. Plötzlich blieb Lynn stehen. Sie befanden sich in einer runden, ungefähr sechs Meter breiten Kammer. Vor ihnen führte der Fußpfad um ein glattes, konisch zulaufendes Loch herum, das in den Tiefen des Berges verschwand. Der obere Rand des Loches nahm fast die gesamte Breite der Kammer ein. Lynn kickte ein Steinchen hinein. Es rutschte über den glatten Rand und verschwand ohne einen Laut. Das zitternde Licht der Laterne ließ die Wände vortreten und zurückweichen.

»Das war also mit ›Grube‹ gemeint«, flüsterte Janet. »Das verdammte Ding reicht wohl bis nach China.«

»Wir gehen da lang«, sagte Lynn und leuchtete mit der Laterne zur rechten Seite des Lochs, wo ein fünfzehn Zentimeter breiter Vorsprung am Rand des Loches entlang bis zum Gang auf der anderen Seite führte. Die Kammerwände verengten sich nach oben zu einer Kuppel.

»O Gott«, stieß Janet hervor und deutete auf dic Wände. »Schauen Sie sich das an. Wo sollen wir uns denn festhalten?«

Aus dem Gang hinter ihnen ertönten Geräusche.

»Im Entengang«, sagte Lynn. »Schnell!«

Wieder ging sie voran und hielt die Laterne ausgestreckt in der Linken, um ihren Schwerpunkt näher an die Wand zu bringen. Mit dem Gesicht zum Abgrund hockte sie sich hin; dann bewegte sie sich seitwärts über den Vorsprung. Janet folgte ihr und bemühte sich, Lynns Rücken im Auge zu behalten und nicht in die Grube zu schauen. Sie hatten den halben Weg geschafft, als sie deutlich einen Hund hörten, dessen Schnüffeln durch die Akustik in dem engen Gang verstärkt wurde. Sie konnten nichts tun; sie kamen nicht schneller voran. Der Hund musste sie in wenigen Augenblicken erwischen. Da ging auch noch die Laterne aus, und Janet schnappte vor Schreck nach Luft. Sie blieb wie angewurzelt hocken, starr vor Entsetzen, tastete mit der Rechten am feuchten Fels entlang und suchte nach einem Halt. Es herrschte völlige Finsternis.

»Nicht bewegen!«, zischte Lynn.

Doch der Hund hörte es, bellte und stürzte zur Kammer. Dem Gebell nach zu urteilen, musste es ein ziemlich großes Tier sein. Janet spürte es, als der Hund in die Kammer sprang, nachdem er Lynns Stimme gehört und ihre Witterung aufgenommen hatte. Dann herrschte einen Moment lang Stille, gefolgt von einem kläglichen Jaulen, als der Hund über den glatten Rand der Grube schlitterte und ins Bodenlose stürzte. Janet hörte ein Kratzen – es war Lynn, die ein Streichholz angezündet hatte und nun die Laterne wieder ansteckte. Sie merkte, dass sie den Atem angehalten hatte, und stieß ihn nun mit einem leisen Schluchzen wieder aus. Dann war Lynn schon wieder unterwegs und bewegte sich im Entengang über den Vorsprung, bis sie eine kleinere Kammer auf der anderen Seite erreichte. Mit schmerzenden Knien und Hüften folgte ihr Janet. Ihre Kehle war trocken, und ihr Herz pochte wild.

Auf der anderen Seite stand Lynn auf und grinste Janet an. Janet konnte nicht umhin, die Geistesgegenwart des Mädchens zu bewundern: Durch das Auslöschen der Laterne hatte Lynn das Problem mit dem Hund blitzschnell gelöst.

Zwei Gänge führten aus der Kammer heraus. Lynn schaute wieder auf die Karte. »Nach links«, meinte sie. »Wir nehmen Weg Nummer Drei.«

»Kommen da noch mehr solche Gruben?«, fragte Janet bedrückt. Doch Lynn war bereits in den engeren der beiden Gänge getaucht. Janet warf einen letzten Blick auf die Kammer mit der »Grube«, solange Lynns Laterne sie erleuchtete, und erschauerte; dann eilte sie dem Mädchen hinterher.

So leise sie konnten folgten sie dem enger werdenden Gang.

Eine Zeit lang verlief er eben, dann senkte er sich ziemlich steil ab. Auf dem nun schlüpfrigen Lehmboden mussten sie langsamer gehen, um nicht auszurutschen. Janets Laterne schlug gegen den Fels; sie glaubte schon, das Glas wäre zerbrochen. Lynn, die fast zwei Meter voraus war, schritt eine Viertelstunde unverdrossen weiter; dann blieb sie plötzlich stehen und fluchte leise.

»Was ist?« Janet befürchtete, dass eine weitere Grube vor ihnen lag.

»Hier geht es nicht weiter«, sagte Lynn mit Blick auf die Karte. »Aber ich sehe auch keinen anderen Weg.«

Janet trat neben sie. Lynn hielt die Laterne hoch. Der Gang verbreiterte sich. Sie standen an einer Felskante, unter der anscheinend ein Steilhang abfiel, dessen Fuß in der Dunkelheit nicht zu erkennen war. Kühler Wind umfächelte sie sanft. Dann erkannte Janet, dass sie in einer gewaltigen Höhle waren, deren gewölbte Decke vom Schein der Laterne nicht erreicht wurde.

»Mann, ist die riesig«, staunte Janet. Ihre Stimme hallte in dem Gewölbe wider. Eine volle Minute standen sie stumm da und schauten. Dann hörten sie wieder die Verfolger, Hundegebell und Männerstimmen. Es klang noch nicht bedrohlich nah, aber sie waren ihnen auf der Spur.

»Diese Grube hier wird sie aufhalten«, sagte Lynn leise. »Aber ich wüsste keine andere Möglichkeit, wie wir weiterkommen sollten.«

Janet blickte in den Abgrund. Sie hatten vergessen, die Hickorystöcke mitzunehmen. Der Abhang war mit losen Steinen und anscheinend mit Schieferplatten bedeckt. »Sie meinen, wir sollen runterrutschen?«

»Klar – was sonst? Bis jetzt ging ja alles ganz gut. Auch das wird schon klappen, keine Bange. Ich zuerst. Halten Sie mal!«

Sie reichte Janet die Laterne, drehte sich um und ließ sich ein Stück auf den Abhang gleiten. Ihre Füße lösten eine kleine Lawine aus Steinchen und Dreckklumpen aus, doch sie konnte sich halten. Sie streckte die Hand nach der Laterne aus. »Haben Sie Streichhölzer?«

»Ja.«

»Okay, dann zünden Sie jetzt auch Ihre Laterne an. Ich mache die hier aus, solange ich runterrutsche.«

Janet zündete ihre Laterne an und sah, dass das Glas tatsächlich einen Sprung hatte. Die Flamme flackerte stark, und sie musste den Docht ein wenig herunterdrehen. Lynn löschte nun ihre Laterne und ließ sich hinab, bewegte sich äußerst vorsichtig, um keine Geröllawine auszulösen, die sie mitgerissen hätte. Janet hielt die Laterne so weit wie möglich nach vorn und horchte, ob sie etwas von den Verfolgern hörte. Ja, sie waren zu vernehmen, aber nur schwach. Doch die Höhle verzerrte sämtliche Laute, und Janet konnte nicht sagen, ob sie noch weit entfernt waren. Am meisten Sorgen bereitete ihr, dass die Hunde vermutlich schon viel näher waren als die Männer.

Dann hörte sie einen Laut von unten. Lynn fluchte, weil sie nun doch den Halt verloren hatte und den Abhang hinunterzugleiten begann. Janet beugte sich so weit wie möglich vor, konnte Lynn auf dem Abhang aber nicht mehr erkennen. Den Geräuschen nach zu urteilen, rutschte Lynn tatsächlich in die Tiefe. Doch nach einer Minute hörte Janet keine prasselnden Steinchen mehr.

»Lynn?«, rief sie, bemüht, die Stimme nicht zu sehr zu heben.

»Mir ist nichts passiert. Muss erst mal die Laterne ankriegen. Dann kommen Sie runter. Machen Sie Ihre Funzel aus, bevor Sie starten.«

Unten flammte Licht auf. Janet sah, dass der Abhang ungefähr fünfzig Meter tief war. Am Grund glitzerte Wasser. Sie sah Lynns Laterne, doch das Mädchen war nirgends zu entdecken. Janet löschte ihr Licht und horchte wieder. Die Männerstimmen klangen nun lauter, doch wusste sie immer noch nicht, wie nah sie waren. Jedenfalls schien es eine größere Gruppe Verfolger zu sein. Plötzlich hörte sie ganz in der Nähe einen Hund bellen. Kurz entschlossen ließ sie sich rückwärts über die Kante gleiten und machte sich an den Abstieg, bemühte sich, nicht zu schnell zu rutschen, und hielt dabei die Laterne hoch. Es ging wider Erwarten einfach. Lynn musste das lose Geröll mitgerissen haben, denn Janet gelangte an den Fuß des Abhangs, ohne auch nur einmal den Halt verloren zu haben. Sie wischte sich den Staub von Händen und Knien und stand auf, trat vom Abhang weg und wandte sich um. Vor ihr erstreckte sich ein See, dessen Ausmaße sie nur erahnen konnte. Das Licht der Laterne reichte nur ungefähr fünfzehn Meter weit; Wände oder gar eine Höhlendecke waren nicht auszumachen.

»Mein Gott! Schauen Sie sich das an!«

»Es ist gewaltig«, sagte Lynn. »Kommen Sie, gehen wir hier lang.«

Sie wandte sich nach links und tastete sich am Ufer entlang über einen gewundenen Weg, der über Geröll und zwischen kleineren und großen Felsbrocken hindurch führte. Zu ihrer Linken ragten die Schieferklippen in die Dunkelheit. Die Uferlinie wand sich ein wenig nach rechts, und sie mussten sehr vorsichtig gehen, um nicht ins Wasser zu rutschen. Janet horchte auf die Verfolger, hörte jedoch nichts. Fünf Minuten lang kämpften sie sich über den schlüpfrigen Boden, bis sie vor eine senkrecht emporragende Felswand gelangten. Zur Rechten dehnte sich die endlos scheinende Wasserfläche, zur Linken befanden sich die Schieferklippen.

»Und jetzt?«, fragte Janet.

Lynn schaute auf die Karte. »Ich nehme an, das ist dieser unterirdische Sims, von dem Micah gesprochen hat.«

Plötzlich bellte hoch über ihnen ein Hund. Lynn nahm Janets Laterne und hielt sie in die Höhe, um die Entfernung über den See abzuschätzen, sah aber nur schwarzes Wasser und den schwachen Widerschein der Laterne. Zu ihrer Linken ragte die Höhlenwand schwarz und glatt empor. Der Hund bellte unaufhörlich weiter. Janet fiel auf, dass es nicht einmal ein Echo gab. Die Höhle um den See musste gewaltige Ausmaße haben.

»Sollten wir nicht lieber das Licht löschen?«, flüsterte sie drängend.

»Wir müssen doch diesen Unterwassersims finden«, gab Lynn zurück.

»Den ertasten wir mit den Füßen. Machen Sie das Licht aus! Dann können die uns nicht sehen, bevor sie den Abhang runterkommen. Und wir brauchen bestimmt eine ganze Weile, bis wir über den See sind.«

Lynn löschte die Laterne. Das Gebell verstummte. Nun ging Janet voran; sie setzte einen Fuß ins eisige Wasser und hielt sich mit der linken Hand an der Wand fest. Ihr Fuß ertastete den Sims, der vielleicht dreißig Zentimeter unter der Oberfläche lag. Mit der Fußspitze fühlte sie, das der Sims sehr schmal war; sie mussten höllisch aufpassen. Janet trug Turnschuhe mit starkem Profil, die für eine gute Bodenhaftung sorgten. Eine Hand an der Wand, begann sie sich voranzutasten, wobei sie sich gegen den Fels drückte und versuchte, die Vorstellung zu verdrängen, wie sich ein Sturz in dieses eisige Wasser anfühlte. Sie spürte, dass Lynn direkt hinter ihr war, drehte sich aber nicht um. Fuß um Fuß schob sie voran, statt lange Schritte zu machen; sie wollte nicht ins Leere treten, falls der Sims plötzlich endete.

Wieder bellte der Hund den Abhang hinunter. Dann hörte Janet ein anderes vertrautes Geräusch: Das Rauschen eines Funkgeräts. Es schien direkt über ihnen zu sein; sie hoffte nur, dass es eine akustische Täuschung war, die durch die Echos in der Höhle entstand. Falls ihre Verfolger es geschafft hatten, über ihnen einen Vorsprung zu gewinnen, waren sie geliefert. Sie hörte, wie Lynns Laterne gegen die Felswand schlug.

»Alles in Ordnung?«, fragte sie leise.

»Ja«, flüsterte Lynn. »Es ist nur so schrecklich kalt.«

Das Wasser war wirklich bitterkalt. Janets Knöchel wurden allmählich taub. Sie hatte keine Ahnung, wie weit sie schon gekommen waren, als plötzlich über und hinter ihnen weiße Lichtblitze die Finsternis erhellten. Janet schaute aus dem Augenwinkel hoch, blieb aber in Bewegung. Sie vermeinte die Höhlendecke zu erkennen; sie schien sehr seltsam geformt zu sein. Wieder begann der Hund zu bellen; dann fiel ein zweites Tier ein. Ihr Bellen klang immer aufgeregter. Die Lichtstrahlen beschienen den See, tanzten über die Oberfläche. Janet hörte nun Männerstimmen und das Rauschen mehrerer Funkgeräte. Und dann fiel einer der Lichtstrahlen auf die beiden Frauen.

»Halt!«, donnerte eine Männerstimme. »Stehen bleiben, oder ich schieße!«

»Leck mich«, stieß Lynn hervor. Deutlich klangen ihre Worte über das Wasser. Janet kniff die Augen zusammen, um vom grellen Strahl der Lampe nicht geblendet zu werden, und tastete sich weiter.

»Schickt die Hunde runter!«, befahl ein Mann.

»Es geht zu steil ab!«, protestierte ein anderer.

Janet und Lynn waren nur noch gut fünfzig Meter vom Kiesstrand entfernt, doch wegen der Dunkelheit wussten sie es nicht. Sie wagten es nicht, ihre Laternen anzuzünden.

Die Männer stritten. Dann hörte Janet einen Hund leise aufjaulen, gefolgt vom Prasseln einer kleineren Geröllawine. Einer der Hunde musste über den Abhang geschubst worden sein, und nun rutschte er ihn hinunter. Ein lautes Platschen, neuerliches Gejaule, Hecheln und Winseln. Dann hatte der Hund es geschafft und stöberte auf dem Kiesstrand umher. Ein zweiter Hund kam den Abhang heruntergerutscht.

Janet machte nun größere Schritte; sie wollte den Sims endlich hinter sich bringen. Sie glaubte zwar nicht, dass einer der Hunde ihnen auf diesem Weg folgen konnte, aber sicher konnte sie auch nicht sein. Dann erfasste sie wieder der Strahl der Lampe. Ob die Hunde sie nun gesehen oder ihre Witterung aufgenommen hatten – sie gaben Laut und rannten zu der Stelle, wo die beiden Frauen ins Wasser gestiegen waren.

»Fass, Tiger!«, rief ein dritter Mann. »Mach schon, Junge, fass!«

Doch die Hunde winselten, als wollten sie sich nicht ins eiskalte Wasser stürzen und sich damit begnügen, aufgeregt bellend auf dem Strand umherzurennen. Es mussten ziemlich große Tiere sein. Plötzlich rutschte Janets rechter Fuß ins Leere, und sie konnte gerade noch rechtzeitig halten. Der Vorsprung war zu Ende.

»Was ist?«, fragte Lynn, als sie von hinten auflief.

Der Mann oben auf dem Abhang feuerte immer noch seine Hunde an. Die Lichtstrahlen waren schwächer geworden, da die beiden Frauen nun weiter entfernt waren.

»Der Sims ist zu Ende«, flüsterte Janet. »Ich glaub, jetzt sitzen wir in der Falle!«

»Sind Sie sicher?«, fragte Lynn. »Kommen Sie, ich halte Sie an der Hand. Machen Sie einen großen Schritt.«

Janet drückte sich gegen die Wand und streckte den Fuß so weit vor, wie sie konnte. Sie glaubte, unter Wasser etwas zu ertasten, konnte es aber nicht ganz erreichen. Immer noch wurden sie vom Licht der starken Taschenlampen erfasst, doch es war mehr der Widerschein von der Wasseroberfläche als die Strahlen selbst.

»Es ist ein Riesenschritt«, sagte sie zu Lynn. »Wenn der Sims nicht weitergeht, falle ich in den See.«

Noch mehr Lärm erklang oben auf der Klippe; das Licht wurde heller, als weitere Lampen dazukamen. »Sie müssen es versuchen«, drängte Lynn. »Ich kann nicht an Ihnen vorbei.«

»Mit der Laterne in der Hand geht es nicht«, überlegte Janet. Dann fiel ihr etwas ein. »Ein Streichholz!«

Lynn reichte ihr eins und fragte, was sie vorhabe.

»Ich zünde meine Laterne an und lass sie schwimmen. Vielleicht lenkt es die da oben ab. Dann sieht es für sie aus, als würden wir orientierungslos im Wasser treiben. Ich muss die Laterne ja sowieso wegwerfen, weil ich sie nicht festhalten kann, was soll's also ...«

Sie strich das Hölzchen an und entzündete die Laterne. Sofort erhob sich ein Tumult oben auf der Klippe; diesmal schrie eine Stimme, sie sollten sofort stehen bleiben oder man würde das Feuer eröffnen. Janet setzte die Laterne aufs Wasser; das Gewicht des unteren Teils hielt sie im Gleichgewicht, und der Docht trieb dicht über der Wasseroberfläche. Janet versetzte der Laterne einen sanften Stoß, holte tief Luft und wagte den Riesenschritt. Ihr Fuß ertastete die Fortsetzung des Simses, doch sie musste beinahe einen Spagat über den Abgrund dazwischen machen. Schließlich setzte sie beide Füße fest auf und sagte Lynn: »Geben Sie mir jetzt Ihre Laterne.« Janets eigene Laterne tanzte leicht in den Wellen, die von den Hunden verursacht wurden, die irgendwo hinter ihnen ins Wasser hinein- und wieder hinaussprangen. Auch Lynn schaffte den Spreizschritt; dann beeilten sich beide, weiterzukommen, weg von den Verfolgern und Janets sanft schaukelnder Laterne.

Der Sims wurde nun sogar breiter; Janet begann normale Schritte zu machen. Lynn tat es ihr gleich. Sie kamen rasch voran.

Dann hörten sie, dass auch die Männer den Abhang hinunterrutschten: Mehrere Gerölllawinen waren zu vernehmen; zornige Rufe hallten durch das Höhlengewölbe. Es klang, als wäre mindestens ein halbes Dutzend Verfolger im Anmarsch. Die Hunde bellten nun wieder laut und schrill, begierig, die Jagd wieder aufzunehmen, jedoch unsicher, wie sie es anstellen sollten. Janet bückte sich, nachdem sie sich die Stirn an einem überhängenden Felsen gestoßen hatte, der wie aus dem Nichts erschienen war. Sie warnte Lynn, doch die war auch schon an den Felsen gestoßen und fluchte leise vor sich hin.

»Da ist ein Vorsprung!«, rief einer der Männer. »Kommt her! Da können wir denen nach.«

Irgendjemand auf dem Kiesstrand schaltete eine noch stärkere Lampe ein, deren Strahl die beiden Frauen gerade noch streifte. Zum dritten Mal wurde die Warnung gerufen, sie sollten stehen bleiben oder es würde geschossen. Janet versuchte sich von dem Lärm nicht beeindrucken zu lassen, doch es klang jetzt so, als kämen sowohl Männer als auch Hunde hinter ihnen her – die Hunde schwammen anscheinend, und die Männer versuchten es auf dem Sims. Dann erfasste ein zweiter Lichtstrahl die beiden Frauen; mindestens einer der Verfolger musste auf dem Strand geblieben sein. Ein lautes Platschen und aufgeregtes Bellen erklang, als einer der Männer ins Wasser fiel und laut über die Kälte fluchte. Janet musste sich jetzt noch tiefer unter dem Überhang bücken, der fast einen Meter weit aus der Wand ragte. Wieder war lautes Platschen zu hören; es hörte sich an, als wären die meisten Verfolger im Wasser gelandet, würden wild herumstrampeln und versuchen, wieder auf den Vorsprung zu gelangen. Dennoch blieb der Schein der beiden starken Lampen auf Janet und Lynn gerichtet.

Die laute Stimme warnte sie ein viertes Mal. »Stehen bleiben, oder ich schieße! Bleibt sofort stehen!«

»Weiter«, raunte Janet. »Wenn die keine Gewehre haben, können sie uns nichts anhaben.«

Sie irrte sich, wie sie sofort erkannte, denn als Nächstes peitschte ein Schuss. Die Kugel prallte gegen den Fels über ihren Köpfen und zischte ins Wasser. Das Echo wetterte von den Höhlenwänden. Eine zweites Geschoss schlug zwischen ihnen ein. Lynn schrie auf. Janet hielt inne und drehte sich um, geblendet vom weißen Licht. Einige der Männer waren noch im Wasser hinter ihnen, offenbar auf dem Rückweg zum Strand, wo der Kerl mit der starken Lampe sich postiert hatte. Der Schuss hallte von den Wänden wider.

»Was jetzt?«, flüsterte Lynn atemlos.

Janet wollte gerade antworten, als ungefähr drei Meter voraus etwas im Wasser aufschlug. Dann noch einmal, und noch einmal. Es war etwas Schweres, das augenblicklich in brodelndem Schaum versank. Janet drückte sich unter dem Überhang flach an die Wand und zog Lynn neben sich. Ein Hagel von Geschossen hämmerte gegen den Fels, und ein Mann hinter ihnen schrie schmerzerfüllt auf, dann ein zweiter. Die Lichter erloschen unter den mächtigen Stalaktiten, die von der Höhlendecke fielen. Einer der Hunde stieß ein schrilles Geheul aus, bevor er im See versank. Der Stalaktitenregen nahm immer noch zu und schien jeden Quadratzentimeter des Sees zu belegen, bis er urplötzlich endete. Hinter ihnen war alles gespenstisch still. Janet bemühte sich, in der Dunkelheit etwas zu erkennen. Sie meinte, den schwachen Strahl einer auf den See gerichteten Taschenlampe zu sehen, doch er bewegte sich nicht. Nichts schien sich mehr zu rühren.

»Mistkerle«, murmelte Lynn und zündete ihre Laterne an.

»Micah hat ja gesagt, dass man hier unten keine Waffe abfeuern soll, sonst stürzt die Höhlendecke ein«, sagte Janet. »Machen wir, dass wir hier wegkommen, bevor die sich wieder gesammelt haben.«

Als sie weitergingen, fiel ein letzter riesiger Stalaktit ins Wasser, weit draußen auf dem See. Lynn hob die Laterne, doch von der Höhlendecke war immer noch nichts zu erkennen. Sekunden später umspielten Wellen ihre Füße. Jane drängte vorwärts, zitternd vor Kälte, und kurz darauf hatten sie das andere Ufer erreicht.

Als Kreiss die ersten Hinweisschilder nach Blacksburg sah, fuhr er auf den Parkplatz der nächsten Tankstelle mit angeschlossenem Supermarkt an der Route 11 und rief Micah Wall an. Diesmal benutzte er das gemietete Handy: Auch bei diesem Gerät konnte man zwar einen Anruf zurückverfolgen, würde aber nur im Ortsnetz Washington landen. Während das Telefon läutete, schaute er auf die Uhr: halb neun. Auf dem Weg von Washington hierher hatte er sämtliche Hauptstraßen gemieden und deshalb doppelt so lange für die Fahrt gebraucht. Doch inzwischen waren zu viele Leute hinter ihm her. Das FBI hatte ihn auf dem Kieker, weil er Johnstone und den kleinen Lanny überwältigt hatte. Das ATF würde ihn liebend gern zum Anschlag auf seine Zentrale in Washington vernehmen. Kreiss hatte die Nachrichten im Radio verfolgt. Offenbar hatten sie seine Warnung ernst genommen, doch McGarands Bombe hatte genug Schaden angerichtet. Das wird diesen Sesselfurzern mal einen ordentlichen Schock versetzen, dachte er. Das ATF war verglichen mit dem FBI eine eher kleine Behörde, hatte in den letzten Jahren aber an Profil gewonnen. Die Agenten, die er selbst kennen gelernt hatte, waren fähige Leute, darauf bedacht, in den USA für Sicherheit zu sorgen. Die Bürokraten in Washington jedoch waren von anderem Schlag, besonders, wenn sich eine »Gefahrenlage« herauskristallisierte. Dann wollten zu viele von ihnen unbedingt John Wayne spielen.

Und die CIA? Diese Frage war noch schwerer zu beantworten. Kreiss vermutete, dass ein paar hohe Tiere sowohl bei der Justiz als auch im Geheimdienst beschlossen hatten, das Problem Edwin Kreiss ein für alle Mal aus der Welt zu schaffen. Falls es so war, hatte er kaum noch Spielraum. Im Augenblick zum Beispiel wollte er unbedingt wissen, wo Lynn steckte. Und Janet Carter, seine Lieblings-Exagentin.

Am anderen Ende nahm jemand ab. Kreiss fragte nach Micah.

»Wer ist denn da?«

»Der Löwenbändiger«, erwiderte Kreiss. Der Mann sagte ihm, er solle einen Augenblick warten. Kreiss hörte, wie im Hintergrund eine lebhafte Diskussion geführt wurde. Dann kam der Mann wieder an den Apparat.

»Pap ist nicht da. Sind verdammte Regierungsfuzzis in den Höhlen unterm Pearl's Mountain. Pap sagt, die sind hinter dem Mädchen her. Pap is' auf dem hinteren Hügel mit 'n paar anderen und wartet auf die. Hab noch nix von ihm gehört.«

Regierungsfuzzis? Kreiss fragte sich, was das ATF damit bezweckte, Lynn zu verfolgen. Versuchten sie, erfolgreich zu sein, wo Misty versagt hatte? Wollten sie die Tochter schnappen, um den Vater zu erpressen?

»War Janet Carter bei ihr? Wann sind sie in die Höhle gegangen?«

»Weiß nich' genau. Waren zwei Weiber, mehr weiß ich nich'.«

»Haben diese Leute irgendwelche Ausweise gezeigt? Oder Haftbefehle?«

»Weiß nich', wer die waren. Pap meinte, die hätten keine Haftbefehle gehabt. Die wollten doch glatt bei uns rein und alles durchgucken, aber Pap und Onkel Jed haben die Zehnschüsser rausgeholt und denen gesagt, sie sollen sich zum Teufel scheren. Die sind dann wieder auf die Straße runter. Aber dann kamen sie wieder, mit Kötern. Die Köter haben die Höhle gefunden. Ich hab nix mehr von denen gesehen oder gehört.«

Micah hatte Kreiss einmal das Höhlenversteck zwischen dem Blockhaus und der Müllkippe gezeigt. Er hatte auch erwähnt, dass es Gänge gab, die von der kleinen unterirdischen Hütte wegführten, sich jedoch nicht weiter darüber ausgelassen, und Kreiss hatte ihn nicht löchern wollen. Jetzt aber musste er Micah sagen, wo er sich verstecken wollte – nur war natürlich klar, dass die »Regierungsfuzzis« Micahs Leitung verwanzt hatten.

»Danke für die Auskunft. Sag Micah, dass ich wieder da bin und auch eine Horde Regierungsfuzzis an den Hacken hab. Sag ihm, dass ich mich an dem Platz verstecke, über den er mit mir geredet hat – beim letzten Mal, als er die Löwen hörte.«

»In Ordnung.«

»Und noch eins – die von der Regierung hören dieses Gespräch wahrscheinlich mit. Sag deinem Dad, er soll gut aufpassen.«

Aus dem Hörer erklang ein verächtliches Schnauben; dann legte der Mann auf.

Kreiss drückte den Knopf, um das Gespräch zu beenden, und schaltete das Handy aus. Er musste damit rechnen, dass irgendwo in der Nähe ein Abhörwagen stand und das Gespräch aufgezeichnet worden war. Und was würden die Abhörspezialisten dabei herausfinden? Dass Kreiss wieder im Lande war. Dass er mit Micah Wall zusammenarbeitete. Dass er sich an einem Platz verstecken wollte, den Micah kannte. Also würden sie mit Micah reden wollen. Aber der würde ihnen was vom

Pferd erzählen, falls sie ihn überhaupt aufspüren konnten. In diesem Augenblick war vermutlich schon irgendeine abgerissene, bärtige Gestalt mit Gewehr auf dem Weg zum Hügelkamm, um Micah zu finden und die Warnung weiterzugeben.

Kreiss lehnte sich im Fahrersitz zurück und rieb sich die Augen. Er brauchte dringend einen Kaffee, aber der Laden hatte nachts geschlossen, Fenster und Türen waren verriegelt, die Notbeleuchtung brannte, und sämtliche Zapfsäulen waren abgeschaltet. Das ländliche Virginia mit seinen lieblichen Hügeln war anscheinend nicht mehr der Ort, wo Sicherheit und nachbarschaftliches Vertrauen herrschten. Und in den Hügeln hallte es wider von ... was? Regierungsbeamten mit Hunden. Die zwei Frauen jagten, eine davon sogar eine Ex-Bundesagentin. Welche Gesetzeshüter von der Regierung waren das? FBI? ATF? Kreiss wollte immer noch die Rechnung mit McGarand begleichen für das, was er den drei Studenten angetan hatte, doch McGarand war vermutlich schon längst fort oder wurde von den FBI-Leuten zu Tode gehetzt.

Kreiss holte tief Luft, atmete langsam aus und ließ den Motor an. Zuerst musste er sich vergewissern, dass Lynn in Sicherheit war. Zu diesem Zweck musste er mit Micah Kontakt aufnehmen. Er konnte nicht zu seinem Haus, und er konnte nicht zu Micahs Hütte. Wenn die Bundesbeamten wirklich das gesamte Gebiet um Blacksburg und Christiansburg kontrollierten, konnte er nicht mal in ein Motel. Als er zum ersten Mal im Arsenal gewesen war, hatte er dort einige lebensnotwendige Dinge versteckt. Den Overall, die Abhöranlage und jetzt noch eine Waffe hatte er bei sich. Kreiss beschloss, noch einmal zu halten, um etwas zu essen und Getränke zu kaufen; dann würde er an jenem Ort untertauchen, wo man ihn am wenigsten vermutete: im Ramsey Arsenal.

Als Janet und Lynn endlich die Holztür erreichten, fielen sie vor Erschöpfung auf den Höhlenboden. Der leicht ansteigende Gang war mit stinkendem, schlüpfrigem Lehm bedeckt, der nun überall an ihnen haftete. Und sie hatten schrecklichen Durst, da sie kein Wasser mitgenommen hatten. Die Laterne flackerte, weil sie kaum noch Brennstoff hatte.

»Wie spät ist es?«, wollte Lynn wissen.

Janet blickte auf die Uhr. Sie spürte, wie die Feuchte des Lehms in ihre Kleidung drang, doch sie war so müde, dass es ihr nichts mehr ausmachte. Der Gang von dem unterirdischen See hatte stetig nach oben geführt, zwischen mehreren sehr engen Felsspalten hindurch und über eine gefährliche Stelle, wo die Decke kaum mehr als einen halben Meter über dem Boden hing; diesen Teil hatten sie auf dem Bauch kriechend überwunden. Janet versuchte die Erinnerung daran abzuschütteln.

»Halb elf abends, glaub ich.«

»Und was tun wir jetzt?«, fragte Lynn und hielt sich die Seite. Sie klang so erschöpft, wie Janet sich fühlte. »Sollen wir rausgehen und nachschauen, wer da auf uns wartet?«

Janet schaute sie prüfend an. Lynn waren die Schmerzen anzusehen. »Tut die Wunde noch sehr weh?«

»Hauptsächlich die Rippen«, sagte Lynn. »Außerdem war ich ja noch nicht ganz auf dem Damm, als wir aus dem Krankenhaus verschwunden sind.«

»Sie haben sich erstaunlich gut gehalten. Ich würde ja diese Tür hier aufmachen und rausgehen, aber ich werde den Gedanken nicht los, dass dieses verdammte Weib da draußen auf einem Baumstamm sitzt und auf seine Uhr starrt, ob wir nicht zu spät kommen.«

Lynn grinste. »Dann müssen Sie die Frau erledigen. Ich brauche unbedingt 'ne Dusche und was Warmes zu essen.«

Janet klopfte auf die .38er, die immer noch im Halfter steckte. »Sie wird die Kugeln wahrscheinlich mit den Zähnen fangen und ausspucken«, meinte sie. »Aber eigentlich sollte es Mr Wall sein, der da draußen auf uns wartet. Sonst weiß ja angeblich niemand, wo der Ausgang aus dieser Höhle ist.«

»Aber diese Leute haben herausgefunden, wo wir in die Höhle eingedrungen sind«, gab Lynn zu bedenken.

»Sie hatten Hunde. Die sind unserer Spur zur Höhle gefolgt.«

»Wo ist mein Vater?« Lynn drehte sich auf die Seite.

»Als ich das letzte Mal mit ihm sprach« erwiderte Janet, »war er noch in Washington und suchte nach McGarand. Aber er sagte, er käme wieder her. Anscheinend hat ihn das FBI in Washington erwischt, aber er hat sie abgehängt. Deshalb mach ich mir ja solche Sorgen, dass diese Frau da draußen auf uns warten könnte.«

»Sie will also gar nicht mich – sie will meinen Dad?«

»Ja. Aber fragen Sie mich nicht nach dem Grund. Doch um was es hier auch gehen mag, mein Chef hat irgendeine Order von höchster Stelle bekommen, denn zuerst wollte er auf keinen Fall etwas gegen Ihren Vater unternehmen – und dann auf einmal doch.«

»Und deshalb haben Sie gekündigt?«

»Auch deshalb. Sie wollten, dass ich ein paar Dinge tue, die ich als falsch empfand. Es hatte unter anderem mit dieser Frau zu tun. Als Farnsworth, mein ehemaliger Chef beim FBI in Roanoke, mir nicht erklären konnte oder wollte, warum ich das alles tun sollte, habe ich gekündigt.«

»Was haben Sie jetzt vor?«

»Ich habe einen Doktortitel in Forensik. Da wird sich schon was finden.«

»Und das FBI wird Ihnen keine Steine in den Weg legen? Weil Sie gekündigt haben?«

»Sie meinen, wenn ich mich um einen neuen Job bewerbe? Nein, das glaube ich nicht. Ich habe sehr gute Leistungsbeurteilungen und außerdem einige Erfahrung im FBI-Labor. Und ich kann mir nicht vorstellen, dass das FBI gerade jetzt irgendwelche Publicity bezüglich seines Labors wünscht.«

»Das heißt ...?«

»Das heißt, dass das FBI ein grundlegendes Problem mit seinem eigenen Labor hat. Die Laborratten arbeiten für die Ankläger, und manchmal sind ihre Beweisschlüsse nicht frei von

Vorurteilen. Deshalb bin ich dort in die Schusslinie geraten, und das ist der wahre Grund, warum sie mich nach Roanoke versetzt haben.«

Lynn dachte darüber nach, drehte sich vorsichtig auf die andere Seite und zuckte zusammen. Janet schaute nach, ob auf dem Verband Blutflecken waren, sah aber nichts. »Wissen Sie, diese Frau hat behauptet, nicht sie hätte geschossen, sondern die Leute vom ATF, die die Straßensperre errichtet haben.«

»Die vom ATF? Aber warum? Und warum haben die *überhaupt* eine Straßensperre gebaut? Außerdem *glaubten* sie doch, dass Sie vom FBI sind. Die würden doch nicht auf eine FBI-Agentin schießen, oder?«

»Ein paar von denen würden es wahrscheinlich nur zu gern«, erwiderte Janet. »Aber Sie haben Recht, ich hätte das auch nicht erwartet.«

»Nun, irgendjemand schon«, sagte Lynn grimmig und rieb sich die Seite.

»Ich habe zwei Kugeln.« Janet klopfte auf ihre Tasche. »Darum kümmern wir uns, wenn wir aus diesem Schlamassel raus sind.«

»Dann sollten wir lieber ...«

»Genau«, sagte Janet und stand auf. »Wir sollten jetzt den Sesam öffnen.«

Mühsam erhob Lynn sich vom Höhlenboden, und gemeinsam inspizierten sie die Holztür. Sie schien von oben in die Decke der kleinen Kammer eingelassen, in der sie sich befanden. Keine zwei Meter über dem Boden, doch Janet sah keine Möglichkeit, sie mehr als ein paar Zentimeter zu heben. An einem Ende befand sich eine Türklinke.

»Muss man nach unten ziehen oder nach oben drücken?«, fragte Lynn und fluchte, als die Laterne erlosch.

Janet zog an der Klinke. Die Tür ließ sich mit einiger Mühe nach unten ziehen. Ein Hagelschauer aus Erde und Steinchen ging auf die beiden Frauen herab. Außen an der Tür waren schmale Sprossen angenagelt, die Janet zwar ertasten, aber nicht sehen konnte. Von oben wehte eine kühle Nachtbrise den Duft der Bergkiefern zu ihnen herunter. »Los!«, befahl Janet. »Rauf!«

Sie kletterten die Sprossen hinauf, Janet voran, die Pistole in der Hand. In geduckter Haltung krochen sie über den Waldboden. Es war eine klare Mondnacht. Sie erkannten, dass sie an einem steilen, mit Kiefern bestandenen Abhang herausgekommen waren. Sobald Lynn aus dem Loch war, schwang die Tür nach oben und fügte sich wieder in die Erde ein. Ein paar Minuten saßen die beiden Frauen still da und warteten, dass ihre Augen sich an die Dunkelheit gewöhnten. Eine Brise blies über den Hügelkamm und ließ die Kiefern rascheln, sodass es unmöglich war, etwas anderes zu hören. Zudem war der Boden dicht mit Kiefernnadeln bedeckt; auch dadurch wurden sämtliche Laute gedämpft. Über ihnen ragte eine Felsnase grauweiß und glänzend in die Dunkelheit. Sie wirkte wie der Vordersteven eines gewaltigen Schiffes.

Janet rückte näher an Lynn heran, damit sie im Flüsterton zu ihr reden konnte. »Sie leben doch hier in der Gegend. Was meinen Sie, wo sind wir hier?«

»Mein Vater lebt hier, ich wohne in Blacksburg. Aber wahrscheinlich sind wir auf der Rückseite vom Pearl's Mountain. Auf der Westseite. Dads Blockhaus und Micahs Haus sind auf der Ostseite. Also, was nun?«

Janet steckte die Pistole wieder ins Halfter. Allmählich fror sie in ihren feuchten Sachen. Falls jemand im Wald lauerte, würde er sie und Lynn allein schon am Lehmgeruch ausmachen können. »Wir müssen Micah oder einen seiner Leute erreichen«, flüsterte sie. »Die Frage ist nur, sollen wir da über den Kamm, oder sollen wir ihn umgehen?«

»Über den Hügelkamm? Das kommt nicht in Frage«, sagte Lynn. »Ich weiß nicht mal, ob ich herumlaufen könnte. Und auf der Ostseite ist alles Fels. Ich weiß nicht, wie hoch wir hier sind, aber ...«

»Wir müssen aber weiter«, drängte Janet. »Wenn wir in den

feuchten Klamotten hier draußen bleiben, haben wir bald 'ne Unterkühlung. Ich schlage vor, wir gehen nach Norden, um den Berg herum. Micah muss ein paar Kundschafter am Berg postiert haben. Hoffentlich finden wir einen von denen.«

Lynn stöhnte, stand aber auf. Janet wünschte wieder, sie hätten die Hickorystöcke mitgenommen, wie Micah es ihnen geraten hatte. Sie selbst war einige Male in den Appalachen wandern gewesen und wusste, welche Vorzüge ein Gehstock besaß. Außerdem bestand die Gefahr, in der Dunkelheit ständig im Kreis zu wandern. Sie mussten aufpassen, sich stets rechts vom Bergrücken halten und losen Baumstämmen, Löchern ausgegrabener Baumstümpfe, giftigem Efeu, Fallen, Steinen und anderen Dingen ausweichen, mit denen der Berg sie überraschen mochte. Wie zur Bestätigung stolperte Janet über einen langen Stock, hob ihn auf und brach ihn auf passende Länge ab; dann suchte sie auch für Lynn einen Stock, und sie machten sich auf den Weg in den Wald.

Kreiss richtete sein Versteck hinter dem zerstörten Fabrikgelände ein. Er suchte sich einen dicht bewaldeten Platz ein Stück flussaufwärts vom Wurzelballen der umgestürzten Kiefer, der ein wenig höher am entgegengesetzten Ufer lag. Bei Tagesanbruch sollte es möglich sein, von hier aus den größten Teil der Fabrik zu überblicken – auch den Platz, wo das Kraftwerk und die ersten Reihen der ausgedehnten Bunkeranlage gestanden hatten. Kreiss war auf der Route 11 am Haupteingang des Arsenals vorbeigefahren; die Signalleuchten waren immer noch ausgeschaltet, doch die Betonfässer waren nicht mehr da und auf dem Hügel, wo das Haupttor lag, war ein Flutlicht installiert worden – ein deutliches Zeichen dafür, dass die Untersuchungen noch nicht abgeschlossen waren. Kreiss war nach Ramsey durchgefahren, hatte einen Drive-In-Hamburgerimbiss aufgesucht und war dann wieder am Arsenal entlanggefahren, eine halbe Meile weiter als die Abzweigung der Bahngleise. Dort befand sich ein kleines Einkaufszentrum, wo er seinen Van abstellte. Mit geschulterter Ausrüstung wanderte er auf dem Highway zurück, bis er die Gleise erreichte; dann drang er aufs Gelände des Arsenals vor.

Zuerst wollte er eine Mütze Schlaf nehmen und um Mitternacht herum Micah anrufen. Bis dahin würde es hoffentlich Neuigkeiten von Lynn geben. Anschließend hatte er einige wichtige Entscheidungen zu treffen. Kreiss' einzige Chance, seine Unschuld zu beweisen, was den Bombenanschlag in Washington betraf, lag darin, dass er McGarand den Behörden auslieferte – ein schwieriges Unterfangen, da er selbst ja alle möglichen Leute auf den Fersen hatte. Außerdem hatte er keinen Schimmer, wo McGarand sich aufhielt. Vielleicht sollte er sich lieber verborgen halten und seine Geschichte nach und nach durch die Zeitungen verbreiten lassen. Aber dann wäre Lynn ohne Schutz. Er machte sich keine Sorgen, dass FBI oder ATF Lynn etwas antun könnten, aber Misty war ein ganz anderes Kaliber.

Unten im Fabrikgelände flammten Scheinwerfer auf. Zuerst hörte, dann sah er den Wagen des Wachunternehmens langsam durch die schuttbedeckten Straßen fahren. Endlich nehmen die Burschen ihren Job ernst, dachte er. Er hatte schon Glück gehabt, dass er überhaupt auf das Gelände gelangt war. Der Wagen wendete und fuhr an den zerborstenen Betonplatten entlang, wo einst das Kraftwerk gestanden hatte; dann verschwanden die Scheinwerfer in Richtung der Bunker.

Kreiss war sich bewusst, dass seine Gedanken von Müdigkeit und Sorgen getrübt waren. Konzentriere dich, ermahnte er sich. Leg dich erst mal hin. Finde heraus, was mit Lynn ist. Dann entscheide, was du tun musst.

Janet hatte schon den Fuß über den Weg gesetzt, bevor sie erkannte, dass er da war. Lynn sah es. »He!«, sagte sie. Sie blieben stehen und schauten genau hin: Der Weg war nicht mehr als ein schmaler Pfad, der jedoch auf den Berg hinauf und nicht um ihn herum führte. Janet kam es so vor, als wären es mindestens hundertfünfzig, wenn nicht zweihundert Meter bis zum Gipfel.

»Wenn der Weg wirklich dorthin führt«, sagte sie, »könnten wir unsere kleine Wanderung um die Hälfte abkürzen.«

Lynn stöhnte und setzte sich auf einen Baumstamm. »Tut mir Leid. Gehen Sie ruhig, ich tauche hier irgendwo unter. Ich schaffe den Aufstieg nicht mehr.«

Janet setzte sich neben sie. »Ich werde Sie hier draußen nicht allein lassen. Wir ruhen uns ein bisschen aus, dann sehen wir weiter.«

»Ich weiß jedenfalls, was ich *nicht* kann«, sagte Lynn. »Ich kann nicht auf diesen verdammten Berg steigen!«

Janet erwiderte nichts darauf. Ihre Augen hatten sich inzwischen an die Dunkelheit gewöhnt; sie war erstaunt, wie gut sie sehen konnte. Der Himmel war voller Sterne, dazu schien der Halbmond. Im milchigen Licht hoben Sträucher und Büsche sich deutlich vor dem Hintergrund der dunklen Kiefern ab.

Und auch der Mann am Baum, der sie beobachtete.

»Verdammt!«, entfuhr es Janet. Sie sprang auf und zerrte an ihrer Pistole. Lynn sah, wohin sie starrte, und stand langsam auf, wich in die Richtung zurück, aus der sie gekommen waren. Der Mann bewegte sich nicht; er stand regungslos da und beobachtete sie. Er war sehr groß, trug einen Vollbart, einen Schlapphut und eine lange Flinte mit Zielfernrohr in der Armbeuge. Endlich trat er einen Schritt vor und hob sein Gewehr gen Himmel. Ein Schuss hallte in der Nacht, gefolgt von zwei weiteren; der Mann konnte den Hahn so schnell neu spannen, dass Janet nicht mal die Handbewegung sah. Der letzte Schuss wetterte wie Donner zwischen den Felsen wider. Im Wald kreischte ein Nachtvogel missbilligend auf. Der Mann steckte die Flinte wieder in die Armbeuge und machte einen Schritt auf sie zu. Janet hielt ihre eigene Waffe bereit, richtete die Mündung jedoch auf den Boden. Der Mann kam näher. Seine Schritte waren auf dem nadelbedeckten Boden nicht zu hören. Er war sogar noch größer, als Janet anfangs gedacht hatte. Sie roch den Rauch, der noch aus dem Gewehrlauf aufstieg.

»Ist euch kalt?«, fragte er mit der rauen Stimme eines alten Mannes. Janet konnte sein Gesicht nicht richtig sehen.

»Ja«, antwortete sie. Hatte das Zeichen Micah gegolten? Oder jemand anderem?

»Seht ihr die Felsen da unten? Sind noch warm. Bleibt hier. Pap ist gleich da.«

Dann trat der Mann wieder unter die Bäume und verschwand.

»Heißt das, was ich glaube, dass es heißt?«, flüsterte Lynn.

»Ich hoffe es«, meinte Janet. »Der Bursche hat mir eine Heidenangst eingejagt. Gehen wir nachsehen, ob das mit den Felsen stimmt.«

Eine halbe Stunde später saßen sie mit dem Rücken an eine glatte Felswand geschmiegt, die noch ein wenig Wärme von der Nachmittagssonne gespeichert hatte. Durch die Bäume sahen sie näher kommenden Laternenschein; dann traten Micah und der große Mann auf den Pfad. Der Große trug immer noch die lange Flinte, während Micah in der einen Hand eine seltsam kurze, doppelläufige Schrotflinte hielt, in der anderen die Laterne. Er grüßte Janet und Lynn und legte dann warnend einen Finger auf die Lippen.

»Gehen jetzt runter«, brummte er.

»Gott sei Dank«, murmelte Lynn.

»Können nich' lange reden«, warnte er erneut und löschte die Laterne. »Jede Menge Regierungsfuzzis krauchen hier auf 'm Berg rum.«

»Wo bringen Sie uns hin?«, fragte Janet und fragte sich, warum die »Regierungsfuzzis« die Schüsse nicht gehört hatten.

»Zum Blockhaus von Ed Kreiss. Is' keiner da im Moment. Wo sind denn die Knilche, die in der Höhle hinter euch her waren?«

Janet berichtete von den Geschehnissen am unterirdischen See. Micah nickte nur. Wieder legte er einen Finger auf die

Lippen und trat den Marsch an. Janet und Lynn folgten ihm, wobei Lynn ein wenig humpelte. Auch der Große schloss sich an, doch nach einer Weile gab Micah ihm ein Zeichen, und er trat seitlich weg in den Wald, wo er verschwand.

Sie brauchten vierzig Minuten, um zu der großen Weide hinter Kreiss' Blockhaus zu gelangen. Micah bedeutete ihnen, eine Weile auszuruhen, während er zum Waldrand ging und ein paar Minuten die Umgebung beobachtete. Dann schritt er langsam auf die Wiese hinaus, bis er den Felsbrocken erreichte, unter dem Kreiss die Barrett versteckte. Er zündete seine Laterne an, drehte den Docht so weit wie möglich herunter und streckte die Laterne hinter dem Felsbrocken hervor. Janet strengte die Augen an und sah ein anderes flackerndes Licht zwischen den Bäumen am Blockhaus aufblitzen. Was soll das bedeuten?, fragte sie sich. Micah hat doch gesagt, dass niemand da ist.

Micah drehte sich zu Janet und Lynn um und winkte ihnen, hinter den Bäumen hervorzukommen. Müssen wohl welche von seinen eigenen Leuten sein, schloss Janet. Sie musste Lynn auf die Beine helfen. Bei den ersten Schritten schwankte das Mädchen vor Erschöpfung, und Janet bot ihren Arm als Stütze an.

»Wir sind fast da«, sagte sie ermunternd.

»Fast wo?«, murmelte Lynn. Janet fiel jetzt erst auf, dass Lynns Augen geschlossen waren.

»Im Blockhaus von Ihrem Dad«, sagte sie. »Micah hat ein Zeichen bekommen, dass die Luft rein ist.«

Sie gingen langsam über die Wiese. Janet fühlte sich schrecklich schutzlos auf der weiten Grasfläche zwischen Waldrand und Blockhaus, doch Micah schritt unverdrossen weiter. Als sie in die Schatten der Bäume am Haus tauchten, sah Janet zu ihrem Erstaunen Farnsworth und fünf weitere Agenten aus Roanoke, darunter Billy Smith. Sie umringten Micah. Automatisch wollte Janet zur Waffe greifen, als sie an Micahs Reaktion erkannte, dass er mit dem Auftauchen der

FBI-Agenten gerechnet hatte. Nun kam Farnsworth auf Janet zu, warf einen prüfenden Blick auf Lynn und wies zwei seiner Leute an, ihr ins Haus zu helfen. Janet stand offenen Mundes da, bis sie sah, dass Farnsworth lächelte. Er hielt irgendetwas in der Hand, doch sie konnte nicht erkennen, was es war.

»Hallo, Janet«, begrüßte er sie. »Wie wär's mit einem Kaffee?«

Janet schaute Micah an, der verlegen mit den Füßen scharrte: Er hatte sie direkt in die Hände der »Regierungsfuzzis« geliefert. »Was haben Sie getan, Mr Wall?«, sagte sie zu ihm.

»Geben Sie nicht ihm die Schuld, Janet«, sagte Farnsworth. »Er hat nur getan, was er tun musste. Lassen Sie uns erst einmal Kaffee trinken. Ich habe Ihnen einiges zu erzählen.«

Eine Dreiviertelstunde später, nach einer heißen Dusche und in trockenen Kleidern, die sie sich von Lynn geborgt hatte, saß Janet mit Farnsworth in der Küche und bekam ihren Kaffee. Lynn war von ein paar County-Notärzten untersucht worden, nachdem sie entkräftet zusammengebrochen war. Nun schlief sie tief und fest auf dem Bett ihres Vaters. Der Rest der Roanoke-Agenten – außer Billy Smith – hielt sich draußen auf. Farnsworth legte Janets Ausweise und ihre Sig vor sie auf den Küchentisch. Billy saß im Wohnzimmer vor einem Laptop, der im Außeneinsatz zur Sicherung der Kommunikationswege benutzt wurde.

»Als Erstes möchte ich Sie bitten, das hier wieder zu übernehmen«, sagte Farnsworth und zeigte auf Ausweise und Dienstpistole. »Ich habe noch keinen Bericht an eine vorgesetzte Stelle geschickt, und die Umstände, die zu Ihrer Kündigung führten, haben sich drastisch verändert.«

Janet schaute die Ausweiskarten an, zog sie zu sich heran, ließ sie dann jedoch auf dem Tisch liegen. »Erzählen Sie mir von diesen Veränderungen«, sagte sie erschöpft, doch das Koffein tat seine belebende Wirkung. Sie beschloss, keinesfalls in die Arme der Regierungsbehörde zurückzukehren, bevor sie nicht Farnsworths Erklärung für seinen Sinneswandel gehört hatte. Billy setzte ein Headset auf und begann mit einem anderen Agenten zu reden.

Farnsworth lehnte sich im Stuhl zurück und rieb sich mit einer für ihn typischen Geste das Kinn. »Sie hatten vollkommen Recht mit dieser zweiten Bombe. Jemand ist nach Washington gefahren, hat einen Propangas-Truck direkt neben der ATF-Zentrale abgestellt und ein paar hundert Kubikmeter Wasserstoff ins Gebäude gepumpt, kurz bevor die ersten Leute zur Arbeit kamen.«

»Mein Gott! Das *ATF-Gebäude?* Nicht das Hoover Building?«

»Genau. Und das Ergebnis war das Gleiche wie im Ramsey Arsenal. Die obersten Stockwerke des Gebäudes sind glatt weggesprengt worden, der Rest wurde durch die Feuersbrunst zerstört.«

Janet wurde blass. »Wie viele ...«

»Nur sehr wenige. Jemand hat die Leute gewarnt. Deshalb konnten alle evakuiert werden, bevor die Bombe hochging. Und jetzt raten Sie mal, *wer* sie gewarnt hat.«

»Kreiss.«

Farnsworth legte den Kopf schief. »Woher wissen Sie das?«

»Wir hatten Kontakt. Wie Sie wissen, hatte ich den Schutz seiner Tochter übernommen.«

»Ja. Kreiss erschien vor der ATF-Zentrale, um besagte Warnung zu überbringen, nachdem er zuvor von zwei Washingtoner Streifenpolizisten wegen Streunerei in der Sicherheitszone am Weißen Haus verhaftet worden war. Seit der Sache in Ramsey herrscht in Washington erhöhte Alarmbereitschaft. Dann – und jetzt wird's interessant – wurde er vom FBI in Gewahrsam genommen und entkam, indem er auf dem G. W. Parkway nach vier Uhr morgens einen Unfall inszenierte und die beiden involvierten FBI-Agenten mit ihren eigenen Handschellen an eine Bank fesselte, von der aus sie zuschauen konnten, wie ihr Dienstwagen in Benzin mariniert wurde.«

»O je.« Janet bemühte sich um eine ernste Miene. »Warum wurde Kreiss vom FBI in Gewahrsam genommen?«

»Weil die Streifenpolizisten zuerst nach etwaigen Fahndungsmeldungen und Haftbefehlen gesucht haben. Dann aber kamen diese beiden tollen Hechte aus dem Hoover Building und behaupteten, sie hätten die Anweisung, Edwin Kreiss im Zusammenhang mit einem Mordfall in Blacksburg in Verwahrung zu nehmen. Aber mit dem größten Vergnügen, haben die Streifenpolizisten gesagt, denn damit waren sie ihn quitt. Doch unsere beiden Superagenten fuhren nach Langley, getreu ihren Instruktionen von der FBI-Spionageabwehr, wo gewisse Leute ein Wörtchen mit Ed Kreiss reden wollten.«

»Haben *Sie* den Befehl gegeben, Kreiss in Polizeigewahrsam zu nehmen?«

»Nein. Dieses kleine Geheimnis würden wir alle gern lüften.«

»Dann muss es dieses schreckliche Weib gewesen sein.«

Farnsworth stand auf, um die Kaffeekanne zu holen. »Da bin ich überfragt«, gab er zu. »Hab ja alles erst erfahren, nachdem es passiert war. Bevor der Anschlag auf das ATF-Gebäude verübt wurde, habe ich als Letztes die Weisung erteilt, Ihre Warnung weiterzugeben, die FBI-Zentrale könnte Ziel eines Bombenanschlags werden und dass die Bezeichnung ›Wasserstoffbombe‹ sich auf Wasserstoffgas bezog, nicht auf eine Atombombe.«

»Und wie war die Reaktion?«

Farnsworth grinste. »Der Gebäudewachschutz dankte mir für meine Sorge um das Wohlergehen einer Bundesbehörde, dann wünschte man mir eine Gute Nacht. Übrigens, womit haben Sie eigentlich Agent Walker aufgerüttelt, dass er Ihre Nachricht so schnell an mich weitergegeben hat?«

»Ich habe ihn gefragt, ob *er* derjenige sein will, der die Warnung vor einem Bombenanschlag nicht weitergegeben hat – falls es einen Anschlag geben sollte.«

Farnsworth nickte. »Er war sehr, sehr hartnäckig. Meinte,

das Telefonat mit mir werde aufgezeichnet und mit Datum versehen.«

Janet lächelte. »Wir ändern uns nie, was?«

»Stimmt. Aber zurück zu Kreiss: Bei Tagesanbruch taucht er vor der ATF-Zentrale auf und zeigt den Ausweis vor, den er einem der verunglückten Agenten auf dem Parkway weggenommen hat. Während er seine Warnung loswird, fragt einer der Wachmänner in unserer Zentrale nach, und dann erst haben sie die Pistolen auf Kreiss gerichtet. Ungefähr zu diesem Zeitpunkt haben die Gasdetektoren im Haus den Wasserstoff aufgespürt. Kreiss macht sich leise auf die Socken. Sie rufen ihm die übliche Warnung nach, aber Kreiss, ganz kühl, fragt, ob sie in der mit Wasserstoff gesättigten Luft tatsächlich eine Kugel abfeuern wollen. Zum Glück war einer der Direktoren da. Er ließ Kreiss ziehen. Jetzt wollen auch die sich dringend mit ihm unterhalten.«

»Warum sollte Kreiss nach Langley gebracht werden? Was steckte dahinter, Chef?«

Farnsworth zerrte an seinem Kragen. »Das ist eine sehr komplizierte Angelegenheit. Deshalb bin ich mit fünf meiner Agenten und taktischer Ausrüstung hier. Und deshalb habe ich diese Hatfields und McCoys bearbeitet, damit sie Kreiss' Tochter und Sie zu mir bringen.«

»Woher wussten Sie, dass wir dort waren?«, fragte Janet.

»Sie wissen doch, diese Frau von der CIA. Wir hatten sie informiert, dass Kreiss nun in Gewahrsam sei. Sie erzählte, sie habe Sie und das Mädchen bis zum Wall-Klan verfolgt. Da Kreiss nun aber in Washington sei, ziehe sie sich von dem Fall zurück. Tschüss, macht's gut. Das war natürlich, *bevor* Kreiss sein Ding auf dem Parkway abzog und wieder einmal flüchtete.«

»Und Mr Wall? Er ist nicht gerade ein Fan der Regierungsbehörden.«

»Der alte Mann war schon da, als wir ankamen, und saß auf der Veranda, als wäre es sein Haus. Ich glaube, dass er einige seiner ›Jungs‹ draußen im Wald postiert hatte. Sitzen wahrscheinlich immer noch dort. Alles, was wir zuerst aus ihm herausbekamen, war Kautabak.«

»Und warum hat er es sich anders überlegt?«

»Nun«, sagte Farnsworth, »Mr Wall ist Realist. Ich habe mich vorgestellt und ihm gesagt, dass ich keiner von den üblichen ›Regierungsfuzzis‹ sei. Ich sagte ihm, ich würde die Macht *jeder* Behörde nutzen und ihn und seine Sippe bis ans Ende aller Zeiten hetzen. Wir würden seine Konten einfrieren lassen, die Steuerrückerstattung streichen, sämtliche Sozialleistungen und die medizinische Versorgung kappen, seine Post abfangen, Telefone anzapfen, ständig seinen Wagen verfolgen, ihn und alle seine Bekannten einmal pro Woche vor Gericht schleifen und ihn dadurch zwingen, ein Heer von Rechtsanwälten zu bezahlen. Ich glaube, die letztgenannte Horrorvorstellung hat den Sinneswandel bei ihm bewirkt.«

»Micah Wall kommt mir aber gar nicht wie ein Schwerverbrecher vor.«

»Ist er auch nicht. Diese Hillbillies begehen höchstens kleinere Delikte, die von der Gesellschaft noch so eben toleriert werden. Sie machen viel Wirbel darum, dass sie echte Kerle aus den Bergen und die letzten Mohikaner sind, so was in der Art. Aber im Grunde sind sie ein armseliger, ungebildeter Haufen, der am Rand des Existenzminimums in diesen Hügeln haust. Sie arbeiten von Zeit zu Zeit in Niedriglohnjobs und verdienen den Rest, den sie brauchen, mit dem Ausschlachten von Autowracks und anderen ausgedienten Maschinen. Außerdem brennen sie Schnaps – schwarz, versteht sich –, lassen ihre Hähne oder Hunde kämpfen oder verkaufen gewilderte Felle. Es ist eher eine Lebensweise als ein Verbrechen.«

»Micah Wall kommt mir aber nicht wie jemand vor, der sich leicht ins Bockshorn jagen lässt.«

»Hauptsächlich konnte ich ihn damit überzeugen, dass es kein Versteck vor der Regierung mehr gibt, nicht einmal für Hillbillies. Dann hab ich ihm noch was gesagt.«

»Und was?«

»Dass wir Sie besser beschützen können als er, weil die Person, die hinter Ihnen und Miss Kreiss her ist, sogar uns große Sorgen macht.«

Janet stellte ihre Tasse auf den Tisch. »Als ich das letzte Mal nachfragte, waren Sie auf ihrer Seite.«

»Weil ich diesbezügliche Anweisungen hatte. Und zwar vom stellvertretenden Direktor unserer Spionageabwehr höchstpersönlich. Danach habe ich mich mit *meinem* Leitenden Special Agent in Richmond beraten, und der wiederum mit *unserem* stellvertretenden Direktor. Wie schon gesagt, haben wir es nun mit veränderten Umständen zu tun. Erinnern Sie sich an diese DCB-Geschichte?«

»Diese Inlands-Gegenspionage, über die Bellhouser so wenig sagen wollte?«

»Genau. Soweit wir wissen, existiert ein solches Komitee gar nicht. Keiner unserer Vorgesetzten weiß eine Erklärung dafür. Inzwischen fragt man sich in der Zentrale schon, was das sein soll.«

»Diese Mistkerle«, stieß Janet hervor. »Das bedeutet, Bellhouser und Foster hatten einen ganz anderen Auftrag. Diese Sache mit den Bombenbastlern war nur Blödsinn, um uns irrezuführen.«

»Aber wie die Dinge sich dann entwickelt haben, war es *doch* nicht nur Blödsinn, oder? Wie man auch beim ATF auf die harte Tour erfahren musste. Aber jetzt kommt es ganz dick: Mein Chef sagt, Marchand war höchstpersönlich an Kreiss' Rausschmiss beteiligt. Er kann aber nicht herausfinden, worum es bei der Geschichte wirklich ging. Die Akten sind inzwischen in irgendeinem Schreibtisch des Justizministeriums verschwunden. Und jetzt sagen Sie mir eins: Glauben Sie, dass Kreiss an diesem Anschlag beteiligt gewesen ist?«

»Auf keinen Fall«, erwiderte Janet. »Kreiss war an keinem Anschlag beteiligt. Er war in Washington auf der Jagd nach McGarand. Kreiss hasste den Burschen für das, was er Lynn angetan hatte.«

Farnsworth dachte darüber nach und nickte. »Ja, kann ich nachvollziehen.«

»Okay. Kommen wir jetzt zu dieser Frau vom Geheimdienst. Ich sollte Ihnen erst einmal schildern, wie die Dame gestrickt ist.« Janet begann mit Mistys plötzlichem Erscheinen bei ihr zu Hause, erzählte dann, was im Krankenhaus geschehen war und wie sie schließlich die Straßensperre durchbrochen hatte, um zu Micahs Hütte zu gelangen. Als sie erzählte, die Straßensperre sei vom ATF gewesen, wurde sie von Farnsworth unterbrochen. »Wir haben keine Berichte, die das bestätigen«, sagte er. »Und wenn *wir* so was gemacht hätten, säße der zuständige Special Agent des ATF längst wutentbrannt in meinem Büro und würde Erklärungen verlangen. Agenten des ATF sollen auf *Ihren Wagen* geschossen haben?«

»Ja. Deshalb ist Lynn verletzt. Dann kam dieses verdammte Weib über den Hügel gerast.« Sie erklärte, wie sie dafür gesorgt hatte, dass Misty mit dem Wagen von der Straße abgekommen war, und wie sie es dann zu Micah geschafft hatte. Anschließend berichtete sie von der Höhlenexpedition. Als sie geendet hatte, schüttelte Farnsworth verwundert den Kopf.

»Glauben Sie, dass die Männer dort unten alle ums Leben gekommen sind?«, fragte er. »Im See ertrunken?«

»Ich weiß es nicht«, sagte Janet. »Aber es war totenstill, nachdem die Stalaktiten in den See gefallen waren – keine Hunde mehr, keine Lichter, keine Stimmen. Ich weiß nicht, wie viele Männer es gewesen sind. Aber danach wurden wir nicht mehr verfolgt.«

Farnsworth schüttelte den Kopf. »Das klingt verdammt seltsam. Wir wären längst mit Anrufen vom ATF überhäuft worden, wenn die der Meinung wären, sie hätten irrtümlich einen unserer Agenten erwischt.«

»Vielleicht gehen wir ja von falschen Voraussetzungen aus«, meinte Janet. »Vielleicht war es gar nicht das ATF. Vielleicht hat dieses Weib das nur behauptet, um das Spielchen noch spannender zu machen.«

»Sie vermuten, dass es ihre Leute waren?«

»Allmählich glaube ich's.«

Farnsworth erhob sich und ging unruhig in der Küche auf und ab. Einer der Agenten kam durch die Hintertür ins Zimmer und berichtete, dass draußen alles ruhig sei. Farnsworth bestätigte die Meldung; dann bat er Billy, frischen Kaffee aufzusetzen und ihn den Männern draußen zu bringen. Billy schaltete den Kommunikationsmodus im Laptop ab und machte sich auf die Suche nach den notwendigen Utensilien. Der Agent vor der Tür, den Janet nur flüchtig kannte, hatte ihr höflich zugenickt, bevor er hinausging. Tja, jetzt gehörst du wieder zum Verein, dachte sie.

»Jetzt weiß ich jedenfalls, dass wir Edwin Kreiss dringend finden müssen«, sagte Farnsworth schließlich. »Unsere Zentrale will ihn drankriegen, weil er den beiden Agenten so übel mitgespielt hat, und die Ortspolizei in Blacksburg will ihn wegen Mordes an Jared McGarand verhaften. Schon zu seiner eigenen Sicherheit sollten wir ihn zuerst aufspüren.«

»Diese Frau wusste die ganze Zeit, dass es schwierig sein würde, Kreiss eine Falle zu stellen. Als es Lynn wieder einigermaßen gut ging, witterte sie ihre Chance und versuchte, sich das Mädchen zu schnappen. Sie wusste, dass Kreiss dann auf der Bildfläche erscheinen und alles versuchen würde, Lynn zu retten.«

Farnsworth nickte. »Ja.«

»Erst als sie erfahren hatte, dass Kreiss kurz vor dem Anschlag in Washington verhaftet worden war, zog sie sich zurück und ließ Lynn und mich in Ruhe. Bis sie herausfand, dass Kreiss entkommen konnte.«

»Was eindeutig darauf hinweist, dass sie über einen Informanten beim FBI verfügt«, überlegte Farnsworth. »Ich habe meine Vorgesetzten immer wieder darüber befragt, seit wir es mit dieser verdammten Geschichte zu tun haben. Vielleicht ist das Leck sogar in Richmond.«

»Dann sollten wir machen, dass wir hier fortkommen und

Lynn an einen sicheren Ort schaffen. Und wir müssen Kreiss finden. Ich hab da schon eine Idee.«

»Und welche?«

»Lassen Sie mich mit Micah reden. Könnte ich eine Ihrer Visitenkarten haben?«

»Wollen Sie die nicht wieder an sich nehmen?« Farnsworth zeigte auf ihre Ausweise und die Sig. Als Janet zögerte, fügte er hinzu: »Wie wär's, wenn ich mich bei Ihnen entschuldige?«

Janet lächelte traurig. »Das waren doch nicht Sie, Chef. Das war etwas Schleimiges und Korruptes, das in Washington aus der Erde quillt. Sie müssen sich mal von Lynn erzählen lassen, was sie über die Entlassung ihres Vaters weiß.« Dann nahm sie Ausweise, Pistole und ihre Dienstmarke. Farnsworth schob ihr eine seiner Visitenkarten zu, und sie ging aus dem Haus.

Micah saß auf dem Vordersitz eines FBI-Dienstwagens, den Hut im Schoß. Auf seinem Gesicht spiegelte sich Verlegenheit. Janet öffnete die Tür auf der Fahrerseite und stieg ein.

Als sie seine Miene sah, sagte sie sofort: »Sie haben das Richtige getan.«

»Nee, find ich nich'«, gab er zurück. »Ihr Auto steht da drüben.« Er wollte Janet nicht anschauen. Ohne seinen Hut sah er viel älter und irgendwie kleiner aus.

»Sie haben mich und Lynn vor sehr gefährlichen Leuten gerettet, Mr Wall.«

Micah schwieg bedrückt.

Plötzlich fiel Janet ein, wie er doch noch sein Gesicht wahren konnte. »Ich habe Ihnen nicht die ganze Wahrheit gesagt, Mr Wall. Sehen Sie mal, hier.«

Er schaute zu ihr herüber. Sie zeigte ihm ihre Ausweise. »Auch ich gehöre zur Regierung. Sie haben niemanden verraten.«

Micahs Gesicht hellte sich auf.

»Ich war beauftragt, Lynn Kreiss zu beschützen«, fuhr Janet fort. »Und das habe ich nach Kräften getan. Mit Ihrer Hilfe. Jetzt müssen wir Kontakt zu Kreiss aufnehmen. Nach dem, was er weiß, muss Lynn bei *Ihnen* sein; deshalb wird er anrufen.«

Langsam schüttelte Micah den Kopf. »Er hat mir gar nix gesagt. Und ich werd nich' ...«

»Nein, nein«, fiel Janet ihm ins Wort. »Wir bitten Sie nicht, ihn auszuliefern. Aber Sie müssen ihm sagen, dass wir Lynn jetzt bei uns haben und dass *ich* für ihre Sicherheit im Schutz des FBI garantiere. Ich möchte, dass Kreiss mich anruft, niemand anderen. Nur mich.« Sie drehte Farnsworths Karte um und schrieb ihre Festnetznummer auf die Rückseite. »Hier ist meine Nummer.«

»Was is' mit den Regierungsfuzzis in der Höhle?«, fragte Micah, während er die Karte entgegennahm. »Waren die etwa gar nich' von der Regierung?«

Janet stieg aus. »Welche Leute in der Höhle, Mr Wall?« Sie schaute ihn einen Moment scharf an, um sicherzugehen, dass er sie verstanden hatte; dann ging sie wieder ins Haus.

»Ich glaube nicht, dass er weiß, wo Kreiss steckt«, sagte sie zu Farnsworth. »Aber ich glaube, dass er den Kontakt zu Kreiss vermitteln wird. Um Lynn einen Gefallen zu tun.«

»Gut«, meinte Farnsworth. »In Roanoke werden wir sicherer sein. Wecken Sie das Mädchen, und dann nichts wie raus aus den Bergen!«

»Warum kann ich sie nicht mit zu mir nehmen? Micah hat meinen Wagen hier. Wir könnten beide Schlaf gebrauchen.«

Farnsworth dachte kurz darüber nach. »Okay«, sagte er schließlich. »Ich stelle ein paar Agenten zu Ihrer Bewachung ab. Morgen früh werden wir dann das ATF anrufen müssen – diese Geschichte verlangt nach einer Klärung.«

»Sollen *die* erst mal die Einschusslöcher an meinem Wagen erklären«, meinte Janet und machte sich auf den Weg, um Lynn zu wecken.

Als Kreiss aufwachte, brauchte er einen Moment, um sich zu erinnern, wo er war: in seinem Schlafsack in einem Einmannzelt auf dem Gelände des Ramsey Arsenals. Er rieb sich übers Gesicht, schaute auf die Uhr und erkannte, dass er verschlafen hatte: Er hatte noch vor halb drei Uhr nachts mit Micah reden wollen. Er schlüpfte aus dem warmen Schlafsack und streifte den Overall über, kroch aus dem Zelt und horchte. Es war nichts Verdächtiges zu hören. Kreiss zog die Stiefel an. Es war kalt. Die Luft war klar, und der Mond schien hell genug, um die einzelnen Bäume deutlich sehen zu können. Im Hintergrund waren das Zirpen von Grillen, das Quaken von Laubfröschen und das leise Murmeln des Bachs zu hören, der sich seinen Weg um den großen Wurzelballen bahnte. Kreiss holte ein paar Mal tief Luft. Als er sie ausstieß, waren weiße Atemwölkchen zu sehen.

Er musste sich genau überlegen, was er Micah am Telefon sagen sollte. Es war damit zu rechnen, dass jemand – wahrscheinlich mehrere »Jemands« – Micahs Leitung bei der örtlichen Telefongesellschaft angezapft hatte. Kreiss musste herausbekommen, was mit Lynn geschehen war, ohne seinen derzeitigen Standort preiszugeben. Falls das FBI nicht sein ausgefeiltes Funkpeilnetz ausgeworfen hatte, konnte sein Handy höchstens im Bereich einer Basisstation in Blacksburg oder Christiansburg geortet werden. Dann wussten sie zwar, dass er in der Gegend war, aber nicht genau, wo. Er schaltete das Handy ein und sah, dass die Batterie fast leer war. Er wählte Micahs Nummer, bekam aber keine Verbindung, weil er die Vorwahl vergessen hatte. Er versuchte es noch einmal. Beim zweiten Läuten wurde abgehoben.

»Ich bin's«, sagte Kreiss.

»Gut. Die Regierungsheinis aus Roanoke haben deine Tochter jetzt.«

Kreiss fühlte, wie eine Woge der Panik in ihm aufstieg. »Welche Regierungsheinis?«

»FBI. Die Frau, die bei ihr war. Sagt, sie is' vom FBI. Hat dir 'ne Nachricht hinterlassen. Sollst sie in Roanoke anrufen. Lynn geht's gut, aber du sollst die Frau anrufen, und *nur* sie.«

Kreiss notierte sich Janets Nummer, bedankte sich bei Micah und beendete das Gespräch. Er schaute auf die Uhr: fast drei. Lynn war bei Janet Carter und damit wahrscheinlich in Sicherheit vor Misty, besonders, wenn Lynn im FBI-Gebäude in Roanoke untergebracht war.

Kreiss beschloss, sich in der unmittelbaren Umgebung umzuschauen und einige seiner Bewegungsmelder aufzustellen. Er ging an den Rand des Wäldchens, in dem er sein Lager aufgeschlagen hatte, und schaute auf das zerstörte Fabrikgelände, das eine Dreiviertelmeile entfernt war. Vom Patrouillenwagen des Wachschutzes war nichts zu sehen, doch auf einem Generator waren Scheinwerfer angebracht worden, die die Ruine des Kraftwerks beleuchteten. Im schwachen Mondlicht sah das Trümmerfeld gespenstisch aus.

Zu seiner Linken befand sich die äußerste Ecke der ausgedehnten Bunkeranlage, die sich in endlosen Reihen bis zum Horizont erstreckte und von einem doppelten Sicherheitszaun umgeben war. Eine einzige Straße führte vom Fabrikgelände zu einem Doppeltor, das wahrscheinlich mit einem schweren Schloss versperrt war. Auf jedem gewölbten Bunkerdach standen zwei Ventilatorhauben aus galvanisiertem Stahl. Die Hunderte teilweise vergrabener Bunker ließen das Gelände wie einen Friedhof aussehen. Zweitausend Morgen Tod in Fässern, dachte Kreiss. Ein passendes Symbol für das, was einst hier gelagert worden war.

Er fragte sich, wo McGarand sich verborgen hatte, als er einige seiner Bewegungsmelder aufstellte. Kurz vor Tagesanbruch wollte er Janet Carter anrufen. Bis dahin musste er sich seine nächsten Schritte überlegen – falls er überhaupt noch eine Wahl hatte.

14

JANET SETZTE SICH im Bett auf. Sie hatte wahnsinnige Kopfschmerzen, einen pulsierenden Schmerz hinter den Augen und Stiche in Hals und Nacken. Ihr Mund war trocken wie Papier, und ihre Haut fühlte sich heiß an. Sie versuchte sich zu räuspern, doch im Mund war kein Tropfen Speichel. Die Augen waren trocken und fühlten sich körnig an. Im Zimmer war es heiß, unnatürlich heiß. Es war zwar schon hell, doch die Sonne war noch nicht aufgegangen. Sie schaute auf die Armbanduhr: Viertel vor sieben, Mittwochmorgen.

Wieder versuchte sie sich zu räuspern, doch schon der Versuch schmerzte. Sie stieg mühsam aus dem Bett, ging ins Bad, schaute in den Spiegel und sah, dass ihr Gesicht feuerrot war. Sie spritzte sich ein bisschen kaltes Wasser ins Gesicht. Es tat gut, doch in ihren Schläfen hämmerte der Schmerz. Was, zum Teufel, ist mit mir los?, fragte sie sich.

Sie streifte den Bademantel über und ging zurück ins Schlafzimmer, riss das Fenster auf. Die kalte Luft draußen war unglaublich wohltuend, und sie blieb einen Moment stehen, um mehrere tiefe Atemzüge zu nehmen. Plötzlich stockte sie.

Starke Kopfschmerzen, trockene Haut, feuerrotes Gesicht ... die Anzeichen einer Kohlenmonoxidvergiftung.

Die Heizung!

Sie stürzte aus dem Schlafzimmer und rannte über den Flur zu dem Zimmer, in dem sie Lynn untergebracht hatte. Zu ihrem Entsetzen stand die Tür weit offen.

Lynn war verschwunden.

Janet rannte zur Treppe und rief nach einem der Agenten, die unten Wache hielten, brachte aber nur ein heiseres Krächzen heraus. Schwer auf das Treppengeländer gestützt, tastete sie sich hinunter, wobei sie die Luft anhielt. Nun wurde ihr klar, dass es ein Fehler war, nach unten zu gehen, aber das ließ sich jetzt nicht mehr ändern – die Treppe würde sie ohnehin nicht mehr hinaufkommen. Sie behielt die Haustür im Blick und schaffte es, obwohl ihre Lungen zu bersten schienen. Sie stieß die Tür auf und taumelte hinaus. Dann erst wurde ihr bewusst, was sie aus dem Augenwinkel gesehen hatte: Die beiden Agenten lagen regungslos auf dem Fußboden des Wohnzimmers.

Sie nahm drei tiefe Atemzüge und rannte wieder ins Haus, packte den ersten Mann unter den Achseln und zerrte ihn über die Schwelle auf die Veranda. Auch er war feuerrot im Gesicht und schien nicht zu atmen. Janet rannte wieder ins Haus und holte den anderen Mann. Dann ging sie in die Knie und würgte. Nach der Anstrengung, die beiden Männer ins Freie zu schaffen, schrien ihre Lungen nach Sauerstoff. Nachdem sie eine Minute lang gegen die Übelkeit gekämpft hatte, stand sie auf und taumelte zu ihrem Wagen, riss die Tür auf und wählte übers Autotelefon die Nummer des Notrufs. Dann rief sie das FBI in Roanoke an und forderte Unterstützung an. Schließlich ließ sie sich aus dem Wagen ins feuchte Gras fallen und kämpfte gegen den Würgereiz, während sie in tiefen Zügen Sauerstoff in ihre brennenden Lungen sog. Ein Wagen fuhr vorbei. Aus dem Augenwinkel sah sie das Gesicht des Fahrers, der offenen Mundes auf das seltsame Schauspiel starrte, jedoch nicht anhielt. Danke, Kumpel, dachte Janet.

Lynn war verschwunden.

Großer Gott, was sollte sie Kreiss sagen?

Janet schlug die Augen auf und sah die beiden Agenten noch immer reglos auf der Veranda liegen; die feuerroten Gesichter sahen aus wie bizarre Halloweenmasken. Janet zwang sich, aufzustehen und zur Veranda zu gehen; sie fühlte beiden Männern den Puls und begann bei einem mit Mund-zu-Mund-Beatmung.

Dieser Mordanschlag ging aufs Konto dieses verdammten Weibes, da war Janet sicher.

Sie glaubte, das Telefon läuten zu hören, ließ es jedoch klingeln und ging zu dem anderen Mann, wechselte zwischen beiden ab, damit sie ausreichend Sauerstoff bekamen, bis der Ambulanzwagen eintraf. Es schien eine Ewigkeit zu dauern, bis endlich das Sirenengeheul in der Ferne erklang.

Browne McGarand, der sich tief in einem der Munitionsbunker verschanzt hatte, fror immer mehr. Dieser verdammte Bau ist kalt wie ein Grab, ging es ihm durch den Kopf, während er unter seinen zwei Decken zitterte. Er hatte Lebensmittel, Wasser, ein Feldbett, Decken, Taschenlampen, mehrere Laternen und einen kleinen Kocher, jedoch keine Möglichkeit, den von Jared abgetrennten Teil des Bunkers zu heizen. Er streckte eine Hand unter den Decken hervor und berührte den Betonboden. Er war eiskalt. Bleibt wahrscheinlich das ganze Jahr über so kalt, dachte er.

Am oberen Ende der Leiter, die zum Ventilationsschacht führte, war ein schwacher Lichtschein zu sehen – der neue Tag brach an. Gestern Nacht war Browne durch den Schacht gekrochen, um die vordere Stahltür wieder zu verschließen, nachdem er sich im hinteren Teil des Bunkers eingerichtet hatte. Jetzt gab es zwar nur einen Fluchtweg, dafür aber sah der Bunker von außen betrachtet genauso aus wie alle anderen.

Browne streckte sich. Er hatte nie daran geglaubt, dieses Versteck wirklich einmal benutzen zu müssen. Wieder schauerte er vor Kälte. Wenn er alle Laternen anzündete, überlegte er, und sie nahe an sein Feldbett stellte, konnte er es vielleicht ein bisschen wärmer haben. Der Ventilator über ihm würde dafür sorgen, dass es nicht zu viel Rauch gab. Er beschloss, einen Versuch zu wagen.

Janet saß hinten im Ambulanzwagen. Sie trug eine Sauerstoffmaske, während sich zwei Sanitäter hinter Schutzschirmen, die sie auf dem Rasen aufgestellt hatten, um die beiden Agenten kümmerten. Farnsworth und zwei seiner Mitarbeiter waren kurz nach dem Ambulanzwagen eingetroffen und schauten sich im Haus um. Alle Fenster standen offen. Auf der Straße winkten zwei Beamte der Ortspolizei vorbeifahrende Wagen weiter und hielten neugierige Nachbarn fern. Allmählich klangen Janets Kopfschmerzen ab; inzwischen hatte sie zwei Flaschen Wasser getrunken, war aber immer noch durstig.

Mit grimmiger Miene kam Farnsworth aus dem Haus. Janet nahm die Sauerstoffmaske ab.

»Die sind durchs Kellergeschoss gekommen, durch das Halbfenster auf Bodenhöhe, und haben die Abgasleitung des Brennofens an die Klimaanlage angeschlossen.«

»Nicht die«, korrigierte Janet. *»Sie.«*

»Das wissen wir noch nicht«, entgegnete Farnsworth und schaute zu den Sanitätern, die sich schon längere Zeit hinter den Schirmen um die Agenten bemühten.

»Doch, wir wissen es.« Janet stieg aus dem Wagen. »Diese Misty hat Lynn entführt. Sie wissen genau, dass es diese Frau ist.«

Farnsworth kickte eine leere Wasserflasche über den Rasen.

»Wie geht es den beiden?«, fragte Janet mit einem Blick auf die bewusstlosen Agenten.

»Nicht sehr gut«, erwiderte er. »Die waren im Parterre, wenn ich es richtig verstanden habe?«

»Ja. Lynn und ich waren oben, haben geschlafen. Die beiden sollten abwechselnd Wache halten und aufpassen, dass niemand unbemerkt nach oben schleichen konnte.«

»Gehört hat anscheinend auch niemand etwas«, bemerkte er.

»Ich hätte nicht mal eine Bombe gehört, fürchte ich. Als ich merkte, dass etwas nicht stimmt, habe ich sofort nach Lynn geschaut, und sie war fort. Dann bin ich nach unten gerannt.«

»Da waren die beiden bereits bewusstlos?«

»Ja.«

Farnsworth starrte wütend auf den Schauplatz des Geschehens. »Wenn es diese Frau war, hat sie euch alle mit Gas außer-

Gefecht gesetzt. Verdammt, sie hätte es doch wieder abstellen können, nachdem sie das Mädchen in ihrer Gewalt hatte!«

»Ich glaube, dass es in der Höhle möglicherweise *ihre* Leute waren«, sagte Janet.

Farnsworth schaute sie an und nickte. In diesem Augenblick meldete sich sein Handy. Er klappte es auf und lauschte. »Okay«, sagte er, »wir kommen bald zurück.« Er wandte sich wieder Janet zu. »Das war meine Sekretärin. Abel Mecklen vom ATF sitzt in meinem Büro. Er war Whittakers Chef. Ich sehe lieber zu, dass ich ins Büro komme.«

»Brauchen Sie mich dort?«

Er überlegte einen Augenblick. »Nicht sofort. Sie haben fürs Erste genug durchgemacht, und ich muss mit dem ATF einiges klarstellen. Zum Beispiel, was Ihnen an der Straßensperre passiert ist. Kreiss hat nicht im Büro angerufen – hat er sich bei Ihnen gemeldet?«

»Nein, Sir.«

»Falls er sich meldet, sagen Sie ihm, dass seine Tochter bei uns ist. Bringen Sie ihn dazu, dass er herkommt, und berichten Sie uns, was er über McGarands kleinen Ausflug weiß.«

»Nach allem, was geschehen ist, Sir? Denken Sie nur an die Sache mit Jared McGarand. Ich glaube nicht, dass Kreiss herkommt. Andererseits hat Lynn mir einiges erzählt, das ihm mildernde Umstände verschaffen könnte.«

Farnsworth schaute über den Rasen zu den Sanitätern. »Ich sag Ihnen was: Ich bin bereit, wegen dieser Eskapade am G. W. Parkway und der Sache mit McGarand mit mir reden zu lassen, falls Kreiss mir im Gegenzug erzählt, was er über den Anschlag auf die ATF-Zentrale weiß, und falls er mir bei der Suche nach dem Schuldigen hilft. Denn *das hier*«, er deutete mit dem Kinn auf die Sanitäter, »macht es zu meiner persönlichen Angelegenheit. Außerdem glaube ich, dass in der Zentrale etwas im Gang ist, das viel bedeutungsvoller ist als diese beiden Vergehen.«

»Kann ich ihm das sagen, wenn er mich anruft?«

»Erzählen Sie ihm, was Sie wollen, Janet, aber sorgen Sie dafür, dass er kommt. Wichtig ist, dass wir mit ihm reden, *bevor* diese Hyäne vom CIA ihn in die Finger kriegt. Weil wir die Ware kennen, die sie ihm zum Tausch anbieten will.«

Janet hüllte sich enger in ihren Bademantel. »Ich kann es Ihnen auch gleich sagen«, meinte sie. »Genau das wird ihm am wichtigsten sein. Nur das ist für ihn von Bedeutung. Alles, was er bisher unternommen hat, geschah in der Absicht, seine Tochter zurückzubekommen. Und das wird sich nicht ändern – jetzt gewiss nicht mehr.«

»Nicht, wenn er glaubt, dass Lynn immer noch unter unserer Obhut und in Sicherheit ist«, sagte Farnsworth.

Janet warf ihm einen vorwurfsvollen Blick zu. Farnsworth hob die Hände. »Okay, war nur so eine Idee. Tun Sie, was Sie können, und rufen Sie mich sofort an, wenn er sich bei Ihnen meldet. Sichern Sie ihm unsere Unterstützung zu, seine Tochter zurückzubekommen – alles, was er will. Kreiss steht jetzt ganz allein da. Er wird jetzt Hilfe brauchen, und ich glaube, das weiß er.«

»Warum können wir unsere Chefs in Washington nicht dazu bewegen, dass sie sich an die CIA wenden und diesem ganzen Mist ein Ende machen?«, fragte Janet. »Warum müssen wir allein dafür sorgen?«

»Weil die Leute in der FBI-Zentrale, die ermächtigt sind, mit der CIA zu verhandeln, Marchands Leute sind. Zum Glück sind *wir* diesem Gentleman nicht unterstellt. Ich habe strikten Befehl, diese Leute in Ruhe zu lassen, bis *unser* AD – Mr Greer – herausfindet, wer Bellhouser und Foster ermächtigt hat, diese Lawine loszutreten. Falls es Marchand selbst war, wird es ein Nachspiel geben. War es jemand vom Justizministerium, zum Beispiel Bellhousers Chef, gibt es ein doppeltes Nachspiel. Im Augenblick sind wegen des Anschlags auf die ATF-Zentrale ohnehin alle von der Rolle.«

»Kann ich mir vorstellen«, sagte Janet.

»Aber Greer und andere hohe Tiere, bis hinauf zu unserem

Direktor, sind sehr daran interessiert, warum die CIA einen ehemaligen FBI-Agenten dermaßen aufs Korn nimmt und warum diese Anstrengungen von einem leitenden FBI-Beamten und darüber hinaus vom Justizministerium unterstützt werden.«

Janet rieb sich die Augen. Der zweite Grund, wie sie sehr wohl wusste, war der, dass es keinen Beweis dafür gab, dass die CIA in der vergangenen Nacht in ihrem Haus gewesen war. Oder in der Höhle. Inzwischen würden Micah und seine Leute jeden Beweis von den Ufern des unterirdischen Sees entfernt haben. Wahrscheinlich hatten sie alles in das bodenlose Loch geworfen.

Auf dem Rasen waren die Sanitäter jetzt zum Abtransport der bewusstlosen Agenten bereit. Farnsworth ging zu ihnen und fragte nach dem Zustand seiner Leute. Dann kam er zu Janet zurück. »Ruhen Sie sich aus. Und bleiben Sie zu Hause, bis Sie von Kreiss hören. Ihnen vertraut er. Versuchen Sie unbedingt, ihn zum Herkommen zu bewegen!«

Janet überlegte einen Moment. »Ich möchte nicht hier bleiben, Sir«, sagte sie dann. »Geben Sie mir ein paar Minuten zum Anziehen, dann komme ich mit ins Büro. Wir können mein Telefon ja dorthin schalten.«

Farnsworth erklärte sich einverstanden, und Janet ging ins Haus. Im Erdgeschoss kam ihr das Spurensicherungsteam entgegen. Der Leiter des Teams sagte ihr, dass die Beweise klar auf der Hand lägen: Die Täter hatten die Fensterscheibe herausgeschnitten und waren ins Kellergeschoss eingedrungen, hatten den Schlauch vom Trockner in der Waschküche genommen, ein Teilstück des Abgasrohrs vom Brennofen abgeschraubt, den Schlauch aufgesetzt und das andere Ende mit Klebeband am Ansaugrohr der Klimaanlage befestigt.

»Wie haben der oder die Täter Lynn aus dem Haus geschafft?«, wollte Janet wissen.

»Wie es aussieht, einfach durch die unverschlossene Haustür. Sie haben vorhin ja ausgesagt, dass Sie die Tür aufgerissen haben, nicht aber, dass Sie erst aufschließen mussten. Und ich nehme an, dass die Tür letzte Nacht abgeschlossen war?«

»Ja, abgeschlossen und verriegelt.«

Der Beamte nickte. »Im Heizraum lag viel Staub auf dem Boden, von dem wir auch Spuren hier oben auf dem Teppich im Flur und in den oberen Zimmern gefunden haben. Wahrscheinlich trugen die Täter Atemschutzmasken, haben ungefähr zwanzig Minuten gewartet, bis im Haus alle bewusstlos waren, und dann zugeschlagen.«

Janet nickte, auch wenn sie sicher war, dass es nicht mehrere Täter gewesen waren. *Sie* war ins Haus eingedrungen, Misty, unter den Augen zweier erfahrener Agenten. Sie hatte sich ihre Beute geschnappt und war wieder verschwunden. Vielleicht hatte sie noch von ihrem letzten Besuch den Schlüssel gehabt.

Der Chef der Spurensicherung brachte seine Leute vor die Tür; dann wandte er sich noch einmal an Janet. »Wir sind jetzt fertig. Danke, dass Sie Williams und Jackson noch rausgeholt haben. Ich bin froh, dass Sie wieder bei uns sind, Carter.«

Janet lächelte matt und ging nach oben, um sich anzuziehen. Während sie sich das Gesicht wusch, fiel ihr wieder ein, dass das Telefon geläutet hatte, als sie die beiden Männer nach draußen schleifte. Ob es Kreiss gewesen war? Sie ging zum Nachttisch, holte Stift und Block heraus und wählte dann das Sternchen und die Ziffern 6 und 9. Eine Stimme vom Band teilte ihr eine Nummer mit. Sie legte auf und starrte die Nummer an. Vorwahl 703. Nord-Virginia. Verdammt. War Kreiss etwa immer noch in der Gegend von Washington? Janet wollte schon die Nummer wählen, besann sich dann aber eines Besseren. Sie würde die Nummer mit ins Büro nehmen, wo man sie in den Computer eingeben und herausfinden konnte, welcher Anschluss es war.

Bei Tagesanbruch verließ Kreiss sein Camp. Er wollte sich gründlich umsehen, hauptsächlich, um nachzuprüfen, was auf dem Gelände der Fabrik vor sich ging. Außerdem wollte er den

Zaun abgehen, um alternative Fluchtwege zu finden, falls er schnell das Weite suchen musste. Der Van konnte zwei, drei Tage auf dem Parkplatz des Einkaufszentrums stehen bleiben, bevor er jemandem auffiel.

Kreiss trug seinen tarnfarbenen Overall, hatte ausreichend Wasser dabei, ein Fertigmenü, eine Pistole und ein Handy. Als er bei Janet Carter angerufen hatte, war niemand an den Apparat gegangen; er würde es später noch einmal versuchen. Er wusste nicht, ob die Nummer, die Micah ihm gegeben hatte, ihr Privatanschluss oder ihre Büronummer war; vielleicht war ohnehin eine Anrufweiterschaltung eingerichtet. Er ging durch den Wald in Richtung Bahngleise zu einem höher gelegenen Platz, um das Fabrikgelände überschauen zu können. Dort war offenbar kein Mensch; allerdings stand vor dem ersten unzerstörten Gebäude der Hauptstraße ein Wagen, ein hellbrauner Van. Kreiss nahm an, dass der Wagen einem Spurensicherungsteam gehörte, das immer noch mit Untersuchungen beschäftigt war. Solange er sich außer Sicht- und Hörweite hielt, sollte es ihm möglich sein, das restliche Gebiet ungehindert erkunden zu können.

Eine Stunde später streifte er auf dem Bunkerfeld umher, das so riesig war, wie die Luftbildaufnahme angedeutet hatte. Kreiss war über den Zaun geklettert, statt sich erst mit dem Tor abzumühen, denn damit hätte er wahrscheinlich die Aufmerksamkeit der Polizei und des ATF auf sich gezogen. Die Bunker waren teilweise in der Erde vergraben, sodass von vielen kaum mehr als die gewölbten Dächer zu sehen waren. Von seinem Aussichtspunkt auf dem Dach eines der Bunker konnte Kreiss ungefähr fünfhundert dieser Bauten erkennen, zwischen denen hier und da kleine Kiefern wuchsen. Telefonmasten gab es keine; demnach mussten sämtliche Leitungen für Stromversorgung und Kommunikation unterirdisch verlaufen. Kreiss fischte das Fernglas aus seinem Brustbeutel und machte sich daran, das ausgedehnte Feld Stück für Stück abzusuchen. Er wusste, dass es noch einmal so viele, wenn nicht noch mehr Bunker auf der anderen Seite des Hügelkammes gab; dahinter lag jener Abschnitt des Zauns, den er auskundschaften wollte. Die Luft war kalt und diesig in der frühmorgendlichen Sonne.

Während er die Bunker rechts von der Hauptstraße beobachtete, langsam das Fernglas über Baumgruppen wandern ließ und immer wieder aufs Tor richtete, ob sich dort jemand zeigte, machte er sich große Sorgen um Lynn, wie ständig in den letzten Tagen, seit Misty sich auf die Spur seiner Tochter geheftet hatte. Selbst wenn sie unter Janet Carters Schutz stand, war sie keineswegs in Sicherheit. Die unerfahrene Carter war für Misty keine ernst zu nehmende Gegnerin. Verdammt – die meisten Mitarbeiter des FBI konnten Misty nicht das Wasser reichen. Es waren nicht nur Spezialwerkzeuge, die die »Sweepers« so erfolgreich machten, sondern ihre völlige Bereitschaft, ungewöhnliche, gefährliche, vollkommen *rücksichtslose* Dinge zu tun: Das machte sie zu einer tödlichen Gefahr. In einem Krankenhaus Feuer zu legen war ein gutes Beispiel dafür.

Hinzu kamen Waffen wie der Netzhautblender oder eine psychologisch wirksame Taktik, wie zum Beispiel Kreiss' Tonbänder mit dem Löwengebrüll.

Er konnte sich noch gut an die erste Trainingseinheit mit Misty erinnern. »Wenn Sie jemanden jagen«, hatte sie damals gesagt, »gibt es zwei Möglichkeiten. Erstens, Ihr Opfer weiß nicht, dass es gejagt wird, und Sie versuchen, dieses Opfer aus dem Hinterhalt zu überraschen. Aber aus der Art der Verfolgung ergibt sich, dass Sie nur einmal die Chance bekommen. Falls Sie beim ersten Versuch versagen, ist das Überraschungselement verloren. Und da wir es meistens mit ebenfalls erfahrenen Agenten zu tun haben, könnte uns das Ziel durch die Lappen gehen. Die andere Möglichkeit ist folgende: Wenn sie Ihrem Opfer auf subtile Weise zu verstehen geben, dass es gejagt wird, fügen Sie Ihren übrigen Waffen das bedeutsame Element der Furcht hinzu. Die Leute, die wir jagen, sind ausgebildet, stets genau auf ihre Umgebung zu achten, was im Klartext heißt, dass sie in gewisser Weise unter Verfolgungswahn leiden. Wenn Sie die zweite Methode wählen, können Sie diese bereits vorhandene Paranoia verstärken, und zwar bis zu einem Punkt, an dem Ihr Opfer kopflos die Flucht ergreift. Ist es erst einmal soweit, geht auch sein Situationsgespür verloren, und Ihr Zugriff wird Erfolg haben.«

Nach einem Monat Ausbildung war Kreiss klar geworden, dass Misty ihre Arbeit genoss. Bei ihm war es genauso. Es war ganz anders gewesen als beim FBI, wo man dazu neigte, sämtliche Kräfte darauf zu richten, ein Zielobjekt zu fangen, das dann langsam – und nicht besonders wirksam – im Netz an Land gezogen wurde. Sein allererster Vorgesetzter hatte es einmal so erklärt: Das FBI war vor allen Dingen eine bürokratische Organisation und erstickte die Gegner mit dem Apparat, der ihm zur Verfügung stand – Ermittlungen, Beweise, Überwachungen, Wanzen, Haftbefehle, Gesetze –, während es gleichzeitig bemüht war, nicht am eigenen Papierkram zu ersticken. Kreiss' Tätigkeit bei den »Sweepers« war der völlige Gegensatz gewesen: Überläufer zu jagen und »heimzuholen« war ein einsamer Job und ein Kampf, bei dem zwei Profis ihr Durchhaltevermögen, ihre Schläue und ihre antrainierten Fähigkeiten maßen und bei dem man sich dem Opfer vor allen Dingen psychologisch annähern musste. Dieses Spiel hatte Kreiss nicht bloß gemocht – er hatte es *geliebt.*

Er veränderte seine Lage auf dem Bunkerdach ein wenig und widmete sich der zweiten Hälfte des Bunkerkomplexes, begann am Hauptweg und schwenkte das Fernglas langsam nach links; er suchte nach irgendetwas, das aus der Gleichförmigkeit der Bauten hervorstach. Auch dem Zaun widmete er einige Zeit, doch dort war nichts außer ein paar Plastiktüten und sonstigem Müll, der sich, vom Wind herangetrieben, im Stacheldraht verfangen hatte. Sämtliche Bunker sahen nahezu gleich aus: alter, graugrün verfärbter Beton, eine schräg in die Erde führende Einfahrt, an deren Ende sich rostende Stahltore befanden, und auf jedem Dach standen zwei Ventilatoren, die wie kleine gefrorene Schornsteine aussahen und die seit Jahren still standen.

Nein, halt – einer bewegte sich. Genau dort hinten, fast schon am Horizont, rechts neben einer großen Baumgruppe. Der Bunker unterschied sich in nichts von den anderen, doch der Zylinder am hinteren Ende drehte sich ganz langsam.

Was hat das zu bedeuten?, fragte sich Kreiss.

Er wusste, dass die Ventilatoren in zwei Richtungen funktionierten. Wenn eine leichte Brise wehte, setzte sie die Spirale in Bewegung, die warme Luft aus dem Bunker ableitete. Aber wenn kein Lüftchen ging, so wie jetzt, musste bereits zu viel Warmluft im Bunker sein, die durch den Schacht *aufstieg* und die Spirale in Bewegung setzte. Aber wer oder was sollte in dem Bunker sein?

Vorsichtig schlich er über die gesamte Länge des Bunkerdachs, um die ferne Ventilatorhaube aus einem anderen Winkel zu beobachten. Nun war er sicher, dass sich das Ding tatsächlich bewegte. Es war fast eine halbe Meile entfernt; vielleicht ging da drüben ja Wind. Aber dann müssten *beide* Ventilatoren in Bewegung sein.

Kreiss drehte sich, um den Zaun und das Tor hinter sich zu beobachten; aber dort war niemand, und auch kein Fahrzeug war zu hören. Er merkte sich, wo der Bunker lag, kletterte vom Dach und trottete auf einem der Wege auf den Hügelkamm zu. Inzwischen war es vollends hell geworden; deshalb versuchte Kreiss, sich stets hinter einer Bunkerreihe zu halten, um vom Tor nicht gesehen zu werden. Fast am Hügel angelangt und schon auf dem Weg hinter die erste Baumreihe, hörte er das winzige Handy in seinem Rucksack piepen. Er zog sich ganz in den Schutz der Bäume zurück, lehnte sich mit dem Rücken an einen Baum, klappte das Handy auf und drückte den Knopf.

»Hier Janet Carter.« Sie klang aufgeregt. »Wo sind Sie?«

»Am anderen Ende der Leitung, Special Agent«, erwiderte er. »Und wo sind *Sie*?«

»Im Büro in Roanoke. Diese Frau – Misty, nicht wahr? – hat Lynn entführt!«

Kreiss rutschte mit dem Rücken am Stamm hinunter. Eine Woge der Angst schlug über ihm zusammen.

»Erzählen Sie.«

Janet berichtete kurz, was seit der Flucht aus dem Krankenhaus geschehen war, und endete mit Mistys Kohlenmonoxidanschlag. »Mein Chef möchte, dass Sie zu uns kommen, nach Roanoke. Er ist ... warten Sie bitte ...«

Kreiss saß mit geschlossenen Augen da, verzweifelt, erschüttert und wütend zugleich. Dann meldete sich eine Männerstimme.

»Mr Kreiss, hier ist Ted Farnsworth vom FBI-Büro Roanoke. Sie werden steckbrieflich gesucht, da Sie als wichtiger Zeuge in einem Mordfall in Montgomery County aussagen sollen. Dann liegt noch ein Bundeshaftbefehl gegen Sie vor wegen der Kleinigkeit, die Sie sich in Washington geleistet haben. Und das ATF möchte sich gern mit Ihnen über den Anschlag auf seine Zentrale unterhalten. Und eine gewisse andere Behörde möchte Sie einfach nur drankriegen.«

»Nett, ein so gefragter Mann zu sein«, meinte Kreiss. »Im Hinblick auf die Umstände aber ist es *so* nett nun auch wieder nicht.«

»Tja, Sie waren früher selbst bei dem Verein, Sie kennen das ja. Übrigens sucht man Sie noch von anderer Seite: Mein AD – der stellvertretende Direktor Greer – will wissen, warum ein anderer leitender Beamter, Mr Marchand von der FBI-Spionageabwehr, jemanden von der Justiz dazu gebracht hat, diese Frau zu aktivieren, die Ihre Tochter entführt hat und heute Morgen beinahe zwei meiner Leute getötet hätte. Fast wären es drei gewesen – aber Janet Carter hat früh genug gemerkt, dass etwas faul ist.«

»Eine interessante Frage«, meinte Kreiss. Jetzt musste er sich schleunigst überlegen, wie er mit Misty Kontakt aufnehmen konnte; es hatte keinen Sinn, das Unausweichliche aufzuschieben. Mit dem FBI zu reden war reine Zeitverschwendung. Er wusste genau, was Misty wollte: einen Handel – ihn im Austausch gegen Lynn.

»Mr Kreiss? Sind Sie noch dran?«

»Ja, aber ich glaube nicht, dass wir irgendetwas zu bereden haben, Mr Farnsworth.« Er konnte gerade noch die Ventilatorhaube auf dem Bunkerdach sehen. Sie drehte sich immer noch.

»Das stimmt nicht, Mr Kreiss. Ich bin ermächtigt, mich im Mordfall Jared McGarand einzuschalten, ebenso in den Vorfall auf dem G. W. Parkway. Was Bellhouser und Foster in Gang gesetzt haben, halten meine Vorgesetzten für sehr viel wichtiger als alles, was bei uns in Roanoke vorgefallen ist. Und sie glauben, dass dies alles mit einer anderen Sache zu tun hat, über die Sie sehr gut Bescheid wissen.«

Mehr, als du ahnst, dachte Kreiss. Wieder stand er vor derselben Wahl wie vor fünf Jahren: Entweder wir bringen dich für immer zum Schweigen oder deine Tochter.

»Mr Kreiss?«

»Bei der einen Sache, die ich tun muss, können Sie mir nicht helfen, Mr Farnsworth«, sagte Kreiss. »Ich muss meine Tochter retten. Und ich glaube nicht, dass Sie oder Ihr Chef oder selbst *dessen* Chef gegen die Leute ankämpfen können, die im Hintergrund die Fäden ziehen.«

»Mein Leitender Special Agent hat mir versichert, dass sogar unser Direktor an der Sache Anteil nimmt, Mr Kreiss.«

»Ich schließe die Beweisaufnahme.«

»Greer sagt, es geht um die Spionage der Chinesen in den Atomlabors. Stimmt das?«

Kreiss war überrascht. Davon wusste kein Mensch. Außer *denen.*

»Mr Kreiss? Greer sagte, Sie kamen nach dem CIA-Einsatz und dem Fall Glower zurück und hatten Informationen, dass ein Zusammenhang zwischen den Wahlkampfspenden der Chinesen und der Behinderung der Ermittlungen in den Labors bestehe.«

»Das hier ist keine abhörsichere Leitung«, warnte Kreiss. Er war entgeistert. Niemand konnte von der Sache wissen.

»Man sagte mir, Sie seien mit dem vorzeitigen Ruhestand einverstanden gewesen und hätten überdies geschworen, für den Rest Ihres Lebens zu schweigen. Mein Chef weiß aber nicht genau, warum. Offiziell hieß es, es ginge um Ihre Rolle im Selbstmordfall Glower und Familie. Nun aber glaubt er, dass mehr dahinter steckte.«

Kreiss ließ sich auf den Boden sinken, auf das weiche Bett aus Tannennadeln. Ihm schwirrte der Kopf. Er hatte seinen Teil der Abmachung gehalten und kein Wort verraten. Er hatte nichts weiter getan, als hierher zu ziehen und seine Tochter zu unterstützen, damit sie ihr Studium beenden konnte. Wäre nicht diese unvorhergesehene Spielkarte gewesen, dieser wahnsinnige McGarand und seine nicht minder verrückte Rachemission – er säße immer noch friedlich in seinem Blockhaus und würde den Bäumen beim Wachsen zuschauen. *Sie* hatten die Vereinbarung gebrochen. Es sei denn ...

»Mr Kreiss? Meine Vorgesetzten hätten wirklich gern erfahren, was Sie wissen und was Sie beweisen können. Sie sind bereit, im Gegenzug sämtliche Anschuldigungen und Haftbefehle fallen zu lassen. Wir glauben Ihnen helfen zu können, Ihre Tochter aus den Händen dieser Leute zu befreien, doch es wird nur dann funktionieren, wenn wir bei den richtigen Regierungsstellen entsprechenden Druck machen können. Von Behörde zu Behörde und von Direktor zu Direktor, wenn es sein muss.«

»Sie kennen sie nicht«, sagte Kreiss. Hoch oben über seinem Kopf begann ein Vogel zu lärmen.

»Was meinen Sie, Mr Kreiss? *Wen* kenne ich nicht?«

»Sie kennen die Frau nicht, die Lynn in ihrer Gewalt hat. Fragen Sie Janet Carter – die kennt sie. Es ist nun eine persönliche Sache zwischen dieser Frau und mir. Die einzige Chance, Lynn zurückzubekommen, besteht darin, dass ich mich an ihrer Stelle anbiete. Sie und alle anderen vom FBI würden mir dabei nur im Weg stehen.«

»Das stimmt nicht, Mr Kreiss. Wenn Sie meinen Chefs geben, was sie haben wollen, können die ihre Chefs dazu bringen, Ihre Tochter zurückzugeben. Ephraim Glower ist tot – die CIA kann die Sache jetzt ruhig zugeben. Glower kann strafrechtlich nicht mehr verfolgt werden, die Sache ist seit fünf Jahren verjährt. Nicht die CIA wird das Problem haben, sondern die Verantwortlichen im Justizministerium und derjenige in unserer Dienststelle, der offenbar als Informant fungiert. Die CIA wird schon mitspielen, wenn sie dort mitkriegen, dass unser Direktor die Verbindung offen legen will.«

Kreiss dachte darüber nach. Konnte er sich allein Misty stellen? Konnte er sie überhaupt finden? Und was würde mit Lynn passieren, wenn er sie gefunden hatte?

»Sie waren Special Agent des FBI, Mr Kreiss. Sie wissen doch, wie die Dinge bei uns gehandhabt werden. Wir sind stark. Wir sind mächtig. Die CIA aber auch. Wenn die CIA es darauf anlegt, findet man Sie und macht Sie fertig.«

Janet kam wieder ans Telefon. »Als Sie sich vor Jahren auf diesen Handel einließen, ging es einzig und allein um Ihre Tochter, nicht wahr?«

Kreiss gab keine Antwort; das war auch nicht nötig.

»Dieses Mal haben Sie einen Hebel, den Sie damals nicht ansetzen konnten. Beim letzten Mal haben Sie die Sicherheit Ihrer Tochter für Ihr Schweigen eingetauscht. Jetzt haben die das Abkommen gebrochen. Warum benutzen Sie jetzt nicht, was Sie haben?«

»Weil es meine Tochter das Leben kosten könnte.«

»Könnte? Mr Kreiss, diese Misty hat doch bereits Feuer gelegt – in einem *Krankenhaus.* Wie kommen Sie auf den Gedanken, sie würde Lynn verschonen? Ich habe Ihnen doch erzählt, was in der Höhle passiert ist?«

»Ja.«

»Wir sind jetzt ziemlich sicher, dass es Mistys Leute waren und keine Agenten des ATF. Tatsächlich sitzt uns der Bezirksleiter des ATF schon den ganzen Morgen auf der Pelle und verlangt von Farnsworth, dass er Sie herschaffen soll. Nach dem Anschlag im Arsenal hat das ATF keine weiteren Untersuchungen oder Aktionen in unserer Gegend durchgeführt. Also *müssen* die Männer in der Höhle Mistys Leute gewesen sein.«

Kreiss lief es kalt über den Rücken. Misty hatte Verluste hinnehmen müssen. Würde sie sich dafür an Lynn rächen? Er hatte sein Wort gegeben, das FBI zu verlassen. Seine Schuld zuzugeben, im Fall Glower voreilig gehandelt zu haben. Stillschweigen zu bewahren. Völlig von der Bildfläche zu verschwinden. Im Gegenzug würden sie Lynn nichts antun. Jede Faser seines Körpers schrie danach, diese Frau zu jagen, zu vernichten. Aber er wusste, dass Janet Carter und Farnsworth Recht hatten. Das eigentliche Spiel fand in Washington statt: Jemandem eins auszuwischen war schon seit geraumer Zeit die Lieblingsbeschäftigung der Bürokraten. Es ging nicht mehr um wirtschaftliche Macht oder persönliche Fähigkeiten, sondern nur noch darum, wer den Informationsvorsprung und die besten Beweise auf seiner Seite hatte. Der Direktor des FBI war von seinen Feinden im Justizministerium seit dem Bekanntwerden des Wahlspendenskandals verteufelt worden. Nun glaubte er eine Möglichkeit entdeckt zu haben, wie er diese Feinde vernichten konnte. Wenn man Farnsworth glauben konnte, wollte der Direktor die Informationen, die Kreiss anbieten konnte, höchstpersönlich zum Gegenschlag nutzen und mitten ins Herz der Korruption treffen, die sich im Justizministerium ausgebreitet hatte, wie die meisten Mitarbeiter des FBI glaubten. Das waren Dinge, die an den Grundfesten des Staates rüttelten: Bundesbehörden, die für die Einhaltung des Rechts verantwortlich waren, lagen miteinander im Krieg ...

»Wie können Sie mir garantieren, dass Lynn nicht doch etwas geschieht?«

»Das können wir nicht«, sagte Farnsworth. Seine Stimme dröhnte in der Leitung; offenbar hatte er sich per Raumlautsprecher dazugeschaltet. »Ich würde Ihnen gern etwas anderes zusichern, aber das ist leider die Wahrheit.«

Kreiss ertappte sich dabei, dass er zustimmend nickte. Zumindest spielte Farnsworth fair.

»Aber auch Sie können uns nichts zusichern, Mr Kreiss. Janet hat mir gesagt, dass Lynn mehr über diese Sache weiß, als Sie vielleicht erwarten. Und falls Lynn diese Information der interessierten Behörde enthüllt, wird auch sie entbehrlich. Unsere einzige Möglichkeit sind Informationen, mit der die CIA *gezwungen* wird, Lynn freizulassen. Sie ist der Bauer in diesem Spiel, denken Sie stets daran. Kommen Sie her. Eine Alternative bleibt Ihnen nicht.«

»Na schön«, sagte Kreiss so leise, dass es beinahe ein Flüstern war. »Ich bin zurzeit im Ramsey Arsenal.«

Einen Augenblick herrschte Schweigen, als wäre Farnsworth überrascht. »Wo genau?«, wollte er wissen.

Kreiss riss alarmiert die Augen auf. Das passte überhaupt nicht zu allem anderen, was Farnsworth gesagt hatte. Die Frage klang zu ... einsatzmäßig.

»Lassen Sie Carter allein herkommen«, schlug er vor. »Ich finde sie schon.«

Wieder Schweigen. »In drei Stunden«, sagte Farnsworth schließlich. »Und nicht allein. Sie muss Unterstützung haben.«

»Aber aus der Ferne.«

»In Ordnung.«

»In drei Stunden«, wiederholte Kreiss und legte auf. Er legte sich auf die weichen Tannennadeln und starrte in die Baumkronen, ohne etwas zu sehen. Er hatte tatsächlich das, was das FBI haben wollte. Viel mehr noch, als sie brauchten. Unterstützendes Beweismaterial, dass die Untersuchungen im Atomlabor absichtlich behindert und unterdrückt worden waren. Das Material stammte nicht aus irgendeiner Ermittlung, sondern aus Ephraim Glowers Safe, den Kreiss nach Entdeckung der Leichen durchwühlt hatte. Beim Anblick des Blutbads hatte er zuerst heftige Gewissensbisse verspürt, die sich jedoch rasch legten, als er die Papiere überflog, die er im Safe gefunden hatte.

Dann fiel ihm der Ventilator wieder ein, der sich langsam in der frischen Morgenluft drehte. Er schaute auf die Uhr. In drei Stunden. Warum sollte er in der Zwischenzeit nicht nachschauen gehen?

Farnsworth nahm Janet mit in den Raum, aus dem abhörsichere Leitungen nach draußen führten. Zu ihrem Erstaunen war die Kommunikationskonsole mit Billy Smith besetzt. Er zwinkerte ihr zu, während Farnsworth ihm befahl, das Büro des stellvertretenden Direktors Greer anzurufen. Der Operator in Washington bat, einen Augenblick zu warten.

»Das ist ein dicker Hund, Janet. Wenn wir beweisen können, dass die Wahlkampfspenden der Chinesen den Spionen im Energieministerium Luft verschafften und dass jemand aus dem Justizministerium ihnen dabei noch geholfen hat, wird das FBI künftig unbesiegbar sein.«

»Aber Lynn Kreiss zufolge hatte dieser Jemand vom Ministerium wiederum Unterstützung beim FBI«, sagte Janet. Bevor Farnsworth etwas erwidern konnte, war der stellvertretende Direktor Greer in der Leitung.

Farnsworth berichtete kurz, was sie mit Kreiss vereinbart hatten. Als Greer von Farnsworths Plan hörte, Janet und ein paar Leute zu ihrer Unterstützung zu schicken, sagte der stellvertretende Direktor: »Nein, Sie gehen selbst. Und nehmen Sie die beste Mannschaft mit, die Sie bekommen können. Ich will nicht, dass wieder etwas schief geht. Als Sie das letzte Mal Leute zu diesem verdammten Arsenal geschickt haben, ist es denen ja buchstäblich um die Ohren geflogen.«

»Aber Kreiss ist sehr nervös«, wandte Farnsworth ein. »Wenn er einen Trupp anrücken sieht, wird er es sich vielleicht anders überlegen.«

»Dann passen Sie eben auf, dass er den Trupp nicht zu sehen kriegt. Was ist jetzt – glauben Sie, dass er Beweise hat? Stichhaltige Beweise? Nicht bloß eine Meinung?«

»Wenn er bloß eine *Meinung* hätte, wäre er vor fünf Jahren

nicht so bearbeitet worden. Ich glaube, er hat wirklich etwas in der Hand, und da nun der ganze Skandal über die Atomlabors wieder an die Oberfläche gekommen ist, kriegen diese Leute es mit der Angst zu tun. Doch zuerst müssen wir Kreiss' Tochter zurückbekommen, sonst wird überhaupt nichts passieren. Dann nutzt Kreiss uns gar nichts.«

»Bringen Sie den Mann her – *mit* den Beweisen. Und zwar schnell, bevor unsere Freunde bei der Justiz merken, was vor sich geht. Sobald der Direktor die Lage bewertet hat, werden wir die nötigen Anrufe tätigen und holen seine Tochter zurück.«

»Und wenn die nicht wollen?«

»Was nicht wollen?«

»Uns die Tochter übergeben. Was ist, wenn sie darauf bestehen, dass wir ihnen zuerst Kreiss ausliefern, bevor sie das Mädchen gehen lassen?«

»Sobald er uns die Beweise gegeben hat, ist es mir völlig gleich, was mit Kreiss geschieht. Er hat das FBI in Misskredit gebracht. Diese Geheimagenten können ihn ruhig haben. Glauben Sie mir – wir brauchen das Material nicht einmal zu veröffentlichen, um die gewünschte Wirkung zu erzielen.«

Farnsworth öffnete den Mund, um etwas zu sagen, schloss ihn dann aber wieder. Janet starrte ungläubig auf den Apparat. Greer befahl ihnen, schnell und entschlossen zu handeln, und legte auf. Auch Farnsworth legte den Hörer auf – sehr vorsichtig, als wäre er zerbrechlich.

»Scheißkerl«, murmelte er.

»Amen«, sagte Janet und setzte sich in einen Sessel neben der Telefonkonsole.

»Ein solcher Handel war mit Kreiss nicht vereinbart«, sagte Farnsworth. »Er sollte seine Beweise vorzeigen; wir schicken sie denen zu und machen ihnen Druck, dass sie diese Agentin zurückpfeifen und das Mädchen zurückbringen. *Das* war die verdammte Abmachung. Ich habe nie zugesagt, Kreiss an irgendjemanden auszuliefern.«

»Aber in gewisser Weise haben Sie es eben getan«, sagte Janet.

»Nein, habe ich nicht«, sagte der RA und streckte trotzig das Kinn vor. »Kreiss war einer von *uns*. Und er hat sich *nicht* bestechen lassen. Mir ist es gleich, was er weiß oder was er in Washington getan hat – ich werde mich nicht daran beteiligen, ihn einer Horde hysterischer Geheimagenten auszuliefern.«

»Lassen Sie uns einen Schritt nach dem anderen tun«, riet Janet. »Zuerst fahren wir zu Kreiss und schauen uns seine so genannten Beweise an. Außerdem möchte ich wissen, was genau mit Jared McGarand passiert ist – ich glaube nämlich, dass sein Tod ein Unfall war. Und dieser Autounfall, den Kreiss in Washington fabriziert hat ... wenn man bedenkt, wohin die Agenten ihn bringen wollten. Ich hätte an seiner Stelle wahrscheinlich genauso gehandelt, nur mit dem Unterschied, dass ich es nicht geschafft hätte. Aber zuerst müssen wir Kreiss holen. Es wird nichts unternehmen, bevor wir ihn nicht hier haben.«

Farnsworth nickte und starrte aufs Telefon. »Okay. Holen Sie Keenan dazu. Wir brauchen jeden Mann.«

Kreiss näherte sich dem ungefähr 45 Meter langen Bunker von der Vorderseite. Er ging über den Schotterweg zwischen den Bunkerreihen und hielt sich nahe am Rand, falls plötzlich die Wachpatrouille auf dem Hügel hinter ihm auftauchen sollte. Die Nummer des Bunkers war immer noch zu lesen; schwarze Lettern auf schmutzig-weißem Grund: 887. Auf der Rampe, die zu den schweren Stahltüren hinunterführte, waren keinerlei Reifenspuren oder sonst etwas zu erkennen, das darauf hindeutete, dass kürzlich jemand hier gewesen war. An der großen, luftdicht abschließenden Stahltür hing ein rostiges Vorhängeschloss, wie bei den anderen Bunkern. Das Gras um den Bau herum stand fast einen halben Meter hoch, sodass der Bunker aus dem Boden zu wachsen schien.

Kreiss schritt über die Betonrampe und schaute sich das

Schloss an. Es sah nicht so aus, als hätte jemand sich daran zu schaffen gemacht. An einer Seite waren Kürzel und Buchstaben eingeprägt, also war es vermutlich ein Serienschloss. Kreiss ging die Rampe wieder hinauf und am Bunker entlang, watete durch dichtes, feuchtes Gras bis zum unteren Rand der Dachwölbung. Der vordere Ventilator stand still, doch der an der Rückseite bewegte sich immer noch langsam und ließ dabei ein leises Quietschen vernehmen, das vermutlich von einem alten Kugellager herrührte. Vorsichtig, mehr rutschend als gehend, kletterte Kreiss auf das Bunkerdach aus dreißig Zentimeter dickem Beton. Als er zur Haube des hinteren Ventilators kam, roch er Kerosin. Schwach, aber unverwechselbar. Der Geruch drang aus der Ventilatorhaube – da unten hatte jemand eine Kerosinlaterne oder ein Öfchen brennen.

Jemand war im Bunker. Und da die Vordertür von außen verschlossen war, musste es noch einen anderen Weg hinein geben. Kreiss ließ sich vom Bunkerdach gleiten und ging einmal um den Bau herum. Es gab keine anderen Eingänge. Kreiss schaute auch im dichten Gras nach; er suchte nach einer Falltür, doch auch die gab es nicht. Er schaute wieder zum Ventilator hinauf, ging dann zur Vorderseite und kletterte dort zum zweiten Ventilator hinauf. Er schnüffelte, roch aber nichts als das feuchte Gras an seinen Stiefeln. Er betrachtete den Aufbau der Ventilatorhaube und ging dann wieder zum hinteren Ventilator. Dort musste irgendetwas anders sein – und er entdeckte den Unterschied sofort.

Der Sockel der hinteren Ventilatorhaube besaß Scharniere; hier aber war sie festgeschweißt und dann schwarz gestrichen, um optisch mit dem Teer zu verschmelzen, der die Haubenummantelung mit dem Betonuntergrund verband. Doch hier war die Ummantelung verschwunden. Kreiss schob die Finger unter den Sockel und hob ihn leicht an – das ganze Ding ließ sich bewegen. Er ging zum vorderen Sockel und versuchte es dort, doch der Sockel stand fest wie ein Felsen. Kreiss ging zurück zum hinteren Ventilator, schaute unter den Scharnieren nach und entdeckte einen grob gefertigten Riegel. Er war angebracht worden, damit der Ventilator nicht zur Seite kippte, wenn die Turbine sich schneller zu drehen begann. Kreiss wäre jede Wette eingegangen, dass darunter eine Leiter in den Bunker führte.

Er hockte sich aufs Dach. Da unten versteckte sich jemand. Wer aber verbarg sich in den Munitionsbunkern einer ehemaligen militärischen Anlage? Nein, ›militärisch‹ stimmte ja gar nicht – es war eine Firma gewesen, eine Art Zwitter: Eigentum der Regierung, aber kommerziell bewirtschaftet. Und Browne McGarand war Leitender Chemotechniker des Unternehmens gewesen. Er hatte sein Wasserstofflabor im sichersten Gebäude der ganzen Fabrik eingerichtet – dem Gebäude, das die beste und stärkste Isolierung garantierte: dem Kraftwerk. Das allein musste Monate gekostet haben. Er hatte sich die Zeit genommen, rund um das ganze Gelände Fallen aufzustellen. Und dann hatte er das Kraftwerk in eine riesige Bombe verwandelt. Bestimmt hatte er auch Zeit genug gehabt, einen Unterschlupf wie den hier vorzubereiten, wo er die langen Monate nach dem Anschlag verbringen konnte. Und wären ihm die College-Kids nicht dazwischen gekommen, säße er jetzt vermutlich seelenruhig in Blacksburg und würde die Bundesbeamten beobachten, wie sie nach dem zweiten, offenbar ebenso unmotivierten Anschlag wie dem in Oklahoma City ziellos durch die Gegend taumelten.

Sich inmitten der zahllosen Bunker zu verstecken war ebenso stimmig wie das Einrichten eines Bombenlabors in einer verlassenen Munitionsfabrik; es war ein Beispiel dafür, etwas – oder jemand – vor der Nase der Suchenden zu verstecken, weil sie es an diesem Ort am allerwenigsten vermuteten. Der Mann im Bunker musste McGarand sein!

Kreiss stand auf. McGarand hatte seine Tochter fast zwei Monate gefangen gehalten, nachdem er die beiden Jungs in einer Flutwelle hatte ertrinken lassen. Dann war er einfach davongegangen und hatte Lynn in dem Nitrogebäude dem Hungertod überlassen. Jetzt sollte der Hundesohn dafür bezahlen! Kreiss ließ sich vom Bunkerdach gleiten, ging langsam den Schotterweg entlang und schaute in die Gräben. Schließlich fand er, wonach er gesucht hatte: ein Stück dünnes Stahlrohr, etwa einen halben Meter lang. Er kletterte wieder aufs Bunkerdach und schob das Rohrstück lautlos durch den Riegel am Rand der Ventilatorabdeckung. Dann bog er beide Enden hoch, sodass das Rohr ein breites *V* bildete, das nicht mehr aus dem Riegel herausgeschüttelt werden konnte. Die Scharniere waren aus solidem Stahl und von außen aufmontiert. Die Haube um den Turbinenkopf war ebenfalls aus dickem Stahl und erlaubte ein kontrolliertes Ablassen der Gase, falls die Munition, die früher hier gelagert worden war, sich zu stark erhitzte.

Kreiss stieg wieder vom Bunker, fand einen dicken Stock, schob ihn aufs Dach, rammte ihn mit aller Kraft ins Turbinengehäuse und brachte jede Bewegung zum Stillstand.

Kreiss betrachtete sein Werk. Dann fielen ihm die Plastiktüten ein, die sich am Zaun verfangen hatten. Er rannte dorthin, schnappte sich drei der größten Mülltüten, lief wieder zum Bunker zurück, kletterte hinauf und umhüllte das Gitter des vorderen Lüftungsschachts mit einer Tüte. Die beiden anderen stülpte er über den Ventilator, den er zerstört hatte. Bevor er das letzte Stück Tüte festband, fischte er aus seinem Rucksack Lynns wettergegerbte Baseballkappe mit dem High-School-Emblem, die er bei sich trug, seit er sie aus dem Wurzelballen am Bach herausgezogen hatte. Er drückte sie durchs Gitter, ließ sie nach unten in den Bunker fallen und zog dann das letzte Stück Tüte über die Lüftungsöffnung. Jetzt war der Bunker hermetisch versiegelt. In ungefähr zwölf Stunden dürfte kein Sauerstoff mehr darin sein; falls McGarand die Kerosinlaterne brennen ließ, würde es sogar noch schneller gehen.

»In der Hölle sollst du schmoren, McGarand«, sagte er laut.

Um die Mittagszeit passierte Janet Carter in einem FBI-Dienstwagen das Haupttor des Arsenals und fuhr in die Ruinen des ehemaligen Fabrikgeländes. Der Wärter der neuen privaten Wachfirma berichtete, dass ein Forensikteam des ATF noch heute erwartet werde, sich allerdings noch nicht am Tor gemeldet habe. Janet sagte ihm, es würden noch vier weitere Wagen mit FBI-Agenten kommen. Sie stellte den Wagen in der Nähe des nunmehr fensterlosen Verwaltungsgebäudes auf dem Hügel ab und ließ die Seitenfenster des Wagens herunter. In der Nähe der Kraftwerksruine stand ein Van, der Janet wie ein Fahrzeug der ATF-Spurensicherung vorkam, allerdings war keiner der Techniker zu sehen. Das Loch in der Straße, in das sie hineingefallen war, war immer noch deutlich zu erkennen. Einige der Rohrleitungen über der Straße waren von der Wucht der Explosion abgerissen worden und lagen nun wie Haufen stählerner Spaghetti auf der Fahrbahn. Die Fenster des Verwaltungsgebäudes waren bis auf den Parkplatz geschleudert worden, der von den vielen Glassplittern glänzte, als wäre er mit Eis bedeckt. Eine mehr als vier Meter hohe Mauer aus Schutt umgab den Platz des einstigen Kraftwerks.

Noch im Büro hatten Farnsworth und Keenan einen eiligen Notfallplan entworfen. Sie wollten je zwei Männer an den bekannten Zugangspunkten zum Arsenal postieren: an den Gleisen, den hinteren Toren und der Schleuse am Bach. Der Rest des Einsatzteams sollte durchs Haupttor eindringen und zu Fuß bis zur Baumreihe marschieren, hinter der offenes Gelände und unterhalb davon das Fabrikgelände lag. Farnsworth hatte Abel Mecklen, dem Leitenden Special Agent des ATF-Büros in Roanoke, von ihrem Vorhaben berichtet und darum gebeten, dass das ATF eines seiner kleineren Überwachungsflugzeuge einsetzte. Die Maschine sollte das gesamte Gebiet in einer Höhe von 3000 Metern überfliegen. Ein MedLift-Helikopter des Bezirkskrankenhauses war ebenfalls einsatzbereit; nach dem letzten, dramatischen Besuch im Arsenal ging Farnsworth kein Risiko mehr ein.

Der RA hatte Greers Befehl wörtlich genommen und jeden verfügbaren Mann zum Einsatz befohlen, sogar Billy Smith, der wieder die Kommunikation übernommen hatte. Wie alle anderen Agenten trug nun auch Janet den Kampfanzug: Overall, kevlarverstärkte Weste, einen Ausrüstungsgürtel und die Kappe mit der Aufschrift FBI. Sie hatte ein tragbares Funkgerät mit Kragenmikrofon und trug ihre Sig an der rechten Hüfte. Ihre Privatwaffe, die .38er, lag im Handschuhfach des Wagens. Sie schaute auf die Uhr: In zwanzig Minuten würde die einsatztaktische Funkverbindung aufgebaut sein; dann mussten sich die verschiedenen Einsatzteams nacheinander melden. Danach konnte sie tun, was immer nötig war, um Kreiss zu finden. Wahrscheinlich war überhaupt kein Einsatz erforderlich: Kreiss würde vermutlich aus einer der Ruinen auftauchen und zu ihrem Wagen kommen. Und dann konnte es schwierig werden.

Janet litt immer noch an leichten Kopfschmerzen von der Kohlenmonoxidvergiftung und hätte zu gern eine Sauerstoffflasche gehabt, um hin und wieder einen tiefen Zug daraus zu nehmen. Dieses verdammte Weib! Das Frustrierende war: Wenn sie Kreiss erst hatten und die von ihm gelieferte Information in die richtigen Kanäle einspeisen konnten, mussten sie warten, bis der Druck stark genug wurde und die Killerin des Geheimdienstes ihre Geisel freigab. Und eine quälende Frage bohrte unablässig in Janets Hinterkopf: Was, wenn Misty nicht gehorchte? Was, wenn sie außer Kontrolle geriet und diese Aktion als persönliche Vendetta gegen Kreiss betrachtete? Falls die Sache aus irgendeinem Grund nicht klappte und Kreiss Lynn nicht zurückbekam, war die Hölle los. Und wenn sie an den beabsichtigten Verrat dachte, wie Greer ihn sich vorstellte, kamen ihr Kreiss' Zukunftsaussichten eher trübe vor.

Janet schüttelte den Kopf, um die düsteren Gedanken zu vertreiben und sich auf das Hier und Jetzt zu konzentrieren. Zu viel Grübelei brachte einen nur durcheinander. Der ATF-Van hatte sich nicht bewegt; auch von den Technikern war nichts zu sehen. Janet fragte sich, was die Agenten untersuchten, da die meisten Gebäude an diesem Ende der Straße völlig zerstört oder so stark beschädigt waren, dass es gefährlich war, sich darin aufzuhalten. Und überhaupt war doch jetzt allgemein bekannt, was die Explosion ausgelöst hatte: eine hohe Konzentration von Wasserstoffgas.

Dann fiel ihr wieder ein, was der Mann vom Wachschutz gesagt hatte: Die Forensiker des ATF hatten sich noch nicht am Tor gemeldet.

Ein Krächzen erklang an ihrem linken Ohr, als Keenan sich auf Kanal Eins meldete. Janet bestätigte den Empfang, und Keenan stimmte die verschiedenen Teams untereinander ab. Er erklärte, das Flugzeug des ATF stehe noch auf dem Flugplatz in der Nähe; anscheinend gab es ein Ersatzteilproblem, und es könne noch eine Stunde dauern.

Da haben wir's wieder mal, dachte Janet resigniert. Bevor wir überhaupt angefangen haben, läuft schon was schief. Sie suchte die zerstörten Gebäude am Fuß des Hügels nach Kreiss ab. Wieder schaute sie auf die Uhr: 12.20 Uhr.

Wo steckst du, Kreiss? Allmählich fühlte sich hier draußen in der Sonne wie auf dem Präsentierteller. Sie dachte daran, wie sehr Kreiss' langjährige Arbeitsweise sich von der anderer Agenten des FBI unterschied. Er hatte sich nur auf seinen Einfallsreichtum und seinen Verstand verlassen können, hatte keine Partner gehabt, keine Unterstützung, keine Basis, keine Regeln. Jeder neue Auftrag war mit einer frischen Jagdlizenz versehen gewesen.

Die Stille um sie herum wurde langsam bedrohlich.

Komm schon, Kreiss. Je eher, desto besser. Das ist deine einzige Chance, Lynn zurückzubekommen, oder du wirst dich diesen Leuten ausliefern. Du brauchst uns jetzt. Du bist kein einsamer Wolf mehr.

Nervös trommelte sie mit den Fingern aufs Lenkrad.

Kreiss lag unter den Bäumen oberhalb des Bachlaufs und beobachtete das Fabrikgelände durch sein Fernglas. Er hatte gesehen, wie Janet Carter die Zufahrt entlangfuhr und neben dem

Verwaltungsgebäude parkte. Nun wollte er erst beobachten, wie viele Leute sie mitgebracht hatte und wo sie sich verschanzten. Auch der Van an der Ruine des Kraftwerks interessierte ihn brennend. Er sah aus wie ein Van der Spurensicherung, nur trug er kein Abzeichen, das ihn als Fahrzeug eines bestimmten Teams auswies. Das Nummernschild konnte er auch nicht erkennen. Er wusste, dass das ATF am Schauplatz einer Explosion wochenlang Untersuchungen anstellte, selbst wenn man schon längst etwas über die Ursachen wusste. Aber dieser Verein sammelte nun mal gern tonnenweise Beweismaterial – und nach Explosionen ließen sich *viele* Tonnen finden.

Kreiss schob sich auf dem Bett aus Tannennadeln hin und her, bis er den Van besser im Visier hatte. Ein Ford, ein großer Wagen, hellbraun. Konnte auch dem FBI gehören. Doch Kreiss war ziemlich sicher, ihn vorher schon einmal gesehen zu haben, als er auf dem Weg zu den Bunkern war. Die der Sonne zugewandten Scheiben des Fahrzeugs blitzten, die anderen waren immer noch vom Tau beschlagen. Auf jeden Fall stand der Wagen schon eine ganze Weile da. Kreiss richtete sein Fernglas auf Carters Dienstwagen; er konnte zwar ihre Gesichtszüge nicht genau erkennen, glaubte aber, dass sie es sein müsse, die da allein im Wagen saß.

Er schwenkte weiter nach rechts, bis zu den Bäumen, wo die Straße vom Haupttor ins Fabrikgelände mündete. Da hängen die Burschen wahrscheinlich herum, dachte er. Und an den anderen Eingängen zum Arsenal. Kreiss rollte sich auf den Rücken, schaute zum Himmel und konzentrierte sich ganz auf sein Gehör. Keine Flugzeuge – noch nicht. Das Licht des Himmels ließ seine Augen tränen. Am liebsten hätte er sie geschlossen und sich eine Weile auf den Kiefernnadeln im Schutz der Bäume ausgeruht. Selbst den Vögeln erschien er nun nicht mehr als Störenfried. Worauf wartete er noch? Er drehte sich wieder auf den Bauch. Zwei Dinge beunruhigten ihn: Farnsworths Frage nach seinem derzeitigen Standort und dieser Van.

Der RA hatte wahrscheinlich nur herauszufinden versucht, wo er seine Leute postieren sollte. Außerdem konnte Kreiss nichts dagegen tun. Mit dem Van war es etwas anderes – der konnte dem FBI gehören, dem ATF, sogar der Ortspolizei.

Oder Misty.

Aber warum sollte Misty hierher kommen? Sie konnte sich überall verbergen und hatte – anders als McGarand – keine Zeit gehabt, im Arsenal einen Unterschlupf für sich vorzubereiten. Nein, dachte Kreiss, wahrscheinlich hat sie einen Informanten beim FBI und weiß von daher, warum Janet Carter hier ist. Mistys Auftrag lautete, Kreiss »heimzuholen«. Das war die einzig mögliche Erklärung dafür, dass sie Lynn als Geisel genommen hatte. Die CIA war nicht an Lynn interessiert, sondern an ihrem Vater. Misty würde also einen Austausch versuchen. Falls sie hier war und die Umgebung beobachtete, musste er verdammt vorsichtig sein, wenn er sich Carters Wagen näherte. Langsam kroch er in den Wald zurück – und hielt plötzlich inne, als der Groschen fiel.

Ein Ford, groß, hellbraun. Mein Gott. War das etwa der Van, den er in Washington gemietet und an dem kleinen Einkaufszentrum stehen gelassen hatte? War das vielleicht *sein* Van?

Janet antwortete auf einen zweiten Ruf im Funknetz und bestätigte, dass sie noch an Ort und Stelle war. Allmählich wurde ihr warm im Auto, zumal sie eine gefütterte Weste trug; sie hätte sich am liebsten in den Schatten des Verwaltungsgebäudes gestellt. Dann aber hätte das Haus zwischen ihr und den anderen Agenten gestanden, und ihr Instinkt riet Janet, dieses Risiko lieber nicht einzugehen. Farnsworth meldete sich und fragte, ob sie etwas gesehen habe. Sie verneinte; nichts und niemand habe sich bewegt. Dann fragte sie, ob das ATF-Spurensicherungsteam sich durch das Rückfenster des Van aus dem Staub gemacht habe.

»Welches ATF-Spurensicherungsteam?«, wollte Farnsworth wissen.

Janet berichtete, dass vor der Ruine des Kraftwerks ein Van stehe. Farnsworth befahl ihr, die Verbindung zu halten, und meldete sich ein paar Minuten später wieder. »Das ATF hat weder Mitarbeiter noch Fahrzeuge hier. Beschreiben Sie mir den Van.«

Janet bat ihn zu warten und stieg aus. Sie richtete ihr Fernglas auf den Wagen und sagte dem Chef, was sie sah. Das Nummernschild konnte sie nicht erkennen. Sie fragte, ob sie näher herangehen solle, doch wieder wies Farnsworth sie an, zu warten. Janet wusste, dass er nicht alle seine Leute herschicken wollte, damit Kreiss, falls er sie beobachtete, nicht kopfscheu wurde. Außerdem würde er es nicht zulassen, dass sie sich einem unbekannten Fahrzeug allein näherte.

Kurz darauf meldete er sich wieder.

»Fahren Sie Ihren Wagen in eine Position, aus der Sie das Nummernschild erkennen können, Janet«, wies er sie an. »Und steigen Sie nicht aus.«

Janet bestätigte, stieg wieder ein und ließ den Motor an. Sie schloss sämtliche Fenster, schaltete den Funk ein und fuhr um das Verwaltungsgebäude herum auf die Hauptstraße. Langsam und vorsichtig bahnte sie sich ihren Weg zwischen Betonbrocken und anderen Trümmern. Die umgekippten Oberleitungsmasten versperrten einen Teil der Straße, daher bog sie bei der ersten Gelegenheit links ab, umfuhr die Überbleibsel mehrerer Schuppen und erklomm eine kleine Anhöhe, wo ein Wasserturm wie ein gefällter Baum lag. Von diesem Punkt aus konnte sie ihr Fernglas auf das Nummernschild des Vans richten. Sie meldete sich bei Farnsworth. Er antwortete und befahl ihr, die Position zu halten und auf jeden Fall im Wagen zu bleiben.

Janet schaute sich um. Hinter ihr war die dichte Reihe Kiefern; dahinter, da war sie ziemlich sicher, befand sich ein Bach, gleich hinter dem Hügel. Vor ihr lag der am schwersten beschädigte Teil der Fabrik sowie der nackte Betonboden des ehemaligen Kraftwerks, der von einem nahezu perfekten Kreis aus Trümmern und Kesselteilen umgeben war. Die beiden gewaltigen Turbogeneratoren, komplett aus ihren Fundamenten gerissen, waren schräg zur Seite geneigt wie stumme Zeugen der Katastrophe. Zerfetzte Isolierungen und zerstörte Flanschen an den verstreut liegenden Leitungsrohren sahen wie die zertrümmerten Knochen eines Riesen aus. Große schwarze Löcher gähnten unter jedem Generator. Janet fragte sich, ob sie wohl bis zu der unterirdischen Kammer am Ende des Grabens reichten. Sie stellte den Schalthebel auf »Parken«, machte den Motor aus und ließ das Fenster herunter. Ein kleineres, dachloses Gebäude spendete ihr ein wenig Schatten.

»Es ist ein Mietwagen«, berichtete Farnsworth. »Vor zwei Tagen in Nord-Virginia zusammen mit einem Handy gemietet. Wir warten noch darauf, dass die Zentrale den Führerschein identifiziert. Der Vertrag wurde auf einen gewissen John Smith abgeschlossen. Er hat bar bezahlt.«

»Ich wette, das ist Kreiss' Wagen«, sagte Janet.

»Stimmt«, sagte eine leise Stimme hinter ihr.

Janet fuhr herum und sah Kreiss neben der Fahrertür hocken, den Finger auf die Lippen gelegt.

»Bleiben Sie auf Position und melden Sie sich, sobald Sie etwas sehen«, sagte Farnsworth soeben.

Janet bestätigte, während Kreiss hinten um den Wagen herumging und auf der Beifahrerseite einstieg. Er bat Janet, auch das Fenster an seiner Seite hinunterzulassen. Kreiss trug einen Overall, eine Kapuze, einen Beutel auf der Brust und einen auf dem Rücken sowie einen schweren Ausrüstungsgürtel um die Taille, ähnlich dem, den Janet trug. Eine Automatik, wahrscheinlich eine .45er, war links unten an seinem Brustbeutel befestigt, sodass er sie mit rechts greifen konnte. Er roch nach Tannennadeln und Lehm.

»Tja, Special Agent«, sagte er müde. »Da sitzen wir nun.«

Janet sagte kein Wort, als Kreiss die Kapuze abnahm. Sein Gesicht war von Erschöpfung gezeichnet, und sein sonst so gepflegter Bart war verfilzt. Seine Augen hatten rote Ränder, blickten aber wachsam. Er schaute sie an, behielt jedoch gleichzeitig die Umgebung im Blick, als rechnete er damit, dass irgendetwas plötzlich zwischen den Trümmern hervorsprang.

»Glauben Sie, dass die Frau hier ist?«, fragte Janet. »Nicht Lynn, sondern diese Frau ... Misty.«

»Möglich«, sagte Kreiss. »Sehen Sie den Van da unten? Ich habe ihn gestern Nacht auf dem Parkplatz eines Einkaufszentrums stehen lassen.« Er klopfte sich auf den Brustbeutel. »Habe immer noch die Schlüssel.«

»Und wie ist er dann hierher gekommen?«

»Da bin ich überfragt, aber jemand mit dem richtigen Werkzeug könnte das hinkriegen. Ich dachte, eure Leute hätten ihn hergeschafft.«

»Nein«, meinte Janet.

»Ein schlechtes Zeichen«, sagte er mit einem neuerlichen Blick auf die Umgebung. »Was nun?«

»Ich sage meinen Leuten, dass Sie jetzt da sind, dann fahren wir.« Allmählich machte der Gedanke sie nervös, dass Misty sich hier verbergen könnte. »So schnell wie möglich, okay?«

»Und was wird mit Lynn?«

»Falls Sie der Zentrale die erforderlichen Beweise liefern, wird sie Druck auf die CIA ausüben, damit Misty Ihre Tochter freilässt.«

»Und wenn sie es nicht tut?«, stellte er die gleiche Frage, die auch Janet zuvor beschäftigt hatte.

In diesem Augenblick summte das Autotelefon. Janet hatte keine Ahnung, wer übers Autotelefon anrief, wo es doch das Funknetz gab. Sie nahm ab.

»Carter.« Ihre Stimme klang belegt, und sie räusperte sich.

»Lassen Sie mich mit ihm sprechen«, sagte Misty.

»Nein.«

»Seien Sie nicht blöd, Carter! Was glauben Sie denn, woher ich wusste, *wann* ich anrufen muss?«

»Ist mir egal«, sagte Janet.

»Nein, Sie wollen es wissen. Ich beobachte Sie gerade durch ein Zielfernrohr. Soll ich es mal beweisen?«

»Sagen Sie mir lieber, was Sie wollen.«

»Sie wissen ganz genau, was ich will: Kreiss.«

Kreiss streckte die Hand nach dem Hörer aus. Janet wollte ihn nicht loslassen, doch irgendetwas in Kreiss' Blick brachte sie zum Nachgeben. Dann rutschte er zu ihr herüber, damit sie das Gespräch mithören konnte. Plötzlich war er ihr sehr nahe. Die Sitzbank bog sich unter seinem Gewicht. Wieder wurde ihr klar, wie groß und kräftig dieser Mann war.

»Sag schon«, meldete er sich.

»Ich habe deine Tochter. Ich werde sie freilassen, aber erst musst du aus dem Wagen steigen und dich wieder in den Wald verziehen. Dann wartest du, bis all diese Stümper abgezogen sind.«

»Ich hätte ein viel besseres Angebot«, sagte Kreiss. »Ich werde diesen Leuten etwas geben. Dann werden sie *deinen* Leuten ein Angebot machen ... ein Angebot, das sie nicht ablehnen können.«

»Und was geschieht mit dir?«

»Ich werde glücklich und in Frieden leben.«

»Und das glaubst du?«

»Warum nicht? Die kriegen den noch rauchenden Colt geliefert und dazu eine Handhabe gegen die Justiz, die selbst den seligen Hoover glücklich gemacht hätte. Und deine Leute sollten sich eigentlich da raushalten. Euer Verräter hat sich ja schon vor fünf Jahren in Millwood die Kugel gegeben.«

»So sind nun mal die Palastspielchen, Edwin«, erwiderte sie. »Du hast dich ja nie besonders dafür interessiert. Und jetzt, glaubst du, kannst du aus der Kälte wieder reinkommen, nachdem du diese Beweise geliefert hast? Das dankbare FBI heißt den aus dem Exil heimgekehrten Helden willkommen, ja? Dann hör dir das mal an.«

Eine kurze Pause entstand; dann erklang zu Janets Entsetzen Farnsworths Unterhaltung mit Howell Greer als Mitschnitt. Sie schauderte bei Greers Worten, dass Kreiss entbehrlich sei. Starr blickte sie durch die Windschutzscheibe, hielt den Atem an, unfähig, Kreiss in die Augen zu schauen, als das Band abgespielt war. Diese verdammte Frau hatte einen Informanten im FBI-Büro Roanoke! Jemanden, der Zugang zu den abhörsicheren Telefonleitungen hatte, *während* die Verbindung bestand. O Scheiße – *Billy?*

Farnsworths Stimme quäkte aus dem Funkgerät in Janets Kragen. Kreiss riss ihr das Mikro von der Schulter, ohne den Hörer aus der Hand zu legen, und warf es aus dem Fenster.

»Edwin«, fuhr die Frau fort. »Sie haben mich geschickt, um dich ›heimzuholen‹. Ich werde nicht aufgeben. Ich sag dir jetzt, was Sache ist: Du steigst aus dem Auto und gehst in den Wald. Wenn nicht, werfe ich deine Tochter in eins dieser tiefen Löcher, über die man hier andauernd stolpert.«

Janet sah, wie Kreiss' Hand sich so fest um den Hörer krampfte, dass die Knöchel weiß hervortraten.

»Edwin«, beharrte die Frau. »Wenn du aussteigst, lass ich die Kleine laufen. Du hast mein Wort – und das ist viel mehr wert als jedes Versprechen vom FBI, findest du nicht? Danach gebe ich dir zwei Stunden Vorsprung. Lass uns bis Einbruch der Dunkelheit warten. Dann machen wir die Sache unter uns aus. Wie in alten Zeiten. Du kannst sogar versuchen, mich aufzuhalten. Wenn wir's so machen, liegt das Schicksal deiner Tochter in *deiner* Hand, nicht in der eines anonymen Bürokraten in Washington.«

Kreiss sagte nichts darauf, starrte stumm nach vorn.

»Da muss man doch nicht groß überlegen, Edwin.«

Er zögerte; dann sagte er: »Ich brauche Bedenkzeit.«

»Gut. Aber nimm dir nicht zu viel Zeit. Ich weiß ja, wo ich dich finden kann.«

Das Gespräch wurde unterbrochen; nur ein Rauschen in der Leitung blieb. Janet war wie erstarrt. Sie wusste nicht, was sie tun sollte. Kreiss schloss die Augen; dann zersplitterte der Hörer unter seinem brutalen Griff. Janet versuchte sich irgendeinen Grund auszudenken, warum er nicht auf den Handel eingehen sollte, aber sie wusste sehr wohl, dass es keinen Grund gab – nicht nach dem, was Greer von sich gegeben hatte. Dieser Scheißkerl!

»Ich suche nach einem Grund, Sie davon abzubringen, was diese Frau verlangt«, sagte sie. »Aber mir will beim besten Willen nichts einfallen.«

»Es gibt nichts«, sagte er, ließ den Hörer auf den Sitz fallen und rutschte wieder auf seine Seite hinüber, wobei er sich die Hand rieb.

»Können Sie mir nicht verraten, was es ist, das die Bosse so unbedingt haben wollen?«

»Grafische Daten – ein Foto von einem Brief. Unterzeichnet von Staatssekretär Garette persönlich. An Ephraim Glower gerichtet. Darin teilt er ihm mit, dass das Justizministerium dabei ist, eines seiner Konten zu pfänden.«

Janet begriff nicht. »Und warum ist das so wichtig?«

Kreiss rieb sich die Wangen. Dann wandte er sich wieder Janet zu. »Glower hat sich und seine Familie nicht umgebracht, weil er als Handlanger der chinesischen Regierung enttarnt werden sollte. Er hat sich umgebracht, weil *sie* ihm das Geld wieder abgenommen haben.«

»Welches Geld? Und wer sind ›sie‹?«

»Es handelt sich um das Geld, das ihm all die Jahre gezahlt worden war, damit er die Ermittlungen in dem Spionagefall behinderte. Er hatte das Vermögen seiner Familie durchgebracht, doch das Geld der Chinesen konnte ihn retten. Als sie schließlich bei der Übergabe illegaler Wahlkampfspenden geschnappt wurden – Sie wissen schon, das Geld aus der Hongkong Connection –, entschied das Wiederwahlkomitee, das Geld müsse zurückgezahlt werden. Doch ungefähr eine Million war schon für Glowers Bezahlung abgezweigt worden. Also haben sie das Justizministerium dazu gebracht, die Steuerbehörde einzuschalten, die Glowers Bankkonten pfändete, sodass Glower wieder bankrott war. Und da ist er durchgedreht.«

»Das Komitee für die Wiederwahl wusste über Glower Bescheid? Mein Gott, das heißt ja ...«

»Ja«, sagte Kreiss und schaute sich wieder unauffällig um. »Jemand, der diesen Brief besitzt, kann beweisen, dass die Wahlkampfspenden der Chinesen eine Gegenleistung sind: eine Vergütung für geleistete Dienste. Zugang zu den Geheimunterlagen unserer Nuklearwaffen gegen mehrere Millionen Dollar Wahlkampfunterstützung. Natürlich nicht auf direktem Weg, sondern via Hongkong. Jeder, der mit dem Fall vertraut ist, würde diesen Brief als Bombe erkennen. Das Problem war nur – die Politiker haben die Nerven verloren.«

Janet holte tief Luft und versuchte, das Unfassbare zu begreifen. »Und was für ein Abkommen haben die mit Ihnen getroffen?«, fragte sie schließlich. »Als Sie entlassen wurden?«

»Glower rief den Sicherheitsdienst der CIA, um mich aus seinem Haus werfen zu lassen – das war an dem Tag, als ich ihn mit den Beweisen konfrontieren wollte. Ein paar Stunden später bin ich noch mal hin. Ich fand ihn und seine ganze Familie tot auf. Offensichtlich Selbstmord. Vielleicht *zu* offensichtlich, wenn ich es recht bedenke. Vielleicht wie bei diesem Anwalt vom Weißen Haus? Wie dem auch sei – Glower hatte einen Safe. Den hab ich aufgebrochen und den Brief gefunden.«

»Und als *die* den Safe aufgebrochen fanden, wussten sie, dass jemand zu viel wusste.«

»So in der Art. Zuerst wussten sie allerdings nicht, wer es ist, und auch nicht, was im Safe gewesen war. Später, nach Abschluss der Ermittlungen, konnten sie sich einiges zusammenreimen. Sie wussten, dass ich es gewesen sein musste; deshalb bedrohten sie das Einzige, das mir im Leben noch etwas bedeutet: Lynn. Die Drohung war ziemlich deutlich. Wenn ich den Mund hielt, würden sie Lynn in Ruhe lassen.«

»Warum sind die nicht direkt gegen Sie vorgegangen?«

»Weil ich inzwischen etwas gegen sie in der Hand hatte, und es ging dabei um Marchand und um die Beteiligung des FBI an der Geschichte. Ich informierte Marchand, dass ich dokumentarisches Material besäße, was den wahren Grund für Glowers Selbstmord betraf. Falls Lynn oder mir etwas geschähe, würde dieses Material an den Vorsitzenden des Komitees im Kongress geleitet. Als ich Marchand vom Inhalt des Dokuments unterrichtete, wäre er fast umgekippt. Man konnte beinahe sagen, dass ich der Regierung eine Waffe an die Schläfe gesetzt hatte. Und die Regierung wiederum hatte eine Waffe an Lynns Kopf gesetzt – eine Pattsituation.«

»Und das blieb so, bis Lynn verschwand«, sagte Janet. »Deshalb sind sie zu uns gekommen. Es gab gar keine geheime Bombenzelle. Nachdem Lynn verschwunden war, hatten Sie keinen Grund mehr zu schweigen.«

»Ganz recht, Special Agent.« Er seufzte. »Allerdings *gab* es diese Bombenbastler, wie wir wissen. Das war der Haken. Browne McGarand und seine lustigen Gesellen.«

»Was würde geschehen, wenn Greer und mein oberster Chef diesen Brief in die Finger bekämen?«

»Sie würden Marchand und Garette sofort den Löwen zum Fraß vorwerfen. Dann liegt es ganz beim Direktor, welchen Handel er mit dem Justizministerium abschließen will. Und wenn man sich die Streitereien der letzten Jahre anschaut, dürften sie einiges zu bereden haben, finden Sie nicht auch? Das Dumme ist nur, dass ich Ihnen die Unterlagen jetzt nicht geben kann.«

»*Was?* Warum denn nicht?«

»Das habe ich doch schon erklärt. Wegen Lynn.«

Janet blickte einen Moment aus dem Fenster. »Sie irren sich, wissen Sie«, entgegnete sie schließlich. »Ich meine, was Ihr Druckmittel angeht. Die werden inzwischen daraus gelernt haben. Wenn Sie Lynn dieses Mal zurückbekommen, werden die einfach jemand anderen schicken. Die haben unbegrenzten Nachschub. Selbst wenn Sie gegen diese Frau siegen, wird jemand anders geschickt, der vielleicht noch schlimmer, noch gefährlicher ist. Was Sie da haben, müssen Sie loswerden. Das ist die einzige Möglichkeit für Sie, diese Sache ein für alle Mal zu begraben.«

Er wollte etwas sagen, wollte ihr widersprechen, hielt jedoch inne und hörte zu. Janet setzte jetzt alles auf eine Karte.

»Sie sind Edwin Kreiss, okay. Aber das Problem mit Ihrem so genannten Druckmittel ist, dass die Regierungsbehörden zu riesigen Apparaten aufgebläht wurden, die zu *mächtig* sind. Ein Mann allein hat keine Chance. Lynn wird niemals in Sicherheit sein, solange Sie nicht das, was Sie haben, einer Behörde übergeben. Sollen *die* doch das Druckmittel einsetzen. Das wäre ganz im Stil von Hoover. Dann werden alle Sie in Ruhe lassen. Ansonsten sind Sie dazu verdammt, Ihr Leben wie ein gehetztes Wild zu fristen.«

Janet hielt inne. Sie hatte beinahe Angst, Kreiss anzuschauen. Sie konnte seine Wut spüren. Lautlos rückte der Uhrzeiger auf dem Armaturenbrett vor, und jeder Bruchteil einer Sekunde steigerte die Anspannung.

»Sie meinen, ich soll das Druckmittel dem FBI übergeben?«

»Genau. Eine so große Bundesbehörde kann den Hebel ansetzen. Als einzelner Mann können Sie das nicht ... womit ich Sie keinesfalls beleidigen will.«

Er holte tief Luft und stieß sie mit einem langen Seufzer wieder aus.

»Ach, zum Teufel!«, sagte er dann. »Ich werde zu alt für diesen Mist. Ich habe das Material in Marchands eigenem Archiv bei der Abwehr versteckt.«

»Mein Gott«, flüsterte Janet. »*Da* liegt es? Im verdammten Hoover Building?«

»Genau. Aktenname: Das Jahr der Ratte. So wie der Roman. Passwort: Unmoralisch.« Er grinste grimmig. »Glauben Sie, das wird denen peinlich sein?«

Janet konnte es sich nur zu gut vorstellen. »Und was jetzt?«, fragte sie.

Kreiss blickte auf die Uhr. »Ich habe eben eine Abmachung getroffen, und schon muss ich um den nächsten Gefallen bitten. Ich möchte, dass Sie Lynn eine Weile beschützen, sobald Misty sie freigelassen hat.«

»Und Sie?«

»Misty hat Befehl, mich ›heimzuholen‹«, sagte er und zog die Kapuze tief ins Gesicht. »Ich hingegen habe etwas anderes vor. Einer von uns wird sein Vorhaben ausführen. Werden Sie für Lynn sorgen?«

»Ja, natürlich, aber ...«

Er machte die Tür auf und stieg aus. Dann beugte er sich noch einmal in den Wagen. »Falls ich überleben sollte, werden Sie's irgendwann erfahren. Aber ich werde für eine Weile untertauchen müssen, bis die Elefanten in Washington alles in ihrem Sinne geordnet haben.«

Da Janet wusste, dass sie ihn vielleicht nie wieder sehen würde, fragte sie: »Wie war das, die ganzen Jahre Einzelkämpfer zu sein? Leute zu jagen und sich seine eigenen Regeln nach Bedarf zu machen?«

Einen Moment starrte er auf sie hinunter. »Sie meinen, ohne das Handbuch des FBI? Ohne einen Supervisor und den RA und den SAC und wie sie alle heißen? Ohne eine Hand voll Typen irgendeines überstürzt gebildeten Washingtoner Komitees, die Ihnen sagen, gehen Sie links, gehen Sie rechts?«

»Ja.«

»Es war überwältigend. Der Traum jedes G-Man. Bis ich den falschen Politikern die richtige Antwort vorgelegt habe.«

»Kommen Sie doch mit«, bat Janet ohne nachzudenken. »Wenn Lynn frei ist.«

Mit müden Augen lächelte er auf sie herab. »Kann ich nicht machen, Special Agent. Sie wissen doch, wie das ist: Sie können sich ins FBI verlieben, aber das FBI wird sich niemals in Sie verlieben. Sorgen Sie gut für Lynn.«

Und dann war er fort. Wie eine große Katze bewegte er sich geschmeidig den Hügel hinauf und verschwand unter den Bäumen.

»Warten Sie ...«, versuchte Janet zu sagen, doch die Worte

blieben ihr im Hals stecken. Sie stieg aus und suchte nach dem Mikrofon mit dem eingebauten Lautsprecher, fand es und steckte die Buchse wieder ins Kabelnetz auf ihrer linken Schulter. Die Stimme Farnsworths plärrte aufgeregt aus dem Lautsprecher. »Carter? Was ist los bei Ihnen? Carter? *Carter!* Kommen, verdammt!«

»Kreiss war da. Er ist jetzt wieder fort«, antwortete sie. Die Brust wurde ihr eng, weil sie versagt hatte. »Ich werde jetzt auf Lynn warten. Fahre zurück zum ursprünglichen Haltepunkt vor der Verwaltung. Bitte, dass Sie mich dort treffen.«

»Verdammt, Carter, was war da los?«

»Wir treffen uns an der Verwaltung«, wiederholte sie. »In gewissem Sinne haben wir Greers Auflagen erfüllt.«

Kreiss warf sich unter die Bäume, ging zu Boden, rollte sich nach rechts und huschte ohne anzuhalten zwanzig Meter weit durchs Unterholz. Dann kroch er zurück bis zu einer Stelle, von der er das Fabrikgelände überblicken konnte. Janet Carters Wagen bewegte sich wieder auf das Verwaltungsgebäude zu; die Räder zermahlten Schotter und Glasscherben. Der Van stand immer noch an seinem Platz. Kreiss spürte, wie schnell sein Puls vom Spurt auf den Hügel ging – er hatte mit einem Schuss aus dem Hinterhalt gerechnet. Aber vielleicht war Misty inzwischen zu einer fairen Sportsfrau geworden.

Janet Carter hatte hinter dem Verwaltungsgebäude gehalten, auf der Seite, die dem Kraftwerk gegenüberlag. Aus der Ferne hörte Kreiss Fahrzeuge herankommen; die Hilfstruppen waren im Anmarsch.

Dann sah er Lynn aus den Trümmern der Generatorenhalle neben den Fundamenten des Kraftwerks auftauchen, als ob sie blind wäre. Sie tat drei Schritte auf das Trümmerfeld, stolperte über etwas, fing sich wieder und schaute sich um. Beweg dich!, dachte Kreiss. Nun mach schon! Der erste Wagen erreichte Lynn. Männer sprangen heraus. Lynn musste sie sehen können, doch sie bewegte sich immer noch nicht und schien die Orientierung verloren zu haben. Er musste Lynn hier herausholen. Zog die .45er aus dem Halfter und zielte auf den nächsten zerstörten Generator hinter ihr. Es war eine Entfernung von mindestens zweihundert Meter; deshalb hob er den dicken Lauf der Waffe, zielte mindestens einen halben Meter über den Generator und drückte ab. Der gewaltige Knall der .45er hallte in den Ruinen des Geländes wider. Sämtliche Agenten – auch Janet Carter – warfen sich zu Boden. Die Kugel traf den Sockel des Generators hinter Lynn, die einen Schrei ausstieß und in Panik die Hauptstraße entlang zu den Wagen und den dahinter verborgenen Agenten rannte.

Kreiss zog sich hinter die Baumreihe zurück. Er hatte zwei Dinge erreicht: Lynn in Bewegung versetzt und Misty klargemacht, dass er diesmal eine Waffe hatte. Er überlegte noch, was als Nächstes zu tun sei, als ein Ast des Baumes abgerissen wurde, unter dem er stand, gefolgt vom Krachen eines großkalibrigen Gewehrs. Das war Mistys Antwort: Ich weiß, wo du bist, und auch ich habe eine Waffe.

Die Agenten da unten müssen ja bald wahnsinnig werden, dachte er leise lächelnd. Dann tauchte er tiefer unter die Bäume und kroch geduckt und so schnell er konnte in Richtung Osten, weg vom Kraftwerk. Sein Ziel war die Baumgruppe über dem Platz, wo die Mischbaracken gestanden hatten. In Luftlinie war es eine Entfernung von knapp fünfhundert Metern, doch durch den Wald würde er länger brauchen. Von dort oben konnte er vielleicht zurück in die Ruinen der Fabrik gelangen. Und irgendwo da unten steckte Misty, wartete verborgen im Trümmerring, der die Reste des Kraftwerks umgab. Sie würde vermuten, dass Kreiss im Wald blieb, wo er sich am besten verteidigen konnte. Er wollte einen weiten Bogen schlagen und die ganze Zeit am Boden bleiben, so langsam kriechen, dass die Wildtiere sich nicht gestört fühlten und ihn nicht verrieten. Eine Stunde würde er kriechen, dann ein Loch graben und sich ausruhen, um erst nach Anbruch der Dämmerung zurück auf das Fabrikgelände zu kommen. Er konnte sich auch nicht vorstellen, dass Misty vorher rauskam, besonders nicht, da das halbe FBI erschienen war.

Kreiss hoffte, sie würden verschwinden, sobald Janet Carter ihrem Chef von dem Archiv berichtet hatte. Farnsworth sollte wissen, wo seine Interessen lagen und die Standardoperation durchführen: Sie hatten eine Geisel gerettet und einen klaren Hinweis auf die Beweise erhalten – mehr verlangten seine Chefs nicht. Was dann im Arsenal geschah, brauchte keinen mehr zu interessieren, besonders nicht die Bosse in der Zentrale, wo das Leben auf der Überholspur wahrscheinlich bald so richtig spannend wurde.

Janet zögerte keine Sekunde, nachdem Lynn eingestiegen war. Mit kreischenden Reifen raste sie los und jagte den Hang hinauf, wo Farnsworth und der Rest des Teams bereits auf sie warteten. Die anderen beiden Wagen folgten, sobald die Agenten sicher sein konnten, dass die Geisel aus der Schusslinie war. Janet sagte Lynn, sie solle den Kopf einziehen, bis sie außer Schussweite waren. Dieser verdammte Kreiss feuert wie ein Verrückter!, dachte sie. Aber es hatte gewirkt.

»Alles in Ordnung?«, rief sie, während sie mit knirschenden Reifen um einen Haufen Betonbrocken kurvte.

»Ja«, sagte Lynn. »Sie hatte mir eine Augenbinde angelegt. Ich konnte nichts erkennen. Danke für die Rettung. Für die *erneute* Rettung.«

»Es war Ihr Vater, der Sie rausgeholt hat, nicht ich.«

»Dad? Er ist hier? Wo?«

»Irgendwo da oben im Wald. Ich glaube, er will mit dieser Frau abrechnen, jetzt, wo Sie in Sicherheit sind.«

Lynn setzte sich auf und biss sich auf die Lippe, während Janet neben Farnsworths Wagen hielt. Das Fenster stand offen. Er saß rechts auf dem Rücksitz und hielt ein Funkmikro in der Hand. Sein Fahrer hatte die Waffe gezogen und suchte das Fabrikgelände mit dem Fernglas ab. Janet stieg aus, um zu berichten, während Lynn den Kopf auf die Rückenlehne legte und die Augen zumachte.

»Verdammt!«, entfuhr es Farnsworth. »Wir sollten ihn doch mitbringen.«

»Verzeihung, Sir, wir sollten die Beweise mitbringen, die er hat.«

Er schaute sie ungeduldig an. »Und? Wo sind die?«

Janet beugte sich vor und berichtete flüsternd, was Kreiss ihr gesagt hatte. Farnsworth blinzelte überrascht, dann pfiff er durch die Zähne. »In Marchands eigenem Archiv? Mann!«

»Ich denke, wir können von Roanoke aus Zugriff erlangen.«

»Aber das werden wir nicht«, sagte er kopfschüttelnd. »Ich werde es Greer und seinen Leuten überlassen, diese kleine Kettensäge zu fassen.«

»Wollen Sie den Brief denn nicht sehen? Nach allem, was passiert ist?«

»Teufel, nein«, erwiderte er. »Und Sie wollen es auch nicht. Schauen Sie sich doch an, was mit Kreiss geschehen ist, weil er so viel wusste. Wo steckt er überhaupt?«

»Irgendwo da hinten im Unterholz«, antwortete sie. »Und diese Frau ist unten im Kraftwerk, zwischen den Trümmern. Da kam übrigens der zweite Schuss her.«

Die anderen Agenten scharten sich um sie, warteten auf Farnsworths Befehle. Er dachte einen Moment nach und verkündete dann, sie würden die Segel streichen, die Mission sei erfüllt.

»Ich dachte, wir sollten zusammen mit diesem Mädchen noch einen Kerl aufsammeln«, sagte einer der Agenten. Auf ein Zeichen von Farnsworth signalisierte Keenan ihm, er solle sich zurückziehen; dann sagte Farnsworth allen, sie sollten in die Wagen steigen und zurück nach Roanoke fahren. Einer der Agenten sollte Janets Wagen nehmen; Janet und Lynn Kreiss würden bei ihm mitfahren.

Beim Verlassen des Arsenals starrte Lynn durchs Rückfenster. Janet schauderte, als sie sich vorstellte, was nach Einbruch der Dunkelheit hier geschehen würde. Sie selbst könnte so etwas nicht. Sie überlegte, ob Lynn wusste, was dort hinten passieren würde.

Natürlich wusste sie es.

Kreiss begann sein Manöver eine Stunde nach Sonnenuntergang, bevor die kalte Nachtluft den Boden so stark abkühlte, dass der Infrarotkontrast zwischen seinem Körper und der Umgebung zu deutlich wurde. Während des Nachmittags hatte der Himmel sich bezogen; es war fast schon dunkel, als die Sonne unterging. Doch Misty war ein mit allen Wassern gewaschener »Sweeper«. Bestimmt hatte sie ein Infrarot-Beobachtungsgerät dabei, vielleicht sogar mit Beleuchtungs- und Empfängerset, nicht nur ein Nachtsichtgerät. Infrarot-Sichtgeräte lieferten Bilder, die auf dem Kontrast zwischen wärmeren Objekten und kälterem Hintergrund basierten, oder umgekehrt. Je stärker der Kontrast, desto schärfer das Bild. Kreiss kroch auf dem Bauch hinter der Baumreihe hervor, wobei er sich in eine Bodenrinne schmiegte, die er zuvor ausgekundschaftet hatte. Er vermutete, dass Misty sich immer noch in der Nähe der Ruinen des Kraftwerks versteckte. Der Van stand noch da. Inzwischen schien ein biolumineszierendes Glühen aus den Trümmern hervorzudringen; vielleicht hatte Misty einen Lichtring gelegt, einen dünnen, biegsamen Plastikschlauch, durchsichtig und vom Durchmesser eines Strohhalms, der mit jenem Material gefüllt war, das man auch für Chem-Lights benutzte. Der Schlauch leuchtete in einem schwachen Grün und erhellte eine Verteidigungsstellung stundenlang, ohne die Sicht der Nachtferngläser des Verteidigers zu beeinträchtigen. Kreiss hatte seinen Standort deshalb hier gewählt, weil er durch mehrere Gebäude abgeschirmt war.

Sein nächstes Ziel war eine Ausschachtung mit Absperrventil, ein umfriedeter Bereich, der einige Quadratmeter maß und in den ein Dutzend der großen Oberleitungsrohre mündete. Auf drei Seiten befanden sich die Schutthaufen eingestürzter Gebäude, auf der vierten war eine Art Sturmabfluss, der zu der Rinne führte. Diese Rinne, ein seichter, grasbewachsener Graben, durchschnitt einen sanften Abhang. Er konnte also durch den Sturmabfluss kriechen, der fast einen Meter Durchmesser besaß.

Er kroch drei Meter, fuchtelte mit einem Stock, um lauernde Schlangen zu vertreiben, und erreichte die Grube. Der Betonboden war mit kleineren Trümmerteilen bedeckt; einige musste er mit dem Unterarm beiseite schieben, während er sich zwischen den riesigen stählernen Ventilstangen hindurchzwängte. Die Rohre über seinem Kopf waren sehr dick, dreißig bis vierzig Zentimeter. Einige hatten Isolierungen, andere waren aus blankem Metall. Manche führten weiter zum »Graben«.

Kreiss hatte diese Grube gewählt, weil er sich darin gut verbergen, aber auch durch den Sturmabfluss fliehen konnte, falls nötig. Sich in einem der zerstörten Gebäude zu verschanzen wäre zu riskant gewesen; da hätte Misty ihn in der Falle gehabt, selbst auf dem Dach. Die dicken Rohre hingegen würden ihm sogar Schutz gegen Mistys Infrarotgerät bieten, da sie nicht so schnell abkühlten wie die Umgebung. Die Grube lag am Ende einer der kürzeren Gassen, nicht einmal einen Block von der Hauptstraße entfernt; von hier bis hinauf zum Verwaltungsgebäude schien alles relativ unversehrt geblieben zu sein. Dahinter aber waren die Gebäude schwer beschädigt; jedes hatte mindestens eine Wand eingebüßt. Die vier Gebäude, die dem Kraftwerk am nächsten standen, waren sämtlich zu Betonbrocken zerfallen, aus denen hier und da stählerne Rohre ragten. In der fast völligen Dunkelheit waren die Betontrümmer nur noch als große graue Flecken zu erkennen.

Kreiss holte seine Abhörapparatur hervor, den Kegel, und stellte ihn auf die Kante der Betonmauer. Er richtete den Kegel auf die nächsten Gebäude, mehr oder weniger in Richtung des ehemaligen Kraftwerks. Erneut ermahnte er sich, bei jeder Bewegung an Mistys Infrarotausrüstung zu denken und entsprechend vorsichtig zu sein. Er stapelte ein paar Trümmerteile um den Kegel, um sicherzugehen, dass dessen Wärmestrahlung sich nicht von den übrigen Teilen der Umgebung unterschied. Dann holte er eine Plastiktüte aus dem Rucksack und zog zwei golfballgroße Würfel und eine Rolle sehr dünnen Draht hervor. Er nahm einen der Würfel, kroch an der Grubenwand entlang und stellte den Würfel auf eine Ecke der Grube, genau zwischen ein Rohrstück und einen geborstenen Betonblock. Er verband den Würfel mit einem Stück Draht, zog das andere Drahtende nach unten in die Grube und verbarg es dort, so gut er es in der Dunkelheit vermochte. Er wiederholte die Prozedur mit dem zweiten Würfel, den er am gegenüberliegenden Ende aufstellte. Dann verband er beide Drahtenden mit einem zigarettenschachtelgroßen Plastikkästchen und legte es auf den Boden. Schließlich kroch er noch einmal an der Mauer entlang, holte ein kleines Batterieset, schloss es ans Kästchen an und schaltete es ein; ein rotes Sichtfenster leuchtete auf. In dem Fenster war ein Scrollmenü der verschiedenen Sounds, die digital im Kästchen gespeichert waren. Er konnte jeden der beiden kleinen Lautsprecher mit einem anderen Geräusch ansteuern, aber auch beide mit dem gleichen Laut. Er legte das Kästchen wieder hin und stellte das Digitalfenster so dunkel ein, wie es ging. Dann nahm er eine silbern beschichtete Sonnenbrille aus dem Brustbeutel und setzte sie auf. In der Dunkelheit konnte er ohnehin nichts mehr erkennen, und die Brille würde ihm einen gewissen Schutz bieten, falls Misty es mit einem Netzhautblender versuchen sollte. Die Beschichtung der Brille war auf die Farbfrequenz der Blendwürfel abgestimmt.

Nun kroch Kreiss so leise er konnte zur tiefsten Stelle der Grube und tastete den Boden mit den Handschuhen ab, bis er auf eine Metallplatte von ungefähr einem halben Meter Durchmesser stieß. Die steckte er hinten in den Brustbeutel. Dann ging er zur Wand, setzte das Stethoskop auf, kauerte sich so bequem hin, wie es ihm möglich war, und lauschte geduldig.

Der Kegel ließ sich in einem Winkel von fünfzig Grad schwenken, was ausreichen sollte, falls seine Vermutung zutraf. Natürlich konnte sie aus allen möglichen Richtungen kommen, doch er hatte die Fabrik fast den ganzen Nachmittag beobachtet und kein Lebenszeichen von ihr gesehen. Der Ring aus Licht konnte bedeuten, dass sie sich dort aufhielt; es konnte aber auch ein Ablenkungsmanöver sein. Da Kreiss es nicht wusste, war er auf Vermutungen angewiesen. Er versuchte, den Kopf klar zu bekommen und sich auf die Geräusche in seiner unmittelbaren Umgebung zu konzentrieren. Die Luft war unbewegt, und auch sonst regte sich nichts, wenn er seinem Kegel vertrauen durfte. Er griff nach oben und drehte ihn leicht von einer Seite zur anderen, lauschte angespannt auf irgendeine Veränderung. Nichts. Er berührte den Kolben seiner .45er im Schulterhalfter. Reservemunition hatte er nicht. Er trank einen Schluck Wasser, schloss die Augen und lauschte wieder. Er fragte sich, ob McGarand noch am Leben war.

Kreiss machte sich keine falschen Hoffnungen, dass Misty kommen würde, um mit ihm zu reden. Wenn sie kam, wollte sie töten. Wahrscheinlich war das von Anfang an ihr Auftrag gewesen, seit der Geheimdienst herausgefunden hatte, dass Lynn vermisst wurde. Falls sie tot war – und das war die logische Folgerung, wenn ein junger Mensch so lange vermisst wurde –, wussten sie, dass sie nun kein Druckmittel mehr hatten, um Kreiss zum Schweigen zu zwingen. Schlimmer noch: Kreiss hätte glauben können, die CIA habe Lynn gekidnappt, und dadurch umso mehr Anreiz gehabt, sein jahrelanges Schweigen zu brechen. Die Lösung würde in beiden Fällen die gleiche sein: Hier handelte es sich keinesfalls um einen »Heimholungsauftrag«. Kreiss war zum Risiko geworden.

Im Abhörgerät war ein Klappern zu vernehmen.

Janet stand in einem Zimmer im dritten Stock des Donaldson Brown Centers und starrte aus dem Fenster. Lynn lag vollständig bekleidet auf dem Bett und starrte auf den Fernseher, bei dem der Ton ausgedreht war. Auf dem Tisch standen die Überreste einer Mahlzeit.

Janet blickte auf den ausgedehnten Campus der Virginia

Tech: eine eigene kleine Stadt mit Zinnentürmchen, kasernenartigen Wohnheimen und Straßenlaternen. Auf den Bürgersteigen eilten Studenten zwischen den Gebäuden hin und her wie Ameisen. Die Labors hatten die ganze Nacht geöffnet, doch um die Plätze an den Computern musste man sich beinahe prügeln, wie Janet aus eigener Erfahrung wusste.

Nach der Rückkehr ins FBI-Gebäude hatte Farnsworth sofort einen Bericht von Lynn Kreiss erbeten und sich anschließend anderthalb Stunden in der abhörsicheren Kommunikationszentrale eingeschlossen, diesmal ohne Operator. Als er wieder herauskam, hatte er Janet und Lynn aus Sicherheitsgründen ins Hotel bringen lassen. Angeblich hielten im Umkreis vier Agenten Wache.

Janet glaubte allerdings nicht, dass ihnen Gefahr drohte, da Misty mit Edwin Kreiss beschäftigt sein würde. Janet hatte sich vehement dafür eingesetzt, das FBI solle mit Verstärkung ins Arsenal fahren und Kreiss »heimholen«. Farnsworth hatte sie bei diesem Wort vorwurfsvoll angeschaut, war aber hart geblieben: Ihre Mission war erfüllt. Greer und eine Horde Assistenten und Referenten waren wahrscheinlich in diesem Augenblick schon damit beschäftigt, die Archive der Spionageabwehr durchzukämmen. Wenn sie das Dokument erst gefunden hatten, würde die Hölle losbrechen, besonders, da bald Wahlen anstanden. Oder, was wahrscheinlicher war und was Kreiss prophezeit hatte: Auf höchster Ebene im Justizministerium würde eine sehr private Abmachung getroffen, und das FBI würde künftig so unbehindert operieren können, wie es in seiner Geschichte bislang nicht der Fall gewesen war.

Lynn hatte noch keine drei Worte gesagt, seit sie das FBI-Gebäude verlassen hatten. Janet hatte ihr auf der Fahrt zum Hotel erzählt, was Kreiss ihr anvertraut hatte, doch das Mädchen hatte nur genickt. Sie war sichtlich verstört, dass das FBI ausgerechnet ihren Vater ausgesucht hatte, um ihn dem Wolf vorzuwerfen, der im Arsenal auf ihn lauerte. Farnsworth hatte einen derart vorwurfsvollen Blick von ihr geerntet, dass er errötet war.

Nun hatten sie Order, im Hotel zu bleiben und abzuwarten, was in Washington geschah. Das ATF jagte immer noch McGarand, doch der verrückte Bombenleger war in der Versenkung verschwunden. Janet fragte sich, ob er vielleicht auch draußen im Arsenal war. Wahrscheinlich nicht.

Mit gemischten Gefühlen dachte sie an die letzte Aktion im Arsenal. Es war jetzt halb zwölf, und im Fernsehen betete der Late-Night-Showmaster Jay Leno seinen Monolog herunter. Irgendwie kam er Janet heute Abend überhaupt nicht lustig vor.

Sie drehte sich um und sah, dass Lynn sie beobachtete.

»Was meinen Sie, wollen wir wieder hinfahren?«, fragte Janet kurz entschlossen. »Und nachschauen, ob wir Ihren alten Herrn finden?«

Lynn setzte sich auf. »Wurde auch höchste Zeit, Special Agent. Haben Sie noch eine Pistole?«

Vorsichtig legte Kreiss seine behandschuhte Rechte an den Kegel, um zu tasten, in welche Richtung er ausgerichtet war: rechts von einer gedachten Geraden zwischen der Grube und dem Kraftwerk. Er nahm das Stethoskop ab, schloss die Augen hinter der beschichteten Brille und lauschte konzentriert auf die leichte Brise, die zwischen den Trümmern wehte. Der Wind war gerade laut genug, um den fernen Verkehrslärm von der Route 11 zu übertönen. Er schaute auf die Uhr: 11.40 Uhr. Dann veränderte er seine Körperhaltung, streckte die steif gewordenen Beine aus und setzte das Stethoskop wieder auf.

Zehn Minuten später hörte er wieder ein Klappern, gefolgt von einem Prasseln, das wie ein Hagel kleiner Kieselsteine klang. Irgendwas, irgendwer bewegte sich da draußen. Misty? Er setzte die Brille wieder auf. Rabenschwarze Nacht. *Tenebrae factae sunt.* Die Dunkelheit ist hereingebrochen. Stimmt.

Wieder veränderte er seine Lage, lehnte die rechte Schulter gegen die kühle Wand; in der rechten Hand hielt er die .45er Automatik. Die Frage lautete nun: Wie viele Leute hatte Misty bei sich? In den Höhlen hatte sie Janet und Lynn eine ganze

Meute hinterhergeschickt, doch keiner von ihnen war wieder herausgekommen. Vielleicht hatten alle dran glauben müssen? Dann würde Misty besonders schlechter Laune sein, besonders, da sie von einer rothaarigen Anfängerin besiegt worden war. Es war die *Höhle,* dass meine Leute dran glauben mussten, nicht Janet Carter, würde sie ihren Bossen gegenüber argumentieren. Doch ob sie inzwischen genug Zeit gehabt hatte, neue Unterstützung anzufordern? Als Einzelner gegen Misty zu kämpfen war schon schlimm genug; als Anführerin einer ganzen Meute hatte man praktisch keine Chance gegen sie.

Wieder ein Klappern, diesmal nicht so laut. Wieder streckte Kreiss die Hand nach oben und drehte den Kegel zehn Grad nach rechts. Ein leiser Windhauch an seiner Wange sagte ihm, dass das Wetter bald umschlagen würde. Es roch leicht nach Feuchtigkeit und nach den Kiefern, die das Fabrikgelände säumten. Kreiss drückte die Kopfhörer fester auf die Ohren. Falls Misty schon unterwegs war, würde sie Ausschau nach ihm halten und sehen, ob sie einen leichten Infrarotkontrast entdeckte, irgendeinen grünen Wärmefleck, wo keiner sein durfte. Wieder griff Kreiss nach oben und drehte den Kegel weiter nach rechts. Eine Minute verstrich, dann noch eine. Dann ein neues Geräusch, ein kaum wahrnehmbares Kratzen. Stoff, der an Beton rieb? Nein, es war ihm ein wenig lauter vorgekommen. Er überlegte, ob Misty dasselbe getan hatte wie er – sich in einem Winkel zu verstecken und ein paar Stunden zu ruhen, bevor sie mit der Jagd begann. Natürlich konnte es sein, dass man im Schlaf überrascht wurde; es hing davon ab, wie gut das Unterbewusstsein trainiert war, auch im Schlaf in der Aufmerksamkeit nicht nachzulassen. Bei den Sweepers war es hervorragend trainiert.

Kreiss holte tief Luft und stieß sie lautlos aus.

Es wurde Zeit.

Er nahm die Metallplatte, die er an seiner Brust gewärmt hatte und legte sie auf die Mauerkante. Falls Misty im Anmarsch war, würde sie die warme Platte erst sehen können, wenn sie dreißig Meter oder noch weiter nach rechts gegangen war, denn noch versperrten die Gebäude ihr die Sicht. Dann griff Kreiss nach dem Plastikkästchen, wählte Programm Drei und gab eine fünfzehnminütige Verzögerung ein. Er nahm das Stethoskop ab, holte den Kegel von der Mauer und begrub beides im Schotter. Dann glitt er lautlos in das dicke Abflussrohr. Kurz darauf hatte er die Grube hinter sich gelassen, bog um die erste Straßenecke und näherte sich langsam dem nächsten Gebäude an der Gasse, die zu der Grube führte. Er kroch stets anderthalb Meter weit und hielt dann, um zu lauschen. Was er jetzt tat, war sehr gefährlich: Falls Misty die Umgegend mit ihrem Infrarotsystem beleuchten konnte, war er hier auf der Straße geliefert, sobald sie ihn entdeckte. Vorsichtig kroch er voran, lauschte immer wieder, bis er die Hausecke erreichte. Dort erhob er sich langsam, drückte sich flach gegen die Mauer und tastete sich weiter, bis er an die Leiter gelangte.

Es gab nur eine Leiter. Wenn er raufkletterte, kam er nicht mehr hinunter, falls sie ihn dort oben entdeckte. Doch wenn sein Plan aufging und Misty die Grube aufs Korn nahm, wo er einen Köder für ihr Infrarotgerät zurückgelassen hatte, war er in bester Position, einen Schuss auf sie abzugeben. Dazu kam noch die Schrecksekunde, sobald sein Soundprogramm begann. Kreiss blieben nur noch wenige Minuten, um eine Entscheidung zu treffen.

Hatte sie Helfer? Er glaubte es nicht. Misty verließ sich in hohem Maße auf ihre eigenen Fähigkeiten. Außerdem wusste sie, dass Kreiss nicht weit in den Wald hinein fliehen würde, um die Sache in die Länge zu ziehen. Kreiss nahm an, dass Misty ebenfalls in Bewegung war und die Umgebung absuchte, stets ein paar Meter kroch und dann den Infrarot-Scanner über das gesamte Gebiet schwenkte, um nach einer Stelle Ausschau zu halten, an der ein deutlicher Kontrast auszumachen war. Oder sie hatte einen Infrarotbeleuchter auf einen Betonblock gestellt und tauchte das gesamte Trümmerfeld in unsichtbares Licht. Wahrscheinlicher aber war, dass der Scanner auf einer Kalaschnikow saß; jedenfalls hatte der Schuss am Nachmittag nach einem solchen Gewehr geklungen, für das Misty eine Vorliebe hatte.

Wieder blies ihm der Wind ins Gesicht. Diesmal trug er den Gestank alter Chemikalien und einen Hauch Salpetersäure mit sich. Muss von der Hauptstraße kommen, dachte Kreiss. Misty stand demnach gegen den Wind, konnte ihn deshalb auch nicht hören. Er schätzte die verbliebene Zeit ab. Er musste jetzt los, sonst würde sie ihn auf der Leiter hören, wenn sie nahe genug herangekommen war. Kreiss machte sich an den Aufstieg.

Als sie langsam den Hügel der Route 11 hinunterrollten, schaltete Janet die Scheinwerfer aus. Die Kreuzung mit der Einfahrt zum Arsenal lag noch eine Viertelmeile vor ihnen; sie konnten gerade noch die ausgeschalteten Ampeln erkennen, bevor Janet das Licht löschte. Sie waren durch den Notausgang an der Rückseite des Hotels verschwunden und hatten die Bibliothek umrundet, um zum Parkplatz auf der Stadtseite zu gelangen, der vom Haupteingang des Hotels aus nicht zu sehen war. Kurz zuvor hatte Janet beim Empfang angerufen und einem der Agenten gesagt, sie und Lynn würden gleich zu Bett gehen. Dann hatten sie eine halbe Stunde gewartet, bevor sie sich auf den Weg machten. Sie stiegen in den Dienstwagen und fuhren in Richtung Ramsey.

Janet wechselte auf die Abbiegespur. Die Betonfässer lagen zwar noch dort, versperrten aber nicht mehr die Zufahrt. Langsam, leise fuhr sie auf das Haupttor zu und verringerte das Tempo am Fuß des Hügels noch mehr, damit das Motorgeräusch sie nicht verriet. Sie parkte neben dem Tor und stellte den Motor ab, ließ das Fenster herunter und lauschte.

Janet hatte letztlich doch Bedenken wegen dieser Eskapade gehabt, doch Lynn war so begeistert gewesen, dass ihr kein Gegenargument einfallen wollte. Wenn Farnsworth von diesem Trip erfuhr, war sie ihren Job vermutlich ein zweites Mal los – und dann unwiderruflich. Lynn hatte Janets .38er im Schoß liegen und ließ den Zylinder rotieren.

»Tja«, meinte Janet. »Zuerst schien es mir eine gute Idee zu sein, aber jetzt bin ich nicht mehr so sicher. Wenn Ihr Vater und diese Frau aufeinander losgehen, ist das Gelände da unten so etwas wie ein Schlachtfeld. Dann ist die Jagd eröffnet, und wenn wir runterfahren, könnten wir leicht in die Schusslinie geraten. Außerdem bringen Sie Ihren Vater aus dem Konzept, sollten Sie da plötzlich auftauchen.«

»Wenn Sie glauben, Sie könnten die Sache ohne mich durchziehen, sind Sie schief gewickelt.«

»Ich finde, wir sollten überhaupt nicht aufs Gelände fahren«, sagte Janet, der plötzlich bewusst geworden war, dass das Fenster offen stand und ihre Stimmen womöglich weithin zu hören waren. Nachdenklich betrachtete sie den Maschendrahtzaun. »Vielleicht ist alles schon vorbei. Wie dem auch sei – wir wissen nicht, wie die Lage im Moment ist. Wir werden Ihrem Vater wahrscheinlich keine Hilfe sein, wir könnten ihm sogar alles vermasseln. Hierher zu kommen war ein dämlicher Einfall. Ich glaube, die Sache ist zu einer persönlichen Abrechnung geworden. Wenn wir hineingehen, würden wir alles nur verschlimmern.«

»Ich glaube, Sie haben Schiss«, sagte Lynn, wandte sich von Janet ab und starrte durch die dunkle Windschutzscheibe.

Janet hütete sich, etwas zu erwidern. Natürlich hatte sie Angst. Jeder, der sich nicht vor diesen beiden hartgesottenen Profis fürchtete, musste naiv sein. Doch je mehr Janet darüber nachdachte, desto überzeugter war sie, dass sie Recht hatte. Natürlich machte Lynn sich furchtbare Sorgen um den Vater, aber dadurch wurde das taktische Problem nicht gelöst: Sie konnten nicht aufs Gelände fahren. Was soll ich tun?, fragte sich Janet. Vermittlungsdienste anbieten? Und wenn sie die Ortspolizei riefen, würde vielleicht *ein* Deputy Sheriff herauskommen, um im Arsenal nach dem Rechten zu sehen. Was sie hier draußen wirklich brauchten, war ein Heer von Regierungsagenten. Nicht ein oder zwei bemannte Fahrzeuge, sondern zehn; dazu mobile Einsatzkommandos, Hubschrauber, Hundestaffeln, Panzer ...

Panzer.

Sie nahm den Hörer des Autotelefons ab.

»Was haben Sie denn jetzt vor?«, fragte Lynn.

»Verstärkung holen«, antwortete Janet knapp. Sie nahm ihr Notizbuch aus der Brieftasche, schlug eine Nummer nach und wählte. Das Telefon läutete dreimal. Sie fluchte, als ihr einfiel, der Anruf könne zu einem Voice-Mail-Band geleitet werden. Dann meldete sich eine Männerstimme.

»Bureau of Alcohol, Tobacco and Firearms, Special Agent Rogers.«

»Hier Special Agent Janet Carter vom FBI-Büro Roanoke. Ich habe den Mistkerl, der Ihre Zentrale in Washington gesprengt hat, im Ramsey Arsenal in die Enge getrieben. Ich brauche Unterstützung – sofort! Mein Dienst habender Officer meldet sich nicht!«

Kreiss erreichte das Ende der Leiter. Er bewegte sich ganz vorsichtig, trat über die oberste Sprosse hinaus und – ins Leere. Er fühlte, wie er fiel, und hielt sich eben noch an den geschwungenen Holmen fest. Dann ließ er die Hände an den rostigen Holmen entlanggleiten, bis er an der letzten Sprosse hing. Es erforderte seine ganze Kraft, sich dort zu halten. Er spürte den kalten Wind an den Beinen, und ihm wurde klar, dass das Dach eingestürzt sein musste, als das Kraftwerk in die Luft flog. Was Kreiss für ein solides Gebäude gehalten hatte, war bloß noch eine leere Hülle; der Rest existierte nicht mehr. Er konnte nicht erkennen, was unter ihm war, wusste aber, dass er mindestens zehn Meter hoch in der Luft hing. Er war völlig ungeschützt, von unten aus dem Trümmerfeld leicht zu erkennen. Falls Misty zufällig gerade den Scanner nach oben richtete, hatte sie etwas zu lachen. Das Metall der Leiter knackte gefährlich.

Doch Kreiss wurde vom Soundprogramm gerettet.

Unten in der Grube lief das Band an. Ganz leise ertönte der Schlag eines Schraubenziehers gegen ein Stahlrohr. Kreiss hörte es ganz deutlich. Er hoffte inständig, dass Misty es ebenfalls vernahm. Er versuchte, sich mit Schwung wieder auf die Leiter zu ziehen, jedoch vergeblich. Indem er sich mit der Rechten festhielt, tastete er mit der anderen Hand nach dem rechten Holm und hob das linke Knie; diesmal gelang es ihm, sich mit dem Knie abzustützen und sich auf die Brüstung zu hieven, dann auf die Leiter und auf die andere Seite. Betonsplitter rieselten auf die Trümmer unter ihm.

Dann hörte er Metall gegen einen Gewehrschaft schlagen – ein gedämpfter, dennoch eindeutiger Laut. Es hörte sich an, als wäre dieses Geräusch irgendwo vor der Grube erklungen, doch aus dieser Höhe konnte er nicht sicher sein. Er musste wieder hinunter; einen anderen Ausweg gab es nicht. Wenn Misty ihn entdeckte, würde sie ihn von der Leiter schießen.

In diesem Augenblick richteten seine Nackenhärchen sich auf.

Sie war hier, ganz in der Nähe. Irgendwo dort unten.

Er regte sich nicht, wünschte sich, unsichtbar zu sein. Mit einem Finger schob er die Brille auf dem Nasenrücken herunter und spähte vorsichtig in die Gasse. Dort war es stockfinster, dunkler noch als die Nacht, aber Kreiss spürte, dass dort unten etwas war. Irgendetwas bewegte sich.

Die Gasse lief direkt auf die Grube zu, die ungefähr fünfundzwanzig Meter entfernt war. Das Soundprogramm war so eingestellt, dass es alle drei Minuten ein Geräusch hervorbrachte. Kreiss blieb an der Leiter hängen. Er wagte kaum zu atmen. Dann drang aus der Grube ein Geräusch, als ob ein Mann sich schnäuzte. Kreiss schob die Brille wieder hoch. Gleich kam es ...

Ein Windstoß fegte über die Straße; er konnte ihn am ganzen Körper spüren. Stand sie jetzt schon da unten? An die Wand eines Gebäudes gedrückt? *Dieses* Gebäudes? Kniend, das Gewehr im Anschlag, wobei sie das Infrarotgerät in die Richtung schwenkte, aus der die verräterischen Geräusche zu kommen schienen? Sah sie den verschwommenen grünen Fleck in ihrem Fernglas, wo die warme Metallplatte, die nun rasch abkühlte, sich deutlich vom kalten Beton abhob?

Kreiss hielt sich mit aller Kraft am linken Leiterholm fest, zog seine .45er und richtete sie auf die schwarze Leere zu seinen Füßen. Buchstäblich blind wegen der beschichteten Brille, ertastete er mit dem Daumen den Hahn, verbannte sämtliche Gedanken und Gefühle und konzentrierte sich ganz auf sein Gehör.

Das nächste Geräusch kam kurze Zeit später. Diesmal war es ein leises Quietschen. Er war jetzt sicher, dass sich unter ihm etwas bewegte, das von der Anwesenheit eines Menschen zeugte. Dann flammte ein greller, tief roter Blitz über der Grube auf. Kreiss' Brille bot zwar Schutz; dennoch wurde er von dem gleißenden Blitz fast geblendet. Aus dem Augenwinkel erspähte er eine schwarze Gestalt, die über die Straße zur Grube stürmte. Dann kam die zweite Explosion, gefolgt vom Donnerschlag einer Thermitgranate, die als grell weiße Kugel aus Funken und Flammen in der Grube detonierte. Dann begann die Kalaschnikow dröhnend zu feuern. Kugeln hagelten in die Grube. Rot und gelb blitzten Querschläger. Das Donnern der Automatik hallte von den Betonwänden wider. Unablässig feuerte die Waffe, bis das Magazin leer geschossen war.

In dem Augenblick, als das Thermitfeuer seinen Höhepunkt erreichte, schob Kreiss die Brille hoch. Alle umliegenden Gebäude erschienen wie in einem Schwarz-Weiß-Relief. Und dann endlich sah er Misty als Silhouette an der gegenüberliegenden Wand. Er zögerte keine Sekunde, drehte sich halb in der Luft, zielte auf die schattenhafte Gestalt und leerte das Magazin seiner .45er. Bei jedem Schuss schmerzte der Rückstoß in seinem Handgelenk. Als die letzte Schussdetonation verstummte, sagte unter ihm eine Stimme: »Gut gezielt, Edwin. Hast aber bloß ein Trugbild getroffen. Komm jetzt runter.«

Janet sah das vertraute tief rote Leuchten über dem Hügel hinter dem Haupttor und schloss instinktiv die Augen, wodurch sie den zweiten Blitz verpasste. Dann hörte sie Lynns entsetztes Keuchen, als ein unirdisches weißes Glühen die Bäume vor ihnen erhellte; dazu war das unaufhörliche Hämmern eines automatischen Gewehrs zu vernehmen. Janet ließ den Motor an, legte den Gang ein, dass das Getriebe krachte, und jagte die Straße entlang, durch die Absperrbänder der Polizei und durchs Tor. Da sie zu schnell beschleunigte, verlor sie an der ersten Kurve fast die Kontrolle über den Wagen. Sie schossen in so hohem Tempo über die Hügelkuppe, von der es abwärts zum Fabrikgelände ging, dass der Wagen ein Stück durch die Luft flog und hart aufsetzte. Janet bremste ab, als sie das grelle Glühen des brennenden Phosphors in der Grube sah und das Krachen der .45er Automatik hörte. Das kochende Thermitfeuer verwandelte die Ruinen des Arsenals in glühende Hölle und warf bizarre Schatten an die kahlen Betonhüllen der Gebäude. Janet merkte, wie der Wagen auf dem Schotter die Bodenhaftung verlor. Die Reifen sprühten Trümmerbrocken zur Seite, die wie Schrapnellsplitter durch die Luft sirrten. Mit aller Kraft trat sie auf die Bremse und erkannte einen Sekundenbruchteil zu spät ihren Fehler: Der Wagen drehte sich einmal um sich selbst, und dann sah Janet auch schon das große schwarze Loch vor sich, in dem sie schon einmal gelandet war. Bevor sie aufschreien konnte, war der Wagen bereits in den Rohrstapel gerast, durchbrach ihn und stürzte ins Loch. Lynn und Janet prallten mit dem Kopf gegen die Windschutzscheibe.

Janet verlor das Bewusstsein.

Kreiss ließ die leer geschossene .45er fallen und kam die Leiter herunter. Misty stand unten in voller Ausrüstung; das Infrarot-Headset hatte sie über die Kapuze zurückgeschoben. In der linken Hand hielt sie etwas, das wie ein Miniatur-Camcorder aussah; in der Rechten hatte sie einen .22er Colt Woodsman. Als Kreiss den Fuß der Leiter erreichte und sich auf alle viere fallen ließ, sah er, dass der vermeintliche Camcorder in Wirklichkeit ein Videoprojektor war. Über die umstehenden Wände huschte eine grün erleuchtete, menschliche Silhouette. Langsam kam Misty auf ihn zu.

»Streck die Hände vor«, befahl sie.

»Bringen wir's doch einfach hinter uns.«

»Was sollen wir hinter uns bringen? Ich werde dich nicht erschießen. Ich habe den Auftrag, dich ›heimzuholen‹. Streck die Hände aus. Die Finger zusammen.«

Kreiss blieb noch eine Sekunde hocken, erwog blitzschnell seine Möglichkeiten. Doch Mistys Miene bestätigte, was er bereits wusste: Ihm blieb keine Chance. Er streckte die Hände vor. Sie ließ den Projektor fallen und zog eine schmale Dose hervor, aus der sie Fangnetzspray über seine zusammengelegten Hände sprühte. Der Spray fühlte sich zuerst kalt, dann warm an. Kreiss' Hände verschwanden unter einem Latexklumpen.

Beide hörten das Auto zur gleichen Zeit. Kreiss wandte sich um und schaute in die Richtung, hoffte, Misty werde das Gleiche tun, doch unbeirrt hielt sie die Woodsman auf ihn gerichtet. Der Wagen, der die Straße heruntergedonnert kam, schien außer Kontrolle geraten. Sie hörten Bremsen quietschen und das misstönende Geräusch kreischender Reifen, die ihre Bodenhaftung verloren hatten. Dann ein lauter Aufprall. Glas klirrte. Der Motor lief noch ein paar Sekunden mit hoher Drehzahl und blieb dann stehen.

Stille breitete sich aus.

»Deine Schutztruppen?«, höhnte Misty.

Kreiss schüttelte den Kopf. Er musste sie unbedingt ablenken. Seine Hände waren zwar gefesselt, aber ihm blieben die Füße. Als hätte sie seine Gedanken gelesen, wich Misty einen Schritt zurück.

»Tja, meine Leute sind es auch nicht«, sagte sie. »Dann lass uns doch mal nachschauen. Hört sich für mich an, als hätten sie Mist gebaut. Du zuerst.«

Kreiss gehorchte, die gefesselten Hände vorgestreckt, um sich Armfreiheit zu erhalten. Er wollte nicht, dass die klebrige Substanz mit einem anderen Teil seines Körpers in Kontakt kam. An den Schatten des allmählich verlöschenden Brandes sah er, dass Misty hinter ihm war, konnte aber nicht erkennen, wie nahe. Es roch, als würden in der Grube Holzbretter verbrennen; der Geruch der Scheite war geradezu angenehm verglichen mit dem giftigen Gestank entzündeten Phosphors. Unablässig suchte Kreiss nach einer Gelegenheit zur Flucht.

Sie umrundeten die Hausecke und erblickten den Wagen. Kreiss schloss aus den beiden Peitschenantennen auf dem Kofferraum, dass es ein FBI-Dienstwagen sein müsse. Das Fahrzeug steckte mit der Schnauze in dem Loch, in das Janet Carter kürzlich hineingefallen war. Carter? War *sie* das etwa? Und hatte sie womöglich Lynn mitgebracht? Nein, so dumm konnte sie nicht sein!

Vorsichtig näherten sie sich dem Wagen. Kreiss hatte das Gefühl, dass Misty den Abstand zu ihm noch vergrößert hatte. Vielleicht konnte er am Auto vorbei in den Graben springen. Dann aber fiel ihm wieder ein, wie tief es dort hinunterging: Er würde sich die Beine brechen.

»Halt an!«, befahl sie. Kreiss gehorchte.

»Knie dich hin.«

Er zögerte. Im Wagen rührte sich nichts; das Fahrzeug wurde nur noch von einem einzigen Rohr gehalten, wie Kreiss jetzt sehen konnte. Die Schnauze wies ins Loch hinein und wurde nur durch das Rohr, das unter der linken Radaufhängung feststak, am Herabfallen gehindert. Im Wagen konnte er niemanden erkennen.

»Knie dich hin, oder ich sprüh dich noch mal voll. Dann kannst du dich zum Van *rollen.*«

Kreiss ließ sich umständlich auf die Knie nieder, die Hände immer noch vorgestreckt. Allmählich wurden seine Arme lahm, doch er war entschlossen, sich seine Bewegungsfähigkeit so lange wie möglich zu erhalten. Das Feuer auf der anderen Seite des Gebäudes flackerte nur noch schwach, und auf den Straßen breitete sich wieder Dunkelheit aus. Misty strich um ihn herum, hielt einen Abstand von drei Metern und richtete die Pistole unverwandt auf Kreiss' Kopf, während sie das Auto prüfend musterte. Dann hörten sie in der Ferne Sirenen.

Janet wachte mit hämmernden Kopfschmerzen auf. Vor ihren Augen waberte roter Nebel. Sie versuchte die Augen zu öffnen, doch sie waren von einer warmen, klebrigen Substanz verschlossen: ihr eigenes Blut, das ihr übers Gesicht lief und vom Kinn auf die Brust tropfte. Sie beugte sich vor, versuchte das Blut aus den Augen zu wischen und tastete nach ihrer Sig; dann fiel ihr ein, dass die Waffe im Halfter steckte. Sie schaute zu Lynn hinüber. Das Mädchen war zusammengesunken, eingeklemmt zwischen Armaturenbrett und Vordersitz. Auch sie war gegen die Scheibe geprallt und blutete aus einer Schnittwunde am Kopf. Janet fluchte leise und versuchte sich zwischen Sitz und Lenkrad herauszuwinden. Dann hörte sie draußen ein Geräusch, setzte sich vorsichtig auf, hob den Kopf und spähte durch die zerborstene Scheibe. Der Feuerschein war noch hell genug, dass sie Kreiss sehen konnte, der auf den Knien hockte; vor ihm stand eine große schwarze Gestalt mit einer Pistole, die sich nun von Kreiss löste und langsam auf den Wagen zukam. Janet erkannte diese Gestalt sofort und tastete verzweifelt mit der Hand am Rücken, um die Sig zu ziehen. Lynn stöhnte, rührte sich jedoch nicht.

»Ist wirklich deine Schutztruppe«, rief Misty zu Kreiss hinüber. »Aber die Frau hier fährt wie ’ne gesengte Sau. Gut gemacht, Special Agent.«

Janet blinzelte das Blut aus den Augen, während sie sich mühte, eine aufrechte Position im Sitz einzunehmen. Sie funkelte Misty durchs Seitenfenster wütend an. Die Sig hielt sie außer Sicht unterhalb des Fensterrahmens; ihre Finger waren klebrig von Blut. Misty trat langsam näher, hielt ihre Waffe aber unverwandt auf Kreiss gerichtet. Janet schaute zu ihm hinüber. Es sah aus, als wären seine Hände in einen Stoffball gewickelt, den er vor sich ausgestreckt hielt.

»Wir sind gekommen, um Kreiss zu holen«, sagte sie.

»Wir? Haben Sie eine Maus in der Tasche, Special Agent?« Misty grinste wölfisch.

Janet schluckte. Ihre Kehle war ausgedörrt. Sie glaubte in

der Ferne Sirenen zu hören, tat es dann aber als Wunschdenken ab. Dann aber sah sie die Verblüffung auf Mistys Gesicht. Verdammt, es waren tatsächlich Sirenen!

»Die Abmachung lautet folgendermaßen«, sagte Misty. »Er kommt mit mir. Wenn Sie mir dazwischen funken, gehe ich zu Plan B über.«

»Plan B?«, fragte Janet.

Misty warf ihr einen ungeduldigen Blick zu, sagte jedoch nichts. Doch Janet konnte sich auch so vorstellen, was damit gemeint war.

Sie war in eine Sackgasse geraten und sah keinen Ausweg. Die Schmerzen drohten ihr den Kopf zu zersprengen, und ihr war übel. Sie fühlte die Sig in ihren Händen und fragte sich benommen, wann sie die Waffe gezogen hatte. Misty grinste, als könne sie ihre Gedanken lesen.

»Was haben wir denn da Feines, Special Agent?«, fragte sie hämisch. Sie trat einen Schritt näher, die Pistole immer noch auf Kreiss gerichtet. Die Sirenen, die Janet gehört hatte, waren noch weit entfernt. Lynn stöhnte laut auf. Kreiss schaute zum Wagen – er hatte seine Tochter gehört.

»Wollen Sie es mit *mir* aufnehmen, Special Agent?«, fragte Misty. Sie ging in Kampfhaltung, streckte die Arme aus, duckte sich und packte die Waffe, die immer noch auf Kreiss gerichtet war, mit beiden Händen. Sie war vielleicht noch zwei Meter vom Wagen entfernt, ihr Körper Janet zugewandt, ihr Gesicht zu Kreiss gewandt. »Glauben Sie, dass Sie jemanden erschießen können? Das können Sie *nicht.* Sie sind eine blutige Anfängerin und werden es immer bleiben.«

In diesem Augenblick bewegte sich Kreiss und kam taumelnd auf die Beine. Janets Herz begann wild zu pochen, und in ihrem staubtrockenen Mund war ein metallischer Geschmack. Die Sig schien plötzlich das Zehnfache zu wiegen. Janet packte die Waffe fester.

Der Augenblick, den sie seit ihrem Eintritt in den FBI gefürchtet hatte, war gekommen.

»Zurück auf die Knie, Kreiss!«, zischte Misty, die Waffe unverwandt auf ihn gerichtet, obwohl sie nun Janet anschaute.

»Nein«, sagte er nur und kam auf sie zu.

Janet begriff, was er vorhatte. Kreiss versuchte ein Ablenkungsmanöver: Er zwang Misty, auf zwei Ziele gleichzeitig zu achten, und verschaffte Janet die Gelegenheit zum Schuss. Nur musste sie es *gleich* tun.

Die Zeit schien plötzlich langsamer zu laufen. Blut rann in Janets rechtes Auge, und sie musste ein paarmal blinzeln, um wieder klar sehen zu können. Misty bemerkte es und grinste. Kreiss kam näher.

»Pass mal auf, Babyface«, sagte Misty, schaute eine Sekunde zu Kreiss und blickte dann wieder Janet an. »Ich zeig dir, wie man's macht.«

Janet feuerte durch die Wagentür, ohne zu zielen. Sie starrte nur Misty an und zwang ihre Hände, der Richtung ihres Blickes zu folgen. Ihre Finger brannten, als die Isolierung des Wagens von der Hitze Feuer fing, während Misty unter dem Anprall der Kugeln, die in ihren Körper schlugen, zurücktaumelte. Dennoch versuchte sie, ihren Woodsman-Colt zu heben; dann ließ sie die Waffe mit einem Schmerzensschrei fallen, als eine Kugel ihr die Kehle aufriss. Sie vollführte eine halbe Drehung, stürzte und schlug hart auf dem Beton auf. Janets letzte drei Kugeln trafen die Mauer hinter Misty; zwei Querschläger pfiffen die trümmerübersäte Straße entlang, während der dritte Abpraller in den Wagen schlug, nur Zentimeter von Janets Knie entfernt.

Als der Lärm verstummte, sah Janet, dass Misty reglos auf dem Boden lag. Janet drehte den Kopf, um nach Kreiss zu schauen. Auch er lag am Boden, das Gesicht nach unten, und bewegte sich nicht.

Janet ließ die Sig fallen und versuchte die Tür aufzustemmen, doch sie ließ sich nicht bewegen. Lynn war in Tränen ausgebrochen; es war das leise Jammern eines kleinen Mädchens, was überhaupt nicht zu ihr passte. Janet wollte sich gerade mit den Füßen voran durchs Fenster schieben, als der Wagen plötzlich erzitterte. Sie erstarrte vor Schreck, machte dann aber weiter, zwängte Beine und Hüften durchs Fenster, streckte den Rücken und rutschte schließlich aus dem Wagen – und ins Leere.

Sie schrie auf, packte den von Blut glitschigen Fensterrahmen und blieb einen Moment dort hängen, während der Wagen gefährlich auf dem Rohr hin und her schaukelte, das ihn über dem Abgrund hielt. Janet hörte entsetzt, wie das Rohrende über den Beton kratzte. Sie zog sich hoch, kroch wieder ein Stück in den Wagen hinein und trat blindlings mit den Füßen nach hinten, bis sie auf festen Boden traf. Sie wölbte den Rücken, richtete sich vorsichtig auf und achtete darauf, das Gleichgewicht zu wahren. Dann setzte sie sich auf – und fuhr zusammen, als ein Fuß sie in den Rücken traf. Blitzschnell rollte sie sich weg, wischte sich das Blut aus den Augen und sprang auf. Misty war ebenfalls auf Händen und Knien. Ihr blutüberströmtes Gesicht war zu einer Maske lodernder Wut verzerrt. Blut strömte aus dem Loch im Hals, färbte den Beton rot und ließ ihre Worte in einem Gurgeln untergehen, als sie zu sprechen versuchte. Janet wich rückwärts kriechend vor dieser Schreckensgestalt zurück, als eine lange Injektionsnadel in der linken Hand Mistys aufblitzte; aus der Spitze tropfte eine rauchende Flüssigkeit. Plötzlich fühlte Janet, die immer noch rückwärts kroch, einen stechenden Schmerz an der rechten Schulter – Misty hatte auf den Kolben der Spritze gedrückt und Janet mit einem Strahl Säure getroffen. Dann peitschte auf der linken Seite ein Schuss auf. Mistys Kopf wurde zur Seite gerissen, und sie fiel wie ein Stein zu Boden. Klappernd rutschte die Spritze über die Straße.

Janet versuchte aufzustehen, doch ihre Haut brannte wie Feuer, als die Säure sich durch ihr Hemd fraß. Sie sah, dass Lynn sich ein Stück durchs Beifahrerfenster gezwängt hatte. Ihr Gesicht war kreidebleich, und Blut tropfte von ihrer Stirn. Sie hielt immer noch Janets .38er umklammert. Wieder schwankte das Auto, und das Rohr unter der Radaufhängung bog sich bedrohlich durch. Janet schrie Lynn zu, sie solle sich nicht mehr bewegen, während sie gleichzeitig einen Fetzen ihres rauchenden Hemds abriss und versuchte, die Säure von der Haut zu wischen. Auf einmal war Kreiss neben ihr, wies sie an, still zu halten, und kniete sich neben Mistys Leiche. Er löste das Fangnetz in dem Blutstrom auf, der noch immer aus ihrer Halswunde quoll, bis seine Hände frei waren, und schüttelte die Latexschnüre ab wie ein Bündel Schlangen. Dann zog er Lynn aus dem Wagen. Er schaffte es gerade noch, bevor das Stahlrohr ein letztes Mal ächzte und dann mit einem lauten Knall zerbrach, worauf das Auto mit ohrenbetäubendem Lärm in die Tiefe stürzte. Dann herrschte Stille, die erst vom Heulen der Sirenen unterbrochen wurde. Kreiss setzte Lynn sanft ab und lehnte sie mit dem Rücken gegen die Wand.

Janet saß auf dem Beton und rieb sich immer noch die Haut an der Schulter, während sie gleichzeitig mit der linken Hand das Blut aus den Augen wischte. Kreiss hockte sich neben sie, rieb seine blutigen Hände am Overall ab und nahm Janets Hand.

»Ich war nicht sicher, ob Sie es konnten«, sagte er leise.

»Ich auch nicht«, erwiderte Janet mit zittriger Stimme und schaute auf Mistys schrecklich zugerichteten Körper. Lynn hielt immer noch Janets .38er umklammert und starrte auf Mistys reglose Gestalt. Janet merkte plötzlich, dass sie Kreiss' Hand ganz fest hielt. Ihre Beine zitterten.

»Hört jetzt gut zu«, sagte Kreiss. »Ihr habt beide schlimme Kopfverletzungen abgekriegt. Kein Wunder also, wenn euer Gedächtnis nicht richtig funktioniert. Erzählt allen die Story, dass ihr hergekommen seid und Schüsse gehört habt, dann habt ihr das Thermitfeuer gesehen und euch so erschreckt, dass ihr ins Loch gefahren und nur mit knapper Not wieder rausgekommen seid.«

Janet blinzelte. Die Sirenen waren viel näher gekommen. »Das werden die uns schon glauben«, sagte sie und nickte. »Ich bin immer noch die verdammte blutige Anfängerin.«

»Nein, das sind Sie nicht«, sagte Kreiss. »Wen haben Sie gerufen?«

»Würden Sie mir glauben, wenn ich sage, das ATF?«

Er grinste. »Ich muss jetzt los. Sie können sich an den Unfall erinnern, aber an sonst gar nichts, okay? Bleiben Sie mit Lynn in Verbindung, wenn es geht. Ich melde mich, wenn sich alles ein wenig abgekühlt hat.«

»Wirklich?«

»Natürlich, Janet. Legen Sie sich jetzt hin, versuchen Sie zu entspannen. Sie haben bloß eine stark blutende Schnittwunde am Kopf. Sieht viel schlimmer aus, als es ist, es wird Ihnen aber eine Zeit lang lästige Fragen ersparen.« Er schaute auf und horchte. »Sie sind fast schon da.«

»Farnsworth wird fuchsteufelswild sein«, meinte Janet, ohne Kreiss' Hand loszulassen.

»Vor allem wird er erst mal sehr beschäftigt sein«, erwiderte er. Er drückte Janets Hand und ging dann zu Lynn. Janet sah, wie er seine Tochter sanft auf den Rücken bettete. Er wischte ihr die Stirn ab, nahm ihr die Waffe aus der Hand und hielt ihr Gesicht für ein paar Augenblicke in den Händen. Dann küsste er sie auf die Stirn und erhob sich. Er nahm Mistys Pistole und wuchtete sich die Frau über die Schulter. Dann war er verschwunden, schwankend unter der Last, wie ein Löwe, der seine Beute in Sicherheit bringt.

Janet ließ sich auf den Beton sinken. Sie hörte die Fahrzeuge auf Höhe des Haupttors und wusste, dass sie bald da sein würden. Noch immer lief ihr das Blut über die Stirn, noch immer brannte die Haut an Oberarm und Schulter, doch nun fühlte es sich eher wie ein schlimmer Sonnenbrand an.

Wie hatte Kreiss sie genannt? Janet? Nicht mehr »Special Agent«? Sie lächelte.

Scheinwerfer erhellten die Straße. Regen setzte ein.

15

DREI WOCHEN SPÄTER wartete Janet Carter vor dem Büro des RA auf die letzte Besprechung mit Farnsworth und Keenan, bevor sie offiziell aus der Dienststelle ausschied. An diesem Morgen hatte sie an der Virginia Tech eine Stelle in einem Forschungslabor angenommen, wo man mit der Entwicklung eines Spurensicherungsprogramms beschäftigt war, das helfen sollte, nach den Gründen für Baufehler bei Brücken, Straßen oder Gebäuden zu suchen. Als der Leiter des Fachbereichs erfuhr, dass Janet eine neue Stelle suchte, hatte er ihr sofort den Job angeboten, zumal sie den erforderlichen akademischen Grad besaß und eine Empfehlung des FBI vorweisen konnte.

Die letzten drei Wochen waren aufregend gewesen. Das ATF konnte McGarand nicht finden, hatte aber einen Wagen im Wald gefunden, der in Washington am Reagan Airport gemietet worden war; der dabei vorgelegte Führerschein war von McGarand gewesen. Forensiker und andere Spezialisten vom ATF und FBI hatten auf dem Gelände des Arsenals tagelang vergeblich nach Spuren gesucht.

Noch immer wurde Browne McGarand mit internationalem Haftbefehl gesucht, doch er war wie vom Erdboden verschluckt.

Man hatte einen speziell ausgerüsteten Feuerwehrwagen benötigt, um den Brand in der Grube zu löschen. Überreste menschlicher Körper hatte man weder in der Grube noch in deren Umgebung finden können, allerdings wurde in unmittelbarer Nähe eine Kalaschnikow mit aufmontiertem Infrarot-Sichtgerät entdeckt.

Farnsworth hatte seinen Vorgesetzten in Richmond und Washington eine Menge erklären müssen, ebenso dem ATF, was nicht ganz einfach war, da er eine Erklärung finden musste, was eine seiner Agentinnen nachts im Arsenal zu suchen hatte, noch dazu mit einer Zivilistin im Schlepptau. Es hatte endlose Besprechungen gegeben, und viele Berichte waren geschrieben worden, um die Angelegenheit endlich zum Abschluss zu bringen. Janet hatte noch Zeit gehabt, Lynn im Ambulanzwagen auf die Vernehmungen vorzubereiten; deshalb stimmten ihre Geschichten in den wichtigsten Punkten überein: Sie waren hinausgefahren, um Kreiss zu helfen, und hatten dabei den Autounfall erlitten – und das war auch schon das Ende der Geschichte, so weit es sie beide betraf. Sie hatten weder Kreiss noch sonst jemanden gesehen; sie hatten auch kein Feuer bemerkt oder einen Schusswechsel gehört. Janet erklärte, sie müsse sich die Verbrennungen zugezogen haben, als der Wagen in die Grube gestürzt sei, doch wegen ihrer Kopfverletzung und des Schocks wisse sie nicht mehr, wie sie und Lynn aus dem Auto herausgekommen seien; sie habe nur verschwommene Erinnerungen an die Geschehnisse unmittelbar nach dem Unfall. Offenbar habe sie das ATF angerufen, könne sich aber an nichts mehr entsinnen. Auch von McGarand habe weder sie noch Lynn eine Spur gesehen.

Drei Tage später erging von höchster Stelle die Weisung, dass der Fall Kreiss offiziell abgeschlossen sei. Im Büro nahm alles seinen normalen Gang, als wäre nie etwas geschehen.

Lynn Kreiss war wieder an der Uni. Zusammen mit Janet und Larry Talbot hatte sie die Eltern ihrer beiden getöteten Freunde aufgesucht – eine sehr traurige und schmerzliche Begegnung. Inzwischen verbrachte Lynn die Wochenenden im Blockhaus ihres Vaters, in der Hoffnung, dass er dort erschien. Janet leistete ihr sehr oft Gesellschaft.

»Mr Farnsworth erwartet Sie jetzt, Agentin Carter«, sagte die Sekretärin und riss Janet aus ihren Gedanken. Zum wahrscheinlich letzten Mal ging sie ins Büro ihres Chefs. Auch Ben Keenan war bereits anwesend.

»Das wird wohl unser letztes dienstliches Gespräch«, sagte Janet.

Farnsworth nickte. »Ja, Janet. Es tut mir Leid, dass es nicht besser geklappt hat, aber ich glaube, Sie wissen inzwischen – wie Sie am Fall Edwin Kreiss gelernt haben –, dass jeder weitere Auftrag für Sie ... unbequem sein könnte. Ich glaube, das ist das richtige Wort. Und wenn es Ihnen ein besseres Gefühl gibt – auch ich werde zum Ende des Jahres aufhören. Wenn ich mich heimlich, still und leise verziehe, hat der Rest der Truppe hier noch eine zweite Chance.«

»Der Rest der Truppe hat doch nur seine Pflicht getan«, wandte Janet ein. »Warum sollten sie wegen der Affäre Kreiss in Mitleidenschaft gezogen werden?«

»Sie kennen doch die Antwort, Janet. Kreiss gehörte dem FBI an. Er hat alle beschämt. Diese Geschichte hat alle an die Goldene Regel erinnert.«

»Und die wäre?«

»Wenn ein Abkommen auf höchster Ebene getroffen wird, muss man die kleineren Fische, die zu viel wissen, verschwinden lassen. Kreiss wusste zu viel – und Sie sehen ja, was passiert ist.«

»Ich habe eigentlich angenommen, der Besitz dieses Dokuments würde Washington zu ein bisschen mehr Dankbarkeit bewegen«, meinte Janet.

»Was für ein Dokument?«, fragte Farnsworth.

Janet legte den Kopf schief. »Jetzt kommen Sie schon. Die Unterlagen aus Marchands Archiv.«

»Nie davon gehört«, meinte Farnsworth und warf Keenan einen Blick zu. Der schüttelte den Kopf, als würde auch er zum ersten Mal davon hören.

Janet blickte fassungslos von einem zum anderen.

»Nichts davon ist jemals geschehen«, betonte Farnsworth. »Und der Rücktritt des Justizstaatssekretärs ist nichts Besonderes.« Er zuckte die Achseln. »Ein Amtsinhaber gibt sein Amt auf, weil die Amtsperiode abgelaufen ist.«

»Und die kürzlich erfolgten Rücktritte Marchands und seines Stellvertreters sowie der einer gewissen Referentin aus dem Amt des Staatssekretärs ... nun, diese Amtsniederlegungen hatten persönliche Gründe«, ergänzte Keenan.

»Und die Wiederernennung unseres geliebten Direktors für eine weitere Amtsperiode war schon seit geraumer Zeit so gut wie beschlossen«, sagte Farnsworth und verschränkte die Arme vor der Brust. »Meinen Sie nicht auch, Ben?«

»O ja«, pflichtete Keenan eifrig bei. »Schon längere Zeit. Zumindest nach den Worten der Justizministerin, die dem Direktor öffentlich ihr vollstes Vertrauen ausgesprochen hat.«

»Sogar der Präsident höchstpersönlich. Habe ich Recht, Ben?«

»O ja«, sagte Keenan. »Er liebt das FBI.«

Farnsworth lachte. »Heiß und innig«, sagt er. »Genau wie die Justizministerin.« Er wollte gerade noch etwas hinzufügen, als seine Sekretärin sich auf dem Intercom meldete.

»Ja?«, fragte er.

»Ein dringendes Telex für Sie, Sir. Vom Polizeirevier in Blacksburg.«

»Lesen Sie bitte vor.«

Die Sekretärin tat wie geheißen. Die Polizei in Blacksburg berichtete, dass man im Müllcontainer des Reviers einen splitternackten, gefesselten Mann entdeckt habe, bei dem es sich eindeutig um Browne McGarand handle.

Janet wandte das Gesicht ab, um ihr Grinsen zu verbergen. »Kreiss«, murmelte sie. »Er hat den Fall McGarand tatsächlich im Alleingang abgeschlossen.«

Sie fragte sich, wann Edwin Kreiss anrufen würde. Vermutlich gar nicht. Wahrscheinlich würde er einfach den Hügel hinter seinem Blockhaus herunterkommen, begleitet von Micah Wall. »Na, Special Agent?«, würde er sie begrüßen. »Wo ist denn Ihr Dienstwagen?« Janet konnte es sich lebhaft vorstellen.

Anhang zu **DER SCHATTEN DES JÄGERS**

Von Barbara Först

FBI

Struktur

Im Hauptquartier in Washington bestehen elf *Divisions* (Abteilungen) und zwei *Offices*. Von dort aus werden die Außenstellen, die 56 *Field Offices* und die ungefähr vierhundert Ortsbüros geleitet. Die *Assistant (Deputy) Directors* sind die Leiter der *Divisions*, die seit einigen Jahren unmittelbar dem Direktor des FBI, zurzeit Robert S. Mueller III., unterstehen, und nicht mehr dem Stellvertreter des FBI-Direktors. Ein *Field Office* wird von einem *Special Agent in Charge* (SAC) geleitet, ein Ortsbüro von einem *Resident Agent* (RA), der dem SAC seines zuständigen *Field Office* untersteht.

Divisions

PROFESSIONAL STANDARDS AND INSPECTION DIVISION/ PROFESSIONAL STANDARDS BOARD:
Abteilung, die sich um Einhaltung der Dienstvorschriften kümmert. Ähnliches leistet das OFFICE OF PROFESSIONAL RESPONSIBILITY, das kriminelles oder ethisch fragwürdiges Verhalten der Mitarbeiter untersucht.

ADMINISTRATIVE SERVICES DIVISION:
Beschäftigt mit Koordinierung der Verwaltung

COUNSELING DIVISION:
Gibt es nicht unter den elf »offiziellen« *Divisions* des FBI, etwa: Psychologische Beratung.

PROFESSIONAL AWARDS DIVISION:
Ebenfalls eine nicht existierende *Division,* vielleicht eine – ironische – Erfindung des Autors, um den überwältigenden Bürokratismus der mächtigsten Strafverfolgungsbehörde der Welt anzuprangern?

CRIMINAL INVESTIGATIVE DIVISION:
Kriminalermittlungen, Fahndungsabteilung

MATERIALS AND DEVICES:
Ausrüstung und Geräte

(B)ATF

BUREAU OF ALCOHOL, TOBACCO AND FIREARMS
Ursprünglich eine untergeordnete Abteilung der Steuerbehörde, des *Internal Revenue Service* (IRS) im Finanzamt, wurde es vor dreißig Jahren zu einem eigenen Amt, das für die Durchsetzung der Gesetze und Verordnungen zu Alkohol, Tabak und Schusswaffen verantwortlich ist. Es unterhält ein NATIONAL RESPONSE TEAM (NRT), das andere Behörden bei der Untersuchung der Schauplätze von Bombenattentaten und sonstigen Sprengstoffanschlägen unterstützt.

Die Polizei

BEZIRKSPOLIZEI
DEPUTY SHERIFF
Stellvertreter des Sheriffs der COUNTY POLICE, deren Zuständigkeit an der Stadtgrenze beginnt.

STAATSPOLIZEI

HIGHWAY PATROL, STATE PATROL, STATE TROOPER, STATE POLICE

In manchen Staaten nur für den Autobahnbetrieb zuständig, in anderen jedoch auch befugt für Belange, in denen örtliche oder bezirkliche Behörden sachlich zuständig wären.

US MARSHALS SERVICE

Älteste Strafverfolgungsbehörde (Sheriffs), heute zuständig für die Sicherheit des Gerichtswesens, Gefangenentransporte, Zeugenschutz und Sicherstellung materieller Beweismittel.

Forensik

Bezieht sich in diesem Roman nicht auf Gerichtsmedizin, sondern auf »Materialforensik«. Den Studiengang, den Janet Carter absolviert hat – *Materials forensics* – gibt es in Deutschland nicht; hier zu Lande ziehen kriminaltechnische Labors Experten aller möglichen Fachrichtungen hinzu: z. B. Chemiker, Textilkundler, Sprachforscher, Biologen, Urkundler.

Einige Abkürzungen

DEA: DRUG ENFORCEMENT AGENCY, Vollzugsbehörde gegen Drogenkriminalität

DCIS: DEFENSE CRIMINAL INVESTIGATIVE SERVICE, Kriminalermittlungs-Dienststelle des Verteidigungsministeriums

NORAD: NORTH AMERICAN AIR DEFENSE COMMAND, Computer-Frühwarnsystem vor feindlichen Angriffen

NEST: NUCLEAR EMERGENCY SEARCH TEAM, Spezialteam zur Untersuchung von Atomunfällen und vermuteten Bombenanschlägen

NCIC: NATIONAL CRIME INFORMATION CENTER, flächendeckendes Computersystem, das Polizeibeamte mit sämtlichen aktuellen Daten über eine bestimmte Abfrage versorgt. In den meisten Streifenwagen installiert, erlaubt das NCIC 2000 auch, Fotos und Fingerabdrücke von Flüchtigen im Wagen auszudrucken.

Ein seltsames Gerät

Der »Netzhautblender« (i. Orig.: retinal disrupter = »Netzhautzerstörer«) ist eine verbotene Waffe, d. h., in Deutschland darf es ihn nicht geben. Allerdings wurden in den Siebzigerjahren neuartige Waffen erprobt oder angedacht, die der Wirkung dieser scheußlichen Blendwaffe vielleicht nahe kommen: »Mit dem ›Photic-Driver‹ können grelle Lichtblitze im Frequenzbereich von 10 bis 20 Hertz in die Menge geschossen werden. Die solchermaßen Erhellten bekommen einen ›Lichtschock‹ und erleiden eine vorübergehende Funktionsstörung des Gehirns; bei ›sensiblen‹ Personen kann es zu epileptischen Anfällen kommen.« (Aus: R. Gössner/U. Herzog. Der Apparat: Ermittlungen in Sachen Polizei. Köln, 1982)

Einige amerikanische Tragödien

1. WACO

Am 19. April 1993 wurde der Gebäudekomplex Mount Carmel der Davidianer-Sekte (Anführer David Koresh) in einer gemeinsamen Aktion von ATF und FBI gestürmt. Vorausgegangen war am 28. Februar ein Schusswechsel zwischen ATF und den Sektenmitgliedern, der bereits Todesopfer gefordert hatte. Der Sturm erfolgte unter Einsatz von Tränengas und Panzern (angeblich soll auch von einem ATF-Hubschrauber aus geschossen worden sein). Dann brach an drei verschiedenen Stellen am

Komplex Feuer aus; nur neun Menschen von fünfundachtzig überlebten.

Die Beweislage ist unklar, inzwischen ist ein Großteil der Beweise vernichtet oder verloren gegangen. Der ausgebrannte Komplex wurde unter Aufsicht von FBI-Beamten kurz nach der Katastrophe niedergerissen.

David Koresh sollte vom ATF ein Durchsuchungs- und Haftbefehl wegen illegalen Waffenbesitzes zugestellt werden. Dabei hätten die ATF-Beamten zuerst gefeuert, behaupteten die überlebenden Sektenmitglieder. Auch beim Sturm sei wahllos auf geschlossene Türen und Fenster geschossen worden.

Der US-Kongress hingegen behauptet, die Sektenmitglieder hätten bereits vor der Stürmung Selbstmord begangen, da viele Leichen Einschüsse einer Kaliber .45 Schusswaffe aufwiesen. Nur wurden bei der späteren Durchsuchung keine Waffen dieses Kalibers gefunden.

2. RUBY RIDGE

1992 in Idaho: Randy Weaver, Mitglied in einer rassistischen Vereinigung, verkaufte dieser zwei abgesägte Schrotflinten, wurde dafür angeklagt und vorgeladen, erschien jedoch nicht zur Verhandlung. Daraufhin belagerten Agenten des FBI und des Marshals Service seine Blockhütte, und es kam zu einem Schusswechsel, in dessen Verlauf Weavers 14-jähriger Sohn, seine Frau – die ein zehn Monate altes Baby in den Armen hielt – und der Hund der Familie getötet wurden. Darüber hinaus wurde ein Freund der Familie verletzt, und ein Deputy Marshal kam ums Leben. Der tödliche Schuss traf Vicky Weaver aus beträchtlicher Entfernung in den Kopf. Der hierfür unmittelbar verantwortliche FBI-Agent wurde vor Gericht gestellt, jedoch keiner seiner Vorgesetzten oder sonstigen Verantwortlichen.

3. OKLAHOMA CITY

Am 19. April 1995 fuhr Timothy McVeigh mit einem 2000-Kilo-Gemisch aus Heizöl und Kuhmist in einem Lastwagen nach Oklahoma City, stellte den Wagen vor dem Alfred P. Murrah Building ab und setzte das explosive Gemisch mittels einer Zündschnur in Brand. Bei dem Anschlag kamen 168 Menschen ums Leben, 500 wurden verletzt, darunter 21 Kinder unter fünf Jahren. Der Anschlag fand statt am »Patriots Day« und genau zwei Jahre nach der Katastrophe von Waco. Der Täter war ein enttäuschter, 27 Jahre alter, ehemaliger Militärangehöriger voller Hass auf Regierung und Gesellschaft.

4. UNABOMBER

Zwischen 1978 und 1995 wurden sechzehn Bombenanschläge per Brief- und Paketbomben verübt, die drei Tote und dreiundzwanzig Verletzte forderten. Die Sprengsätze waren an Universitätsangehörige, Computerspezialisten und in den ersten Jahren auch an Fluggesellschaften gerichtet worden. Die Bezeichnung »Unabomber« entstand aus dem von FBI-Fahndern gebildeten Computerkürzel »Unabom« für »Universities and Airline Bombings«. Am 3. April 1996 wurde der ehemalige Mathematikprofessor Theodore J. Kaczynski (54) in seiner Blockhütte in den Bergwäldern von Montana verhaftet.

Grund für die Anschläge war angeblich Kaczynskis 35.000 Wörter starkes, technologiefeindliches »Manifest«, das im Juni 1995 von mehreren überregionalen Tageszeitungen abgedruckt wurde, da der »Unabomber« versprach, nach dem Abdruck werde es keine Anschläge mehr geben. Doch auch er ist ein Beispiel für einen egomanischen Täter – wie Timothy McVeigh, nur auf wesentlich höherem intellektuellen Niveau.

Quellen: 1. Internet

2. John Douglas/Mark Olshaker: Anatomie des Mörders. München, 2001

Was tust du, wenn du niemandem trauen kannst – am wenigsten dir selbst?

In Zürich verschwindet ein junger Wissenschaftler spurlos. In Florida ermordet eine junge Frau offenbar ohne Grund und äußerst kaltblütig einen Mann und tötet danach sich selbst. Als Adrienne Cope, die Schwester der Täterin, den Fall recherchiert, stößt sie auf zahlreiche Unstimmigkeiten, eine Spur in die Schweiz – und auf den Psychiater Jeff Duran, der neben ihrer Schwester nur noch einen weiteren Patienten behandelt. Hat Duran Nikki Cope in den Tod getrieben? Adrienne ist fest davon überzeugt, bis sie feststellt, dass nichts ist wie es scheint – und ein Killer Jagd auf sie beide zu machen beginnt ...

ISBN 3-404-14823-1

BASTEI LÜBBE